염상섭과 자연주의

강인숙 평론 전집 **2**

염상섭과 자연주의
−불 · 일 · 한 3국 비교 연구

초판 인쇄 2020년 7월 1일
초판 발행 2020년 7월 7일

지 은 이 강인숙
펴 낸 이 박찬익

펴 낸 곳 ㈜ **박이정**
주   소 경기도 하남시 조정대로45 미사센텀비즈 7층 F749호
전   화 02-922-1192~3 / 031-792-1193, 1195
팩   스 02-928-4683
홈페이지 www.pjbook.com
이 메 일 pijbook@naver.com

등   록 2014년 8월 22일 제2020-000029호

ISBN 979-11-5848-502-3   94810
ISBN 979-11-5848-500-9   (세트)

* 책값은 뒤표지에 있습니다.

염상섭과
자연주의

불·일·한 3국

비교 연구

강 인 숙

(주)박이정

나는 왜 자연주의를 연구하였는가?

자연주의 연구는 한국 근대문학 연구의 초입에 걸려 있는 걸림돌이다. 그것을 정리하지 않고는 문학사를 제대로 연구할 수 없다. 우리나라의 자연주의는 불란서와 일본 두 나라의 자연주의의 영향을 받고 있는데, 일본의 자연주의는 원형인 불란서의 졸라의 자연주의와는 성격이 많이 다르다. 그런데 한국에서는 아직도 일본 자연주의의 개념에 대한 정리가 되어 있지 않아서 혼란이 생기고 있는 것이다. 그래서 한국의 자연주의 연구는 반드시 불란서와 일본, 한국 세 나라의 것을 비교 연구해야 하는 난제를 안고 있다. 그런데 그걸 모두 하는 것은 범위가 너무 넓어서 힘만 들고 성과는 얻기 어렵다.

필자가 자연주의 연구를 시작하던 1960~70년대에는 에밀 졸라의 작품이 몇 권밖에 번역이 되지 않은 상태여서, 작품 자체를 사전을 찾아가며 원전을 읽어야 하는 형편이었다. 분량이 너무 많고 범위가 넓어서 제대로 하기 어려웠다. 일본 자료도 범위가 넓기는 마찬가지였다. 그런데다가 메이지 시대의 것이어서 절판된 책이 많아 책을 구하기가 힘이 들었다. 헌책방을 뒤지고 옛날 잡지를 찾아다녀야 하는데, 외국에 살고 있으니 애로가 많았다. 그래서 연구의 범위를 대표적인 작가로 압축시켰지만, 그들 것만 읽으면 되는 일이 아니니 갈수록 태산인 것이다. 우선 두 나라의 외국어를 독서가 가능한 수준으로 마스터하는 일이 선행되어야 하니, 선뜻 연구하려고 나서는 사람이 없을 수밖에 없는 것이다.

그런데도 시작하지 않을 수 없었던 것은 염상섭의 「표본실의 청개고리」 때문이다. 내가 대학의 강의실에서 배운 프랑스의 자연주의와 「표본실의 청개고리」는 부합되는 점이 거의 없었다. 그 소설에는 졸라이즘의 주축이 되는 과학주의도 결정론도 없었다. 객관적 시점, 인간의 하층구조 탐색, 비극적 종결법, 물질주의적 인간관 같은 졸라적인 자연주의의 특징들이 「표본실의 청개고리」에는 거의 나타나지 않았다. 그런데 현대문학사 교재에는 어디에나 그 소설이 자연주의의 대표작으로 나와 있으니 납득할 수 없었던 것이다.

그래서 혼자 자료를 찾아 헤매다가 일본 자연주의를 만났다. 졸라의 자연주의와는 유사성이 아주 적은 일본식 자연주의가 있다는 것을 알게 된 것이다. 염상섭과 그의 일본 유학생 선후배 문인들 중에는 작가 자신처럼 일본식 자연주의밖에 모르는 분들이 있어서 「표본실의 청개고리」에 그런 레테르를 붙여 놓은 것이다. 일본 자연주의의 구호는 "환멸의 비애를 수소愁訴하는" 감성적인 것이다. 거기에 '배허구排虛構', '무각색', '무해결'이라는 세 개의 규범이 첨가되어 있다. 일본에서는 졸라의 '진실truth존중' 사상이 '사실fact존중'으로 잘못 수용되어서, 작가의 직접 체험을 다루는 것이 자연주의처럼 되어 있었다. '사실에 卽해야' 하니까 허구를 배격하고, 체험을 토대로 해야 하며, 각색하지 않는 고백적인 이야기를 무해결로 종결하는 것이 자연주의라고 생각되고 있었던 것이다. 자연주의 소설이 사소설이나 자전소설이 되는 이유가 거기에 있다.

일본에는 엄연히 졸라를 모방한 자연주의가 있었는데, 일본에서는 그 것을 '사실주의'라고 부른다. 개인의 경험을 있는 그대로 쓰는 사소설을 자연주의로 보고 있기 때문이다. 메이지 시대의 일본에서는 개인주의가 확립되지 않았기 때문에, 모든 새로운 문학은 개인존중사상으로 간주되고 있었다. 자연주의도 마찬가지여서, 개인의 내면을 실지로 겪은 대로 쓰는 것이 자연주의 소설로 생각되어온 것이다. 그래서 남의 이야기를 쓴 시마자키 토손島崎藤村의 「파계」보다는 자신의 이야기를 각색하지 않고 쓴 다야마 카다이田山花袋의 「이불蒲團」계가 자연주의의 주도권을 잡게 된다. 그렇게 시작된 일본의 사소설이 그 후에도 지속적으로 소설문학의 주류로 간주되고 있는 것이 일본소설의 특이한 점이라 할 수 있다.

자연주의기는 일본에서 근대소설이 정착되던 시기이기도 했다. 그래서 노벨의 정착기와 자연주의가 겹쳐졌다. 노벨의 기본 요건인 형식적 리얼리즘의 조건만 대충 충족되면 자연주의라고 간주하는 풍조가 생겨난 이유가 거기에 있다. 감성적인 이야기라도 3인칭으로 쓰고 사실적인 묘사만 나오면 자연주의가 되는 것이다. 일본의 자연주의는 감성주의와 유착되어 있었다. 그 기준으로 보면 「표본실의 청개고리」는 자연주의가 될 수 있다. 「표본실의 청개고리」에 영원을 향하여 풀 스피드로 질주하고 싶은 낭만적 청년이 나오는 것은 "환멸의 비애를 수소愁訴"하는 자연주의에는 어긋날 것이 별로 없기 때문이다. 그런데다가 이 소설은 '사실에 즉해' 쓴 자전적 소설이어서 '배허구'와 '무해결', '무각색'의 원칙도 지켜지고 있다. 일본적 기준으로 보면 자연주의와 공통되는 점이 많다. 염상섭의 「표본실의 청개고리」는 그런 명치시대의 일본식 자연주의에 대정시대의 주아主我주의가 합쳐져서 만들어진 것이어서 졸라식 불란서 자연주의와는 거리가 멀다. 일본에서 자연주의를 배워온 유학생들이 돌아와서 「표본실의 청개고리」를 자연주의라고 주장한 데는 그런 역사적 배경이 가로놓여 있다.

문제는 「표본실의 청개고리」에만 있는 것이 아니다. 한국의 자연주의를 연구하다 보면 우리나라에는 일본적이 아닌 자연주의도 있었다는 것을 알게 된다. 한국 자연주의 소설을 대표하는 또 하나의 소설가인 김동인 같은 문인에게서는 일본 자연주의의 영향이 나타나지 않기 때문이다. 김동인에게서는 일본처럼 '배허구', '무각색', '무해결'의 규범들이 나타나지 않는 대신에 인간의 하층구조의 탐색, 환경결정론, 객관주의 같은 졸라적인 자연주의의 특성들이 나타난다. 김동인은 졸라처럼 과학주의를 신봉했고, 결정론적 사고를 가지고 있었다. 그래서 그의 3인칭 소설에는 졸라처럼 환경과 유전에 의해 결정되어 버린 '제르미니형'[1]의 인물들이 많이 나온다. 그들은 나나나 제르미니처럼 최저 계층에 속하며, '돈과 성'의 주제와 얽혀 있다. 그리고 대부분이 비극적인 종말을 맞는다. 그들은 비속하면서 비극적이니까 졸라와 문체혼합의 패턴도 같다. 한국의 자연주의 문학은 김동인처럼 졸라와 친족성을 나타내는 자연주의와, 염상섭처럼 일본 자연주의와 동질성을 띠는 두 개의 패턴이 있다는 것이 확실해지는 것이다.

그러니까 한국에서 자연주의를 연구하려면 불란서와 일본 자연주의 연구를 먼저 하지 않을 수 없다. 거기에 김동인, 염상섭의 유학시기인 대정시대의 주아주의, 탐미주의, 프로문학의 영향도 덧붙여져 있으니 일본의 대정기의 문학까지 살피지 않을 수 없다. 「표본실의 청개고리」에 나오는 "영원을 향하여 풀 스피드로 질주하고 싶은" 청년은, 대정시대의 모던 보이의 냄새를 더 많이 풍기고 있기 때문이다. 김동인과 염상섭은 대정시대에 일본에서 중·고등학교를 다닌 문학청년들이다. 그래서 그들의 자연주의는 주아주의적 개인존중사상과 유착되어 있고, 유미주의적 예술관과도 관계가 긴밀하다. 염상섭과 김동인은 둘 다 반 낭

---

1 제르미니 라세르투는 공쿠르 형제의 동명同名소설의 여주인공으로, 하녀이며 병적 측면을 가지고 있다. 인물을 졸라는 보바리 형(보통 사람)과 제르미니형(병적 인물)로 분류하고 있는데, 자연주의를 대표하는 그의 작품에는 제르미니형이 많다.

만주의적인 리얼리스트들이지만, 예술을 지상의 가치로 보는 점에서는 공통된다. 그들은 졸라나 다야마 카다이田山花袋와는 반대되는 예술관을 가지고 있는 것이다.

하지만 그들이 가지고 있는 제2의 선택지는 서로 다르다. 김동인은 자연주의와는 맞지 않는 유미주의적 예술관을 가지고 있다. 에밀 졸라는 예술가를 과학자나 해부가로 보았다. 김동인은 아니다. 그는 예술가를 신으로 생각했다. 그의 리얼리즘 지향은, 예술가가 창조한 세계에 핍진성逼眞性을 부여하기 위해 필요한 형식적 장치였을 뿐이다. 그의 과학주의는 예술가의 선택에 중점이 주어지는, 화가의 과학주의다. 그는 확고하게 반모사反模寫의 예술관을 내세운다. 그가 졸라이즘과 근사치를 가지는 것은 현실재현의 방법이 아니라 결정론적 사고와 자유의지가 희박한 인물형, 그리고 시공간과 종결법 등이다.

김동인은 상류계급 출신의 귀공자였다. 그래서 그의 작품 중에서 작가를 모델로 한 자전적 소설의 인물들은 자연주의와 연결되는 3인칭 소설의 인물들과는 레벨이 다르다. 거기에서 작가는 신처럼 새 세계를 창조하는 창조자이며, 인형조종술사이다. 그는 예술지상주의자이기 때문이다. 상극하는 예술지상주의와 과학주의는 김동인의 세계에서 '인공적인 것'이라는 공통성으로 인해 서로 연결이 가능해진다. 그는 무위자연無爲自然의 세계를 혐오하는 문명예찬자였던 것이다.

염상섭은 예술존중 사상에서는 김동인과 유사하지만, 그가 자연주의와 공유한 것은 유미주의가 아니라 사실주의였다. 애초에 그는 개인주의와 자연주의를 공유하고 있었으나, 프로문학과의 논쟁 과정에서, 자연주의와 병렬할 사조가 개인주의가 아니라 사실주의임을 알게 된다. 사실주의를 알게 되자 그는 일본식 자연주의를 버리고 나머지 생애를 사실주의자로 일관한다. 우선 시점이 바뀐다. 1인칭 시점을 버리고 3인칭 시점을 쓰는 작가가 되어 간다. 극단주의자인 김동인과는 달리 그는 중용을 선호해서, 그의 개인존중이나 예술존중은 극단화되지 않았으며, 그것들은 형식적 리얼리즘과 융합하여, 그를 노벨리스트로 대성시키고 있다. 초기의 「표본실의 청개고리」와 「암야」만 제외하면 염상섭에게서는 낭만적 경향이 나타나지 않는다. 염상섭은 일본적 자연주의를 버리고 유럽식 사실주의에 전념하여 내면 고백의 문학에서 외부적 현실을 그리는 쪽으로 방향을 바꾸는 것이다. 그런데도 일본 자연주의의 '무각색', '무해결'의 원리는 그냥 가지고 간다. 염상섭은 직접경험이 아니면 모델이 있는 것만 쓰는 일본 자연주의의 창작방법을 선호한 작가지만 '배허구'의 구호는 준수하지 않았다.

염상섭은 서울 중산층 출신이어서 경아리말에 능통했고, 중부지방의 전통적 생활양식도 통달하고 있었기 때문에 이광수, 김동인 같은 서북 출신 문인보다는 노벨에 적합한 소설가였다. 그런데다가 세 문인 중에서 일본 유학 기간이 가장 길었고, 자연주의파에 대한 관심이 깊었다. 그는 자연주의파의 기관지인 『와세다문학』을 교과서 삼아 학습한 유일한 문인이라고 할 수 있다. 뿐 아니다. 그는 프로문학과 싸우는 이론적 기수여서, 그 논쟁 과정에서 사회주의 리얼리즘의 본령도 제대로 습득하게 된다. 그렇게 해서 다다른 것이 자연주의가 아니라 사실주의였던 것이다. 염상섭은 자연주의를 버리고 '사실주의와 더불어 40년'간 리얼리즘 소설에 전념한다. 그가 한국의 리얼리즘 소설을 대표하는 문인이 될 수 있었던 것은 이유가 거기에 있다.

대학원에 들어가서 10년 동안 자연주의 연구를 하면서 필자는 한국 자연주의의 양상을 찾는 작업에 몰입했다. 그래서 1987년에 '불·일·한' 3국의 자연주의를 비교 연구한 『자연주의 문학론』 1을 고려원에서

출판했다. 프랑스와 일본의 자연주의와 김동인을 비교하여 그 차이점을 탐색하는 연구서였다. 4년이 지난 1991년에 그 속편이 나왔다. 염상섭과 자연주의를 불란서와 일본의 그것과 비교한 책이었다. 그것이 이 책이다. 나는 「표본실의 청개고리」가 그냥 자연주의를 대표하는 작품으로 입학시험에 나오는 지금의 현상을 수정해야 할 의무를 느끼고 있다. 그건 잘못된 일이기 때문이다. 그런데 지난 20년간 이 문제를 연구한 다른 연구자가 적었기 때문에, 이 책을 다시 내지 않을 수 없었다. 그래서 2015년 솔과학출판사에서 『불·일·한 3국의 자연주의 비교연구』라는 제목으로 고려원 책이 재간되었다. 주의 원문을 더러 줄이고 한자를 많이 지워서 읽기 쉽게 만든 책이다. 불란서와 일본 자연주의에 대한 상세한 자료가 필요하신 분은 고려원 판을 참고하시기 바란다.

이번 책은 한문을 많이 없앤 '솔과학' 판을 원본으로 삼았다. 주나 인용문에 원문을 넣은 것은 후학들을 돕기 위해서였다. 한국에서는 구하기 어려운 자료들이 많이 있기 때문이다. 2권의 머리말과 서문은 1권 것과 같다는 것도 알려 드린다. '솔과학'판에 빠졌던 "자연주의에 대한 부정론과 긍정론"을 새로 넣었다. 전집이기 때문이다. 이 글에 나오는 외국어 중 번역자 이름이 없는 것은 필자가 번역한 것임도 알려 드린다. 아마추어니까 잘못된 곳이 있으면 지적해 주시기 바란다.

불경기인데도 타산이 맞지 않는 전문서적을 내준 박이정출판사 박찬익 사장과 편집부 직원들에게 감사를 드리며, 출판을 도와준 조혜원, 이혜경, 이범철 군에게도 고맙다는 말을 전하고 싶다.

2020년 6월

小汀 강 인 숙

11

차 례

부록

서 론

1. 한국 자연주의 연구의 문제점

1) 원천의 이중성

염상섭(1897~1963), 김동인(1900~1951) 등 한국 자연주의의 대표작가들이 본격적으로 작품활동을 시작한 1920년대의 한국문학은, 전통보다는 외래적 요인에 더 많이 의존하고 있었으며, 외래문화의 수용 창구는 일본이었던 것이 우리의 현실이다. 이런 현상은 1920년대의 문학에만 국한되는 것이 아니다. 한국의 근대문학은, 시발점에서부터 해방될 때까지 전통문학보다는 서구문학을 선호했지만, 서구문학을 만나는 창구는 일본밖에 없었다.

조선 말까지의 우리 문학은 중국의 영향권 안에 있었기 때문에 한국의 근대화는 봉건적, 유교적 전통에서의 탈피를 의미했으며, 그 결과로 나타난 것이 수신국의 교체다. 전통에 대한 부정은 중국의 영향에 대한 거부였기 때문이다. 청나라의 영향을 탈피하려는 노력이 국호를 바꾸는 것으로 나타나는 것처럼, 한국의 근대화는 중국의 영향권에서 탈피하려는 노력 속에서 태동되었고, 한국이 지향하던 근대화의 새로운 모델은 일본이 아니라 서구였다. 일본의 경우와 마찬가지로 한국의 근대화는 구화歐化주의적 성격을 지니고 있었던 것이다.

하지만 한국의 구화주의는 서구화된 일본을 모델로 하지 않을 수 없는 운명을 지니고 있었다. 일본에 국권을 침해당하고 있는 상황이어서, 한국은 서구의 나라들과 직접 문화적 접촉을 가지는 것이 불가능했기 때문이다. 이미 식민지가 되어버린 1910년대 이후에는 그런 여건이 더욱 경직되어, 서구의 근대를 수용할 창구가 일본 하나로 제한되어 버렸다. 그래서 개화기 이후의 한국 청소년들은 일본 유학을 꿈꾸었다. 우리보다 한 걸음 먼저 서구를 받아들인 일본에 가서 서구의 근대를 배우려는 갈망 때문이다.

① 그때 시절 동경이라 하면 조선청년의 귀엔 꿈의 동산인 독일 '하이델벨히'에나 가는듯시 모다 그립어 하는 곳이다.

「세번 실연한 유전流轉의 여류시인 김명순(청노새)」, 『한국근대작가론』, 삼문사, p.92

② 우리의 선각자들은 일본 유학을 통해서 서양을 배운다는 간접적인 경로를 취할 길밖에는 없었다. 유길준이 후쿠자와 유키치福澤諭吉의 가르침을 받았을 때부터 일제말에 이르기까지 동경은 우리에게 지식을 공급해 준 거의 유일한 원천이었으며, 특히 1900년대 초기에 있어서는 동경유학은 선망과 동경의 대상이었다.　　　　　정명환, 『한국 작가와 지성』, p.16

①을 통하여 우리는 이 무렵의 유학생들이 동경에서 무엇을 얻으려 했는지 확인할 수 있다. 그들의 '꿈의 동산'은 동경이 아니라 '하이델벨히'였다. 그런데 '하이델벨히'에 가는 일이 불가능하기 때문에, 그곳과

가장 근사치를 지니면서 유학이 가능한 동경을 대용품으로 선택한 것이다. 이 경우의 '하이델벨히'는 특정한 나라의 지명을 의미하기보다는 서양의 근대문명이나 문학을 만날 수 있는 곳이라는 상징적 의미를 지니고 있다. 김윤식의 표현을 빌자면 "국제 도시 동경이란 근대의 출장소였을 것"[1]이기 때문에 일본에 가는 꿈들을 꾸게 되는 것이다. 그 당시의 한국의 청소년들에게 일본 유학은 새로운 세계를 알 수 있는 유일한 창구였던 것이다.

문인들도 예외가 아니다. 1920년대 초의 한국문단의 주역인 김동인, 염상섭, 현진건, 전영택, 주요한, 오상순, 김억 등은 모두 일본 유학생 출신이다. 그들의 목적지도 동경이나 경도가 아니라 '하이델벨히'였다는 사실은 전공과목을 보면 알 수 있다. 일본의 역사나 문학을 전공한 문인은 하나도 없기 때문이다. 일본문학뿐 아니라 문학 자체를 공부하러 간 사람도 거의 없었다. 김동인은 미술, 염상섭은 사학, 오상순은 종교철학, 전영택은 문학과 신학, 주요한은 불법과다. 이전까지 소급해 올라가도 사정은 비슷하다. 이인직은 정치, 최남선은 지리, 역사, 이광수는 철학을 지망하고 있어,[2] 주요한과 전영택을 빼면 문학 지망생 자체가 없다.

이광수의 세대와 김동인, 염상섭의 세대는 문학관이 다르다. 전자는 민중을 계도하는 계몽주의적 문학관을 가지고 있었지만, 후자는 순수문학을 지향하고 있었다. 그런데 후자의 그룹에도 문학을 공부하기 위해 일본에 간 사람은 그 시기에는 아주 적었다. 김동인은 의사나 변호사가

---

1 김윤식, 『염상섭연구』 서울대출판부, 1987, p.26.
2 창조파 중에서 주요한 전영택은 고교에서 문과를 택했지만, 주요한은 3·1 운동으로 인해 1년도 못 다니고 상해로 가서 호강대학 화학과에 들어가고, 전영택은 문학에서 신학으로 전공을 바꾸었다.

될 희망을 안고 현해탄을 건넜고, 염상섭도 "한국 사람의 살 길은 첫째가 과학의 연구와 기술의 습득에 있다고 주장"(「문학소년 시대의 회상」)하였고, 귀국 후에도 법리학 쪽으로 방향을 전환하려 한 시기가 있었다.[3] 이광수도 마찬가지다. 주요한만 불법과인데, 곧 상해에 가서 화학과로 전과하며, 전영택은 신학과로 전과한다. 그런데도 불구하고 그들은 모두 문학으로 방향을 바꾸었다. 그런 현상은 당시의 정치적 상황과 밀착된 것이었음을 염상섭의 다음 말들이 입증해 준다.

> ③ 당시의 우리나라 사정으로 청소년으로 하여금 소위 청운의 志를 펼만한 야심과 희망을 갖게 할 여지가 있었더라면, 아마 십중팔구는 문학으로 달려들지 않고 이것을 한 취미로, 여기로, 여겼을지 모른다. 그러나 문학적 분위기와는 담을 싼 소조蕭條, 삭막하고 살벌한 사회 환경이나 국내 정세와 쇄국적·봉건적 유풍에서 자라난 소년이 문학의 인간적인 따뜻한 맛과 넓은 세계를 바라볼제 조국의 현실상이 암담할수록 여기에서밖에 광명과 희망을 찾을 데가 없었던 것이다.
>
> 「문학소년 시대의 회상」, 『염상섭전집』 12, p.213, 방점: 필자

폐색되어 있던 식민지의 상황이 그들을 문학으로 몰고 간 원인이었다는 염상섭의 말은 "문학을 하면야 일본놈과 아랑곳이 무어랴 하는 생각으로 문인이 되었다."(위와 같음)는 그의 다음 말에서도 확인할 수 있다. 이런 상황은 이 시기의 문인들이 학업을 중단하지 않을 수 없었던 여

---

3 직장을 "쉬고 있을 때 염상섭은 방향전환을 모색하고 있었는데 그 관심처는 법리학 연구였다."(김종균, 『염상섭의 생애와 문학』, p.24) 시기는 1922년 9월 이전, 초기 3작과 「개성과 예술」 등을 발표하던 기간이다.

건과도 밀착된다. 국권을 상실했기 때문에 관비유학이 불가능해져서 가난한 학생은 공부를 계속할 수 없었다. 김동인 같은 예외적인 사람도 있기는 했지만, 그 당시의 한국인들은 거의 모두 가난하였기 때문에 대부분의 학생들이 학교를 중퇴하거나 몇 군데를 옮겨 다니지 않을 수 없었다. 거기에 2 · 8 독립선언, 3 · 1 운동 등의 정치적 사건이 겹쳐진다. 3 · 1 운동 후에는 대부분의 유학생들이 학업을 중단하고 귀국[4]한다. 그 뒤를 동경 대지진이 잇는다. 그래서 1920년대 초의 문인 중에는 대학을 제대로 졸업한 사람이 아주 적다. "현금 우리 문사 중에 이동원, 현소성 양군을 제한 외에는 내가 아는 한에서는 계통적으로 학업을 필한 이가 없으며…… 대학 과정까지 밟아 본 이조차 드뭅니다."[5]라는 이광수의 말이 그것을 뒷받침해 주고 있다. 이 시기의 일본 유학은 경제적인 면에서나 정치적인 면에서 엄청난 위험부담을 안고 있었던 것이다.

그런데도 당시의 한국 청소년들은 근대를 만나기 위해 고난을 무릅쓰고 현해탄을 건너갔다. 하지만 그들이 일본에서 만날 수 있었던 것은 '하이델벨히'가 아니라 그 그림자에 불과했다. 일본의 문화적, 사회적 여건에 의해 굴절되어 일본화 되어버린 '하이델벨히'는 이미 '하이델벨히'가 아니었다. 그것은 '하이델벨히'를 모방한 동경이요, 경도였던 것이다. 대부분이 10대인데다가 체재기간이 짧았던 그 무렵의 유학생들은, 제대로 일본문학과 서구문학을 구별할 성숙한 안목을 갖추기가 어려웠

---

4 체포 당하지 않은 학생은 거의 전원이 귀국했으며, 전영택도 일단 귀국했다가 21년에 다시 가서 복학하여 23년에 졸업한다.
　　白川豊, 「韓國近代文學 草創期의 日本的影響」, 『동악어문논총』 16, pp.28-51.
5 전영택은 청산학원 문학부를 졸업(1918)했지만 복학하여 신학부로 전과했고(1923년 졸업), 오상순은 동지사대학 종교철학과를 졸업(1923)한다. 춘원이 이 글을 쓴 1921년에는 문과대를 졸업한 문인이 거의 없었다.
　　이광수, 「문사와 수양」, 『이광수전집』 16, 삼중당, p.23.

다. 그래서 근대의 원형과 매개형의 차이를 감별하지 못하였고, 일본화한 서구문학의 변형된 모습을 서구문학의 본질로 착각하는 잘못을 범하는 일이 많았다. 문화의 간접수용에서 오는 폐단은 염상섭의 「문단회상기」에도 다음과 같이 술회되어 있다.

④ 우리의 신문학에 발판이 된 서구의 근대문학과 그 문학사조가 흘러 들어온다는 일이, 당시의 형편 – 즉 언어·교통·유학 문물교환 등의 문화교류 상태로 보든지, 더구나 일제가 가로 막고 저해하던 식민지정책으로 보아, 직수입은 극히 어려웠었고, 드물었던 터라, 대개가 일본을 거쳐서 간접으로 구미의 신사상·신사조에 얼마쯤 접촉하고 섭취할 기회를 얻기 시작 하였던 것인데 그나마 이조말엽부터의 일이었고, 그것이 문학인 경우는, 거의가 다 신문소설류를 통하여 – 외부에 알려졌을 뿐이다.

「횡보문단회상기」, 『전집』 12, p.225

이런 여건들 때문에 원형과 매개형의 차이를 구별하지 못하는 데서 생겨난 혼란은 자연주의의 경우에서 가장 두드러지게 나타난다. 일본문학의 영향을 의식적으로 낮게 평가한 김동인 같은 문인도 실질적으로는 일본에서 왜곡되어 원형과는 달라진 서구문학의 개념과 창작방법을 그대로 답습하는 일이 많았다. 아직 10대의 중·고등학생이었기 때문이다. 염상섭의 경우에는 이러한 경향이 더 심각하게 나타난다. 그는 김동인보다 오래 일본에서 공부를 했다. 16세에서 23세까지의 7년간을 일본에서 학교에 다녔기 때문이다. 형이 일본군 중위여서 그는 부립 중학에 다닐 수 있었다. 명치학원과는 다른 분위기의 학교를 다닌 것이다. 여기 저기 옮겨 다니기는 했지만 그 과정이 대부분이 중·고등학교였기 때문에 염상섭은, 일본문단의 영향을 김동인보다 훨씬 더 많이, 훨씬 더 철저하게 받을 수 있었다. 그는 『와세다문학早稻田文學』을 교과서 삼아 일본 자연주의를 받아들인 것이다. 일본문학의 영향이 그렇게 컸기 때문에 염상섭은 원형을 모르는 채 일본 자연주의를 자연주의로 믿어 의심치 않게 된 것이다. 그런 데서 생겨난 혼란은 「표본실의 청개고리」(이하 「표본실」로 약칭함)를 한국 최초의 자연주의 문학으로 확정짓는 오류를 빚어내서 현대문학 연구를 더 어렵게 만든 것이다.

1920년대 초에 들어온 자연주의 문학에 대한 연구는 그런 어려운 작업의 대표적 케이스다. 자연주의의 원형이 되는 프랑스의 'naturalisme'은 '졸라이즘'이 주축이 된다. 그런데 일본의 자연주의는 졸라이즘과의 유사성이 아주 적다. 졸라이즘보다는 낭만주의와 더 많은 근사치를 지니고 있다. 일본인들은 그것을 'japanese naturalism'이라 부르고 있다. 그 대신 졸라이즘과보다 많은 유사성을 지니는 고스기 텐가이小杉天外 등의 전기 자연주의를 그들은 사실주의로 보고 있다.

그러기 때문에 일본의 자연주의는 졸라이즘과는 너무나 유사성이 적어서, 같은 명칭으로 부르기가 어려울 정도다. 한국에서 자연주의라는 용어에 혼선이 생기는 이유가 여기에 있다. 일본 자연주의는 졸라이즘의 매개형이면서 그 자체가 또 하나의 원형의 성격을 지닐 만큼 이질적이기 때문에, 한국에서는 자연주의라는 용어가 이중의 원형을 지니는 복합적인 상황이 벌어진 것이다. 한국 자연주의 연구의 어려움이 여기에 있다. 한국에서는 우선 우리의 자연주의가 프랑스의 것을 의미하느냐, 일본 자연주의를 의미하느냐 하는 것을 규명하는 작업이 선행되어야 한다. 그러려면 프랑스와 일본 자연주의를 비교하면서 연구해야 하고, 그 다음에 한국 자연주의 연구를 시작해야 하는 만큼 범위와 대상이 지나치게 방대해진다. 한국에서 자연주의에 대한 전문서적이 나오지 못하는 이유가 여기에 있다.

그래서 필자는 그 연구대상을 대표적인 문인들로 한정할 수밖에 없었으며, 심층적인 연구에는 손을 대지 못한 채 오랫동안 불·일 자연주의 주변을 맴돌았다. 그 다음에 그 두 나라의 자연주의와 김동인의 작품세계를 대비하는 연구를 해서 1987년에 고려원에서 『자연주의 문학론』이라는 책을 출판했다.

그 책에서 필자는 불·일 양국의 자연주의와 김동인의 자연주의를 일일이 대비하면서, 자연주의라는 용어의 김동인적 성격을 밝히고, 그 원천을 탐색해 보기로 했다. 그것을 불·일 자연주의와 대비하여 김동인의 자연주의와 졸라이즘, 일본 자연주의와의 동질성과 이질성을 찾아낸 후, 작품을 대상으로 하여 그의 자연주의의 실상을 구명하려 한 것이다. 『자연주의 문학론 2-염상섭과 자연주의』는 4년 후인 1991년 나왔다. 한국 자연주의를 대표하는 김동인과 염상섭의 자연주의 성격을 포괄적으로 탐색하여 한국적 자연주의의 개념을 정립하려 한 것이 필자의 연구의 목표였다.

2) 연구의 방법과 범위

염상섭을 자연주의와 연결시켜 연구하게 만드는 첫 번째 근거는 그의 문학에 대한 문학사가들의 다음과 같은 평가에 있다.

① 위에서 말한 바와 같이 '표본실의 청개구리'는 자연주의적 첫 작품인데, 이 점에서 작자 염상섭은 우리나라에서 자연주의 작가를 의식적으로 지망하고 나온 첫 사람이다. 동시에 염상섭은 우리나라의 대표적 자연주의 작가다. …… 그는 지금 늙어서도 그대로 전형적 자연주의로 늙은 사

람, 자연주의에 일생을 바친 작가이다.

백철 · 이병기 공저, 『국문학전사』, 신구문화사 1961, p.322

② 그의 처녀작 '표본실의 청개구리'는 이 땅에 나타난 최초의 자연주의적인 소설이었고, 그 후의 그의 소설은 그 어느 것을 막론하고 자연주의적인 인생관과 사실주의적인 창작방법에서 벗어난 것은 하나도 없었다. 그는 초지일관해서 최초에 가졌던 자기의 문학적 신념을 끝까지 그대로 지속 발전시켰다. 조연현, 『한국현대문학사』, 성문각, 1969, p.378

이 인용문에서 공통되는 것은 염상섭의 「표본실의 청개구리」가 한국 최초의 자연주의 소설이라는 것과, 그가 평생 자연주의 작가로 시종한, 한국 자연주의 문학의 대표적인 작가라는 점이다.

두 번째 근거는 사후에 나온 신문기사와 조시弔詩 등에서 찾을 수 있다. 1963년 3월 14일의 『동아일보』는 "자연주의의 거목 염상섭 씨 장서長逝"라는 제목으로 그의 사망기사를 쓰고 있으며, 그날 박두진의 조시弔詩에도 "위대한 자연주의"라는 구절이 나온다.

세 번째 근거는 염상섭 자신의 글에서 찾을 수 있다. 1922년에 쓰인 「개성과 예술」에서 시작하여 1929년의 「토구 · 비판」 3제討究 · 批判三題를 거쳐 1955년의 「나와 자연주의」, 「문학소년시대의 회상」 등에서 염상섭은 자신의 문학과 자연주의를 연결짓는 말을 꾸준히 하고 있다. 그는 자기가 남들이 말하는 것처럼 '자연주의의 거목'은 아니지만, 자연주의자임에는 틀림이 없다는 사실을 다음과 같은 글에서 인정하고 있다.

③ 남들이 나를 가리켜 자연주의 문학을 하였느니라고 일컷고, 자기 역시 그런가보다고 여겨 오기는 하였지만은……

「횡보 문단회상기」, 『전집』 12, p.235

④ 자연주의를 들고 나선 것은 필자 자신이었던 것을 나도 자인自認하
는 바이다.
「나와 『폐허』 시대」, 같은 책, p.210

⑤ 사실주의에서 한걸음도 물러나지는 않았고 문예사상에 있어서 자연
주의에서 한걸음 앞선 것은 벌써 오랜 일이었다는 것이다.
「나와 자연주의」, 같은 책, p.220

이 인용문들을 통하여 알 수 있는 것은 염상섭이 자신의 초기문학을
자연주의와 관련시켜 말하고 있다는 사실이다. 후기에는 자연주의에서
벗어나 사실주의로 갔지만 초기의 문학만은 자연주의였다는 것이 염상
섭 자신의 확고한 생각이다. 그렇다면 그의 소설사의 어느 시기까지가
자연주의에 해당되며, 어느 시기부터가 사실주의인가를 밝히기 위해서
도 염상섭과 자연주의의 관계는 심층적인 탐색을 필요로 하는 과제로
남는다.

앞에서 보아온 바와 같이 그는 자타가 공인하는 자연주의자이기 때문
에 그를 자연주의와 연관시켜 연구하는 일이 요구된다. 그래서 필자는
평론과 소설 두 장르에 걸쳐서 그의 자연주의의 실상을 구명하는 일을
시작했다. 염상섭을 통하여 자연주의의 한국적 양상을 포괄적으로 밝히
는 연구를 진행시킴으로써 초창기의 한국문학이 안고 있던 여러 문제들
에 대한 정지작업을 하려는 것이다.

염상섭 연구는 최근에 와서 활성화되어 수백 편의 논문들이 나오고
있다. 문예사조와 연관시킨 논문도 활발하게 발표되고 있는 편이다. 그
러나 여러 작가를 포괄적으로 논하는 논문에서 그에 대하여 단편적으로

언급하는 경우가 많고,[6] 그렇지 않으면 염상섭 문학의 종합적인 연구가
많아서[7] 문예사조만 심층적으로 다룬 것은 거의 없다고 해도 과언이 아
니다.[8] 염상섭과 자연주의의 관계만을 다각적으로 연구하는 논문이 필
요한 이유가 여기에 있다. 필자는 앞으로 1) 용어에 대한 고찰, 2) 현실
재현의 방법, 3) 문체혼합의 양상, 4) 물질주의와 결정론 등 여러 항목
을 통하여 염상섭과 자연주의의 성격을 정립해 나가려 한다. 따라서 이
논문은 "자연주의 문학론 2"가 된다. 앞으로 같은 방법으로 이런 연구를
계속하여 현진건, 나도향, 최서해의 순서로 자연주의와 관련되는 작가

---

6 채훈, 『1920년대 한국작가연구』, 일지사, 1976.
　조남현, 『한국지식인소설연구』, 일지사, 1984.
　정현기, 『한국근대소설의 인물유형』, 인문당, 1983 등이 이 경향을 대표함.

7 김종군, 「염상섭 소설의 연구」, 고대석사학위논문, 1964. 1.
　_____, 『염상섭 생와와 문학』, 박영사, 1981.
　김윤식, 『염상섭연구』, 서울대출판부, 1978.
　유병석, 『염상섭 전반기 소설 연구』, 아세아문화사, 1985 등이 이 경향을 대표함.

8 사조적인 면에서 염상섭을 연구한 중요한 자료는 대략 다음과 같다.
　백　철, 「자연주의와 상섭작품」, 『자유세계』, 1953. 5.
　백　철, 「한국문학에 끼친 근대 자연주의의 영향」, 『중앙대 논문집』 2, 1957. 12.
　조연현, 「염상섭론」, 『새벽』, 1957. 6.
　홍사중, 「염상섭론」, 『현대문학』 105~8호(1963. 9~12)
　김윤식, 「한국자연주의 문학논고에 대한 재비판」, 『국어국문학 29』, 1965. 8.
　김우종, 「범속의 리얼리즘」, 『한국현대소설사』, 1968. 9.
　김학동, 「자연주의 소설론」, 『인문논총』 2, 서강대, 1969. 12.
　김흥규, 「1920년대초 한국자연주의 문학 재고」, 『고대문화』 11, 1970. 5.
　김　현, 「염상섭과 발자크」, 『향연』(서울대 교양논문집), 1971.
　염무웅, 「리얼리즘의 역사성과 현실성」, 『문학사상』 창간호, 1972. 12.
　김학동, 『한국문학의 비교문학적 연구』, 일조각, 1972.
　정명환, 「염상섭과 졸라」, 『한불연구』, 1974.
　김치수, 「자연주의 재고」, 『한국현대문학의 이론』, 민음사, 1974.
　김병걸, 『리얼리즘문학론』, 을유문화사, 1976.
　장사선, 「한국 근대비평에서의 리얼리즘론연구」, 서울대 박사학위논문, 1988.

위의 논문 중에서 불·일 자연주의와 한국 자연주의의 관계를 함께 규명하려 한 논문은
많지 않으며, 더구나 염상섭과 일본 자연주의의 관계만을 심층적으로 연구한 논문은
거의 없다고 해도 과언이 아님.

들의 세계를 탐색하여, 자연주의의 한국적 양상을 되도록 포괄적으로 연구하는 것이 나의 바람이었는데 연구가 염상섭에서 끝나버려 죄송하다.

연구의 대상은 자연주의와 관계되는 염상섭의 평론과 「표본실의 청개고리」, 「암야」, 「제야」, 「E 선생」, 「묘지」, 「죽음과 그 그림자」, 「해바라기」, 「금반지」, 「전화」, 「난어머니」, 「고독」, 「검사국대합실」, 「윤전기」, 「유서」, 「조그만일」, 「남충서南忠緒」, 「똥파리와 그의 안해」, 「삼대」 등 20편의 소설로 한정하였다. 항목이 많은 만큼 모든 작품을 대상으로 하면 범위가 넓어져서 심층적 분석을 하기 어렵기 때문이었다.

하지만 그보다 더 중요한 이유는 이 글이 문예사조 연구만 목적으로 하는 데 있다. 염상섭은 자기의 초기소설만 자연주의와 관련되어 있다고 주장하고, 2기 후에는 작풍의 변화가 없다고 말하고 있는데, 거기 대해서는 아무도 이의를 제기하지 않기 때문에, 이 글의 대상은 사조상의 변화가 일어난 1920년대 중반까지의 작품이면 된다. 하지만 좀 더 확실하게 변화를 추적하기 위해서 「삼대」까지로 확대했다. 소설과 평론을 같이 대상으로 한 것은, 그가 자연주의의 이론가이기도 했기 때문이다. 그 자신의 이론과 작품의 상호연관성을 고찰함으로써 그의 자연주의의 이론과 실제를 함께 조명할 수 있기 때문이었다.

I부

염상섭과

자연주의

1. 용어에 대한 고찰

1) 명칭의 단일성과 개념의 복합성

일반적으로 동양의 예술가들은 문예사조의 일면성을 절대시하는 것을 원하지 않는 경향이 있다. 일본의 근대문학을 보아도 그런 경향은 쉽게 발견된다. 문예사조의 특성을 세밀하게 분석하여 개념을 확실하게 정립하는 프랑스 같은 나라와는 달리 일본에서는 문예사조를 보는 눈에 융통성이 많다. 자연주의의 경우가 대표적인 예다. 외국에서 수입된 사조인데도 일본의 자연주의는 원형과는 너무나 거리가 멀다. 낭만주의와 사실주의의 혼합형인 일본의 자연주의는 졸라보다는 루소와 더 많은 유사성을 가지고 있다. 그들은 이것은 '일본식 자연주의'라고 부른다. 한국도 일본과 비슷하다. 김동인은 문예사조의 구분법에 대해 회의를 나타냈다. 그러면서 그 자신은 루소이즘을 자연주의로 보고 있다.[1] 염상

---

1 「춘원과 나」, 『김동인전집』 6, 삼중당, pp.262-263.

섭은 자연주의를 루소이즘으로 보고 있지는 않지만, 문예사조의 규격화
에는 별로 관심이 없다.

① 예술이 어떠한 주형에 백여내이는 것이 아닌 이상에야 작가가 어떠
한 주의라든지 일정한 경향에 구속될 수는 없다. 그러나 그 작품이 완성
된 뒤에 제2자가 무슨 주의, 무슨 파라고 평정하거나 가치를 결정하는 것
은 자유일 것이요, 또한 작자로서는 관계가 업는 일이다.

「계급문학시비론」, 『전집』 12, p.58

② '나'라는 위인은 본시 이러하다는 주의에 매어달린 사람이 아니다.
무식으로도 그러하고 무골로도 그러하거니와 이미 주의가 업고 보니 흑
색, 백색, 회색, 그 아무것에도 해당함이 업다.

「민족사회운동의 유심적 일고찰」, 같은 책, p.86

③ 소위 '리얼리즘'이라는 것을 진부하다고 무조건 배척할 것도 아닌 대
신에, 시대유행의 사조에 추종하거나 모방할 것도 없으리라는 점이다.

「우리 문학의 당면과제」, 같은 책, p.181

①은 일정한 주의나 경향에 예술작품이 구속되는 것을 거부하는 자세
를 나타내며, ②는 자기에게는 주의가 없다는 것을 표명하고 있고, ③은
유행사조에 무조건 추종하거나 배척하는 자세를 경고하고 있다. 이런
태도는 "하여간 나는 편향을 싫어한다……. 문학 자체가 그러한 것이라
고 믿기 때문이다."(「조선문학 재건에 대한 제의」, 1948. 5)라는 발언을 통하여 그
이유가 밝혀진다. 그는 문학을 "자유롭고 넓은 보편적 순수성"으로 파악
하였고, 주의나 사조를 하나의 '편향'으로 간주하였기 때문에, 문예사조

의 가치를 절대화할 수 없었던 것이다. 이런 점은 자신의 문학을 문예사
조와 관련시켜 논하는 문장에서도 검증할 수 있다. 그는 자신의 문학의
사조적인 면에 대하여 언급할 때 대체로 단정적 표현을 쓰지 않는다.

④ 남들이 나를 가리켜 자연주의 문학을 하였느니라고 일컫고, 자기 역
시 그런가 보다고 여겨 오기는 하였지만……

「나와 자연주의」, 같은 책, p.219

⑤ 처녀작 「표본실의 청개고리」를 발표할제 의식적으로 자연주의를 표
방하고 나선 것은 아니었었다.

같은 글

그런데도 불구하고 데뷔 초부터 그를 자연주의를 들고 나온 평론가와
작가로 자타가 인정하고 있는 데 문제가 있다. 그의 자연주의도 김동인
의 경우처럼 명칭이 단일하다는 점에서 일본과 구별된다. 일본처럼 10
여 종의 자연주의가 공존하는 현상은 한국에서는 일어나지 않는다.

그 대신 김동인의 자연주의와 염상섭의 자연주의는 개념의 격차가 크
다. 김동인의 자연주의는 루소이즘을 의미하는데(주 1 참조) 염상섭의 경
우에는 루소는 배제되어 있기 때문이다. 그렇다고 백철처럼 때로는 루
소이즘을, 때로는 일본 자연주의나 졸라이즘을 자연주의라는 용어에 섞
어 쓰지도 않는다. 염상섭의 자연주의는 일본 자연주의와 졸라이즘의
두 개념을 공유한다. 하지만 같은 시기에 뒤섞어 쓰는 것이 아니다. 초
기에는 일본 자연주의를 의미하다가 2기에는 졸라이즘을 의미하기 때
문이다.

김동인은 이론적으로 졸라이즘에 대하여 논의한 일이 거의 없다. 그

에게 있어 자연주의는 루소이즘이었기 때문에 자신의 문학을 자연주의와 결부시키려 하지 않았다.(졸저,『자연주의 문학론』1, '용어'항 참조) 그는 과학예찬자였고, 물질주의적 인간관을 가지고 있었기 때문에 그의 작품을 비평가들이 자연주의와 결부시켜 논하고 있을 뿐이다. 염상섭은 다르다. 그는 자연주의론을 들고 나온 평론가인 동시에 자연주의와 관련되는 작품을 쓴 소설가로 자처하고 있다. 따라서 염상섭의 자연주의는 평론과 소설 두 장르에 걸쳐 논의되어야 한다. 작품에 대한 논의는 뒤에서 하기로 하고, 이 장에서는 그의 자연주의론을 중심으로 하여 그가 주장한 자연주의의 실상을 밝히고, 용어의 성격 변이과정을 점검하여, 그의 이론에 나타난 자연주의의 특성만 고찰하기로 한다.

(1)「개성과 예술」에 나타난 자연주의

염상섭이 자연주의에 대해 처음 언급한 평론은 1922년 4월에『개벽』에 발표한「개성과 예술」이다. 이 글은 그의 문학을 자연주의와 연결하여 논하게 만드는 기본 자료인 만큼, 이 글에 나타나 있는 그의 자연주의관을 점검하는 것이 염상섭의 자연주의의 성격을 밝히는 기초적 작업이라 할 수 있다.「개성과 예술」은 그 제목 그대로 개성과 예술의 관계에 대해 논한 글인데, 세 부분으로 나뉘어진 이 글의 (1)에 자연주의에 대한 언급이 나온다.

① 이와 같이 신앙을 잃어버리고, 미추의 가치가 전도하야 현실폭로의 비애를 감하며, 이상은 환멸하야, 인심은 귀추를 잃어버리고, 사상은 중축이 부러저서, 방황혼돈하며, 암담 고독에 울면서도, 자아각성의 눈만은 더욱더욱 크게 쓰게 되었다…… 하여간 이러한 현상이 사상방면으로는

이상주의, 낭만주의 시대를 경과하야, 자연과학의 발달과 공共히, 자연주의내지 개인주의사상의 경향을 유치한 것은 사실이다.

『개벽』22, pp. 2-3, 방점: 필자

② 세인은 왕왕이 자연주의를 지칭하야 성욕지상의 관능주의라하며, 개인주의를 박駁하야 천박한 이기주의라고 오상하는 자가 잇는 모양이나 이것은 큰 오해이다… 자연주의의 사상은, 결국 자아각성에의한권위의 부정, 우상의타파로인하야 유기誘起된 환멸의 비애를 수소愁訴함에, 그 대부분의 의의가 잇다. 함으로 세인이 이주의의 작품에 대하야 비난공격의 목표로 삼는, 성욕묘사를 특히 제재로 택함은, 정욕적 관능을 일층과장하야, 독자로 하여곰 열정劣情을 유발케하고 저급의 쾌감을 만족 시키랴는 것이 목적이아니라, 현실폭로의 비애, 환멸의 애수, 또는 인생의 암흑추악한 일반면으로 여실히 묘사함으로써, 인생의진상은 이러하다는 것을 표상하기 위하야, 이상주의 혹은 낭만파문학에 대한 반동적으로 일어난 수단에 불과하다.

같은 책, p.3, 방점: 필자

③ 예를 들어 말하면 불국의모-팟산의 작품「여女의 일생」과 같이, 미혼한 처녀가 자기의 남편될 사람은 위대한인물이라고 상상하고, 결혼생활은 신성하고 자미스럽은, 남녀의 결합이라고 생각하얏든 것이, 급기야 결혼하고 보니 평범한 남자에 불과하고 남녀의 관계는 결국 추외醜猥한 성욕적 결합에 불과함을 쌔닫고 비난하는 것이, 자연주의 작품의 골자다…… 하여간 소위 자연주의운동도 역시 각성한 자아의 규호叫呼이며 그 완성의 과정인 것만 이해하면 고만이다.

위와 같음

①은 자연주의의 발생요인에 대한 분석이고, ②는 염상섭이 생각한 자연주의의 성격을 표명한 것이며, ③은 작품에 나타난 자연주의의 실상에 대한 지적이다. 이 세 가지를 통하여 염상섭의 자연주의관이 나타나 있는데, 정리해 보면 다음과 같은 것이 된다.

   i) 자연주의는 반낭만주의, 반이상주의의 성격을 지니는 것이다.

   ii) 과학의 발달과 병행하여 생겨난 문예사조다.

   iii) 자아의 각성으로 인한 권위의 부정, 우상의 타파로 인하여 유기된 환멸의 비애를 수소愁訴하는 것이다.

   iv) 자연주의 문학은 성욕묘사를 제재로 하는 일이 많은데, 독자의 열정을 유발하기 위함이 아니라, 추악한 인생의 진상을 여실히 묘사하기 위함이다.

   v) 자연주의 운동도 역시 각성한 자아의 규호이며, 그 완성의 과정이다.

   vi) 개인주의도 자연과학의 발달로 인해 생긴 경향이어서 개인주의와 자연주의는 같거나 비슷하다.

이상의 6항 중에서, i), ii), iv)는 졸라이즘과 상통하는 성격을 지니고 있다. 졸라이즘은 반낭만주의, 반이상주의적 성격을 가지고 있으며, 과학주의는 리얼리즘과 자연주의를 나누는 분수령적 성격을 지니고 있고, 인간의 하층구조를 노출시킨다는 비난을 받고 있기 때문이다. 특히 iv)는 자연주의가 모든 나라에서 비난을 받는 대표적 요인이 하층구조의 노출벽에 있는데, 실상은 그게 아니라는 견해를 보여준다. 염상섭의 말대로 어느 나라의 자연주의도 관능을 과장하여 열정을 유발하려는 목적으로 성문제를 다루는 일은 없다. 인생의 진상을 있는 그대로telle qu'elle est 직시하려는 과학자와 같은 시선이 인간의 육체 속에 잠재하고 있는 배꼽 밑의 욕망을 폭로하는 행위로 귀결되는 것뿐이다. 따라서 ⅰ), ⅱ), ⅳ)는 졸라이즘의 규범들에 배치되지는 않는다.

그런데 나머지 ⅲ), ⅴ), ⅵ)에는 그것이 없다. 그 중에서도 ⅲ)은 졸라이즘과는 근사치를 지니지 않는 자연주의론이어서, 자주 논의되는 부분이다. 왜냐하면 ⅲ)의 원천은 일본 자연주의이기 때문이다. 염상섭이 여기에서 사용한 '환멸의 비애'나 '현실폭로의 비애'라는 말은 일본 자연주의의 이론가인 하세가와 덴케이長谷川天溪의 것이다. 하세가와 덴케이는 명치 39년 10월호 『태양』지에 「환멸시대의 예술」이라는 평론을 썼고, 명치 41년 1월호 『태양』에 「현실폭로의 비애」라는 글을 발표했는데, 이 두 글의 제목은 그대로 일본 자연주의운동의 캐치프레이즈였다. 염상섭은 그것을 그대로 받아들인 것이다. 제목만이 아니다. 「개성과 예술」과 덴케이의 글 사이에는 내용면에서도 유사성이 있음을 다음 인용문들을 통하여 확인할 수 있다.

④ 진실로 종교도 철학도 그 권위를 상실한 오늘날, 우리들이 심각하게 느끼는 것은 환멸의 비애이다. 현실폭로의 고통이다. 그리하여 이런 통고를 가장 적절하게 대표하는 것은 소위 자연파의 문학이다.

「現實暴露の悲哀」, 『長谷川天溪文藝大全集』, p.93

⑤ 예를 들자면 육욕을 묘사한다고 하면, 사방팔방에서 즉시에 이것을 비난하는 소리가 인다. …… 원래 육욕을 도발할 목적을 가지고 이를 묘사하는 것을 극력 비난할 바이다. 자연파는 육욕이 현실인 이상은 그것을 추라고 보지 않는다. …… 일체의 가치적 판단을 초월하여 이를 묘사하는 데서 그치는 것이다.

「자연주의에 대한 오해」, 같은 책, p.145

이 문제는 앞으로 염상섭과 일본문학의 관계를 논하는 글에서 자세히 논할 것이므로 여기에서는 이 이상 예를 들지는 않겠지만, 인용문 ④는 「개성과 예술」의 ①과 상통하며, ⑤는 ②의 후반부와 흡사하다. 이런 공통성은 염상섭이 일본 자연주의파의 기관지인 『와세다문학』을 통해 문학을 독학한 것을 상기시킨다. 『와세다문학』은 "독학자의 강의록이 었다."는 그의 말이 그것을 뒷받침하고 있다. 적어도 「개성과 예술」을 쓸 무렵의 염상섭에게 있어 자연주의는 일본적 자연주의였음을 이를 통하여 확인할 수 있다. 염상섭에게는 김동인 같은 '새것 콤플렉스'가 없었다. 그는 한번 한 말은 쉽사리 바꾸지 않는 문인이다. '현실폭로의 비애', '환멸의 비애' 등을 그는 일생동안 일관성 있게 쓰고 있다. 2기에 가면 빈도가 줄며, 3기에 다시 나타나는 것뿐이다. 이런 현상은 '개성론'의 경우에도 해당된다.

「개성과 예술」에 나타난 자연주의론의 원천이 일본 자연주의이기 때문에 졸라이즘을 자연주의로 생각하는 해방 후 세대는 그것을 자연주의론으로 볼 수 없었다. 앞에서 졸라이즘과의 유사성이 나타난다고 말한 ⅰ), ⅱ), ⅳ)의 경우도 엄밀히 말하면 졸라이즘 안에 함유되어 있는 사실주의적 경향과의 상동성에 불과한데, 이것은 일본 자연주의에도 포함되어 있는 특징이어서 일본 자연주의와 「개성의 예술」의 자연주의론은 여러 모로 유사성을 지니는 반면에, 졸라이즘과의 상동성은 적다.

ⅳ)의 개인주의와의 연계관계도 같은 맥락에서 추정할 수 있다. 일본의 자연주의는 개인주의와 유착되어 있었다. 개인주의가 나타나던 시기가 자연주의기와 오버랩 되어 있었기 때문이다. 염상섭은 '자연주의 내지 개인주의'라는 말로 이 두 사조를 한데 묶어놓고 나서, 두 가지가 모두 과학의 발달과 함께 생겨난 것으로 보고 있다. ⅴ)에서도 '자아의 각성'과 자연주의를 연결시키면서 그는 전혀 모순을 느끼지 않고 있다. 광

의로 본다면 그것도 그다지 잘못된 것이라고 할 수 없다. 중세의 성채들을 무너뜨린 요인 중의 하나가 과학의 발달로 생겨난 대포였기 때문이다. 문제는 과학의 발달사에서 어느 시기가 자연주의와 관계되는가 하는 데 있다. 대포의 출현 시기와 나폴레옹 3세의 제2 제정기와는 적어도 5세기의 거리가 있다.

유럽에서 근대가 시작된 시기는 르네상스 시대다. '자아의 각성'과 더불어 우상이 파괴되던 시기도 이 때다. 염상섭도 자아의 각성기를 "교권주의의 절대적 위압하에서 암담하고 황량한 노예적 생활을 일축"하던 시기로 보고 있다. 그런데도 그가 19세기 후반에 나타난 자연주의라는 사조를 자아의 각성, 우상의 파괴 등과 한데 묶어서 생각하게 된 이유는 1920년대의 한국의 상황과 관련이 깊다. 1920년대의 한국은 정치적으로는 군국주의 일본의 식민지였으며, 윤리적으로는 유교적인 몰개성주의가 여전히 지배력을 가지고 있던 사회였다. 1931년에 발표된 「삼대」의 주동인물이 조혼한 고등학생이라는 사실이 그 좋은 예다. 정치적, 윤리적 면에서 개인을 유린하는 세력이 막강한 힘을 지니고 있던 시기가 자연주의 문학기와 겹쳐져 있었기 때문에 한국에서도 일본처럼 개인주의와 자연주의가 유착되었다. 「개성과 예술」이 나오던 무렵의 지식인들에게 자아와 개성을 확립하는 것이 가장 절실한 과제였다는 사실은 「개성과 예술」보다 석 달 늦게 나온 「지상선을 위하야」의 다음과 같은 말을 통해 확인할 수 있다.

⑥ 자아주의를 기초로 한 신도덕이 확립하는 때 비로소 私로는 인격의 대를 완성할 수 잇고, 公으로는 자각잇고 근기잇으며 용감하고 철저한 봉사와 특성의 정신을 발휘할 수 잇게 되지요, 따라서 일민족의 번영, 전인류의 행복을 가히 기할 것이다. 『전집』 12, p.57

⑦ 노라와 갓치 타협하지 말라. 이것이 지상선을 위한…… 자아실현을
위한…… 제일잠언이다.   같은 글, 방점: 원작자

자아의 실현은 당시의 염상섭에게는 '지상선'이었다. 이런 경향은 그
보다 2년 전에 쓴 「자기학대에서 자기해방」에서부터 시작된 것이어서
1기(1920~23)의 염상섭의 세계를 관통하는 가장 두드러진 특징이라 할 수
있다. 자기를 독립된 인격체로 인정받는 일 자체가 이렇게 요란한 구호
를 내세우지 않고는 이루어질 수 없던 몰개성적 풍토에서, 자기해방을
부르짖던 염상섭의 주장은, 이인직, 이광수 등의 과제의 계승이다. 초창
기 문인들의 가장 중요한 문제가 몰개성주의와의 싸움이었기 때문이다.

일본의 경우도 다를 것이 없다. 정도의 차이는 있겠지만, 군국주의의
개성말살 정책은 일본인에게도 해당되었으며, 유교의 개성경시사상도
여전히 위력을 가지고 있었기 때문에, 일본의 자연주의는 사회에 대한
관심을 표명한 「파계」의 세계에서는 진전을 보이지 못하고, 작가의 사
생활을 폭로하는 「이불」계의 세계로 방향을 전환하고, '家'와의 싸움을
중요한 문제로 택하지 않을 수 없었던 것이다.

이런 상황이 명치문학을 관통하고 있었다. 사실상 명치문학의 주된
과제는 개인의 존엄성을 확립하는 일에 집중되어 있었다. 그 결과 낭만
주의뿐 아니라 자연주의까지도 개인주의와 유착되어, 주정성과 주관이
노출되기 쉬운 사소설이 정면에 세워진 채 대정기로 넘어가게 되는 것
이다. 한국은 일본보다 몇 십 년 더 늦게 근대가 시작되었기 때문에 개
인의 존엄성을 확립하려는 갈망이 더 강해서 신문학 초창기에는 모든
문예사조가 개인주의와 유착되는 현상이 나타난다. 염상섭도 예외가 아
니다. 그의 최초의 자연주의론의 제목이 「개성과 예술」이라는 사실이
그것은 입증한다. 「개성과 예술」은 자연주의론이 아니라 개성론이 주

가 되는 글이다. 양적인 면에서 보아도 총 3장 중에서 자연주의에 대해 언급한 것은 1장에만 나온다. 자연주의에 관한 주장은 개성론에 삽입된 삽화에 불과하다. 이 글의 주체가 개성론임을 다음 말을 통해서 확인할 수 있다.

⑧ 자연주의 운동도 역시 각성한 자아의 규호며, 그 완성의 과정인 것……

『개벽』 12, p.35

이 글에서는 자연주의가 자아각성에 의해 생겨난 여러 문예운동 중의 하나라는 견해가 밝혀지고 있다. '자아의 각성', '환멸의 비애', '수소' 등의 용어들은 졸라이즘보다는 낭만주의와 근사치를 지닌다. 졸라이즘은 반낭만주의, 반이상주의다. 졸라의 자연주의론의 주축은 '실험소설론'이다. 자연주의는 과학주의를 의미하는 것이다.

용어만이 아니다. 「개성과 예술」은 1장을 제외하면, 자연주의와 연결될 요인을 거의 가지고 있지 않다. 그의 개성론이나 예술론은 낭만주의적인 것이기 때문이다. 그것을 구체적으로 검증하기 위해 「개성과 예술」을 분석하여 보기로 한다. 이 글은 3장으로 되어 있다. 1장에서는 "자아의 각성을 약술하고", 2장에서는 "차로 인한 개성의 발견과 그 의의"를 논한 후에, 3장에서는 "예술과 개성의 관계를 논하는 것"이 염상섭의 계획이다.

①은 자연주의론이 들어 있는 부분이다. 여기에서 염상섭은 자아 각성의 시발점을 르네상스기로 보고 있다. 그것은 타당성이 있다. 하지만 르네상스에서 자연주의기까지의 몇 세기를 모두 자아각성의 기간으로 보는 것에는 문제가 있다. 각성한 다음에는 성숙기가 있어야 하는데, 그게 빠져 있다. 염상섭이 자연주의기까지를 각성기간으로 보는 이유

는, 일본이나 한국의 자연주의의 개화기가 근대적 자아의 각성기와 오버랩되어 있는 데 기인한다. 그에게 있어 자아의 각성은 "근대문명의 정신적 모든 수확물 중, 가장 본질적이요, 중대한 의의를 가진 것"이다. 동시대의 다른 청년들도 마찬가지였을 것이다. '자아'와 '개성'은 그들 모두에게 '지상선'이었기 때문에, 새로운 사조를 모조리 개인주의와 동일시하는 착시현상이 일어났던 것이다.

다음에는 자아각성의 구체적인 항목이 나온다. 염상섭이 자아의 각성에 대하여 내린 정의는 다음과 같다.

> i) 교권의 위압으로부터의 해방.
> ii) '몽환에 감취ᡅ醉한 낭만적 사상의 베일'에서 벗어나는 것.
>
> 같은 책, p.34
>
> iii) 초자연적인 것은 모두 물리치고, 현실세계를 그대로 보려고 노력하는 것.

i)은 모든 권위의 부정을 의미하며, ii)는 반낭만주의적 경향임을 명시해 준다. 염상섭은 여기에서 자연주의와 자아의 각성, 개인주의를 한데 묶어서 '이상주의, 낭만주의'라고 부르고 있다. "개인주의 내지 자연주의의 시대를 경과하야, 자연과학의 발달과 공히 자연주의 내지 개인주의 사상의 경향을 유치……"(인용문 ①)라는 말을 통하여, 그가 자아의 각성을 반낭만주의, 친과학주의, 친자연주의적인 경향으로 파악하고 있는 것을 확인할 수 있다.

iii)은 과학적인 현실관을 보여 주는 부분이다. 졸라의 말을 빌자면 이것은 현실을 보는 리얼리스트의 스크린에 해당된다. 있는 그대로 현실을 직시하는 행위가 염상섭에게는 '현실폭로'인 것이다. '현실폭로'는 일체의 낭만적, 초자연적인 것을 거부하는 자세다. 현실을 있는 그대로 바라보았을 때, 거기에 나타나는 것은 몽환의 세계가 아니라 '분뇨진애 糞尿塵埃가 즐비낭자'한 추잡한 세계다. 자연주의적 안목으로 보면 '남녀 관계는 결국 추외한 성욕적 결합에 불과'하다. 그 좋은 예가 모파상의 「여의 일생」이라는 것이 염상섭의 의견이다. 자연주의에 성욕묘사가 나오는 것은 현실을 "여실히 묘사함으로써, 인생의 진상은 이러하다는 것을 표현"하기 위함이라고 그는 주장하고 있는 것이다.

ⅰ) 자아의 각성, 개인주의 등과 자연주의의 동일시 현상, ⅱ) '수소', '환멸의 비애' 등의 감상적인 용어, ⅲ) 개인주의를 반낭만주의로 보는 오류 등의 문제점을 제외하면, 1장은, 정명환의 말을 빌자면 "막연한 형태로나마 자연주의의 선언서로서 받아들여질 수 있을 것"[2]이다. 그 이유는 염상섭이 여기에서 제시한 각성한 자아는 반낭만적인 현실적 자아를 의미하기 때문이다. 정 씨는 이것을 "과학적 검증의 대상으로서의 개성"이라고 표현하고 있다.

그런데 2장은 1장과 다르다. 자연주의와 결부시키는 일이 불가능할 정도로 그것은 졸라이즘과는 거리가 멀다. 2장에 나타난 자아의 각성과 개성의 의의에 대한 염상섭의 견해를 살펴보면 다음과 같은 것이 나온다.

⑨ 그러하면 자아의 각성이니, 자아의 존엄이니 하는 것은, 무엇을 의미함인가. 이를 약언하면, 곧 인간성의 각성, 또는 해방이며, 인간성의 위대를 발견하얏다는 의미이다. 따라서 일반적 의미를 떠나, 개인이 취하야 일층심각히 고찰할지경이면, 개성의자각, 개성의 존엄을 의미함이라고도 할수잇는 것이다. 『개벽』 22, p.4

---

2 정명환, 『졸라와 자연주의』, p.273.

⑩ 그러하면, 소위 개성이라는 것은 무엇인가. 즉 개개인의 품부한 독이적獨異的 생명이 곳 그 각자의 개성이다. 함으로 그 거룩한 독이적생명의 유로가 개성의 현실이다.　　　　　　　　　　같은 글, 방점: 원작자

⑪ 그러하면 소위 생명이란 무엇인가……. 나는 이것을, 무한히 발전할 수 잇는 정신생활이라 하랴한다.　　　　　같은 책, p.37, 방점: 원작자

위의 세 인용문은 서로 유기적 관계를 지니고 있다. ⑨에서 염상섭은 자아각성의 의미를 정의한다. 그것은 일반적 의미에서는 인간성의 각성, 해방 등이며, 나아가서는 인간성의 위대함에 대한 발견을 의미한다는 것이다. 그렇다면 여기에서 의미하는 자아의 각성은 1장의 것과는 성격이 다르다. 2장에서의 그것은 르네상스적인 것일 뿐 졸라이즘과는 거리가 멀다. 졸라이즘의 핵심은 결정론적 인간관에 있기 때문이다. 그것은 인간의 위대성을 발견하는 낙관론 대신에, 인간의 자유의지의 부재를 주장하는 비관론에 입각해 있다. 인간의 위대함을 발견한 기쁨이 아니라 인간의 추함을 직시하는 데서 오는 절망을 그리고 있는 것이다. 염상섭이 「개성과 예술」 예문 ③에서 내세운 자아의 각성은 낭만적 몽환의 베일을 벗기는 것이었기 때문에 「여의 일생」과 연결될 수 있었다. 하지만 이번 것은 그런 것이 아니다.

이런 변질 현상은 ⑩에도 나타난다. 1장에서의 개인주의는 반낭만적 현실직시의 자세여서 자연주의와 유사성을 가진다. 그런데 2장에서는 '독이적 생명'을 의미하는 것으로 되어 있다. 개인의 독이성에 대한 숭배는 낭만주의의 속성이다. 배비트I. Babitt는 개별성le sens propre 존중을 낭만주의의 가장 중요한 특징으로 보고 있다.[3]

자아=개성의 등식을 만들어 낸 그는 이번에는 개성=생명의 등식을 만들어 냈다. 그리고는 생명=정신적 생활이라는 것을 ⑪에서 제시했다. 생명에 대한 정의 역시 1장과는 다르다. '물적 생명의 요구'도 정신 생활의 표현이기는 하지만, '숭고한 생명의 발로'는 아니기 때문에 '독이적 개성의 영역은 아니'라고 염상섭은 말한다. 그렇다면 독이적 개성은 숭고성과 이어진다. 그것은 정신생활에서 우러나오는 형이상학적 요구를 의미하는 것이다. '충효열절' 같은 윤리적 아름다움이나, '영혼불멸'이니 '사후재생'이니 하는 윤리적, 종교적 사상이 모두 이에 속하며, 마지막으로 유구한 생명을 지니는 예술이 거기에 속한다는 염상섭의 주장은 '초자연적 일체를 물리치고' 현실을 직시할 것을 주장하던 1장과는 상치된다. 숭고한 정신적 요구가 아니라 물질적, 생리적 욕망을 인정하는 것이 자연주의이며, 영혼불멸에 대한 믿음이나 예술의 영원성에 대한 기대를 지니지 않는 것이 졸라이즘이기 때문이다. 3장은 2장의 연장선상에 놓여 있다.

⑫ 예술미는, 작자의 개성, 다시 말하면, 작자의 독이적생명을 통하야 투시한 창조적직관의 세계요, 그것을 투영한 것이 예술적 표현이라 하겟다. 그로함으로 개성의 표현, 개성의 약동에 미적가치가 잇다 할 수 잇고, 동시에 예술은 생명의 유로요, 생명의 활약이라 할 수 잇는 것이다.

같은 책, p.8

⑬ 또한 예술은 모방을 배하고 독창을 요구하는지라, 거기에 하등의 범주나 규약과 제한이 없을 것은 물론이다.　　　『같은 책』, p.8

---

3 *Rousseau and Romanticism*, p.22.

⑫를 보면 예술의 아름다움은 '작가의 독이적생명을 통하야 투시한 창조적직관의 세계'에서만 생겨나는 것으로 되어 있다. 따라서 그것은 2장처럼 독창성을 생명으로 하는 낭만주의적 예술론이다. '창조적 직관', '독창성' 등은 낭만주의 예술론의 핵심적 요소들이다. 자연주의는 직관이 아니라 해부와 분석에 의거한다. "우리는 분석가이며 해부가"[4] 라고 졸라가 말하고 있기 때문이다. 독이적 개성은 감성에 의존하는데, 해부가와 분석가는 이성에 의거한다. 그래서 독창성보다 진실성을 높이 평가한다. 그들의 예술론은 모방론이다. 자연주의에서는 작가의 눈은 거울이나 유리처럼 몰개성적이어야 한다. 그들은 가능한 한 충실하게 현실을 재현하는 서기이지 창조자가 아니다. 미가 아니라 진을 우위에 두는 자연주의 예술론의 견지에서 볼 때, 「개성과 예술」의 "번쩍이며 뛰노는 영혼 그 자신을 불어넣은 것"으로서의 예술은 허위에 불과하다. "독이적 생명을 통하야 투시한 창조적 직관"을 예술의 본질로 보는 예술관은 낭만주의적 예술관이기 때문에 「개성과 예술」을 낭만주의의 선언서로 보는 견해가 나타나는 것이다.

이 글에 나오는 자아의 문제는 연장하면 민족의 문제가 된다. 자아의 각성은 민족의 각성으로 이어지며, 개인의 독이성은 민족문화의 독이성으로 연결된다. 염상섭의 민족문학론이 개성론의 뒤를 이어 나타나는 이유가 거기에 있다. 이것은 염상섭만의 특징이 아니다. 자아의 각성이 민족의식의 각성과 연결되는 것은 낭만주의의 일반적 특징이다.

앞에서 살펴본 바와 같이 이 글은 두 부분으로 나뉘어져 있다. 미흡한 대로 자연주의론으로 볼 수 있는 1장과, 낭만주의 예술론이 표출되

---

4 "Nous ne somme que des savants, des analystes, des anatomisters……."
Le Naturalisme au théâtre, Le Roman Expérimental, p.152.

어 있는 2, 3장이 그것이다. 양적인 면에서나 내용면에서 후자가 단연 우세하다. 1장에서도 자연주의는 개인주의의 1분파로 파악되고 있을 뿐이다. 반이상주의, 반낭만주의와 현실을 직시하려는 태도 등에서 나타나는 사실주의 내지 자연주의와의 막연한 동족성만 제하면, 이 글은 낭만주의적 예술론과 개성론으로 일관되어 있다 해도 과언이 아니다. 그런데도 「개성과 예술」이나 「표본실의 청개고리」가 자연주의와 밀착된 것으로 논의되어 온 원인은 무엇일까?

거기에 대한 답은 다른 평자들도 염상섭처럼 일본 자연주의를 자연주의로 보고 있는 데 기인한다. 일본의 문예지들을 통해 자연주의 이론을 배운 염상섭처럼 다른 평론가들도 같은 경로를 통해 자연주의를 받아들인 것이다. 그들이 모두 해방 전에 활동한 문인들이라는 사실이 그것을 입증한다. 그러고 보면 일본 자연주의의 실상을 모르는 해방 후의 평론가들이 그런 판정에 이의를 제기하는 것은 너무나 당연한 일이다.

앞에서 졸라이즘과 유사한 점으로 분류되었던, ⅰ), ⅱ), ⅳ)의 경우에서도 일본 자연주의와의 유사성이 나타난다. 자연주의가 과학의 발달과 관계되며, 반이상주의적이고, 성에 대한 관심을 유발한 것은 일본 자연주의의 특징이기도 하기 때문이다. 일본 자연주의의 반이상주의적 성격은 그들의 구호 중의 하나가 '배이상排理想'이었던 점에서도 드러나며, 성에 관한 관심이 일본의 낭만주의와 자연주의를 가르는 기준이 되고 있는 사실에서도 입증된다. 일본 자연주의는 졸라이즘에서 자연과학science naturelle의 측면은 받아들이지 않고, 인성nature humaine의 면만 받아들여, '성의 위치부여'가 자연주의의 특징으로 간주되었던[5] 만큼 ⅰ), ⅱ)에 나타난 졸라이즘과의 유사성은 그들도 가지고 있었던 것이다. 과학

---

5 相馬庸郎, 『日本自然主義再考』, p.15.

주의, 반낭만주의, 추악한 면의 노출도 등에서도 정도의 차가 나타나고 있을 뿐 항목 자체는 유사성을 띠고 있었다. 그러고 보면 염상섭의 「개성과 예술」에 나타난 자연주의론은, 거의 전부가 일본 자연주의의 영향권 안에서 형성된 것임을 확인할 수 있다. 사실주의와의 공유분을 제한 후에 남는 졸라이즘만의 특성은 염상섭의 초기평론에서는 찾아보기 어렵기 때문이다.

(2) 「토구·비판' 3제」에 나타난 또 하나의 자연주의

염상섭의 「개성과 예술」에 삽입되어 있는 자연주의론의 원천은 『와세다문학』과 『태양』 등의 잡지에 발표된 일본의 자연주의론, 그 중에서도 하세가와 덴케이의 이론이다. 하지만 2기(1925~1929)의 평론에 나타나는 자연주의의 개념은 「개성과 예술」의 그것과는 상당히 성격이 달라진다. 거의 별개의 것이라고 해도 과언이 아닐 만큼 변화가 일어나는 것이다. 그 변화의 원인을 밝히고 개념의 상의점을 구명하기 위해, 이 시기의 평론 중에서 자연주의에 관한 언급이 가장 집중적으로 나타나는 「토구·비판' 3제」를 중심으로 그의 2기의 자연주의론의 특성을 점검해 보기로 한다.

① 사실주의와의 만남

「자기학대에서 자기해방에」, 「개성과 예술」, 「지상선을 위하여」 등 개성론이 주축이 되는 평론이 쓰였던 1920~1924년의 초기시대가 지나면, 염상섭의 계급문학과의 논쟁기가 시작된다. 「계급문학시비론」(1925. 2), 「계급문학을 논하야 소위 신경향파에 여與함」(1926. 1), 「민족·사회운동의 유심적 1고찰」(1927. 1), 「토구·비판' 3제」(1929. 5), 「문학상의 집단

의식과 개인의식」(1929. 5) 등이 연이어 쓰였던 이 시기는 염상섭의 개성
론이 계급문학론으로 대체된 시기다. 이런 급격한 변화는 외부적 여건
에 의해 강요된 것이라고 할 수 있는데, 신경향파의 등장 때문이다.

1920년대 초에 형성되었던 그의 개성론은, 그가 유학했던 대정기의
신낭만주의, 신이상주의 등의 영향으로 이루어진 것이다. 그런데 1920
년대 초에 일본문단에서는 프롤레타리아 문학운동도 시작된다.[6] 거의
비슷한 시기에 일어난 이런 여러 갈래의 문학운동이 한국에도 파급되
어, 자연주의의 정착기와 프로문학의 대두기가 겹치게 되었고,[7] 염상섭
의 경우에는 개성론에서 계급문학론으로 선회하는 계기가 주어진다.

「개성과 예술」이 나온 지 불과 3년 만에 계급문학 비판의 선두에 서
서 싸우지 않으면 안 되었던 이런 여건은, 염상섭의 개성론을 위해서는
불행한 일이라고 할 수 있다. 개성론이 성숙할 시간이 없었기 때문이
다. "자아를 겨우 각성하는 순간 사회주의 강풍이 이 땅을 내습"[8]하여
그의 개성론의 성장을 저해한다. '변증적 사실주의'(염상섭의 용어다)와의 싸
움이 시작되자, 염상섭의 개성 지상주의는 민족주의 문학론에 그 자리
를 양보하며, '불똥튀기는' 창조의 신비는 '생활 제일의론'으로 대체되고,
'노라 예찬'(「지상선을 위하여」)은 '쏘니아예찬'(『조선일보』, 1929. 10. 1~3)으로 바뀌
게 되는 것이다. 하지만 자연주의론의 입장에서 보면, '변증적 사실주의'
와의 만남은 그가 사실주의의 본질을 파악하는 데 도움을 주었다는 점

---

6 일본의 프롤레타리아 문학운동의 시발점은 대정 10년(1921) 『씨 뿌리는 사람』의 창간을
  기점으로 보는 것이 통례이다.　　　　　　　　　『大正の文學』, 有斐閣, p.120 참조
7 "이와 같이 자연주의는 한국의 현대문학에 있어 획기적 주류를 이루게 되었으나 미기에
  일전하여서는 소위 네오 로만티씨즘 내지 신이상주의 문학의 대두와 병립하여 유행적이라
  고도 할 만한 프로레타리아 문학운동이 전개되었으니……."
  　　　　　　　　　　　　　　　　염상섭, 「한국의 현대문학」, 『전집』 12, p.174.
8 김윤식, 「한국자연주의 문학론고에 대한 비판」, 『국어국문학』 29, p.17.

에서 긍정적으로 평가될 수도 있다. 사실주의를 알게 되면서 그의 자연
주의론도 함께 변하기 때문이다. 그 변화의 양상을 검증하기 위해 「토
구·비판' 3제」에서 몇 개의 인용문을 들기로 한다.

① 문학상 형식과 내용관계를 설명할 제 매양 자연주의란 내용이 사실
주의적 형식을 결정한 것같이 관찰함은 오류다. 사실주의의 아비가 자연
주의는 아니다. 자연과학이라는 정자와 실제철학이라는 난자의 수정으로
부터 자연주의라는 정신현상과 사실주의적 표현이라는 형태가 두꺼비처
럼 태어나서 "「보바리 부인」-「女의 일생」-「여배우 나나」"라는 등 자식이
되엇다고 나는 이러케 생각한다.　　　　　　　　　　　『전집』 12, p.154

② 자연과학은 근대의 여명이었다. 미래의 세계는 어떠한 문명으로 장
식되든지 과학문명의 '일류미네-슌'앞에 서서 그 공사를 진행하고 또 성
취할 것이다. …… 그와 마찬가지로 자연주의는 현대문학의 새로운 발족
점이엇든 것이다. 금후의 인류가 맨들어내는 문학은 어쩌한 사상관념으
로 우리의 생활을 끌고 가든지 간에 '내튜랠리슴'의 편영이라도 숨겨가지
지 안흔 것은 업슬 것이다…….
또 그와 마찬가지로 사실주의는 표현양식으로는 근대문학상 새로운 기
축이엇다. 발생의 순서로 보면 사실주의는 자연주의의 선구이엇고 또 협
의로 생각하면 사실주의나 자연주의나 다를 것이 업스나 어쨋든지간에
표현양식으로만 보면 리앨리슴의 수법이 금후에 문학에 잇서서도 상당한
세력을 가질 것이오, 또 오랜 생명을 지속할 것은 부인할 수 업슬 것이다.
　　　　　　　　　　　　　　　　　　　　　　　　　　같은 책, p.156

③ "현실사물을 잇는 그대로 실현적實現的으로 보는 태도"가 푸로레작

가의 태도라는 것은 애를 써 부정할 필요는 업는 것이나 이것으로 하필 프로레 작가의 독특한 경지인 듯이 생각하는 것은 웃으은 일이다. "위대한 예술은 과학적이어야 한다"고 한 "플로베르"의 말은 객관적, 현실적인 점에 잇서서 팔봉 이상으로 힘잇게 주장한 것이엇으나 "플로베르"는 무산 문학자가 아니라 자연주의자의 거두巨頭이엇다.   같은 책, p.156

④ "과장적 선정적 문자를 사용하는 것은 객관적 사실적 수법에 그다지 영향이 업다"는 말은 모순이다. 과장 선정은 진이 아니기 때문이다. 객관적 사실적 태도는 '미'보다 '진'을 구하는 의도이기 때문이다.

같은 책, p.157

「개성과 예술」과 「토구·비판' 3제」에 나오는 자연주의의 두드러진 차이점은 첫째로 자연주의와 상동성을 지니는 사조가 다른 데 있다. 전자에서 자연주의와 동류로 취급되는 사조는 개인주의였다. 1기에는 "자연주의 내지 개인주의 사상의 경향"은 둘 다 똑같이 자연과학의 발달에 의해서 유기된 사상으로 "이상주의 혹은 낭만파 문학에 대한 반동"을 특징으로 하며, "권위 부인, 우상타파, 자기각성"을 출발점으로 한다는 점에서 공통된다고 그는 생각했다. 그러나 계급문학과 싸우기 시작한 1925년부터 개인주의는 사실주의로 대치된다. 그 2년 동안에 염상섭은 자연주의와 유사성을 지니는 것은 개인주의가 아니라 사실주의라는 것을 깨달은 것이다. 그래서 「토구·비판' 3제」에서는 자연주의와 사실주의가 병렬되어 사용된다.

그러고 보면 염상섭의 세계에는 두 개의 자연주의가 존재한다고 할 수 있다. (A) 사실주의와 상동성을 지니는 자연주의와 (B) 개인주의와 상동성을 지니는 자연주의다. 「토구·비판' 3제」의 자연주의는 (A)형이다. 이 글에는 개인주의라는 말 대신 사실주의, 자연주의, 혹은 '내튜 럴리슴', '리앨리슴'이 지속적으로 연결되어 나타나는데, 이런 경향은 1962년에 쓴 「횡보 문단회상기」까지 계속된다.

두 번째로 제기되는 문제는 사실주의와 자연주의의 유사성과 상이성 에 대한 작가의 분류법이다. 염상섭에 의하면 이 두 사조의 유사성은 다음과 같다.

ⅰ) 자연과학과 실제철학의 결합에서 생겨났다.

ⅱ) 현실사물을 있는 그대로 보는 객관적, 현실적 태도를 가지고 있다.

ⅲ) 미보다 진을 구하는 것이 사실적, 객관적 태도의 정도이다.

ⅳ) 현대문학 전반에 막강한 영향력을 끼치는 사조들이다.

이상의 특징들을 통하여 우리는 염상섭의 「토구·비판」 3제」 나타나 있는 것은 일본 자연주의보다는 프랑스의 자연주의에 접근해 가고 있음 을 확인할 수 있다. 자연과학과 실제철학의 결합을 이 두 사조의 본질 로 본 사실이 그것을 입증한다. 「개성과 예술」에서도 염상섭은 자연주 의를 과학과 연결시켜 생각하고 있다. 하지만 그것은 르네상스적인 성 격을 지닌 과학이다. 그 과학은 '우상의 파괴', '권위의 부정' 등을 가져 오게 한 동력에 불과했기 때문에, '자아의 각성', '개인주의' 등과 유착될 수 있었다. 거기 비하면 「토구·비판」 3제」의 과학주의는 '실제철학', '유전학' 등과 밀착되어 훨씬 졸라이즘과 가까워지고 있다. 그것은 "환 멸의 비애를 수소함에 그 대부분의 의의가 잇던", 주정적 주관적 경향 대신에 "자기의 의견이라는 것을 몰각한" 가치중립적 태도와 직결된다. 과학자처럼 냉철한 객관주의를 입지점으로 하여, 미보다 진을 존중하는 경향이 나타나는 것이다. 따라서 예술은 이미 "독이적 생명의 유로"나

"진, 선, 미로 표징되는 바 위대하고 영원한 사업"이 아니라 "현실사물을 잇는 그대로 보는" 정확하고 성실한 재현의 작업이 된다.

실증적 사고, 가치중립적 태도, 객관주의, 진 존중사상, 재현론 등은 불란서의 리얼리즘계 문학과 상통하는 특성들이다. 「개성과 예술」에서는 자연주의를 대표하는 작품이 「여의 일생」 하나였는데 여기에서는 「보바리 부인」, 「여배우 나나」가 첨가된 것도 간과할 수 없는 점이다. 프랑스의 자연주의의 대표작가가 모두 망라되어 있는 만큼 염상섭의 자연주의에 대한 지식은 「개성과 예술」의 발표기보다는 훨씬 정확해졌고, 폭도 넓어졌음을 알 수 있다. 결국 염상섭은 프로문학과의 논쟁 과정에서 사실주의를 만났으며, 그 만남을 통해 사실주의와 자연주의가 유사성을 지니는 사조라는 것도 터득하였으리라는 가정이 가능해진다.

자연주의와 사실주의의 차이점에 대한 그의 견해는 대략 다음과 같다. 염상섭은 '자연주의=정신현상', '사실주의=표현의식'이라는 공식을 만들어낸다. ⅰ)과 ⅱ)에서 반복적으로 나타나는 이 공식은 역시 그후의 그의 문학론의 중요한 골자가 되어, 1962년까지 효력을 지닌다. 사실주의와 자연주의의 구별 기준에 대한 그의 신념은 그만큼 확고했다. 두 번째로 거론된 것은 객관주의와 주객합일주의다.

⑤ 그러나 그 '진'은 작가의 눈을 통하야 본 '진'이다. 작가의 눈이란 작가의 주관이다. 사실주의는 주관주의가 아니다. 그러나 순전한 객관주의도 아니다. 주와 객을 분열적으로 보는 것이 아니라 객을 주에 걸러서 보는 것이 사실주다. 만일 사실주의는 어데까지던지 객관에 충실한 것이어야 한다하면 나는 취치 안는 바이다. 객과 주가 혼연히 일체가 되는 데에 묘미가 있는 것이요 생명이 약여하고 발랄한 개성이 활동하는 것이다.

객관에 고착하야 주관을 몰각할 때 그 속에 자기는 업다…그러한 작품은 사진사의 할 일이다. '……대상(객체)의 내부에서 자기의 생명-자기의 개성이 활약하므로써 대상을 생명화 하고, 다시 자기의 심경을 객관화 하므로써 대상과 자기를 끊을랴 하야 슨흘 수 업는 밀접한 관계에 합체 식힐쌔, 거기에서 사실적 생동하는 작품을 낫게 되는 것이다.

「문학상의 집단의식과 개인의식」, 『전집』 12, p.167, 방점: 필자

⑥ 순객관적 태도에 시종한다면 푸로레문학자도 극단의 자연주의자와 다름이 업슬 것이다. 「'토구·비판' 3제」, 『전집』 12, p.157

⑤에서 나타나는 사실주의는 주객합일주의로 특징지어져 있으며, 바로 그 점이 염상섭이 사실주의를 자연주의보다 높이 평가하게 되는 이유가 된다. 주객합일의 경향은 그가 초기에 주장한 개성론과도 접합점을 지님을 방점 친 부분에서 확인할 수 있다. 한편 자연주의는 순객관적 태도라는 것을 ③과 ⑥을 통하여 알 수 있다. 뿐 아니라 여기에서 사실주의와 자연주의에 대한 염상섭의 기호도 나타난다. 주객합일의 태도를 높이 평가하는 그는 자연주의의 객관적 경향을 좋아하지 않는 점을 명시했기 때문이다. 해방 후의 평론에서 그가 자신의 문학의 본질을 사실주의로 고정시키고 있는 이유의 하나가 여기에서 드러난다.

세 번째 문제는 두 사조의 출현 순위에 관한 염상섭의 견해다. 「개성과 예술」에는 사실주의가 나오지 않는다. 염상섭의 경우에는 사실주의가 자연주의보다 늦게 등장하고 있다. 변증적 사실주의를 알면서 비로소 사실주의의 개념을 파악했을 가능성이 있기 때문이다. 그러나 염상섭이 늦게나마 사실주의가 자연주의보다 앞선 사조임을 알게 되었다는 것을 "사실주의의 아비가 자연주의는 아니다"①, "발생의 순서로서 보면

사실주의는 자연주의의 선구"②라는 말들을 통해서 확인할 수 있다. 자연주의보다 사실주의가 앞선 전형적인 나라는 프랑스이기 때문에, 그의 사실주의의 개념은 프랑스의 샹플뢰리Champfleury나 뒤랑티Duranty 등의 그것과 부합되고 있다. 일본에서도 전기 자연주의를 사실주의로 간주하고 있기 때문에 출현 순서는 불란서와 같다. 하지만 일본에서는 졸라이즘을 모방한 경향을 사실주의로 오해했기 때문에 염상섭의 '주객합일'적 사실주의와는 개념이 부합되지 않는다. 하지만 주객합일주의는 일본 자연주의자들이 선호하는 것이어서 그 점에서는 토손 카타이와 지향하는 바가 같다.

염상섭이 지적한 사실주의의 특성은 (1) 과학적 실증적 사고, (2) 현실의 정확한 재현, (3) '진' 존중의 예술관 등이다. 프랑스의 사실주의와 유사하다. 그런데 주객합일의 태도, 표현방법으로 사실주의를 국한하는 점 등에서는 프랑스의 사실주의와 어긋난다. 이런 양면성 때문에 혼란이 생긴다. 따라서 자연주의의 경우와 마찬가지로 염상섭의 세계에는 사실주의도 두 개가 있다고 할 수 있다. (A) 프랑스에서 자연주의에 선행하여 일어난 협의의 사실주의, (B) 범시대적으로 영원성을 지니는 광의의 'formal realism'적인 것이 그것이다. 이 중에서 염상섭이 선호하는 것은 (B)형임을 3기의 평론을 통하여 확인할 수 있다.

② 결정론의 출현

이 시기 염상섭의 자연주의론의 또 하나의 특징은 결정론determinism과 관련되는 주장들이 자주 나타나는 데 있다. 그것은 대체로 1) 사회적, 정치적, 지리적 환경과 그 나라의 문학과의 관계, 2) 작가와 작품의 상호관계에서 검출되는 환경결정론, 3) 형식과 내용의 결정성에 대한 환경과 유전의 역학관계 등 세 가지 패턴을 가지고 있다.

1)의 경향은 「현하조선예술운동의 당면과제」에 나오는 다음과 같은
말에서 검출된다.

⑦ 희랍문화 융성의 원인을 기후순조 천혜의 풍부 소국분립의 경쟁 등
지리적 조건과 언어의 유창 생활력의 우수 사색력의 탁월함을 들지만은
생활력과 사색력의 우수는 실로 기후천혜의 순조 담부贍富로 생산경제가
원활풍유한데다가 노예를 사용함으로써 시민계급이 잡무천역에서 버서나
서 시간과 정력에 여유가 만코 연구에 전심치력할 호팔자이엇든 까닭이
라고 아니할 수 업슬 것이다.　　　　　　　　　　　『전집』 12, p.147

여기에서 염상섭은 지리적, 경제적, 사회적 여건이 문화의 융성을 결
정하는 요인임을 역설하면서, 그 중에서도 경제적 여유가 가장 요긴한
요소임을 주장하고 있는데 다음 말은 그 사실을 재확인시켜 준다.

⑧ 올찬 나락을 배불리 먹을 시절, 발동기의 회전수와 무산자의 식기에
담기는 밥풀 수효가 정비례하야 가는 나라라야 문학은 진흥할 것이라는
말이다.　　　　　　　　　　　　　　　　　　　　같은 책, p.148

문예 진흥의 여건 중에서 물질적 여건을 특히 강조함은 「민족사회운
동의 유심적 일고찰」에서도 나타난다.[9] 거기에서는 '흙'과 '혈통'의 두
가지 결정론이 나오며, 그 두 가지의 불가분리한 관계가 숙명으로서 제
시되어 있다.[10] 「문예와 생활」에 나오는 "생활은 어떠한 경우에서든지

---

9 인용문 ⑪ 참조.
10 이상을 다시 요약하야 말하면 혈통은 본능적 선천적이요 사람과 「흙」의 교섭은 후천적이나

제일의第一義다."[11]라는 말도 같은 맥락에서 짚어볼 수 있다.

정신적 여건보다도 물질적 여건이 우선된다는 이런 태도는 그가 '변증적 사실주의'를 통해 결정론과 만난 사실과 관련이 깊다고 할 수 있다. 그의 결정론의 원천이 테느H. Taine나 졸라가 아니라 팔봉이나 유물론자들이었다는 것은 그가 "환경이 의식을 결정한다는 것이 유물론의 골자"[12]라고 한 데서도 확인할 수 있다. 2)도 이와 비슷하다. 사회와 작가의 관계에서도 1)처럼 환경의 결정성이 우선되고 있는데, 이런 태도는 「작품의 명암」(1929. 2) 등에서도 나타난다. 하지만 환경결정론적 사고는 상당히 오래된 것임을 1920년에 발표된 「여의 평자적 가치를 답함」을 보면 알 수 있다. 그때 이미 작가의 환경과 작품의 불가분리성에 대한 견해가 나오기 때문이다. "작품을 비평하려는 눈은 절대로 작자의 인격을 비평하려는 눈으로 삼지 말 것"[13]을 주장하는 김동인의 요구에 염상섭은 다음과 같이 답하고 있다.

⑨ 평가가 일개의 작을 평코자 할진대 반듯이 그 작자의 집필하든 당시의 경우, 성격, 취미, 연령, 사상의 경향…… 등 다방면에 세밀한 고찰이 유하여야 완전함을 기할 수 잇으며 또한 차등 제조건이 실로 일개인의 인격을 구성하는 바……   『동아일보』, 1920. 5. 31.

염상섭은 여기에서 꽃에 대하여 이야기하는 것이 아니라 꽃이 자란

___

불가능한 숙명하에 노힌 자연적 약속이다.

「민족·사회운동의 유심적 일고찰」, 『전집』 12, p.94

11 「생활과 문예」, 같은 책, p.108.
12 「토구·비판」 3제」, 같은 책, p.153.
13 『김동인전집』 6, 삼중당, p.161.

토양을 분석하는 입장을 취하고 있다. 작품을 결정하는 것은 작가의 인격이며, 작가의 인격을 결정하는 것은 '경우境遇'라는 것이 염상섭의 기본적인 입장이다. '경우'는 일어로 환경을 의미한다. 이 글이 「개성과 예술」보다 2년이나 먼저 발표되었다는 점을 감안하면, 시발점에서부터 그의 내부에 결정론적 사고가 자리잡고 있었음을 확인할 수 있다. 그러나 「자기학대에서 자기해방에」, 「개성과 예술」 등의 개성예찬론에 밀려 그 소리는 한동안 잠적했다가 '변증적 사실주의'와 만나던 1925년경에 다시 부활한 것이다.

이 시기는 그의 문학에 '생활제일주의'가 자리잡는 때이기도 하다. '생활'이 주아주의와 개성론을 지상선의 자리에서 밀어내는 것과 때를 같이 하여 결정론과 재현론이 등장하는 사상적 전환이 이루어진다. 그것은 계급문학시비론과 밀착되어 있다. 이 시기에 염상섭은 변증적 사실주의를 통하여 환경결정론을 알게 되고, 그것이 자기 안에 내재해 있던 결정론적 사고와 부합됨을 확인했다고 할 수 있다. 서울 중산층 출신의 타고난 현실감각과 합리적 사고가 그것을 소화시킬 수 있는 내적 여건이었다고 할 수 있다.

3)은 「토구·비판」 3제」에 중점적으로 나타난다. 염상섭은 여기에서 외부적 사정을 형식으로 보고, 내부적 요소를 내용으로 보는 견해 하에서 결정론에 대하여 본격적으로 논의한다. 형식이 내용을 결정할 수도 있다는 주장을 관철하여 '변증적 사실주의'의 내용 편중 경향을 비판하려고 '획득유전'의 이론을 원용하고 있는 것이다.

1세기 전에 '라마-크'(라마르크-필자)가 창도하고, 후에 '프란시쓰 깔톤'(골돈)이 나와 '조선祖先유전공헌설'로서 그 이론을 뒷받침하였다는 획득유전설은 외부적 사정(환경)이 인간의 "생식질生殖質에까지 영향을 미쳐서 피속에 용해되어 후손에게 유전된다."는 학설인데, 염상섭은 2회분 102행

중에서 44행을 획득유전에 대한 설명에 사용하고 있다. 이 글에서 획득유전설이 이렇게 큰 비중을 차지하는 이유는, 획득유전=형식의 등식에 기인한다. 형식이 내용까지 결정하기 때문에 예술에서 형식의 비중이 내용보다 무겁다는 것을 입증하기 위해서 염상섭은 환경결정론의 우위성을 역설한다. '프로레' 문학가들이 결정론의 신봉자들이기 때문에 결정론을 가지고 그들의 허점을 공격하는 것이 유리하다고 생각한 것이다. 그가 주장하는 '환경=형식, 의식=내용'의 공식의 타당성 여부는 그의 결정론의 원천을 규명하는 데 직접적인 관련이 없기 때문에, 여기에서는 염상섭이 결정론의 세로축과 가로축 중 어느 쪽에 더 비중을 무겁게 두느냐 하는 것만 밝히려 한다. 이 문제와 관련되는 대목이 이 글의 끝부분에 나온다. 거기에는 "원래 유전 그 자체가 무에냐?"라는 물음과 "진화란 무에냐?"라는 질문이 연거푸 나온 뒤에 다음과 같은 해답이 제시되고 있다.

⑩ 생활환경이란 것도 또한 환경의 지배로 구성된 것이 아닌가. 환경이 의식을 결정한다는 것이 유물론의 골자가 아닌가. 그런데 환경이라 함은 형식이오 의식이라 함은 내용이다. 그러면 유물론적 입장에 선 푸로레타리아 문학자는 그 본질에 잇서서 또한 형식론자라 할 것이 아닌가?

『전집』 12, p.153

이 글에서 그는 유전이나 진화를 환경의 영향의 퇴적으로 보고 있어, 유전론의 독립성이 무시되고 있다. 환경이 유전까지 결정짓는 것으로 되어 있기 때문이다. 이것은 획득유전설의 주장을 마무리짓는 부분인 만큼 이 글이 일관성 있게 환경이 유전보다 우위에 있음을 주장하고 있는 것을 확인할 수 있다. 염상섭의 의도는 형식의 우위성을 주장하는 데 있기 때문에, 여기에서 결정론은 그 예를 제공하는 역할밖에 담당하고 있지 않다. 이상의 주장들을 종합하여 볼 때, 염상섭의 결정론은 환경결정론 쪽이 항상 우위에 있음을 알 수 있다. 이런 경향은 그가 본격적으로 혈통과 환경의 함수관계에 대하여 언급한 「민족 사회운동의 유심적 일고찰」에 나오는 다음 인용문에서 다시 확인할 수 있다.

⑪ 여하히 심령에 관한 것이라도 문화의 창생적 견지에서 보면 어느거나 '흙' 또는 본질의 속박에서 탈각할 수 업는 것은 일반이다. 그리고 또 전자에 있어서 혈통이라 하고 심리적이라 함에 대하야 후자는 사회적 관념적이라 한 것도 엇던 정도까지의 차이임은 물론이니 혈통이라는 것이 인류결합의 대본인 결혼에서 출발한 것인 다음에야 이미 사회적 현상임은 물론이요 관념도 또한 심리작용이기 때문이다.   『전집』 12, p.91

혈통도 사회적 현상으로 보는 염상섭의 시각은 내용도 획득유전에 의해 결정된다는 환경우위 사상과 궤를 같이 한다.

염상섭의 결정론의 출처를 구명하기 위하여 졸라의 결정론과 유물론자의 결정론의 차이를 간단하게 살펴보기로 한다. 에밀 졸라의 자연주의는 물질주의적 인간관, 결정론에 대한 믿음, 비극적 종결법의 세 기둥으로 이루어져 있다.[14] 따라서 졸라와 유물론자와는 공통점이 많다. 그들도 물질주의자이며, 결정론자이고, 역시 비극적 종결법을 채택하고 있기 때문이다. 그러나 결정론의 내용은 서로 다르다. 졸라의 결정론에서는 생리적 측면의 비중이 무겁다. 졸라가 그리려고 한 것은 생리인간이기 때문이다. 그래서 자연주의에서는 유전의 비중이 환경 못지않게

---

14 졸저, 『자연주의 문학론』 1, 1장 1 참조.

비대해진다. 『루공-마카르』는 한 가족의 '자연적, 사회적 역사'를 그린 작품이다. 이 경우의 '자연'은 생리적 측면을 의미한다. 졸라이즘은 피 race와 환경milieu의 결정 요인이 인간을 하등동물로 전락시키는 데 역점을 두기 때문에, 비극의 원인도 인물의 의지박약, 나태, 알코올중독, 신경증 등 생리현상과 결부된다.

물질적 소유의 과다가 인간의 계층을 분류하는 기본여건으로 간주되는 '변증적 사실주의'에서는 유전의 비중이 약화된다. 따라서 비극의 원인은 사회와 제도의 결함에 있다. 못 가진 자와 가진 자의 갈등과 투쟁이 살인이나 방화 같은 끔찍한 사건을 야기시키기 때문이다. 염상섭의 결정론은 생리적, 유전적 측면이 거의 무시되고 있다는 점에서 '변증적 사실주의'의 환경결정론과 궤를 같이 한다. 그의 결정론은 환경 쪽에 치우쳐 있다. 이따금 혈통문제가 제기되기도 하는데 그것 역시 문화나 문학, 예술의 장르, 내용과 형식의 문제 등 추상적, 형이상학적 과제하고만 연결되어 있어 졸라가 추적한 생리인간의 부각과는 거리가 멀다.

이상에서 고찰한 바에 의하면 염상섭은 2기부터 결정론에 대한 믿음이 확고해지고 있음을 알 수 있다. 내용에 대한 형식의 결정성, 민족문화에 대한 사회적, 지리적, 경제적, 환경의 결정성, 작가의 환경이 작품에 미치는 결정성 외에도 환경의 장르 결정의 요소 등 다양한 방면에서 결정론에 대한 믿음이 나타난다.

비록 그 원천이 자연주의가 아니고 '변증적 사실주의'라 하더라도 결정론의 출현은 그의 문학을 졸라이즘과 연결시키는 데 크게 기여한다. 그것은 물질적 여건이 인간에 미치는 영향력에 대한 긍정을 의미하기 때문이다. 환경의 결정성에 대한 믿음은 졸라의 결정론의 중요한 요인이기도 하다. 인간의 병리적 측면이나 수성獸性을 노출시키는 면이 약하다 하더라도, '식食'과 생활이 제일의第一義의 신조가 물질주의적인 것에는 변함이 없는 만큼, 그의 문학은 반낭만적, 반이상적, 반형이상학적 성격을 지니게 되어 자연주의, 사실주의 쪽과 근접하게 된다.

「개성과 예술」에서 일본 자연주의의 낭만적 측면과 연결되어 있던 염상섭의 자연주의는 계급문학과의 시비 도상에서 사실주의의 본질을 터득하게 되어, 현실적이며 실증적인 서구의 자연주의와 접맥하게 되고, 결정론과 함께 재현론도 나타나게 된다. '변증적 사실주의'와의 만남을 통하여 염상섭의 (B)형 자연주의가 형성되는 것이다.

③ 예술관에 나타난 '재현론'

계급문학 시비에 말려들기 이전이나 그 후의 시기를 통하여 염상섭에게서 변하지 않고 지속적으로 들려오는 또 하나의 목소리는 "인생은 예술업시는 살 수 업다."[15]는 말이다. 그에게 있어서 예술은 "무욕하고 무아無我이어야 함을 말함"이며, "영혼과 인격을 정화하고 신성화"[16]하는 것이다. "예술미는 이해를 초월한 영원한 기쁨의 원천"이라는 말이 1948년의 글에서도 나타나,[17] 예술을 지상의 가치로 생각하는 그의 자세가 얼마나 확고한 것인지 입증해 준다.

따라서 그는 공리주의적 예술관과 타협할 수 없었다. 춘원의 계몽주의, 팔봉의 프로문학 등에 그가 격렬한 반발을 느낀 것은 그들이 예술을 도구로 전락시켰다는 데 있다. 예술의 독자성은 무엇으로도 훼손시켜서는 안 될 귀한 기치라는 생각은 염상섭의 예술관이 본질을 이룬다. 하지만 그가 생각한 예술의 구체적인 개념은 계급문학 시비 이전과 이

---

15 「조선과 문예·문예와 민중」, 『전집』, p.127.
16 「팡'과 나·씨사쓰」, 『동아일보』 1929. 2. 13.
17 「나의 소설과 문학관」, 『전집』, p.198.

후에 판이하게 달라진다.

⑫ 과연 불가튼생명이, 불절히연소하는초점에서, 반짝이며뛰노는 영혼 그자신을 불어너흔것이 곳예술의본질이어야 하겠고 우리는거긔에서만, 진정한미를멱출할 수 잇으며, 영원한 생명이 간단업시 약동하고 유로함을볼 수가잇다……이를요약하야말하면, 예술미는, 작자의개성, 다시말하면, 작자의 독이적생명을통하야 투시한 창조적직관의 세계요, 그것을 투영한 것이 예술적표현이라 하겠다.   「개성과 예술」, 『개벽』 22호, pp.7-8, 방점: 필자

⑬ 또한 예술은 모방을배하고 독창을요구하는지라, 거긔에 하등의 범주나 규약과제한이 업슬 것은 물론이다. 생명의향상발전의경지가 광대무애함과가티, 예술의세계도 무변제요, 예술의 세계의 무변무애無涯는, 개성의발전과표현의자유를의미하는 것이다.   같은 책, p.8, 방점: 필자

「개성과 예술」에 나타난 예술관은 "번쩍이며 뛰노는 영혼 그 자신을 불어 너흔 것"이 예술의 본질이라는 생각 위에 세워져 있다. 그것은 "창조적 직관의 세계"를 의미하며, '배모방'의 '무변제'한 세계를 뜻한다. 그것이 낭만주의적 예술관임을 점 친 부분을 통하여 확인할 수 있다.

그러나 1925년을 경계로 염상섭의 예술관은 백팔십도로 전환한다. 이 시기에도 그에게 있어 예술 그 자체는 여전히 '개성의 뒤틀림 업는 발현'이며, '내재적 생명의 유로'[18]지만, 이미 거기에는 '위대한 개성', '창조적 직관', '무변제한 자유', '불꽃 튀는 영혼' 같은 말은 존재하지 않는

---

18 「개성과 예술」, 『개벽』 22호, p.8.

다. 재현론이 등장하기 때문이다. 그의 평론에 모방론과 재현론이 본격적으로 나타나는 것은 1926년 1월 1일에 발표된 「계급문학을 논하야 소위 신경향파에 여함」부터다.

⑭ 다소간 지리하얏스나 이와 가튼 일상생활의 세사일망정 통속적으로 극화하거나 소설화하야 노흔 것을 돈을 내어 가며 보랴고 하고 보고 나서는 눈물을 흘리는 것이 현대인의 요구요 또한 '재현'의 요구이다.

같은 책, p.73, 방점: 필자

⑮ 예술이란…… '재현'에서부터 출발하는 것이다. '재현'에 대하야 환희를 느끼는 본능이 사람에게 잇는 것이요 이것이 예술본능이 잇는 비롯이다.

같은 책, p.71

⑯ '푸로'의 생활상이 실연되거나 묘사된다는 것이 노예노릇 하는 것이나 매춘부의 몸을 파는 것을 선전하는 것이 아니라 그것을 재현하는 것이요 인간의 본능으로서 자기의 일면 혹은 전면의 '재현'을 예술적 욕구로서 희구한다는 것이다.

같은 책, p.74

이 글은 염상섭이 프로문학에 본격적인 공격을 가한 최초의 평론인데, 어떤 곳에서는 한 페이지에 '재현'이라는 말이 세 번이나 나올 정도로 재현론이 자주 거론된다. "재현은 인간의 예술본능의 시초이며, 기반"이고, 예술적 욕구의 초보라는 것이 염상섭의 새 주장이다. 1926년에 확고하게 드러난 모방론적 주장은 1927년에 "문예는 인생고, 생활고, 현실고의 표백이요, 그 배설구"[19]라는 말로 나타나며 1928년 4월에는

'재현' 대신 '반영'[20]이라는 말이 쓰이며, 「소설과 민중」(1928. 5)에서는 "인생의 진상과 현실상을 해부 비판"하는 장르로서 소설이 제시된다.

「토구·비판」 3제에서는 모방론과 관계되는 용어가 '보고'다. "사실 잇는 그대로 보고하는 수단밧게 또다시 업슬 것"[21]이라는 말이 그것이다. 재현, 반영, 보고 등의 용어를 통해 되풀이되는 모방론은, 한편에서는 생활과 예술의 밀착성을 주장하는 결정론적 사고와 병행하면서, '인생을 위한 예술'의 중요성을 내세우는 주장[22]을 수반하며, 마지막에는 '생활'을 제쳐놓고 문학제일일 수는 없다[23]는 견해에 다다르게 된다.

그렇게 일단 모방론으로 옮아간 염상섭의 예술관은 마지막까지 변하지 않는다. 그 자신의 말을 빌면, 그 시기는 그가 자연주의를 떠나 사실주의에 정착해서, 사실주의와 더불어 끝까지 가는 기간이다. 「개성과 예술」에 나타난 예술관과 1925년 이후의 예술관을 대비하면 대략 다음과 같은 대조표가 이루어진다.

「개성과 예술」	「토구·비판」 3제
① 반모방론	모방론
② 창조적 직관	해부, 비판
③ 독창성	재현, 보고
④ 불꽃 튀는 영혼의 이입	인생고의 배설
⑤ 무변제의 자유	제한된 당대의 현실
⑥ 작가는 위대한 개성의 소유자	작가는 범속한 보고자

19 「문학상의 집단의식과 개인의식」, 같은 책, p.163.
20 「조선과 문예·문예와 민중」, 같은 책, p.133.
21 「토구·비판」 3제, 같은 책. p.159.
22 「소설과 민중」, 같은 책, p.145.
23 「나의 소설과 문학관」, 같은 책, p.198.

영혼, 개성, 직관, 자유 같은 표현이 당대성, 인생고, 재현, 해부 등과 교체되면서 그의 문학은 리얼리즘기로 접어든다. 이 시기는 그의 생애에서 처음으로 문예와 생활이 밀착되는 시기이며, 결정론에 대한 믿음이 굳어지고, 사실주의, 자연주의 등에 대한 개념이 정립되는 시기다. 그의 소설이 가치의 중립성, 객관적 시점, 일상적 디테일의 묘사 등의 특성을 가지게 되어 「표본실의 청개고리」, 「개성과 예술」 등에 나타났던 초기증상을 탈피하는 시기에 해당된다.

「토구·비판' 3제」를 중심으로 2기의 평론에 나타난 자연주의론을 정리하면 다음과 같다.

> i) 자연주의는 과학과 실증주의의 영향하에서 생겨났다.
> ii) 자연주의와 동질성을 지니는 사조는 개인주의가 아니라 사실주의다.
> iii) 자연주의는 객관주의를 택하기 때문에 몰가치적 태도를 지닌다.
> iv) 자연주의는 현실을 있는 그대로 재현한다.
> v) 자연주의는 미보다 진을 존중한다.
> vi) 자연주의는 내용과 사상을 의미한다.
> vii) 자연주의는 문예사조의 기반이 되는 사조여서 영속성을 지닌다.

이상의 특성들을 '개성과 예술'에 나타난 자연주의론과 비교하면, 자연주의의 개념이 다각적으로 추적되고 있으며, 구체화되어 있음을 알 수 있다. 앞에서도 지적한 바와 같이 '개성과 예술'은, 개성론이 주가 되기 때문에 자연주의는 삽화적인 성격밖에 지니지 못하고 있으며, 그나마도 하세가와 덴케이의 용어들로 메워져 있다. 그러나 「토구·비판' 3제」에 오면 덴케이의 용어들은 자취를 감추기 시작한다. 그와 때를 같이하여 「개성과 예술」의 낭만적 예술관도 자취를 감춘다. 그러면서 일본 자연주의보다는 프랑스의 자연주의와 가까워지고 있다. 위의 7개항 중에서 프랑스의 자연주의와 맞지 않는 것은 vii)번뿐이다. 자연주의가 근대문학의 분수령을 이루면서, 그 후의 모든 문학에 지속적으로 영향을 끼치는 나라는 일본이기 때문이다.[24] 변증적 사실주의와의 논쟁, 시마무라 호게츠 島村抱月의 자연주의론 등의 영향을 받아 염상섭의 세계에는 졸라이즘과 근사치를 지니는 또 하나의 자연주의가 나타나는 것이다.

(3) 「나와 자연주의」의 경우

「나와 자연주의」가 써지는 3기는 해방 후부터 사망할 때까지의 기간이다. 그의 문학 전반을 정리하는 시기인 만큼 자연주의에 대한 견해도 결정판적 성격을 지니게 된다. 이 시기에 그가 자연주의에 대해 언급한 글은 「한국의 현대문학」(『문예』, 1952. 5·6월 합병호), 「나와 『폐허』 시대」 (1954. 2), 「나와 자연주의」(1955. 9), 「문학소년 시대의 회상」(1955), 「우리 문학의 당면과제」(1957. 9), 「사실주의와 더불어 40년」(1958. 2), 「나의 창작여담-사실주의에 대한 일언」(1961. 4), 「횡보 문단회상기」(1962. 11) 등이 있지만, 그 중에서 자연주의관이 가장 확실하게 나타나 있는 「나와 자연주의」를 중심으로 해서 염상섭의 자연주의론의 최종판을 정리해보기로 한다.

① 자연주의 출현 시기에 대한 염상섭의 견해

염상섭이 한국 자연주의의 출현 시기로 생각한 것은 『폐허』 시대다.

---

24 吉田精一, 『自然主義の研究』 上, p.184.

① 이 시기의 진정한 문학적 경향으로 말하면 '휴매니즘'과 '니힐리즘'의 교차점 위에 자연주의가 등장하였다 함이 타당치나 않을까 생각한다. …… 시단에 있어 '휴매니즘'과 '니힐리즘'이 채를 잡고 창작에 있어 자연주의가 뿌리를 박게 되엇던 시기이엇다. 춘원의 이상주의 문학 소위 설교 문학에 반기를 들고나선 김동인군 등의 창조파도 창작의 작풍은 자파自派에 있어 자연주의를 들고 나선 것은 필자 자신이었던 것을 나도 자인하는 바이다.

「나와 『폐허』 시대」, 『전집』 12, p.210

② 여하간 이와 같이 하여 폐허시대란 것이 있다 하면 그리고 이 시대의 공적이 있었다 하면 시문학이나 창작에 있어서나 본격적 순수문학을 수립하면서 그 보급에 노력하는 일방 인도주의적 허무주의적인 양경향을 좌우의 안벽岸壁으로 삼으면서 자연주의 문학을 수립한 데에 중점이 놓여 있었다 할 것이다.

같은 글, 같은 책, p.211

『폐허』 시대의 소설계가 자연주의로 특징지어진다는 염상섭의 주장은 한걸음 더 나아가 김동인과 자기의 문학이 자연주의적인 것이라는 주장으로 이어진다. 『폐허』에는 자연주의와 연결시킬 소설이나 평론이 없으니까, 이 시기가 자연주의의 수립기라면 염상섭에게서는 1921년에 나온 「표본실의 청개고리」가 그것을 대표하지 않을 수 없다. 염상섭 자신도 그렇게 생각했다.

③ 내가 『개벽』지에 처녀작 「표본실의 청개고리」를 발표한 것은 그 이듬해(1921년) 봄 일이거니와 우리 문단에 자연주의 문학이 수립된 것도 결코 의식적으로 조작한 것도 아니오 수입한 것도 아닌 것……

같은 책, p.210

「개성과 예술」이 1922년에 나왔으니까 "자연주의를 들고 나선 것"은 자기였다는 그의 주장에는 이 평론도 포함되는 것으로 보아야 한다. 소설 한 편으로 자연주의 문학의 수립 운운할 수는 없기 때문이다. 그렇다면 자연주의 문학의 수립 시기는 1921~2년경이 된다는 것이 그의 견해임을 알 수 있다. 이 시기에 김동인도 자연주의적 작풍의 글을 썼다는 염상섭의 말에는 동인의 어느 소설이라는 지적이 없다. 하지만 분명한 것을 그것이 「감자」 이전의 작품을 가리킨다는 사실이다. 자신의 「금반지」와 「전화」 이전의 작품과 김동인이 「감자」 이전의 작품을 자연주의로 간주한다면, 그것은 앞에서 분류한 자연주의 (A)형은 아니라는 점이 확실해진다. 그렇다면 3기에 와서 그가 자연주의라고 부른 것은 「개성과 예술」의 자연주의론과 부합되는 자연주의 (B)형인 일본 자연주의다.

그때 우리나라에는 「표본실」, 「개성과 예술」 이전에 이미 졸라의 자연주의가 소개되어 있었다. 「개성과 예술」이 나온 1922년 4월 이전에 졸라이즘에 대하여 소개한 글들로는 다음과 같은 것들이 있다.

- 백대진 : 「현대조선에 '자연주의' 문학을 제창함」, 『신문계』, 1915. 12.
- 효종　 : 「소설개요」, 『개벽』, 1920. 6.
- 김한규 : 「팔대문호약전」, 『신천지』, 1922. 1.
- YA생　 : 「근대사상과 문예」, 『아성我聲』, 1921. 7.
- 효종　 : 「문학상으로 보는 사상」, 『개벽』, 1921. 10.
- 김억　 : 「근대문예」, 『개벽』, 1922년 1월~3월.

"자연주의 문학이라 함은 소위 현실을 노골적으로 진직히 묘사한 문학이니 차에는 허위도 무하며, 공상도 무한 문학"이라고 백대진은 1915

년의 시점에서 이미 졸라이즘의 기본적 성격을 제대로 소개하고 있으며, 나머지 사람들도 1) 무신론적 경향, 2) 암흑면 묘사, 3) 결정론적 사고, 4) 객관주의 등의 경향을 졸라의 특징으로 지적하고 있다. 그 중에서도 김억의 「근대문예」에 나오는 졸라의 소개는 상세하고도 정확하다.

　ⅰ) 현실의 진상을 그대로 묘사하려 한다.

　ⅱ) 유물론적, 기계적 인간관을 가졌다.

　ⅲ) 인물을 실험적으로 연구하는 과학주의scientific methode여서 '돌이나 사람이 두뇌나 다 같이 숙명의 지배를 받는다'고 생각한다.

　ⅳ) 인간의 자유의지를 부정한다.

　ⅴ) 객관적 태도로 관찰을 통하여 분석하고 해부한다.

　ⅵ) Bestialism이다. 그래서 The bestialization of holy kingdom을 시도하며, 인생의 병적 방면, 추오醜汚한 방면을 주로 기록한다.

　ⅶ) 대표작인 Les Rougonmacquart총서는 병적 신경성의 여자가 루곤과 막카르 두 남자와 관계하여 낳은 자식들의 이야기를 쓴 20권의 대작으로, 거기에는 "사회 각 방면의 잇는 그대로"가 다 담겨져 있어 발자크와 비견할 만한 대작이다.

　그 당시에는 평론가였던 염상섭이 이들의 글을 읽지 못했다고 볼 수는 없다. 그 중에서도 김억의 글은 절대로 몰랐다고 할 수 없다. 김억은 「개성과 예술」의 발표지인 『개벽』에 「개성과 예술」이 나오기 직전에 이 글을 썼다. 더구나 그는 염상섭과 같은 『폐허』의 동인이다. 그가 이렇게 자세하고 정확하게 불란서 자연주의를 소개했는데, 염상섭이 "자연주의를 들고 나선 것이 자기"라고 주장한 것은, 그의 자연주의가 졸라이즘과는 다른 것이라는 사실을 인정할 때에만 납득되는 처사이다.

그것은 또 염상섭이 졸라이즘은 자연주의가 아니고 일본 자연주의만이 자연주의라는 확신을 가지고 있었을 때에만 할 수 있는 행동이다. 염상섭은 자연주의에 관한한 자기만큼 아는 사람이 없다는 확신을 평생 가지고 있었던 것 같다.

백철의 경우에도 같은 원리를 적용할 수 있다. 그도 일본 유학생이었기 때문에 일본 자연주의를 유일한 자연주의로 알고 「표본실의 청개고리」를 한국 최초의 자연주의 소설로 규정했을 가능성이 많다. 그도 '환멸의 비애', '현실폭로의 고통'을 자연주의의 본질로 보고 있기 때문이다.(『조선신문학사조사』 상권(수선사, 1948년판), pp.334-338 참조) 염상섭의 자연주의가 일본 자연주의였을 가능성은, 그가 자신과 김동인의 초기 작품을 모두 자연주의로 보는 데서도 확인된다. 평론과 작품이 함께 큰 변화를 보인 1924년 이후의 자신의 문학을 염상섭은 자연주의에서 벗어난 것으로 보고 있는데, 이것도 앞의 주장을 뒷받침해 주는 요인이다.

따라서 50년대 이후에 나온 평론가들이 『폐허』 시대의 염상섭의 문학을 자연주의로 볼 수 없다고 항의하는 것은 자연스런운 일이다. 그들에게 있어서 자연주의는 졸라이즘을 의미하기 때문이다. 앞에서도 지적한 것처럼 그의 자연주의가 일본적 자연주의임을 인정할 때에만 그가 자연주의의 선두주자라는 백철, 조연현,[25] 염상섭의 주장에 타당성이 생긴다.

② 자생적 자연주의론

그런데 염상섭은 자신의 자연주의가 외국의 영향을 받아 형성된 것이 아니라고 주장한다. "의식적으로 조작한 것도 아니오 수입한 것도 아닌

---

25 『국문학전서』, 단기 4294년판, p.322.
　『한국현대문학사』, 단기 4289년판, p.388.

것"이라고 앞의 인용문 iii)에서 주장하고 있는 것이다. 이 말은 3기의 평론 도처에서 발견되는 염상섭의 일관되는 주장의 하나이다. 그에 의하면 한국의 자연주의는 모방이나 수입에 의존한 것이 아니라 '자연생성한 것'이다. 그것이 모방이 아닌 이유를 그는 우선 시대적 여건에서 찾고 있다.

④ 우리의 자연주의 문학이나 사실주의 문학이 모방이라거나 수입이 아니요 제 바탕대로 자연생성한 것이라는 뜻이며 또 하나는 창작(소설)은 다른 예술보다도 시대상과 사회환경을 더욱 반영하는 것이기 때문에 그 시대와 생활환경이 자연주의적 경향을 가진 작가들과 작품을 낳게 한 것이라는 뜻이다.　　「나와 자연주의」, 『서울신문』, 1955. 9. 30, 방점: 필자

⑤ 만세운동 직후에는 얼마쯤 희망과 광명을 찾는 것 같았고, 물심양면으로 활기를 띄웠었으나 이것도 잠시 한때요, 독립운동은 해외로, 지하로 숨고, 민족경제, 민족산업의 진흥기세도 꺾여버리고 다만 하나 문화면에 있어 민족진영에 허가된 두 신문도 삭제 압수 정간에 제소리를 제대로 하여보지 못하기는 무단정치 십년간과 별차이가 없던 그러한 속에서 살던 기예한 청년들은 사면팔방 꼭 갇혀있는 것 같고 질식할 지경이니…… 이러한 사정은 신문학의 주류를 자연주의에로 끌고간 큰 원인이었다 할 것이다.　　위와 같음, 방점: 필자

이런 주장들은 「한국의 현대문학」, 「나와 『폐허』 시대」, 「문학소년 시대의 회상」, 「횡보 문단회상기」 등에서 되풀이되고 있다. 3·1운동 직후의 정치, 경제, 문화적으로 암담한 여건이 한국의 자연주의 발생 이유

가 된다고 생각한 것이다. 이 말과 함께 그가 주장하고 있는 것은 자연주의의 '부정의 문학'으로서의 특성이다. 물심양면으로 비참함이 극에 달했던 당시의 시대상이 "염세적이요, 현실적 부정의 문학적 표현으로 나타난 것"[26]이 자연주의이며, 자신의 「표본실의 청개고리」는 "곧 그 시대상을 그대로 그린 것"[27]이라는 말도 하고 있다. 그는 현실의 암담함이 자연주의가 자생하게 된 첫 번째 여건이라고 보고 있는 것이다.

두 번째로 지적하고 있는 것은 과학문명이다. "더우기 뒤늦은 과학문명에 접촉하고 과학정신을 체득하게 되었던 우리이었음에랴"[28]는 말이 그것을 입증한다. 자연주의가 과학주의임을 확인시키려는 의도였을 것이다. 하지만 염상섭이 더 강조하고 있는 것은 첫째 여건이다. 과학에 관한 것은 한 번만 언급될 뿐이다. 따라서 그가 한국 자연주의의 자생 여건으로 되풀이하여 내세우고 있는 것은 3·1운동 후의 암담한 사회상 하나뿐이라고 해도 과언이 아니다. 이는 그가 자연주의의 가장 두드러진 특징을 '인생의 암흑추악한'면을 '여실하게 묘사'하는 것으로 생각하고 있다는 증거다.

인생의 암흑면을 반영하는 것이 자연주의의 모든 특징이 아니듯이 사회적 여건의 암담함만이 자연주의 발생의 모든 이유가 될 수는 없다. 불란서나 일본에서는 자연주의기가 참담한 시기가 아니었기 때문이다. 염상섭의 말대로 그것은 비관적인 문학을 받아들일 요인에 불과하다. 엄격하게 말하자면 내적 요인 중의 하나에 지나지 못한다.

문제는 외래적 요인을 무시한 데 있다. 외국 문예사조의 명칭을 그대

---

26 「나의 초기작품시대」, 『평화신문』 1954. 5. 24.

27 위와 같음.

28 「한국의 현대문학」, 같은 책, p.174.

로 쓰면서 외래적 요인을 몰각한 것은 그의 주장의 허점이다. 그는 "작가의 질과 시대상이 어울려서 한 경향이 나타나고 이것이 주류화하는 것"[29]이 문예사조 출현의 양상이라는 생각을 고집하면서 자연주의가 수입사조가 아니라는 것을 역설하려 한다. 외래사조 수입에 관한 염상섭의 결벽스러운 거부반응이 어디에 기인하는지 알게 될 단서를 다음 인용문이 제공해 준다.

⑥ 작품이 모방으로 되는 것이 아닌 이상 수입이나 작위로서 한 경향이 형성되고 등장하는 것은 아니다.

「나와 『폐허』 시대」, 같은 책, p.210, 방점: 필자

이 글을 통해서 염상섭이 문예사조의 수용을 작품의 모방과 혼동하고 있었던 것을 알 수 있다. 한국의 자연주의가 수입품이 아니라는 것을 입증하기 위해 그가 한 다음 말이 그것을 알려 준다.

⑦ 처녀작 「표본실의 청개고리」를 발표할제 의식적으로 자연주의를 표방하고 나선 것은 아니었었다. 거기에 나오는 인물이나 사건이 모두 실재의 인물이요 작자의 체험한 사실이었다는 점만으로도 수긍될 것이다.

은 글, 방점: 필자

외래사조의 영향을 긍정하는 것이 작품의 모방을 의미한다고 생각한 것은 실재한 사건이니 모방이 될 수 없다는 그의 주장에서 드러난다. 외래사조를 수용하는 것은, 외국 작품의 인물이나 사건까지 모방하는

---

29 「나와 『폐허』 시대」, 같은 책, p.210.

것을 의미하는 것은 아니다. 그러면 소설이 아니라 번안물이 된다. 영향관계의 수수는 사고의 방향이나 표현 기법의 기본적 원리를 주고받는데서 끝나는 것이 상례이기 때문이다. 나라마다 관습과 전통이 다르고, 지정학적 여건이 다르며, 국민성도 다르기 때문에 외래사조의 전적인 수용은 불가능하고 불필요하다. 그러니까 수신국의 여건에 따라 수용 가능한 것만 받아들여지고 나머지는 수정되거나 버려지게 되는 것이다. 모든 문예사조는 기본항만 수출되는 것이라고 해도 과언이 아닌데, 그 것도 지나치게 준수하게 되면 대중들이 따라가지 않기 때문에 뿌리를 내리지 못한다.

일본의 전기 자연주의가 그것을 입증한다. 전기 자연주의는 졸라이즘을 모델로 삼았는데, 1) 작품 수준이 이론을 따라가지 못했고, 두 나라의 2) 과학의 발달이 격차가 심해서 대중이 그것을 받아들이지 못했으며, 3) 이성주의 자체가 일본의 국민성과 맞지 않았기 때문에 유산되고만 것이다. 이론이 작품으로 육화되어 성공을 거두지 못한 것도 실패의 원인 중의 하나라고 할 수 있다.

염상섭이나 김동인의 경우는 번안이나 모방의 단계가 아니었다. 외국과의 영향관계가 검출되는 것은 사상과 창작 방법, 소재의 선택 등에 국한되며, 그나마도 부분적인 수용에 그치고 있을 뿐이어서 작품의 모방을 의미하지는 않는 것이다. 이론이나 기법면에서는 염상섭 자신도 자기가 일본의 영향을 받았음을 시인하고 있는 만큼[30] 염상섭이 외국문학의 영향을 부인하는 것은 작품의 모방면에만 국한된다고 보아야 한다. 염상섭은 토손처럼 '家'의 문제를 다룬 「삼대」를 썼지만, 그 두 소설에서 다루어진 문제는 다른 것이 많다. 염상섭식으로 말하자면 「삼대」

---

30 「횡보 문단회상기」, 같은 책, p.235.

는 한국에서 자생한 소설인 것이다.

하지만 일단 '자연주의'라는 외국식 레테르를 붙이려면, 원형과의 기본적인 유사성은 있어야 하는 게 원칙이다. 그것이 없는데 외래의 사조명으로 수식이 되니까 혼란이 생긴다. 일본 자연주의의 경우가 그것이다. 「표본실의 청개고리」의 경우도 그와 비슷한 문제를 안고 있다. 우리나라에는 졸라의 자연주의와는 많이 다른 일본 자연주의가 졸라이즘과 함께 수입되어 같은 이름으로 불리니까 「표본실」의 경우 같은 문제가 생겨났다. 그것만 바로잡으면 되는 것이다. 문화는 교류되는 것이기 때문에 영향관계를 완전히 부정하는 것은 불가능하다.

③ 자연주의와 사실주의에 대한 염상섭의 관점

염상섭은 자연주의의 문학사적 의의를 대단히 높게 평가한 문인이다.

⑧ 자연주의는 근대문학의 분수령으로서, 우리가 근대문학을 수립함에 있어 자연주의를 그 새 출발점으로 하고 기반으로 하여야 할 것은 당연한 귀추이기도 하고 필요한 과정이기도 한 것이었다.

「나와 『폐허』 시대」, 같은 책, p.210

⑨ 자연주의 문학은 어떤 나라의 문학에 있어서나 한 큰 분수령을 지은 것이나, 한국의 현대문학은 실로 그 분수령에서부터 발족한 것이라고 하겠다.

「한국의 현대문학」, 같은 책, p.173

이 두 인용문의 첫 번째 공통점은 모든 나라의 문학에서 자연주의가 근대와 전 근대의 문학을 나누는 분수령을 이루는 사조라는 견해다. 이런 견해는 「나와 자연주의」에서 "태서와 일본에 있어 근대문학의 분수령은 자연주의·사실주의"[31]라는 데서도 되풀이되고 있다. 하지만 태서의 경우에는 이 말이 부합되지 않는다. 그쪽에서는 자연주의 이전에도 이미 고전주의와 낭만주의, 사실주의 등의 사조가 교체되는 근대문학의 긴 생성기가 있었기 때문이다.

그의 말이 타당성을 지니는 나라는 일본밖에 없다. 일본에서는 자연주의 소설이 근대소설의 기본을 확립한 것으로 간주되고 있다.[32] 자연주의는 "근대소설의 커텐 레이저"로 평가되고 있다. 노벨이 자연주의기에 정착되었기 때문이다. 염상섭의 이런 오해는 유럽의 근대문학을 일본 것과 같은 것으로 생각하는 데서 생겨난다. 그는 『와세다문학』을 강의록으로 삼아 문학을 독학한 작가인데 유럽문학사는 제대로 학습하지 않았기 때문에 원형과 매개형의 차이를 분명하게 인식하지 못한 것이다.

그는 또 자연주의를 근대문학의 시발점으로 보고 있다. 일본에서처럼 한국에서도 자연주의 작가로 간주되는 김동인과 염상섭은 노벨의 선두주자이기 때문에 다른 나라도 그런 것으로 알고 있는 것이다. 그래서 그 이전의 문학의 전근대성을 전적으로 로맨티즘에서 찾는 다음과 같은 의견도 드러내고 있는 것이다.

⑩ 한국에서 현대 문학이라고 규정할 만한 신문학의 발아는 청일전쟁 전후 ─ 일제세력이 침입하기 시작하던 육십년전의 일이나, 그 초기에는 완전한 근대문학의 형태를 구비치는 못하였을망정 하여간 순연한 로맨티씨즘의 굴레에서 벗어나지는 못하였던 것이다.

「한국의 현대문학」, 같은 책, p.173, 방점: 원작자

---

31 「나와 자연주의」, 같은 책, p.218.
32 졸저, 『자연주의 문학론』 1, p.173.

여기에서 우리는 그의 로맨티시즘의 개념의 애매성을 읽을 수 있다. 「개성과 예술」에 반낭만주의, 반이상주의적인 자연주의론과 낭만주의적 예술관이 함께 들어 있는 사실이 그것을 입증한다. 염상섭은 자연주의 문학의 근대성을 반낭만주의로 인식하고 있었고, 춘원과 그 이전의 문학을 낭만주의적이라는 이유로 전근대적인 것으로 간주하면서, 자신의 자연주의적인 문학을 근대문학의 선두에 세우게 되는 것이다. 이런 오해는 그 무렵의 다른 문인들도 가지고 있었다. 김동인도 같은 행태를 보이고 있기 때문이다. 2, 3기에 가면 염상섭은 자연주의에 대한 애착을 상실한다. 그런데도 자연주의가 한국 근대문학의 시발점에서 '획기적 주류'(「한국의 현대문학」 참조)를 이루는 사조라는 사실에 비중을 두는 경향에는 변화가 없다. 자연주의의 문학사적 가치에 대한 긍정적 평가는 마지막까지 흔들리지 않는 것이다.

이런 일관된 평가에도 불구하고 염상섭의 자연주의는 두 갈래로 나뉜다. 하세가와 덴케이의 용어를 차용한 일본 자연주의와 대정시대의 신낭만주의가 합쳐져서 만들어진 초기의 (B)형 자연주의와, 졸라이즘과 변증적 사실주의가 합쳐져서 만들어 낸 2기의 (A)형이 그것이다. 그렇다면 3기의 자연주의는 이 둘 중에서 어느 것에 속하는 것인가를 규명할 필요가 있다. 3기에 가면 염상섭의 자연주의론에서는 2기에 거의 자취를 감추었던 초기의 용어들이 다시 등장하는 것이 눈에 띈다.

⑪ 당시 한국의 현실상이 자연주의로 다라날 수밖에 없었던 것을 간과하여서는 아니될 것이라는 말이다. 즉 제일차의 독립운동이 민족의식의 각성을 촉성하고 무형하나마 정신적 효과를 걷우었으나 실패에 도라간 환멸의 비애와 제일차 세계대전 후에 온 세계적 불경기의 조수에 밀려서

가일층 궁박窮迫한 생활에 빠진 식민지 백성의 문학적 표현으로서는 부정적 자연주의문학밖에 없었던 것이다.　　　　같은 글, 같은 책, p.174, 방점: 필자

⑫ 부친은 '만세'후의 허탈상태에서 자타락한 생활에 헤매던 무이상 무해결인 자연주의문학의 본질과 같이, 현실폭로를 상징한 '부정적'인 인물이며…….[33](방점: 필자)

⑬ 자연주의에서 그 단점이요, 병통인 과학만능의 기계주의를 비롯하여 극단의 객관태도, 무해결 또는 지금 와서는 아주 예사가 되고 웃음거리나 되는 현실폭로라든지 성욕묘사 같은 진부한 것은 떼어 놓고서, 쓸 만한 것을 추려가지고 나선 것이 사실주의라는 것이다.

「나의 창작여담」, 『염상섭』, 연희, p.317, 방점: 필자

⑪은 자연주의의 발생여건에 대해 언급한 것인데, 여기에서 염상섭은 한국 자연주의 발생의 중요한 요인을 '환멸의 비애'로 보고 있음을 알 수 있다. ⑫는 「삼대」에 대해 쓴 글이다. 이 글로 미루어보면 염상섭은 '무이상', '무해결', '현실폭로', '부정적 요소' 등을 자연주의의 본질로 보고 있으며, 그런 것을 대표하는 인물로 조상훈이 설정되었음도 확인할 수 있다. 1922년의 주장이 1961년에 부활하고 있는 것이다. 그런데 ⑬에는 재미있는 부분이 나온다. '현실폭로'를 자연주의로 보는 것이 '웃음거리가 되고 있다는 말'이 그것이다. 이 말은 1950년대 후반부터 그의 초기작품과 평론을 자연주의라고 부르는 데 대한 부정의 소리가 높아진

---

33 「횡보 문단회상기」, 같은 책, p.237. 여기뿐 아니라 같은 책, p.235에도 같은 말이 되풀이되어 나온다.

사실과 관련이 깊다. 자연주의를 졸라이즘으로 보는 세대의 등장과 함께 「개성과 예술」의 자연주의론이 비판의 대상이 되었던 것이다. 하지만 이런 비판에도 불구하고 염상섭의 일본형 자연주의에 대한 신념이 지속되었다는 것을 1년 늦게 나온 「횡보 문단회상기」가 입증해 준다. 여기에서 그는 여러 곳에서 초기의 용어들을 사용하면서 xⅲ)와 같은 발언을 하고 있다.

3기에는 초기에는 쓰지 않던 인상자연주의라는 말이 한 번 나온다. "주관의 혼입을 용인하는 비순수객관주의를 인상자연주의라고 하였던 모양······"34(방점: 필자)이라는 해설이 거기에 붙어 있다. 인상자연주의는 시마무라 호게츠의 용어35인데, 성격적인 면에서는 염상섭이 사실주의의 특성의 하나로 보는 '주객합일'이 허용되는 일본식 자연주의의 일파를 의미한다.

그 밖에 자주 나오는 것은 '무해결'이라는 말이다.

⑭ 또 '무해결'이라는 것, 즉 결론을 내리지 않거나 해결을 짓지 않는다는 것은, 과학적이요, 따라서 객관적이어야 할 자연주의 문학의 태도로서는 당연한 것인데, 나는 언제나 무해결을 노리기보다도, 좁은 주관으로라도 어디까지나 자기류의 해결을 짓고자 애를 써왔다. 그것은 해박한 지식과 풍부한 경험과 심각한 사색이나 각오도 없이 좁은 자기 주관의 일단을 내세워서 섣불리 어떤 결론을 짓는다는 것보다는 차라리 자유롭게 독자의 판단에 맡긴다는 것이 옳고 너그러운 태도일지 모른다. 순수한 자연주의작가들도 독단에 흐를까 보아서 '무해결'에 그쳤으나 그 독단이란 비과

---

34 「나의 창작여담」, 『염상섭』, 연희, p.315.
35 『자연주의 문학론』 1, p.74 참조.

학적일 것이 두려워서 한 과학만능주의의 태도일 따름이요, 내가 무해결
도 무방하였다는 말은 순전히 겸허한 도의적 견해이다.

「나의 창작여담」, 같은 책, p.316

　위의 인용문에서 알 수 있는 것처럼 '무해결'이라는 말은 약간 부정하
는 입장에서 논의되고 있다. 염상섭에 의하면 무해결은 자연주의의 태
도인데, 이 시기에 그는 이미 자신의 문학이 무해결의 경지를 넘어서서
"해결이나 결론을 준다는 것은 생활태도에 있어 적극적 단정을 내린다
는 의미로서 필요하다고 생각"[36]하게 되었기 때문에, 비판적으로 그 말
이 사용되고 있는 것이다. 무해결 대신 해결을 택한 문학을 그는 사실
주의로 보고 있으며, 따라서 이 시기의 자신의 문학은 자연주의를 벗어
난 것으로 보고 있지만 작품상에서는 '무해결'이 유효한 경우가 많이 남
아 있다.

　'무해결'이라는 말은 일본 자연주의의 구호 중의 하나라는 것을 상기
할 필요가 있다. ⑦에 나오는 체험주의적 주장 역시 마찬가지이다. 일
본 자연주의는 전술한 바와 같이, 진실을 그리는 것은 곧 실지로 일어
난 사건을 그리는 것이라고 생각했다. 그래서 작가가 직접 체험한 사실
이 아니면, 실제로 일어난 사건을 모델로 하여 작품을 쓰는 것을 이상
적인 것으로 생각하는 경향이 생겨나서 허구성을 배격하는 '무각색', '배
허구', '무해결' 등의 일본식 구호가 생기게 된다.[37]

　염상섭이 ⑦에서 지적한 것처럼 「표본실의 청개고리」는 '작가의 체험
한 사실'을 쓴 것이다. 「암야」도 마찬가지이며, 「제야」와 「해바라기」는

---

36 「나와 자연주의」, 같은 책, p.220.
37 졸저, 『자연주의 문학론』1, pp.134-137 참조.

나혜석을 모델로 한 소설이라는 점에서 일본 자연주의와 유사성을 지닌다. 따라서 염상섭이 이 소설들을 일본문학의 모방이 아니라고 한 것은, 체험 내용의 이질성을 의미하는 것일 뿐, '배허구', '무각색'의 경향에까지 적용시킨 것은 아니다.

그런 경향은 2기에 가서 완화되었지만, 3기에 가서 다시 1기의 구호인 '환멸의 비애', '현실폭로', '무이상', '무해결', '인상자연주의' 등의 용어와, 창작원리인 '무각색', '배허구'의 경향 등이 부활되는 것은 염상섭의 자연주의가 마지막까지 일본 자연주의에서 벗어나지 못하고 있음을 증언해준다. 끝으로 덧붙여 둘 것은 일본 자연주의의 전용어들이 재등장하는 부분은 주로 『폐허』 시대 전후의 자신의 문학을 논하는 글들이라는 사실이다. 염상섭은 끝까지 자신의 이 시기의 문학만을 자연주의로 간주하고 있었던 것이다.

3기의 자연주의론이 가지는 두 번째 특징은 2기의 자연주의, 사실주의의 분류법의 계승에서 나타난다. 두 사조의 유사성에 대한 인식에 바탕을 둔 자연주의와 사실주의의 병기현상, 자연주의=정신현상, 사실주의=표현방법의 분류방식, 두 사조의 영속성에 대한 믿음, 자연주의=과학주의, 객관주의 등의 등식이 그대로 계승되고 있다. 그러면서 사실주의와 자연주의의 차이를 ⅰ) 주객합일주의 대 객관주의, ⅱ) 긍정의 문학 대 부정의 문학, ⅲ) 해결의 종결법 대 무해결의 종결법, ⅳ) 지나치지 않는 과학주의 대 지나친 과학주의 등에서 찾는 분류법이 확립되는 것을 다음 인용문에서 확인할 수 있다.

　⑮ 대개는 자연주의 즉 사실주의라고 혼동하거나 불심상원不甚相遠한 것으로 보아 넘기는 모양이지마는, 양자는 동근이지同根異枝라 하더라도

분명히 구별되어야 할 것이다. 우리는 ⓐ자연주의는 버려도 사실주의는 버려서 안되기 때문이다. 그렇다고 ⓑ자연주의에서 한걸음 나서면 반드시 사실주의에 봉착한다는 뜻은 아니다…… ⓒ오직 지금 산문문학이 가진 가장 보편적 형태요, 자유로운 표현방식이라고 나는 본다.

　　ⓓ현실적, 과학적, 객관적이어야 할 주요요건으로 보면 자연주의의 분신이라 하겠으나, 자연주의에서 그 단점이요 병통인 과학만능의 기계주의를 비롯하여 극단의 객관태도, 무해결, 또는 지금와서는 예사가 되고 웃음거리가 되는 현실폭로라든지 성욕묘사 같은 진부한 것은 떼어 놓고서, 쓸만한 것을 추려가지고 나건 것이 사실주의라는 것이다.

「나의 창작여담」, 같은 책, p.317, 방점: 필자

　　ⓐ에서 검출되는 것은 사실주의 우위론이다. 이 시기에 오면 염상섭에게서는 자연주의 격하현상이 나타난다. 그때까지 자연주의가 차지했던 자리를 사실주의가 점유하면서 사실주의의 우위성이 노출된다. 그 이유가 ⓓ에서 나타난다. 염상섭이 자연주의의 결점으로 지적하는 것은 1) 과학만능 사상, 2) 극단의 객관주의, 3) 무해결적 종결법, 4) 현실폭로, 5) 성욕묘사 등이다. 이중에서 1)은 프랑스에만 해당되나 2)는 일본에도 적용될 수 있다. 다야마 카타이가 주장한 '평면묘사'도 객관주의를 택한 것이기 때문이다. 하지만 카타이 자신도 곧 '입체묘사'라는 말로 '주객합일'을 부르짖기도 하여 일본의 경우에는 후자가 주도권을 가진다. 3)은 주객합일과 같은 이유에서 거부되며, 4)는 염상섭이 긍정의 문학 예찬으로 선회한 데서 그 이유가 찾아지는데, 이 두 가지는 일본 자연주의의 특성에 속한다. 5)는 간단하게 규정하기가 어렵다. 정도의 차이가 심한데도 일본 자연주의도 졸라와 항목으로 비난을 받고 있기 때

문이다. 일본에서도 그 전 시대에 비하면 자연주의 시대는 성에 대한 묘사가 노출되기 시작하는 것이다.

그러고 보면 위의 다섯 가지 중에서 졸라이즘에만 해당되는 항목은 하나밖에 없고, 나머지는 공통 특징이거나 일본만의 특징이어서, 염상섭이 거부한 자연주의의 결점에는 두 유형이 함께 해당되나 이 경우에는 (B)형에 대한 관심이 압도적으로 우세하다는 결론이 나온다.

자연주의의 긍정적인 면에 대한 관점에서는 (B)형의 우세성이 더 커진다. 전술한 바와 같이 염상섭은 자연주의의 문학사적 가치를 높이 평가하며, 자연주의의 존재가치도 높이 평가하여 영속성을 지니는 사조로 보고 있는데, 거기 해당되는 외국은 일본밖에 없기 때문이다.

자연주의의 경우에는 프랑스와 일본 사이에 더러 공통점이 나타나지만 사실주의에 오면 공통성은 찾아보기 어렵다. 일본에서는 졸라이즘을 모방한 덴가이 등의 전기 자연주의를 사실주의로 보기 때문에 프랑스의 사실주의와는 공통성이 적다. 용어의 출현 순위에서만 공통성이 나타날 뿐이다.

염상섭의 사실주의는 일본 사실주의와는 관련이 없다. 서구의 사실주의의 개념을 물려받고 있기 때문이다. 광의의 사실주의나 협의의 사실주의가 모두 서구적인 개념과 유사성을 지니고 있다. 하지만 출현하는 순위는 반대다. 자연주의를 떠나 만나는 사실주의는 사회주의 리얼리즘이다. 그런데 염상섭은 예외에 속한다. 그는 자연주의를 떠나 변증적 사실주의로 가지 않고 그냥 사실주의로 옮아간 것이다. 그는 변증적 사실주의를 통해서 사실주의의 개념을 알았기 때문에 순서가 역전되는 것이다.

앞에서도 지적한 것처럼 염상섭에게는 사실주의도 두 가지가 있다. 그런데 그가 3기에 와서 자신의 문학과 관련시키는 사실주의는 광의의 사실주의라는 사실을 iii)을 통해 확인할 수 있다. "산문문학이 가진 가장 보편적 형태요 자유로운 표현방식"이라는 말이 그것을 입증하며, 그 사실을 뒷받침해 주는 말들이 다음 인용문에서도 나타난다.

⑯ 어떠한 문학사상을 가졌거나 우선은 자연주의를 거쳐 나가야 할 것이요 창작에 있어 표현방법으로는 사실주의를 근간으로 하지 않고는 모든 것이 붓장난이요 헛소리밖에 아니 되는 것이란 말이다. 그러므로 자연주의 작품이 사실적으로 나가는 것은 의당 그러려니와 자연주의 이후, 자연주의에서 벗어난 모든 현대의 작품도 사실적정신이 아니라면 그것은 작품으로 서지 않는다.　　　　　　「나와 자연주의」, 『전집』 12, p.218, 방점: 필자

⑰ 자연주의를 떠나서 사실주의에 충실하여 왔다 하더라도 그것이 뚜렷한 진일보는 못되는 것을 자신도 잘 안다. 그러나 나는 자연주의적 제약을 무시하면서도 그 테 안에서 돌던 자기의 작품을 끌어내어 사실주의라는 자유로운 경지에 놓았다고 생각하는 것인데, 이것은 자연주의로부터의 해방이라고 할까?　　　　　　「나의 창작여담」, 앞의 책, pp.316-317, 방점: 필자

시대와 유파를 초월하는 사실주의, 자유로운 사실주의는 광의의 사실주의다. 표현방법에만 해당되는 이 종류의 사실주의를 염상섭은 '넓리 사실주의'[38]라고 말하고 있다. 하지만 그 넓이에는 제한이 있다. 그는 사실주의를 자연주의와 비슷한 시기에 나온 사조로 보고 있기 때문이다.[39] 자연주의와 사실주의는 1) 과학주의, 2) 재현론, 3) 객관적 현실적

---

38 「한국의 현대문학」, 같은 책, p.176.
39 「토구・비판 3제」에서는 사실주의가 「근대문학상의 새로운 기축」으로 되어 있어 그의

태도 등을 공유한다고 「토구·비판' 3제」에서 염상섭은 말한 일이 있다. 프랑스의 것과 유사하다. 그러면서 사실주의를 표현방식에만 국한시키고, 유파를 초월한 사조로 보는 데서 혼선이 생긴다. 염상섭의 사실주의의 개념은 협의의 사실주의와 광의의 사실주의의 복합형이라고 보는 것이 옳을 것 같다. 이런 복합현상은 ⑮에서도 나타나기 때문이다. ⑮의 ⓒ는 분명 (B)형적인 사실주의이지만, 바로 그 밑의 ⓓ는 자연주의의 극단성과 결점만 제외한[40] 사실주의여서 (A)형에 가까운 것이 되고 만다. 하지만 3기의 사실주의보다는 2기의 사실주의가 (A)형의 색채가 더 짙다. 자연주의의 경우와 마찬가지로 2기의 주장들은 일본보다는 불란서쪽과 근사성을 지닌다. 3기에 오면 자연주의의 개념이 (A)형으로 재귀하면서 사실주의의 범위도 넓어져서 (B)형 쪽이 떠오르게 된다.

그 다음에 밝혀야 할 과제는 염상섭과 사실주의의 관계다.

> ⑱ 현재의 내 위치를 말하라 하나 내 입으로 말하기는 거북하다. 그러나 한마디 할 수는 있다. 사실주의에서 한걸음도 물러나지는 않았고 문예사상에 있어 자연주의에서 한걸음 앞선 것은 벌써 오랜 일이었다는 것이다.
>
> 「나와 자연주의」, 같은 책, p.220

그 시기가 언제라는 것은 명시하지 않은 채로 염상섭은 자신의 문학이 자연주의를 벗어난 지 오래되었다는 말을 하고 있는데, 객관적으로 볼 때 그 시기는 그의 세계에 사실주의가 들어오기 시작한 1924년경으

사실주의는 협의의 사실주의와 출현 시기가 같음을 알 수 있다.
40 염상섭과 호게츠는 자연주의의 극단적 성향을 미워하는 점에서 공통된다.
『자연주의 문학론』 1, p.76 참조

로 보는 것이 타당한 것 같다. 창작과 비평 양면에서 그에게 가장 큰 변화가 일어난 것이 그 무렵이기 때문이다.

이 시기를 자연주의에서의 벗어난 때로 본다면, 그 자연주의는 개성지 상주의와 유착되었던 초기의 자연주의기와 너무나 근접해 있다. 염상섭 의 3기의 자연주의가 (B)형의 영향권 안에 있다고 보는 이유가 거기에 있다. 그의 3기의 자연주의는 1) 부정의 문학,[41] 2) 체험주의, 3) 근대문 학의 분수령을 이루는 사조, 4) 무해결의 종결법, 5) 현실폭로, 6) 인상자 연주의[42] 등의 특성을 가진 점에서 일본 자연주의와 밀착되어 있다.

평론에 나타난 그의 자연주의는 2기의 것만 제하면, 시종일관하게 일 본 자연주의적 성격을 지닌 것임을 이를 통해 확인할 수 있다. 1960년 대에도 그가 자신의 1924년 이전의 문학을 자연주의로 보고 있는 이유 가 거기에 있다. 이런 경향은 그가 자연주의를 좋아하던 시기나, 그것 을 버리고 떠난 후나 한결같이 나타난다. 염상섭에게 있어 자연주의는 곧 일본 자연주의를 의미했던 것이다.

---

41 「개성과 예술」에서 '암흑추악한 면을 여실히 묘사'하는 것을 자연주의로 본 견해와 유사한 것임.

42 사실주의론에서 염상섭이 주장한 주객합일의 경향과 같은 것임.

2. 용어의 원천 탐색

　서론에서도 언급한 것처럼 1910년대의 한국 청소년들은 누구나 일본 유학을 꿈꾸었다. 그러나 그들의 진짜 목적지는 '하이델벨히'였다. 그곳에 갈 수 없으니까 할 수 없이 서구문화를 만나기 위해 일본에 간 것이다. 염상섭도 그런 청소년 중의 하나였다. 그는 일본에서 중·고등 과정을 주로 이수했기 때문에 일본화된 서구문화와 서구문화 자체의 차이를 감별할 능력이 없었다. 그는 불어나 영어 원서를 읽을 수 없었다. 일어로밖에 독서를 할 수 없었던 것이다. 그래서 일본화한 서구문화를 무조건 받아들인다. 문학의 경우도 마찬가지다.

　자연주의의 경우 그것은 위험한 도박이었다. 일본의 자연주의는 원형인 프랑스의 자연주의와 공통성이 희박한 것이었기 때문이다. 그것을 모른 염상섭은 일본의 자연주의를 유일한 자연주의로 믿게 된다. 그래서 백대진, 김한규, 김억 등이 1915년부터 졸라이즘을 상세히 소개했는데도 1922년에 자신이 쓴 글들이 한국 최초의 자연주의 문학이라는 발언을 하게 되는 것이다.

염상섭이 일본의 자연주의를 유일한 자연주의로 믿게 된 것은 졸라이 즘을 제대로 알지 못했던 데 원인이 있다. 염상섭은 김억이나 이광수, 주요한 등과는 달리 영어나 불어로 책을 읽을 형편이 아니었다. 그는 6년간 일본에서 학교에 다녔지만 대부분이 중·고등학교 과정이었다. 대학은 한 학기밖에 다니지 않았고, 그나마도 학비가 없어 제대로 다니 지 못하였기 때문에 원서를 읽은 만한 외국어 실력이 없었던 것이다.

하지만 그보다 더 큰 이유는 그의 일본문학에 대한 신뢰에 있다. 그 는 초기에 졸라이즘을 사실주의라고 부르는 일본문단의 경향을 맹신했 기 때문에 졸라와 자연주의를 연결시키지 못했던 것이다.('용어'항 참조) 서 구어를 잘 모르는 대신 염상섭은 일본어 실력은 다른 유학생들보다 월 등했다고 할 수 있다. 그는 일본에서 중·고등학교를 5년이나 다녔다. 따라서 그 시기의 유학생 중에서 가장 철저하게 일본어와 일본문학을 배운 사람이라고 할 수 있다. 더구나 그가 다닌 학교는 부립중학이다. 이광수, 김동인, 주요한 등이 다닌 명치학원이 미션스쿨이었던 것과는 대조적이다. 주요한이 명치학원을 졸업한 후에 들어간 일고를 제외하면 1920년대 초의 문인 중에서는 염상섭만이 일본의 공립학교를 다녔다. 명치학원 출신들이 친서구적이었다면 부립중학 출신은 친일본적이 되 지 않을 수 없었다. 일본문화의 진수와 접할 기회가 더 많았을 것이기 때문이다. 반면에 한국문학에 대한 소양은 얕아지지 않을 수 없다. 이 런 형편은 다음과 같은 염상섭의 말에서 잘 나타난다.

① 이 시절 우리가 받은 교육이 일어를 통하여 일본 문화의 주입을 생 으로 받은 것임은 합병 후의 공통한 운명이었지만은, 나는 소년기의 후반 을 좀더 한국적인 것에서 떨어져 지냈다는 것이 더욱 불리하였다. 가령 춘향전을 문학적으로 음미하기 전에 도쿠도미 로카德富蘆花의 "호도도기

염상섭이 일본문학에 관해 자신을 가질 수 있었던 것은 이런 여건에서 온다. 시조는 지은 일이 없지만 와카和歌는 지은 일이 있을[43] 정도로 일본문학과 친숙한 분위기에서 자랐기 때문에, 일본문학에 대한 식견에서는 자기를 따를 사람이 없다는 자부심을 가지고 있었다. 그 중에서도 특히 자신이 있는 부분은 자연주의에 대한 것이다. 그는 일본 자연주의의 기관지인 『와세다문학』을 '강의록' 삼아 문학수업을 했기 때문이다. (위와 같음) 당시의 한국 유학생 중에서 『와세다문학』를 읽으면서 제대로 자연주의를 공부한 사람은 염상섭밖에 없었을 것이다.

김동인은 그렇지 않다. 그는 구미의 탐정영화에서 문학에의 눈을 떴다. 그러다가 탐정영화에서 탐정소설로 갔고, 거기에서 『세계문학전집』으로 독서의 폭을 넓혀 갔다.[44] 그런데다가 귀공자로서의 기고만장한 오만함을 가지고 있던 그는 "일본문학 따위는 미리부터 깔보고 들어서"(「문단30년사」, 같은 책 6, p.18 참조) 일본문학을 체계 있게 공부할 마음이 없었다. 그래서 그는 염상섭만큼 일본문학을 깊이 알지 못했고, 또 알려고도 하지 않았다. 그는 실질적으로는 일본문학의 영향하에 있으면서 자신의 세계는 서구문화권에 속해 있는 것으로 착각을 했고, 그래서 그의 글에서는 일본문학과의 영향관계를 추출해 낼 자료가 거의 없다.(『자연주의 문학론』 1의 '김동인의 외국문학'항 참조)

이유는 김동인과 다르지만 일본문학 연구를 기피하려 한 점은 이광수도 마찬가지였을 것이다. 그는 독립선언문을 쓴 애국지사여서 반일적인

---

43 「문학소년시대의 회상」, 『전집』 12, p.215.
44 「문학과 나」, 『김동인전집』 6, pp.16-19.

자세가 확고했기 때문에, 의식적으로 일본문학에 심취하기를 꺼렸을 가능성이 있다. 전영택도 비슷하다. 부립중학에 다닌 염상섭, 일본군 중위의 동생인 염상섭, 일본에서 5년이나 중등교육과정을 밟은 염상섭만이 일본문학에 적의가 없었다고 할 수 있다. 그래서 『와세다문학』을 '강의록' 삼아 문학 공부를 하는 일이 가능했고, 그 자신감이 일본 자연주의만을 유일한 자연주의로 내세우는 용기의 원천이 되었을 것이다.

일본문학에 대한 그의 심취도는 거의 생리화된 것이라 해도 과언이 아니다. 문학에 관한 한 염상섭에게는 일본이 최고의 나라였다. 이런 그의 생각은 귀국한 후에도 가시지 않아서 아리시마 다케오有島武郎의 글을 한국인이 표절한 사건이 생겼을 때 그는 「문예만인萬引」이라는 글을 쓴다.[45] '만인'이란 소매치기의 일본말이다. 그에게는 아리시마 다케오 쪽이 그 글을 표절한 한국 작가보다 훨씬 친족감을 주는 존재였고, 그래서 일제시대인데도 불구하고 일본작가의 글을 훔친 동족 문인을 소매치기라고 매도할 반민족적 용기를 가질 수 있었던 것이다. 일본문학에 대한 애착을 이런 식으로 노출시키는 일은 그 당시의 한국문인들에게서는 찾아보기 어렵다. 속으로는 일본의 영향을 받고 있으면서 아무도 그것을 표면화하려 하지 않았던 것이 식민지에 사는 한국문인들의 오기였다.

염상섭의 일본문학에 대한 심취도는 그가 소설을 쓰기 시작하면서 뛰어넘어야 할 대상으로 생각한 선배가 이광수[46]나 김동인이 아니었던 데

---

45 『동아일보』, 1927. 5. 9.

46 "이광수씨에게 대하야는 별로아는것이적다. 「무정」이나, 「개척자」로 문명을 어덧다는말과, 『동아일보』에 「선도자」를 연재할째에 「그건 강담이지 소설은아니라」고 자미업는소리를하는것을 드럿고, 또 씨의 유창한 문장을보앗슬뿐이다."

「올해의 소설계」, 『개벽』 42호, 1923. 12, pp.34-35

이 글은 그가 춘원의 소설에 대하여 노골적으로 평가절하하고 있음을 보여준다. "일언으로

서도 드러난다. 그의 문학의 아이디얼 모델은 아리시마 다케오나 시가 나오야志賀直哉 등 일본의 '백화白樺파' 작가들이었기 때문에('염상섭과 일본문학'항 참조) 한국의 선배 문인 같은 것은 안중에 없었던 것이다. 김동인이 평생을 두고 뛰어넘어야 할 선배로 이광수를 설정하고, 늘 그와 반대되는 일만 하면서 자기만의 세계를 확립하려 애를 썼고, 춘원보다 앞선 이인직을 높이 평가한 것과는 대조적이다.

염상섭은 한국의 근대문학을 키운 것은 모유가 아니라 암죽과 컨덴스·밀크였다는 말을 한 일이 있다.[47] 암죽은 일본문학이고, 컨덴스·밀크는 일본을 통해 간접적으로 수입한 서구문학이다. 그렇다면 염상섭은 이 시기의 작가들 중에서 암죽의 영향을 가장 철저하게 받은 문인이라고 할 수 있다. 뿐 아니라 그는 컨덴스·밀크의 영향도 함께 받아들였는데, 그 두 가지를 받아들인 장소는 모두 일본이다. 그의 컨덴스·밀크는 일제였던 것이다.

일본문학에 대한 이런 철저한 연구는 그를 근대문학의 본질에 접근시키는 긍정적 결과를 가져오기도 했다. 일본 근대문학에 대한 본격적인 연구는 그의 근대소설 성장에 유익한 여건이 되었기 때문이다. 일본 근대문학의 지향점도 구화주의였기 때문에 염상섭은 일본을 통해 서구의 근대와 접할 수 있었던 것이다. 그가 한국 최초의 본격적인 근대소설 작가가 되는 비결이 거기에 있다. 그의 자연주의가 일본적 자연주의로 고정되는 여건도 같은 곳에 있다. 그의 경우에는 컨덴스·밀크의 산지도 일본이었기 때문이다. 이런 조건들이 염상섭과 일본문학과의 깊은

폐하면 문예의 작품이라는 것보다는 종교서의 일절이라거나, 전도문갓다."는 말이 거기에 뒤따르고 있어 그의 춘원문학에 대한 경시경향을 입증한다. 동인이 평생 춘원문학에 라이벌 의식을 가지고 있는 것과는 대조적이다.

47 컨덴스·밀크론, 「무에나 째가 잇다」, 『별거곤』, 1929. 1.

유대를 형성한다. 염상섭의 자연주의의 원천을 일본문인과의 영향관계를 통해 탐색하게 되는 이유가 거기에 있다.

1) 염상섭과 일본문학

염상섭과 일본문학과의 영향관계를 추적하는 일은 김동인의 경우보다는 쉽다. 그는 김동인처럼 영향관계를 은폐하거나 부인하려 하지 않았기 때문이다. 하지만 대체로 개괄적, 피상적인 언급만 나올 뿐 구체적인 내용은 나오지 않는 경우가 많다. 뿐 아니라 직접적으로 영향을 받은 문인에 대한 것은 김동인처럼 은폐하는 경향이 있고, 원천에 대한 구체적인 자료가 명시되어 있지 않아서 추측에 의거하지 않을 수 없는 한계가 있다.

염상섭의 글에서 일본문학과의 영향관계를 추적할 수 있는 자료는 다음과 같다.

① 작품으로서는 나츠메 소세키夏目漱石의 것, 다카야마 조규高山樗牛의 것을 좋아하여 이 두 사람의 작품은 거지반 다 읽었다.

「문학소년 시대의 회상」, 『전집』 12, p.215

② 자연주의 전성시대라 그들 대표작가들의 작품에서, 사조상으로나, 수법상으로나, 영향을 적지 않게 받았을 것도 부인할 수 없다…… 초기의 문학 지식의 계몽은 주로 『와세다문학』(월간지)에서 얻은 것이라 하겠다. 작품을 읽고 나서는 월평이나 합평을 좇아 다니며 구독하는 데서 문학 지식이나 감상안이 높아 갔다고 하겠지마는 『중앙공론』, 『개조』, 기타 문학

지 중에서도 『와세다문학』은 나에게 있어 독학자의 강의록이었다.

같은 글, 방점: 필자

③ 도쿠도미 로카德富蘆花의 「호도도기스不如歸」를 읽었고……오자키 고요尾崎紅葉의 「金色夜叉」를 하숙의 모녀에게 읽어 들려주었다든지……

위와 같음

④ 아리시마 다케오의 「출생의 고뇌」라는 단편집을 빼어 들고 다시 누웠다.

「암야」, 『전집』 9, p.56

⑤ 영문학 강의를 듣거나 한 일이 없고, 어학력도 소설을 원서로 볼 만한 정도가 못되어, 태서 작품도 일역으로 읽었지마는, 마츠이 스마코松井須磨子를 주역으로 한 시마무라 호게츠의 예술좌 신극운동이 왕성한 때라, 거기서 상연하는 태서의 번역물을 읽기 시작한 것이 그 초보이엇다.

「문학소년 시대의 회상」, 『전집』 12, p.215

(1) 반자연주의계의 문인과의 영향관계

위의 글에 나오는 작가들 중에서 그가 좋아하여 그 작품을 거지반 다 읽었다고 고백한 나츠메 소세키夏目漱石와 다카야마 조규는 둘 다 명치시대의 반자연주의계의 문인이다. 염상섭의 자연주의가 의식적인 것이 아니었으며, 독서에 대한 태도가 편협하지 않았음을 알 수 있다. 나츠메 소세키는 반자연주의라기보다는 비자연주의계로 분류되는 작가다. 그에 대한 염상섭의 평가는 아주 높아서 '배울 것은 기교'(『동아일보』, 1927. 6)에서도 "나츠메 소세키만한 작가가 없다."는 말이 나온다. 하지만 작풍에는 유사성이 거의 없다. 그래서 영향을 실질적으로 검증하기가 어렵다. 염상섭이 소세키의 개별적인 작품에 대해 구체적으로 평가한 것이 없고, 막연하게 그의 작품을 좋아한다고만 말하고 있기 때문이다. 다카야마 조규高山樗牛의 경우는 더 막연하다. 그는 소설가가 아닌데다가 그의 니체주의는 염상섭에게서는 나타나지 않기 때문이다. 소세키와 조규는 염상섭의 작가정신 형성에 간접적으로 자양분을 제공한 문인이라고 할 수 있다. 도쿠도미 로카德富蘆花와 오자키 고요尾崎紅葉의 경우도 구체적인 언급이 없기는 마찬가지다. 그들의 작품을 읽었다는 말만 나올 뿐이다. 이 네 문인은 모두 명치기에 속하며, 반자연주의 그룹에 속하는 것이 공통점이다. 조규만 빼면 나머지 3인은 소설가다. 염상섭이 좋아한다고 말한 작가는 반자연주의계에 많으며, 대부분이 명치기의 소설가라는 것만 확인된 셈이다. 중·고등학교 시절에 이들의 작품을 닥치는 대로 읽으면서 문학에 대한 소양을 길러갔다고 볼 수 있다.

아리시마 다케오와의 관계는 그렇지 않다. 그는 염상섭의 일본 유학기인 대정시대의 문인이라는 점에서 위의 문인들과는 성격이 다르다. 지나간 시대의 문인이 아니라 당대의 새로운 풍조를 대표하는 문인인 것이다. 따라서 영향관계가 직접적으로 나타나며, 심도도 다르다. 그는 염상섭의 작품에 직접적인 영향을 준 유일한 작가라고 할 수 있다. 그의 영향력의 크기는 염상섭 자신이 제공한 자료(다음 인용문)와 김윤식 교수의 『염상섭연구』(pp. 168-183 참조)를 통해 양면적으로 검증될 수 있다. 뿐 아니다. 수필 「문예만인」에서도 염상섭은 자기가 아리시마를 인간적으로도 존경하고 있음을 고백하고 있다.[48] 문학뿐 아니라 인간적인

---

48 아리시마 다케오가 쓴 『新舊藝術の交渉』을 한국의 어떤 시인이 표절한데 분개하여 염상섭은 이 글을 쓰게 되는데 거기에서 "有島武郞은 공정히 보아서 인격자이엇기째문에 자살한것이라고본다. 보통 정사라할지라도 그 일면을 나는 인정한다."(『동아일보』, 1927.

면에서도 그가 가장 큰 영향을 받은 작가가 아리시마임을 확인할 수 있다. 아리시마의 소설이 그에게 끼친 영향의 양상은 '암야闇夜'에 나오는 다음 글에서 찾아볼 수 있다.

⑥ 오륙페-지쯤 한숨에읽은彼의눈에는, 까닭업는 눈물이 글성글성 하얏다. 彼는 일부러씨서버리랴고도아니하고, 그대로 벽을향하야 누은채, 다시 첫페-지부터 재독을하얏다. 피의눈물은 아즉도 마르지안엇다. 십페-지, 이십페-지쯤가서, 피는 손에들엇던책을 편채, 가만히 곁에노코, 눈물이말는눈을 꼭 감고누엇다. 피의일생에 처음경험하는 눈물이엇다.

『개벽』 19호, p.63. 방점: 필자, 외래어방점: 원작자

염상섭이 그의 「출생의 고뇌」를 읽는 장면이다. 염상섭은 그 책을 읽고 또 읽으면서 "'일생에 처음 경험하는 눈물'"을 흘렸다고 말하고 있다. 오랫동안 '누선이 고갈'됐던 그의 눈에서 하염없는 눈물이 흐르게 할 만큼 이 소설의 영향은 컸던 것이다. 염상섭이 어떤 작가의 작품을 읽고 눈물을 흘릴 정도로 감격한 사실을 고백한 것은 이 소설밖에 없다. 그것은 그가 모색하던 창작의 방향을 계시 받은 데서 오는 기쁨의 눈물이라 할 수도 있다. 이 소설을 통해 염상섭의 고백체 소설의 틀이 잡혀진다는 것이 김윤식의 주장이다. 염상섭은 이 소설의 영향 하에서 「암야」를 쓰게 되었다는 것이다.

아리시마의 영향은 거기서 끝나지 않는다. 「돌에 짓눌린 잡초石にふみにじられた雜草」가 「제야」의 원천이라 김윤식이 주장하고 있기 때문이다. 「제야의 직접적인 창작주체-'돌에 짓눌린 잡초」, 「제도적 장치로서의

5. 10)고 하여 그에 대한 편애를 나타내고 있다.

고백체의 완성」(같은 책, pp.180-188 참조) 등의 항목에서 김 교수는 두 작품의 플롯의 유사성, 인물의 유사성(유사성 확보를 위해 모델의 여건까지 변조),[49] 유서형식의 채택, 서두와 결말의 유사성 등을 들어 두 작품의 유사성을 주장하고 있다.

하지만 "염상섭은 아리시마 다케오有島武郞의 지평에 갇혀 도무지 탈출할 수가 없었다."[50]는 김윤식의 주장은 초기작품에서만 타당성을 지닌다. 「암야」와 「제야」만 아리시마 다케오의 지평 속에서 쓰였기 때문이다. 아리시마로 대표되는 백화파에서 염상섭이 얻은 것이 인간의 내면에 대한 관심이다. 그것은 1인칭 시점, 편지체 등을 통해 염상섭에게서는 고백체 소설로 귀결된다.

하지만 염상섭의 고백체 소설은 「제야」를 정점으로 하여 쇠퇴한다. 「묘지」의 세계가 시작되기 때문이다. 그 후의 문학을 염상섭은 자신의 본령으로 보고 있기 때문에 아리시마 다케오의 영향은 초기(그가 말하는 자연주의기)에 그 위력을 발휘하는 데서 끝난다고 할 수 있다. 이론 면에서는 하세가와 덴케이의 용어들과 개성지상주의가 동거하던 시기에 그의 소설은 아리시마의 지평 속에 갇혀 있어서 1인칭 고백소설이 되고 만다. 그의 초기 3작은 그런 여건 하에서 일본 자연주의의 룰들을 받아들인 것이다. 일본 자연주의는 3인칭 사소설을 썼던 만큼 염상섭의 초기 3작은 자연주의와 주아주의의 복합체였는데, 우리나라에서는 아직도 「표본실의 청개고리」가 자연주의 소설로 간주되고 있다.

아리시마의 영향 하에서 정착된 고백체 소설은 염상섭의 본질에 닿아

---

49 정인을 탕녀로 만들기 위해 작가는 그녀를 타인의 아이를 임신하고 결혼하여 쫓겨나는 것으로 설정했는데 그것은 모델인 나혜석과는 다른 점이다.

50 『염상섭연구』, p.174 참조.

있는 장르는 아니다. 그 시기는 그의 일생으로 보면, 자신의 본령이 왜곡된 시기라고 할 수 있다. 다야마 카다이에게 평면묘사를 주장하던 시기가 본질에서 어긋난 시기였던 것[51]과 대조적이다. 염상섭은 다야마 카다이보다는 객관묘사가 적성에 맞는 이성적인 작가다. 사실주의가 적성에 맞는 작가인 것이다.

아리시마 다케오는 염상섭이 작품에서 영향을 받은 것을 고백한 유일한 작가다. 『와세다문학』의 영향이 절대적으로 강조되어 있는데도 불구하고 가타이와 토손 등 자연주의계의 대표작가에 관해서는 자세한 언급이 나오지 않는 데 비하면 「출생의 고뇌」의 작가의 대우는 예외적이다. 구미의 작가 중에도 그에 비길 만한 작가의 이름은 찾아보기 어렵다. 명치기의 반자연주의계 문인들에 대한 애착이 창작의 밑거름에서 끝나고 있는 데 반해, 아리시마 다케오의 영향은 창작에 직결되고 있고, 그것을 작가 자신이 시인하고 있는 것이다.

그 외에 염상섭이 정신적으로 밀착되어 있던 백화파의 문인은 야나기 무네요시柳宗悦와 시가 나오야다. 염상섭은 이 두 사람의 집을 직접 방문[52]할 정도로 이들의 관계는 친밀했다.

---

51 自然主義時代の作品は花袋文學としては歪みの時代である.

『增補 自然主義文學』, 和田謹吾, p.217

52 (1) "당시 조선에 간 경위에 대해서는…… 동아일보사의 염상섭씨가 중심이 되어 주선된 것 같아요. 염상섭씨는 경응대학 학생 때 柳宗悦이 쓴 「조선인을 생각한다」를 읽고 감격하여, 아비코我孫子(동경 북쪽의 지명: 필자)의 우리 집에 찾아온 적이 있읍니다."(柳宗悦 부인: 「남편 柳宗悦을 말한다」, 『삼천리』, 1984 겨울, pp.92-93)

김윤식, 앞의 책, p.84에서 재인용.

(2) "그(염상섭)는 일본작가로 志賀直哉를 매우 존경하였다. 일본의 친한 민속학자로 유명한 柳宗悦의 소개로 서울에 나오는 길에 나라奈良에 들려 그를 만난 이야기는 흥미있었다." (조용만, 「30년대의 문화계」, 『중앙일보』, 1984. 11. 2)

김윤식, 같은 책, p.86에서 재인용.

이 글들을 통하여 염상섭이 이 두 사람을 만나게 된 경위가 밝혀지고 있다.

⑦ 그는 일본작가로 시가 나오야志賀直哉를 매우 존경하였다……시가의 말이 자기는 소설을 쓸 때에 앞으로 나올 사건이나 인물의 움직임이 눈앞에 파노라마로 나타나듯 환하게 나타나 보이므로 그대로 쓴다고 하였는데 자기도 시가의 경우와 같이 환하게 나타나 보이므로 그대로 소설을 진행시킨다고 하였다.

조용만, 「30년대의 문화계」, 『중앙일보』 1984. 11. 12; 김윤식, 앞의 책, p.86에서 재인용

⑧ 씨가 余로 더불어 종일 담화한 화제가 조선예원의 장래를 송영頌榮하는 이외에 아무것도 없었던 것을 보아도 씨가 얼마나 조선예술을 열애하며 얼마나 조선민족의 예술적 천분이 풍부함을 깃거하는가를 알 수 있을 것이다. 『동아일보』 1920. 4. 12; 김윤식, 같은 책, p.85에서 재인용

위의 글을 통하여 시가 나오야가 염상섭에게 끼친 영향은 소설작법에 관한 것이고, 야나기 무네요시의 것은 민족예술에 대한 공감이었음을 알 수 있다. 백화파의 대표적 두 작가와의 교유는 남궁벽이 다리를 놓았다. 폐허파와 백화파는 인간적인 교류를 가지고 있었다.

(2) 자연주의계의 문인과의 관계

이 경우에는 잡지 『와세다문학』과의 관계에 대한 고찰이 필요하다. 염상섭은 개별적인 문인을 거론하는 대신에 잡지를 강의록으로 하여 문학수업을 했다고 말하고 있기 때문이다. 자연주의의 대표적 작가인 다야마 가타이나 시마자키 토손은 이 잡지에 그들의 대표작을 발표하지 않았기 때문에 『와세다문학』의 영향은 평론 쪽에 치우쳐 있다. 『와세다문학』은 평론가로서의 염상섭을 키운 중요한 젖줄이라고 할 수 있다.

염상섭은 서구문학에 관한 지식도 대부분 이 잡지에서 섭취하였음을 인용문 ⑤가 증언한다.

『와세다문학』은 1891년에 창간된 문예지로 1차는 1891~1898년, 2차는 1906~1927년, 3차는 1934~1949년의 오랜 세월 동안 단속적으로 간행된 잡지다. '자연주의의 아성' 역할을 한 것은 2차의 기간에 해당된다. 이 시기의 주간은 자연주의의 대표적 이론가의 한 사람인 시마무라 호게츠다. 그는 이 잡지에 「파계」를 평한다'破戒'を評す」(1906. 5), 「'이불'평'蒲團'評」(1907. 10), 「문예상의 자연주의」(1908. 1), 「자연주의의 가치」(1908. 5) 등의 평론을 연거푸 발표하는 대표적 평론가였으며, 한편으로는 예술좌를 만들어 신극운동도 한 미학자다. 따라서 『와세다문학』과 염상섭을 연결하는 첫 번째 인물은 시마무라 호게츠다. 그는 자연주의계에서는 염상섭이 영향관계를 밝힌 유일한 문인이다.

염상섭이 호게츠에게서 받은 첫 번째 영향은 '태서의 문학'에 대한 개안이다. 문학 초보생인 염상섭은 오스카 와일드, 셰익스피어 등에 관한 지식을 그의 예술좌를 통해 얻었다고 말하고 있다. 예술좌와 염상섭의 관계는 그곳의 주연배우인 마츠이 수마코松井須磨子의 정사 이야기가 「저수하에서」에 나오는 것에서도 짐작할 수 있다.

두 번째로 지적할 수 있는 것은 드라마에 대한 관심의 개발이다. 한국의 근대작가들은 일본의 신극운동에서 많은 것을 배웠다. 이인직은 직접 연극운동에 참여했고 김동인, 염상섭은 연극을 통해 문학에 입문하여, 대화의 묘미를 소설에서 살릴 능력을 길렀다. 염상섭 2기의 소설에서 인물의 간접묘사에 대화가 크게 기여한 것은 '회화의 묘미'를 연극 속에서 발견하게 한 예술좌의 영향이라고 할 수도 있다. 예술좌의 영향은 자연주의계보다는 비자연주의계 작가를 더 많이 알게 하는 데 기여했고, 일본보다는 태서의 문학을 계몽하는 데 도움을 주었다. 호게츠는 그에게 문학에 대한 전반적인 지식을 전수하고 계몽해준 스승 같은 존재라고 할 수 있다.

세 번째는 염상섭의 자연주의론이 정리되는 데 대한 기여도의 크기이다. 호게츠에게서 염상섭이 받은 자연주의론의 영향관계를 검증할 수 있는 첫 번째 항목은 '인상자연주의'라는 용어다. 그의 용어인 '주관삽입적 인상파 자연주의'라는 용어가 염상섭의 글에서도 사용되고 있는 것을 다음 인용문에서 확인할 수 있다.

> ⑨ 그러므로 나는 순객관주의라는 것은 있을 수 없다는 것이다……. 이
> 와같이 주관을 걸러나온 주관적인 제작태도는 비단 자연주의 문학에서만
> 아니라, 일층 과학적이요, 현실적이기를 요구하는 금후의 문학에서 더욱
> 그러하겠거니와, 주관의 혼입을 용인하는 비순수객관주의를 인상자유주
> 의라고 구분하여 부르기도 하였던 모양……
>
> 「소설과 인생」, 『서울신문』, 1958. 7. 14.

이 말은 호게츠의 「문예상의 자연주의文藝上の自然主義」(1902)를 원천으로 한 것이다. 호게츠는 여기에서 본래 자연주의와 인상자연주의를 구분하고 있다.[53] 본래 자연주의는 순객관적-사실적인 것이어서 졸라이즘적인 성격을 지니며, 인상파 자연주의는 주관삽입적-설명적인 것이어서 일본 자연주의와 유사하다. 이것은 그가 만들어 낸 용어이기 때문에 출처가 분명하다. 염상섭의 주객합일주의의 출처도 같은 곳에 있음을 이를 통해 확인할 수 있다. 주관삽입적 자연주의는 염상섭의 2기 사실주의의 실체이다.

---

53 『近代評論集』 1, 『日本近代文學大系』 57, pp. 284-287 참조.

그 다음에 이 글이 염상섭에게 끼친 영향은 자연주의와 사실주의의 개념 구분에 있다. 호게츠는 사실주의를 자연주의와 동계의 사조를 보고 있고, "그 포용하는 바가 자연주의보다 넓고, 자연주의는 사실주의의 일부라고 할 수 있다."[54]고 말하고 있다. 종래에 일본문단에서 졸라이즘을 사실주의로 보던 견해와는 판이하다. 그런데 2기에 가면 염상섭도 사실주의를 호게츠의 정의대로 받아들이고 있음을 「토구·비판」 3제」에 나타난 또 하나의 자연주의를 통하여 이미 밝힌 바 있다. 자연주의는 순객관주의이며, '극단적인 자연의 모사'여서 사진과 같은 것인데, 사실주의는 화가와 같은 권리를 작가가 지니는 '온화한 양식'[55]이라고 보는 호게츠의 견해도 염상섭의 2기의 자연주의관에 그대로 반영되어 있다.('용어'항 2 참조)

네 번째로 나타나는 것은 예술관의 유사성이다. 호게츠는 미학자여서 졸라의 예술관을 받아들이지 않았다. 그에게 있어 예술의 본질은 '진'이 아니라 '미'이다. 염상섭도 예술에서 '미'를 배제하지 않는 예술관을 지속적으로 지니고 있음을 이미 확인한 바 있다.('예술관'항 참조) 그 밖에도 호게츠의 「조선통신朝鮮だより」(같은 잡지, 1917. 10·11월호)가 염상섭의 한국관에 막대한 영향을 끼친 것('원천'항 참조)을 상기할 때, 그가 염상섭에게 끼친 영향은 다각적이고 깊다.

다음은 하우프트만에 대한 것이다. 호게츠는 「문예상의 자연주의」에서 하우프트만에 대해 언급하고 있는데 그것은 염상섭의 「건전·불건전」에 그대로 투영되어 있다. 이 글에서 염상섭은 호게츠처럼 하우프트만과 함께 졸라를 자연주의의 대표적 문인으로 보고 있다. 염상섭의 2

---

54 같은 책, p.278.
55 같은 책, pp.280-281.

기 자연주의론도 그의 영향권 안에 있음을 알 수 있다.

앞에서도 지적한 것 같이 호게츠의 영향은 염상섭의 세계에서는 2기 이후에 자리를 잡는다. 초기 평론의 자연주의론을 주도하는 것은 호게츠가 아니라 하세가와 덴케이다. 염상섭은 호게츠의 자연주의론을 받아들이면서 덴케이의 자연주의를 버린다. 그리고 자기는 그때부터 사실주의자가 되었다고 공언한다. 호게츠의 자연주의론은 그로 하여금 「표본실의 청개구리」식 초기의 애매한 자연주의를 버리게 하는 데 기여하는 것이다.

시기적으로 볼 때 호게츠의 자연주의론은 덴케이의 자연주의론이 좌절한 후에 나타난다. 덴케이가 선두에 서서 나팔을 불며 떠들다 나간 후에, 호게츠는 냉정하고 과학적인 자세로 자연주의론을 정리한다. 염상섭도 그 순서에 따라 초기에는 덴케이의 자연주의론에 도취하다가 2기에는 호게츠의 것을 받아들이게 되는 것이다.

이상한 것은 염상섭이 자연주의론에 관한 영향관계는 은폐하려는 증상을 나타낸다는 사실이다. 호게츠의 경우도 예술좌에 관한 것과, 태서문학 지식의 제공처로서의 부분만 말하고 그에게서 자연주의론을 수용했다는 말은 하지 않는다. 이런 현상은 영향의 직접성에 기인한다고 볼 수 있다. 거의 모방 수준의 영향관계이기 때문에 자격지심이 있어 영향관계를 부정하고 싶어질 가능성이 있다. 그런 추측을 뒷받침하는 것이 하세가와 덴케이와 잡지 『태양』의 경우다.

덴케이는 『와세다문학』과는 무관하다. 그가 자연주의기에 주관했던 잡지는 『태양』이다. 다야마 카다이의 「노골한 묘사露骨な描寫」(1904. 2)를 위시하여 덴케이의 「환멸시대의 예술幻滅時代の藝術」(1906. 10), 「현실폭로의 비애現實暴露の悲哀」(1908. 1), 「이론적 유희를 배제한다理論的遊戲を排す」(1907. 10), 「소위 여유파소설의 가치所謂餘裕派小說の價値」(1908. 3) 등 자연주

의에 관한 덴케이의 평론들이 집중적으로 발표된 잡지가 『태양』이다. 그런데 덴케이와 『태양』의 관계에 대한 언급이 염상섭에게는 없다. 하지만 염상섭이 그 잡지를 잘 알고 있었음을 알려주는 글이 있다.

⑩ 그다음 군을 오해하는 점은 동경에서 『태양』 기타에 일문으로 수차 론문을 발표함에 대함이었었다.   『개벽』 18, p.14

그의 한국관에 막대한 영향을 미친 도쿠도미 소호德富蘇峯의 「조선의 인상朝鮮の印象」(18권 9호)도 이 잡지에 실려 있다. 그런데도 그는 덴케이와 『태양』에 대해 침묵하고 있다. 젊었을 때 그의 「환멸시대의 예술」과 「현실폭로의 비애」의 일부를 「개성과 예술」(1922)에 그대로 베껴 놓은 데 대한 자격지심에서 온 것이라 할 수 있다.

염상섭이 자연주의의 캐치프레이즈로 쓰던 '환멸의 비애', '현실폭로의 비애' 등의 용어는 모두 덴케이의 평론의 제목이다. 덴케이의 이 글들과 염상섭의 「개성과 예술」에 나오는 자연주의론의 유사성은 "「개성과 예술」에 나타난 자연주의"에서 이미 다루었기 때문에 재론하지 않겠지만, 염상섭에 있어 초기의 자연주의론은 덴케이의 것이 전부였다는 것을 상기시키는 일은 필요하다. 자연주의를 개인주의와 연계시키고, 자연주의를 현실부정의 문학으로 보는 것, 자연주의를 허무주의와 관련시키는 자세 등은 모두 덴케이의 특성이기 때문이다.

염상섭은 2기에 호게츠와 프로문학파 등의 영향으로 덴케이의 것과는 다른 자연주의가 있다는 것을 알게 되자 그때부터 자신의 문학은 자연주의가 아니라고 선언한다. 그러나 '환멸의 비애'와 '현실폭로의 비애'는 평생 그에게는 자연주의의 본질로 남는다. 덴케이의 앞의 두 평론은 염상섭의 (B)형 자연주의의 직접적 원천이다. 덴케이의 영향은 호게츠

의 그것보다 훨씬 더 직접적이고 노골적이다. 시기적으로 보면 덴케이
는 호게츠보다 앞서 자연주의론을 주장한 인물이다. 염상섭에게서도 그
의 자연주의론이 먼저 나타나며, 영향의 도수도 그 쪽이 강하기 때문에
호게츠보다 먼저 그와의 영향관계를 검증함이 타당성을 지닌다. 그런데
염상섭이 그의 이름을 누락시켰기 때문에 순서가 바뀐 것이다.

 평론가로서의 다야마 카다이, 덴케이와 같은 대접을 받고 있다. 그도
덴케이처럼 '노골한 묘사', '대자연의 주관', '소小주관', '평면묘사', '입체
묘사' 등 일본 자연주의를 주도한 용어들을 창안해 낸 자연주의론의 선
두주자다. 그에게서 염상섭이 영향받았을 가능성이 있는 것은 '평면묘
사'와 '입체묘사'다. 사실상 염상섭의 2기 이후의 사실적 묘사는 카다이
의 평면묘사, 입체묘사의 범위를 벗어나지 않는다. 평면묘사라는 말은
김동인도 사용했고(『자연주의 문학론』 1, p.321 참조), 현진건도 남의 작품을 평
할 때 이 두 용어를 사용했음을 다음 인용문을 통하여 확인할 수 있다.

 ⑪ 근간의 작품에 대해서 평면묘사가 만타고, 비난소리가 높은 이때에
 이 묘사로 말하면 평면을 벗어서 입체묘사에 제일보를 떼어노흔 듯한 것
 이 무엇보다도 반갑습니다.   『조선문단』 9, p.293

 현진건이 이 말을 한 합평회에는 염상섭도 참석하고 있다. 카다이의
용어들이 이 무렵에 한국에서 통용되고 있었음을 알 수 있다. 그런데
카다이의 평론에 대하여 언급한 일이 거의 없다.[56] 이런 경향은 작품의

---

56 카다이의 이야기는 「계급문학을 논하야 소위 신경향파에 여함」(『전집』 12, p.80)에
 다음과 같은 것이 나오는 것뿐이다. "일본의 田山花袋인지 누구인지가 자연주의 전성시대
 에 걸인의 심리를 연구하랴고 암야에 가장을 하고 上野공원으로 방황하여 보앗다는
 말이 잇지만은 이것도 나더러 평하라면 아모리 그러케 하야보아도 걸인의 심리, 감정,

경우에도 나타난다. 이광수는 카다이의 「이불」을 읽고 그에 대한 감상까지 일기에 쓰고 있는데[57] 염상섭은 그의 작품에 대하여 언급하기를 기피했다.

토손의 경우에도 비슷한 현상이 나타난다. 「삼대」에 미친 외국문학의 영향」(『현대문학』 97호, 1963. 1.)에서 김송현은 「삼대」와 「파계」, 「가」뿐 아니라 카다이의 「시골교사」 등 일본 자연주의계의 소설과 염상섭의 소설 사이에 많은 영향관계가 있음을 지적하고 있다.[58] 특히 "제재상의 영향은 절대적이라고 보아진다."는 것이 그의 주장이다. 이런 주장을 뒷받침해 주는 것이 두 작가의 가정관의 유사성이다. 토손의 「봄」에 나오는 '가정은 죄악의 소굴'이라는 아오키靑木의 대사가 염상섭에게서도 메아리가 되어 나타난다.

염상섭도 그들에게서 영향받은 사실은 인정하고 있다. 일본 자연주의

기분의 외피도 맛보지 못하얏슬것이요, 어덧다는 체험은 역시 「부르」적 견지에서 나온 객관적 비판에 불과하얏스리라 한다."

방점 친 부분에서 나타나듯이 그는 카다이를 소홀하게 다루고 있으며, 그의 고증을 위한 노력도 부정적으로 보고 있음을 알 수 있다.

57 (1) 島崎藤村의 「파계」를 읽다. 평범한듯하다.　　　　　　199년 11월 19일 일기
　　(2) 花袋집을 읽고 그 용기에 감복하였다. 그런데 내게는 비평의 재능이 없는 모양인지 花袋의 것이 그리 좋은 줄 모르겠다.
　　　　　　　　　　　　　　　같은 해 10월 14일 일기; 『조선문단』 6호, 1925. 3.

58 1) 전통적 가족제도를 비판하는 점에서 「家」, 「생」과 주제가 유사함.
　　2) 주동인물의 연령, 학별 등이 유사하고, 부차적 인물에 유사형이 많음.(예: 정태와 병화의 유사성)
　　3) 인물들의 대 이성관계의 유사성
　　4) 주검의 추한 모습 도입
　　5) 구성과 소도구 사용의 유사성
　　6) 취재대상의 일상성
　　7) 성욕묘사의 생략경향
　　김송현은 이와 같은 점에서 토손과 염상섭의 유사성을 지적하고 있는데, 그런 유사성을 카다이에게도 해당된다고 보고 있다.
　　　　　　　　「삼대」에 끼친 외국문학의 영향」, 『현대문학』 97호 1963. 1.

대표작가들에게서 "영향을 적지 않게 받았을 것도 부인할 수 없다."(인용
문 ①)라고 말하고 있기 때문이다. 하지만 그는 카다이와 토손의 이름을
내세우기를 원하지 않는다. 1927년에 발표된 「배흘것은 기교」(『동아일보』)
에 토손의 이름이 잠깐 나오지만, 그에 대한 평가는 부정적이다.

「문학소년 시대의 회상」이 워낙 짧은 글이고 염상섭이 자신이 자기
가 받은 영향관계를 본격적으로 검증하는 글을 쓴 일이 없기 때문에 확
정적으로 말할 수 없지만, 사실상 염상섭은 이 두 작가에게서 엄청난
영향을 받고 있다. 이는 그의 강의록이었다는 『와세다문학』만 놓고 보
아도 쉽게 수긍할 수 있다. 이 두 작가는 이 잡지의 고정 기고가는 아니
었지만, 이따금 그들의 글이 이 잡지에 실렸고,[59] 호게츠 등이 「이불」과
「파계」에 대한 합평을 한 것도 실려 있는 만큼 염상섭이 이들의 중요성
을 몰랐을 리 없다.

물론 염상섭이 『와세다문학』의 어느 시기의 것을 언제 읽었는가에
따라 문제는 달라질 수도 있다. 그는 자연주의기가 지난 후에 일본에
갔기 때문에 호게츠의 자연주의론이나 카다이, 토손의 앞의 작품들을
발표 당시에 읽는 것은 불가능하다. 하지만 호게츠 글들 속에 「이불」평
과 「파계」평이 들어 있는 만큼 그의 자연주의론을 읽었다면 적어도 그
합평을 읽었을 가능성이 많다.

비자연주의계의 문인의 경우와는 달리 자연주의계의 문인의 경우는
이론 면이나 작품 면에서 가장 큰 영향을 받았을 가능성이 있는 덴케이,

---

59 田山花袋: 「一兵卒」(1907. 1), 「女の髪」(1911. 7), 「トコヨゴヨミ」(1914. 3), 「芍藥」
   (1918)
   島崎藤村: 「種の爲, 女」(1908. 3), 「淺草にて」(1909. 12), 「古きを溫める心」(1911. 9)
   등의 에세이를 주로 이 잡지에 발표하고 소설은 다른 곳에 발표함. 두 사람 다 대표작은
   다른 지면을 통하여 발표했음.

카다이, 토손이 모두 발신자 리스트에서 누락되어 있고, 호게츠에 관한 것도 자연주의와 무관한 면에서만 언급되어 있는 것이 염상섭의 영향관계에 대한 자술서의 특징이다. 은폐하려 한 부분을 뒤집으면 그의 문학의 발신처가 드러난다고 할 수 있다. 백화파의 두 작가와 이 네 문인이 일본에서 그에게 가장 직접적인 영향을 끼친 사람들이다. 그 영향은 그의 문학의 근간이 되는 기본적인 것들이다.

2) 염상섭과 구미문학

서구 문학과의 관계를 찾을 수 있는 자료는 많으나 대부분이 단편적이다. 어떤 작가는 이름만 나오고, 그렇지 않은 때라도 아리시마 다케오나 시마무라 호게츠처럼 영향관계가 성립되는 경우가 드물다. 발신국이 많은데다가 체계 없이 받아들였기 때문에 김동인의 경우처럼 이름이 그다지 알려져 있지 않은 작가가 크게 부각되는 일도 있고, 졸라처럼 중요한 작가가 소홀하게 다루어지는 경우도 있다.

다음에 문제가 되는 것은 간접수용이라는 여건이다. 앞에서도 지적한 바와 같이 염상섭은 일어를 통해 서구문학을 받아들였다. 따라서 일본의 수용양식에 지배받지 않을 수 없었다. 당시의 일본에서 일고 있던 러시아문학열, 졸라보다는 플로베르와 모파상을 통한 프랑스의 자연주의를 받아들인 것, 시마무라 호게츠의 예술좌의 연극열 등이 간접수용 과정에서 염상섭이 받아들인 전신국의 영향이다. 작가가 제공하는 자료와 작품에 나타난 외국문학의 영향에 대한 논문들을 통해 염상섭의 서구문학과의 영향관계를 추적해 보면 다음과 같다.

(1) 불란서문학과의 영향관계

① 자연주의계 문인과의 관계

① 예를 들어 말하면 불국의 모—팟산의작품「女의 일생」과 가티, 미혼한 처녀가 자기의 남편될 사람은 위대한 인물이라고 상상하고, 결혼생활은 자미스럽은, 남녀의 결합이라고 생각하얏든 것이, 급기야 결혼을 하고보니 평범한 남자에 불과하고 남녀의 관계는 결국 추외한 성욕적 결합에 불과함을 깨닷고 비난하는것이, 자연주의작품의 골자다.

「개성과 예술」, 『개벽』, p.22, 방점: 원작자

② 자연과학이라는 정자와 실제철학이라는 난자의 수정으로부터 자연주의라는 정신현상과 사실주의적 표현이라는 형태가 두쩌비처럼 태어나서「쏀바리 부인—女의 일생—女優 나나」라는 등 자식이되엇다고 나는 이러케 생각한다.

「토구·비판' 3제」, 『전집』 12, p.154

③ '위대한 예술은 과학적이어야 한다'고 한 '플로베르'의 말은 객관적, 현실적인 점에 잇서서 팔봉 이상으로 힘잇게 주장한 것이엇으나 '플로베르'는 무산문학자가 아니라 자연주의자의 거두이엇다.

같은 글, 같은 책, p.156

④ 그러나 오즉 한 일에 오즉 한 말박에 업다는 '플로베르'의 명언을 기억할지어다. 그리고 세련洗練한 한마듸 한마듸의 말 사이에는 조화가 잇서야 한다는 것이다.   「여의 평자적 가치를 논함에 답함」, 『전집』 12, p.16

이 밖에 「건전·불건전」(『동아일보』, 1929. 11~12)에 졸라와 입센의 이름이 병적인 면에 대한 노출과 결부되어 나온다. 그런데 결론은 졸라뿐 아니라 자연주의 자체를 부정하는 것으로 되어 있다.

⑤ 자연주의라든가 사실주의라든가하는 주지적경향에서벗어나와서 주정적 주관적 입장에서 끌른 이상과 생명애착을가지고 제작된작품을 우리는 양서라고 볼수잇다할 것이다.   위의 글, 2월 12일자

이 자료들을 보면 프랑스의 자연주의 작가 중에서 염상섭이 대표적 작가로 본 문인은 졸라가 아니라 모파상과 플로베르다. 그 중에서도 모파상은 초기부터 자연주의의 대표적 작가로 등장한다. 플로베르는 2기에 가서야 자연주의의 거두로 지목되고 있다. 뿐 아니다. 이 두 작가의 자연주의는 긍정되고 있는 반면에 졸라의 그것은 극단의 객관주의와 결부되어 언제나 부정적으로 처리되는 것이 염상섭의 특징이다. ②의 「여우 나나」가 모파상과 플로베르의 작품 다음에 나오는 것도 졸라의 비중을 낮게 본 염상섭의 시각을 나타낸다. 플로베르는 졸라보다 선배지만 모파상은 후배인데 그의 작품이 제일 앞에 나오는 것이다.

졸라보다 모파상과 플로베르가 자연주의의 중심인물로 간주되는 경향은 일본과 같다. 일본에서는 그들이 사실주의라 부른 전기 자연주의가 졸라이즘을 원형으로 하고 있으나, 본격적인 자연주의 시대에는 졸라 대신 모파상과 플로베르를 자연주의의 종주로 간주하는 현상이 나타난다.(졸저, 『자연주의 문학론』 1, 3장 참조) 일본 자연주의에서 졸라가 소외되고 있듯이 염상섭에서도 같은 현상이 나타나고 있는 것은 그가 외국문학 수용태도에서도 일본 자연주의를 추종하고 있음을 확인하게 한다.

② 반자연주의 문인과의 관계

반자연주의계의 문인은 이름만 나올 뿐 영향관계를 검증할 자료는 발견되지 않는다. 작품으로는 「씨라노 드 벨쥬락」, 「레미제라블」 등이 나오고 있다. 「건전·불건전」에는 「레미제라블」의 서문이 문학의 건전성과 관련되어 나오고 있고, 빅토르 위고, 앙리 발뷰스 등의 이름이 거론되고 있을 뿐이다.

(2) 러시아문학과의 관계

러시아 문인과 염상섭의 관계를 나타내는 자료는 일본문학의 경우보다 많다. 그가 러시아문학에서 받은 영향의 크기를 미루어 짐작할 수 있다. 일본에서 받은 영향이 사조나 장르 등 구체적인 것인 데 반하여 러시아문학에서 받은 영향은 일반적이며, 보편적인 것이다.

러시아문학에 대한 심취현상은 우선 일본의 명치, 대정기 문단의 러시아문학열의 영향에서 온 것으로 볼 수 있다. 일본의 명치문학은 후타바테이 시메이二葉亭四迷의 「부운浮雲」부터 러시아문학의 영양하에 놓이게 되는데 이유는 ⅰ) 시메이 같은 우수한 번역자가 있었다는 것, ⅱ) 일로전쟁으로 인해 러시아에 대한 관심이 고조된 것, ⅲ) 명치말의 일본사회와 러시아와의 여건의 유사성[60] 등의 외부적 조건 외에도 ⅰ) 러시아문학의 현실성과 진지성, ⅱ) 유럽적 미적 전통의 결여와 반전통성 추구의 유사성, ⅲ) 생활의 패배자에 대한 일본 소시민들의 공감[61] 같은 것이었다.

---

60 吉田精一, 『自然主義の研究』 상, p.523 참조.
61 같은 책, p.525.

이것들은 그대로 한국에도 적용되는 요인들이다. 한국의 소설가들도 거의 같은 이유로 서구보다는 러시아문학에 친근감을 느꼈다. 문예사조의 일면성이 강조되지 않고, 유럽적 미적 전통과 무관한 것도 러시아문학이 한일 양국에서 환영받은 이유의 하나라고 할 수 있다. 하지만 한국 문인들의 러시아문학열에는 일본에는 없는 요건이 덧붙여져 있다. 그것은 일본문학을 받아들이는 데 대한 식민지 지식인들의 자격지심과 관련된다. 1910년대에 일본에서 수학한 한국의 작가들은 되도록이면 일본문학의 영향을 받고 싶지 않아 했다. 반일감정 때문이다. 러시아문학은 그런 자격지심을 유발하지 않으면서 서구문학보다 친근감을 느낄 수 있는 이점이 있었다. 뿐 아니다. 19세기 러시아문학에는 전 세계를 감동시키는 새로움이 있었다. 톨스토이, 도스토옙스키, 투르게네프, 고르키 같은 문호들이 많은 걸작들을 쏟아내고 있었던 것이다. 그래서 초창기의 문인들은 안심하고 러시아 작가들에게 접근했다. 염상섭도 예외가 아니다. 러시아문학에 관한 한 일본도 한국과 같은 수신국이기 때문에, 동등한 수신자의 자리에 서게 된다는 이점도 있었다. 그래서 초창기의 문인들은 안심하고 러시아 작가들에게 접근했다. 염상섭도 예외가 아니다.

> ① 그 고비를 넘어서 소설의 대작들에 손을 대었으나, 대개가 영, 불의 것보다는 러시아 작품들이었고, 톨스토이나 투르게네프의 것보다는 도스토옙스키의 것과 고리키의 것들이 마음에 들었다.
>
> 「문학소년 시대의 회상」, 『전집』 12, p.215

이 말은 그대로 이광수나 김동인에게도 적용된다. 그들도 염상섭처럼 영·불의 작가보다 러시아 작가의 영향을 많이 받았다. 염상섭은 첫 작품 통하여 라이벌인 김동인에게서 "러시아문학의 윤곽을 그린 것"이라는 칭찬을 들을 만큼 처음부터 러시아문학과 밀착되어 있었다. 그가 외국에서 가장 많이 영향을 받은 것이 러시아문학이고, 그중에서 톨스토이, 도스토옙스키, 투르게네프, 고리키, 푸시킨 등 러시아의 대표작가가 다 들어 있다.

톨스토이는 처녀작인 「표본실의 청개고리」에서부터 나오기 시작한다. 톨스토이즘의 숭배자인 광인 김창억이 작가의 예찬의 대상이 되고 있는 것이다. 하지만 염상섭은 톨스토이에게서는 영향을 별로 받지 않았다고 말하고 있다.

> ② '야스나야 · 폴리야나'를한성소처럼 어린머리에인상되기는 아마 도쿠도미 로카의 「불여귀不如歸」나 「인생과 자연」 같은 것을 탐독하얏슬 문학소년시대에 두옹방문기라든지 '예루살렘' 순례의 기행문가튼 것을 읽고서부터이엇슬것이다. 그러나……정작 두옹의 작품을 계통잇시 읽지는못하얏고 문학소년시대에 함부로 독파한뒤에 그 웅대한 '스케일'에 감탄하얏든 것들이다……이런 관계로 작품을 통하야바든 감화라는것은 혹은연중에는 모르겟스나 의식적으로는 매우적다고 생각한다.
>
> 「예술론과 인생론」-톨스토이 25주기특집 「조선의 작가와 톨스토이」, 『매일신보』, 1935. 11. 20

> ③ 두옹은 애愛의 교훈을 배푸럿다. 그러나 나는 이가티 말하랴 한다. …… "나에게는 아모것도 쓸데없다……혈족이나 친고에게 대한 — 소위 동물의 — 애도 업거니와 인류에게도 실망한 나이다"라고 말하야보아라.
>
> 「저수하에서」, 『전집 12, p.31

염상섭이 도쿠도미 로카를 통하여 톨스토이를 알게 되었다는 것, 그의 영지가 성소로 느껴질 정도로 그를 숭배했다는 것, 작품으로는 호게츠의 예술좌를 통해 '부활'을 보았다는 것, 그러나 문학상의 영향은 받은 것이 '매우 적다'는 것을 ②에서 알 수 있고, 그의 박애주의에는 동조할 수 없었다는 것을 ③에서 확인할 수 있다. 톨스토이에 대한 무조건의 숭배열은 문학소년기의 것이고, 작품상의 영향은 받지 않았다는 것을 거듭 밝히고 있다. 평론가들의 의견도 같다. 김동인이나 김윤식이 그의 처녀작과 러시아문학을 연관시켜 논할 때, 그 상대는 톨스토이가 아니라 도스토옙스키였다. 작가의 말대로 그의 소설에는 톨스토이의 영향을 입증할 만한 자료는 거의 나오지 않는다. 그는 춘원처럼 박애주의를 받아들이지도 않았고, 김동인처럼 인형조종술을 그에게서 배웠다고 말하지도 않는다.

박애주의가 춘원의 사상적 중추를 이루듯이 인형조종술은 김동인의 창작법의 기본을 이루는 만큼 그는 톨스토이에게 전폭적인 존경을 나타낸다. 동인은 톨스토이로 인해 문학의 감동력을 개발하였고, 초기작품에서 그를 모방(「약한 자의 슬픔」과 「부활」, 「광염소나타」와 「크로이체르 소나타」)하였으며, 소설가를 신으로 보는 것을 배웠다. 자기 세계가 확립된 후에는 지나치게 사실적인 면은 거부했으나, 사상과 수법은 전혀 다른데도 애모의 정에는 변함이 없다고 고백하고 있다.(「머리를 숙일 뿐」, 『매일신보』, 1935. 11. 20 참조) 김동인이 러시아에서 가장 많은 영향을 받은 작가는 톨스토이다. 그는 톨스토이를 체계 있게 섭렵하면서 문학수업을 시작한 작가인 것이다.

염상섭은 그렇지 않다. 야스나야 폴리야나가 성소인 점에서는 상섭도 동인과 같다.[62] 그것은 대정기의 일본을 휩쓸었던 톨스토이열의 여파라고 할 수 있다. 백화파는 그 열기의 한복판에 있었다. 대정기에 일본에

---

62 김동인은 일본의 "廣津和郎가 톨스토이의 사상을 공격한 글을 보고 다시는 廣津씨의 작품을 대하지 않게 되었다."(『전집』 6, p.587)고 말할 정도로 톨스토이를 숭모했다.

서 공부한 이 두 작가는 무의식 중에 백화파의 톨스토이열에 감염되어 있었는지도 모른다. 하지만 염상섭은 도스토옙스키를 선호했다. 초기에 쓴 「저수하에서」에 다음과 같은 도스토옙스키의 말이 나온다.

④ "병적상태에 있을째 꿈은 異常이 명확한 윤곽을 가지고 실제와 흡사히 발현한다……. 전광경에 예술적으로 조화한 '듸테일'이 잇는 고로 그 꿈을 꾼자는 그 사람이 설사 '푸-쉬킨'이나 '투르께네프'와 같은 예술가일 지라도, 그것을 실재로서 안출할 수는 업다. 이가튼 병적 현몽은 통상 장 구한 동안 기억에 기능히 남어잇서서, 사람이 쇠약하야 과민케 된 기능에 심각한 인상을 주는 것이다" -'또스토예프스키-'의 말이다. 나는 과거의 경험에 빗처서 이 견해를 시인하랴 한다.　　　　같은 글, 『전집』 12, p.27

염상섭은 톨스토이보다는 도스토옙스키를 좋아했다고 인용문 ①에서 증언했고, 여기에서도 그의 꿈의 원리를 전적으로 '시인'하고 있는 것이다. 김윤식은 염상섭이 도스토옙스키의 꿈의 원리를 시인한 것이 「표본실의 청개고리」로 귀결된다고 보고 있다.

⑤ 이 경우 꿈이란 무엇인가. 심리적 현상이다. 염상섭은 이것을 신경 조직에 연결시키고 있다. 신경증, 우울증, ××증 등 어떤 병적 증상이야말 로 염상섭 문학의 방법론의 핵심에 놓인 것이다. …… 신경증상이 예술에 연결될 수 있다는 사상이야말로 도스토예프스키 문학의 중요한 창작방법 론을 이루고 있다. …… 멀쩡한 인간이 작가로 되기 위해서는 신경증 환 자가 되어야 한다. …… 염상섭은 도스토예프스키에게서 이 사실을 어느 정도 알아 차리고 있었다.
　　　　「두개의 시금석-톨스토이와 도스토예프스키」, 『염상섭연구』, pp.137-138

이 글에서 김윤식은 「표본실의 청개고리」에 나오는 주동인물의 신경
증의 원천을 도스토옙스키와 연결시키고 있다. 단순한 우울증을 과장하
는 것을 통해 창작생활의 문을 연 염상섭의 시발점에 도스토옙스키의
영향이 도사리고 있다는 주장이다. 김동인의 의견도 이와 비슷하다.
「표본실의 청개고리」를 보고 그가 "노문학의 윤곽을 그린 것"이라고 진
단한 이유가 그의 '다민성多悶性'에 기인하기 때문에 도스토옙스키와 연
결시킨 것이다. 하지만 염상섭의 '다민성'은 곧 자취를 감춘다. 도스토
옙스키의 영향은 주로 염상섭의 초기 작품에 나타난다. 염상섭에게는
「쏘니아예찬」(『조선일보』, 1929. 9. 20~10. 2)이라는 글이 있지만, 그의 소설에
는 쏘니아를 닮은 여성이 거의 없으므로[63] 이런 점에서는 도스토옙스키
의 영향을 받았다고 보기 어렵다.

투르게네프에 대한 언급은 별로 많지 않다. 인용문 ④를 통해 그가
투르게네프를 푸시킨과 함께 최상급의 작가로 간주하고 있으나 영향을
크게 받은 작가는 아니라는 것을 알 수 있다. 「민족 · 사회운동의 유심
적 일고찰」에서도 같은 평가가 나타난다.

⑥ 가령 '투르게네프'의 「처녀지」에서 나타난 사상이나 감정이 혁명후
의 아라사 사람에게는 물론이려니와 반동기에 잇는 우리의 견지로 보더
라도 그것은 '쁘르쥬와'에게서 비러온 '피스톨'에 불외한 것이요, 결코 반

---

63 염상섭의 소설에 나오는 여자들은 긍정적인 여자보다는 부정적인 여자가 많다. 필순형보다
는 정인형이 우세한 것이 그의 여자 주동인물의 특성이다. 필순형은 대체로 부차적
인물로 설정되기 때문에 주동인물은 정인형이 많아지는 것이다. 예외적인 것은 「사랑과
죄」에 나오는 순영이다. 작자는 그녀의 성격에서 "조선여성의 이념─이라고까지 할수업
스면 적어도 자기의 희망하는 여성미를 발견하도록 묘사하랴 하얏스나……"(「내게도
간신히 한아잇다」, 『별건곤』, 1928. 2, p.112)라고 말하여 그녀가 쏘니아와 유사한
이상적 여성임을 밝히고 있다.

동의 주체인 '처녀지' 시대의 아라사청년 자신의 것이나 현대의 우리 자신
의 것은 아니다……그러나 작품으로 볼 때에 시대 계급 인종을 초월한 보
편성과 예술미를 가진 탓으로 금후에도 예술적으로는 생명을 지속할 것
이다.   『전집』 12, p.88

　염상섭은 톨스토이의 경우처럼 사상면에서는 투르게네프에게 공감을
느낄 수 없었다고 말하고 있다. 하지만 시대를 초월해 영원히 남을 보
편성과 예술성은 높이 평가했고, 그 방면에서는 영향을 받고 있음을 김
송현이 지적하고 있다. 「'삼대'에 끼친 외국문학의 영향」에서 그는 투르
게네프의 「전날밤」, 「부자父子」와 「삼대」 사이에 다음과 같은 유사성이
있다고 지적하고 있다.

> ⅰ) 아르까디(「부자」), 인싸로프(「전야」)와 덕기, 병화의 계층 면에서의 유
>   사성,
> ⅱ) 주인공의 친구들이 니힐리스틱한 장발족이며, 급진적이고 성격파
>   산자인 점,
> ⅲ) 대여성관계의 유사성,
> ⅳ) 주검의 추한 모습의 노출경향,
> ⅴ) 반종교적 자세에서 바자로프와 병화의 유사성,
> ⅵ) 도덕적인 면에서 덕기와 아르까디의 유사성,
> ⅶ) 객관묘사,
> ⅷ) 성욕묘사의 생략.

　김송현 외에도 「표본실의 청개고리」의 개구리 해부장면을 바자로프
의 개구리 해부장면의 차용으로 보는 견해도 있다. 그렇다면 처녀작에

서 「삼대」까지 지속적으로 영향관계가 나타나는 거니까, 염상섭이 인물형 설정이나 작풍에서 투르게네프의 영향을 뜻밖에도 많이 받고 있다는 이야기가 된다.

김동인도 투르게네프에 관심이 많았다. 투르게네프는 그가 문학을 시작하던 중학생 시절에 만난 작가다. 하지만 그는 투르게네프의 플롯에 관한 무관심을 지적하고 있다. 그래서 작품의 종격결부가 늘 부자연스럽게 처리된다는 것이다.(『전집』 6, p.216) 하지만 「광화사」처럼 작품의 끝부분에 작가가 얼굴을 내미는 수법은 투르게네프와 공통되는 특징이다.

염상섭은 고리키를 투르게네프보다 더 좋아했다고 말하고 있지만. 그에 관한 것은 "노서아 프로레타리아 문학의 개조인 고-리키"정도밖에 나오지 않고, 작품상의 유사성도 찾아보기 어렵다. 염상섭이 사회주의 리얼리즘에 반대하는 입장에 서 있었던 데 기인하는 듯하다. 다음은 푸시킨이다.

> ㉠ 그들은 마치 '푸-스킨'이 「모쌀과사리에리」라든지 「인색한 기사」라든지 「보리쓰·고두노프」를써서 당시의 시대를 표현함과가티 현대를 표현한다……이러한 작가중에는 노서아푸로레타리아문학의개조인 고-리키를 비롯하야 노동자시인 '게라시모프' '키리로프'와가튼대가가잇스니 이것이 현대노서아문학자의 제이단체로 푸로레타리아 문학자라는 公然한 명칭은 업다.   「프로레타리아 문학에 대한 P씨의 言」, 『조선문단』 16호, p.240

그에 대한 염상섭의 지식은 상세하다. 프롤레타리아 문학을 부정하기 위해 쓴 이 글에는 그 밖에도 러시아의 프롤레타리아 문인들의 이름이 많이 나온다. 하지만 작품명과 이름만 나올 뿐이다. 이를 통해 염상섭이 러시아 프롤레타리아 문학도 알고 있었음을 알 수 있지만, 그는 그들과는 반대의 문학관을 가지고 있었기 때문에 영향관계는 없었을 것으로 볼 수 있다.

러시아문학과의 관계에서 특기할 만한 것은 그가 가신F. Mihailovich Garsin의 「4일간」을 1922년에 번역한 사실이다. 설사 중역이라 하더라도 염상섭이 러시아문학을 번역한 것은 주목할 만한 일이다. 언어에 능통해 있었는데도 불구하고 일본 작품은 번역한 일이 없기 때문이다. 염상섭이 러시아문학에서 받은 영향의 폭이 일본의 그것보다 어느 면에서는 더 크다는 것을 이를 통해 확인할 수 있다. 러시아에는 졸라적인 자연주의 문학이 없었다는 점을 감안하면, 염상섭과 졸라이즘과의 무관함을 재확인할 수 있는 사항이라고도 할 수 있다.

그 밖의 나라에서 염상섭에게 영향을 끼친 대표적 문인으로는 입센을 들 수 있다. 그의 노라에 대한 예찬이 염상섭의 「지상선을 위하여」에 자주 나오기 때문에 초기의 개인 존중사상에 입센이 영향을 끼쳤을 가능성이 있다. 하지만 염상섭도 김동인처럼 유럽쪽보다 러시아의 영향을 더 많이 받았다고 할 수 있다. 일본을 제외하면 러시아문학의 영향이 가장 크고 광범하게 나타나고 있기 때문이다. 일본문학이 영향을 끼친 것은 평론과 소설 두 장르인데, 러시아문학은 주로 소설가에게서 작품상의 영향을 받고 있다. 그러니까 소설에 국한시켜 보면 러시아문학의 영향이 일본보다 더 크다고 할 수 있다.

3) 전통문학과의 관계

(1) 전통문학에 대한 부정적 시각

모든 나라의 자연주의 작가들은 대체로 자기 나라의 전통문학에 대해 부정적 자세를 가지고 있다. 자연주의의 당대성 존중이 과거보다 현재를 중시하게 만든 데 그 원인의 하나가 있고, 다른 하나는 자연주의 문인들이 전통문학에 대한 조예가 깊지 않은 데 있으며, 세 번째는 그들이 대체로 코즈모폴리턴적인 태도를 가지고 있는 데 기인한다고 할 수 있다.

그 점에서는 프랑스와 일본이 유사하다. 에밀 졸라는 당대성의 원리를 존중했고, 이태리계의 문인이어서 국수주의에서 자유로웠으며, 지방의 소도시에서 자란데다가 학력도 고졸 수준이어서 프랑스의 전통문학에 대한 조예가 깊지 않았다. 그가 담대하게 과거의 수사학을 거부할 수 있었던 이유가 거기에 있다.

일본도 비슷하다. 명치시대의 대표적인 문인들은 대부분이 무사계급 출신이어서 무사계급의 문학인 한학, 한시 등에 조예가 깊을 뿐 아니라 도시 출신이 많아서 조닌町人 계급의 문학인 하이카이俳諧, 죠루리淨瑠璃, 가부키歌舞技, 게사쿠戲作 등에도 관심이 많았다.[64] 이런 경향은 자연주의기 이후의 작가들에게서도 나타난다. 다니자키 준이치로谷崎潤一郎, 아쿠다가와 류노스케芥川龍之介의 작품에는 에도의 조닌문학의 영향이 농후하게 드러난다.[65] 자연주의계의 작가들은 그렇지 않았다. 구니키다 돗보國

---

64 吉田精一, 『現代日本文學の世界』, pp.60-61 참조.
65 吉田精一, 『自然主義の研究』 하, p.581 참조.

木田獨步, 기타하라 하쿠초北原白鳥, 이와노 호메이岩野泡鳴 등은 고전문학에 관심이 없었으며,[66] 고전문학에 소양이 있는 도쿠다 슈세이德田秋聲, 다야마 카다이田山花袋 등은 의식적으로 고전취미를 배제하려 했다.[67] 그런데다가 그들은 조닌문화를 즐길 기회가 적은 지방 출신이었다.(토손도) 그래서 전통문학에 대한 조예가 깊지 못했다.[68] 그들은 전통적인 아문체雅文体와도 거리가 멀었다. 이즈미 교오카泉鏡花 같은 우아한 미문을 쓸 능력이 없었기 때문에, 'as it is'를 표방하는 배기교의 자연주의적 문체를 쉽게 받아들일 수 있었던 것이다. 그래서 그들은 쉽사리 코즈모폴리턴적[69] 경향을 지닐 수 있었다.

일본문학의 전통과 거리가 멀고, 국수주의적이 아닌 유파가 자연주의파였기 때문에, 자연주의 문학은 한국 유학생들이 쉽게 친근감을 느낄 수 있는 요소를 지니고 있었다고 할 수 있다. 대가족주의나 유교의 몰개성주의와의 싸움 같은 주제의 공통성도 있어서, 일본의 자연주의파는 한국의 문학 지망생들이 가장 넓은 공감대를 지닐 수 있는 유파였다.

그중에서도 염상섭은 특히 이들과 공통점을 많이 지니고 있었다. 그는 현재를 중시하는 자세가 철저하다. "과거인의 생활 실담이 아모리 아름답든 것이라 할지라도 현대의 우리에게는 연이 먼 것"(「세 가지 자랑」)이라는 게 그의 주장이다. 따라서 소설에서도 과거의 생활을 반영한 고전소설은 현대인과는 무관하다고 생각했다. 그는 역사소설을 쓰지 않은 문인이다.

출신계층에서도 유사성이 나타난다. 염상섭은 일본의 자연주의 문인

---

66 같은 책, 상, p.35.
67 같은 책, 하, p.128.
68 같은 책, 하, p.568.
69 같은 책, 하, p.568.

들과는 달리 서울 4대문 안에서 태어났다. 하지만 하급무반 출신('작가의 계층'항 참조)이다. 따라서 한학에 대한 소양은 있지만, 한문학과는 인연이 닿지 않은 듯하고,[70] 판소리계의 소설이나 고려가요, 시조, 가사문학 같은 전통적 한국문학과는 먼 거리에서 자랐다고 할 수 있다. 프롤레타리아 문인들과 논쟁하던 시기에 그는 정책적으로 시조문학 진흥에 대한 글들을 쓴 일이 있다.[71] 하지만 그는 시조를 지은 일도 없고,[72] 시조에 대해 아는 것도 없음을 고백[73]하고 있다. 소설의 경우도 비슷하다. 그가 일본에 가기 전에 읽은 한국소설은 거의 없다고 해도 과언이 아님을 다음 인용문에서 확인할 수 있다.

> ① 춘향전을 문학적으로 음미하기 전에 도쿠도미 로카의 「불여귀不如歸」를 읽었고, 이인직의 「치악산」은 어머님이 읽으실 때에 옆에서 몰래 눈물을 감추며 들었을 뿐……　　　　　「문학소년 시대의 회상」, 『전집』 12, p.215

이런 사실은 그가 전통문학에 대해 거의 백지상태였음을 증언한다. 한국문학에 대한 지식에 있어 염상섭은 김동인이나 이광수보다 많이 떨어진다. 근대작가의 경우도 마찬가지여서 그는 김동인처럼 「이인직론」을 쓴 일이 없다.[74] 이인직의 소설을 읽지 않은 것이다. 염상섭은 일본

---

70 「문학소년 시대의 회상」에 보면, 그가 배운 한문 책은 『동몽선습』, 『천자문』 정도에 불과하다. 그래서 그는 "나는 한학에 어두은지라"(「조선과 문예·문예와 민중」, 『전집』 12, p.129)라고 말하고 있다.
71 「시조에 대해서」(『조선일보』, 1925. 6. 12), 「시조에 관해서」(『조선일보』, 1925. 10. 6), 「시조는 부흥할 것인가」(『신민』 33호, 1927. 3) 등이 있음.
72 "시조는 이때껏 한 수도 없으면서, 소년시절에 일본의 와카和歌는 지은 일이 있었다." 「문학소년 시대의 회상」, 『전집』 12, p.215.
73 「나는 시조를 자세히 모르나」　　　「최육당 인상」, 1925. 3; 『전집』 12, p.193.
74 염상섭은 이인직, 이광수에 대하여 김동인처럼 작가론을 쓴 일이 없음.

의 자연주의 작가들처럼 반전통문학의 자리에 서 있었다. 거기에 중학교 때부터 일본 학교에서 주입된 한국을 멸시하는 사상이 파고든다. 그런 여건은 자기 나라의 문화나 문학에 대한 부정적 자세를 형성시킨다. 그는 1920년대의 작가 중에서 가장 신랄하고 냉혹하게 한국문화와 문학을 부정한 작가다. 우리나라가 식민지 치하에 있다는 것도 개의치 않고 그는 지극히 친일적인 안목으로 자기 나라의 자연이나 문화에 대해 악의적인 논평을 감행했다. 1928년에 『별건곤』에 실린 「세 가지 자랑」이 그 대표적인 예이다.

② 조선사람의 자랑을 꼽아 보앗다. 왈무골, 왈무용, 왈무신, 왈무의無義, 왈무감위진취지기개, 왈무취미, 왈무정조無情操, ……넘어무자로만 꼽자니 십지가 피로한 듯한다. 다음에는 유자로 헤여보자…… 교활, 간지奸智, 음모, 사기, 시기, 태정怠情, 음일淫逸, 투안偸安, 고식姑息, 상尙허식욕례, 중혈연양의뢰심 重血緣養依賴心.……   같은 책, p.212

③ 이조오백년은 미천을 거덜내여 천추만세에 큰 죄를 저즈르고 남못할노릇을하고 갓스나……밥만먹고 똥만누며 사천년동안 사지를 느릇드리고 좁은 방구석에서 듸굴듸굴   같은 책, p.214

④ 이약이 책한아를 꾸며도 그껏해야 공양미삼백석에 맹부를 버리고 제목숨을파는 철부지의어린계집을 출천의 효녀라고 찬양하거나, 쥐잡아 전실쌀모함하는 이약이, 계모손에횡사한 누이의 원귀싸라 물에 빠지는 죽엄가튼것을 동기의 정리인듯십히 칭상하라는 깜량밧게 안이되니…   같은 책, p.213

이 글들에는 한국인의 긍정적인 면은 전혀 나타나 있지 않다. 이 글에서 염상섭은 한국인을 '그들'이라 지칭한다. 그는 아웃사이더적인 입장에서 냉철하게 '그들'의 나쁜 점만 나열하고 있는 것이다. 민족성과 문학에 대한 이런 가혹하고도 신랄한 비판은 풍토와 문화로 확대된다. 잡지사에서 한국에 대해 "자랑할 만한 인정미담을 쓰라는 주문"을 받은 염상섭은 "생각다 못하야 다시 쏩아"본 결과 자랑거리가 겨우 '하늘'과 '금강산'과 '한글'(그는 한글을 '가갸거겨'라고 표현하고 있다)의 세 가지밖에 없음을 알아낸다. 하지만 어디에나 있는 하늘을 자랑한다는 것은 "헤식기도한 듯하나, 들창코 언챙이 자식도 제자랑되거든 남에게 있다고 자랑 못하랴"라는 야박한 말로 상섭은 그것이 자랑거리가 될 수 없음을 모질게 못박는다. 금강산도 마찬가지다. 산은 인간이 만든 것이 아니라 '천지조화의 신공'이니 자랑할 것이 못 된다고 그는 말한다. 그에 의하면 삶에서 가장 중한 것은 먹는 것이다. 그런데 "그러케 소중한 '식食' 다음으로 칠 만한 것이 삼천리강토 속에 있다하니" 자랑은 자랑일 것이지만, 자기는 "아즉 식食이 부족해서 그 조흔 일만이천봉의 영자靈姿에도 예알謁치 못한 터"라는 말로 금강산의 아름다움이 자신과는 무관함을 명시한다.

그는 원래 자연의 아름다움에는 관심이 없는 작가다. 도시에서 나서 도시 한복판에서 살다 간 그에게 오산은 하나의 한촌에 불과하며, 하늘이나 명산은 식후에나 보는 사치품에 지나지 않는다. 그는 식이 부족해서 금강산 같은 것은 볼 겨를도 없었다는 말을 자랑스럽게 공언한다. 거기에는 금강산을 보지 못한 데 대한 아쉬움 같은 것은 전혀 없다. 여로를 배경으로 한 「표본실의 청개고리」나 「묘지」 같은 작품에서도 그는 자연의 아름다움을 언급한 일이 없다. '하늘', '금강산' 등을 자랑거리로 생각하지 않는 이유가 거기에 있다. 리얼리스트인 그에게 자연은 늘 우선 순위가 '식'보다 뒤진다. 그러나 한글은 다르다. 그것은 신이 만든 것이 아니라 인간이 만든 것이기 때문이다. 염상섭도 김동인처럼 신이 만든 것에는 가치를 부여하지 않는 작가다. 따라서 한글은 염상섭이 한국에서 자랑거리로 생각하는 유일한 문화유산이다. 그는 그것을 그는 '자랑의 자랑'이라는 말로 표현한다.

⑤ 이가티 째이요 이같이 묘하고 이같이 알기쉽고 이같이 쓰기 편하고 이같이 우주의 소리란 소리의 정수를 뽑아만든 큰 예술은 또다시 업슬 것이다.

같은 책, p.214

모처럼 한글의 장점을 나열하면서 그것을 창조한 민족의 역량을 예찬한다. 하지만 여기에도 단서가 붙는다. 4천 년의 장구한 세월 동안 고작 한글 하나밖에 남기지 않은 조상의 무능함에 대한 규탄이다. 염상섭은 그것을 "밥만 먹고 똥만 누는"식의 원색적인 말로 표현한다. 뿐 아니다. 한글이 귀중한 문화적 유산이기는 하지만 출현 시기의 후진성 때문에 한국의 국민문학이 일본보다 5백 년이나 뒤떨어져 있다고 개탄하는 글을 그는 같은 해에 쓰고 있다.

⑥ 그러나 동일한 문화를바든 일본과 비교하야서는 어떠한가? 저들이 한자 한문을 배우기 시작한 것이 략 천오백년전일이니 (왕인이 논어를 전함으로 보아서) 우리보다 뒤진 지 근삼천년전이다. 그 후 오백년을 지나서 일본문학이 발명되었다. 그러면 저들은 문화적 출발은 느젓스나 자기 문자 국문학의 발전을 조성한 것은 우리보다 오백년 앞선 일이다.

「조선과 문예·문예의 민중」, 『전집』 12, p.129

그는 여기에서 한자를 쓴 지 5백 년 만에 자기의 문자를 창안해 낸 일본과, 한자를 쓴 세월이 3천 년이나 되는데 5백 년 전에야 자기의 문자를 만들어 내고, 그나마 그것이 귀한 줄 모르고 한문학에만 매달려 있던 한국인의 우매함을 비교하고 있다. 3천 년이나 늦게 문자 생활을 시작했고, 아직도 소설에까지 국한문을 혼용하고 있는 일본과, 세계에 유례가 없는 한글창제의 비중을 완전히 거꾸로 평가하고 있는 것이다. 한시에 대한 한국인의 감식안에도 그는 의문을 제기한다. 도연명 같은 시인의 고급한 시취를 한국인이 제대로 감상하였을까 하는 물음에 대한 대답 역시 부정적이다. "그러한 시경 예술심이 우리 피 속에 숨기었든가 하면 바히 의문이다. 다만 추숭, 모방뿐이다."라는 말이 이 글에 나오기 때문이다. 1928년경의 그의 안목으로 보면 우리 민족은 열정도 탐구력도 없는 민족이다. 우리와 같은 역경에서도 이태리인들은 위대한 문학을 창조해 냈기 때문이란다. 한국인의 예술창조 능력과 감식안의 결여에 대한 이런 지적은 정도의 차이는 있지만 김동인, 이광수에게서도 발견된다.

> ⑦ 우리 조선 사람같이 행복을 가지지 못한 백성은 드물것입니다. 제일 못나고, 제일 가난하고, 산천도 남만 못하게 되고, 시가도 남만 못하고, 가옥도 의복도 살림살이도 남만 못하고, 과학도 발명도 철학도 예술도 없고……
>
> 「예술과 인생」, 『이광수전집』 16, p. 29

이광수의 이 말은 정도의 차이가 있기는 하지만 민족관은 염상섭의 것과 대동소이하다. 식민지 교육을 받은 세대의 이런 열등감은 당시의 유학생들의 공통되는 특징이라 할 수 있다. 자기 문화를 배우기 전에 어린 나이에 일본에 간 유학생들이, 한국문화의 열등한 면만 과장하는 식민지 교육에서 받은 피해가 이런 참담한 열등감을 만든 것이다. 염상섭의 경우는 그것이 지나치게 극단화되어 있는 것뿐이다.

염상섭은 또 한문으로 쓰인 작품은 국문학의 범주에서 배제해야 한다는 견해를 가지고 있다. 그가 한국의 문학적 유산의 빈약함에 절망하게 되는 이유 중의 하나가 거기에 있다. 우리의 문학 유산 중에서 그가 비교적 긍정적으로 바라본 장르가 시조라는 것도 그것이 한글로 쓰였다는 점과 관련이 있다. 하지만 그의 시조에 대한 지식은 극히 초보적이다. 그가 한국의 문학적 유산에 대해 절망감을 안고 있었다는 것은 "원래 조선 문학의 묘상은 그리 튼튼치 못하얏습니다."(「문단십년」)는 말에서도 짐작할 수 있다.

⑧ 이조오백년간에는 만일 조선사람이 독자의 문학을 가질만한 정서적 훈련과 가지고자하는 의욕이잇섯드면 십이분가능하얏고 문예의 민중적 함양도 어들수잇섯슬 것이다. 그러나 훈민정음의 역사가 우리에게 남겨주고 간 업적은 시조몃수와 용비어천가, 춘향전, 심청전, 홍길동전, 운영전, 장화홍련전, 사씨남정기……십지十指에 맛지 못할 조잡한 통속소설 몃편과 기타잡가속요의 구전을 문자화한 것 등에서 더벗어나지못 하얏다.

「세 가지 자랑」, 같은 책, p.213

문화적 유산이 빈약한 이유는 "정미情味에 고갈하고 상호상조의 정신이 박약"한 민족성과 결부되어 있다. 위의 글들에서 그가 한국문학이 빈약해진 이유로 든 요건들을 요약하면 대략 다음과 같다.

　ⅰ) 5백년이라는 국문학의 역사의 짧음.
　ⅱ) 한문숭상의 사대적 풍토의 폐해.

iii) 창작여건의 미비.

iv) 독창성과 예술적 갈망의 부족.

v) 유교의 예술천시 사상의 영향.

이 글들을 통하여 염상섭이 한국의 전통문학을 보는 시각이 부정 일 변도라는 것을 확인할 수 있다. 그렇다면 그런 부정적 시각의 형성 요 인에 대한 고찰이 필요하다.

(2) 염상섭의 문화적 열등감의 원천

① 염상섭과 일본

염상섭이 유학하던 시기의 한국 청소년들에게 있어 일본은 그들이 꿈 꾸던 유토피아인 하이델벨히의 대용품이었다. 염상섭에게서는 그것이 더 과장되어 나타난다. 중학과정을 5년이나 일본에서 다닌 경력과, 보 수적 가정에서 자란 성장배경 때문이다. 그래서 그는 일본의 근대 속에 무저항으로 말려들어간다. 염상섭에게 동경이 유토피아로 여겨지게 된 첫 번째 요인은 '안경'으로 상징화된다. "머리가 늘 쑤시고 깨끗지 못한 때가 많은" 그에게 어머니는 소의 뇌를 처방하여 주곤 했다. 그런데 일 본에 가서 안경을 썼더니 "머리도 상쾌하여지고 눈찌푸리는 버릇도" 나 아지더라는 것이다.(「문학소년 시대의 회상」) 그에게 있어 동경은 근시를 교정 하여 어둡고 답답하던 세상을 밝게 만든 곳이다. 먹기 싫은 쇠골처방밖 에 없던 그 무렵의 한국의 후진성과 대비되어 안경은 일본에 대한 그의 경외감을 배가시킨다.

두 번째 요인은 학문의 새로움에 있다. 할아버지가 "이 자식은 왜 이 리 둔하냐"고 머리를 쥐어박으면서 가르치던 재미없는 『천자문』이나

『동몽선습』에 비하면 일본에서 가르치는 신식 학문은 모두가 경이의 대상이었다. "구미의 신풍조와 신문학에서 받은 감흥"은 "일찍이 접촉하여 보지 못한 새 세계의 발견"(같은 글)이었다. 동경은 그에게는 서구가 이미 들어와서 머물고 있는 놀라운 '신천지'였다. 한국이 "쇄국적·봉건적 유풍"이 지배하는 곳이었기 때문에 그 새로움은 경이감을 불러 일으킨다.

세 번째 요인은 문학에 대한 개안이다.

> ⑨ 일본으로 건너간 뒤로는 건강도 좋아지고 환경이 일변한 바람에 꼬마의 염세적감상이나 우울이 씻겨 나가고, 일어를 급히 공부하는 동안 문학적 정조에 닫히었던 마음이 차츰 열려 나가는 통에 어느덧 문학이라는 새로운 세계에 눈을 번쩍 뜨게 되었던 것이다. 개인적 이유가 아니라, 망국백성이 되었다는 점에서 잃었던 광명과 희망을 다시 찾아 생기를 얻고, 열의가 솟아났던 모양이다.   같은 글, 『전집』 12, p.213, 방점: 필자

염상섭에게서 일어난 이런 놀라움의 저변에는 한국 생활의 암담함이 깔려 있다. 식민지 수도의 "소조蕭條, 삭막하고 살벌한 사회환경"과, 봉건적 유풍에 짓눌려 있던 대가족의 속박에서 벗어난 해방감이 새 학문의 매력과 시너지 효과를 나타내서 동경의 근대화된 분위기에 정신없이 휘말리게 만든 것이다. 근시인 아이에게 비위에 거슬리는 쇠골만 먹이는 어머니, 한자만 주입식으로 가르치면서 걸핏하면 머리를 쥐어박는 할아버지, 실직해서 수입이 없는 아버지와 곤궁한 생활, 봉건적 사고로 개성의 발달을 저해하는 대가족의 속박 등이 그의 한국에서의 생활도였다. 유복한 환경에서 집안의 귀공자로 자유롭게 자란 김동인이 일본에

가서 유아독존적 생활방식이 통하지 않아 답답하고, 일어를 모르는 데서 오는 열등감, 동급생들에게 뒤질 것 같은 불안감 등으로 힘들어 하던 것과는 대조적이다. 염상섭의 동경이 김동인의 것보다 더 찬란한 장소로 받아들여진 것은 그의 한국에서의 환경 때문이다.

그런 해방감은 그곳이 이국이었다는 사실과도 관련이 있다. 사춘기 아이들에게 있어 이국은 동경의 대상이다. 낯익은 것이 없기 때문에 마치 새로운 하늘과 땅에 내려 선 것 같은 신선함이 있고, 일상성이 뒤따라오지 못하니 행동의 자유가 보장된다. 이국정서의 충족과 해방감은 동경이 한국의 유학생들을 유인한 또 하나의 인력이었다고 할 수 있다. 동경이 지니는 이런 매력은 정도의 차이는 있겠지만 일본의 지방 출신 청소년들에게도 해당되는 것이다. 그들에게도 동경은 '서구의 출장소'적 성격으로 나타났을 것이며, 새로운 천지, 자유가 보장되는 해방구였을 것이다. 그래서 그들도 마치 하이델벨히에라도 가는 것 같은 기분으로 동경에 모여들었을 것이다.

일본의 자연주의파의 작가들은 이런 '상경조上京組'의 문인들로 이루어져 있다. 시마자키 토손과 다야마 카다이 등이 그 대표적인 예다. 토손이 김동인처럼 미션스쿨인 명치학원을 다닌 거라든지, 일류의 학벌을 지니지 못한 점, 염상섭처럼 대가족주의의 속박, 자극이 없는 일상생활에서의 해방을 꿈꾼 점, 타향인 동경에서 발붙이기 위해 고생한 점 등 그들의 유학체험은 한국 유학생들의 그것과 유사성이 많다. 염상섭의 1924년 이후의 작품에서 검출되는 '생'이나 '家'와의 유사성은 이런 환경과 체험의 닮음에 기인한다고 할 수 있다.

하지만 이들을 가르는 엄청난 격차가 있다. 그들이 처한 정치적 상황의 차이다. 1910년대의 한국은 일본의 식민지였으니 당시의 한국 유학생들에게 있어 동경은 어디까지나 적국의 수도였다. 일본의 상경조 학생들처럼 단순한 낯선 곳이 아니었던 것이다. 국권을 상실한 지 불과 2년 만에 염상섭은 일본에 갔고, 김동인은 그보다 1년 늦게 동경에 갔다. 갓 식민지가 된 나라의 10대의 아이들에게 일본은 부인할 수 없는 적국이었던 것이다.

거기에서 분노와도 같은 갈등이 생겨난다. 원수의 나라가 유토피아처럼 느껴지는 데서 오는 내면적 갈등이다. 적장의 딸을 사랑하는 병사 같은 갈등과 자기혐오가 그들의 내면에 혼란을 일으킨다. 마지막의 치명적인 여건이 앞의 긍정적인 것들까지 절망의 색상으로 변질시키는 것을 어린 그들은 감당하기 어려웠기 때문이다. 상극하는 두 요소 사이에서 부대끼는 동안에 1910년대의 한국 유학생들에게는 이중성이 생겨난다. 동경은 그들에게 애증이 범벅이 된 갈등의 장소가 되는 것이다. 조혼한 아내를 원수같이 미워하면서도 일본 여자는 사랑할 수 없었던 이인화(「묘지」)가 그런 갈등을 대표한다.

이런 갈등은 때가 지날수록 심화된다. 대정 데모크라시의 동경에서 차별대우를 별로 받지 않던 이인화가 관부연락선을 타는 순간부터 요시찰인물로 바뀌는, 그런 피부에 와 닿은 정치적 핍박 때문이다. 하지만 「묘지」를 쓰던 시기만 해도 염상섭에게 있어 일본은 여전히 유토피아였다. 이인화의 "아! 경도에 가고 싶다."는 말이 그것을 대변한다. 그러나 동경과의 밀월이 용납되지 않는 결정적인 시기가 온다. 1923년의 지진이다. 그때부터 한국 학생들은 동경에서 하숙을 구하기도 어려운 극한적인 상황에 처해진다. 갖은 고난을 무릅쓰고 1926년에 다시 일본에 간 염상섭도 더 이상 일본에 대해 환상을 가질 수 없는 상황과 직면한다. 그는 결국 하숙 구하기의 어려움을 증언하는 「숙박기」 같은 소설을 쓰게 되고, 귀국한 후 다시는 일본에 가지 않는다. 정치적 상황이 일본에 대한 소년의 환상을 산산이 부셔버리고 만 것이다.

그런데도 불구하고 그들에게서 배운 식민지 교육의 잔재는 그대로 남아 있어서 자기 나라의 결함을 신이 나서 들춰내는 「세 가지 자랑」(1928)과 「문예만인」(1927) 같은 글을 쓰게 된다. 중학교에서 주입된 혐한의식이 미친 영향은 사라지지 않았던 것이다. 자기 나라 문화를 제대로 알지 못한 채 식민지 교육을 받은 소년들의 안목으로 1910년대의 일본과 한국을 대비하는 데서 생긴 문화적 열등감도 그의 내면에 그대로 뿌리를 내려서 1955년에 쓴 「문학소년 시대의 회상」에까지 지속되고 있다.

② 열등감의 형성 요인

염상섭의 문화적 열등감의 구체적 요인은 우선 전통문학에 대한 지식의 결핍에 있다.

> ⑩ 내 경험으로 보면, 문학적 소양을 외국에서 받았고 신문학의 토대가 없이 개척자적 소임에 놓였었다 하더라도, 또는 우리의 문학 수준이 낮은 것이 불가피한 사실이라 하더라도, 너무나 제나라 것을 경시·멸시하여 왔고 더구나 고전을 돌보지 않았다는 것은 나의 문학수업에 큰 결함이었고…….
> 「문학소년 시대의 회상」, 『전집』 12, p.216

1955년의 시점에서 그가 자인하고 있는 것처럼 그에게는 우리나라 고전문학에 대한 지식이 없었다. 일본 유학을 하기 전에 그가 알고 있던 한국소설은 「치악산」밖에 없다고 해도 과언이 아니다. 그나마도 어머니가 읽는 것을 옆에서 얻어 들은 정도다. 자기 나라의 고전에 대해 백지상태인 채 일본에 가게 된 것은 그의 집안이 무반이었다는 것, 그래서 문학서적을 읽는 분위기가 아니었다는 것, 한일합방 후에 일본에서 주로 교육을 받았다는 것 등과 관련이 있다.

아버지가 서점을 가지고 있어 독서가 자유로웠고, 형이 수양동우회의
지도자였던 김동인은 일본에 가기 전에 많은 한국 작품을 읽었다. 이인
직과 춘원의 작품을 읽었고, 연암과 김시습, 김만중의 이름을 알고 있었
으며, 「춘향전」 같은 고전소설도 읽었다. 최초의 본격적인 작가론인
「이인직론」과 「춘원연구」를 쓸 만큼 동인은 당대의 선배작가들에게도
조예가 깊었다.(졸저, 『자연주의 문학론』 1, pp.359-363 참조) 염상섭에게는 그게 없
었다. 한국문학에 대한 지식이 거의 없는 중학생으로 그는 16세에 일본
에 간다. 그리고 8년간(1912~20)의 청소년기를 일본에서 보낸다. 그래서
「춘향전」을 알기 전에 「호도도기스」를 읽었고, 「혈의 누」를 알기 전에
「금색金色야차」를 알았으며, 「삼국유사」를 보기 전에 「고지키古事記」를
만난다. 문자 그대로 "타방문학 속에서 성장"한 것이다.

　그는 일어로 쓴 작문으로 경도부중에서 명물이 될 정도[75]로 철저한
일본 교육을 받고 경응대에 들어간다. 일본말에 대한 독해력이나 표현
력의 측면에서 보면 이광수나 김동인은 "염상섭의 맞수가 될 수 없었다.
……" 일본 글을 제일 잘 알았다는 것은 곧 일본 근대문학의 깊은 곳을
제일 잘 알았다는 뜻(김윤식, 『염상섭연구』, p.31)이 된다. 그 결과로 나타난 것
이 자기 나라 문학에 대한 열등감이다. 열등감 때문에 한국문화를 폄하
한 것을 염상섭은 "불행하고 부명예스러운 것"이라고 후일에 자인한다.

　열등감의 두 번째 요인은 일본문학계와 자신을 동일시하면서 한국문
학을 평가하려 한 자세에 있다. 그는 한자에 통달하지도 못했고, 한글
로 된 작품도 거의 읽은 일이 없는 상태에서 한국에는 문학이 없다는

---

75 부립이중에서는 교문을 지키는 일인 수위까지가 '렌상(廉さん)'하면서 인사를 하게끔까지
　유명해졌다. 전교에서 작문이 제일이라는 소문이 났기 때문이었다. 이때 상섭의 「우리집
　의 정월」이란 여섯 장짜리의 소품은 학교를 들끓게 한 내용의 작품이었기 때문이다.
　　　　　　　　　　　　　　　조영암, 『한국 대표 작가전』, 수문관, 1953, p.174.

고정관념을 가진다. 그래서 한국문학을 폄하하는 발언을 서슴지 않고 하게 되는 것이다. 고전만 폄하한 것이 아니다. 그는 당대의 선배 문인들도 무시했다. 그의 「문학소년 시대의 회상」에는 그에게 영향을 끼친 한국 작품이나 작가의 이름이 하나도 나오지 않는다. 김동인에게서 지속적으로 나타나고 있는 이광수에 대한 반발이나 경쟁심, 이인직에 대한 예찬 같은 것이 염상섭에게는 없다. 그런 비판이나 예찬이 강한 관심의 표출이라면, 상섭에게는 자국문학에 대한 관심이 결여되어 있었던 것이다.

선배나 동년배의 문인들에 대한 이런 무관심은 그가 일본문학이나 러시아문학의 수준을 염두에 두고 한국문학을 얕본 것을 입증한다. 나츠메 소세키나 다가야마 조규, 아리시마 다케오, 시가 나오야 등의 일본작가들과, 일역본을 통해 본 도스토옙스키, 톨스토이, 투르게네프 등의 수준에서 볼 때 이인직이나 이광수나 김동인은 모두 함량미달로 보였던 것이다.

그가 무의식중에 자신을 일본문인들과 동일시했을 가능성은 1927년에 쓴 「문예만인」(『동아일보』, 1927 5. 9~10일)을 통해 표면화된다. 염상섭은 아리시마 다케오의 글을 표절한 한국문인을 소매치기로 몰고 있다. 자기 나라 문인을 소매치기로 몰면서 그가 옹호하는 작가는 일본문인이다. 이 사실은 그가 한국문인보다 일본문인 쪽에 더 짙은 혈연의식을 느끼고 있음을 알려준다. '그들'로 보이는 한국인이 '우리들'인 일본작가의 글을 훔쳐가는 행위를 용서할 수 없었던 것이다. 그는 3·1운동을 '동란'[76]이라 쓴 일이 있고, 이인화의 귀국을 '귀성'이라고 쓴 일도 있다.

---

[76] 염상섭은 「문단십년」에서 3·1운동을 「기미동요, 기미동란」 등으로 표현하고 있음. 『별건곤』 4권 1호, 1929, 1 pp.415-416 참조.

일본인들과 같은 시각에서 살고 있었던 것이다. 뿐 아니다. 그는 1920년대의 한국문인 중에서 가장 늦게까지 '피彼'라는 3인칭 대명사를 쓴 작가다. 국한문혼용도에 있어서, 그리고 일본식 한자를 쓰는 비율에 있어서 그는 동시대인들보다 일본과 더 가깝다. 띄어쓰기를 무시한 것도 마찬가지다.('문체'항 참조) 그를 문인으로 키운 것은 거의 일본문단이라고 해도 과언이 아니다.

염상섭 자신도 이 사실을 시인한다. 그래서 1929년에 쓴 「무에나 때가 잇다」(『별건곤』, 1929. 11)에서 그는 '컨덴스 · 밀크론'을 들고 나온다. 근대의 한국문단을 키운 것은 모유가 아니라 '암죽'과 '컨덴스 · 밀크'라는 것이 그의 주장이다. 암죽이 일본문학이라면 컨덴스 · 밀크는 서구문학이라 할 수 있다. 하지만 그 두 가지를 제공한 유모는 일본인이다. 일본문단은 그의 문학적 소양의 유모라고 할 수 있다. 그는 8년간을 유모의 손에서 자라서 유모와의 친족의식이 생겨났다. 이런 친족의식이 그의 한국문화관을 부정적으로 만들고, 한국의 문학적 전통과 멀게 만든 것은 그 자신의 말대로 '문학수업상의 큰 결함'이며, '불행이요 불명예'다. 민족문화를 부인하는 행위이기 때문이다.

하지만 일본문학을 깊이 파고든 것은 다른 면에서 보면 그만이 가진 귀중한 자산일 수 있다. 그것은 그가 1910년대의 일본문학의 수준을 자신의 문학적 출발의 기준선으로 설정하는 일을 가능하게 했기 때문이다. 일본문학과 서구문학과의 밀착성에서 얻은 근대문학에 대한 이해도의 깊이도 역시 거기에서 나온다. 일본문학의 연계관계에서 염상섭은 근대소설의 실체와 접촉하는 일이 가능했고, 그 접촉의 결과가 1931년에 나타난 「삼대」라고 할 수 있다. 이광수, 김동인 등을 제쳐놓고, 그들보다 늦게 시작한 염상섭에 의해 한국 근대소설novel의 정점을 이루는 작품이 쓰일 수 있었던 것은 그가 일본을 통해 서구의 사실주의 소설의 정수에 접한 결과라고 할 수 있다.

염상섭의 세계에서 일본문학에 대한 맹목적인 추종이 정리되기 시작한 것은 3인칭 대명사 '彼'가 '그'로 바뀌던 시기에 해당된다. 김윤식의 말대로 '彼' 또는 '彼女'의 세계를 넘어설 때 비로소, 염상섭은 한 사람의 한국작가가 되는 것이다. 그 시기를 김윤식은 염상섭의 첫 단행본인 『견우화』가 출간된 1924년 8월로 보고 있다.(『염상섭 연구』, p.235) 이 시기는 그가 일본 문체의 영향에서 탈피하여 그 자신이 문체를 확립한 시기다. 「표본실의 청개고리」와 「암야」 등에서 사용되던 추상적이고 난삽한 한자어들이 서울 중산층의 생활용어로 바뀌면서 염상섭의 문체는 고백체에서 객관적인 묘사체로 이행한다. 그의 문학에 분수령이 생겨나는 것이다.

이런 변화는 그가 유학시기에 배운 일본식 국한문혼용체에서 유년기의 생활용어로 돌아간 것을 의미한다. 그 때 새 문체의 모델이 된 책을 김종균은 염상섭 집안의 가보였던 『종송기사種頌記辭』에서 찾고 있다.[77] 상섭의 고조모가 썼다는 『종송기사』는 순조년간에 기록된 내간체의 기록집이다. 일상적인 생활의 상세한 기록을 서울 중산층의 언어인 '경아리'말로 기록한 이 책이 염상섭의 한글문체 확립에 기여했다는 김종균의 주장에는 타당성이 있다. 상섭이 그 책을 읽고 눈물까지 흘렸다는 사실[78]을 통해 그가 『종송기사』에서 영향을 받았을 가능성을 찾을 수 있기 때문이다.

그렇다면 이 책은 그가 전통문학에서 받은 가장 중요한 유산이라고 할 수 있다. 1924년 이전과 이후의 상섭의 문학을 가르는 가장 큰 차이

---

77 김종균, 『염상섭의 생애와 문학』, p.253.

78 위와 같음.

는 문체의 변화에 있기 때문이다. 염상섭이 암죽과 컨덴스·밀크를 통해 얻은 자양분과 새 문체가 합작해서 「삼대」를 만들어 냈다. 일본문학을 통한 근대에 대한 심층적 이해와, 가장 한국적인 문체가 상보하여 한국 근대소설의 기념비적 작품이 창작된 것이다.

열등감의 세 번째 요인으로 상정할 수 있는 것은 왜곡된 자기애라고 할 수 있다. 자기 나라 문학의 빈약함에 대한 지나친 분노의 바닥에 자학적인 자기애가 도사리고 있었으리라는 추측이 가능하기 때문이다. 염상섭이 자신을 보는 눈도 부정적인 면에 치우쳐 있는 데서 그런 유추가 생겨난다.

⑪ 용모부터 '히니꾸'('유머러스'나 '아이러니'에 해당되는 일본어)로 생기고 우좌스럽고 고집불통에다가 성미가 부푸다고 남들도 그러고 내가 생해봐도 그런 모양이니 남의 미움도 밧기에 알맞고……

「소위 모델문제」 3, 『조선일보』, 1932. 2. 24.

⑫ 용모가중탁重濁하고 돈 업고 명예업고 성질이 만만치안하서…….

위와 같음

이런 자기 평가의 부정적 경향의 연장선상에 나라나 민족을 보는 부정적 시각이 놓여 있었다고 볼 수 있다. 염상섭의 「개성과 예술」에 개인의 개성은 민족의 개별성과 직결되어 있다는 말이 나오고 있기 때문이다. 이것이 그가 후일에 민족문학론의 기수가 되는 한 요인이라 할 수 있다.

다음에 고찰해야 할 것은 민족문학의 독이성에 대한 견해다. 그는 일본문학의 영향은 인정하지만 모방은 인정하지 않는다.

⑬ 문화와 문학은 일면에 국경과 민족권을 초월한 세계적 의의와 양상과 가치를 가진 것이기 때문에 그처럼 편협한 생각을 가질 것이 아니라 할지 모르나, 제 조상 버리고 남의 조상 위하나 하는 속된 비유는 그만두고라도, 문학은 어디까지나 자기 표현에서 출발하는 것이니만큼, 자기·자민족·자국을 떠나서 있을 수 없는 것을 생각할 제 우리는 정신적·문학적·문화적으로 이민이거나 이방인이거나 식민지로 자기의 국토를 내맡길 수는 없는 것이다.　　　「문학소년 시대의 회상」, 『전집』 12, p.214

이 글과 염상섭이 주장하던 자연주의 자생론까지 합쳐서 생각할 때, 그의 일본문학에 대한 애착이 모방이나 추종을 의미하지는 않는다는 것을 확인할 수 있다. 따라서 「세 가지 자랑」에 나왔던 민족문화의 폄하가 민족문화의 부정은 아니었다고 생각된다. 문화적 전통의 빈약함에 대한 열등감 자체가 역설적인 자애심의 발로일 수도 있기 때문이다. 염상섭의 민족의식을 가늠할 수 있는 가장 좋은 자료는 독립선언문이다. 독립선언문은 글의 성격상 자기 민족에 대한 부정적인 견해를 용납하지 않는다. 상섭의 경우도 예외일 수 없다.

독립선언문과 「세 가지 자랑」은 자기 민족을 보는 그의 두 개의 관점을 대변한다. 하나는 정치적 관점이고, 다른 하나는 문화적 관점이다. 전자를 긍정적 관점이라고 한다면 후자는 부정적 관점을 대표한다. 후자에 나타난 자기모멸적인 전통관이 자기애의 왜곡된 양식이라고 보는 것은 그가 이 두 가지를 공유하는 데 근거를 둔 것이다.

염상섭 연구가들은 대체로 두 그룹으로 대별된다. 하나는 독립선언문을 그의 본령으로 보는 입장을 택한다. 그를 민족주의자로 보는 것이다. 김종균 등이 여기에 속한다. 「세 가지 자랑」을 염상섭의 한국관의 본질로 보는 제2그룹은 김윤식으로 대표된다. 염상섭의 초기문학이 일본이 제공한 컨덴스·밀크의 영향으로 형성되었다고 보는 입장이다. 하지만 이 두 가지는 불가분의 관계에 있다고 할 수 있다. 그 당시의 다른 한국 유학생들과 마찬가지로 염상섭은 문화적으로는 일본문학에 심취되어 있으면서 정치적으로는 독립선언문을 쓰지 않을 수 없었던 것이다. 그 두 상극하는 요소의 갈등 속에서 1920년대의 한국문학은 태동하여 기반을 구축해갔다.

성장기의 8년간을 일본의 동경과 경도에서 보낸 염상섭은, 1910년대의 일본을 기준으로 문학을 보는 버릇이 있다고 할 수 있다. 1910년대의 일본과 일본문학의 장점을 본격적으로 익혀 자기화한 부립중학생 상섭은 그것을 기준으로 해서 한국의 문화적인 면을 평가하고, 너무나 열등해 보이는 자기 나라에 대해 자학적인 분노를 폭발시킬 수밖에 없었으리라는 추측이 가능하다.

주아주의 시대에 일본에 유학한 유학생들은 이성적으로는 문화적 식민지가 되지 않으려 안간힘을 쓰지만, 일어로 중·고등 과정의 교육을 받았기 때문에 조선말로 글을 쓰려면 '앞이 딱 막히는'(김동인) 상황에 놓여 있었다. 그래서 잘 아는 일본문체를 모델로 삼지 않을 수 없었을 것이고, 일본소설에서 인물설정 방법이나 종결법 등을 배우지 않을 수 없었을 것이다. 거기에 그들의 갈등이 있다. 자기 나라의 전통을 향한 분노와 열등의식의 출처도 거기에 있다. 그들의 것을 배우지 않고는 우리 문학을 시작하기 어려운 여건 때문이다. 「세 가지 자랑」을 쓴 1928년 8월은 염상섭이 일본문단에 진출할 꿈을 안고 재도일했다가 좌절하고 돌아온 직후에 해당되는 만큼 이 글에 자기 민족에 대한 자포자기적 비판을 담은 것으로 볼 수 있다.

후일에 그 자신도 이 사실을 시인하여 "너무나 제 나라 것을 경시, 멸시하여 왔고 더구나 고전을 돌보지 않았다는 것은 나의 문학수업에 큰 결함"(「문학소년 시대의 회상」)이라고 자인하고 있다. 그러면서 "우리의 고 전문학이 아무리 화려치 못하고 현대 안목에는 하잘것없고 신통치 않은 것이라도, 이것을 존중하고 연구한 토대 위에서야 제 전통을 바르게 찾을 것이기 때문이다."(「전집」 12, p.216)라는 것이 그가 다다른 결론이다.

③ 열등감의 원천 - 명치·대정기의 일본문인들의 한국관

초창기의 한국문인들은 대부분이 중·고등 과정부터 일본에서 배웠기 때문에 염상섭처럼 한국의 문화와 역사에 대한 지식을 자기 나라에서 익힐 기회가 없었다. 그들은 일본 앞에 무방비 상태로 던져져 있었고, 그래서 일본인의 한국관을 그대로 전수받았을 가능성이 많다. 명치·대정기의 일본인들의 한국관에 대해 관심을 가져야 하는 것은 그들의 평가가 우리의 근대문학 초년병들에게 끼친 영향의 크기를 점검할 필요가 있기 때문이다. 염상섭은 일본에서 5년이나 중·고등학교 과정을 이수했고, 더구나 공립인 부립중학을 다녔기 때문에 다른 문인들보다 더 많이 한국을 폄하한 글들을 읽었다고 볼 수 있다.

일본의 근대화는 '정한론'과 함께 시작되었다. 명치유신의 주동세력에 속하는 사이고 타카모리西鄕隆盛는 '정한론'의 주창자였다. 한국 유학생들에게 많은 영향을 끼친 후쿠자와 유키치福澤諭吉도 같은 부류에 속한다. 그는 "조선인민을 위하여 그 나라의 멸망을 축하한다."(朴春日, 『近代日本文學における朝鮮人像』, 미래사, 1969, p.42)는 글을 1884년에 썼으며, "조선은 일본의 번병藩屛이다."(같은 책, p.49)라는 말도 서슴지 않고 했다. 이런 여건 속에서 생성된 일본의 근대문학은 시발점에서부터 '정한론'의 논리에 오염된 채 태동을 시작했다. 대정기로 넘어가면 대정 데모크라시의 분위기 속에서 한국 침략에 대한 요시노 사쿠조吉野作造, 야나기 무네요시 등의 '일본반성론'이 대두[79]되어, 한국 멸시사상이 많이 약화되지만, 전쟁에 휘

말리는 소화시대에 오면 명치시대의 군국주의의 망령은 다시 떨치고 일어선다.

일본에서는 명치 초기부터 한국 문제가 다루어진 작품이 나오고 있고, 명성황후 시해사건에 관련된 문인까지 있어, 그들의 한국관을 가늠하게 할 자료는 꽤 많다. 하지만 여기에서는 염상섭과의 영향관계로 범위를 좁혀서, 명치 초기부터 그의 유학기간 전후로 시기를 한정하기로 했다. 그래서 추려본 대상이 도쿠도미 소호의 「조선의 인상」(1906), 나츠메 소세키의 「만선 여기저기滿鮮ところどころ」(1909), 이시카와 다쿠보쿠石川啄木의 「9월 밤의 불평九月の夜の不平」(1910), 다카하마 교시高浜虛子의 「조선」(1911), 시마무라 호게츠의 「조선통신」(1917), 다니자키 준이치로의 「조선잡감」(1918), 야나기 무네요시의 「조선인을 생각한다朝鮮人を想ふ」(1919), 「조선 벗에게 보내는 글朝鮮の友に贈る書」(1920), 「조선과 그 예술朝鮮とその藝術」(1922) 등과 다야마 카다이의 「만선의 행락滿鮮の行樂」(1924) 등이다.

이상의 글들에 나타나 있는 한국관은 긍정적인 것과 부정적인으로 나뉜다. 부정적 시각으로 한국의 국민성을 바라본 사람이 많기 때문에 우선 그것부터 살펴보기로 한다.

① 세상에 조선인처럼 공론을 좋아하는 백성도 없고, 조선인처럼 당쟁을 좋아하는 백성도 드물다……노론소론, 남당북당, 모든 당쟁의 폐는 지금도 조선인에게 유전되어 있다고 인정해야 한다……조선인처럼 유언부설流言浮說에 흔들리는 백성도 없다. 그런데 조선을 향하여 무제한에 가까운 언론의 자유를 주장하는 것 같은 짓은 위험천만하다.

도쿠도미 소호, 「조선의 인상」, 『태양』 18권 9호, p.381

---

79 박춘일, 같은 책, pp.125-128 참조.

②　이를 내지인에게 물어 보면, 조선사람은 무턱대고 분개하는 버릇이 있다 한다. 그나마 그것이 뿌리가 있는 감정에서 나온 것도 아무것도 아니여서, 중심은 극히 무정견한 민족이라는 것이다. 또 어떤이는 조선 사람에게는 휼사譎詐가 많아서 본심은 도저히 모른다고 한다. 하지만 이들의 해석은 일본에게도 해당되는 것…….

시마무라 호게츠, 「조선통신」, 『와세다문학』, 1917년 10월호, p.225

여기에서 찾을 수 있는 한국인의 특성은 1) 공론과 당쟁을 좋아한다, 2) 이유 없이 분개하고 무정견하다, 3) 휼사가 많다 등이다. 나츠메 소세키는 거기에 일을 거칠게 하고 심술궂다는 조항을 덧붙이고, 야마지 아이잔山路愛山은 몰염치함을 추가한다.[80]

도쿠도미 소호는 한국민을 부정적으로 본 일본인을 대표한다. 그는 조선인들이 이런 결함을 가진 열등한 민족이기 때문에 그 병폐를 없애기 위한 교육이 필요하다고 주장한다. "수백 년 동안 길러온 것을 일조에 바꾸는 것은 용이한 일은 아니지만" 교육을 통해 교정하는 일이 시급하다는 것이다. 그는 한국을 "역사상 거의 완전한 독립국을 이룬 적이 없는" 미개한 나라로 알고 있다. 이광수의 「민족개조론」은 그런 이들의 한국관의 영향을 받은 것이라 할 수 있다.

소세키도 「만선 여기저기」에서 중국인과 한국인을 야만인 취급을 한다.[81] 그는 '만선 여기저기'라고 제목을 붙여 놓고, 한국에 대해서는 제대로 언급도 하지 않는 오만함을 드러낸다. 호게츠는 타인의 평가를 빈 형식인데, 자기는 그런 것들이 한국인만의 결함이 아니라 동양인 전체

80　같은 책, p.70.
81　같은 책, p.86.

의 속성으로 본다하여 한국민의 민족성에 대한 나쁜 평판을 약간 희석시키고 있다. 하지만 그의 글은 염상섭의 부정적 한국관의 직접적인 원천이 되었을 가능성이 많다. 그 글이 발표된 시기가 염상섭의 재일기간이고, 이 무렵의 염상섭이 『와세다문학』을 탐독하고 있었기 때문이다. 염상섭은 문학론에서도 그의 영향을 많이 받은 작가다.

나츠메 소세키도 염상섭이 아주 좋아한 문인이어서 그의 글은 다 읽었다고 고백하고 있는 만큼(「문학소년 시대의 화상」) 이 글도 역시 염상섭에게 영향을 주었을 가능성이 많다. 하지만 한국민을 가장 가혹하게 평한 도쿠도미 소호여서 그의 「조선의 인상」은 염상섭의 「세 가지 자랑」의 원천임이 거의 확실하다. 자기 나라를 무덤 같다고 생각(「묘지」 참조)한 염상섭의 사고의 원천이 "조선 13도 산도 내도 들도 밭도, 모두 송두리째 가버린 문명의 묘지 같은 느낌을 준다."는 소호의 글일 가능성이 많기 때문이다. 일본인들은 한일합방을 합리화하기 위해 한국인의 열등성 찾기에 열중해 있었고, 소호는 그것을 대표하기 때문에, 염상섭이 「세 가지 자랑」에서 한국인들을 "4천년 동안 밥만 먹고 똥만 싼" 민족으로 혹평한 것은 그의 영향이라고 할 수 있다. 이들의 한국민에 대한 부정적 사고의 영향을 받은 것은 염상섭만이 아니다. 이광수도 우리의 민족성에 대해 열등감에 싸여 있었다는 것을 다음 인용문을 통해 확인할 수 있다.

③ 우리 조선 사람같이 행복을 가지지 못한 백성은 드물것입니다. 제일 못나고, 제일 가난하고, 산천도 남만 못하게 되고, 시가도 남만 못하고, 가옥도 의복도 살림살이도 남만 못하고, 과학도 발명도 철학도 예술도 없고…….
「예술과 인생」, 『이광수전집』 16, p.29

다른 문인들도 비슷한 열등감을 지니고 있었던 것을 감안하면, 이 글들이 한국 청소년들에게 끼친 영향은 너무나 컸다고 할 수 있다.

이 세 사람이 한국의 부정적 측면만 부각시키고 있는 데 반해 다카하마 교시는 소설 「조선」에서 한국인의 결함 대신에 한국 거주 일인들의 추악상을 폭로시켜 대조를 이룬다. 작중화자인 '余'는 부산에 내리자마자 소년에게 짐을 나르게 하고는 삯을 주지 않고 큰소리를 치는 일인을 만나며, 대구에서는 자기 사촌 동생에게서 5원 정도의 도자기를 30원이나 주고 사는 사기를 당하고, 과수원에 들어온 이웃 농가의 소를 총으로 쏘아 죽이고 그 주인을 때린 친구의 이야기를 듣는다. 그리고 그들의 악한 행위를 자신의 일처럼 부끄러워한다. 이 소설에는 한국인들의 비행이 나오지 않는다. 길가에 앉아 있는 소크라테스처럼 위엄 있어 보이는 노인들이 왜 피압박 민족이 되어야 하는가 하는 회의를 느끼면서 화자는 "조선인으로 하여금 각각 유쾌한 자기의 천지를 만들게 하라"는 말을 한다. 그는 심지어 기생집에 가서도 "남의 꽃밭에 발을 들여 놓은 것 같은" 자책감을 느낀다.[82]

한국인의 국민성을 긍정적으로 바라본 점에서 그는 위의 세 문인들보다는 인도적이다. 하지만 그도 궁극적으로는 일본의 제국주의의 추종자에서 크게 벗어나지 않는다. 그는 한국을 보고 나서 "과연 일본인은 위대하다"는 생각을 했다는 것이다. 그가 당시의 조선총독에게서 고맙다는 말을 들은 것은 그 항목과 관련이 있을 것이다.[83] 한국인들을 긍정하는 시각 밑에 소호와 비슷한 생각이 깔려 있었던 것이다. 한국의 젊은이들이 주눅이 들어 '엽전의식'이라는 열등감에 시달리지 않을 수 없었

82 高崎隆治, 『文學のなかの朝鮮人像』, pp.38-50 참조.
83 같은 책, p.38 참조.

던 이유가 거기에 있다.

민족성은 폄하했지만 자연과 풍경에 대한 일본인들의 견해는 긍정적인 것이 우세하다. 다야마 카다이와 다니자키 준이치로가 그 좋은 예다. 카다이의 「만선의 행락」에는 금강산의 아름다움에 대한 예찬이 나오고, 평양의 도시미에 대한 감탄도 나온다. 그는 을밀대에서 솔밭과 완만한 산맥으로 이루어진 한국만의 독특한 자연의 아름다움을 발견한다. 다니자키의 「조선잡감」에도 한국의 날씨와 풍경에 대한 예찬이 나와 있다.

> ④ 항구에 닿아, 도시 뒤편에 솟아 있는 언덕 위를, 하얀 옷을 입는 조선인이 해맑은 가을 아침의 햇빛에 선명하게 비취어지면서, 허리를 굽히고 유유히 걸어가는 모습을 보았을 때는, 하루밤 사이에 자신이 어린아이가 되어, 훼어리-랜드에 데려와져 있는 것이 아닌가 하는 생각이 들었다……. 일년내내 저런 경치와 날씨가 계속된다면 아마 조선은 세계 제일의 낙토일 것이다.　　　　　　　　　　『谷崎潤一郎全集』22, p.61

찜찔한 습기에 찬 일본을 떠나온 그는 한국의 청명한 날씨를 감탄하고, 흰옷 입은 사람들의 모습을 심미적으로 받아들이고 있다. 이 두 작가는 한국의 덜 산업화한 거리의 조선다움에서 일본의 과거의 분위기를 발견하는 유사성도 나타낸다.

> ⑤ 실제로 거기에 가보면, 진짜로 조선답다는 생각이 들지요, 즉 헤이안조平安朝, 후지와라조藤原朝의 느낌이 들어요. 역시 옛날의 일본은 조선과 같았군요. 조선의 풍속이, 느낌이, 그대로 후지와라조, 헤이안조에 모방되어 간거군요. 일본의 옛날의 교토가 꼭 저런 느낌이 들지 않았을까요.　　　　　　　　　　　　　「만선의 행락」, 같은 책, p.338

이것은 평양을 본 카다이의 감상이다. 회고취미를 가진 카다이는 그 고풍스러움 때문에 평양을 사랑하게 된다. 그러면서 "예전에는 조선 쪽이 서울이고 일본은 시골인 때가 있었음"을 느낀다. 일본문화의 원류가 한국이었음을 인정하는 것이다. 하지만 비원에 갔을 때는 심정이 좀 복잡해진다. 거기에서 지나치게 생생한 '폐지廢址'를 만나 충격을 받은 것이다. 그는 자신이 멸망을 앞에 둔 이 아름다운 과거의 흔적 앞에 한갓 '유람자'로 서게 된 것을 한탄한다. 한국의 역사적 현실을 생각하지 않을 수 없는 입장이 된 것이다. 그리고 자신이 속한 자리가 조선인에게는 침입자의 자리인 것을 자각한다. 일본통치가 조선인에게는 달가운 것일 수 없다는 깨달음이다. 그런데 그가 할 수 있는 일은, 자기도 그들을 예전대로 가만히 놓아두는 쪽을 원한다는 것밖에는 없다. 하지만 거기에서 끝난다 해도 한 나라의 멸망에 대한 가슴 아픔, 멸망을 초래한 가해자의 편에 서는 일을 미안하게 생각하는 마음, 한국문화가 일본문화의 원류라는 것을 인정하는 것 등은 카다이가 지닌 인간다움이라 할 수 있다. 자연주의자들이 코즈모폴리턴이라는 것을 상기해야 할 대목이다.

한국의 풍경이 과거의 일본의 고전적 분위기를 연상시킨다고 생각한 또 하나의 문인이 다니자키 준이치로다. 카다이가 평양에서만 일본의 옛날과 한국과의 유사성을 느낀 데 반해 다니자키는 서울에서도 헤이안조 시대의 풍속화 속을 걷는 것 같다고 생각한다. 그래서 "평안조平安朝를 주재主材로 하여 소설이나 역사화를 그리려는 소설가나 화가는 참고를 위하여 옛날의 풍속화를 보는 것보다는 조선의 경성이나 평양을 보는 것을 권하고 싶다."[84]는 말을 한다. 그도 카다이처럼 정치적인 입장을 배제하고 심미적으로만 한국을 보고 있다. 회고취미가 있는 이 두

---

84 『谷崎潤一郎全集』 22, p.62.

작가는 한국의 고풍스러움을 긍정적으로 평가한 것이다.

한국의 풍경이 과거의 일본과 유사하다는 것을 인정하는 점에서는 도쿠도미 소호와 시마자키 호게츠도 의견이 같다. 소호는 서울이 "왕조시대부터 아시카가足利 막부의 중세까지의 풍속의 활현活現" 같아서 마치 풍속화 속에 들어 있는 기분이 된다는 말을 하고 있으며, 호게츠도 "산수풍속으로서는, 전래의 조선은 순연한 왕조 이전의 일본을 이십세기에 접합해 놓은 것" 같다고 보고 있다.

하지만 같은 것을 보는 카다이-다니자키의 평가와 소호-호게츠의 그것은 내용이 판이하다. 후자는 부정적으로 보기 때문이다. 그들은 한국의 고전적 아름다움을 일본 문화의 원류로 인정하는 대신에 골동품처럼 활기가 없다고 비판하고 있다. 소호는 "조선 13도는 송두리째 가버린 문명의 묘지 같다."고 한 사람이다. 소호에게 있어 '고색古色'은 역사의 이끼가 아니라 죽음의 빛이다. 그의 한국관은 "한남제일의 도시도 일본의 에다촌(천민촌)과 같다."는 야마지 아이잔의 견해[85]와 질이 같다. 소호는 한국이 "자연도 인간도 거칠 대로 거칠어진" 이유를 "오랜 역공과 외침"에서 찾고 있다. 그래서 일본이 굳건히 지켜주면 '조선의 재생 복활'이 이루어질 수 있다고 생각한다. 그는 우리나라를 "역사상 완전한 독립국을 이룬 적이 없는" 나라로 보고 있는 것이다. 소호의 이런 한국관은 한국 사회와 자연을 보는 그의 국수주의적 시각을 반영한다. 골동품 같고 무덤 같은 나라에 활력을 넣어 줄 수 있는 유일한 방도가 정치인데, 그 정치를 일본 헌병이 잘하고 있어 조선이 역사상 '미증유의 선정'을 받고 있다는 것이 그의 견해다.

---

85 박춘일, 앞의 책, p.70 참조.

⑥ 오늘에 와서 조선은 처음으로 자기 물건을 자기 것으로 하며, 원하는 대로 생활하는 일이 가능해졌다. 이렇게 정의는 행해지고 있고, 치안이 확보되고, 철도나 도로 등의 운수교통의 편이 개발되고, 학교, 농업시험장, 공업전습소 등이 생겨, 모든 인지를 개발하고…… 전염병예방, 청결법실시 등 모든 위생수단이 강구되니 이제는 더 이상 눈을 감아도, 조선은 토지로서 풍요하며, 민으로서 영달하여, 사람으로서 행복을 얻을 수밖에 없는 상태가 되었다.   『태양』 18권 9호, p.380

그는 한국이 좀더 일찍 일본과 합방했더라면 더 행복했을 거라는 말까지 한다. 한국인을 생번生蕃으로 보는 노동자 거간꾼(「묘지」 참조)과 다를 것이 없다. 호게츠의 한국관도 이와 유사하다.

⑦ 조선은 토지도 메말라 있지만 생활도 고수枯瘦하다. 험가險岢하다. 그래도 경성만은 제법 식민지적 풍부함을 가지고 있지 않은 것은 아니나, 그게 어쩐지 내밀적이고, 머리 위에 무언가 한장 조심스러운 것을 쓰고 있는 느낌이 든다. 산수풍속으로서는, 전래의 조선은 순연한 왕조 이전의 일본을 이십세기에 접합해 놓은 것이다. …… 산수는 조용하여 잠자는 것 같다. 자칫하면 금욕종사람들이 은거하기에 알맞는 나라가 될 것 같다. 국가가 무엇 때문에 생겨나며, 개인이 무엇 때문에 사는가를 정말로 생각할 줄 모르는 사람의 손에 의해 행해진 정치가 여기에서도 우리들의 생명을 고갈시키려 하고 있다. 조선에도 만철滿鐵기분의 주입이 필요하다.

『와세다문학』, 1917년 11월호

그도 소호처럼 식민지사관으로 한국을 보고 있다. 그의 눈에 비친 한국은 고수枯瘦하고 험가險岢한 고장, 낙후한 곳, 은퇴하기에 적합한 장소,

잘못된 정치가 생명을 고갈시킨 곳일 뿐이다. 소호가 한국인을 교육시켜야 한다고 처방한 것처럼 호게츠는 "만철기분의 주입이 필요하다."는 처방을 내린다. 그는 망국민으로서 한국인이 비애를 느끼는 것은 긍정한다. 그러나 한국이 전보다 좋아진 것은 일본 덕이라고 생각하기 때문에 "지금처럼 행복한 진보한 생활을 영위할 수 있는 조직을 만들어주고, 독립자치로 인도해 주는 것을" 함께 바라는 것은 일본으로서는 받아들일 수 없는 무리한 요구라는 입장이다. 한일합방이 한국인의 행복을 증진시키는 것이라는 점에서 그는 소호와 의견을 같이 한다. 논조가 좀 온건한 것뿐이다.

이미 지적한 것처럼 이 두 사람의 부정적 한국관은 염상섭에게 막강한 영향을 끼쳤다. 염상섭의 부정적 한국관에 영향을 준 것은 호게츠가 지적한 한국의 낙후하고 메마른 분위기다. 염상섭은 그것은 '소조, 삭막하고 살벌한 사회현상'과 '쇄국적·봉건적 유풍'(「문학소년 시대의 회상」)이라고 표현한다. 그에게 있어서도 '고색'은 죽음의 색이었던 것이다. 그 점에서 그는 호게츠, 소호와 취향이 같다. 그렇다고 염상섭이 그들의 정치적 견해까지 받아들이는 것은 물론 아니다. 한일합방이 한국에 이롭다고 생각하는 견해를 받아들였다면 독립선언문을 쓰고 감옥에 가지는 않았을 것이기 때문이다.

그 다음 유사성은 우리나라가 낙후된 원인에 대한 호게츠와 염상섭의 견해다. 염상섭도 호게츠처럼 과거에 정치를 잘못해서 이 땅이 생명을 고갈시키는 곳으로 변했다고 말한다.[86] 염상섭은 이 두 점에서 호게츠

---

86 염상섭은 정치를 기관차에 비유하고, 문학 예술을 객차, 침대차에 비유하여 다음과 같은 말을 하고 있다. "기관차가 병이나서 석탄을 녹이지 못하고 장승가티멀건히 섯는데 객차나 침대차만다라나라고하면 될법이나한노릇입니까."
「무에나 째가 잇다」, 『별건곤』 4권 1호(1929. 1), pp.29-30.

의 견해를 받아들여, 전통관이 부정적으로 물들여지는 것이다.

반면에 카다이나 다니자키가 한국의 자연을 예찬한 것은 염상섭과는 반대다. 자연미에 대한 관심이 없다는 것, 낭만취미가 없다는 점은 염상섭이 일본 자연주의와 가장 다른 점이다. 그는 철저한 반낭만주의자다. 그러기 때문에 이들의 자연 예찬은 그의 민족적 자존심을 회복시키는 데 아무 도움이 되지 않는다. 서울이나 평양의 고전적 아름다움에 대한 예찬도 마찬가지다. 새것 콤플렉스에 걸려 있던 그에게 있어 낡은 것은 무조건 다 추요 악이다. 결국 모처럼 한국을 긍정한 이 두 문인의 칭찬은 염상섭에게는 의미가 없었던 것이다.

세 번째 항목은 한국 예술에 대한 견해다. 이 경우에도 호게츠의 글은 염상섭의 「세 가지 자랑」의 모본이다. 우리나라에는 과거에 문학이 없다는 말을 한 사람이 호게츠이기 때문이다.

⑧ 조선의 과거에는 문예라고 할 만한 문예가 없다. 공예에 가까운 것은 다소 있었겠지만, 시도 없고 소설도 없고 극도 없다. 정신문명의 상징은 전무하다… 조선의 과거에는 어엿한 생활이 있었다. 생활이 있는 곳에 문예가 생겨나지 못할 이유가 없다. 그런데 그것이 생겨나지 않았다면 반듯이 사회형태에 기형적인 데, 병적인 데가 있었기 때문이다.

같은 잡지, 1917. 11, pp.226-227

"조선의 과거에는 문예가 없다."는 호게츠 주장은 한국의 근대작가들에게 막강한 영향을 끼친다. 춘원, 동인, 상섭 등이 모두 같은 말을 되풀이하고 있기 때문이다. 춘원은 「예술과 인생」에서 한국에는 "예술이 없다."고 했고, 「문사와 수양」에서는 앞으로 조선에 문예운동이 일어날 것이라는 호게츠의 말을 인용하고 있으며(『춘원전집』 16, p.17), 상섭은 「조선과 문예」에서 과거의 우리나라에는 공예는 있었으나 문예는 없다는 호게츠의 주장을 답습하면서 「세 가지 자랑」 같은 글을 쓰고 있고, 동 인도 "전인의 유산이 없는지라, 우리가 문학을 가지려면 순전히 새로 만들어 내는 수밖에 없었다."[87]고 호게츠의 말을 되뇌이고 있다.

호게츠는 자연주의의 정의, 외국문학의 소개 외에 전통문학관에 있어 서도 염상섭에게 막강한 영향을 끼쳤다. 어린 나이에 일본에 간 염상섭 은 전통문학에 관한 호게츠의 말을 그대로 받아들였고, 그것이 그에게 열등감으로 작용하고 있는 점에서 그의 발언의 위력을 실감할 수 있다.

한국의 문화적 유산에 대해 호게츠와 반대의 의견을 가지고 있던 사 람은 야나기 무네요시이다. 그는 "미의 창을 통하여 바라볼 때, 그것은 경탄할 만한 나라였다."[88]고 한국을 평했다. 눈물겨운 고난의 역사에 시 달려오면서 그 경험이 "그들의 예술을 영원한 것으로 만들었고, 그 작 품을 영겁의 미로 인도하는" 원동력이 되었다는 것이다. 그는 "진과 선 과 미만이 조선을 영원하게 만드는 기초"[89]임을 역설하여 한국인의 용 기를 북돋아주고 있다. 광화문을 지키려고 항의하다가 블랙리스트에 이 름이 적히는 수난까지 감수한 야나기의 한국예술에 대한 경외의 정은 다음 글에서도 나타난다.

⑨ 일본의 고예술은 조선의 은혜를 입은 것이다. 호류지法隆寺나 나라 의 박물관을 찾는 사람은 그 사실을 잘 알고 있다…… 그런데 우리는 그 은혜를 조선 예술을 파괴하는 것으로 보답하고 있다. …… 나는 세계예술

---

87 『김동인전집』 6, 삼중당, p.17.
88 『朝鮮とその藝術』, 春秋社, 1975, p.3.
89 같은 책, p.17.

에 훌륭한 자리를 차지하는 조선의 명예를 보류하는 것이, 일본이 행할
정당한 인도라고 생각한다. 교육은 그들을 살리는 것이어야지 죽이는 교
육이어서는 안된다.   같은 책, p.13

그는 일본이 한국 학생들에게 자국의 역사를 못 배우게 하는 일의 부
당함을 지적한 일도 있다. 그의 글들이 『동아일보』에 그대로 실린 것은
그가 일제시대 일본 지성인 중에서 가장 친한적 인물임을 말해준다. 일
본의 고예술이 한국의 영향하에 있었음을 시인하는 또 하나의 문인은
카다이다. "예전에는 조선 쪽이 서울이고 일본은 시골인 때가 있었음"을
그는 인정한다. 하지만 이들이 예찬하는 것은 공예와 건축이지 문학이
아니다. 호게츠의 말이 위력을 발휘하는 이유가 거기 있다. 도쿠도미
소호, 시마무라 호게츠 등이 한국을 식민지로 만드는 일을 긍정하고 있
는 반면에 야나기 무네요시와, 다야마 카다이 등은 반대 입장을 취한다.
  이들과는 또 다른 입장에서 후자의 견해에 동조하는 일군의 문인이
있다. 다쿠보쿠가 그들을 대표한다. 「九月 밤의 불평」에서 그는 한일합
방이 되었다는 소식을 듣고 "지도 위 조선국에 검은 먹물을 칠하면서
가을바람 소리를 듣는다."(박춘일, 앞의 책, p.94 재인용)고 읊고 있다. 그가 한
국의 멸망을 보고 위기의식에 사로잡히는 것은 한국만을 위하는 마음이
아니다. 반정부주의자인 그는 군국주의 세력의 팽창이 가져오는 '시대
폐색'의 징후가 대내적으로는 인권탄압으로 나타날 것이 불안했던 것이
다. 그 불안은 진재의 와중에 고토쿠 슈스이幸德秋水를 처형하는 것으로
현실화된다. 타쿠보쿠와 마찬가지로 일본의 사회주의 진영과 민권운동
가들이 한일합방을 비난한 것[90]은 그들과 한국이 유사한 탄압의 대상이

---

90 한일합방과 침략전쟁을 반대한 문인으로는 다오카 레이운田岡嶺雲, 도쿠도미 로카德富蘆花,

었던 데 기인한다. 그것을 친한사상으로 오인하여 민권운동가들에게 우애를 느낀 유학생들이 많았다. 하지만 그것은 오해였다. 사회주의자들과 한국인은 제국주의에 쫓기는 같은 대상이었을 뿐이다.

이유 여하를 막론하고 군국주의에 반대한 세력은 염상섭과 한국인의 자존심을 회복시키는 일에 기여한다. 다야마 카다이, 다니자키 준이치로의 심미적 한국예찬, 다쿠보쿠 등의 이념적 동정심 등도 한국인의 열등감을 줄이는 데 기여한다. 그 중에서도 가장 큰 도움을 준 것은 야나기이다. 그는 한국에도 예술이 있으며, 그것이 일본예술의 원류를 이룬다는 것을 깨우쳐 줌으로써 한국문인들을 크게 고무시켰다. 염상섭이 그의 아내의 음악회를 주선하고, 그의 강연회를 여는 일을 도운 것은 그 때문이다.[91] 그가 「개성과 예술」에서 그의 글의 일부를 인용하고 있는[92] 것은 예외적인 대접이라 할 수 있다. 그 당시의 한국문인들은 일본문학은 사랑했으나 일본인에게는 호감을 보여주지 않았기 때문이다. 야나기는 예외였다. 그는 염상섭뿐 아니라 『폐허』파의 남궁억 등과도 교류가 있었다. 소호, 호게츠가 그에게 문화적 열등감을 심어준 원흉이라면, 야나기는 그것을 탕감시킨 사람이라고 할 수 있다.

우치다 로안內田魯庵, 요사노 아키코與謝野晶子, 키노시타 나오에木下尚江 등이 있다.

박춘일, 앞의 책, pp.71-77 참조.

91 김윤식, 『염상섭연구』, pp.94-97 참조.

92 『전집』 12, p.40.

Ⅱ부

현실재현의

방법

1. 예술관의 이중성과 주객합일주의

에밀 졸라의 예술관은 진실존중사상을 기본으로 하고 있다. 『실험소설론』은 과학주의를 택하고 있기 때문에 예술의 목적이 '미'에 있지 않고 '진'에 있다. 따라서 졸라이즘은 미학이나 윤리 대신에 사실성을 중시한다. 졸라는 서정성이 있던 자리에 사실과 자료를 대치시켰다. 자연주의가 반미학적인 문학이 되는 이유가 거기에 있다.[1] 따라서 문학가는 예술가가 아니라 '분석하고 해부하는 사람'이다. 과학자와 같아지는 것이다.[2] 그는 냉철한 객관주의자가 되어야 하며, 사실들을 입증하는 실험관이어야 한다. 입증할 수 없는 것은 과학이 아니다. 그래서 고증을 중시하는 것은 졸라의 과학적 예술관의 중요한 속성이 된다.

사실을 중시하고 고증에 집착하며 객관적인 자세를 중시하는 것은 플로베르나 공쿠르도 마찬가지였다. 하지만 그들은 '진실'을 '미'보다 우위

---

1 졸저, 『자연주의 문학론』 1, pp.129-133, '진실존중사상'항 참조.
2 Le Naturalisme au théâtre, R. -E, p.152.

에 두기를 거부했다.[3] 졸라와 플로베르를 가르는 결정적 요인은 졸라의 진실우위의 예술관이다. 앞장에서 이미 밝힌 것처럼 자연주의가 유파를 이루지 못하고 졸라이즘으로 고립된 이유는 졸라의 진실존중의 예술관을 다른 문인들이 거부한 데 있다. 그들은 심미적이어서 졸라의 예술관을 용납하지 않은 것이다.

졸라의 예술관을 염두에 두고 염상섭의 것을 살펴보면 우선 눈에 띄는 것은 1기와 2기 사이에 있는 예술관의 차이이다. 「개성과 예술」에 나타난 1기의 예술관은 졸라이즘뿐 아니라 리얼리즘 전체와 배치된다는 것은 이미 살펴보았지만, 다시 한 번 요약하면 다음과 같은 특징이 나타난다.

① 독이적 생명을 통하야 투시한 창조적 직관의 세계……

『개벽』 22, pp.7-8

② 예술은 모방을 배하고 독창을 요구하는지라…… 같은 책, p.8

③ 진, 선, 미로 표징되는 바 위대하고 영원한 사업…… 같은 책, p.6

여기 나타나 있는 것은 직관과 독창성을 중시하는 반모방의 예술관이다. 거기에서 예술은 "진선미를 표징하는 위대하고 영원한 사업"이 된다. 하지만 같은 글 안에 이와는 다른 목소리도 들어 있다.

---

3 졸저, 『자연주의 문학론』 1, pp.47-48, '예술관'항 참조.

④ 인생의 암흑추악한 일반면으로 여실히 묘사함으로써, 인생의 진상
은 이러하다는 것을 표현하기 위하야, 이상주의 혹은 낭만주의문학에 대
한 반동적으로 일어난 수단……　　　　　　　　　　　　같은 책, p.3

이 부분은 염상섭의 초기의 예술관에 나타나는 사실주의적 측면을 대
표한다. 모방을 배제하는 예술관 옆에 있는 모방론이다. 「개성과 예술」
을 졸라이즘과 연결시킬 수 있는 근거가 되는 부분이기도 하다. 하지만
전술한 바⁴와 같이 이 대목은 하세가와 덴케이의 평론에 나오는 말의
메아리에 불과하여 졸라이즘과는 관련이 거의 없다. 「개성과 예술」에
는 자연주의의 특징이 다섯 개 나오는데,⁵ 억지로라도 졸라이즘과 연결
시킬 수 있는 것은 이것밖에 없다. 제목 그대로 이 글은 개성론이며,
자연주의는 그 중의 한 삽화에 지나지 않고, 그나마도 '환멸의 비애', '현
실폭' 등의 용어로 포장되고 있어, 직관과 독창성 예찬이 주가 되는 것
임을 알 수 있다. 이 시기의 염상섭에게 있어 예술은 절대적인 가치였
으며, '위대하고 영원한 사업'이었다. 거기에 현실을 있는 그대로 보려
는 가냘픈 사실적 의견이 삽입되어 있을 뿐이다.

2기에 가면 '생활제일의第一義'의 원리가 나타나 예술의 절대성을 약화
시키면서 반모방의 예술관은 자취를 감춘다. 그러면서 약세에 놓여 있
던 사실적 관점이 강화되어 모방론에 입각한 예술관이 확립된다. 1926
년에 쓴 「계급문학을 논하야 신경향파에 여함」에 "예술이란……'재현'
에서부터 출발하는 것"이라는 말이 나오기 시작한다. 2기의 평론에는
'재현', '반영', '해부', '보고' 등의 용어가 자주 나오는 것이다. 이때부터

---

4 「용어」 항의 '개성과 예술에 나타난 자연주의' 참조.
5 같은 글 참조.

사실주의적 예술관이 정립되며, 예술가도 창조자에서 보고하는 자로 격하된다. 자신의 말을 빌면 그의 사실주의기가 시작되는 것이다.[6]

그의 1기의 예술관은 친낭만주의적인 것이다. 일본 자연주의보다 더 낭만적이다. 대정시대의 주아주의와 예술지상주의의 영향도 받았기 때문이다. 염상섭은 그 무렵에 1인칭으로 사소설을 썼다. 일본 자연주의자들은 적어도 시점만은 3인칭으로 했다. 주아주의시대인 대정기에 유행하던 1인칭을 썼으면서, 염상섭은 「표본실」과 「암야」, 「제야」 등의 초기소설을 자연주의로 보고 있는 것이다. 그의 1기의 자연주의는 일본 자연주의와 주아주의가 하세가와 덴케이의 용어들과 밀착되어 만들어지는 염상섭식 자연주의다.

2기에는 개인주의 대신 사실주의가 나온다. 사실주의와 연결된 이 자연주의를 필자는 자연주의 (A)형으로 분류했다.[7] 「토구·비판 3제」에 나타난 자연주의가 그것이다. 하지만 2기에도 졸라와 염상섭의 예술관 사이에는 많은 차이가 있다. 첫 번째가 자연주의와 사실주의를 내용과 형식으로 이분하는 방법이다. 자연주의=내용, 사실주의=형식의 공식은 염상섭의 2기 평론을 관통하는 확고부동한 주장이다. 사실주의를 formal realism으로 보면 이 말에는 타당성이 있다. 하지만 졸라이즘에 선행한 프랑스의 사실주의는 formal realism만 의미한 것은 아니다. 그것은 과학주의, 객관주의, 가치의 중립성 등의 요소를 졸라와 공유하고 있었기 때문이다. 지나치게 결정론적으로 본 인간관과, 진실 우위의 예술관만 졸라와 다를 뿐이다. 염상섭은 그 차이를 인정하지 않고 사실주의를 형식만으로 규정지은 것이다.(1장의 '「토구·비판」 3제」에 나타난 또 하나의 자연주의' 참조)

---

6 「용어」 항의 '예술론에 나타난 재현론' 참조.

7 같은 글 참조.

    그리고 염상섭은 이 시기에 자기는 '형식'편에 서는 자임을 분명히 한
다. 변증적 사실주의의 편내용주의를 비판하는 그의 입지점은 형식의
중요성을 부각시키는 것이었기 때문이다. 졸라이즘은 형식보다는 내용
을 중시한, 반수사학적 예술관을 가지고 있는 만큼 그 사실은 염상섭이
졸라이즘과 무관한 작가임을 명시하는 또 하나의 요인이 되고 있다. 염
상섭도 이 시기의 자신의 문학을 '사실주의'라고 못 박고 있기 때문에
그 점에서는 문제될 것이 없다.

    두 번째 차이점은 객관주의에 대한 자세에서 드러난다. 염상섭은 객
관주의를 좋아하지 않는다. 그는 '순객관주의라는 것은 있을 수 없다'[8]
고 생각한다. 그래서 염상섭은 객관주의 대신에 주객합일주의를 택한
다. 1929년에 쓴 「문학상의 집단의식과 개인의식」에서 그는 객관주의
를 사진사의 할 일에 불과하다고 말하고 있다. 그는 "자기의 심경을 객
관화"하는 것을 선호한다. 그런데 졸라가 '아주 얇고 투명한 유리'를 통
해 보려고 한 현실은 객관적 현실이다.[9] 과학자와 같은 냉철한 눈으로
현실을 가능한 한 정확하고 성실하게 재현하려 한 것이 뒤랑티와 졸라
의 공통되는 지향점[10]이었기 때문에 객관주의는 졸라 뿐 아니라 리얼리
즘 자체의 특성이라고 할 수 있다.

    그런데 염상섭은 그것을 부정한다. 그는 극단적인 객관주의를 자연주
의의 결함으로 보고 있다. 염상섭은 1인칭 시점으로 쓴 사소설을 자연
주의라 부른 사람이다. 그는 자신이 자연주의를 버리게 되는 요인 중의

---

8 「나의 창작여담」, 『염상섭』, 연희, p.315.

9 *Realism*, p.28 참조.

10 이 말은 뒤랑티가 한 것인데 졸라가 『실험소설론』에서 그대로 사용함. 졸라이즘과
    리얼리즘은 방법의 면에서는 공통됨을 이로 미루어 알 수 있음.
                                            Le Naturalisme, p.3 참조.

하나가 극단적인 객관주의에 있다고 말하고 있다. 그는 2기에 가서 자연주의가 졸라이즘임을 깨닫자 자연주의에서 떠난다. 졸라적인 자연주의만 버리는 것이 아니라 일본의 덴케이적인 자연주의까지 버리는 것이다. 「여'의 창작여담」에서는 하세가와 덴케이의 것과는 다른 자연주의가 있다는 것을 그가 알고 있는 것이 드러난다.

일본의 자연주의는 종류가 열 개도 넘는데 염상섭은 시기에 따라 그중에서 자신의 구미에 맞는 것만 골라 가진 것뿐, 일본 자연주의 자체에서 떠난 것은 아닌데, 그는 자연주의를 버렸다고 생각한다. 그는 주객합일주의를 일본 자연주의와 무관한 것으로 생각했던 것이다. 그는 주객합일주의를 택한 이 시기 이후의 자신의 문학은 자연주의가 아니라 사실주의라고 주장하고 있다.

자연주의를 버렸다고 말하면서 염상섭은 그것을 '진일보'[11]라고 표현한다. 그에 의하면 사실주의는 이 두 유형의 자연주의의 단점을 모두 버리고 좋은 것만 추린 이상적인 사조다. 그래서 사실주의로 옮아가는 것이 '진일보'가 되는 것이다. 그는 사실주의의 우월성을 보증하는 항목으로 주객합일주의를 꼽고 있다. 이것은 무해결에 해결을 가미하는 것도 의미한다.[12] 그런데 사실은 그것이 일본의 인상자연주의의 속성이기도 했던 것이다. 그는 자연주의를 떠났다고 말하고 있지만 실질적으로는 일본 자연주의의 테두리에서 벗어나지 못한 작가임을 알 수 있다.

이런 착시현상은 그의 주객합일주의와 객관주의의 개념의 애매성에서 생겨난다. 실질적으로 그의 주객합일주의는 묘사의 측면에서만 보면 객관주의와 차이가 없다. 만일 그 두 가지가 전혀 다른 성질을 가진 것

---

11 「나의 창작여담」, 같은 책, p.316 참조.
12 같은 글 참조.

이라면 그의 2기 이후의 문학은 사실주의가 될 수 없다. 프랑스에서는 사실주의도 자연주의와 마찬가지로 객관주의를 택한 문학이며, 일본에 서는 졸라이즘을 표방한 전기 자연주의를 사실주의라고 부르고 있기 때문에[13] 주객합일주의가 사실주의가 될 수는 없다. 일본의 인상자연주의 역시 객관주의를 부정하는 것은 아니다. 주관적 선택권을 허용하는 면만 빼면 묘사의 객관성은 인정하고 있기 때문이다. 그러니까 염상섭의 주객합일주의는 극단적이 아닌 객관주의를 의미한다고 할 수 있다. 극단적이라는 말이 여기에서는 중요한 의미를 지닌다.

자연주의 중에서 염상섭이 버리고 싶었던 항목을 졸라이즘에서 찾아보면 극단의 객관주의 뿐 아니라 과학주의도 들어 있다. 졸라이즘의 특성이 모두 버려야 할 것으로 되어 있는 것이다. 하지만 그 중에서도 극단의 객관주의에 대한 반감이 두드러진다. 그는 자기가 좋아하는 사실주의가 만일 객관주의를 의미하는 거라면 자기는 사실주의도 버리겠다고 말할 정도로 객관주의를 싫어한다. 그것은 '사진사의 할 일'이라 여기기 때문이다.

극단의 객관주의를 사진사로 간주하며 기피하는 경향은 김동인에게서도 나타난다. 김동인도 염상섭처럼 "주관을 통하여 본 바의 묘사"를 예찬한다.[14] 그는 작가를 화가로 보아 "소설회화론"을 주장한 문인이다. 그가 현진건의 문학을 부정적으로 평가한 것은 그에게서 사진사를 발견한 데 있다.(졸저, 『자연주의 문학론』 1, p.280 참조) 소설은 '인생의 회화'[15]이지 사

---

13 일본에서는 졸라이즘과 유사성을 나타내는 전기 자연주의를 사실주의라 부르고 있다. 졸라이즘 자체를 사실주의로 보고 있는 것이다.
　　　　　　　　　　　　　　相馬庸郎, 『日本自然主義再考』, p.70 참조.
14 「2월창작평」, 『김동인전집』 6, p.181.
15 같은 책, p.217.

진이어서는 안 된다는 것이 염상섭의 주장이다.

김동인과 염상섭의 주객합일주의적 경향은 문자 그대로 해석하면 졸라이즘뿐 아니라 프랑스의 사실주의파와도 배치된다. 플로베르도 졸라처럼 객관주의를 택하고 있기 때문이다. 플로베르는 졸라보다 더 철저하게 객관주의를 지향했다. 그런데 염상섭이 가장 많이 언급한 불란서의 사실파 문인은 플로베르다.('염상섭과 불란서 문학'항 참조)

전술한 바와 같이 염상섭의 주객합일주의의 원천은 불란서가 아니라 일본이다. 일본 자연주의는 묘사의 측면에서는 객관주의를 지향했지만 실질적으로는 '영육일치', '주객합일'의 단계에 머물러 있었다. 이것을 그들은 '자가객관', '주관을 몰沒한 주관'이라고 이름 붙였다.[16] 그랜트D. Grant는 민주주의적이 아닌 나라에서는 객관주의가 통용되기 어렵다는 말을 했는데[17] 일본의 자연주의계 작가들의 주관 애호 경향은 그 말에 타당성을 부여한다.

김동인과 2기 이후의 염상섭은, 입으로는 일본의 자연주의자들처럼 주객합일주의를 부르짖고 있지만 실질적으로는 카다이나 토손보다 더 객관적이다. 이들보다는 이성적이기 때문이다. 동인과 상섭에게는 센티멘털리즘이 거의 없다. 그 중에서도 상섭은 시종일관하게 서정성이 배제된 글을 쓴 작가다. 초기작의 경우도 예외가 아니다. 「표본실의 청개고리」에 나타나 있는 것은 감상주의가 아니며, 루소적인 자연애호사상도 아니다. 그것은 인간의 내면에 대한 관심일 뿐이다. 동인처럼 상섭도 자연보다는 도시를 사랑하고, 시보다는 과학을 높이 평했다. 하지만 그들은 반낭만주의적인 작가다. 일본 자연주의 속에 남아 있던 감상성,

---

16 『자연주의 문학론』 1, pp.151-154, '주체의 객관화'항 참조.

17 *Realism*, p.9.

주정성 등을 그들은 탈피했다. 그들의 유학시기는 변증적 사실주의시대였던 것이다.

대정시대는 사회주의 리얼리즘과 신낭만주의가 공존하던 시대다. 신낭만주의는 염상섭의 초기 문학이 개성을 예찬하고, 내면풍경에 몰입하는 데 기여했고, 사회주의 리얼리즘은 그의 문학을 카다이나 토손의 것보다 객관적이 되게 하는 데 기여했다. 그래서 조연현 같은 평론가가 이 시기의 그의 문학을 "순객관적인 표현방식을 특성으로 하는 것"으로 보는 일을 가능하게 한다. 조연현에 의하면 염상섭은 "프로벨의 순객관적인 사실방식이 그의 유일한 표현방식이었던" 작가다. 그는 염상섭이 질색하는 말을 자주 쓰고 있다. '순객관적'이라는 말이 그것이다. 그보다 더한 것은 "어떤 의미에 있어서는 일종의 사진사의 직능만이 그의 문학적인 기능이 되어 있었던 작가라고도 볼 수 있다."[18]는 대목이다.

그 말에는 타당성이 있다. 염상섭은 한국소설사에서 최초로 객관적인 묘사를 본격화시킨 작가다. 그는 춘원이나 동인보다 가치중립적이었고, 덜 선택적이었다. 염상섭의 2기 소설에는 카다이가 주장한 평면묘사의 기법이 나타난다. 시점이 다원묘사적[19]이었고, 그가 객관화한 세계가 인간의 내면에 치중되어 있는 것만 다를 뿐 "현실의 여실한 재현"을 시도한 점에서는 동시대의 다른 작가들보다 사실적이다. 종결법의 경우에도 같은 말을 할 수 있다. 그는 무해결의 종결법에서 벗어난 듯이 말하고 있지만, 2기 이후의 그의 많은 소설들이 무해결의 종결법을 택하고

---

18 조연현, 「염상섭론」, 『염상섭문학연구』(권영민 편), 민음사, p.436.
19 이와노 호메이岩野泡鳴의 '일원묘사론'을 받아들여 김동인이 만든 시점의 명칭. 작가가 작중인물 중 여러 사람의 눈을 통하여 사물을 관찰하는 일이 가능하기 때문에 '아무의 심리든 작가가 자유로 쓸 수 있는' 시점이다.
　　　　　　　　　　　　　　　졸저, 『자연주의 문학론』 1, pp.314-321 참조.

있다.(`종결법`항 참조) 이론과 실제의 괴리라 할 수 있다.

이론과 실제가 다른 점에서는 염상섭과 졸라가 비슷하다. 졸라는 이론적으로는 엄정한 객관주의를 지향하고 있지만 소설에서는 플로베르보다 더 흔들리는 시각을 나타내고 있다. 그가 살던 시기가 인상주의, 상징주의와 근접되어 있었기 때문이다. 반대로 염상섭은 이론적으로는 주객합일, 해결의 종결법을 주장하면서 작품에서는 무해결의 종결법과 객관적 묘사법을 사용했다. 그가 유학하던 시기가 사회주의 리얼리즘기였기 때문이다.

염상섭은 보수적인 작가답게 한 번 정한 원칙은 잘 바꾸지 않는다. 그래서 2기 이후의 염상섭의 작품은 내면의 객관화를 모색하는 경향으로 일관된다. 미메시스mimesis의 대상은 인간의 내면이고, 표현방법은 객관주의적인 것이 불변의 원리로 고착되는 것이다.

1기와 2기의 예술관 사이의 격차에도 불구하고 염상섭의 예술관은 1기와 2기를 통틀어 일본 자연주의의 영향 하에 있었다고 할 수 있다. 1기보다 2기의 예술관이 보다 사실주의적이기는 하지만, 일본의 자연주의는 낭만주의와 사실주의를 공유하고 있기 때문에, 염상섭의 예술관은 비슷한 성격을 계속 지닐 수 있었다. 대정시대의 영향이 거기 덧붙여져서 낭만주의를 주아주의로 변질시키고, 사실성을 강화시키고 있을 뿐이다.

염상섭의 자연주의가 일본의 자연주의와 밀착된 것을 입증하는 또 하나의 자료는 그가 자연주의의 대표작을 「보바리 부인」, 「여의 일생」, 「여배우 나나」의 순서로 보고, 그 대표적 작가를 플로베르로 보는 데서도 나타난다. 염상섭은 그를 '자연주의의 거두'라 부르고 있다. 그의 (A)형 자연주의의 스승은 플로베르이기도 하기 때문에 그의 자연주의는 졸라와 연결되지 않는 것이다. 이런 경향은 일본의 자연주의와 궤를 같이한다.[20] 일본의 자연주의는 방법면에서는 플로베르나 모파상을, 내용면에서는 루소를 스승으로 하고 있는데 반해 염상섭은 1기에는 백화파와 일본 자연주의의 영향을, 2기에는 플로베르와 프로문학의 영향을 받은 점만 다를 뿐이다.

2기의 '진' 존중의 예술관도 외견상으로는 졸라와 유사성을 지니는 것처럼 보인다. 하지만 전술한 바와 같이 극단의 과학주의는 염상섭에게는 버려야 할 요소여서 염상섭의 '진'은 졸라의 것과는 질이 다르다. 주관을 통해 본 '진'이기 때문에 과학주의와 맞지 않는다. 이것이 졸라와 염상섭의 예술관에 나타난 '진'의 개념의 첫 번째 차이다.

두 번째는 염상섭이 '진'과 '미' 중에서 하나만 선택하기를 거부한 데 있다. 그는 두 가지를 모두 필요한 요소로 보았다. 「소설과 인생」(1958)에는 "탐구의 진과 표현의 미에만 편기偏嗜하는 것이 아니라 '모럴'이라는 것을 도외시하는 것도 아니"[21]라는 말까지 나온다.

사실상 진선미가 다 들어가는 것이다. 자연주의=내용, 사실주의=표현의 공식을 '진'과 '미'로 대체하여 두 가지의 필요성을 역설하면서 모럴의 필요성까지 추가하고 있다. 편향을 싫어한 그의 면모를 여기에서도 확인할 수 있다.

세 번째는 '미'를 '진'보다 우위에 놓는 데 있다. 초기에 염상섭은 예술을 '제일과제'로 생각하는 예술지상의 경향을 보이다가 2기에는 그것이 약화된다. 하지만 "예술 업시는 살 수 업다."는 말은 평생 지속된다.[22] 김동인처럼 극단적으로 유미주의를 예찬하지는 않았지만 염상섭에게

---

20 같은 책, pp.85-90, '수용태도의 자의성과 우연성'항 참조.

21 「나의 창작여담」, 같은 책, p.309

22 이 말은 「조선과 문예」, 「소설과 민중」 등 1928년에 쓴 글들에 나오는데, 1962년의 「횡보 문단회상기」에 가면 '예술은 길다'는 말이 나와 그의 예술에 대한 애착이 평생 지속되었음을 알게 한다. 그는 예술오락설을 세 번이나 부정한 작가다.

『전집』 12, pp.110, 118 참조.

있어서도 '미'는 언제나 최상의 가치였다. 대정기의 또 하나의 유파인 탐미주의의 영향이다. 그것은 염상섭이 지속적으로 형식의 중요성을 강조하는 데서 나타난다. 그는 내용보다는 형식이 중요하다는 것을 입증하기 위해 '획득유전'의 이론까지 원용한다. 프롤레타리아 문인들이 그를 기교주의자라고 비난하는[23] 이유는 그가 프로문학의 편내용주의를 맹렬하게 비난한 데 기인한다.

다음으로 주목해 볼 것은 춘원식 계몽주의와 프롤레타리아 문학 등의 공리주의적 문학관에 대한 염상섭의 반감이다. 그는 예술에 '성심成心'이 끼어드는 것을 용납할 수 없었다.[24] 그 점에서 상섭과 동인은 공통된다. 그들은 예술의 순수성에 대한 신앙을 평생 버리지 못했기 때문에, 김동인이 가난으로 인해 역사소설을 쓰는 일을 부끄러워한 것처럼 염상섭도 신문에 대중적인 소설을 쓰는 일을 부끄러워했다.[25]

이 두 작가는 ⅰ) '미' 우위의 예술관, ⅱ) 형식존중, ⅲ) 반공리주의적 예술관, ⅳ) 예술과 과학의 동일시 등에서 공통점을 드러낸다. 차이는 강도에 있다. 극단적인 것을 좋아하는 김동인은 예술지상주의를 택한 데 반해 염상섭은 극단화를 피한 것뿐이다. 이런 유사점은 그들이 대정시대에 일본에서 중학과정을 수학한 것과 관련된다고 할 수 있다. 신낭만주의, 유미주의 등과 사회주의 리얼리즘이 공존하던 시기의 일본에서 이 두 작가는 유미주의에 매력을 느낀 문인에 속한다. 대정시대의 주아주의와 예술지상주의가 이들의 예술관 형성에 큰 영향을 끼친 것이다.

---

23 「계급문학을 논하야 소위 신경향파에 여함」, 『전집』 12, p.61.
24 염상섭은 공리주의적 문학관을 '성심'이라 표현하는데 '성심이란 것은 금물'(『전집』 12, p.163)이라는 입장을 분명히 하고 있다.
25 그는 「비타협과 대중성」에서 자신이 '궁에 견디다 못해' 신문에 대중소설을 연재한 것을 과부의 실절에 비유하고 있다. 「나의 문학수련」에도 이와 유사한 말들이 나온다.

하지만 김동인처럼 염상섭도 1기에나 2기에나 하나의 원리에 의존하는 대신에 두 가지 원리를 공유하는 경향을 나타내고 있다. 1기에 염상섭은 주아주의적 예술관과 일본 자연주의의 예술관을 공유했으며, 2기에는 모방론에 입각한 예술관과 예술우위사상을 공유했다. '선도 아니고 악도 아닌 그 어름에' 발을 걸치고 사는 것이 인간이라고 생각했듯이 염상섭은 예술관도 양면성을 동시에 포용하는 중립적 자세를 보이고 있다. 졸라이즘을 싫어한 이유도 그 지나친 편향성 때문이라고 볼 수 있다.

끝으로 고찰해야 할 것은 염상섭의 고증에 대한 태도다. 이 점에서 염상섭은 졸라, 카다이, 토손, 김동인 등의 문인들보다 안이하다. 졸라는 모르는 제재를 마스터하기 위해 노트를 들고 현장을 헤매 다니면서 그 분야의 전문가가 된 다음에 소설을 썼다. 김동인도 비슷하다. 그는 과학자, 음악가, 의사, 화가, 하층민 등 자신이 모르는 세계의 인물을 많이 다루었다. 자료조사에 시간을 보냈을 가능성이 많다. 카다이나 토손도 마찬가지다. 비자전적 소설을 쓸 때 그들은 모델을 필수로 했으며, 스케치 여행을 다니거나 현장답사를 했다.

염상섭은 좀 다르다. 그는 비자전적 소설에서도 자신과 친숙한 인물만 대상으로 했다. 그의 비자전적 소설에 나오는 남성인물들은 사고방식이나 학식, 나이, 거주지 등이 작가와 비슷하다. 뿐 아니라 그들은 서로 닮았다. 남충서와 조덕기가 비슷한 인물형이듯이 영희와 정인도 비슷하다. 주변인물들도 마찬가지이다. 모두 작가와 친숙한 인물들이다.

배경도 마찬가지다. 그의 소설의 공간적 배경은 작가가 나서 자란 서울의 4대문 안으로 한정되는 느낌이 있다. 그는 일본의 자연주의계의 작가들보다 더 철저하게 친숙한 장소와 인물을 택하고 있기 때문에 자료조사의 품이 덜 들게 되었을 가능성이 많다. 하지만 진실=사실의 공식에서는 카다이나 토손보다 더 철저했다. 그는 2기 이후에도 '직접체험'을 바탕으로 한 자전적 소설을 썼고, 비자전적 소설에는 대체로 모델이 있었다. 그 점에서도 그는 일본의 자연주의 작가들과 비슷하다. 염상섭이 그들보다 더 친숙한 모델을 애용했다는 점만 다를 뿐이다.

결론적으로 말하자면 염상섭의 예술관은 졸라이즘과는 상동성이 아주 적다. 극단적인 과학주의를 혐오했기 때문이다. 염상섭의 과학 선호도는 졸라보다는 플로베르나 발자크, 스탕달과 유사하다. 그는 실험소설론의 추종자가 아니다. 그래서 '진'을 '미'보다 우대하지 않았고, 고증을 위해 노트를 들고 뛰어다니지도 않았으며, 극단적인 객관주의도 좋아하지 않았다. 프랑스에서 염상섭의 사실주의의 스승을 찾는다면 졸라가 아니라 플로베르일 것이다.

반면에 일본 자연주의와는 유사성이 많다. 1기에는 개인주의와 자연주의의 연계, 하세가와 덴케이의 용어 애용, 진실과 사실의 동일시 현상 등에서 동질성이 나타나며, 2기에는 인상자연주의의 주객합일적 경향, 사실주의적 표현 등에서 유사성이 나타난다. 졸라보다는 플로베르를 선호한 것 역시 일본 자연주의의 영향 안에 포함시킬 수 있다. 거기에 백화파의 주아주의, 예술지상주의적 경향과 변증적 사실주의의 결정론적 사고가 합세되는 만큼 염상섭의 예술관에 미친 일본문학의 영향은 압도적이라 할 수 있다.

김동인과는 주객합일주의, '미' 우위의 예술관, 반공리주의적 예술관 등에서 공통성이 나타난다. 대정기적 특징만 공유하는 것이다. 하지만 정도의 차이가 있다. 염상섭은 예술지상주의자가 아니다. 그는 대정시대의 사조 중에서 예술지상주의를 수용한 것이 아니라 사실주의를 받아들였다. 그의 사실주의는 김동인의 그것처럼 간결성을 '리얼'의 본질로 보는 사이비 사실주의(『자연주의 문학론』 1, pp.385-390 참조)가 아니다. 선택권이 배제된 가치중립적인 사실주의다. 사실주의의 본질에 보다 접근한 것이라 할 수 있다. 따라서 그의 '미' 우위의 예술관은 '진'보다는 '미'를 존중하는 상대적 의미를 지닌다.

김동인은 철저하게 일면성을 애호하는 작가지만 염상섭은 항상 상대주의적이다. 그는 편향을 싫어하기 때문에 동인적인 일면성의 강조는 싫어한다. 그래서 그의 예술관은 언제나 복합적이다. 1기에는 낭만적 예술관과 일본 자연주의를 공유하며, 2기에는 모방론적 경향과 '미' 우위의 예술관을 공유하고 있다.

2. 미메시스의 대상의 이중성

리얼리즘 계열의 문학에서는 미메시스의 대상이 외부적, 가시적 현실이 되는 것이 호머 때부터의 상식이다.[26] 리얼리스트들의 눈은 거울이어야 하기 때문에[27] 인간의 내면의 움직임도 거울에 비치는 부분밖에는 그릴 수가 없다. 그러니 외면화 경향extérioriser은 리얼리즘의 근본적 조건이다. 코그니P. Cogny는 발자크와 스탕달의 차이를 '내면의 외면화'와 '외면의 내면화'로 대비시키고 있다. 스탕달은 우선 내면부터 생각하는데 발자크는 외면을 선행시킨다는 것이다. 발자크가 "자연주의의 아버지"가 되는 이유가 거기에 있다는 것이 코그니의 의견이다.[28]

자연주의에서도 외면화 경향은 불가결한 요건이다. 리얼리스트나 내

---

26 E. Auerbach, *Mimesis*, 1장 'Odyssey's Scar' 참조.
27 '鏡說'을 주장한 사람은 Stendhal이다.
　　　　　　　　　　　　「적과 흑」, 『세계문학전집』 5, 정음사, p.33, p.78 참조.

28 *Le Naturalisme*, p.40.

추럴리스트들이 재현하려 하는 현실은 뒤랑티의 말대로 "자기가 살고 있는 시대와 사회적 환경"이다. 거울처럼 냉철한 눈으로 그것을 있는 그대로telle qu'elle est 묘사하는 것이 그들의 목적이다. 자연주의에 오면 '경설鏡說'은 '스크린론théories des écrans'이 된다. 졸라는 리얼리스트의 스크린을 '완벽한 투명도를 가진 유리'[29]로 정의했다. 거울처럼 유리도 가시적 세계밖에 보여줄 수 없다. 따라서 시점도 외면적 시점external point of view이 되는 것이 상례다.

일본 자연주의도 외적 시점을 쓴 점에서는 졸라이즘과 유사하다. 하지만 그것은 표면적인 유사성에 불과하다. 실질적으로는 '주인공의 1인칭 관찰, 사색의 기술'[30]을 주로 담고 있는 '내면묘사'의 예술이기 때문이다. 그들의 외부적 시점은 '내면의 외면화'를 위한 노력에 불과하기 때문에 발자크보다는 스탕달과 유사성을 가진다. 일본의 자연주의는 사소설을 주축으로 하고 있는데, 사소설은 심경소설과 비슷한 만큼 인칭의 구별이 큰 의미를 가지지 않는다고 볼 수 있다. 하지만 큰 의미를 지니지 않는다 하더라도 외적 시점과 내적 시점internal point of view 사이에는 역시 격차가 있다. 같은 사소설이라도 그만큼 외면화의 폭에 차이가 날 것이기 때문이다. 그 격차의 폭이 일본의 자연주의파와 백화파의 사소설의 성격적 차이이다.

염상섭의 소설의 시점은 프랑스뿐 아니라 일본의 자연주의와도 다른 면을 가지고 있다. 그는 1인칭 사소설을 썼기 때문이다. 본 논문에서 대상으로 한 10편의 자전적 소설 중에서 절반이 1인칭 시점으로 되어 있다. 2기에도 2편의 소설이 1인칭으로 쓰였다는 것은 그의 소설과 일

---

29 같은 책, p.3
30 吉田精一, 『自然主義の研究』 하, p.455.

본 자연주의 소설의 상이점을 보여 준다. 염상섭은 자전적 소설뿐 아니라 비자전적 소설에서도 1인칭을 쓰고 있는데, 이런 일은 졸라만이 아니라 카다이 토손에게도 없다.

　시점에 의한 외면화의 격차는 같은 시기의 같은 인물의 이야기를 시점을 다르게 하여 쓴 소설들을 점검해 보면 확인될 수 있다. 자전적 소설에서는 1)「표본실의 청개고리」대 2)「암야」, 비자전적 소설에서는 1)「제야」대 2)「해바라기」가 그 좋은 예가 된다. 이 경우, 자전소설과 모델소설의 차이에도 불구하고 1인칭을 쓴 1)그룹은 공통성을 나타낸다. 내면적 세계에 대한 관심이 그것이다. 거기 비하면 상대적으로 2)그룹은 외면화되어 있다.「표본실의 청개고리」와「암야」에 나오는 다음 인용문을 통해 그 차이를 알 수 있다.

　　① 내가 남포에가던전야에는 그중이 더욱심하얏다. ―간반통박게안이 되는방에 놉히매달은전등불이 부시어서 꺼버리면또다시환영에괴롭지나안홀가하는념려가업지안핫스나 심사가나서 우퉁을벗은채로 벌떡닐어나서 '스위치'를비틀고누엇다. 그러나 '째응'하는소리가 문틈으로 스러저나가자 또 머리를엄습하야오는 것은 수염텁석부리의 '메쓰', 설합속의면도다. '메쓰'―면도, 면도―'메쓰'……, 이즈랴면 이즈랴할수록 끈적끈적하게도 떠러지지안코 어느때까지 꼬리를물고 머리속에서 돌아다니엇다.

　　　　　　　　　　　　　　　「표본실의 청개고리」,『개벽』1921. 8, p.119

　　② 약간명쾌한기분으로집을나선 彼는, 야조현시장부근에 들끌는사람틈박우니를 뚤코나오느라고 또다시 눈쌀을 찝흐리게되엇다.
　　오른편압흐로 고개를 빗드름히숙이고, 한손은 바지포케트에찌른채, 비슷이 좌편으로기우러진억개우에, 무엇이나 올려노흔듯이, 완만한보조로

와글와글하는속을, 가만가만히기어서 큰길로나와, 겨우고개를들고, 숨을
휘-쉬엇다. 그는 지금 잡답한길에나와서도, 자기가 사람사는인간계에잇
는것가튼 생각은 죰음도업섯다. 가장 추악한 금시로 걱구러질듯한魍魎
놀이, 준동하는 뿌연구름속을휘저면서, 정처업시흘러가는것가타얏다. 생
활이란 낙인이, 교활과 貪婪이라는이름으로 찍힌얼굴들을볼때마다, 彼는
손에들엇던단장으로, 대번에 모다때려누이고싶다고생각하얏다.

「暗夜」, 『개벽』 19호, 1922. 1, p.59

③ 외외히 건너다보이는 臺閣은 업드러지면 코닿듯하야도, 급한경사는
그리쉽지안핫다. 우리는 허희단심 겨우 올라갓다. 그러나 대상에 어떤오
복점광고의 뼫취가 맨먼저 눈에띄일제, 부벽루에서는 안끼까지하야도 눈
서투르지안튼것이 새삼스럽게 불쾌한생각이낫다.

「표본실의 청개고리」, 같은 책, p.16

①에는 내면만 나타나 있다. 이렇게 내면만 나오는 묘사는 「암야」에
는 거의 없다. 나오더라도 많이 약화되고, 외부적 현실과 연계되어 있
다. 반면에 주동인물이 걸어 다니는 거리 이름들은 「표본실」에서는 생
략되거나 가볍게 다루어져 있다. 전자에서는 주동인물의 내면의 비중이
무겁고, 후자에서는 외면의 비중이 상대적으로 무거워지고 있다. 똑같
이 외부적 현실이 묘사되는 ②, ③에서도 ③에서는 "허희단심 겨우 올
라갓다."는 말로 간단히 처리된 부분이 ②에서는 세밀하게 묘사되고 있
기 때문이다. ②를 통해 우리는 시장 부근을 걸어가는 인물의 찌푸린
눈살, 삐뚜름히 숙인 고개, 바지 주머니에 찌른 손, 걸음의 속도 등을
모두 알 수 있다. 인물의 외양뿐 아니라. ②에는 그가 걸어 다니는 시장
의 거리와 장사꾼들, 그 어수선한 거리에서 느끼는 인물의 기분 등이

훨씬 상세하게 드러나 있다. 외면화의 분량이 늘어나고 있는 것이다.

「제야」와 「해바라기」의 경우도 비슷하다. 「제야」에서는 인물의 내면
만 그리고 있기 때문에 외계는 제외된 데 반해, 「해바라기」에는 외부세
계가 다양하게 펼쳐진다. 결혼식 피로연 장면에서 시작해서 폐백 드리
는 장면, 호텔, 영희의 집, 경성역, 기차칸, 목포의 여관, H읍에서의 여
러 장면 등이 순차적으로 나타나다가 차례를 지내는 장면에서 끝난다.
공간의 폭이 이주 넓으며, 묘사가 정밀하다.

뿐 아니다. 내면묘사의 폭도 역시 넓다. 「제야」처럼 한 여인의 내면
만 집중적으로 그리는 것이 아니라 주변 인물들의 심리도 다루고 있다.
「내면의 외면화」의 분량이 늘어나고 있는데, 이는 다원묘사의 기법에서
온다. 같은 인물의 같은 시기가 대상인데도 3인칭에서는 외면화 현상이
그만큼 폭넓게 나타나는 것을 확인할 수 있다. 3인칭 사소설의 이런 외
면화 현상은 염상섭과 카다이, 토손 등의 공통되는 점이다.

하지만 1인칭 소설은 다르다. 자신과 타인의 내면을 1인칭으로 고백
하는 소설은 카다이나 토손에게는 없다. 그것은 백화파의 영향에서 생
겨난 것이라 할 수 있다. 명치시대보다 내면성 존중의 밀도가 더 높았
던 대정시대의 사소설은 대부분 1인칭으로 쓰였다. 이런 소설을 가사이
젠조葛西善藏는 '자분소설自分小說'이라 불러 사소설과 구별했다.[31] "수식
없이 진솔한 자기표백의 문학이라는 것이 백화파의 특색"(위와 같음)이기
때문에 그들의 고백소설은 '자아소설', '자분소설' 등으로 불려지기도 한
다.[32] 심지어 실명소설까지 나올 정도로 백화파의 자아숭상열은 고조되

---

31 『大正の文學』, 유정당, p.22.

32 나카무라 미쓰오中村光夫는 『明治文學史』, pp.191-2에서 '자기自己소설'이라 부르고 있고,
히라오카 토시오平岡敏夫는 『일본근대문학사연구』(유정당), p.229에는 '자분自分소설'이
라 부르고 있다. 자분은 일본어에서 자기를 의미한다.

어 있었다.

염상섭은 백화파의 영향 하에서 소설쓰기를 시작한 작가다. 그의 초기 3작의 원천을 김윤식은 아리시마 다케오의 「출생의 고뇌」와 「돌에 짓눌린 잡초」로 보고 있다.[33] 염상섭의 1기의 1인칭 사소설들과 백화파의 고백체 소설 사이에는 유사점이 많다. 그것은 김동인에게도 그대로 적용되는 부분이다. 동인은 상섭과는 달리 일본 자연주의의 영향은 받지 않았지만 백화파의 영향은 함께 받아서 그도 1인칭 사소설을 즐겨 썼던 것이다.

하지만 동인은 타인의 내면을 1인칭으로 쓰는 일은 하지 않았다. 그가 내면에 흥미를 가지는 인물은 자기자신밖에 없었기 때문이다. 염상섭이 타인의 내면을 1인칭으로 쓴 사실은 그와 동인을 가르는 하나의 기준이 된다. 인간의 내면에 대한 흥미의 폭이 그만큼 넓었음을 의미하기 때문이다. 하지만 염상섭에게도 그런 소설은 「제야」밖에 없다. 「제야」에 그려진 최정인의 근대정신은 염상섭 자신의 것과 유사하다. 그래서 그 부분은 작가 자신의 내면의 고백이 될 수도 있다. 그러니 정인의 몫은 그녀의 성적인 타락상밖에 없다. 동인과의 거리가 그다지 멀지 않은 것이다.

대정 문학의 또 하나의 영향은 염상섭이 비자전적 소설을 쓴 데서 나타난다. 카다이나 도손은 초기에는 「파계」, 「시골교사」 등의 모델소설을 썼으나 「이불」 이후에는 거의 모델소설을 쓰지 않았다. '배허구'의 '무각색소설'이 주류가 되었기 때문이다. 그래서 작자의 내면을 '직사直寫'하는 사소설을 주로 썼지만 시점은 어디까지나 3인칭을 택했다. 그들

---

33 「염상섭의 우울증의 원천-'출생의 고뇌'」, 『염상섭연구』, pp.168-172.
　　「제야'의 직접적 창작주체-'돌에 짓눌린 잡초'」, 같은 책, pp.180-183 참조.

은 자아의 내면을 객관화함으로써 자연주의를 이룩하려 한 셈이다. 필자는 그것을 '내시경을 통한 모사模寫'로 보고 있다. 대정기의 1인칭 사소설은 거울의 기능 자체를 부정하는 것이라 할 수 있다. 주아주의의 성숙과 더불어 자아의 내면의 비중이 더 커져서 고백체 소설의 틀이 잡혀진 것이다.

그러면서 한편에서는 허구적인 소설이 써진 것도 대정기의 특징이다. 자연주의파에서 '배허구', '무각색'의 구호와 무관했던 작가는 구니키다 돗보뿐이다. 하지만 대정기에는 다니자키 준이치로, 기쿠치 칸菊池寬 같은 작가들이 허구적인 소설을 썼다. 허구의 폭이 그만큼 넓어진 시대에 염상섭은 문학을 배우기 시작했기 때문에 일본의 자연주의 작가들보다는 비자전적 소설의 양이 더 많다. 일본 자연주의 소설보다는 염상섭 쪽이 더 사실적인 소설들을 쓴 것이다. 그 점에서는 김동인도 같다. 대정문학의 영향은 이 두 작가에게 많은 공통점을 부여한다.

2기 이후에 가면 염상섭의 사실적 경향은 나날이 증가되면서 1인칭 감소 현상이 생겨난다. 주아주의보다는 사실주의의 영향이 두드러지면서 염상섭의 말대로 그의 문학의 사실주의기에 접어드는 것이다. 김동인은 그렇지 않다. 30년대가 되면 동인은 유미주의를 표방하는 작품들을 쓰면서 「감자」계열의 사실적 경향에서 벗어난다. 그리고 야담과 역사소설이 그 뒤를 따른다. 염상섭이 김동인보다 사실적인 작가로 평가되는 이유가 거기에 있다.

문제는 염상섭이 2기 이후의 자신의 문학을 사실주의로 보는 데 있는 것이 아니라 1기의 문학을 자연주의로 간주하는 데 있다. 그는 1인칭으로 쓰인 「표본실」을 자연주의 작품으로 보고 있다. 명치문학과 대정문학의 영향을 동시에 받아들인 염상섭은 그 차이를 혼동하는 상태에서 백화파적인 시점을 가진 사소설에 덴케이의 용어들을 접합시켜 놓고 그

것을 자연주의라고 생각했던 것이다.('용어'항 참조)

초기보다는 내면성에 대한 집착이 흐려진 것은 사실이지만 2기 이후에도 염상섭의 소설은 외면보다는 내면에 무게가 주어진다. 발자크보다는 스탕달적인 경향이 우세한 것이다. 그것은 인간의 심리에 대한 집착에 기인한다. 생리보다는 심리에 비중을 두는 일을 염상섭은 평생 지속했다. 그의 미메시스의 대상은 언제나 인간의 내면이었다. 고백체가 주축이 되던 초기는 더 말할 필요가 없지만 2기에도 그의 관심은 여전히 인간의 내면에 있었다.

초기와 다른 점은 대상의 범위가 넓어져서 다원묘사로 옮아간 것과, 고백체에서 벗어나 객관적인 심리분석을 시도한 점이다. 2기 이후에 그는 여러 사람의 심리를 가치중립적인 입장에서 냉철하게 분석했다. 그의 분석태도는 엄정하고 과학적이었다. 인간의 심리의 뉘앙스를 포착하는 민감성, 그것을 분석하는 냉철성이 합세해서 그를 심리분석의 대가로 만들고 있다.

내면을 객관화하는 점에서 염상섭은 카다이나 토손과 공통된다. 1기의 고백체 소설보다는 2기 쪽이 오히려 자연주의 작가들과 공통성이 많은 셈이다. 염상섭에게 있어 대정문학과 명치문학은 이렇게 여러 면에서 혼용되어 있다. 하지만 내면에 대한 관심은 1기와 2기 사이에 차이가 없다. 개인의 내면에 대한 집착은 염상섭의 중요한 특징이다.

그런 경향에서 벗어나는 예외적인 소설이 「묘지」이다. 「묘지」에는 뒤랑티의 말대로 '자기가 사는 시대와 사회적 환경'이 폭넓게 담겨져 있다. 그는 이 소설에서 '만세' 전 해 겨울의 한국의 상황을 총체적인 안목에서 포착하려 하였다. 동경에서 유학하던 때의 여자문제까지 구체적으로 그려져 있고, 연락선 안에서의 식민지 백성의 비참한 위상, 나날이 침식당하여 줄어드는 부산의 한국식 건물들과 사벨을 찬 소학교 교사,

기차 칸에서 취조받는 사상가들과 친일파들의 언행…… 여로를 통하여 나타나는 이런 파노라믹한 시대의 여러 측면을 통해서 '만세' 전 해의 한국이 '묘지'로 변해 가는 모양이 구체적, 외면적인 묘사로 극명하게 드러나는 것이다. 그러면서 한편에는 조혼한 아내가 죽어가는 옥내의 장면도 병렬되어 나타난다.

이런 양면성의 부각은 염상섭의 세계에서는 찾아보기 어려운 요소다. 「삼대」 같은 장편에서도 그것은 다시는 나타나지 않는다. 염상섭의 소설은 여로에서 시작해서 옥내로 오므라든다. 그에 따라 사회성의 폭도 줄어든다. 다시는 시대와 사회적 환경이 파노라믹하게 그려지는 일이 없다.('배경'항 참조) 사회적 배경이 소멸하는 점에서 염상섭은 시마자키 토손과 유사한 경로를 밟는다. 토손이 사회적 계층의 문제를 다룬 「파계」의 세계에서 옥내만을 무대로 한 '家'의 세계로 무대를 좁힌 것이 시대적 상황에 기인하는 것처럼[34] 염상섭의 세계에서 사회성의 폭이 줄어드는 것도 정치적으로 폐색되어 가는 시대적 분위기와 관련이 깊다.[35] 그래서 그의 세계에 모처럼 나타나던 사회에 대한 관심은 위축되고, 2기 이후에는 옥내를 무대로 하여 심리만 분석하는 소설들이 양산되는 것이다.

끝으로 점검해야 할 것은 염상섭과 김동인의 시점의 차이이다. 염상섭과 김동인은 둘 다 주객합일주의를 지지하고 있다.(앞의 장 참조) 하지만 그들의 주객합일주의는 시점에서는 각각 다른 양상으로 나타난다. 염상섭의 그것은 동일 인물의 안과 밖을 함께 그리는 것을 의미하는데, 김

---

34 吉田精一, 앞의 책, pp.70-71 참조.

35 이재선, 「일제의 검열과 '만세전'의 개작」, 『염상섭문학연구』(권영민 편), pp.280-288 참조.

동인의 경우에는 액자 소설로 나타나 주체와 객체가 이분화되고, 시점
도 1인칭과 3인칭으로 나뉜다. 김동인의 주아주의는 자신과 관계되는
부분에만 적용되기 때문이다.

그렇지 않은 경우에도 동인은 작중인물 한 사람의 시각을 통해 사물
을 바라보는 일원묘사의 방법을 애용한다.[36] 염상섭은 그렇지 않다. 그
는 인물들의 비중을 균등하게 취급한다. 덕기와 병화, 홍경애와 필순의
비중에 큰 차이가 없다. 그는 다원묘사의 방법을 애용하고 있는 것이
다. 김동인은 다원묘사를 염상섭의 결함으로 보고 있는 만큼[37] 그 시점
을 거의 사용하지 않았다. 그는 가치중립적이 될 수 없는 작가이고, 그
만큼 사실주의와 거리가 있다.('선택권의 배제'항에서 상론할 예정임) 하지만 김동인
은 순객관적 시점을 배격하는 점에서는 염상섭과 같다.

그래서 염상섭은 시점에서도 졸라이즘과는 거리가 멀다. 그리고 일본
문학과는 유사점이 많다. ⅰ) 1인칭 시점의 애용, ⅱ) 비자전적 소설의
양적 증대 등은 대정기 문학의 영향으로 볼 수 있고, ⅲ) 내면의 객관화
를 시도한 점은 카다이나 토손과 공통된다. ⅳ) '내면에 대한 관심'의 지
속성은 명치 · 대정 두 시기의 문학과 공통되는 특성이다. 사소설이 주
축이 되는 일본에서는 두 시기가 모두 내면에 대한 관심의 영역 안에
자리잡고 있다. 염상섭의 문학은 일본문학의 영향권 안에서 형성되고
성장한 것임을 재확인할 수 있다.

김동인과의 차이점은 대정기 문학 안에서의 품목의 상이함으로 나타
난다. 염상섭은 1인칭으로 타인의 내면까지 그렸고, 다원묘사의 시점을

---

36 졸저, 『자연주의 문학론』 1, pp.314-320, 「일원묘사론」 참조.
37 "독자로서 번잡한 감을 일으키게 하며, 나아가서는 그 소설의 력점이 어디있는지까지
　모르게 하는 일까지 생기니 상섭의 「해바라기」를 일원묘사의 방식으로 쓰기만 하였으면
　좀더 명료한 작품이 되었으리라고 생각한다." 　　　　　　　　『김동인전집』 6, p.222.

애용했지만, 김동인의 내면성은 언제나 한 사람의 내면으로 한정된다. 그것이 일원묘사의 시점이며 액자소설의 형식인 것이다. 주아주의의 강도에 있어 김동인은 염상섭을 능가하고 있으나, 시점의 중립성, 객관화 등에서는 염상섭이 동인보다 우위에 선다. 그는 유미주의자가 아니라 사실주의자인 것이다.

하지만 염상섭의 사실성은 2기 이후에 확립된다. 초기 3작은 객관화 작업의 미비로 인해 노벨의 수준에 미달하는 작품이 되고 만 것이다. 김윤식 교수가 염상섭의 소설의 시작을 「묘지」로 보고 있는 이유가 거기에 있다. 그런데도 「표본실」을 자연주의 소설로 보는 것에 염상섭의 문제점이 있다.

3. 선택권의 배제
— 언문일치운동과 배허구

　현실을 '정확하고 진지하게' 재현해야 하는 문학은 형식면에서는 일상어의 정확한 재현을 지향하는 언문일치의 문장을 필요로 한다. "연극에서 제일 중요한 문제는 일상의 회화를 그대로 재현하는 것"[38]이라는 졸라의 말은 소설에도 그대로 적용된다. 언문일치는 모든 리얼리즘 소설의 기본 과제다. 그것은 근대와 함께 태동하여 자연주의기에 그 정점에 달한다.

　일상어의 정확한 재현은 수사학의 거부를 의미한다. 사람들은 일상생활에서 미적 기준에 따라 말을 하지 않기 때문이다. 따라서 일상어를 재현하는 문장은 미문체일 수 없다. 뿐 아니다. 그것은 정확성도 가져야 한다. 그래서 졸라는 "명석하고, 객관적이며, 건조한 문체"[39]를 예찬했다. 본보기는 '경찰조서'다. 졸라는 과장된 표현을 싫어하고 경찰조서

---

[38] Le Naturalisme au théâtre, *R. E.*, p.172.
[39] A. Hauser, *The Social History of Art and Literature* 4, p.34.

같은 정확성을 좋아했다.[40] 자연주의가 '배기교'의 경향을 띠는 이유가 거기에 있다.

그것은 또 선택권의 배제를 필요로 한다. "우리는 모든 것을 이야기한다."[41]는 졸라의 말은 '우리는 선택하지 않는다'는 것을 의미하기 때문이다. 자연주의자들이 비속한 어휘도 피하지 않고 쓰는 이유가 거기에 있고, 전문분야의 용어나 과학용어까지 구애받지 않고 쓰는 근거도 같은 곳에 있다. ⅰ) 무선택의 원리에 따르는 디테일 묘사의 과다, ⅱ) 문체 미학의 경시, ⅲ) 언어의 비속성 등은 졸라이즘이 문체와 관련하여 비난을 받는 항목들이다.

일본의 자연주의도 언문일치에 주력했다. 하지만 역사가 짧기 때문에, 언문일치 문장의 확립 자체를 자연주의파가 책임져야 한 점만 프랑스와 다르다. 「부운浮雲」에서 시작된 언문일치운동은 연우사계의 복고조의 경향을 거쳐, 명치 30년대에 사생문운동의 지원을 받으면서 자연주의파에 와서 비로소 일상어를 재현한 쉬운 문체를 확립한다. 언문일치 문장의 확립은 자연주의파의 공적 중의 하나이다.[42]

불란서의 경우와 마찬가지로 언문일치운동은 '배기교'의 과제와 밀착된다. 일본의 자연주의도 졸라이즘처럼 수사학을 거부했다. 연우사풍의 수식이 많은 아문체雅文体를 거부한 것이다. 그런 문체로는 현실을 있는 그대로 재현할 수 없다고 자연주의자들은 생각했다. 카다이의 '맥기鍍金론'[43]이 그것을 대표한다.

---

40 같은 책, p.64.
41 R. E., p.152.
42 졸저, 『자연주의 문학론』 1, p.147 참조.
43 "선택을 하거나 멧기(도금)를 하면 이전의 문학으로 되돌아가는 것이 된다."
　　　　　　　　　　　　　　　　　　　　『田山花袋集』, 角川書店, p.14.

선택권의 배제는 일본에서는 '배허구'의 양태로 나타난다. '무각색소설'이 그들의 이상이었기 때문이다. 그것을 그들은 '자연의 줄거리'에 의존한다고 말한다. 자연의 줄거리에 의존하는 무각색소설은 '무해결'의 종결법과 톤tone의 중립성을 수반한다.[44] 하지만 선택권의 배제가 비속어의 사용으로 나타나는 경우는 많지 않다. 자전적 소설이 주가 되기 때문이다.

1) 염상섭의 언문일치

한국 근대문학의 가장 중요한 과제도 역시 언문일치였다. 그것은 이인직에서 시작되어 이광수, 김동인으로 이어지는 근대소설가들의 공통적인 과제였다. 그런데 염상섭의 1기의 소설은 그렇지 않았다. 그의 초기 3작의 문장은 국한문 혼용체다. 표기법도 구체를 따른 비현실적인 것이다. 물론 이 시기의 한국작가 중에서 소설에 한자를 섞어 쓴 것은 염상섭만이 아니다. 아직 한국에 언문일치 문장이 확립되지 않았던 1920년대 초기에, 많은 작가들이 일본처럼 한자를 섞어 썼다. 문제는 한자를 섞어 쓴 데 있는 게 아니라 한자의 비율에 있다. 이 시기의 작가 중에서 염상섭처럼 많은 한자어를 소설에 쓴 작가는 없다. 그의 소설의 문장은 평론의 문장과 다름이 없고, 한자의 비율도 차이가 거의 없다.

① 東西親睦會會長, …… 世界平和論者, …… 奇異한運命의 殉難者, …… 夢現의世界에서 想像과 幻影의 甘酒에醉한聖神의 寵臣, …… 五

---

44 『자연주의 문학론』 1, pp.144-145 참조.

慾六垢, 七難八苦에서 解脫하고, 浮世의 諸緣을 저버린佛陀의 聖徒와, 嘲笑에 더럽은 입술로, 우리는 作別의人事를 바꾸고 울타리밧그로 나왓다.

「표본실의 청개고리」,『개벽』 15, p.251

② 近日 나의 氣分을 가장 正直하게 吐說하면 鸚鵡의 입내는 勿論이거니와 소위 사람의 특권이라는 虛言도 하기실흔症이 極度에 達하얏다. 間或口舌로서 하는 것은 不得已한 일일지 모르되 붓끗로까지, 붓끗은 姑捨하고 活字로까지 무수한 努力과 時間과 金錢을 낭비하야 가며 빨간 거짓말을 박아서 店頭에 버려노코 得意滿面하야 錯覺된 群衆을 又一層 眩惑케 함은 確實히 罪惡인 것갓치 생각된다. 「저수하에서」,『전집』 12, p.21

③ 主觀은絕對다. 自己의主觀만이 唯一의 標準이아니냐. 自己의 主觀이容許하면 고만이다. 社會가무엇이라하던지, 道德이무엇이라고抗議를提出하던지, 神이 滅亡하리라고 警告를하던지, 귀를기우릴必要가 어대잇느냐.

「제야」,『개벽』 20, 1922. 2, p.37

④ 그러면 나의 이른바 至上善은 무엇인가? 他에 업스니 以上에 累累히 陳述한 바, 自我의完成이, 自我의 實現이 곳 이것이다. 함으로 엇더한 行爲던지, 自己의 靈魂의 生長慾과擴充慾을 滿足케 할 수 잇스면 그것은 곳 선이다. 「지상선을 위하야」,『전집』 12, p.56

①과 ③은 소설이고 ②와 ④는 평론인데 문체상으로는 구별이 어렵다. 이 인용문들을 통하여 그가 평론과 같은 분량의 한자를 소설에서도 쓰고 있을 뿐 아니라 어휘도 비슷한 것을 쓰고 있음을 알 수 있다. 이 무렵의 염상섭은 소설의 문체적 특성에 대한 인식이 없었다고 볼 수 있

다. 소설은 창작문학imaginative literature에 속하고, 평론은 산문문학inter-pretive literature에 속한다는 기초적인 구별조차 하고 있지 않음을 이 인용문들이 입증하고 있다. 평론은 논리적이고 관념적인 글이기 때문에 한자를 써도 무방하다. 그러나 소설은 그렇지 않다. 소설은 관념소설도 관념을 육화하는 일이 요구된다. 소설은 구체적으로 현실을 재현하는 장르여서 외래의 문자인 한자를 사용하는 것은 온당하지 못하다. 우선 구체화의 항목에 저촉되기 때문이다. 외래의 어휘는 생활과 유리되어 있어 추상적이 되기 쉬워서[45] 소설에서는 금기에 속한다.

한자 사용의 두 번째 문제는 부르주아의 문학인 소설의 본질에 저촉되는 데 있다. 소설은 로맨스 때부터 서민용 문학으로 출발한 장르다. 로맨스라는 말 자체가 로만어(속어)로 쓴 것을 의미하기 때문이다. 노벨은 로맨스에서 로만어 사용 원칙을 물려받았다. 라틴어로 된 귀족문학과는 대척되는 서민용의 쉬운 문학으로서 생겨난 것이 소설이기 때문이다. 식자층의 언어인 한자어나 라틴어 사용이 금기시되는 이유가 거기에 있다.

그런데도 불구하고 염상섭의 초기소설들은 평론과 같은 분량의 한자를 쓰고 있다. 그 한자에는 토도 달려 있지 않다. 이는 언문일치에 위배되는 행위다. 초기에 그가 쓴 한자어들은 i) 이미 일상어로 변한 한자어를 굳이 한자로 표기한 것, ii) 보편성이 없는 무리한 합성어, iii) 일상생활에서는 거의 쓰지 않는 난해한 한자어 등으로 나뉘어진다. 초기 3작과 「묘지」에서 그 예를 찾아보면 다음과 같다.

　i) 舌盒, 躊躇`, 手巾, 換腸, 遊廓, 鬚髥, 關格, 天堂, 疲勞, 停車場,

---

45 M. Boulton, *The Anatomy of Prose* 2장 참조.

暫間, 磨勘, 長鼓, 何如間, 異常, 疑問, 經驗, 滿足, 電燈, 氣分, 世界, 裸體, 永遠, 雜草, 築臺, 親庭, 答禮, 未安, 講演, 帽子, 自己, 母親, 中心, 生命, 籠檻, 潺潺……

　　ii) 昂奮, 沈寂, 晝宵, 穩情, 沈靜, 奔焰, 悶笑, 眞純, 冷罵, 忽變, 放釋, 躁悶, 鬱陶, 殉難者, 讚榮, 焦悶症, 層甚……

　　iii) 蠹蝕, 催促, 轟轟, 軋響, 巍巍, 瓢簞, 屛劣蒲柳, 煎縮, 幽수美麗, 罵倒, 哄笑喧談, 詰難, 燼灰, 專擅, 雜遝, 魍魎, 貪婪, 瘡痍, 鬻女, 芒斷, 奔擾, 窺覘, 嗽洗, ……

　　i)은 일본의 근대소설의 문체가 표본이 되었다고 볼 수 있다. 카다이와 토손의 소설의 문장과 비교하여 보면 염상섭의 국한문 혼용체 중 i)이 일본의 소설 문체를 표본으로 한 것임을 알 수 있다.

　　1) 數多い感情ずくめの手簡――二人の關係は何うしでも尋常で烈しい戀に落ちなかつたが, 語り合ふ胸の轟, 相見る眼光, 其底には確かに悽じい暴風が潛んで居たのである.
　　　　　　　　　　「이불」의 서두, 「田山花袋集」, 『日本近代文學大系』 19, p.125

　　2) 蓮華寺では下宿を兼ねた. 懶川丑松が急に轉宿を思い立つで, 借りることにした部屋というのは, 藏裏つづきにある二 階の角のところ.
　　　　　　　　　　「파계」의 서두, 「島崎藤村」, 『新潮日本文學』 2, p.52

　　이 인용문들과 염상섭의 문장은 1) 띄어쓰기를 하지 않은 점, 2) 국한문을 혼용한 점 등이 공통되며, 일상어화한 한문 어휘를 한자로 표기하고 있는 점에서도 양자는 유사성을 나타낸다. 하지만 다른 것이 더 많다. 일본과 한국의 한자 사용법 자체가 차이를 가지고 있기 때문이다. 상기한 카다이와 토손의 국한문혼용체와 염상섭의 그것은 다음과 같은 다른 점을 가지고 있다.

첫째, 일본의 소설은 어려운 한자 위에는 반드시 독음이 붙어 있어 한자를 잘 모르는 계층도 읽을 수 있게 한다. 한국의 경우도 이와 비슷하다. 소설에서는 한자를 되도록 쓰지 않지만 꼭 써야 하는 경우에는 괄호 안에 넣는 것이 상례다. 김시습이나 박지원처럼 한자로 소설을 쓴 작가가 있기는 하지만, 조선시대에도 대부분의 소설은 한글로 쓰였고, 한자는 괄호 안에 넣었다. 근대 작가의 경우는 더 말할 필요가 없다. 이인직은 일본처럼 독음을 써 주는 방법을 썼고, 이광수와 김동인은 괄호 안에 넣었다. 그런데 염상섭은 그런 친절을 베풀지 않았다. 그래서 그의 국한문혼용체는 한문을 모르는 계층은 읽기 어렵다.

둘째, 일본의 한자어는 우리나라의 이두문처럼 음독과 훈독을 같이 쓴다. 훈은 토착어인데 일본소설에서는 한자어에 훈으로 토를 달아 놓기 때문에 한자어가 일상어화한다. 위의 인용문에서도 '手簡', '轉宿' 등은 '편지', '이사' 등으로 토를 달았다. 그래서 한자어를 쓰는 것이 언문일치에 저촉되지 않는다. 말하자면 한자어를 포함한 언문일치인 것이다. 일본에서는 지금도 그런 문체를 쓰고 있다. 그런데 한국에서는 ii), iii)에 나오는 것 같은 한자어가 일상어가 될 수 없다. 우리는 음독만 하기 때문이다.

셋째, 한국에서는 i)처럼 일상어로 변한 한자어들은 한자로 표기하지 않는다. 한자에서 온 말이지만 이미 한국어화한 것은 외래어로 취급하지 않기 때문에 아무도 수건이나 수염을 '手巾', '鬚髯'으로 쓰지 않는다. 그것들은 어원조차 잊어버릴 정도로 한국어화한 어휘이기 때문이다. 그것을 굳이 한자어로 표기하는 것은 불필요한 현학취미라 할 수 있다. 염상섭이 그런 어휘들까지 한자로 표기한 것은 일본의 국한문혼용체의 영향이라고 할 수 있다.

하지만 일본과 한국의 한자 사용법이 다르기 때문에 염상섭의 초기소설의 국한문혼용체는 ⅰ)의 경우에도 소설에서는 용납되기 어려운 면을 가지고 있다. 토가 없는 것은 한자를 모르는 독자들을 무시한 행위이며, 훈독이 되지 않기 때문에 언문일치에도 저촉된다.

그런 측면은 ⅱ), ⅲ)에 가면 더 심해진다. ⅱ)는 일반적으로 사용되지 않는 부자연스러운 조어들이고, ⅲ)에는 대학을 나온 사람들도 사전 없이 읽기 어려운 한자가 많다. 그것들은 논문에서도 불가피한 경우가 아니면 쓰지 않아야 하는 단어들이다. 이런 난해한 한자어들을 토도 없이 소설에 쓰는 것은 소설의 본질에 위배된다.

이러한 한자의 남용이 염상섭 혼자만의 특징이라는 것을 동시대의 작가인 춘원과 동인의 초기소설의 서두의 문장들과 대비해 보면 쉽게 알 수 있다.

① 경성 학교 영어 교사 이 형식은 오후 두 시 사년급 영어 시간을 마치고 내리쬐는 유월 볕에 땀을 흘리면서 안동 김장로의 집으로 간다.

「무정」, 『이광수전집』 1, p.7

② 가정교사 강 엘리자베트는 가르침을 끝낸 다음에 자기 방으로 돌아왔다. 돌아오기는 하였지만 이제껏 쾌활한 아해들과 마주 유쾌히 지낸 그는 찜찜하고 갑갑한 자기 방에 돌아와서는 무한한 적막을 깨달았다.

「약한 자의 슬픔」, 『김동인전집』 1, p.11

③ 묵업은氣分의 沈滯와限업시늘어진生의倦怠는 나가지안는 나의발

길을 南浦까지 끌어왔다.

歸省한後, 七八個朔間의不規則한生活은 나의全身을 海綿가티 짓두

들겨 노핫슬쑨아니라 나의 魂魄까지蠹蝕하얏다.

「표본실의 청개고리」, 『개벽』 14, p.118

①과 ②를 염상섭의 「표본실」과 비교해 보면 언문일치의 정도가 얼

마나 격차를 지니는지 확실하게 알 수 있다. 춘원은 고유명사 외에는

거의 한자를 쓰지 않고 있으며, 김동인은 한 페이지에 두세 개의 한자

어를 쓰고 있지만 '보법步法', '굉대宏大' 하는 식으로 반드시 괄호를 하고

한자를 넣어, 한자를 모르는 사람도 읽는 데는 불편이 없게 하고 있다.

김동인이나 이광수가 초창기부터 언문일치에 대한 자각을 가지고 글을

썼음을 이를 통해 확인할 수 있다.

그 중에서도 김동인의 문장에 대한 관심은 각별했다. 그가 『창조』를

통하여 시도한 근대문학운동의 가장 기본적인 항목이 근대적 서사문체

의 확립이었다.[46] 언문일치 문장을 춘원보다 진일보시키기 위해서 동인

은 피나는 노력을 하고 있다. 그는 시제, 삼인칭대명사, 종결어미 등에

까지 세심한 주의를 기울였다.[47] 염상섭만이 그런 배려를 하지 않았다.

초기의 염상섭은 소설의 장르적 특징이나 언문일치에 대한 뚜렷한 자각

이 없이 평론 같은 글을 써서 소설이라고 불렀다. 문체뿐 아니다. 내용

면에서도 「저수하에서」와 「암야」, 「개성과 예술」과 「제야」의 많은 부

분이 같은 사실이 그것을 입증한다. 염상섭은 이광수나 김동인만큼 소

---

46 『김동인전집』 6, p.11 참조.

47 김윤식, 「'彼'의 기호체계와 '그'의 기호체계」, 『염상섭연구』, pp.233-236 참조.

설의 장르적 특성에 신경을 쓰지 않았고, 언문일치에 대한 인식도 없는 상태에서 소설을 쓰기 시작했다고 할 수 있다.

김윤식의 지적대로 이 시기의 염상섭이 한국 작가를 안중에 두지 않고 일본만 본받아서 국한문혼용을 했다고 보더라도[48] 역시 소설문장에 대한 인식이 미비했다는 비난은 모면하기 어렵다. 앞에서도 지적한 것처럼 일본의 국한문혼용은 일상어의 사용, 훈으로 토를 단 것 등을 통해 언문일치를 이룩하고 있었기 때문에 염상섭이 생활과 유리된 어휘들을 남용한 것과는 차원이 다르다.

문장면에서 나타난 언문일치의 퇴화현상은 염상섭의 초기소설이 지니는 치명적 결함이다. 그것은 마치 20세기에 라틴어로 소설을 쓴 것과 같은 행위다. 어느 나라에도 그런 난해한 어휘로 쓴 소설은 없다. 더구나 자연주의 소설에서는 그런 문체가 용납될 수 없다. 그것은 현실에서 사용되는 말과 너무나 동떨어져 있기 때문이다.

하지만 그것은 염상섭의 초기소설에만 나타나는 현상이다. 해가 거듭될수록 그의 소설에서 난삽하고 어색한 한자어는 줄어들다가 「묘지」에 오면 한국어화한 단어들을 한자로 표기한 ⅰ)의 유형이 우세해진다. 토를 달지 않은 점만 빼면 일본식 국한문 혼용체와 유사한 언문일치가 이루어져 가는 것이다. 그러나 토가 없기 때문에 여전히 한자를 모르는 계층은 읽을 수 없다는 문제가 남아 있다. 염상섭은 곧 그런 난점들을 모두 극복한다. 그리고는 어느 누구도 알지 못하는 섬세하고 순수한 한국의 토착어를 바탕으로 하여 본격적인 언문일치 문장을 확립한다. 그 경주에서 그는 아주 유리한 고지를 점령하고 있다. 춘원이나 동인이 도저히 알 수 없는 서울의 풍부한 토착어들이 그의 생활어였던 것이다.

---

48 같은 책, p.11 참조.

표준어가 생활어였다는 것은 한·불·일 삼국의 자연주의 작가들 중에서 염상섭만이 가지고 있는 유리한 여건이다. 김동인, 현진건뿐 아니라 졸라와 카다이, 토손도 모두 시골 출신이어서 자기 나라의 표준 어휘들을 제대로 알지 못하는 작가들이다. 에밀 졸라는 아버지가 이태리인이었고, 남불에서 자란 작가이고, 카다이와 토손도 '상경조'의 작가들이다.[49] 그들은 아문체를 쓰고 싶어도 쓸 줄 모르는 시골 출신 문인인 것이다. 카다이와 토손의 아문체 거부 이유를 여기에서 찾는 평자도 있다.[50]

김동인이나 현진건도 카다이, 토손과 비슷하다. 그들은 경아리말을 모르는 지방인이다. 언문일치 문장에 대한 열정에도 불구하고 동인의 소설의 지문에 나오는 '저픔', '완하다' 등의 사투리들이 그것을 입증한다. 염상섭만이 예외적으로 수도의 중산층 언어를 제대로 구사할 능력을 가졌던 것이다. 경아리말을 자유롭게 쓴다는 것은 한국의 전통적인 생활문화와 밀착되어 있다는 것을 의미한다. 그것은 노벨의 속성 중의 하나인 풍속묘사의 가능성을 그가 지니고 있다는 뜻도 된다. 전통을 아는 자만이 근대를 알 수 있다. 헨리 제임스의 말대로 전통이 없는 곳에서는 노벨이 나올 수 없다.[51] 전통사회가 미비한 지역인 미국이나 러시아의 소설들이 친로맨스적이 되는 이유가 거기에 있다.[52]

같은 원리가 김동인에게도 해당된다. 그는 봉건사회의 풍속을 제대로 모르는 서북지방 사람이다. 그가 「잡초」를 쓰다가 중단한 이유가 양반

---

49 카다이花袋와 토손藤村, 호메이泡鳴, 돗보獨步, 슈세이秋聲 등 일본 자연주의 작가들은 모두 시골 출신임.

50 加藤周一, 『日本文學史序說』 하, p.332 참조.

51 헨리 제임스의 『호돈론』 2장. 『ノヴェルとロマンス』, "シンポジウム", 『英美文學』 6, p.8에서 재인용.

52 같은 책, pp.25-28 참조.

들의 세계를 모른 데 있다는 김윤식의 지적[53]에는 타당성이 있다. 전통 사회를 모르는 것은 그가 풍속소설 작가가 되는 것을 훼방했다. 그가 본격적인 노벨의 작가가 되지 못하고 역사소설로 일탈한 이유 중의 하나가 거기에 있다고 할 수 있다. 뿐 아니라 그는 일찍 개화한 여유있는 집안에서 자랐기 때문에 한국의 근대가 안고 있는 문제들과 무관했다. 한국 근대소설의 중요한 주제 중의 하나인 구제도와의 싸움을 그는 알지 못한다. 염상섭뿐 아니라 이광수, 이기영, 채만식 등을 괴롭힌 조혼 문제도 김동인과는 상관없는 것이었고, 대가족제도 역시 마찬가지였다. 그에게는 아무 저항도 없이 개인주의나 주아주의가 허용되었다. 그런데다가 그는 4백 평짜리 큰 집에 격리되어 자라서 자기가 살고 있는 커뮤니티의 풍속에서조차 소외되어 있었던 것이다. 이런 여건들이 동인이 노벨리스트가 되는 것을 방해한다.

염상섭은 그렇지 않다. 그는 서울 중산층 가정의 꽉 짜인 제도 속에서 자랐다. 그는 김동인처럼 현실에서 격리되어 자라는 대신에 이웃과 인접해 있는 중산층 가정의 대가족 속에서 비비대며 자랐기 때문에, 서울 중산층이 사는 전통적 커뮤니티의 생태를 속속들이 터득할 수 있는 처지에 있었다. 그의 작품의 배경이 서울 4대문 안으로 한정되다시피 하는 것은 그곳이 그 자신의 생활의 터전이었던 데 기인한다. 그가 노벨리스트가 될 또 하나의 여건이 거기에 있다. 노벨의 배경은 인구밀집 지역이어야 하기 때문이다.[54] 도심지에서 자란 것, 전통사회의 진상을 속속들이 알고 있은 것 등은 염상섭이 노벨리스트가 되는 데 기여한 여건들이다.

---

53 『김동인연구』 6, p.13 참조.
54 'ノヴェルとロマンス', "シンポジウム", 『英美文學』 6, p.7 참조.

염상섭은 노벨을 쓸 여건을 제대로 구비한 20년대의 유일한 작가다. 그래서 일본식 국한문혼용체에서 벗어나서 생활어를 무기로 삼기 시작하자 「묘지」, 「삼대」 등의 본격적인 근대소설이 그에게서 나왔던 것이다. 그것은 그만이 할 수 있는 작업이었다. 경아리말과 염상섭의 문학은 이렇게 불가분의 관계로 맺어져 있다. 졸라, 카다이, 토손, 춘원, 동인, 빙허 등과 염상섭이 구별되는 여건이 바로 그것이다.

그의 소설에서 한자어 표기가 없어지는 시기는 「해바라기」부터다. 초기 3작에서 시작하여 「죽음과 그 그림자」까지 이어지던 한자과다현상은 「해바라기」에서부터 소멸되다가 「전화」에 가서 비로소 완전한 일상어의 사용으로 정착된다. 「묘지」에서부터 정착하기 시작한 언문일치가 「해바라기」를 거쳐 「전화」에 와서 완성되는 것이다. 염상섭은 관념의 세계에서 현실로 돌아와 그때부터 명실상부한 노벨리스트가 된다.

문제는 염상섭이 자신의 초기 소설을 자연주의로 보고 있는 데 있다. 인간의 내면에 대한 관심의 측면에서 보면 그의 초기 3작은 주목할 가치가 있지만, 표현기법의 측면에서 보면 자연주의 소설이 될 수 없다. 언문일치가 되어 있지 않기 때문에 문장면에서도 타당성을 잃는 것이다. 어느 나라에도 평론체로 소설을 쓰는 자연주의는 존재하지 않는다. 언어와 현실의 거리가 너무 멀어서 그런 문체로는 현실을 있는 그대로 재현하는 일이 불가능하기 때문이다. 그의 자연주의가 초기에는 작품에서 육화되지 못하고 하세가와 덴카이의 구호에서 끝나는 이유 중의 하나가 한자과다의 문체에도 있다. 한자어는 생활어가 아니기 때문에 그의 자연주의는 추상성을 면하지 못한다. 한자어의 남용은 염상섭의 초기 소설들을 소설답지 못하게 만든 것뿐 아니라 그의 자연주의를 추상적으로 만드는 결정적인 요인을 이룬다.

하지만 그의 의사에 반하여 2기의 문장은 오히려 졸라, 카다이, 토손

등과 상동성을 나타낸다. 염상섭이 자연주의에서 벗어났다고 공언하는 시기에 그의 자연주의는 육화되고 구체화되는 것이다. 그리고 그 문체는 다시는 변화가 없이 종생토록 그의 세계를 지배한다. 객관적 안목의 견고함이 오히려 카다이와 토손, 김동인 등을 능가하는 표현방법을 그는 이 시기에 확립하는 것이다.

언문일치, 외면화 현상, 가치의 중립성, 시점의 객관화 등의 특성을 지닌 자신의 2기의 표현 방법을 염상섭은 사실주의라 부르고 있다. 그에게 있어 사실주의는 표현 기법면에 비중이 주어진다.('사실주의와의 만남'항 참조) 하지만 사실주의와 자연주의는 현실 재현의 방법에 있어서는 차이가 거의 없다. 졸라이즘이 리얼리즘과 구별되는 것은 과학주의, 결정론 등 내용과 관계되는 부분이다. 그런데 일본의 자연주의는 그 부분은 받아들이지 않았다. 일본의 자연주의가 졸라와 공유하는 것은 현실재현의 방법뿐이다. 그래서 염상섭이 사실주의라 부르는 것은 일본적 개념으로는 자연주의도 된다. 따라서 염상섭의 자연주의는 초기보다는 차라리 2기에 구체적으로 나타난다고 할 수 있다.

염상섭의 문학을 사실주의로 보느냐 자연주의로 보느냐 하는 것은 자연주의를 일본식으로 정의하느냐 불란서식으로 정의하느냐에 달려 있다. 불란서식으로 보면 염상섭은 자연주의가 될 수 없다. 그러나 일본식으로 보면 그는 1기뿐 아니라 2기에도 자연주의자가 될 수 있다. 1기는 하세가와 덴케이의 구호들에 의해서, 2기는 표현기법에 의해서 그는 자연주의자라 불릴 수 있는 것이다.

그 다음에 언급해야 할 것은 염상섭의 고증에 대한 자세이다. 그는 고증에 대한 불신을 나타내는 다음과 같은 말을 하고 있다.

일본의 田山花袋인지 누구인가가 자연주의 전성시대에 걸인의 심리를

연구하라고 암야에 가장을 하고 우에노공원으로 방황하여 보앗다는 말이
잇지마는 이것도 나더러 평하라면 아모리 그러케 하야보아도 걸인의 심
리, 감정, 기분의 외피도 맛보지 못하얏슬 것이요, 어덧다는 체험은 역시
'부르'적 견지에서 나온 객관적 비판에 불과 하얏스리라 한다.

「계급문학을 논하야 소위 신경향파에 여함」, 『전집』 12, p.81

　그는 고증에 의거해서 허구적 이야기를 쓰는 것을 부정하고 있다. 직
접적인 체험에서 우러나오는 것이 아니면 아무리 충실하게 고증을 한다
해도 외피적인 것에 불과하다고 생각하기 때문이다. 이 점에서도 그의
졸라이즘과의 관계는 분명해진다. 염상섭은 '배허구'의 구호를 외치던
일본 자연주의를 그대로 답습하고 있다. 사실은 일본의 자연주의보다
더 철저하게 체험주의를 채택했다고 할 수 있다. 일본에서도 비자전적
인 소설들은 고증의 과정을 중시하는 경향이 있었기 때문이다. 모델소
설인데도 불구하고 「시골교사」를 쓰기 위해 카다이는 그 인물이 살던
고장으로 스케치 여행을 다녔고, 토손도 소설의 배경을 답사하는 여행
을 자주했다. 염상섭은 그렇지 않다. 그는 자신이 잘 아는 장소만을 배
경으로 하여 소설을 썼다. 자신이 잘 아는 인물의 이야기만을 쓴 것이
다. 그에게 있어 진실=사실의 원리는 절대적이라고 할 수 있다. 그래서
그는 체험하지 않은 것들을 거부하고 있다.
　이런데서 그의 고증의 허술함이 드러난다. 그 대표적인 작품이 그의
자연주의를 대표한다는 「표본실의 청개고리」다. 이미 여러 사람이 지
적한 것처럼 청개구리의 내장에서는 김이 모락모락 날 수 없다. 냉혈동
물이기 때문이다. 뿐 아니다. 청개구리는 해부용 개구리가 아니다. 그
것은 크기가 너무 작아서 해부용에는 적합하지 않은 것이다. 염상섭은
청개구리에 대한 고증을 거치지 않고 이 소설을 썼기 때문에 이런 일이

벌어지게 된 것이다. 고증을 인정하지 않았기 때문에 그의 비자전적인 소설들은 대부분이 모델소설이었을 뿐 아니라 그와 유사한 계층의 사람들의 이야기 — 그가 자신을 가지고 말할 수 있는 가까운 사람들의 이야기가 되는 것이다.

김동인은 그렇지 않다. 그의 비자전적인 소설들은 작가와 다른 계층, 다른 직업을 가지는 인물들이다. 솔거(「광화사」)와 백성수(「광염소나타」)는 화가와 음악가이며, 「붉은산」, 「K박사의 연구」는 주인공이 과학자다. 모두 고증을 위한 노력이 요구되는 직업인이다. 그 작품들에는 전문용어가 많이 나온다. 동인은 고증을 중요시한 문인인 것이다. 그는 「춘원연구」에서 춘원의 고증의 허술함을 여러 번 지적하고 있다. 정도의 차이는 있겠지만 이런 과학주의적 재현방법은 그가 졸라이즘과 연결되는 부분이다. 염상섭은 그렇지 않다. 그는 졸라이즘과는 거리가 먼 자리에 서 있다.

4. 가치의 중립성과 묘사과다 현상

리얼리즘은 작가의 가치중립적 자세를 요구한다. 객관주의를 채택하기 때문에 작가의 선택권이 배제되는 것이다. 그래서 리얼리스트에게는 제재에 높낮이가 없듯이 묘사대상에도 높낮이가 없어야 한다. 그들은 '모든 것을 다 그려야' 하기 때문에 비속한 것도 피할 수 없는 것이다. 그래서 비속성과 묘사과다의 문제가 생겨난다.

하지만 염상섭에게서는 비속어의 사용이 문제가 되는 일이 거의 없다. 카다이와 토손의 경우와 마찬가지로 염상섭도 사소설을 많이 썼고, 비자전적 소설의 경우에도 자기와 비슷한 인텔리들을 주동인물로 택했기 때문에 비속한 언어는 거의 나오지 않는다. 제재의 경우도 마찬가지다. 염상섭은 돈과 성에 대한 것을 많이 다루고 있지만, 그의 남성 주인공 중에는 물질만능의 사고를 가진 인물이나 성적으로 타락한 인물은 거의 없다. 돈과 성 양면에 걸친 타락상은 여자 주인공(최정인)이나 부모의 세대(조상훈)에서만 나타난다. 하지만 그 경우에도 성적인 문란함은 간접적으로 그려지는 것이 상례다. 그의 소설에는 남녀의 나체 묘사가 거의 나오지 않는다.(주제'항 참조) 카다이, 토손 등과 마찬가지로 그는 시궁창에는 뚜껑을 덮어 두는 유형이기 때문에 비속성과 연결시킬 현상은 나타나지 않는다.

김동인은 그렇지 않다. 그의 작품에서는 비속성의 측면에서 졸라가 비난 받은 것과 같은 항목을 많이 발견할 수 있다. 그는 자전적 소설에서도 이따금 비속어를 사용한다. 뿐 아니다. 딸이 있는 방에서 첩과 뒹구는 아버지(「김연실전」), 대변으로 영양식을 만드는 과학자(「K박사의 연구」), 시체를 강간하는 음악가(「광염 소나타」), 살인하는 화가(「광화사」) 같은 인물들의 이야기를 많이 다루고 있어, '대변학', '뚜껑 열린 시궁창' 등으로 비난 받던 졸라와 비슷한 점이 많다.[55] 염상섭이 카다이, 토손 쪽과 유사한데 비해 김동인은 졸라와 유사성을 나타내고 있다.

하지만 '배기교'의 측면에서는 두 사람의 거리가 좁혀진다. 염상섭은 김동인처럼 예술지상주의를 표방하지는 않았지만, 예술을 지상의 가치로 본 점은 동인과 같다.(예술관'항 참조) 상섭은 동인처럼 표현기법의 혁신을 위해 헌신하지는 않았지만, 일본의 자연주의자들처럼 '배기교'의 구호를 내세우지는 않았다. 그가 졸라의 예술관보다는 플로베르의 문장론에 친숙한 작가라는 것을 그의 초기의 평론에서 확인할 수 있다.

① 그러나 오즉 한 일에 오즉 한 말박게 업다는 '플로베르'의 명언을 기억할지어다. 그리고 세련한 한마듸 한마듸의 말 사이에는 조화가 있어야 한다는 것이다.　　　　　「여의 평자적 가치를 론함에 답함」, 「전집」 12, p.16

문장의 정확성과 세련미에 대한 이런 관심은 대정기의 예술지상주의

---

55 「자연주의에 대한 부정론과 긍정론」 참조.

적 문학풍토와 관련이 있다고 할 수 있다. 일본의 자연주의에서는 졸라처럼 수사학의 거부현상이 나타나지만, 한국에서는 '배기교'의 구호가 자연주의와 결부되지 않는 이유가 거기에 있다. 그런데도 김동인은 염상섭의 문장에 만족하지 않는다.

② 그의 묘사법은 너무 산만적이다. 한 방안에 갑, 을, 병 세 사람이 있으면 그는 그 세 사람의 동작 심리는커녕 앉은 장소며 심지어는 그들의 그림자가 방바닥에 비치는 위치며, '그의 그림자와 햇볕의 경계선에 걸쳐 놓인 재떨이까지'도 묘사하지 않고는 두지 않는다. ……조리적 재능이 그에게는 결핍하다. ……불필요한 장면이 많다. 이것이 그의 작으로서 일견 산만한 생활 기록과 같이 보이게 하는 것이다.

「조선근대소설고」, 『김동인 전집』 6, p.152

③ 무기교, 산만, 방심, 이러한 아래도 인생의 일면은 넉넉히 발견할 수 있다. 다만 그 산만한 묘사방식 때문에 깊은 인상을 주지 못할 뿐……

같은 책, p.153

④ 염상섭은 그 풍부한 어휘와 아기자기한 필치는 당대의 독보지만 끝막이가 서툴러 '미완' 혹은 '계속'이라고 달아야 할 작품의 꼬리에 '끝'자를 놓는 사람……

「문단 30년사」, 같은 책, p.34

②에서 김동인이 지적한 염상섭의 결함은 ⅰ) 묘사의 산만함과 과다함과 ⅱ) 다원묘사의 두 가지다. 염상섭은 다원묘사를 하기 때문에 산만해진다는 말을 그는 다른 데서도 하고 있다. 동인이 애용한 것은 일원묘사이기 때문이다. 염상섭도 초기에는 일원묘사를 시도했다. 한 인

물의 내면에 관심을 집중시켰던 것이다. 초기 3작의 세계가 그것이다. 하지만 일원묘사체의 소설에서도 '재떨이의 위치' 같은 것은 문제가 되지 않았다. 인물의 내면에 작자가 몰입하고 있어서 외계에 대한 관심이 적었던 것이다. 일원묘사체의 사용으로 김동인과의 거리가 2기보다는 가까웠기 때문에 그의 초기 문학은 김동인의 비난에서 제외되어 있었음을 다음 인용문을 통하여 확인할 수 있다.

⑤ 「표본실의 청개고리」는 노문학의 윤곽을 쓴 것이었다. 필자의 선망과 경이가 여기 있다. 그러나 조선인인 상섭은 곧 조선문학을 발견하였다. 침착과 번민은 그의 작품에서 없어졌다. "전진하기 위하여 도달한 곳"에 도달하였다. 그는 그곳에 도달하면서 조선문학의 윤곽 가운데서 상섭의 개인의 길까지 발견하였다. 「조선근대소설고」, 염상섭 편, 『김동인전집』 6, p.152

김동인이 비난하고 있는 산만한 기법은 염상섭이 노문학적인 다민성을 잃은 후의 문학, 즉 2기 이후의 문학에만 해당된다. 그러니까 염상섭이 스스로 '사실주의'라 부른 문학을 비난하고 있는 것이다. 김동인은 예술지상주의적 예술관을 가지고 있었기 때문에 작가의 선택권을 배제하는 염상섭의 사실주의를 좋아하지 않았다. 재떨이의 위치까지 그려야 하는 묘사는 김동인의 눈으로 보면 "만연한 생활의 기록"에 지나지 않았기 때문이다.

하지만 자연주의자들도 무선택의 원리에는 동의했다. 그 부분을 사실주의와 공유하기 때문이다. 리얼리스트들은 산만해지더라도 현실에 있는 것은 모두 그려야 한다. 무선택의 법칙을 지키기 때문에 그들의 문장은 길어지지 않을 수 없는 것이다. 자연주의 작가는 자료를 '조리'할 권리가 없다. 가치중립성을 택한 사람들이기 때문이다. 그들이 다원묘사를 하는 것은 현실을 '있는 그대로 재현'하기 위해서다. 그러니까 현실의 자료들을 마음대로 '조리'하여 간결의 미학을 만들어낸 김동인은 그 면에서는 자연주의자가 될 수 없다.

무선택의 원리 때문에 염상섭과 김동인은 문장의 길이가 같을 수 없다. 염상섭은 디테일의 정밀묘사 때문에 문장이 길어지는 것이다. 이인모의 조사에 의하면 김동인의 「광공자」는 한 문장의 평균 자수가 31.8자이고 염상섭의 「굴레」는 51.5자이다. 후자의 문장이 3분의 1 이상 길다.[56] 문장의 길이만 다른 것이 아니다. 염상섭은 묘사의 대상에 대한 선택과 생략을 기피하는 경향이 있다. 그의 경우 무선택의 원리는 비속성과 무관한 대신에 묘사 대상에 대한 선택권의 포기로 나타나는 것이다. 그 결과로 생겨나는 것이 기복이 없이 연속되는 묘사과다 현상이다. 그래서 염상섭의 문장은 산만하다는 비난을 받았다. 불란서의 리얼리스트들이 받은 것과 같은 항목[57]이다. 사실주의 기법에서 이탈한 김동인의 간결의 미학이 '동인미'라면 산만의 미학은 '상섭미'라고 할 수 있다. 그것이 염상섭의 리얼리즘의 부피요 본질인 것이다.

김동인은 그렇지 않다. 그는 초기 2작에서는 정밀한 묘사를 시도하고 있었지만 「감자」를 쓸 무렵부터는 간결의 미학이 정착된다. 그가 말하는 '동인미'가 있는 문장은 간결체다. 간결의 미학은 선택권의 인정을 의미하기 때문에 염상섭과는 반대되는 경향이 나타난다. 작가를 신으로 생각하는 김동인은 선택권을 작가의 특권으로 보고 있었고, 그 특권을 가지고 자유자재로 가지치기를 해서 간결체의 문장을 만들어냈던 것이

---

56 『문체론』, p.147.

57 무선택의 원리에서 오는 지루함, 묘사과다에서 오는 산만함 등은 리얼리스트들이 공통적으로 비난받는 항목임이다.　　　　　졸저, 『자연주의 문학론』 1, p.144 참조.

다. 김동인이 생각하는 '리얼의 진수는 간결'이다. "'실재할 수 있는 사실'을 현실에 즉하여 묘사하는 것이 리얼이 아니다."[58] 그것은 '사진'에 불과하다고 동인은 말한다. 작가는 사진사가 아니고 화가이기 때문에, 그가 할 일은 "찌꺼기를 모두 뽑아버리고 골자만 남겨 가지고 그것을 정당화시켜서 표현"[59]하는 일이다. 그래서 그는 복녀의 가치관의 변동, 죽음 등을 몇 줄로 간단히 처리했다. 리얼리즘의 'as it is'의 원리 자체를 부정한 것이다. 그가 노벨리스트로 정착하지 못한 이유 중의 하나가 거기에 있다. 노벨은 작가가 선택권을 포기하기를 요구하는 장르다. 현실을 있는 그대로 재현해는 리얼리스트는 선택권을 가질 수 없기 때문이다. 거기에 적합한 것이 다원묘사라고 상섭은 생각한 것이다. 그것이 염상섭의 리얼리즘의 부피요 본질인 것이다. 사실주의 기법에서 이탈한 김동인의 간결의 미학이 김동인만의 '동인미'라면 산만의 미학은 염상섭의 '상섭미'라고 할 수 있다. 김동인은 문장 때문에 그를 비난한 사람들을 대표한다. 그는 염상섭의 햄릿적인 다민성은 높이 평가했지만, 묘사법과 구성법에 대하여서는 불만이 많았다. 예술관이 서로 맞지 않았기 때문이다.

염상섭이 한 사람의 내면을 천착하던 태도를 바꾸어 여러 사람의 내면과 외면을 균등한 비율로 다루기 시작한 것은 「해바라기」부터다. 이 소설에 와서 염상섭은 처음으로 다원묘사법을 쓰고 있다.[60] 다원묘사뿐 아니다. 여기에서 처음으로 그는 타인의 이야기를 3인칭으로 쓰고 있

---

58 「창작수첩」, 『김동인전집』 6, p.223.

59 「근대소설의 승리」, 같은 책, p.177.

60 「소설작법」(『김동인전집』 6, p.222)에서 김동인은 염상섭이 만약 「해바라기」를 일원묘사로 처리했으면 작품이 훨씬 좋아졌을 것이라고 하면서 그의 다원묘사의 결함을 지적하고 있다.

고, 기호명 대신에 인물들에게 고유명사를 붙여주고 있으며, 외면화 현상이 늘어났고, 간접묘사의 분량도 늘어난다. 한자 소멸현상까지 합치면 「해바라기」는 표현기법상으로 하나의 분수령을 이루는 작품이라고 할 수 있다.

하지만 김동인이 좋아한 것은 그 이전의 작품들이다. 초기 3작의 경우에도 그가 좋아한 것은 묘사의 대상이 인물의 내면이라는 것과 내면적 고뇌의 깊이였다. 동인이 칭찬한 것은 '多悶性'이었던 것이다. ③에는 산만함에도 불구하고 염상섭의 소설이 지니는 가치에 대한 긍정이 나타나는데 그것도 같은 것일 가능성이 많다. 김동인은 염상섭을 '부주의의 도스토옙스키'이며 '기교의 둔재 대커리'라 부르고 있기 때문이다. 기법상의 결함에도 불구하고 그에 대한 동인의 평가는 높다. 염상섭이 「표본실」을 통하여 대정기의 최신 기법을 도입한 작품을 쓴 것을 높이 평가한 것이다.

인텔리의 내면을 1인칭으로 쓰는 사소설은 김동인의 유학 당시의 일본에서 가장 새로운 기법이었다. 그러니까 「표본실」은 인텔리의 내면을 그린 한국 최초의 소설이라는 데 메리트가 있다. 염상섭이 아리시마에게서 배운 것이 바로 그것이다. 사람들이 그걸 모르고 자연주의라는 레테르를 잘못 붙인 것이다. 그런 사소설은 김동인도 쓰고 싶었던 것이다. 그래서 초기에는 동인도 그런 것을 시도했다. 「약한 자의 슬픔」, 「마음이 옅은 자여」 같은 소설이다. 하지만 동인은 그런 양식이 자신의 적성에 맞지 않는다는 것을 깨닫고, 자기의 본령인 '간결의 미학'을 찾아내서 「감자」 계열의 자연주의 소설을 쓰는 쪽으로 방향을 바꾼다. 염상섭도 같은 것을 깨달아서 무각색 소설을 다원묘사로 그려내는 사실주의로 전환한 것이다. 인텔리의 내면을 그리는 사소설은 두 사람 모두에게 적성에 맞지 않았던 것이다. 김동인은 염상섭의 새로운 사실주의적 수법을 좋아하지 않았다. ③에서 동인은 모처럼 발견한 '인생의 일면'을 산만한 문체가 망치고 있다고 염상섭을 위해 한탄한다. 염상섭의 묘사의 방만함에 대한 불만은 그 후에도 김동인에게서 지속적으로 되풀이되는 항목이다.

④에 가면 염상섭의 기법에 대한 평가도 상당히 후해진다. 어휘의 풍부함, 필치의 아기자기함으로 인해 그가 독보적 위치를 확립하고 있음을 인정하고 있어 ②, ③보다는 평점이 높다. 그 대신에 종결법에 대한 비판이 나온다. 염상섭의 무해결의 종결법을 김동인은 찬성할 수 없는 것이다. 김동인은 소설의 기법 중에서 플롯을 아주 중요시했다. 그가 작가들의 우열을 가리는 기준도 플롯에 있었다.[61] 그 중에서도 동인이 가장 중요시한 것은 종결법이다. 그가 좋아하는 종결법은 쓸데없는 에피소드를 넣지 않고 "'종말'인 클라이맥스를 향하여 일직선으로 진행시킨"(같은 책, p.188) 유형이다. 끊고 맺듯이 끝나는 극적인 종결법인 것이다. 그것은 무해결의 종결법과는 반대되는 것이다. 김동인이 일본 자연주의의 영향권 안에 있지 않은 작가임을 다시 한 번 확인하게 된다.

염상섭의 문학에 대한 김동인의 비난은 리얼리즘 자체에 대한 비난이라고 할 수 있다. 리얼리즘은 가치중립적 태도를 지지하기 때문에 작가의 선택권을 배제해야 하고, 선택권을 배제하면 '모든 것을 다 그려야' 하니까 간결의 미학은 나올 수 없다. 디테일의 묘사가 많아지는 것은 리얼리즘의 불가피한 요소이다. 따라서 상섭의 묘사법에 대한 동인의 비난은 뒤집으면 염상섭이 리얼리스트라는 것을 입증하는 자료가 된다.

염상섭은 2기 이후의 리얼리즘적 기법을 일본의 자연주의에서 받아왔

---

61 『김동인전집』 6, pp.188-204의 창작평과 「소설작법」, 「춘원연구」 등에서 그의 플롯에 대한 관심이 노출됨.

다. 하지만 초기의 작풍은 백화파의 영향권에서 성립됐다고 할 수 있기 때문에 그 부분에서는 김동인과의 공감대가 형성된 것이다. 그러나 2기에 가면 염상섭에게서는 백화파의 영향은 줄어들고 그 대신에 유물론적 사실주의와 자연주의파의 영향이 커진다. 김동인의 말을 빌리자면 염상섭은 그 시기에 가서 자신에게 맞는 기법을 비로소 찾은 것이다. 그것은 자연주의파의 기법이다. 프로문학은 사실주의적 경향을 강화시켜 염상섭의 묘사법을 카다이, 토손보다 더 사실적이게 만드는 데 기여한다. 하지만 염상섭의 2기의 기법의 틀은 자연주의파에서 얻어진 것이다.

자연주의를 대표하는 김동인, 염상섭 두 작가가 모두 예술지상주의자들이니까 우리나라에서는 '배기교'의 구호가 프롤레타리아 문학에서 표출된다.[62] 프로문학 쪽에서 보면 염상섭은 김동인과 함께 기교파[63]에 속한다. 그런 분류법에는 근거가 있다. 염상섭은 김동인과 함께 반프로문학의 기수였고, 프로문학파의 내용편중주의를 공격하는 그의 무기는 형식우위사상이었기 때문이다.

2기에 염상섭이 채택한 무해결의 종결법과 무각색의 원리에 대한 믿음, 다원묘사, 평면묘사 등은 모두 일본 자연주의의 기법상의 특징이다. 염상섭은 두 번째로 일본에 갔다 와서 토손의 소설을 읽고「배울 것은 기교 뿐」이라는 글을 쓴 일이 있다. 그 말은 맞다. 2기의 염상섭은 기법 면에서 일본 자연주의에서 막강한 영향을 받고 있다. 무선택의 원칙 때문에 생겨나는 묘사과다 현상과 산만함은 다야마 카다이의 평면묘사의 원리에서 온 것들이고, 일원묘사나 다원묘사는 이와노 호메이가 만들어 낸 사제私製용어들이기 때문이다.

---

62 「문단30년사」,『김동인전집』6, p.34.
63 「계급문학을 논하야 소위 신경향파에 여함」,『전집』12, p.6.

무해결의 종결법도 일본 자연주의의 구호 중의 하나였다. 염상섭은 카다이, 토손보다 더 철저하게 무해결의 종결법을 애용했다. 그 자신은 부정하고 있지만[64] 대중소설을 뺀 나머지 소설들은 거의가 다 무해결의 종결법을 쓰고 있다. 비속어가 나오지 않는 것까지 합하면 염상섭의 기법의 기본틀은 일본 자연주의에서 얻어진 것들에 의해 만들어진 것임을 확인하게 된다. 『와세다문학』의 영향은 그의 일생을 지배했다고 할 수 있다. 일본의 자연주의는 방법면에서는 졸라이즘과 공통되는 점을 많이 가지고 있다. 졸라이즘은 리얼리즘과 표현수법은 공통되는 만큼 일본의 자연주의가 졸라이즘과 공유하는 것은 자연주의가 아니라 사실주의다.

염상섭이 자신의 2기 이후의 문학을 사실주의로 일관한 것으로 보는 견해는 서구적 개념으로는 타당성을 지닌다. 하지만 일본은 다르다. 일본에서는 자연주의의 성립 여건이 사실주의적 수법밖에 없기 때문에 그 두 가지가 복합적 성격을 지니는 것이다. 염상섭은 덴케이의 구호들을 자연주의라 불렀고, 일본 자연주의의 수법은 사실주의라고 부르고 있다. 하지만 실질적으로 그가 물려받은 것은 일본 자연주의였다. '무각색' '무해결', '평면묘사', '다원묘사' 등은 일본 자연주의만의 구호들이기 때문이다. 그가 사실주의라고 생각한 것은 일본 자연주의의 기법이었다.

염상섭은 자연주의에서는 곧 벗어났고, 사실주의에서는 한 발도 물러선 일이 없이 40년을 걸어왔다고 주장하고 있다.[65] 그 말을 바꿔 말하면 그는 초기에는 사상면에서 일본 자연주의의 영향을 받았지만, 2기 이후에는 기교를 본받았으며, 그 후 40년간을 지속적으로 일본 자연주의의

---

64 「문학소년 시대의 회상」에서 해결을 주는 것이 필요하다는 발언을 하고 있음.
『전집』 12, p.220) 「나의 창작여담」에도 비슷한 말이 나옴.　　　『염상섭』, p.316.
65 「나의 창작여담-사실주의에 대한 일언」, 『염상섭』, 연희, pp.315-317 참조.

기법 속에서 글을 썼다는 이야기가 된다. 카다이, 토손의 문장보다 염상섭의 묘사체가 더 사실적인 점만 다를 뿐이다. 토손의 묘사법은 인상주의를 도입했다고 할 정도로 절제되어 있었고, 카다이의 평면묘사보다 염상섭의 그것이 더 철저하게 무선택의 원리에 입각할 수 있었던 것이다. 그것은 프로문학 영향이라고 할 수 있다. 염상섭은 프로문학을 통해 사실주의의 본질을 터득한 작가이기 때문에(·용어항 참조) 자연주의보다 더 'sec(건조)'한 문체를 확립할 수 있었던 것이다.

염상섭의 소설에 가치중립적인 리얼리즘의 수법이 확립되는 것은 「해바라기」부터다. 그것은 일본 자연주의와 염상섭이 공유하는 요소들로 형성되어 있다. 그러면서 동시에 그것은 졸라이즘과도 공통분모를 지닌다. 일본의 자연주의는 수법면에서 졸라이즘과 상통되기 때문이다. 김동인은 그렇지 않다. 그는 반리얼리즘적인 예술관을 가지고 있었기 때문에 표현기법면에서 졸라, 카다이, 토손, 염상섭 모두와 반대된다. 염상섭과 김동인이 상통하는 점을 가지는 것은 예술우위사상과 1기의 고백체 소설에 대한 열중뿐이다.

염상섭은 사실주의라고 생각하면서 실질적으로는 일본 자연주의의 수법을 지속적으로 견지해 나간 작가다. 형식면에서는 2기가 일본 자연주의와 밀착되는 시기다. 주객합일주의, 인간 심리에 대한 관심, 언문일치, 객관적 시점, 무해결의 종결법 등 모든 면에서 2기의 문학이 카다이, 토손의 문학과 짙은 친족관계를 지닌다. 방법면이 주제면보다 더 많은 유사성을 지니고 있는 것이다.

Ⅲ부

문체혼합의

양상

1. 인물의 계층과 유형

불란서 자연주의의 또 하나의 특징은 문체혼합의 양상에 있다. 자연주의 소설은 인물의 범속성, 배경의 일상성, 주제의 비속성 등 낮은 문체humble, low style의 속성을 많이 가지고 있으면서, 비극적인 종결법을 통해 높은 문체sublime, high style와 섞이는 문체혼합mixing of style의 양식을 취하고 있다. 똑같이 문체를 혼합하면서도 낭만주의는 '숭고성과 괴기성sublime and grotesque'을 혼합하고 있기 때문에, 낮은 소재와 비극적 종결법의 공존은 자연주의만의 특성이 되는 것이다.

이론상으로 본 염상섭의 자연주의론은 졸라이즘보다는 일본 자연주의와 상동성을 나타낸다. 그런데 염상섭은 자신의 초기 소설만이 자연주의와 관련이 있다고 주장한다. 그 후의 문학은 자연주의를 넘어서서 사실주의로 나아갔다는 것이 그의 의견이다. 그 말의 타당성을 밝히려면 작품에 나타난 문체혼합의 양상을 점검하는 일이 요구된다. 그래서 그의 소설에 나타난 인물의 계층과 유형, 주제, 배경, 종결법 등의 여러 항목에서 문체혼합의 양상을 추출해 내고, 그 자료를 통해 그의 작품에

변화가 일어난 시기를 밝힘으로써 그의 자연주의의 성격을 규명하려
한다.

불란서 자연주의의 첫 번째 특징은 인물의 계층하락 현상에 있다. 발
자크는 귀족과 부르주아를 주로 그렸고, 플로베르는 시골의 중하층에
속하는 보바리 부부를 내세웠는데. 공쿠르 형제의「제르미니 라세르퇴」
는 주인공이 하녀다. 에밀 졸라의 루공과 마카르가 그 뒤를 잇는다. 루
공은 농장의 막일꾼이고 마카르는 주거부정의 밀렵꾼이다. 인물의 계층
이 점점 낮아지고 있는 것이다.[1] 졸라의『루공-마카르』는 막일꾼과 밀
렵꾼의 자손들의 이야기다.

거기에 또 하나의 악조건이 보태진다. 인물들이 지니는 생리적 결함
이다. 원조인 아델라이드 신경증 환자이고 마카르는 알코올중독자다.[2]
인간의 운명을 절대적으로 결정짓는다고 졸라가 믿은 피의 결정론은 유
전을 통해 그의 인물들을 병적인 제르미니형[3]으로 만들어간다. 부모 양
쪽에서 이중의 나쁜 요인을 물려받은 마카르계가 졸라이즘의 대표적 인
물군을 이룬다. 프랑스의 자연주의는 최하층의, 생리적으로 비정상적인
인물들을 통해 구체화되는 점에서 사실주의와 구별된다.

일본의 경우는 이와 다르다. 일본 자연주의는 사소설과 밀착되어 있
기 때문에 카다이와 토손의 경우 생리적으로 비정상적인 인물은 거의
나오지 않는다. 그들은 대부분이 가난하지만 출신계급은 천하지 않다.
작가처럼 중산층의 지식인이 주축이 되기 때문이다. 자전적 소설이 아
닌 경우에는 인물의 계층이 좀 낮아진다.「파계」와「시골교사」의 인물

---

1 *Les Rougon-Macquart* 1, p.3 (Préface)
2 같은 책 1권, p.3, 5권 부록의 가계도와 졸저,『자연주의 문학론』1의「루공-마카르와
  유전」참조.
3 졸저,『자연주의 문학론』1의 같은 장 참조.

들은 모두 하층민 출신이다. 그 중에서도 에다濊多[4] 출신인 우시마츠(「파계」)가 가장 출신계급이 낮다. 하지만 그는 교육을 받아 소학교 교사로 계층이 상승한다. 학력 면에서도 자전적 소설의 인물들보다는 낮지만, 둘 다 소학교 교사이기 때문에 "반지식인적 존재지만 결국은 소민적"[5]이어서 제르미나나 마카르의 계층보다는 높다. 졸라의 분류법에 의하면 보바리의 계층에 속하는 것이다. 한국 자연주의의 특성을 고찰하는 작업은 언제나 위의 두 나라와의 대비연구를 요구한다.

1) 인물의 계층

졸라의 인물들이 지니는 특징은 ⅰ) 출신계층의 낮음과 ⅱ) 제르미니적인 병적 인물에 있다. 이 두 측면을 통해 염상섭과 졸라이즘과의 관계를 살펴보기로 한다.

(1) 자전적 소설의 경우

자전적 소설의 인물의 계층은 작가와 조응하기 때문에 작가의 계층을 살펴보는 일이 요구된다. 염상섭의 조부는 중추원中樞院 의관議官을 지냈고, 부친은 몇 곳의 군수를 역임한 일이 있지만, 그의 집안은 양반은 아니다.('작가의 계층'에서 상론할 것임) 경제적인 면에서는 김윤식의 표현대로 "중산층에 속한다는 점만은 확실"(『염상섭연구』, p.10)하지만 한일합방으로 아버

---

4 일본의 명치시대까지 사민四民의 밑에서 백정 천업에 종사한 사람들.
5 相馬庸郎, 『日本自然主義再考』, p.122.

지가 실직하자, 자식들을 정상적인 고등교육을 시키기 어려울 정도로 어려워져서, 그가 소설을 쓸 무렵에는 중산층 중에서도 하에 속했다고 볼 수 있다. 그는 군인이었던 형의 도움으로 중학교는 나왔으나 대학은 한 학기밖에 못 다닌 어중간한 인텔리여서 학자가 되거나 대학교수가 될 수는 없었다.

출신계층과 학벌 면에서 염상섭은 김동인과 비슷하다. 그러나 경제적인 면에서는 격차가 나타난다. 동인은 부친이 부자여서 상섭보다는 훨씬 풍요로운 성장기를 보냈다. 하지만 지기 몫의 유산을 탕진한 후에는 염상섭과 비슷한 소시민으로 전락한다. 이런 여건은 자전적 소설에 그대로 반영된다. 김동인에게서는 인물의 계층 이동이 나타나지만 염상섭은 그렇지 않다. 성장기나 독립한 후나 한결같이 염상섭은 부르주아가 아니었기 때문에 그의 자전적 소설에서는 부르주아가 주동적 인물이 되는 일은 없다. 출신계층으로 볼 때 염상섭은 졸라보다 높다. 학벌도 마찬가지다. 반면에 카다이, 토손과는 출신계급과 학력이 비슷하다. 그들은 경제적으로는 중하층에 속하며, 사립대를 조금씩 다니다 그만두었다. 자전적 소설의 인물들도 작가와 비슷하다. 염상섭은 1기와 2기 사이에 계층 이동이 없었기 때문에 자전적 소설을 통해 인물들의 여건을 살펴보려 한다.

작품명	시점	직업	학벌	결혼여부
1. 표본실의 청개고리	1인칭	무	대학 중퇴	미혼
2. 암 야	3인칭	무	〃	〃
3. E선생	3인칭	중학교사	〃	〃
4. 죽음과 그 그림자	1인칭	소설가	〃	〃
5. 금반지	3인칭	은행원	상고 졸업	〃
6. 검사국대합실	1인칭	신문기자	대학 중퇴	〃
7. 운전기	3인칭	신문사간부	〃	〃

8. 유서	1인칭	소설가	〃	〃
9. 숙박기	3인칭	소설가	〃	〃
10. 묘지	3인칭	학생	고교생	기혼

① 룸펜 인텔리겐치아

「표본실의 청개고리」와 「암야」가 여기에 속한다. 이 두 작품은 염상섭이 무직 상태에 있을 때를 그린 것이다. 이 소설의 주인공들은 용돈과 차비도 궁할 정도로 가난하다. 하지만 아직 미혼이고 부양해줄 부모가 있으니 절대빈곤 상태에 놓이지는 않는다. 뿐 아니라 그들은 직장을 구할 만한 능력을 가지고 있다. 「표본실의 청개고리」와 「암야」는 염상섭이 『동아일보』를 그만두고 오산중학으로 갈 때까지의 실직기간을 그린 것에 불과하다. 그 기간은 2개월 정도밖에 되지 않으며, 그 동안에 염상섭은 『폐허』를 창간하는 일을 준비하고 있었다. 따라서 이기영의 「고향」에 나오는 것 같은 인물들이 처한 것 같은 밑바닥의 가난과는 거리가 멀다.

일정한 직장이 없다는 점에서는 「유서」, 「숙박기」 등도 같다고 할 수 있다. 하지만 그때 염상섭은 이미 이름이 알려져 있는 작가여서, 신문연재 고료로 최소한의 생활은 유지할 수 있는 형편이었다. 뿐 아니다. 그의 2차 동경행은 동경문단에 진출하려는 생각에서 이루어진 것이기 때문에 어느 모로 보아도 프롤레타리아라고 할 수는 없다. 염상섭의 자전적 소설에는 프롤레타리아가 거의 없다. 나머지 소설의 주동인물들은 직장을 가지고 있으며, 그것도 모두 사무직이어서 막일꾼이나 빈농계층의 인물은 없다. 염상섭은 대판에서 잠시 동안 직공 일을 한 적이 있지만, 자전적 소설의 인물 중에는 그런 직업을 가진 인물은 없다.

② 샐러리맨

나머지 소설의 주동인물들은 대부분이 신문기자나 교사, 은행원 등 화이트 컬러의 샐러리맨들이다.[6] 「윤전기」처럼 봉급이 나오지 않는 신문사의 간부사원인 경우도 있긴 하지만 다른 작품의 경우에는 모두 일정한 수입이 있다. 작자처럼 그들은 경제적으로 여유가 없어서 부르주아는 될 수 없지만, 프롤레타리아는 아니니까 쁘띠 부르주아라 할 수 있다. 출신계층도 작가처럼 서울의 중인층에 속하고 있음을 작가의 계층을 통해 짐작할 수 있다.

ⅰ), ⅱ)를 통틀어서 자전적 소설의 인물 중에는 제르미니의 계층은 없고, 보바리 계층만 있다. 경제적으로는 무리를 해서라도 몇 해 동안 해외유학을 하는 일이 가능하고, 지적으로는 당대의 문화계를 대표하는 엘리트 청년들인 그의 인물들은 졸라보다는 일본 자연주의의 사소설에 나오는 인물들과 상동성을 지니고 있다. 염상섭 자신이 카다이와 토손과 같은 계층 출신이기 때문이다.

끝으로 언급하여 둘 것은 「묘지」다. 이 작품을 자전적 소설에 넣는 경우[7] 주동인물의 연령은 가장 낮다. 고교생이기 때문이다. 시간적 배경도 만세 전 해인 1918년이어서 데뷔작보다 연대가 빠르다. 그러나 계층면에서는 다른 자전소설과 비슷하다. 염상섭의 집안이 덜 군색하였을 무렵의 수준이며, 기혼자라는 것만 빼면 계층 자체가 변할 조건은 없다. 「표본실」의 김창억의 경우도 비슷하다.

---

6 「금반지」의 주동인물만 은행원이고, 나머지는 거의 다 신문기자나 교사인 만큼 「금반지」는 허구적 요소가 가미된 작품임을 알 수 있다.

7 「묘지」의 인물은 기혼자이고 아이도 있으며, 형도 소학교 교사로 설정되어 있어 자전적 소설로 분류하기에는 문제가 많으나 김윤식이 염상섭의 족보에서 「配金州李氏」의 항목을 찾아내서(『염상섭연구』, pp.241-245 참조) 「묘지」가 자전적 소설이 될 가능성이 생김. 연령, 학교 등의 조건은 작가와 같기 때문임.

(2) 비자전적 소설의 경우

그러나 비자전적 소설의 인물들은 계층에 격차가 많다. 최저층에서 최상층에 걸쳐 있어 계층의 다양성이 나타나고 있다.

작품명	학력	직업	결혼여부	동거가족
1. 제야	전문대졸	전직 중학교사	기혼	대가족
2. 해바라기	…	중학교사	…	…
3. 전화	중졸 정도	회사 회물주임	…	부부
4. 난어머니	대학생	학생	미혼	대가족
5. 고독	대학 중퇴	무직	기혼	하숙
6. 조그만 일	…	작가	…	부부
7. 남충서	제대 졸업	무직	…	대가족
8. 밥	고교 정도	무직	기혼	대가족
9. 똥파리와 그의 안해	문맹	노동자	기혼	아내와 모친 동거
10. 삼대	고교생	학생	…	대가족

① 프롤레타리아

최저층에 속하는 인물은 '똥파리' 부부(「똥파리와 그의 안해」)다. 그들은 지적인 면에서도 최저층에 속한다. 부부가 둘 다 문맹이기 때문이다. 뿐 아니라 남자는 저능아다. 지식, 지능 등에서 그는 가장 밑바닥에 속하는 인물이다. 직업도 마찬가지다. 똥파리는 물지게를 지고 다니는 달동네의 막벌이꾼이다. 그는 무식무산층에[8] 속한다. 하지만 무직은 아니기 때문에 극빈자는 아니다. 그의 비극은 저능아인 데서 오는 것이지 가난에 기인하는 것은 아니다.

---

8 김동인의 계층 분류법에 의거함. 그는 계층을 유식유산층, 유식무산층, 무식유산층, 무식무산층으로 4분함. 『김동인전집』 6권, p.154 참조.

② 룸펜 인텔리겐치아

거기 비하면 유식무산층에 속하는 인물들은 훨씬 더 비참한 생활을 하고 있다. 「조그만 일」, 「밥」 등의 인물이 그 부류에 속한다. 비자전적 소설로는 보기 드물게 일인칭 시점을 쓰고 있는 「밥」에서 화자의 눈에 비친 주인집 남자 창수는 극빈자에 속한다. 그것은 그가 생업에 힘을 쏟지 않기 때문이다. 그는 일본에 가서 몇 해를 보낸 사람인데, 사상가로서 좌절되자 노동을 하거나 농사를 지을 생각을 안 하고 속수무책으로 가족들을 굶기고 있다. 게다가 식객까지 끌어들여 가뜩이나 어려운 살림을 더 어렵게 만든다. 그래서 여기에서의 갈등은 완전히 밥 문제 하나로 귀착되고 있다. 그는 똥파리보다 더 가난하다. 하숙생과, 막벌이를 하는 동생에게 기생하는 계층이며, 그 가난은 해결될 전망이 없다는 점에서 자전적 소설에 나오는 룸펜들과 다르다. 가장의 실직 상태가 지속되기 때문에 그의 가족은 계속 프롤레타리아일 수밖에 없다. 하지만 창수는 사상가여서 지적인 면에서는 최저층이 아니다.

「조그만 일」의 경우는 지속적인 실직상태는 아니지만 돈 때문에 아내가 자살을 기도했다는 점에서 가난이 생사문제와 연결되어 있다. 「밥」에서는 주인공에게 약소하나마 부수입은 있는데 여기서는 그런 것도 전혀 없기 때문에 빈곤이 죽음과 연결되는 것이다. 문제는 아무리 가난해도 막일은 하지 않는다는 귀족취미에 있다. 길진은 더 말할 필요가 없고, 그의 아내도 막일은 할 생각은 하지 않고 잿물을 마시는 것으로 가난에 대응한다. 그들 부부는 고등교육을 받은 인텔리기 때문이다. 그 점에서 이들은 창수와 동류다. 하지만 길진네 가난은 고료가 나옴으로써 해결된다. 잠정적인 것에 불과한 것이다. 길진의 가난은 부양가족이 있다는 점과, 도와줄 부모가 없다는 점에서 「표본실」이나 「암야」의 인물들의 가난과는 질적인 차이가 있다.

그 다음이 「고독」이다. 이 소설에서는 하숙비 문제가 쟁점이 되어 있고, 실직의 원인이 사상적인 것으로 암시되어 있는 만큼 쉽게 해결될 실마리가 보이지 않아, 지속적인 가난이 예견된다. 하지만 이 소설의 표제는 「밥」처럼 형이하학적인 것이 아니며, 「조그만 일」럼 일상적인 사건도 아니다. 어디까지나 정신적 고독이 문제다. 시기적으로는 제일 앞에 놓여 있는 이 소설은 미혼자가 주동인물이 된 자전적 소설처럼 돈보다는 정신적인 면에 인물의 관심이 집중되어 있다. 경제적으로는 극빈자지만 정신적으로는 귀족이다. 「조그만 일」도 같다.

이 네 소설의 인물들은 일단 프롤레타리아 계층에 속한다는 점에서 자전적 소설의 경우보다 경제적 등급이 낮다. 김동인의 경우에도 이와 비슷한 현상이 나타난다. 자전적 소설의 경우 동인에게는 상섭보다 부유한 인물이 많은 반면에 비자전적 소설에서는 복녀나 송동이, 삶 등 최하층의 인물이 나와 염상섭보다 격차가 더 심해지지만, 자전적 소설보다 비자전적 소설의 인물들이 더 낮은 계층인 점은 비슷하다. 하지만 다른 점이 있다. 김동인은 비자전적 소설의 인물이 언제나 계층이 낮은데 반해 염상섭은 부르주아도 그리고 있는 것이다. 그는 상, 하 양쪽에서 자전적 소설에는 없는 계층을 그리고 있는 것이다.

③ 부르주아

나머지 6편의 소설의 인물들은 대부분이 부르주아 계급에 속한다. 「전화」를 뺀 나머지 소설의 인물들은 모두 부유층 자녀들이다. 남충서는 서울에서 몇째 안 가는 부호의 외아들이고, 종호는 천석꾼의 상속자이며, 덕기도 그들과 비슷하다. 최정인 역시 부유한 집 딸이고 남편도 부자다. 그래서 그들은 모두 전문교육을 제대로 받았고, 학별도 자전적 소설의 인물보다 높다. 남충서는 동경제대 출신이며, 종호와 덕기도 일류학교에 다니고 있고, 「제야」와 「해바라기」의 주인공도 그들과 비슷하다. 「전화」의 인물들만 중산층에 속한다. 자전적 소설의 대부분의 인물들이 경제적으로는 소시민이었던 것과 대조적이다.

하지만 그들에게는 신분상의 결격사항이 있다. 덕기만 빼면 모두 서자다. 그런데도 염상섭의 소설에서 이 부류의 인텔리들은 대체로 긍정적으로 그려지고 있다. 작가가 적서의 차이에 편견을 가지지 않았던 것이다. 그럼에도 불구하고 모친이 누구인지도 모른다는 것(종호), 혼혈아라는 것(충서), 사생아라는 것(정인)은 여전히 인물들의 자존심을 손상시키는 요인이다. 재산 정도와 학력의 우위성을 상쇄시키는 결격사항인 것이다.

출생 여건과 재산 정도, 학벌 등이 공통된다는 점에서 이 소설들은 모델소설일 가능성이 많다. 「제야」와 「해바라기」의 인물처럼 덕기 계열의 인물도 모델이 있었으리라고 본다. 일본이 그랬기 때문이다. 염상섭은 '배허구'의 구호 속에 갇혀 있던 일본 자연주의[9]의 영향권 안에서 자란 작가기 때문에 허구의 폭이 좁다. 김종균이 그의 모든 소설을 체험에 입각해 쓴 것으로 본[10] 이유가 거기에 있다. 염상섭은 평생을 두고 자기와 비슷한 인물이 아니면 잘 아는 주변인물들을 그렸다. 그의 인물들은 성별, 나이, 지식수준, 주거지역 등이 작가와 비슷하다. 서울 4대문 안에 사는 자기와 비슷한 나이의 인텔리 남자들이 주로 그려지기 때문이다. 다른 것은 재산이나 출생 여건이다.

---

9 졸저, 『자연주의 문학론』 1, pp.133-137, 「사실과 진실의 동일시현상」 참조.

10 "이렇게 보면 상섭은 자기 생활을 근거로 하여 실제의 진실을 기록하길 즐긴 작가란 말이 된다."   김종균, 『염상섭의 생애와 문학』, p.149.

④ 막노동자

그런 면에서 똥파리는 아주 예외적 존재다. 그 하나만이 학식이나 나이, 주거지역, 지능 정도, 출신계층 등에서 이질적이다. 비자전적 소설에서도 최저급에 속하는 인물은 똥파리 하나밖에 없다. 그는 염상섭의 세계에 나타난 유일한 문맹이며 막벌이꾼이다. 나머지 인물들은 경제적으로 밑바닥 인생을 사는 경우에도 모두 정상적인 두뇌를 가진 지식청년들이다. 정치적 여건만 바뀌면 제몫의 직무를 충분히 감당해갈 사람들인 것이다. 따라서 이 문제는 식민지라는 시대적 배경과 직결된다. 그러니까 그들은 계층 면에서 가변성을 지닌 잠정적 프롤레타리아라 할 수 있다.

자전적 소설이나 비자전적 소설을 막론하고 염상섭의 인물 중에서 최하층에 속하는 것은 똥파리밖에 없다는 것을 감안할 때, 염상섭의 인물들은 하층민을 부각시킴으로써 사실주의자들과 구별되었던 졸라와는 유사성이 없다. 그의 소설에는 나나(「나나」)나 제르베즈(「목로주점」) 같은 계층의 인물이 거의 없다. 하층민 자체가 주동인물이 되는 일이 드물기 때문이다. 그의 소설에는 인텔리 청년들이 많이 나온다. 비자전적 소설에서는 계층의 폭이 넓어져서 프롤레타리아와 부르주아 지식인이 주축이 되고 있는 반면에, 자전적 소설에서는 소시민층의 지식인이 나오는 것만 다를 뿐이다.

자전적 소설에서 소시민층의 인텔리 청년들이 많아 나오는 점에서 염상섭은 카다이, 토손과 같다. 그러나 비자전적 소설에서 부르주아 지식인들이 나오는 점은 다르다. 일본의 경우는 자전적 요소가 보다 지배적이었기 때문에 비자전적 소설은 수가 더 적고, 부르주아 지식인이 등장하는 일도 드물다. 염상섭은 카다이와 토손보다는 허구의 폭이 좀더 넓었다고 할 수 있다.

2) 인물의 유형

인물의 유형은 졸라의 분류법에 의거해서 '보바리형'과 '제르미니형'으로 나누기로 한다. 인간을 결정론의 시각에서 본 졸라는 인간의 생리적 측면을 중요시했다. 심리학이 생리학으로 대체되는 것이 스탕달과 졸라의 차이인 만큼 자연주의적인 인물형은 체질에 의해 분류되는 생리인간이 되는 것이다.[11] 인간의 생리적 측면을 부각시키기 위해 졸라가 사용한 방법은 유전의 병적 측면을 부각시키는 것이었다. 따라서 그는 정상인보다는 비정상적인 인물을 많이 다루었다. 제르미니형이 그것이다. 제르미니형과 보바리형을 나누는 기준은 생리적 측면에서 본 비정상성과 정상성이 된다.

졸라가 좋아한 제르미니형의 특징은 우선 인물들이 신경증을 가지고 있다는 것이다. 실험소설론의 견지에서 보면, 「제르미니 라세르퇴」는 늙은 하녀 제르미니의 히스테릭한 정념을 과학적으로 분석한 '정념의 임상학clinique de l'amour'[12]이 된다. 제르미니형의 두 번째 특징은 생리인간이 지니는 도덕적인 타락상이다. 나나와 제르베즈의 성적인 타락, 자크(「짐승인간」)의 살인욕 같은 것이 그것을 대표한다. 보바리형에는 병적인 측면이 없을 뿐 아니라 도덕에 대한 불감증도 없다. 상식적인 견지에서 본 보통 사람들이 보바리형에 속한다. 이런 졸라의 분류법으로 염상섭의 인물들을 분류해 보면 다음과 같다.

---

11 "Le Naturalisme au théâtre" *R. E.*, p.140.

12 "The novel is the art-form of virile maturity", George Lukács, *The Theory of the Novel*, p.71.

(1) 자전적 소설의 경우

① 보바리형

염상섭의 자전적 소설의 주동인물들은 대부분 이 부류에 속한다. 그들은 상식적이고 현실적인 인물로, 거의 모두가 감정적이기보다는 이성적이다. E선생(「E선생」)은 학생들에게 인기가 있는 교사이며, 「검사국대합실」의 주인공은 유능한 기자이고, 「윤전기」의 주인공은 신문사 편집국 의자에 앉아 파업을 시도하는 노동자들을 잘 다루고 있으며, 「유서」의 인물은 폐병에 걸린 후배를 가족처럼 돌보는 어른스러움을 가지고 있다. 루카치는 노벨을 '성인남자'의 장르[13]라고 말했다. 그런 의미망에서 보면 초기 2작을 뺀 염상섭의 자전적 소설의 인물들은 모두 노벨한 성인남자들이다. 한국 근대소설 작가 중에서 가장 어른스럽고 이성적 인물을 그려낸 이가 염상섭이라 할 수 있다. 그의 자전적 소설의 주동인물들은 젊은 사람도 평형감각을 지녔으며, 안정되어 있다. 비자전적 소설에 가면 그런 어른스러움은 더 증가한다.

예외적인 것은 초기의 「표본실의 청개고리」와 「암야」의 인물들이다. 그들은 현실에서 도망쳐 나가고 싶어 한다. 풀 스피드의 기차를 타고 무한을 향해 달려가고 싶어 하는 것이다. 그들은 신경쇠약에 걸려 밤잠을 못 자며, 자살하게 될까봐 서랍 속의 면도칼을 마당으로 내던지는 신경질적인 과민성을 드러낸다. 하지만 그것은 잠정적으로 신경이 쇠약해진 것이지 병은 아니다. 나아갈 길이 모호한 데서 오는 불안, 경제적 어려움과 정치적 현실의 암담함 때문에 생긴 절망과 우울, 불규칙한 생활, 음주와 흡연 등에서 오는 심신의 쇠약 등이 불면증으로 나타나고,

---

13 졸저, 『자연주재 문학론』 1, p.240 참조.

그것이 진전되어 신경쇠약 증상이 된 것뿐이다.

그들의 불면증은 병원에 갈 정도로 심각한 상태가 아니다. 김동인이 모르핀을 맞으면서도 며칠씩 뜬눈으로 밤을 새우는 것과는 비교도 되지 않는 가벼운 증상에 불과하다. 염상섭이 『동아일보』의 민완기자에서 오산중학의 유능한 교사로 변신한 사실에서 그 병의 정도를 짐작할 수 있다. 동아일보사에서 오산중학으로 가는 그 중간에 「표본실」과 「암야」의 햄릿적인 다민형[14] 인물이 끼어 있다. 실직 기간은 불과 두어 달에 지나지 않으며, 곧 그는 오산중학에서 정상적인 근무를 한다. "햄릿적인 다민성"에도 불구하고 그들도 역시 보바리형에 속하는 것이다.

잠정적인 햄릿 역할이 끝이 나 일단 E선생이 되면, 다시는 염상섭의 세계에 이런 유형의 인물이 나타나지 않는다. 그것은 염상섭의 체질에 맞지 않기 때문이다. 초기 2작의 인물들은 염상섭 안에 잠시 머물다 간 염상섭 속의 타인이라고 할 수 있다. 그것은 정상인의 세계에서 일탈하고 싶었던, 작가의 젊은 날의 낭만적 초상에 불과하다.

② 제르미니형

자전적 소설 속에서 이 유형의 인물을 찾는다면 그것은 「표본실」에 나오는 김창억이 될 것이다. 학식이나 출신계층, 재산 정도의 측면에서 보면 김창억도 염상섭의 자전적 소설의 인물들과 비슷하다. 하지만 그는 두 가지 면에서 그들과는 다르다. 우선 세대가 다르다. 그는 두 번이나 결혼했고, 아이가 있으며, 10년이나 직장생활을 한 경력이 있다. 한 세대 위의 인물인 것이다. 하지만 더 근본적인 차이는 그가 일종의 정신병자라는 데 있다. 그는 현실과 환상을 구별할 줄 모르며, 자아를 통

---

14 「조선근대소설고」, 『김동인전집』 6, p.152 참조.

제할 super-ego를 가지고 있지 않은 과대망상증 환자다.

그 점에서 그는 어린애와 비슷하다. 말하자면 아이로 퇴화한 어른이다. 염상섭이 예찬한 것은 김창억 안에 있는 그 아이스러움이다. 김창억은 어쩌면 염상섭이 그린 거의 유일한 아이인지도 모른다. 염상섭은 어린아이나 소년을 그리지 않는 작가다. 그 대신 그는 초기 2작에서 일상적인 것과 유리되어 있는 미혼 청년들을 그렸다. 그러나 「금반지」 이후에는 그런 청년들은 다시 나타나지 않는다.[15] 이때부터 그의 소설의 인물들은 성별과 연령의 고하를 막론하고 거의 모두 상식적인 생활인이다. 그의 세계에는 어린이가 없는 셈이다.

물론 「암야」에도 어린아이가 나온다. 연을 날리다 실패하는 이웃집 아이다. 하지만 그 애는 주동인물의 내면적 좌절감을 외면화하는 데 도움을 주는 소도구에 불과하다. 염상섭의 다른 소설에는 그런 삽화적 역할을 하는 아이도 거의 나오지 않는다. 이것은 작가도 의식하고 있는 특성이다. 「채석장의 소년」(1949)에 대해 작가가 그것이 자신의 '처음이자 마지막' 소년소설이라고 말하고[16] 있기 때문이다. 채석장에서 일하는 아이는 이미 아이가 아니라 생활인이다.

아이와 소년의 부재현상은 염상섭의 소설이 본질적으로 낭만적인 것과 거리가 먼 것임을 증명해 준다. 초기 2작에 나오던 생활과 유리된 청년들의 소멸도 같은 맥락에서 짚어볼 수 있다. 사실주의 소설은 생활인의 출현과 더불어 시작된다. 「표본실」의 주동인물과 김창억은 둘 다 생활인이 아니다. 그래서 그들은 노벨의 주인공이 될 수가 없다. 「암야」

---

15 「E선생」 이후에도 「죽음과 그 그림자」에 이와 약간 유사한 인물이 나오기 때문에 엄격하게 보면 「금반지」 이후가 됨.
16 『염상섭전집』 12, p.234.

도 마찬가지다. 「제야」에 와서 비로소 돈과 성이 정면에 나온다. 최정인은 초기 3작 중에서 가장 현실적인 인물이며, 그 반대의 극을 김창억이 대표한다. 따라서 김창억에게서는 도덕적인 타락이 나타나지 않는다.

「표본실」에서 염상섭은 김창억을 '성신의 총아'로 숭앙하고 있다. 광인에 대한 이런 예찬은 문체혼합의 견지에서 보면 '숭고성과 괴기성'의 혼합이다. 그런데 빅토르 위고의 말대로 '숭고성과 괴기성의 혼합'은 낭만주의의 가장 두드러진 특징에 속한다.[17] 그것은 광기예찬과 어린이 예찬을 공유한다. 일본 낭만주의에서도 같은 것이 나타난다. 어린이 예찬과 바보, 광인예찬 등이 그것이다. (졸저, 『자연주의 문학론』 1, p.184 참조)

일본의 전·후기 자연주의는 그 중간에 낭만주의가 끼어 있다. 그래서 일본 자연주의는 낭만주의와 뒤섞여 낭만주의적 사실주의가 되어버린다. 하지만 그런 일본에서도 일단 자연주의에 소속되는 작품에서는 광인 숭배사상이 나오지 않는다. 염상섭도 다른 작품에서는 광인숭배사상이 나타나지 않는다. 김창억은 청년 염상섭이 연령적으로 지니고 있던 낭만적 취향의 마지막 꼬리라고 할 수 있다 광인에 대한 태도에서 광기에 대한 낭만주의자와 자연주의자의 견해의 차이가 드러난다. 현실에서의 도피를 꿈꾸는 낭만주의자들은 광기를 현실이 다다르지 못하는 고지로 보고 숭상하는 데 반해, 졸라는 그것을 유전적 결함으로 보았다. 「표본실」이 낭만적 동경을 그린 소설임을 이를 통해 다시 확인할 수 있다.

부차적 인물인 김창억을 빼면 염상섭의 자전적 소설에는 생리적으로 비정상적인 인물이 하나도 없다. 김창억마저 성신의 총아로 그려져 있고, 도덕적인 하자도 없기 때문에 염상섭의 자전적 소설에는 제르미니형의 인물은 하나도 없다는 이야기가 된다.

---

17 Victor Hugo의 「크롬웰」 서문, 『불문학사조』 12, p.198 참조.

(2) 비자전적 소설의 경우

① 보바리형

여기에서도 대부분의 인물들은 자전적 소설과 같은 유형에 속한다. 역시 평형감각을 지닌 이성적 인물이 주류를 이루는 것이다. 그들은 어떤 경우에도 상식에 어긋난 행동을 하는 일이 없다. 염상섭의 주동인물들은 거의 예외 없이 현실적 안목을 지니고 있다. 그 점에서는 초기 2작을 제외한 모든 인물들이 일치하고 있다. 김윤식의 지적대로 서울 중산층 출신인 염상섭의 현실감각을 인물들도 지니고 있는 것이다.

하지만 비자전적 소설에서는 인물들이 더 현실적이다. 여기에서는 밥 문제와 돈 문제가 인물들의 갈등의 원인을 이룬다. 부르주아의 갈등은 유산분배와 밀착되어 있고, 프롤레타리아의 싸움은 밥그릇 주변을 맴돈다. 자전적 소설에서는 이런 인물들은 나타나지 않는다. 그들은 돈이나 밥 문제를 인생의 전부로 볼 만큼 물질주의자가 아니다. 2기에 가면 자전적 소설의 인물들도 현저하게 현실화되어 가지만, 1기와 마찬가지로 아무리 가난해도 자신의 물질적 욕망을 노출시키는 일은 거의 없다. 「윤전기」처럼 돈 문제 때문에 아귀다툼을 하고 있는 와중에서도 자전적 인물들은 이해타산에서 한 발짝 물러서 있다.('주제'항 참조) 이 점이 비자전적 소설의 인물들과 다른 점이다. 후자에서는 초기부터 물질주의적 인물이 나온다. 최정인이 그 대표다. 그녀는 한국소설에 나타난 최초의 호모 에코노미쿠스homo economicus라 할 수 있다.

따라서 비자전적 소설의 인물들은 자전적 소설의 인물보다 더 노벨에 적합하다. 그들은 돈과 성 문제를 감추어야 할 부끄러운 일로 보지 않는다. 어른스러운 '성인 남자'들인 것이다. 어느 모로 보아도 병적인 면이 나타나지 않는 이 일군의 인물들은 거의 모두 보바리형이다.

② 제르미니형

여기에 속할 인물은 배경, 주제 등에서도 예외적인 작품으로 평가되는 「똥파리와 그의 안해」의 주인공이다. 그는 선천적으로 지능이 모자란다. 생리적으로 결함을 지니고 있는 것이다. 하지만 김창억의 경우처럼 그에게서도 도덕적인 타락상은 나타나지 않는다. 그는 착하고 부지런한 노동자다. 남보다 더 열심히 일하기 때문에 가난하지도 않다. 염상섭의 소설에 나오는 노동자들은 대체로 룸펜 인텔리겐치아보다는 가난하지 않고 도덕적으로도 건전하다. 하지만 그들은 언제나 주변 인물로 처리되며 수적으로 열세에 놓여 있다. 똥파리만이 주동인물로 나오기 때문에 예외성을 지니는 것이다.

비자전적 소설에서 도덕적으로 가장 타락한 인물은 최정인(「제야」)이다. 유전과 환경이 타락의 결정요인으로 설정되어 있는 점, 성적인 타락이 물욕과 상승작용을 일으키고 있는 점 등에서 최정인은 염상섭의 세계에서는 가장 자연주의 소설의 인물에 가까운 유형이다. 그녀는 사생아인데다가 다른 남자의 아이를 임신하고 결혼을 하는 몰염치함을 지니고 있다. 뿐 아니다. 그녀의 결혼은 냉철한 계산과 결부되어 있다. 최정인은 염상섭의 1기의 소설에서는 찾아보기 어려운 인물형이다. 돈과 성 양면에서 타락상을 나타내는 인물이기 때문이다.

최정인은 그 밖에도 몇 가지 점에서 예외성을 지닌다. 그녀의 두 번째 예외성은 그녀의 성에 있다. 여기에서 대상으로 하는 20편의 소설은 모두 남자를 주동인물로 하고 있다. 작가와 비슷한 연령, 학력 등을 가진 2~30세의 남자들이 비자전적 소설까지 점하고 있는 것이다. 김동인은 그렇지 않다. 그의 비자전적 소설에는 복녀, 연실, 엘리자벳, 곰네 등의 여주인공들이 많은데 염상섭은 나혜석을 모델로 한 초기의 소설 두 편밖에는 여자가 주인공이 되는 소설이 없다. 그나마도 여자의 내면에 초점을 맞춘 소설은 「제야」뿐이다. 「해바라기」에서는 남녀가 비슷한 무게로 다루어져 있으며, 외면화 현상이 일어나고 있기 때문이다.

그 다음에 모델소설이라는 사실이 문제가 된다. 모델에는 없는 여건들이 덧붙여져 있기는 하지만[18] 이 소설이 모델소설이라는 데는 이의를 제기할 사람이 없다. 그리고 보면 「똥파리」도 모델소설일 가능성이 많다. 김창억도 마찬가지다. 결국 염상섭의 제르미니형에 가까운 인물들은 모조리 모델소설의 주인공이라고 할 수 있다.

하지만 똥파리와 마찬가지로 최정인도 역시 제르미니형이라고 하기는 어렵다. 그녀는 앞날이 촉망되는 예술가인데다가 명석한 두뇌를 가진 지식인이며, 지나치게 밝은 계산 능력을 가지고 있는 생활인이다. 게다가 「해바라기」에서는 가난한 폐병환자를 사랑하는 순수성도 보여 준다. 만약 자기통제 능력이 인간의 정상성을 가늠하는 잣대가 된다면, 최정인은 너무나 분명한 정상인이다. 그녀는 자유의지를 가지고 있어 모든 일을 원하는 대로 처리하는 자유인이다. 그녀의 부도덕성도 스스로 목숨을 끊으려는 자기반성에 의해 구제된다. 졸라의 파스칼 박사[19]처럼 정인은 유전의 사슬을 끊을 초자아를 지니고 있다. 그녀를 닮은 다른 여인들도 대체로 의지력이 강하다. 같은 유형에 속하기 때문이다.[20]

정인의 도덕적 타락도 유전 때문이라기보다는 당시에 유행하던 성 해방 이론에 기인한다고 보는 편이 타당하다. 이광수, 김동인, 염상섭 등이 시기의 다른 남성 작가들의 작품에는 이런 유형의 신여성들이 많이 나오고 있기 때문이다. 남녀동등권의 확보를 성의 개방을 통해 얻으려

---

18 첩의 소생으로 설정되고, 임신으로 인해 집에서 쫓겨난 것 등은 모델과 다른 점이다.

19 *Les Rougon-Macquart* 마지막 권인 「Le Docteur Pascal」의 주인공이다.

20 김동인도 염상섭의 여인들을 '정열이 없는 리지적 녀자'로 보았으며, 그것을 그의 여인들의 공통되는 속성으로 간주했다. 『김동인전집』 6, p.152.

한 초창기 여류들의 관념적 잘못을 동시대 남자들이 부정적으로 그린 것뿐이어서, 생리적 결함과 결부된 제르미니형의 병적 타락현상과는 구별되어야 한다.

다른 작가들과 마찬가지로 염상섭에게는 신여성에 대한 부정적 사고가 깊게 자리잡고 있었다. 최정인류의 인물에 대한 염상섭의 시각은 「삼대」 이후의 소설에도 그대로 나타난다. 「해바라기」의 영회, 「삼대」의 김의경 등은 모두 최정인의 동류다. 이런 여성상은 자전적 소설에도 나타난다. 「검사국대합실」에 나오는 이경옥이다. 하지만 그들은 대부분이 부차적 인물이다. 그 점에서 「제야」와 「해바라기」는 예외성을 드러낸다. 주동인물이 여성이기 때문이다.

도덕적 타락상을 나타내는 또 하나의 인물군은 부르주아를 다룬 소설에 나오는 아버지들이다. 이 부류의 소설들은 한결같이 아버지의 축첩생활에서 빚어지는 유산상속상의 갈등을 다루고 있다. 「삼대」의 조상훈이 그 대표적 인물이다. 교육자이면서 교회 일도 보는 상훈은 독립운동가의 딸을 임신시켰고, 은근짜집에 드나들며, 집의 금고문을 부수고 땅문서를 훔쳐내서 철창에 갇히기도 하는 인물이다. 그러나 그는 정신병자는 아니다. 급격한 개방사조와 유교적 규범 사이에서 정신적 파탄을 일으킨 과도기 시대의 희생자일 뿐이다.

상훈형의 아버지들은 모두 부차적 인물이다. 부르주아를 다룬 소설에서도 남자 주인공들은 심신이 건강하다. 대부분이 서자인데도 그들은 학업성적이 우수하고, 어른스러우며, 사회주의에도 심정적으로 동조하는 심퍼타이저들이어서 최정인처럼 도덕적으로 지탄받을 짓은 하지 않는다. 신여성인 최정인과는 반대로 이 부류의 남성인물을 작가는 선호한다.

그리고 보면 비자전적 소설에도 제르미니적인 인물은 거의 없다는 것이 분명해졌다. 똥파리에게서는 생리적 결함이, 최정인에게서는 도덕적 타락이 나타나지만, 두 가지를 함께 가진 인물은 없으며, 그 결함의 정도와 타락의 양상이 제르미니형과는 격차가 있다. 부차적 인물들에서는 도덕적으로 지탄받을 인물이 많으나 역시 병리적 단계에 다다른 인물은 없기 때문에 제르미니형은 없다고 해도 과언이 아니다.

자전적 소설, 비자전적 소설을 막론하고 염상섭의 소설에는 극단적인 인물이 잘 나오지 않는다. 그의 세계에는 허황한 이상주의자도 없고, 물불을 가리지 않는 열정형도 없다. 돈키호테도 베르테르도 없는 것이다. 뿐 아니다. 염상섭의 소설에는 천재도 장사도 없고, 천치나 불구자도 없다. 자전적 소설에서는 그런 경향이 더 두드러지는 것뿐이다. 염상섭은 인물의 계층뿐 아니라 유형에서도 시기에 따라 변하는 일이 없기 때문에 1, 2기를 함께 다루었다. 극단적인 인물 기피현상은 염상섭의 전 작품에 해당되는 특징이다.

그 점에서 염상섭은 김동인과 대척적이다. 김동인이 보통사람을 싫어하고 극단적인 인물형을 선호한 데 반해 염상섭은 항상 보통사람의 일상사에 관심을 기울였다. 염상섭의 인물들은 이상적인 아름다움을 추구하다 살인을 하고 미쳐버리는 솔거 같은 인물들과는 거리가 멀다. 그들은 현실에 굳건하게 발을 디디고 있는 생활인인 것이다.

두 작가의 인물형의 차이를 가장 잘 나타내는 것이 김동인의 연실(「김연실전」)과 염상섭의 정인(「제야」)이다. 이 들은 개인적, 시대적 환경이 비슷하다. 부정적으로 다루어지고 있는 점도 닮았다. 하지만 현실감각은 다르다. 연실이 신여성이 되려는 꿈을 쫓느라고 디디고 설 땅을 상실하는 동안에, 정인은 돈 많은 남자의 후처 자리에 안착한다. 오자키 고요의 「금색야차金色夜叉」[21]의 히로인과 비슷한 결혼을 하는 것이다. 전자가 돈키호테라면 후자는 로빈슨 크루소와 비슷하다.[22]

김동인의 인물 중에는 제르미니형이 많은데 염상섭은 그렇지 않다. 염상섭의 세계에는 솔거나 백성수 같은 천재적인 예술가도 없고, 대원군이나 수양대군 같은 야심에 찬 영웅적인 정치가도 없다. 최서방(「포플라」) 같은 충동적인 범죄자도 없고, 삵(「붉은 산」) 같은 망나니도 역시 없다. 염상섭의 인물들은 예외 없이 모두 보바리형이다. 일본 자연주의와 인물형과 유사한 것이다. 염상섭의 인물들을 계층과 유형면에서 고찰해보면 다음과 같다.

A : 자전적 소설의 경우

가) 성별과 연령 : 전부 20~30대의 남자(대부분이 미혼)

나) 학력 : 고교생 1명, 고졸 혹은 전문학교 중퇴 정도가 9명

다) 경제적 여건 : ① 잠정적 룸펜 2명

② 샐러리맨 5명(중학교 교사, 신문기자, 은행원)

③ 소설가 2명

④ 고교생 1명

B : 비자전적 소설의 경우

가) 성별과 연령 : 20~30대의 남자(대부분이 기혼자) 8명, 20대의 기혼여자 2명

나) 학력 : 고교생 2명, 전문대생 1명, 전문대졸 2명, 전문대 중퇴 정도 3명, 문맹 1명

다) 경제적 여건 : ① 막벌이꾼 1명

---

21 일본작가 尾崎紅葉의 소설 이름. 돈 때문에 애인을 버리는 여자가 나온다.
22 그는 무인도에서도 열심히 장부를 적는 전형적인 자본주의적 인간형이다.
   I. Watt, *The Rise of The Novel* 3장, "Robinson Crusoe, individualism, and the novel", p.65 참조.

② 룸펜 인텔리겐치아 3명

③ 중산층 1명

④ 부르주아 5명

여기에서 우선 눈에 띄는 것은 남자 주인공의 수적인 우세다. 나혜석을 모델로 한 2편의 소설을 빼면, 자전적 소설과 비자전적 소설을 막론하고 모조리 남자가 주동인물이다. 불란서의 자연주의 소설들이 결정론을 효과적으로 부각시키기 위해 여주인공을 많이 쓴 것과 대조적이다. 남주인공이 우세한 현상은 사소설이 주축이 된 일본과 유사성을 나타낸다. 자연주의 그룹에는 여류작가가 없었기 때문에 일본의 자연주의기의 사소설은 남자가 주동인물이 되는 것이 상식이었다. 비자전적 소설의 경우도 비슷하다. 연령에서는 「이불」의 인물보다는 염상섭의 인물들이 더 젊다. 다야마 카다이가 이 소설을 집필하던 나이보다 염상섭이 더 젊었던 데 기인한다. '무각색', '배허구'의 구호가 카다이와 염상섭에게 똑같이 적용된 원리였음을 확인할 수 있다. 다음은 주동인물의 학력이다. 염상섭의 세계에서는 남녀를 막론하고 고등교육을 받은 인물이 많다. 인텔리가 주축이 되는 점에서는 자전적 소설, 비자전적 소설이 공통된다. 무식한 사람은 똥파리밖에 없다. 역시 졸라보다는 카다이, 토손과 비슷한 것이다. 경제적인 측면에서는 자전적 소설과 비자전적 소설 사이에 약간의 차이가 나타난다. 자전적 소설에서는 사무직 샐러리맨이 많아 중산층이 주축을 이루는데, 비자전적 소설에서는 프롤레타리아와 부르주아로 양분되고 소시민은 적어서 계층간의 거리가 보다 넓다. 염상섭의 소설에서 막노동자가 주동인물이 된 것은 「똥파리」밖에 없다는 점에서 경제적인 면에서도 졸라의 마카르계와는 동질성을 지니지 않는다. 마카르계의 인물들은 무식무산자 계층에 속하기 때문에 학력, 재산 정도 등에서 염상섭과는 공통성이 거의 없다.

일본 자연주의와의 관계는 자전적 소설과 비자전적 소설을 분리하여 비교해야 한다. 자전적 소설의 경우는 성별, 학력, 경제적 여건 등 모든 면에서 염상섭과 카다이와 토손의 인물들은 유사성을 나타낸다. 비자전적 소설의 경우도 성별, 학력 등은 같으나 경제적 여건만이 좀 다르다. 염상섭 쪽이 계층 간의 간격이 좀더 벌어지고 있다. 일본에서는 소시민 계층의 '반지식인'이 주로 나오는데 염상섭은 부르주아와 프롤레타리아가 많다. 이는 염상섭이 비자전적 소설을 더 많이 쓴 것과도 관련이 있다고 할 수 있다. 바꿔 말하자면 염상섭 쪽이 허구의 폭이 더 넓었다는 뜻이 된다. 이 점만 빼면 인물의 계층면에서 염상섭은 카다이와 토손 등과 모든 면에서 유사성을 나타낸다.

이런 경향은 인물의 유형면에서도 나타난다. 염상섭의 세계에는 예외적인 인물이 거의 없다. 자전적 소설에서는 「표본실」과 「암야」의 인물들이 신경쇠약 증세를 잠시 나타내고 있지만 그들은 선천성 신경증 환자는 아니다. 비자전적 소설의 주동인물 중에서 선천적 결함을 지닌 인물은 똥파리뿐이며, 도덕적 결함을 지닌 인물도 나혜석을 모델로 소설밖에 없다. 이런 점에서 「똥파리」, 「제야」, 「해바라기」 등은 예외적인 작품이라 할 수 있다. 하지만 최정인은 어느 모로 보아도 정상인의 범주에 들고 있기 때문에 염상섭의 세계에서 제르미니형에 가장 가까운 인물은 똥파리다. 그런데 그에게서는 부도덕성이 검출되지 않는다. 이것은 종결법에서도 입증된다. 「똥파리」는 비극적으로 끝나지 않는다.(ꞌ종결법ꞌ항 참조) 부차적인 인물 중에서는 김창억과 조상훈이 제르미니형에 가깝지만 전자의 광기는 예찬의 대상이 되어 있고, 후자의 방탕은 급변하는 시대 속에 대한 불적응증의 성격을 띠고 있어 유전과는 관련이 없다.

그리고 보면 염상섭의 대부분의 인물은 보바리형에 속한다는 결론이 나온다. 따라서 졸라와는 연관성이 희박하고 카다이, 토손과 유사성을 나타낸다. 계층면도 마찬가지다. 염상섭의 인물들의 동류는 프랑스 자연주의의 인물들이 아니라 일본의 것임을 재확인하게 된다.

김동인은 다르다. 동인의 인물들은 극단적 성향을 지니고 있으며, 비자전적 소설의 인물들은 계층, 유형, 성별 등에서 졸라의 인물들과 유사점을 다분히 지니고 있다. 「포풀라」의 최서방이나, 「붉은 산」의 삵 등은 계층과 유형에서 졸라와 근사치를 지니는 인물들이며, 솔거(「광화사」)나 백성수(「광염 소나타」) 등도 마찬가지다.[23] 졸라이즘을 자연주의라 부를 때, 염상섭은 자연주의자라 할 수 없지만, 김동인은 그 범주에 넣을 수 있는 이유 중의 하나가 거기에 있다. 염상섭은 자전적 소설, 비자전적 소설의 구분 없이 인물의 계층이나 유형면에서 졸라와는 근사치를 나타내지 않기 때문이다.

---

[23] 김동리는 이들까지 자연주의적인 인물로 봄.
「자연주의의 구경」, 『문학과 인간』, pp.5-26 참조.

2. 배경—'여기, 지금'의 크로노토포스Chronotopos[24]

불란서의 사실주의, 자연주의계 소설의 특징 중의 하나는 배경의 당대성과 근접성에 있다. 거울의 문학이니까 '여기, 지금here and now'의 시간과 공간에서 일어나는 일들만을 작품의 대상으로 삼은 것이다. 뒤랑티Duranty의 말대로 리얼리즘 소설은 "자기가 살고 있는 시대le temps où on vit와 사회적 환경milieu social을 정확하고, 완벽하고, 진지하게 재현하는 것"[25]을 목표로 삼는다. 따라서 시간적인 배경으로는 당대(지금)를, 공간인 배경으로는 작가와 친숙한 곳(여기)을 기본으로 한다. 졸라는 시공간에 관한 것은 뒤랑티의 의견을 그대로 받아들이고 있음을 그의 『실험소설론』을 통해 확인할 수 있다.

자연주의계의 소설에 나타나는 '지금'의 시간은 객관적, 외면적 시간

---

24 M. M. Bakhtin의 용어로 "the intrinsic connectedness of temporal and spatial relationships that are artistically expressed in literature"(*The Dialogic Imagination-Four Essays*, p.84)를 의미함.

25 *Naturalisme*(P. Cogny), p.3에서 재인용.

이다. 역사적, 전기적 시간, clock time을 의미하는 것이다.[26] 뿐 아니라 그것은 작가의 삶과 병행한다. 서사시나 역사소설처럼 과거의 시간을 대상으로 하는 것이 아니라 '작가의 당대의 현실'을 그리는 것이 리얼리즘계 소설의 특징이다. 졸라의 표현을 빌자면 '현실성의 원리formule actuelle'에 의존하고 있는 것이다.[27]

공간의 경우도 작가의 삶의 현장과 조응되는 것이 원칙이다. 작가가 실지로 살고 있는, 혹은 살아본 일이 있어 잘 알고 있는 친숙한 장소를 배경으로 택하는 것이다. '여기'의 공간은 모험소설처럼 이국이나 타향이 아니다.[28] 리얼리즘 소설은 모사mimesis의 원리에 입각해 있기 때문에 대상과 근접성을 지녀야 한다. 따라서 작가가 성장한 곳이나 현재 살고 있는 곳의 주변이 배경으로 채택되는 것이 바람직하다. 재현을 위해서는 대상이 눈 앞에 있어야 하기 때문이다. 에밀 졸라의 『루공-마카르』시리즈의 무대는 주로 작가가 유년기를 보낸 엑상 프로방스(플라상스)와 청·장년기를 보낸 파리다. 플로베르의 「보바리 부인」의 무대도 작가가 살고 있는 고장, 나서 자란 고향 근처다. 그들의 후예인 모리악이 보르도의 랑드 지방을 무대로 하여 작품을 쓴 것도 같은 맥락에서 짚어 볼 수 있다. 그는 한 걸음 더 나아가 자신의 집을 작중인물의 거처로 허구화하는 일이 빈번할 만큼 모르는 장소를 철저하게 기피했다. 리얼리즘계의 소설에서는 작가가 잘 모르는 장소가 배경이 되는 경우 철저한 현장검증이 요구된다. 그렇게 하여 써진 예가 「제르미날」이나 「살람보」 같은 작품이다.[29]

---

26 *Time in Literature*(H. Mayerhoff), pp.4-5 참조.
27 졸라는 플로베르가 현대소설에 현실성의 원리를 확립해 놓았다고 칭찬하였다.
R. E., p.148.
28 바흐틴, 앞의 책, p.89 참조.

배경의 당대성과 근접성의 원리는 일본의 자연주의에도 그대로 해당된다. 사소설이 주축이 되고 있기 때문에, 배경의 '여기-지금'의 원리는 모든 소설에 자동적으로 적용되는 것이다. '배허구'의 구호를 지녔던 일본 자연주의에서는 자전적인 소설이 주류를 이루기 때문이다. 일본에서도 비자전적인 소설의 경우에는 현장답사와 스케치 여행이 필수적이어서 동시대인이 대상이 되었다. 「시골교사」, 「파계」가 그런 케이스에 해당된다.

하지만 프랑스와 일본의 자연주의는 공간적 배경의 넓이와 다양성의 차원에서 큰 격차가 나타난다. 전자의 경우에는 뒤랑티의 말대로 '사회적 환경'을 재현하는 것을 목적으로 하니 범위가 넓어지는 것이다. 졸라는 발자크처럼 자기가 살고 있는 사회를 '전체적으로' 재현하기 위해 제2제정기의 프랑스의 구석구석을 작품의 무대로 삼았다. 증권거래소, 백화점, 탄광, 농장, 도매시장, 경마장 등 전인미답의 장소들까지 노트를 들고 찾아다니며, 자기가 살고 있는 시대의 자기 나라의 모든 면을 폭넓게 재현하려고 노력했기 때문에 그의 『루공-마카르』 시리즈는 제2제정기의 불란서의 '사회적 벽화'가 되는 것이다.(『자연주의 문학론』 1, pp.186-190 참조)

그런데 일본의 경우에는 사회를 전체적으로 그리려는 노력이 부족했다. 사회적 환경을 재현하려는 노력 대신에 사회성 자체가 거세되는 현상이 일어난 것이다. 토손의 「파계」 계열이 아니라 카다이의 「이불」 계열이 자연주의의 주도권을 쥐게 되기 때문이다. 그래서 사회에 대한 관심 대신에 개인의 내면에 초점을 맞추는 사소설이 자연주의를 대표하게

---

29 졸라는 이 작품을 쓰기 위하여, 그 배경이 되는 Anjin에 일주일가량 머물면서 취재를 했다.　　　　　　　　　　　　　　　　　　　*Naturalisme*, p.6 참조.

되는 기현상이 생겨난다. 이런 현상은 공간적 배경을 좁게 해서 아예 옥내로 한정시키는 경향을 만들어낸다. 토손의 「家」처럼 규모가 큰 장편소설에서도 작가는 자신이 그 소설에서 "옥외에서 일어난 일은 일체 빼버리고 모든 것을 옥내의 광경으로만 한정시키려 했다."[30]고 말하고 있다. 공간적 배경을 옥내로 한정하는 것이 의식적인 원리로 사용되고 있음을 확인할 수 있다. 그 결과로 일본 자연주의 소설의 배경은 지나치게 좁아져서 옥내의 세밀화로 끝나, 사회에 대한 관심에서 이탈하게 된다. 토손은 후일에 옥내를 벗어난 곳으로 무대를 확산시킨 소설을 썼지만, 자연주의기에는 그리 하지 않았다.

우리나라의 경우는 어떠했는지를 확인하기 위해 염상섭의 소설에 나타난 배경의 특성을 살펴보면, 배경의 당대성과 근접성의 원리는 너무나 철저하게 지켜지고 있음을 알 수 있다. 그는 역사소설을 쓴 일이 없기 때문에 시간적 배경이 당대를 벗어난 일이 없다. 당대성의 측면에서 보면 염상섭은 졸라를 오히려 능가한다. 졸라의 『루공-마카르』는 제2제정기를 대상으로 계획된 소설인데, 그가 이 소설의 1권을 내기도 전에 제2제정이 무너져 버렸다.(1870) 졸라는 할 수 없이 1871년부터 1893년에 걸쳐 계획대로 '제2제정기의 한 가족의 역사'를 20권의 소설로 쓰게 된다. 따라서 마지막 부분의 소설들을 기준으로 하면 졸라는 자신이 설정한 배경보다 20여 년이나 간격이 있는 시대를 배경으로 하고 있는 셈이다. 물론 그 시대는 졸라에게는 모두 당대다. 그러니 문제는 그가 '제2제정기'라고 시간적 배경을 한정 지은 바 있다.

거기에 비하면 염상섭의 당대성의 폭은 아주 좁고 철저하다. 그는 대체로 3년 이내에 일어난 이야기만 작품화한다는 것을 자전적 소설, 모

---

30 吉田精一, 『自然主義の研究』 하, p.11.

델이 뚜렷한 소설의 발표 연대와 체험과의 거리를 측정해 본 다음 〈표 1〉을 통하여 확인할 수 있다. 체험이 직접적으로 투영되지 않은 작품의 경우도 이에 준하였으리라는 추측이 가능한 것은 모델소설의 경우에 비추어 짐작할 수 있다. 염상섭이 당대성의 원리를 철저하게 지켜나간 것은 그의 소설의 주동인물들이 작자와 더불어 나이를 먹어가고 있는 데서도 확인된다.

〈표 1〉

작품명	발표연대	체험과의 거리
표본실의 청개고리	1921. 8~10	1년 미만[31]
암 야	1922. 1	약 2년[32]
제 야	1922. 2~6	2년 미만[33]
E 선생	1922. 9~2	약 1년
해바라기	1923. 7~8	약 3년
검사국대합실	1925. 7	약 1년[34]
윤전기	1925. 10	약 1년
유 서	1926. 4	1년 미만[35]
숙박기	1928. 1	1년 미만

공간적 배경의 근접성도 이와 비슷하다. 작가가 남포에 가면 소설의

---

31 염상섭이 오산에 간 것은 1920년 9월이고, 「표본실의 청개고리」를 쓴 것은 1921년 5월임. 오산을 떠난 것이 1921년 7월이므로 「E선생」과는 약 1년간의 거리가 있음.
32 「암야」는 1919년 10월에 쓴 것으로 되어 있는 만큼 발표 연대와의 거리가 2년 정도 된다.
33 모델인 나혜석이 결혼한 것이 1920년 4월 10일이므로 2년 미만이 타당하며, 「해바라기」와는 3년 정도의 상거가 있음.　　　　　　　　　　김윤식, 『염상섭연구』, p.26 참조.
34 「검사국대합실」과 「윤전기」는 『시대일보』 시대(1924년)와 연결되므로 약 1년의 거리가 있다.
35 염상섭이 동경 교외의 닛포리日暮里에 산 것이 1926년이고, 시내로 들어온 것이 1927년이므로 「유서」와 「숙박기」는 모두 1년 안에 쓰인 것이다.

배경도 남포가 되고, 작가가 오산에 가면 소설의 배경도 오산이 되며, 작가가 동경에 가면 소설의 배경이 동경이 되고, 작가가 만주에 가면 배경도 만주가 된다. 하지만 염상섭이 가장 많은 시간을 보낸 고장은 서울이다. 서울도 주로 4대문 안이었기 때문에 그의 대부분의 소설은 서울의 중심부를 무대로 하고 있다. 작가의 생활공간과 작중인물의 활동공간이 완전히 일치되는 것이다. 염상섭에게는 자신이 모르는 고장을 무대로 한 작품이 거의 없다. 그에게는 이국취미도 없고, 관광취미도 없다. 김동인의 경우, 동경 여행이나 만주 여행은 실용성과는 무관한 일종의 '산보'다. 염상섭에게는 그런 여행도 거의 없었다. 그는 금강산에도 가본 일이 없다고 고백하고 있으며, 그 이유로 가난을 들고 있다.[36] 하지만 경제적인 여유가 있었다 하더라도 염상섭은 관광여행을 즐길 타입이 아니다. 그에게는 자연에 대한 관심이 없다. 따라서 염상섭의 작품의 공간적 배경은 시종일관하게 그 자신이 생활하고 있는 곳과 밀착되고 있다. 염상섭은 '여기, 지금'으로 한정되는 리얼리즘계의 소설의 원칙에 전적으로 부합되는 작가다.

그는 2기 이후에 거의 작풍에 변화가 없는 작가여서 그의 소설에 나타나는 시공간의 양상을 구명하는 작업도 1기와 2기 사이의 차이를 밝히는 것으로 족하다. 2기와 3기의 작품들 사이에는 차이가 없는 반면에 1기와 2기의 사이에는 엄청난 차이가 있기 때문에, 여기에서는 주로 그 차이를 밝혀서 염상섭과 자연주의의 관계에 초점을 맞추려 한다. 염상섭의 소설에 나타난 크로노토포스의 양상은 ① 노상路上의 크로노토포스, ② 옥외와 옥내가 공존하는 크로노토포스, ③ 옥내의 크로노토포스의 세 유형으로 나타난다.

---

36 「세 가지 자랑」 참조.

1) 공간적 배경의 협소화 경향

(1) 노상의 크로노토포스

염상섭의 소설의 공간적 배경은 여로에서 시작된다. 처녀작 「표본실의 청개고리」가 여로의 구조를 가지고 있는 것이다. 그러나 그에게는 여로의 구조를 가진 작품이 많지 않다. 1기에 쓰인 「표본실」, 「해바라기」, 「묘지」의 3편밖에 없다. 2기에 가면 여로의 구조는 없어진다. 「삼대」처럼 동경에 가는 경우에도 소설 속에서 그 여행의 노정은 생략되어 버린다. 여로의 소멸과 함께 염상섭의 공간적 배경은 점차 좁아져서 마지막에는 옥내로 국한된다. 여로의 구조를 가진 위의 소설들에 나타난 시간과 공간의 관계를 살펴보면 〈표 2〉와 같다.

〈표 2〉

작품명	여행 경로	작품 속의 시간
1) 표본실의 청개고리	서울-평양-남포-평양-북국의 한촌(오산)	3일, 그리고, 2개월 후
2) 해바라기	서울-목포-H군	1주일 이내
3) 묘지	동경-고베-시모노세키-부산-김천-서울-동경	2주 정도

① 이국을 포함하는 크로노토포스 - 「묘지」

세 편의 소설 중에서 공간의 넓이를 기준으로 하면 「묘지」가 제일 앞선다. 동경에서 고베를 지나 시모노세키를 거쳐, 부산, 김천, 서울로 오고, 다시 동경으로 돌아가는 긴 여로를 무대로 하고 있기 때문이다. 염상섭의 소설 중에서 「묘지」는 이국이 포함되는 여로를 그린 유일한 작품이라고 할 수 있다.[37] 나머지 2편은 모두 국내에서의 여로를 다루고 있기 때문이다.

하지만 「묘지」에 나타난 이국은 그리스의 로맨스에 나오는 '모험적인 시간 속의 이국의 세계an alien world in adventure time'와는 성격이 아주 다르다. 그리스 소설에서는 이국만이 무대가 되고 있다. 뿐 아니라 그곳은 진기하고 놀라운 물건들이 가득한 비현실적인 세계다.[38] 거기에서는 모든 사건이 우연의 힘에 의해 발생한다. 그러나 「묘지」의 여로에는 그런 우연적 요소는 존재하지 않는다. 이인화는 모험을 하기 위해 여로에 나선 것이 아니다. 그는 시험을 앞둔 학생인데도 불구하고 아내가 위독하다는 전보가 와서 할 수 없이 기차를 탄다. 따라서 그 여행에는 행선지가 정해져 있고, 그에게는 현실적인 여행 목적이 있다. 도중에서 을라에게 들르는 것, 시모노세키에서 짐을 조사받는 것, 김천에서 형의 마중을 받는 것, 서울역에서 내려 집으로 가는 것 등은 모두 예상되었던 사건들이다. 거기에는 '갑자기suddenly', '때마침by chance'의 반복에서 생겨나는 극적인 사건은 존재하지 않는다.[39] 그 여정에 나오는 어느 고장도 추상적인 장소가 아니다. 그것들은 기차의 진행방향을 따라 순차적으로 나타날 수밖에 없는 분명한 현실의 지지적인 공간이다. 그 세계에는 어떤 신기한 물건도 없다. 동경-서울의 여행은 그가 방학 때마다 하는 고정된 코스에 불과하다.

뿐 아니다. 동경-코베-시모노세키의 공간은 이국이면서도 이국이

---

37 여기에 포함되지 않은 신문연재 장편소설은 해당되지 않음.

38 Greek romance의 세계는 진기하고 놀라운 물건들로 가득 차 있다.

Bakhtin, 앞의 책, p.88 참조.

39 Greek romance의 플롯은 'suddenly'와 'by chance'에 의해 연결되는 구조를 가지고 있다. 따라서 그것은 'chance time'의 성격을 지니고 있다. 같은 책, pp.92-94 참조.

아니다. 같은 정부가 지배하는 지역 안인 만큼 이국이라고 할 수는 없다. 이 사실은 작가가 이인화의 귀국을 '귀성'으로 보고 있는 데서 입증된다. 동경은 이인화의 또 하나의 생활공간이다. 문제는 그곳이 조국도 이국도 아니며, 적국이면서 동시에 유토피아로 느껴지는 복합적 의미를 지니는 데서 생겨난다. 거기에 무덤처럼 느껴지는 부산-김천-서울의 공간이 지니는 이중성이 중첩된다.

이런 공간적 배경의 복합적인 특성은 시간의 문제와 얽혀진다. 이 소설의 제목이 공간표제인 「묘지」에서 시간표제인 「만세전」으로 바뀐 사실이 그것을 입증한다. 3·1운동이 일어나기 전 해인 1918년 겨울이라는 구체적인 시점이 지니고 있는 시간적 특성이 공간적 배경의 성격까지 규정하는 것이다.

동경-고베-시모노세키-부산-김천-서울의 여섯 도시를 통과하면서 이인화가 느끼고, 보고, 체험한 것은 만세 전 해 겨울의 식민지의 정치적 상황이다. 그것은 1918년의 한국만의 '특별한' 시공간이다. '식민지적 공간'과 '만세 전 해의 시간'이 소설의 크로노토포스의 특성을 이룬다. 한, 일 두 나라의 여섯 도시를 통하여 1918년의 식민지의 사회적 환경이 파노라믹하게 재현되어 있는 것이다.

「묘지」의 크로노토포스의 두 번째 특징은 1918년의 한국인의 주거공간 안에 있다. 거기에는 조혼한 아내, 선산에 집착하는 아버지, 환도를 차고 교단에 서는 형, 친일성을 지닌 식객 등이 거기에 모여 있다. 공동묘지 문제가 쟁점이 되고 있는 특정한 시간 속의 이 내부공간은 폭이 좁다. 여로가 이동성 공간이라면 옥내는 정착성 공간이며, 여로가 파노라믹하게 시대를 재현한다면, 옥내는 시대의 보다 세밀하고 구체적인 측면을 노출시키는 공간이다.

염상섭의 세계는 이 두 공간으로 이루어져 있다. 1기에는 이동공간이 우세하나, 2기에 가면 이동공간은 사라지고 정착공간만 남는다. 「묘지」
가 1기와 2기의 과도기적 시점을 차지하는 이유 중의 하나가 공간이 지
니는 이런 이중성에 있다고 할 수 있다.

② 타향의 크로노토포스

「표본실」과 「해바라기」에서의 여로는 국내로 한정되어 있다. 여로의
길이가 그만큼 축소된 것이다. 「표본실」은 서울-평양-남포-평양-
북국의 한촌(오산)으로 되어 있어, 서울을 기점으로 한 북행의 여로이다.
「해바라기」는 반대로 서울-목포-H군으로 되어 있는 남행의 여로다.
①의 경우와 마찬가지로 여기의 도시들도 현실성, 구체성을 지닌 지지
적 공간이다.

이 두 소설과 「묘지」를 구별하는 중요한 차이점은, 여기에는 이동공간
만 있고 정착공간이 없다는 데 있다. 「표본실」의 정착공간은 미혼남자이
혼자 있는 하숙방이다. 거기에서 그는 멀리에서 오는 편지를 읽고 있다.
그곳에는 생활도 일상성도 없다. 따라서 이 소설에서 그 방이 차지하는
비중은 아주 가볍다. 「해바라기」에는 그나마도 없다. 신혼부부가 호텔에
서 1박하고, 신혼여행을 간 행선지에서 이 소설은 끝나고 있다.

두 번째 차이점은 여로의 중간에 있는 도시의 외부적 상황이 그려져
있지 않다는 데 있다. 조선 노동자를 유인하는 일본 거간꾼들의 연락선
안에서의 대화, 일본식 건물이 늘어가는 부산의 거리, 일인 행세를 하는
혼혈의 작부, 묶여 있는 사상가를 태운 기차칸 등을 통해 나타나는 외
부적 현실이 이 소설들에서는 생략되어 있기 때문에, 시간적 배경과의
유대가 결여되어 있다. 공간의 경우도 마찬가지다. 두 소설의 인물이
모두 사회적, 역사적 현실에 대한 관심을 가지고 있지 않기 때문에 시
간도 공간도 인물과 연결되지 못하여 겉돌고 있다. 그래서 여기에 나오

는 시간은 흔적을 남기지 않는 진공의 시간이며, 공간 역시 진공지대의 추상성을 지니고 있다.

현존하는 도시를 통해 기차시간에 얽매이며 여행하는 데도 허공을 떠도는 것처럼 시공간이 겉도는 것은 이들의 여행이 외부적 상황과 무관한 성격을 지니고 있는 데 기인한다. 「표본실」에서 여로는 현실에서의 이탈을 의미한다. 따라서 그 끝에 있는 것은 어떤 장소가 아니라 광인이다. 풀 스피드로 아무데나 달려가고 싶어 떠난 여행에서 '나'는 정신적으로 현실의 질곡을 완전히 벗어난 광인 김창억을 만나고 그를 부러워하며 그를 숭배한다. 그 사람 이외의 것은 모두 '나'의 관심 밖에 있다. 외부에 대한 관심의 결핍은 시대와 환경에 대한 관심의 결핍을 의미한다. '나'는 자신의 내면에만 관심이 집중되어 있는 주아주의자다. 따라서 이것은 자아찾기의 순수한 내면적 여행이다.

「해바라기」의 경우는 과거를 향한 여행의 성격을 지니고 있다. 따라서 '지금, 여기'의 사회적 여건은 역시 관심권 밖으로 밀려나 있다. 그점에서 이 두 소설의 여로는 공통성을 가진다. 둘 다 자신의 내면으로 정신력을 집중시키고 있는 것이다. '먼 곳'과 '지난날'을 동경하는 이들의 내면적 여행은 다분히 낭만적, 제의적 성격을 지니고 있다. 평론을 통해 염상섭이 개성을 지상선이라고 주장하던[40] 시기의 소설이기 때문이다.

외부적 현실에 대한 무관심은 이 소설들이 노벨이 되는 것을 방해한다. 리얼리즘계의 소설의 특성은 우선 외부적 현실을 객관적으로 그리는 데 있기 때문이다. '먼 곳'과 '지난날'에 집착하는 이 소설들은 내면적, 주관적 시간에 지배되어 있어 추상적이며, 비일상적이다.

---

40 「지상선을 위하여」 참조.

시간적 순서로 보면, 「묘지」는 ②의 비현실적, 감정적 여행 뒤의 세계에 속한다. 발표 연대로 보아도 순서가 들어맞는다.[41] 「묘지」에 와서 비로소 외부적, 현실에 대한 관심이 나타나며, 죽은 아내의 장례 절차 같은 현실적인 일들을 결정해야 하는 성인의 세계가 풍속성과 함께 출현하면서 주아주의적인 인물들이 자취를 감춘다. 이 작품에서 처음으로 처자를 가진 인물이 등장하는 것도 우연한 일이라고 할 수 없다.

처자를 거느린 성인의 세계는 생활인의 세계다. 그래서 그것은 더 이상 여로의 구조를 지닐 수 없다. 성인의 세계에서는 돈을 얻기 위한 자리잡음이 필요해지기 때문이다. 리얼리즘이 설자리는 그런 정착의 공간이다. 따라서 여로를 다룬 소설은 「묘지」처럼 현실적인 성격을 지닌 것이라 하더라도 일단 친낭만적인 성격을 지니게 된다. 여로에는 고정된 지번이 없다. 여로는 이동하는 공간이기 때문에 거울로 그 대상을 정밀하게 모사하는 작업을 방해한다. 격동기가 노벨의 대상이 되기 어려운 것과 같은 이치다. 리얼리즘은 모사의 문학이기 때문에 모든 흔들리는 것과는 상극이다. 그래서 피카레스크 노벨처럼 여로를 무대로 하는 소설은 친로맨스적인 장르가 된다.

염상섭의 문학적 변동기는 「묘지」와 더불어 온다고 볼 수 있다. 그 후의 그의 소설에서는 여로가 배경이 되는 일이 다시는 없기 때문이다. 「묘지」를 정점으로 해서 염상섭의 소설의 배경은 여로의 광역성을 잃는다. 옥내가 주무대가 되는 「전화」의 세계로 옮아가 거기에 영원히 정착하고 마는 것이다. 「묘지」 이전의 두 소설은 노벨의 전단계에 속해 있다. 「묘지」 이후의 작품들에 가서 염상섭의 소설은 비로소 노벨의 기본 요건들을 갖추게 된다.

---

41 「묘지」는 1922년에 시작하여 1924년에 완성한 작품이다.

(2) 옥외와 옥내가 공존하는 크로노토포스

여기에 속하는 소설은 ① 「암야」, 「죽음과 그 그림자」, 「금반지」 등 1924년 이전의 소설들, ② 동경을 배경으로 한 1926~8년의 두 소설, 그리고 ③ 「삼대」이다. 여로와 옥내의 중간지점에 자리하는 이 소설들은 여로를 다룬 소설들에 비하면 배경이 좁다. 공간적 배경이 도시의 한 구역으로 한정되고 있는 것이다. 그 대표적인 예가 「암야」다. 이 소설의 무대는 경복궁을 중심으로 하여 직경 2, 3km 정도의 좁은 구역 안이다. 이런 배경의 협소화 현상은 옥내를 무대로 한 ③에 가면 더 강화된다.

이 소설들의 또 하나의 특징은 옥내와 옥외가 함께 다루어져 있지만, 옥외의 비중이 ③에 비하면 상대적으로 높게 나타난다는 점이다. 비록 좁은 범위 안이기는 하지만 주동인물의 관심의 대상은 옥내가 아니라 옥외라는 것을 다음의 표를 통해 확인할 수 있다.

⟨표 3⟩

작품명	행동반경	작품 속의 시간
암 야	1차: 집−야조현시장−광화문−체신청−사복천길−A의집−사복천길−숙주감다리−동십자각−종친부−집 2차 : 서십자각−경복궁−효자동전차 종점−광화문−태평통	1일간
죽음과 그 그림자	직장−감기 걸린 친구집−K의 집−자기집	1일간
금반지	직장 근처의 전차 속−술집	1일간
유 서	동경 시외선 전차역−하숙집−L의 집−O의 집−하숙집	3일간
숙박기	동경 시내의 하숙집과 그 근처	3, 4일 정도
삼 대	수하동 덕기의 집−화개동 상훈의 집−당주동 경애의 집(홍파동), 필순네 집의 4가구가 사는 주거	2, 3개월 정도

공간과, 안국동 매당집(술집)−진고개 빠커쓰, 대학병원, 경찰서, 도서관, 정미소, 식료품전 등 도시의 외부공간이 다양하게 나타난다. 하지만 이 모든 것들은 종로구와 중구에 모여 있다. 덕기 부자의 집, 경애, 필순의 집이 모두 종로구에 있고, 그 나머지는 중구에 있다. 공간적 배경도 좁지만 소설 속의 시간도 아주 짧다.	

① 옥외 주도형 −「암야」, 「죽음과 그 그림자」, 「금반지」

공간적 배경의 측면에서 보면「암야」가 가장 구체적이다. 나머지 작품에서는 그것이 명시되어 있지 않다. 재도일시의 동경을 그린 작품도 마찬가지다. 공장이 있는 시외의 한 구역, "중산층이 첩치가를 하기에 알맞는 동네"(『전집』 9, p.303) 등의 언급은 있으나 그 구역의 이름이나 동명이 명시되어 있지 않다. 「암야」에만 철저하게 지지적 측면이 나타나 있는 것이다.

이 소설은 추석이 지난 어느 날 주동인물이 자기집을 나와 걸어 다니는 시내의 여러 곳을 우리에게 보여 준다. 그는 우선 야조현 시장을 거쳐 광화문 근처까지 갔다가 길을 건너서 체신국 근처에서 사복천 주변의 호젓한 길로 들어선다. 거기에서 친구 A의 집에 갔다가 다시 사복천으로 나와 숙주감다리에서 삼청동 쪽으로 걸어가 종친부 앞에서 쉬다가 귀가한다. 저녁을 먹은 후 다시 밖에 나온 그는 서십자각을 돌아 경복궁 근처의 전차종점을 거쳐 광화문, 태평통 거리를 걷는 데서 소설은 끝난다. 집보다 거리가 주무대가 되고 있는 것이다.

두 번째 특징은 그의 외출의 무목적성에 있다. 그것은 산보에 불과하다. 사람이 싫어서 일부러 으슥한 길을 찾아다니는 햄릿의 방황이라고 할 수 있다. 그는 사람들을 보면서 때로는 "단장으로 대번에 모두 때려 누이고 싶은" 분노를 느끼기도 하며, 때로는 "몸부림을 하며 울고 싶은"

증이 나기도 한다. "간절하고 애통한 마음이 미어져서 전혈관을 압착하는 듯"한 가슴을 안고 눈물을 흘리면서 그는 서울의 중심가에서 서성거리고 있다. 심정적인 차원에서 보면 변화가 무쌍하고 기복도 심한 편이지만, 지지적인 측면에서 보면 그의 행동반경은 경복궁을 중심으로 한 직경 2, 3km 안팎의 거리에 불과하다. ①에 비하면 배경의 면적이 대폭적으로 줄어들었음을 알 수 있다.

이 소설의 세계는 「표본실의 청개고리」와 동질성을 지니고 있다. 이동하는 범위가 좁아졌다는 점만 빼면 「표본실」의 여행과 「암야」의 산보는 성질이 같다. 둘 다 실제적인 목적이 흐릿한 방황이기 때문이다. 이 소설의 인물들은 외부적 현실에 관심이 없다. 그들은 자아의 내면에만 몰입하고 있어 자가가 서 있는 지리적 위치나 시간에는 별 의미를 느끼지 않는다. 「암야」에는 '추석 무렵'이라는 구체적인 시간이 명시되어 있는데도 불구하고 그 구체적인 시간은 「표본실」에서처럼 현실적 의미를 가지지 못한 채 겉돌고 있다.

공간적인 배경도 마찬가지다. 야조현 시장, 숙주감다리, 종친부, 동십자각 등의 지명이 명시되어 있는데도 불구하고, 그 공간과 인물의 내면은 유대를 지니지 못한다. 따라서 그곳이 평양이든 서울이든 별 차이가 없고, 오늘이든 내일이든 상관이 없다. 시공간과 인간의 관계가 밀착되지 못할 때 일부인이나 지변은 의미를 지닐 수 없다. 그것은 공극空隙의 시간이며 허공의 공간이다. 회화의 역사에서 배경이 구체적으로 그려져 있으나 인물과 유기적 관계를 지니지 못했던 2기의 그림들과 이 소설들은 비슷하다. 인물의 영혼이 현실에서 유리되어 있기 때문에 아무리 구체적으로 그려져 있어도 그 배경은 의미를 지닐 수 없는 것이다. 현실적 배경에 대한 무관심은 이 소설들을 노벨이 되지 못하게 하는 요인을 만든다.

「죽음과 그 그림자」의 경우도 배경의 넓이는 「암야」와 비슷하다. 주동인물인 '나'의 행동반경은 직장과 두 명의 친구집에 불과하다. 친구집의 위치가 명시되어 있지는 않지만, 퇴근한 후 두 곳을 거쳐 집에 와서 저녁을 먹은 것으로 보아 별로 먼 곳이 아님을 알 수 있다. 외부적 현실에 대한 무관심의 도수도 역시 「암야」와 비슷하다. 하지만 다른 것이 있다. 여기에서의 행동은 초기 2작의 경우처럼 무목적적인 것이 아니다. 주동인물은 목적을 가지고 나다니고 있다. 그는 직업을 가지고 있어 대낮에 산책할 겨를이 없다. 이 무렵부터 염상섭의 소설에서는 행동의 무목적성이 사라진다.

「금반지」의 경우는 전차 안과 술집까지의 거리가 전부여서 구체적인 옥내가 나타나지 않지만, 회상 장면에서 옥내가 많이 나온다. 그 대신 외면화 현상이 나타나기 시작한다. 초기 3작의 내면성, 주관성의 세계에서 탈피하기 시작하는 것이다.

위의 세 소설은 주동인물의 행동반경이 극히 좁다는 공통성을 지니고 있다. 그만큼 공간적 배경이 좁아지는 것이다. 뿐 아니라 옥내의 비중도 약하다. 미혼청년인 인물들은 가족과의 정신적 유대를 지니지 못하기 때문에 집은 잠자는 곳 이상의 의미를 가지지 않는다. 옥외의 생활에 중점이 주어지는 이유가 거기에 있다.

② 옥외와 옥내의 병존형 – 「유서」, 「숙박기」

동경을 배경으로 한 소설의 경우에도 인물의 행동반경이 좁은 것은 변하지 않는다. 「암야」와 다른 점은 실제적인 필요가 행동의 동기가 되고 있다는 것이다. 「유서」의 '나'의 외출은 산보와는 다르다. 그것은 사람을 찾아야 하는 현실적인 필요성과 직결되어 있다. 이인화의 귀국과 성질이 같은 것이다. 2기의 염상섭의 인물들은 전반적으로 목적이 없는 행동은 잘 하지 않는다.

이 소설의 주인공은 실종한 친구를 찾으려고 L과 O의 집에 간다. 거리가 명시되어 있지는 않지만, 그의 숙소가 교외에 있는 만큼 서울의 중심가를 산책하는 「암야」의 인물의 행동반경보다는 넓을 것이다. 하지만 그는 친구 이외의 것에는 관심이 없다. 따라서 거기에도 동경의 도시적 특징이나 거리의 풍경, 지명 등은 나타나 있지 않으며, 시간에 대한 언급도 없다. 시대나 사회에 대한 관심이 없는 것이다.

「숙박기」의 무대도 동경이다. 중산층이 첩치가를 하기에 알맞아 보이는 동네에서 주인공은 하숙할 곳을 찾아 헤매고 있다. 대지진 이후의 동경에서 한국인이 하숙을 구하는 현실적인 일이 문제가 되고 있는 만큼 시대적 상황과 한국인의 처지에 대한 묘사는 있지만, 장소가 명시되어 있지 않아 현실감은 삭감된다.

이 두 소설의 시공간은 ①의 경우보다는 현실적이다. 「유서」에는 사람의 생기를 빼앗아가는 동경의 오염된 공기가, 「숙박기」에는 지진 후의 각박한 세태가 나타나 있어 전자의 소설들보다는 현실과 근접해 있다. 뿐 아니라 여기에서는 내부공간에서의 인간관계의 비중이 ①보다 높다. 그것은 동거하는 사람들이 가족이 아니라 친구인 데 기인한다. 염상섭의 세계에서는 가족과의 정신적 유대가 나타나는 일이 드물다. 자전적 소설의 남자들은 언제나 친구와 밀착되어 있다. 그래서 옥내에서의 인간관계의 밀도가 높고, 옥내와 옥외가 병존하고 있다. 옥내의 비중이 전보다 높아진 이유는 동거인과의 관계와 객지의 하숙이라는 사실도 관련되어 있으며, 주동인물의 연령과도 무관하지는 않다.

이 5편의 소설에는 모두 일부인이 명시되어 있지 않다. 「암야」에는 계절은 나타나 있으나 날짜와 시간이 애매하다. 나머지 소설의 경우도 마찬가지다. 자전적 소설인 만큼 시기를 추정하는 일은 가능하지만, 일부인과 지번의 애매성은 시대적 상황이나 사회 환경에 대한 관심이 없음을 의미한다. "만세 전 해 겨울의 식민지 서울"이라는 분명한 시공간을 그린 「묘지」와 비교하면 그 차이가 명확하다.

이 소설들은 모두 자전적 소설이라는 점에서 공통성을 지니고 있다. 주동인물이 미혼남자라는 것 역시 마찬가지다. 따라서 그들의 인간관계는 교우관계가 주축을 이루며, 활동무대는 옥내보다 옥외가 된다. 그런데도 1기와 2기의 소설 사이에는 차이가 있다. 1기의 소설에서는 내면적, 주관적 관심이 주도적이며, 「표본실의 청개고리」나 「암야」처럼 유희적 방황이 행동의 주축을 이루지만, 2기에 가면 외부적, 객관적인 현실로 관심의 대상이 옮겨지면서 유희적 방황이 없어진다. 이런 변화는 인물의 성숙과 병행된다. 옥내의 비중이 1기에 비해 2기에 무거워지는 것도 인물의 연령과 관계되는 것이다. 그 다음에는 옥내를 무대로 한 기혼자 중심의 소설이 나온다.

③ 옥내 주도형 – 「삼대」

「삼대」는 장편소설인 만큼 무대가 넓을 것이 예상되나 역시 서울의 4대문 안으로 한정되어 있다. 4대문 안에서도 종로구나 중구가 주축이 되고 있는 만큼 장편소설의 배경으로서는 아주 좁은 편에 속한다. 그 대신 내부공간의 비중이 무거워지면서 다변화되어 있다. 주동인물의 가족의 거처인 덕기의 집과 상훈의 집을 중심으로 하여, 필순과 병화의 집, 홍경애의 집 등 4가구의 주거공간이 나오고, 술집, 호텔, 은근짜집, 교회, 병원, 경찰서, 도서관, 상점 등의 비주거용 건물의 내부공간이 등장한다. 생활권이 집과 유흥장, 병원, 학교, 관청, 상점 등으로 다변화되면서, 주거공간과 비주거공간을 함께 포용하는 이런 공간적 구도는 장편소설이라는 장르에서 오는 여유라고 할 수 있다. 인간관계가 수직축과 수평축을 공유하는 이유도 같은 곳에 있다.

하지만 「묘지」에 비하면 사회적 배경에 대한 관심의 심도는 얕다. 여기 나오는 공간은 사회의 유기적 공동체의 일부가 아니라 제가끔 떨어져 있는 고립된 장소이기 때문에 그것을 통해 사회의 모습이 드러나지 않는다. 그 이유는 첫째로 이 소설의 공간이 옥내로 한정되어 지역사회와 유리되어 있는 데 있다.

두 번째 이유는 「삼대」의 공간이 인물의 개인적, 사적인 측면하고만 연결되는 점에 있다. 이 소설에는 직업을 가진 남자가 하나도 없다. 덕기는 아직 학생인데 그의 학교는 일본에 있어 서울에서의 공적인 인간관계는 결여되어 있고, 상훈은 무직이다. 병화는 나중에 가게 주인이 되지만, 그는 상인이 아니다. 따라서 「삼대」의 인간관계는 가족이나 친구, 정부 등의 사적인 관계에서 끝난다. 모든 것이 사생활의 범주를 벗어나지 않는 만큼 살림집의 내부가 작품 속의 주무대가 되며, 일상적인 사건들이 풍속적인 측면에서 그려지는 가족사 소설이 되는 것이다.

여기에서는 옥외는 기피된다. 동경 여행의 행로 같은 것이 생략되는 이유가 거기에 있다. 토손의 「家」처럼 「삼대」에서도 배경은 의식적으로 옥내주도형이 되고 있다. 일본집들이 한국집이 있던 자리에 들어서는 상황을 통해 만세 전의 사회적 변동을 파악한 「묘지」에서의 사회적 관심은 「삼대」에 와서 한 가족의 일상사에 자리를 양보하고 만다.

「삼대」에는 시간축에 대한 관심도 짙게 나타난다. 표제에서 이미 그것이 드러난다. 「삼대」의 시간은 「표본실」이나 「암야」의 그것과는 성격이 다르다. 후자가 비일상적인 진공의 시간인 데 반해 「삼대」의 시간은 일상적, 구체적 시간이다. 그것은 1930년대 초의 한국이라는 구체적 시공간과 결부되어 있다. 한국에서도 서울, 서울에서도 종로구의 조덕기의 집 울타리 안의 사적 공간과 밀착되어 있는 것이다. 따라서 「삼대」는 일상적, 구체적 시간과 공간의 크로노토포스를 지니고 있다. 대체로 염상섭의 기혼자를 다룬 소설의 시공간은 구체적, 일상적인 성격을 지닌다.

염상섭의 공간적 배경은 노상-옥외-옥내의 순서로 협소화되어 가고 있다. ②의 경우에는 옥외주도형에서 옥내주도형으로 옮겨가고 있으며, 그 순서에 조응해서 시간의 구체성과 현실성도 강화되어 가고 있다.

(3) 옥내의 크로노토포스

건물 안으로 공간적 배경이 좁아들어 외부의 세계가 작품 속에서 의미를 잃고마는 작품에는 「제야」, 「E선생」, 「전화」, 「난어머니」, 「검사국대합실」, 「윤전기」, 「조그만 일」, 「남충서」, 「밥」 등이 있다. 이것을 다시 세분하면 직장을 무대로 하는 작품과 주거공간을 무대로 하는 작품으로 나뉘어진다.

① 직장을 무대로 하는 내부공간

「E선생」, 「검사국대합실」, 「윤전기」 등이 여기에 속한다. 이 중에서 「E선생」은 어느 중학교 교내를 무대로 하고 있다. 교내 중에서도 교실과 교무실로 제한되어 있다고 말하는 편이 옳을 것이다. 「검사국대합실」은 검사국대합실과 신문사로 공간이 한정되어 있다. 옥내로 배경을 고정시킨 점에서는 네 작품이 모두 공통된다. 직장인 만큼 집보다는 좀 넓고, 인간관계도 사회성을 띠고 있다. 「검사국대합실」만 제외하면 여기에는 여자가 거의 없다. 따라서 갈등도 주로 추상적, 이념적인 차원에서 생겨난다.

② 살림집의 내부공간

이 경우에는 그런 사회성도 없어지며, 인간관계도 가족끼리로 형성되고, 여자의 비중이 무거워진다. 부부관계나 모자관계가 주축이 되는 소설이 많은 만큼 갈등요인도 돈, 성 등과 얽힌 자잘하고 일상적인 것이 된다. 「제야」, 「전화」, 「난어머니」, 「조그만 일」, 「남충서」, 「밥」 등이 여기에 속한다. 「제야」를 제외하면 모두 2기에 쓰인 소설들이라는 점이 주목을 끈다. 2기 이후의 소설들이 염상섭의 본령을 이루는 만큼 공간적 배경이 옥내로 한정되는 경향은 염상섭 연구에서 중요한 부분을 차지한다. 일본 자연주의가 배경을 옥내로 한정시키는 의식적인 경향을 가지고 있는 사실과 유사성을 지니기 때문이다. 이 소설들에 나타난 시간과 공간의 상관관계를 살펴보면 다음과 같다.

- 제야   : 누각동 침모의 집 건넌방……1주일
- 전화   : 안방-남편의 회사-술집-안방……약 1주일
- 난어머니 : 공항-집…… 약 1주일
- 조그만 일 : 셋방……1일
- 남충서   : 방과 마루……1일
- 밥   : 집안……1일

이 6편의 소설에 나오는 공간적 배경은 대체로 방안이다. 「전화」는 그 일련의 소설들을 대표한다. 「전화」의 주무대는 전화가 놓여 있는 안방이다. 거기에서 일어나는 사건들은 일상의 평범한 것들이다. 한 집안에 전화가 들어왔다가 나가기까지의 자잘한 사건이 전부이기 때문이다. 따라서 시간도 일상성의 한계를 벗어나지 않는다. 돈과 성이 지배하는 현실적 시공간인 것이다.

나머지 소설들도 같다. 「난어머니」, 「남충서」에서는 그것이 유산 문제, 적서문제 등과 얽혀 있다. 돈 문제의 규모가 커졌을 뿐 일상적 세사를 지배하는 일상적 시간이라는 점에서는 변화가 없다. 「조그만 일」과 「밥」에서는 빈곤이 갈등의 원인을 형성하는 만큼 돈 문제의 규모가 작아진다. 각각 정도의 차이는 있지만, 부르주아, 쁘띠 부르주아, 서민의 세 계층의 주거공간을 관통하는 돈과 성의 주제가 일상적 공간, 일상적 시간 안에서 펼쳐지고 있는 것은 같다. 「제야」만 예외적이다. 이 소설에서는 일상적 공간 속에서 벌어지는 비일상적 사건이 다루어져 있다. 그것은 이 작품이 초기 3작에 속하는 사실과 관계된다. 초기의 작품들에서는 시간이 일상성에서 일탈하는 작품이 많았고, 「제야」도 그 부류에 속하기 때문이다.

공간 규모의 축소는 소설 속의 시간과 호응한다. 여로의 구조가 소멸하면 소설 속의 소요시간도 축소되는 것이다. 〈표 4〉를 통하여 알 수 있는 것은 ①에는 서울을 배경으로 한 2기의 단편소설이 압도적으로 많다는 사실이다. 그 중에서도 옥내를 배경으로 한 소설이 과반수를 차지한다. 여로나 서울 밖을 배경으로 한 소설, 장편소설 등은 여기에는 하나도 들어 있지 않다. 배경의 협소성과 시간의 축소가 병행하고 있는 것을 알 수 있다. 인물, 사건, 시간, 공간의 모든 면에서 「똥파리와 그의 안해」가 예외적인 자리에 서 있는 것임을 ⑤를 통해 다시 확인할 수 있다. 서사시간 면에서도 이 소설은 예외성을 드러내고 있다.

〈표 4〉

① 1일간	「암야」, 「제야」, 「죽음과그 그림자」, 「금반지」, 「윤전기」, 「조그만일」, 「밥」, 「남충서」(8편)
② 3, 4일간	「표본실의 청개고리」, 「검사국대합실」, 「유서」, 「숙박기」(4편)
③ 약 1주일	「해바라기」, 「전화」, 「난어머니」, 「고독」(4편)
④ 약 2주일	「만세전」(1편)
⑤ 2개월 이상~반년	「E선생」, 「똥파리와 그의 안해」, 「삼대」(3편)

염상섭의 소설에는 시골을 배경으로 한 것이 적다. 초기의 여로를 배경으로 한 소설 2편을 빼면 도시의 변두리를 그린 것이 3편이고 나머지 13편이 모두 서울의 도심지를 배경으로 하고 있다.

염상섭은 개화 후 최초의 서울 출신의 유명한 소설가다. 나도향이 그 뒤를 이었지만, 그는 4대문 안 출신이 아닐 뿐 아니라 서울의 중산층 가정에서 벗어난 생활을 한 사람이기 때문에[42] 염상섭만큼 서울 중산층의 언어나 풍습에 숙달하지 못했다. 그가 풍속소설을 쓸 수 없었던 이유가 거기에 있다. 염상섭이 그린 서울은 서울의 가장 본질적인 면에 해당된다. 이인직, 이광수, 김동인. 현진건 등 지방 출신 문인들은 알 수 없는 서울의 생태를 그는 잘 알고 있었기 때문이다. 염상섭은 한국 문단에 나타난 최초의 도시소설 작가다. 이 말은 그가 노벨의 선두주자라는 것을 의미한다.

일본의 자연주의 작가들이 그린 동경은 동경의 중심부가 아니라 변두리이며, 인물들도 시골에서 상경한 사람들이다. 그들은 시골에서 사귄

---

42 나도향의 본적은 경성부 청엽정 1정목 56인데 이곳은 그가 출생한 곳이기도 하다. 문 안이 아니라 문 밖이다. 뿐 아니라 그의 조부는 평남 성천 출신이다. 대대로 서울에서 살아온 염상섭처럼 토박이 서울 사람이 아니다. 1924년 이후에는 부친이 남대문 성밑 골목 안에 약방을 차려 놓았기 때문에 집은 도심지에 있었지만, 그 집은 너무 좁아서 도향은 하숙, 여관 등을 전전하면서 살았기 때문에 중산층 가정의 안정된 문화를 제대로 흡수하기 어려운 여건이었다. 『한국작가전기 연구』, 이어령 편, pp.121-128 참조.

사람들하고만 교제하면서 살기 때문에 그것은 동질적인 집단끼리 모여 사는 도시 속의 섬 같은 곳이다. 주민의 이질성을 기준으로 해서 도시성을 가늠한다면[43] 그들의 문학은 도시문학이라 하기 어렵다. 그들의 소설의 반노벨적인 여건의 하나가 거기에 있다. 서구의 경우는 그렇지 않다. 서구의 자연주의는 도시문학이다. 산업문명과 과학주의는 도시와 노벨이 공유하는 필수조건이다. 『루공-마카르』속에서도 파리를 그린 소설들이 자연주의를 대표한다. 「나나」, 「목로주점」, 「짐승인간」 등이 그것이다.

2) 배경의 도시성

졸라와 염상섭이 공유하는 특성 중의 하나가 배경의 도시성이다. 염상섭은 서울 4대문 안을 배경으로 한 소설에서 그 본령이 드러난다. 그의 2기의 소설들이 거기에 속한다. 초기의 2작을 빼면 서울을 배경으로 한 나머지 13편이 2기의 소설이다. 시골을 그린 소설인 「E선생」에서 작가는 배경을 교정 안으로 한정시켜 자연적 배경은 도외시되고 있다. 그는 자연에 관심이 없는 작가다. 그의 소설에는 여로를 다루는 경우에도 자연 묘사는 나오지 않는다. 「묘지」가 그것을 입증해 준다. 그의 관심은 도시에 있고, 도시 중에서도 옥내가 주축이 되고 있음을 그의 2기의 작품들을 통해 확인할 수 있다. 염상섭에게 있어 오산은 북국의 한촌이다. 유형지와 같은 곳이라 할 수 있다. 그는 거기에서 얼마간 견디다가

---

43 Louis Wirth는 주민의 이질성을 도시의 특징 중의 하나로 보고 있다.
Hana Wirth Nesher, "The Modern Jewish Novel and the City", *Modern Fiction Studies*, 1978 Spring, p.92에서 재인용.

도시로 돌아오고, 만주로 갈 때까지 다시는 서울을 떠나지 않는다. 서울에서도 그는 옥내의 일상적 생활을 주로 그렸다. 일상적, 풍속적 차원에 관심을 집중시킨 것이다. 일상적 시간은 자연과 단절되는 것이 특징이다.[44] 염상섭에게 시골을 무대로 한 소설이 적고, 자연묘사가 적은 것은 그 때문이다.

인구 밀집 지역은 노벨의 무대로 적절한 곳이다. 영국에서 최초의 노벨을 「파밀라」로 간주하는 이유 중의 하나가 배경에 있음을 상기할 필요가 있다. 「로빈슨 크루소」는 고도를 배경으로 했기 때문에 뒤로 밀려나게 된 것이다.[45]

인간들이 모여 사는 커뮤니티 안이 노벨의 무대이고, 그 커뮤니티의 특성과 생태를 재현하는 것이 노벨이기 때문에 노벨은 풍속소설적인 성격을 지니게 된다. 염상섭은 그런 점에서 노벨리스트가 될 기본적 여건을 고루 구비하고 있다.

현대의 도시를 무대로 한 소설 속의 시간은 연대기적이며, 현실적인 시간이다. 염상섭의 소설은 근본적으로 구체적인 현실의 시간에 의거하고 있다. 그의 소설에 순행적 시간구조가 압도적으로 많은 것도 그 한 증거가 된다. 염상섭에게는 순환적인 시간은 거의 없다. 그의 시간은 카이로스kairos인 것이 아니고 크로노스chronos적이다.[46] 현실적, 연대기적 시간과 도시적 공간이 염상섭의 크로노토포스의 중추를 이루는 배경

---

44 Bakhtin, 앞의 책, p.128 참조.

45 Ian Watt, *The Rise of the Novel*, p.27 참조.

46 Cullmann and Marsh are seeking to use the word kairos and chronos in their historical, biblical senses: chronos is "passing time" or "waiting time"—that which, according to the Revelation, "shall be no more"—and kairos is the season, a point in the time filled with significance, charged with a meaning derived from its relation to the end. *the sense of an ending.* Frank Kermode, 같은 책, p.47.

의 패턴이다. 염상섭은 시간적 배경의 당대성에서는 졸라를 능가할 만큼 철저하여, 체험과의 거리가 3년 이내인 작품이 많다. 당대성의 측면에서는 졸라, 토손, 카다이와 염상섭은 공통의 시공간을 택하고 있는 것이다.

배경의 근접성도 마찬가지다. 염상섭은 자기가 살던 고장에서 실제로 일어난 사건을 주로 다룬 작가이기 때문에, 거의 자료조사의 필요성을 느끼지 않을 정도였다. 리얼리즘 소설의 기본요건인 '여기, 지금'의 원리에 어긋나는 점이 없는 배경을 채택하고 있다는 점에서 염상섭은 불·일 양국의 리얼리스트들과 공통된다.

시간적 배경에서 염상섭은 언제나 작가의 당대와 인물의 그것이 일치한다. 염상섭의 소설 속의 시간은 시종일관하게 역사적, 현실적 시간이다. 그의 소설이 무해결의 종결법을 쓰는 이유가 거기에 있다. 하지만 역사적 시간과 인물과의 밀착도는 1기와 2기가 다르다. 초기 2작의 경우 인물은 시간에 구애를 받지 않는다. 그들은 자신의 내면에 매몰되어 현실 밖에서 방황하고 있다. 「묘지」부터 비로소 현실의 역사적 시간과 인물이 밀착되기 시작하여 갈수록 그 정도가 강화되어 간다.

시간적 배경과 관련하여 생각해야 할 또 하나의 특성은 그의 소설 속의 시간의 길이이다. 염상섭은 단편소설인 경우 대부분이 하루 동안에 일어난 사건을 다루고 있으며, 길어야 일주일이다. 이 점은 1, 2기가 공통된다. 가장 긴 편에 해당되는 ④, ⑤의 유형(표 4 참조)에는 「묘지」와 「삼대」가 들어 있다. 둘 다 장편소설인 만큼 당연한 일이라고 할 수 있다. 이 두 작품을 뺀 나머지 2편(「E선생」과 「똥파리와 그의 안해」)은 서울의 4대문 안이 배경이 아닌 소설들이다. 따라서 염상섭의 단편소설의 기본적인 패턴은 '서울 4대문 안을 배경으로 하고, 1주일 이내에 일어난 사건'을 다루는 것이라고 할 수 있다.

공간의 경우, 우선 눈에 띄는 것은 시간이 감에 따라 배경이 점차로 협소화되는 것이다. 여로에서 시작하여 옥외 주도형─옥외와 옥내의 병존형─옥내 주도형─옥내의 순서로 그의 공간적 배경은 협소하여져 간다. 여로를 배경으로 한 소설은 모두 1기에 속해 있다. 이것은 ⅰ) 이국을 포함하는 크로노토포스(「만세전」)와, ⅱ) 이향의 크로노토포스(「표본실의 청개고리」, 「해바라기」)로 대분된다. 「묘지」의 경우 여행은 목적성을 띠고 있으며, 주동인물은 기혼자다. 따라서 귀착지는 살림집이 된다. 「해바라기」도 이와 여건이 비슷하지만, 한 가지 다른 점은 귀착지가 일상의 공간이 아니라는 점이다. 「표본실」 역시 귀착지가 살림집이 아니다. 하지만 소설의 인물은 미혼이다. 발표순으로 보면 「묘지」가 가장 뒤인 만큼 현실과의 밀착도가 시간의 순서에 따라 농후해 가고 있음을 알 수 있다.

이런 경향은 그 후의 소설에도 그대로 적용된다. 옥내와 옥외의 공존형인 경우에도 두 번째 작품인 「암야」가 가장 현실과 멀다. 부모의 부양을 받는 무직 청년이 주동인물이기 때문이다. 직업만 생겨도 그런 무목적의 방황에는 제동이 걸린다는 것을 「죽음과 그 그림자」 등이 입증해 주고 있다.

다음 단계에서는 옥내의 비중이 무거워진다. 직장, 살림집을 막론하고 2기의 대부분의 작품들은 옥내 주도형으로 바뀌고 있는 것이 염상섭 소설의 공간적 특징이다. 옥내의 비중이 점차로 무거워지기 시작하다가 마지막에는 옥내로 정착하고 만다. 그와 함께 「묘지」에 나오던 사회에 대한 관심은 점차 흐려지고, 집안의 일상사의 비중이 커진다.

배경의 넓이와 현실성은 역비례한다. 이동공간의 소멸과 더불어 행위의 무목적성, 내면성 등이 사라지고, 살림집의 옥내로 정착하여 현실적, 일상적인 장소에 자리잡게 되는 것이다. 이동공간의 소멸과 함께 서사 시간도 축소되면서 디테일의 정밀묘사가 거기에 수반된다. 따라서 여로를 다룬 마지막 소설인 「묘지」는 1기와 2기의 전환점이 된다. 거기에는 여로와 함께 2기 소설의 주무대가 되는 주거공간이 등장하기 때문이다.

1기와 2기의 차이를 공간적 배경의 측면에서 재검해 보면, 2기에는 i) 여로와 산책의 소멸, ii) 외부적 현실의 부각, iii) 배경의 일상화, iv) 정착공간(가정이나 직장)의 비중이 커진다. 배경이 리얼리스틱해지는 것이다. 여로를 다룬 1기의 소설은 시간면에서도 비현실적인 만큼 초기 3작을 자연주의 소설로 본 기존의 평가는 배경의 측면에서는 완전히 잘못된 것임을 확인할 수 있다. 그의 1기 소설과 같은 배경을 택한 자연주의는 어디에도 없기 때문이다. 2기에서 비로소 염상섭의 사실주의가 시작된다.

염상섭의 공간적 배경의 두 번째 특징은 대도시를 배경으로 한 소설이 주종을 이루는 점에 있다. 20편 중에서 15편이 여기에 속하며 여로를 다룬 2편도 도시를 배경으로 하고 있어 「E선생」만 빼면 모두 도시적 배경을 채택하고 있음을 알 수 있다. 이것은 1, 2기에 공통되는 특징이다. 도시 중에서도 중심부를 주로 다루고 있기 때문에 도심을 벗어난 소설은 예외성을 띤다는 것을 「똥파리와 그의 안해」를 통해서 확인할 수 있다.

불·일 자연주의와 대비해 보면, 배경의 당대성과 근접성의 원리에서는 3국이 모두 공통된다. 도시를 배경으로 한 점에서는 염상섭과 졸라가 공통되며, 배경의 옥내 지향적인 협소함에서는 염상섭과 일본 자연주의가 공통된다. 염상섭도 2기부터는 토손이나 카다이처럼 옥외를 작품 속에서 몰아내려고 애를 썼던 것이다.

3. 돈의 구체성과 성의 간접성

　노벨과 로맨스를 가르는 주제의 특성 중의 하나는 돈과 성에 대한 견해의 차이다. 로맨스는 사랑과 모험에 대한 낭만적 탐색에 빠져 있는데 반해, 노벨은 현실을 움직이는 원동력으로 돈과 성의 역학관계를 주목하고 있다. 어른 남자의 관심은 그런 곳에 있기 때문이다.

　자연주의에 오면 돈과 성의 비중은 더 무거워진다. 물질주의적 인간관에 의해 '돌과 인간의 두뇌의 동질성'을 주장하고 나선 졸라의 자연주의는 인간의 "수성獸性 찬미와 금욕 숭배로 종결된다."[47]는 비난을 받을 만큼 물욕과 성에 대한 관심이 집요하다. 하지만 물욕에 대한 탐색은 사실주의도 이미 하고 있었기 때문에, 사실상 졸라이즘의 특색은 성적인 면의 과잉노출에서 찾을 수 있다. 자연주의는 돈보다도 성에 역점을 두었으며, 그 중에서도 병리학의 대상이 될 만한 비정상적인 남녀관계

---

47 J. K. Huysmans, "Emile Zola and L'Assommoire", *Documents of Modern Literary Realism*, G. J. Becker ed., pp.230-235.

에 더 많은 관심을 가졌다. 자연주의를 '춘화'나 '대편학' 등으로 부르는 이유가 거기에 있다. 문체혼합의 측면에서 졸라이즘이 지니는 가장 '저급한 요소'가 성적인 면의 과잉노출이다.

일본 자연주의는 사소설을 주축으로 하는 만큼 졸라이즘과는 격차가 있다. 그런데도 졸라이즘과 연관성을 지니는 요소는 '성'에 대한 관심의 표명이다. 소마 요로相馬庸郎의 말대로 일본 자연주의가 졸라이즘에서 "가장 영향을 받은 것은 '성'의 위치 부여에 관한 것"[48]이다. 이것은 낭만주의와 자연주의를 가르는 기준이며, 키타무라 도코쿠北村透谷와 시마자키 토손을 구분하는 기본요소이기도 하다. 하지만 실질적으로 일본 자연주의의 성에 관한 태도는, 성에 대한 금기를 깨는 초보적 작업에 불과했다. 대정기의 문학에서는 성 문제의 탐색이 과감하게 행해진 데 반해 자연주의 시대의 성에 대한 관심은 소극성을 띠고 있다. "성을 과학적으로 응시하여, 그 실태를 작품 속에서 파헤치는 성격보다는, 봉건도덕 아래의 인습적 속박에서 '성'을 해방"[49]시키는 쪽에 중점이 주어져 있었기 때문이다. 졸라처럼 성의 병리적 측면을 노출시키기에는 시대적 여건이 구비되지 않았던 것이다. 성에 대한 미온적인 관심 표명마저 지탄의 대상이 되는 것이 그들이 처한 현실이었기 때문이다.

일본의 자연주의가 성문제에 대해 소극적일 수밖에 없었던 이유는 첫째로 그들이 게사쿠戱作 같은 대중문학이 아니라 순수문학을 지향한 데 있다. 에도시대의 호색문학과는 달리 순수문학이었기 때문에, 성에 대한 관심을 표명한 사실 자체가 금기를 깨는 행위로 보였던 것이다. 두 번째 이유는 작가들의 계층과 장르와의 상관관계에서 찾을 수 있다. 일

---

48 相馬庸郎, 『日本自然主義再考』, p.15.

49 위와 같음.

본의 자연주의는 사소설이 주축을 이루는 만큼 그것은 작가의 사생활과 밀착될 수밖에 없다. 그런데 자연주의계의 작가들은 대부분이 하급이기는 하지만 사족土族계급 출신이다.[50] 유교의 정신주의가 지배하던 봉건적인 사회에서 근대로 막 발을 들여놓은 명치시대의 분위기에서는, 사족이 자신의 성생활을 노출시키는 일은 비난받아야 할 사항에 속했다. 다야마 카다이의 「이불」이 불러일으킨 소동이 그것을 입증한다. 이소설에 나타난 남녀관계는 육체적 접촉과는 무관한 것인데도 사람들은 그것이 "육肉의 인人의 적나라한 고백"이라는 시마무라 호게츠의 말을 긍정하고 있는 것이다. 감정적 차원에 머물고 만 사랑까지 지탄의 대상이 되는 분위기에서 성에 대한 태도가 적극적이 될 수 없었던 것은 당연한 일이라고 할 수 있다. 그 결과로 토손의 「家」처럼 남자들의 외도가 성병, 지진아의 탄생 등과 연관되어 있는 소설에서도 남녀 간의 성적인 교섭은 간접적으로 암시되거나 생략되고 있다.

대정시대에 가면 일본소설은 게사쿠戲作 작가들의 전유물이었던 호색문학을 과감하게 수용하여, 「치인痴人의 고백」[51]같이 성애를 대담하게 노출시키는 소설을 쓰고 있지만, 명치시대의 순수문학관은 폭도 좁았고, 봉건적인 엘리트의식과도 맞물려 있어, 카다이나 토손의 문학은 성애를 노출시킬 수 없었던 것이다.

성 문제만이 아니다. 사소설인 만큼 노골적인 물욕에 관한 묘사도 절제되거나 은폐되지 않을 수 없었던 것이 일본 자연주의의 특성이다. 이런 현상은 일본의 자연주의가 유교의 anti-physics[52]의 영향권에서 크게

---

50 일본의 자연주의계의 작가는 島崎藤村만 지방의 구가 출신이고 나머지는 몰락한 지방 사족 출신이다.

51 谷崎潤一郎, 대정 13~4년 작.

52 M. M. Bakhtin은 그의 저서에서 중세의 특징을 anti-physics의 경향으로 보고, 르네상스를

벗어나지 못한 시기의 문학임을 상기시켜 준다. 이런 여건은 우리나라의 20년대 초반의 문학에도 거의 그대로 적용된다. 성 윤리면에서 일본과는 비교도 안 되게 엄격했던 유교의 엄숙주의 속에서, 한국의 근대문학은 20년대 초까지도 춘원식의 플라토닉 러브가 지니는 소녀적인 결벽성에서 벗어나지 못했다.

거기에 도전한 것이 김동인이다. 인간의 하층구조의 노출도만으로 가늠하면, 김동인은 카다이나 토손보다는 졸라와 더 많은 근사치를 지닌다. 그는 인간을 철저하게 물질주의적인 눈으로 판단했고, 따라서 그가 본 양성관계는 철두철미하게 성을 기본축으로 하고 있다. 홀아비 생활에서 온 억제된 성이 비정상적으로 폭발하여, 성 범죄를 거듭하다가 사형까지 당하는 「포풀라」의 최서방, 딸이 자는 방 윗목에서 젊은 첩과 해괴한 성희를 즐기고 있는 김연실의 아버지, 매음한 돈을 남편과 같이 사이좋게 세면서 희희낙락하는 복녀 부부는 졸라의 '짐승인간'들과 거리가 멀지 않다.

하지만 이런 소설에서도 성관계는 말소리로서만 처리되거나(「김연실전」), 작자의 서술로 설명되고(「포풀라」), 그렇지 않으면 「감자」에서처럼 생략되는 것이 상례다. 작가 자신의 기녀 편력을 다룬 「여인」에도 성에 대한 구체적인 묘사는 나오지 않는다. 어디에도 인간의 나체는 나오지 않는 것이 김동인의 '음란과 쌍말[53]의 실상이다. 성에 대한 구체적인 묘사를 생략한 채로 성의 병리적인 면을 다루려 해서 동인의 성은 추상화되고 있다. 유교의 엄숙주의가 극단적인 반봉건주의자인 동인의 무의식

거기에 대항하는 physics 지향적 경향으로 파악하고 있는데 이는 유교와 개화운동의 관계에도 적용된다.

53 김동리, 「자연주의의 구경究竟」, 『문학과 인간』 참조.

까지 얽어매고 있었던 것이다. 그런데도 불구하고 그의 문학이 '음란과 쌍말'에 관통된 것으로 보여졌다는 점에서 그와 일본 자연주의작가들 간의 시대적 유사성이 엿보인다. 염상섭도 예외가 아니다.

사실주의가 금전욕에 관한 탐색을 하고 나서 자연주의로 넘어간 프랑스와는 달리 일본과 한국의 경우에는 사실주의의 과제가 자연주의와 유착되어 있었기 때문에 자연주의를 점검하는 척도는 돈과 성 두 가지가 되지 않을 수 없었다. 그래서 이 글에서는 염상섭의 세계에서 이 두 가지가 차지하는 비중의 증대과정에 초점을 맞추려 한다.

염상섭은 한국의 근대문인 중에서 돈 문제에 대한 관심을 가장 구체적으로 제시한 최초의 문인이라고 할 수 있다. 「로빈슨 크루소」의 주인공처럼 「삼대」의 할아버지는 항상 손에 장기를 쥐고 있다. 성 문제도 이와 비슷하다. 그의 소설에는 여염집 아낙네들까지 드나드는 은근짜 집, 교직자가 여인과 밀회하는 호텔 등이 자주 나온다. 김동인의 경우보다 더 구체적으로 혼외정사가 묘사되고 있는 것이다. 문제는 돈과 성에 대한 관심의 출현 시기에 있다. 그것이 구체화되는 시기가 그의 소설이 노벨이 되는 시기라고 할 수 있기 때문이다. 그래서 이 두 문제에 대한 작가의 태도의 변화과정을 1기와 2기의 작품을 통해서 점검해 보기로 한다.

1) 자전적 소설의 경우

다음 표에서 우선 눈에 띄는 것은 1기의 소설은 대부분이 자전소설이라는 사실이다. 「제야」, 「해바라기」, 「묘지」를 빼면 나머지는 모두 인물의 여건이 작가와 부합된다. 상기한 작품 중에서 「묘지」도 김윤식에 의해 자전소설일 가능성이 제기된 바 있다.[54] 「제야」와 「해바라기」만이 모델소설인데, 이 소설들은 같은 인물을 모델로 하고 있는 만큼 1기의 염상섭의 소설은 자전적 성격이 우세하다.

두 번째 특징은 1기의 자전적 소설에서는 돈과 성의 문제가 다루어지지 않았다는 점이다.(표 참조) 「표본실의 청개고리」, 「암야」, 「E선생」, 「죽음과 그 그림자」 등의 주제는 형이상학적인 것이 주종을 이룬다. 제재도 비일상적이며, 공간적 배경은 옥외가 주무대로 되어 있다. 「표본실」이나 「암야」에서 문제가 되는 것은 돈이나 성처럼 구체적인 것이 아니다. 경제나 정치와도 관련성이 적다. 「표본실」의 주인공의 문제는 현실에 대한 혐오다. 그는 "풀 스피드의 기차를 타고" 무한을 향해 달리고 싶어 하는 청년이다. 따라서 그의 여행은 목적지와는 상관없는 현실 이탈행위의 의미를 지닌다. 그런 욕망은 광기숭배와 연결된다. 영원과 무한을 향한 동경이, 현실에서 일탈한 광인을 성신의 총아로 생각하게 만드는 요인이 되는 것이다. 「암야」도 이와 비슷하다. 이 소설의 주인공의 산책도 그 무목적성과 유희성에 있어 「표본실」의 여행과 상응한다. 그것은 집과 인습과 책임감 같은 현실적인 것들에서의 도피를 의미하기 때문에 디디고 선 땅이 평양이건 서울이건 상관이 없다. 인물이 자신의 내면에만 관심을 집중하고 있어 지지적 장소는 의미를 가지지 못하는 것이다.

---

54 김윤식, 『염상섭연구』 7장, pp.241-245 참조.

작품명		(돈)	(성)
1. 표본실의 청개고리	자전적	−	−
2. 암야	자전적	−	−
3. 제야	비자전적	+	+
4. E선생	자전적	−	−
5. 묘지	반半 자전적	+	+
6. 죽음과 그 그림자	자전적	−	−
7. 해바라기	비자전적	+	+
8. 금반지	반半 자전적	−	±
9. 전화	비자전적	+	+
10. 난어머니	…	+	+
11. 고독	…	+	±
12. 검사국대합실	자전적	−	±
13. 윤전기	…	+	−
14. 유서	…	±	−
15. 조그만 일	비자전적	+	−
16. 남충서	…	+	+
17. 밥	…	+	−
18. 숙박기	자전적	±	−
19. 똥파리와 그의 안해	비자전적	+	+
20. 삼대	…	+	+

이런 사실은 두 인물의 개인적 여건과 조응한다. 그들은 둘 다 처자도 직업도 없는 자유인이다. 기본적인 의식주는 부모가 보장해주는 20대의 청년인 그들은, 작가가 직장을 쉽사리 그만두듯이 쉽게 현실의 기반을 벗어버릴 수 있는 자유인들이기 때문에, 그들의 돈에 대한 관심은 여비나 술값의 범주를 벗어나지 않는다.

그러나 직업이 생기면 그런 자유는 제한을 받지 않을 수 없다. 따라서 여로의 자유로운 공간에서의 무한성 동경, 광기숭배, 산책이 일과가 되는 유희적 서성거림 같은 것들은 소멸된다. 그와 함께 현실과의 거리가 좁혀진다. 「E선생」에서는 직장 안으로 배경이 좁혀지면서 동료 간의 가치관의 갈등으로 주제가 구체화되는 것이다. 「죽음과 그 그림자」의 경우도 비슷하다. 죽음의 문제를 다루고 있기는 하지만, 여기 나오는 죽음은 「표본실」의 그것과는 성격이 다르다. 그것은 우선 자살이 아니라 병사다. 아름다운 여자의 손이 와서 목을 조르는 환상이나, 정사와 연결되는 낭만적인 죽음에 대한 동경이 아니라 육체적 고통에서 유발되는 현실의 죽음을 의미하는 것이다. 하지만 그 죽음은 그림자에 지나지 않는다. 젊은 사람이 음식에 체한 상태에서 잠시 엿본 죽음의 그림자에 불과하다.

「E선생」의 현실성도 이와 유사하다. 사표를 쓰는 것이 생활의 뿌리를 흔드는 일이 될 수 없는 상황에서 나타나는 여유있는 현실감에 불과한 것이다. 염상섭의 세계에 아직은 '생활 제일의第一義'[55]의 구호가 들어와 있지 않는 시기의 현실감인 만큼 그것은 현실과의 거리가 좁혀졌다는 의미밖에 지니지 못한다.

2기에 오면 자전적 소설이 줄어든다. 1기에는 과반수를 차지하던 자전적 소설이 2기에는 삼분의 일 선으로 후퇴한다. 1기처럼 모델이 노출되는 소설도 줄어든다. 염상섭의 세계에서 일본 자연주의의 구호였던 '배허구'의 자세가 약화되는 현상이라고 할 수 있다. 그와 함께 양성관계와 돈 문제가 등장하기 시작한다. 「검사국대합실」은 자전적 소설에서 양성관계가 나타난 첫 케이스라고 할 수 있다. 하지만 여기 나오는 양성관계는, 관계라는 말이 무색할 정도로 어설픈 것이다. 아름다운 이성에 대한 옅은 관심일 뿐이다. 실지로 이 남녀는 검사국대합실에서 단한 번 만난 사이에 불과하다. 인사조차 한 일이 없는 그 여자를 남자가 이따금 생각해 보는 상태여서 사춘기의 남학생이 여배우를 생각하는 정

---

55 「문예와 생활」, 『전집』 12, p.108.

도에서 끝나고 있다. 이와 비슷한 작품으로 「금반지」가 있다. 이 소설의 주인공은 학력과 직업이 작가와 달라 자전적 소설로 단정하는 데는 좀 무리가 있지만, 이성 경력, 연령, 귀국 후 서울을 비운 기간 등으로 미루어 보아 자전성이 농후한 소설로 보인다. 양성관계는 「검사국대합실」 패턴이다.

그것은 작가의 이성관계와 비슷하다. 염상섭은 서른이 넘어서 결혼한 작가지만 나혜석, 시나코 등과의 관계 외에는 구체적인 연애경력이 없다. 그는 자신의 이성관계가 이렇게 불모성을 띤 이유를 i) 첫사랑의 실패, ii) 용모에 대한 열등감, iii) 숫기 없는 성격[56] 등에서 찾고 있는데, 그 점에서 위의 소설들의 주인공과 비슷하다.

염상섭의 자전적 소설의 사랑은 막연한 짝사랑의 경지를 벗어나지 못하고 있어서 성의 묘사는 생겨날 여지가 없다. 주변 인물들의 경우에도 비슷하다. 「유서」의 나도향의 사랑도 이 범주에 들기 때문이다. 김동인의 「발가락이 닮았다」의 모델이 염상섭이라는 것을 반이라도 인정하는 경우, 자전적 소설에서 인간의 성생활을 그리는 일을 기피한 염상섭의 태도는 중요한 쟁점으로 부각될 수 있다. 그것은 카다이나 토손의 경우처럼 유교적 성교육의 엄격성과 관련된 것이겠지만, 자신의 육체성을 숨기려한 사실은 리얼리스트로서는 결함사항이 됨을 부정할 수 없다. 모델소설에 나타나는 반대의 경향을 생각해 볼 때 이 점은 그의 문학이 지니는 이중성을 입증하는 것이라 할 수 있다.

돈 문제가 본격적으로 나오는 2기의 자전적 소설에는 「윤전기」가 있다. 이 소설은 직장을 무대로 하고 있는 점에서 「E선생」과 비슷하나, 「E선생」에 나오는 정신적 갈등이 여기에서는 돈 문제로 전환되어 있다.

---

56 「소위 모델 문제」 3, 『조선일보』 1932. 2. 24.

그것은 배경의 폭과도 상응한다. 「E선생」의 무대가 시골 학교의 캠퍼스 안팎으로 퍼져 있는 반면에 이 소설의 무대는 빌딩의 좁은 옥내로 한정되어 있다. 배경의 협소화 경향이 주제의 현실화와 호응한다. 이 소설은 돈의 원리가 인간의 삶에서 차지하는 비중의 크기를 작가가 정식으로 인정한 최초의 자전적 소설이다. 그의 비자전적 소설에 돈과 아울러 성의 문제가 본격적으로 다루어지기 시작하는 것도 이 무렵부터다. 그러나 자전적 소설에서 돈 문제에 주인공이 직접 나서서 싸우는 것은 이 소설뿐이다. 거기에는 신문사를 살려야 한다는 공적인 명분이 있다. 그 명분은 민족적인 과제와 직결되어 있다. 하지만 싸움의 결과로 자기가 얻을 개인적 이익은 전혀 없다는 사실이 전제가 되고 있다.

「숙박기」도 금전이 주인공의 생활을 좌우하는 가장 중요한 요인으로 등장하는 소설이지만, 여기에서는 돈 때문에 분쟁이 생길 때, 주인공은 싸우는 대신 양보하는 쪽을 택하는 것이 그의 물질관을 보여준다. 개인적인 면에서는 이해타산을 노출시키는 것을 수치로 생각하는 선비적 정신주의가 남아 있어, 공적인 명분이 있을 때만 돈 문제로 싸우게 하는 제한적인 물질 긍정의 자세가 생기는 것이다.

그 점에서 염상섭은 장사로 번 돈을 자신을 위해서는 쓰지 않은 허생원의 연장선상에 놓여 있다. 돈 문제를 누구보다도 빨리 그리고 철저하게 작품 속에 도입한 염상섭도 일본의 자연주의 작가들처럼 자신과 관계되는 돈이나 성 문제에 있어서는 완전히 현실적이 될 수 없었다는 사실을 여기에서 재확인하게 된다. 그런 제한적인 금전 긍정도 이 두 소설에만 나온다는 사실이 그것을 뒷받침한다.

「유서」는 2기의 소설 중에서 죽음의 문제를 다룬 유일한 작품이다. 친구의 유서를 보고 느끼는 심려의 깊이가 나도향을 향한 염상섭의 우정의 깊이를 가늠하게 하는 이 소설은, 문학사적 자료로서도 가치를 지닌다. 하지만 거기 나타난 죽음은 「죽음과 그 그림자」의 그것에서 별로 나아간 점이 없다. 하지만 「유서」가 2기에 죽음의 문제를 다룬 단 하나의 자전적 소설이라는 사실은 주목할 가치가 있다. 돈과 성이 들어와 형이상학적 고뇌들을 몰아내는 하나의 증거가 될 수 있기 때문이다. 주제의 희귀성과 함께 주목을 끄는 것은 이 소설이 「검사국대합실」을 제하면 2기에 1인칭으로 쓰인 유일한 소설이라는 사실이다. 2기에 가면 자전적 소설에서도 1인칭은 없어져 간다. 돈과 성이 차차 비중이 커지면서 염상섭의 자전적 소설에서는 형이상학적 주제의 감소, 1인칭 시점의 감소 현상 등이 같이 나타난다. 그러면서 자전적 소설 자체가 줄어드는 것이다.

염상섭의 자전적 소설은 2기에 오면서 형이상학적인 주제가 차지하던 자리를 형이하학적인 주제가 차지한다. 돈과 성의 문제가 표면화되면서 배경은 좁아지고, 인물은 현실화되며, 시점은 객관화되는 경향이 나타나는 것이다. 하지만 자전적 소설의 경우, 돈은 개인적 이익과 상관이 없을 때에만 긍정되는 제한성을 나타낸다. 성은 이보다 더 제한적이다. 자전적 소설에 나타난 성은 짝사랑의 수준에 머물고 말기 때문이다. 이런 제한성은 비자전적 소설에 가면 거의 없어진다.

2) 비자전적 소설의 경우

비자전적 소설에서는 돈과 성이 나오는 시기가 자전적 소설과는 비교도 안 되게 빠르다. 자전적 소설에서는 2기에야 제한적으로 나타나는 돈과 성의 문제가 여기에서는 초기의 「제야」에서 이미 본격적으로 나타나고 있기 때문이다. 「제야」는 「윤전기」보다 3년 전에 나왔다. 그런데 거기에는 이미 타산에 의한 결혼과 타인의 아이를 임신한 신부가 등 장한다.

「제야」의 최정인은 염상섭의 세계에 나오는 최초의 자본주의적 인간형이다. 그녀는 돈 계산을 제대로 할 줄 알 뿐 아니라 자신의 물욕을 부끄러워하지도 않는다. 그녀는 주판알을 굴려보고 나서 결혼을 한다. 자신의 예술적 재능을 살려줄 재력을 가진 연상의 남자의 재취가 되는 것이다. 결혼하기 전에도 그녀는 외국유학을 하기 위해 남의 첩이 되는 것도 사양하지 않았다. 목적을 위해서는 수단을 가리지 않는 최정인은 일본의 오자키 고요의 「금색야차」의 여주인공보다 한발 앞선 경제관념을 가지고 있다. 그녀는 염상섭의 세계에 나타난 최초의 경제인간이다. 무인도에서도 가계부를 적던 로빈슨 크루소처럼 정인은 의리나 염치보다는 이익을 중시한다. 노벨에 어울리는 주인공이다.

이런 인간형의 출현은 염상섭의 소설이 앞으로 발전되어 갈 방향을 예시한다. 로맨스에서 노벨로 이행해 갈 것을 예고하는 것이다. 이 소설에서는 시점과 서술방법 등이 그것을 방해하기 때문에 그 자리를 「전화」에 양보할 수밖에 없었지만, 인물만 독립시켜 놓고 보면 최정인은 염상섭이 그린 노벨에 적합한 최초의 인물이다.

이 소설은 모델소설이다. 염상섭은 허구 배격운동을 벌였던 일본 자연주의[57]의 영향을 받은 작가인 만큼 최정인의 성격은 모델인 나혜석의 것을 모사한 것이라고 보아야 한다. 같은 인물이 모델인 「해바라기」의 영희도 돈 계산을 잘하는 여인이라는 점이 그것을 뒷받침해 준다. 「제야」만 해도 구체적인 돈 계산은 나오지 않지만 「해바라기」에서는 돈셈이 구체적이다. 하지만 그녀가 처음부터 타산적인 인물이 아니었다는

---

57 졸저, 『자연주의 문학론』 1, pp.133-137 참조.

것은 첫사랑인 홍수삼에 대한 조건 없는 헌신을 보면 알 수 있다. 그러니 인물의 성숙성과도 관련이 되는 문제라 할 수도 있다. 「표본실」과 「윤전기」의 인물 사이에 가로놓여 있는 현실감각의 차이가 홍수삼의 애인이었던 영희와 타산에 의해 결혼한 최정인과의 사이에도 가로놓여 있을 것이기 때문이다. 그것은 어쩌면 염상섭과 나혜석의 거리이기도 하다. 나혜석은 염상섭보다 연상이다. 염상섭이 「표본실」적 세계를 헤매고 있을 때 그녀는 이미 「윤전기」의 세계에 와 있었다고 할 수 있다.

그런 것을 감안하더라도 차이점은 여전히 남는다. 그것은 돈에 대한 인식의 차이다. 최정인은 자신의 개인적 욕망을 위해 돈 문제에 매달리며, 그것을 숨길 필요가 없는 일로 여기는 여인이다. 「윤전기」의 인물은 그렇지 않다. 그는 아직도 사적인 면에서 금전에 대한 욕심을 지니는 것을 자신에게 허락하지 않는다. 최정인은 한국의 근대사회에 지나치게 일찍 나타난 근대인이다. 그 지나침을 사회가 용납하지 않은 데 그녀의 비극이 있다.

「제야」는 돈뿐 아니라 성의 문제에서도 염상섭의 세계에서 선두에 서는 작품이다. 자전적 소설의 남자들이 아직도 풀 스피드의 기차를 타고 무한을 향해 달리는 것을 꿈꾸는 시기에 최정인은 이미 "허영심 많은 여자가 갖가지 보석으로 몸을 치장하듯이"[58] 여러 가지 타입의 남자와 다각적인 육체적 교섭을 가지는 방종한 생활을 한다. 첩의 자식이요 사생아인 최정인은 "아즈버님일단의 소견터이엇고, 젊은 아저씨의 밤출입처"[59]인 환락의 장소에서 자란다. 유전과 환경의 모든 요건이 그녀의 도덕에 대한 불감증을 결정해 놓는 것이다.('결정론'항에서 상론할 예정임) 그녀

---

58 『전집』 9, p.7 참조.
59 같은 책, p.69.

는 남자를 사랑하는 것이 아니라 소유하려 하며, 처녀시절부터 남자에게서 금전적인 보수를 받는 데 익숙하다. 그녀의 동경생활 6년은 정조를 상품화하여 학비까지 충당하는 생활의 연속이었다. 그러다가 다른 남자의 아이를 임신한 채 결혼을 하고, 그것이 탄로나서 쫓겨나 자살을 기도한다. 「제야」는 그녀가 죽음을 결심하고, 떠나온 남편에게 쓰는 유서형식으로 되어 있다.

이 소설에서 작자는 개성의 절대성에 대한 믿음, 인습에 대한 반항 등에서 최정인과 의견을 같이 한다. 최정인도 염상섭이 초기에 애용하던 '환멸의 비애', '주관은 절대다' 같은 말을 좋아한다. 이것은 염상섭과 나혜석이 공유하던 부분이다. 하지만 그의 자전적 소설의 남자들은 물욕과 성적 방종, 그것을 긍정하는 대담성 등에서는 그녀를 따라갈 수가 없다. 최정인은 자본주의적 인물인데, 그의 남자들은 전통적인 가치관에서 완전히 탈피하지 못했기 때문에 2기의 작품에서도 물욕은 감추어야 할 부끄러운 것으로 치부하고 있다. 성의 경우도 마찬가지다.

「묘지」는 기혼남자가 주인공이 된 최초의 소설이다. 인물의 결혼과 현실성은 언제나 비례하는 것이 염상섭의 특징인 만큼 이 소설의 주인공은 초기 2작의 남성들보다는 현실적이다. 그의 현실성은 돈 계산, 양성관계, 사회를 보는 시각의 성숙도 등에서 나타난다. 여로와 옥내를 공유하는 배경을 가진 「묘지」는 1기와 2기의 특성을 두루 갖춘 소설인데, 주제에서도 같은 현상이 나타난다. 「묘지」를 자전적 소설로 본다면 이 소설은 돈 계산이 나타나는 최초의 자전소설이다. 하지만 돈 계산이 구체적으로 나타나는데도 불구하고 이인화의 경제관념은 지극히 방만하다. 처자가 있지만 돈에 대한 관념에서는 여전히 학생티가 나는 것이다. 그는 아내의 임종에 오라고 보낸 돈으로 술집 여자의 목도리부터 사며, 아내의 상을 치르고 나서도 학비를 받자마자 그녀에게 송금한다. 아직도 부모의 돈을 얻어쓰는 처지여서 이런 헤픈 면이 생겨났을 것이다.

돈의 씀씀이는 자리 잡히지 못했지만 현실을 보는 눈은 초기 2작보다는 성숙하다. 우선 여자를 데리고 노는 자세에 변화가 나타난다. 카페에 가서 여자 둘을 함께 데리고 놀 만큼 어른스러워진 것이다. 경제적으로는 독립하지 못했지만 「금반지」나 「검사국대합실」의 인물보다는 성숙해진 것이다. 이인화에게 있어 여자는 이미 사랑의 대상이 아니라 성의 대상이며, 동경의 대상이 아니라 동거의 대상이다.

> ① 다시 자세히 보니까 암만해도 학비를 대어달라거나 어떠케 갓치사라 보앗으면 하는의사를 은근히 비치엇다. …… '돈백이고일시에 변통해달라면 그건될지모르지만'. …… '아무래두 데리고살수는업서'
>
> 「묘지」, 『전집』 1, p.101

> ② '지금와서 내게 떼어맥기랴는것은안이겟지요' 나는 일부러 이런소리를 한마듸하고 병화의숙이고안젓는얼굴을 들여다보앗다.　같은 책, p.103

'데리고 산다', '떼어 맡긴다'와 같은 말을 예사롭게 쓰는 이인화는, 여자가 보낸 편지의 행간에서 금전적 요구와 성적인 요구를 동시에 읽어낼 만큼 성숙해졌으며, 데리고 사는 일이 불가능하다는 결론이 나오자, 서슴없이 돈으로 그 관계를 청산해 버릴 만큼 현실적이 되었다. 여자의 숨겨진 요구를 판독하는 점에서나, 그 관계를 청산하는 수법이 너무나 어른스럽고 능란하다. ②도 마찬가지다. 데리고 놀다가 싫증이 난 여자를 자기에게 떼 맡기려는 사촌형의 숨은 의도를 눈치 채고, 반격을 가하는 말씨가 신랄하다.

이런 현실감각은 사회적 현실을 보는 안목의 성숙함에서도 나타난다.

관부연락선 안에서의 일인들의 행태, 부산에서 본 일본인들의 도심지 잠식현상, 친일적이 되어 가는 인물들에 대한 비판, 사벨을 찬 형과 친일단체에 실속 없이 매달리려 하는 아버지 등에 대한 분석적인 안목은 「표본실」이나 「암야」의 인물들은 가지고 있지 않은 요소다. 자아의 내면에만 함몰하였던 눈은 밖으로 돌려졌고, 개인적인 관심이 사회로 돌려져 "만세 전 해의 식민지 한국"의 묘지 같은 현실을 재현하는 데 성공을 거둔 것이다.

이 소설은 여러 면에서 「삼대」의 예비적 요소들을 지니고 있다. 이인화는 덕기의 원형이다. 그리고 홍경애나 김의경은 나혜석을 모델로 한 인물들과 동류다. 이들도 「제야」의 인물보다 진일보했지만, 덕기도 「표본실」의 세계를 탈피해서 최정인의 세계와 비슷한 곳으로 옮아 앉아 있다. 좀더 시간이 지나면 이인화식 돈 계산의 방만함, 일본으로의 탈출의 욕 같은 것들이 모두 자취를 감춘다. 그것이 「전화」의 세계다. 작가의 현실감각의 변화가 인물을 성숙시키는 동인이 되고 있다고 할 수 있다.

「묘지」와는 달리 「전화」에서는 부부를 중심으로 가정의 일상사가 다루어져 있다. 이인화 부부가 어른들께 생계를 의존하는 존재인데 반해 「전화」의 내외는 자력으로 생계를 꾸려나가는 어른들이다. 그들의 경제관념은 '어른남자'의 안목을 지니고 있다. 남편은 바람을 피우고 들어갈 때 아내에게 어느 수준의 선물을 해야 탈이 안 나는지 알고 있고, 아내는 그의 약점을 이용해서 친정아버지께 드리는 선물 값을 업그레이드시킨다. 말다툼조차 하지 않고 서로 속이며 피차 손해를 보지 않는 방향으로 사태를 이끌어가는, 그 부부는 사는 일에 통달한 어른인 것이다.

「전화」는 부부가 모두 현실적인 생활인으로 설정된 최초의 소설이다. 남편은 회사의 화물주임이고 아내는 전형적인 살림꾼이다. 그런데 두 사람이 다 이름이 없다. 남편도 이주사로만 처리되어 있다. 개성이 문제가 되지 않는 평범한 사람들의 이야기임을 명명법이 드러내준다. 이들은 상식적인 보통 부부로서 둘 다 돈에 대한 관념이 철저하다. 때로는 상대방을 속이고, 약점을 이용하기도 하면서, 그 일을 부끄러워하거나 미안하게 생각하지 않는 현실적인 사람들이다. 그들은 인간은 누구나 그 정도의 욕심을 지니고 있다는 것을 터득하고 있다. 그래서 자신의 욕심에 관대하듯이 상대방의 물욕에도 너그럽다. 화해의 관계가 유지되는 것은 그런 어른스러움 때문이다.

인간이 지니고 있는 욕심과, 선과 악의 혼합성을 있는 그대로 긍정하는 염상섭의 자세는 「전화」에서부터 시작해서 남은 세월 동안 그대로 지속된다. 야조현 시장에 모인 사람들을 까닭 없이 단장으로 모조리 때려주고 싶어 하던 맹목적인 인간혐오가 「전화」 무렵에 다다른 자리는, 자타의 물욕과 성욕을 모두 받아들이는 어른의 세계였던 것이다.

이 소설에서 일어나는 사건은 처음으로 집에 전화가 들어왔다가 팔려나가는 과정이 전부다. 전화는 이들이 사는 모습을 심층으로부터 바꾸는 역할을 담당하지 않는다. 전화가 들어오기 전이나 후나 이들이 살아나가는 원리에는 변함이 없다. 그것은 돈에 대한 신봉이다. 부부와 부자, 동료들 사이가 돈의 원리에 의해 움직여지는 세계다.

이때부터 염상섭의 모든 인물들은 돈을 축으로 해서 행동하기 시작한다. 「제야」, 「해바라기」, 「묘지」에서 나타나기 시작한 돈의 원리가 「전화」에 와서 완전히 뿌리를 내리고, 그 다음부터는 요지부동의 기반이 되어 마지막까지 계속된다.

이 소설에서 전화의 역할은 사건을 만들고 끝내는 데 필요한 장치로서의 기능을 담당한다. 새로 놓은 전화를 기생이 처음 거는 데서 소설은 시작된다. 기생의 전화로 인해 부부는 아침부터 말다툼을 한다. 제2라운드는 남편이 술집에 가고 싶은데 아내의 잔소리를 피하기 위해 동료로 하여금 자신을 전화로 불러내게 트릭을 꾸미는 것이다. 세 번째 전화는 남편이 나간 후에 기생에게서 다시 온다. 그 전화를 통해 아내는 남편이 거짓말을 하고 나갔는데 목적을 이루지 못했음을 알아낸다. 그러자 이번에는 남편에게서 전화가 온다. 처음으로 전화가 유용하게 쓰였다고 좋아하지만 내용은 집에 못 들어간다는 사연이다.

이래저래 전화가 싸움의 원인이 되자 부부는 그것을 없앨 생각을 한다. 그런데 그 과정에서 또 문제가 생긴다. 전화를 사가는 김주사가 자기 아버지가 사는 전화값을 2백 원이나 더 불려서 착복한다. 그 사실을 알아낸 아씨가 그 돈을 김주사의 아버지에게서 받아 내서 자기가 먹어버린다. 전화의 투자가치에 눈을 뜬 아씨가 "여보, 우리 어떻게 또 전화 하나 맬 수 없소?" 하는 데서 소설은 끝난다. 「전화」에 나오는 인물들은 속임수를 많이 쓴다. 남편은 기생집에서 놀다 오면서 속적삼과 장갑을 사주어서 아내의 입을 막고, 가짜 전화를 걸어 기생집에 갈 계교를 꾸민다. 아내는 남편이 잠꼬대로 기생집 김장 걱정을 한 것을 빌미로 친정아버지의 옷 한 벌을 더 울거낸다. 기생 채홍이는 김주사와 이주사를 둘 다 토닥거려서 김장값을 이중으로 받아낼 계략에 골몰하고, 기화는 그 정보를 이주사에게 제공한 대가로 채홍이의 고객을 차지한다. 김주사 부친의 아들에 대한 불신, 아버지를 속이고 전화 소개비를 2백 원이나 챙겨 기생 놀음에 소비하는 아들…… 서로가 속고 속이는 관계의 악순환인데도 그들 사이에는 미움이 없다. 돈에 대해 욕심을 가지는 것을 모든 인물이 당연한 사실로 받아들이고 있기 때문이다. 그 후의 다른 소설의 경우에도 같은 원리가 적용된다. 이 점이 자전소설의 인물들과 비자전적 소설의 인물들을 구분짓는 분수령이다.

「해바라기」와 「묘지」에서 시작된 돈 계산이 본격화되는 것이 「전화」의 특징이다. 그것은 채홍이네 김장값에서 시작해서, 아내의 속적삼 값으로 이어진다. 김장값은 '적어도 오륙십 원'으로 예상되고, 적삼값은 '삼 원 육십 전'으로 못박혀 나온다. 푼전까지 정확하게 나오는 것이다. 좀 큰 돈의 사용 명세서는 전화값의 용도에서 나타난다.

③ 위선, 오십원은 채홍이집 김치갑, 또 오십원은자긔집 김장갑, 이 백원은면화밋절로잡힌 전당차질것 삼십원은 장인환갑에 옷해갈것 ……이만하면 마누라의 박아지 극는소리도 쏙 들어가겠지 합계 삼백 삼십원을 제하면 일백칠십원으로 당분간 술잔먹고, 이달금음 월급 때까지 잔돈푼에 쫓기기야하겟니 『조선문단』, 1925. 2, p.15

이런 세밀한 돈 계산은 「삼대」의 조의관의 유서 목록과 통하는 데가 있다. 외딴 섬에서 혼자 살면서도 날마다 손익계산을 적는 로빈슨 크루소가 자본주의적 인간형이라면 「전화」에서 시작되는 염상섭의 인물들도 자본주의적 인간형이다. 돈의 원리에 입각해 살면서 손익계산을 수시로 하는 인간들인 것이다. 여기에서는 옷감의 종류 같은 것도 가격에 따라 구체적으로 등급이 매겨진다.

④ 하다 못해 삼팔로라도 바지, 저고리, 안팎 꼽지른 두루마기, 공단 마고자, 거기에 버선 한죽은 해야 한다는 것이다. 같은 책, p.171

이 대목은 「삼대」의 첫머리에 나오는 "당치 않은! 삼동주 이불이 다 뭐냐? 주속이란 내 낫세나 되어야 몸에 걸치는 거야"라는 조의관의 나무람과 상통한다. 물건의 가격과 그 용도에 대한 세밀한 묘사는 돈 계산의 구체성과 더불어 「전화」 이후의 염상섭의 사실주의의 근간을 이루는 중요한 요소들이다.

하지만 성에 대한 묘사는 여기에서도 간접화되어 있다. 「전화」는 염상섭의 소설 중에서 남자의 외도가 본격적으로 다루어진 첫 작품이다. 그것은 경제력을 지닌 기혼자의 등장을 의미하기도 한다. 「전화」의 남편의 외도는 기생에게 김장을 해주어야 할 정도로 본격적이고, 그것도 채홍이와 기화 두 기생과의 다각적인 육체관계를 암시하고 있다. 하지만 그의 외박은 "그날밤 그는 자기집에 못들어 가고 말았다."로 간단히 처리되어 구체적인 성 묘사는 생략되고 있다. 기생이 남자를 유혹하는 장면도 "목을 얼싸 안듯이 하며 입을 귀에다 대고" 하는 범위를 벗어나지 않는다. 그것도 마루가 무대다. 염상섭은 성에 대한 묘사를 대화를 통하는 등 간접적인 방법으로 그리는 것이 상례이며, 장소도 술좌석이나, 마루 등으로 한정되고, 막상 침실의 내부는 생략하고 있다. 부부사이나 혼외정사의 경우를 막론하고 침실이나 육체적 교섭장면은 기피하고 있는 것이다.

나머지 작품들은 A) 빈곤의 문제를 다룬 소설-「고독」, 「조그만 일」, 「밥」과, B) 부유층의 재산분쟁을 다룬 소설-「난어머니」, 「남충서」, 「삼대」 등으로 나눌 수 있다.

A)의 경우 돈 문제는 생존권을 위협하는 절대빈곤의 상태와 직결되어 있다. 대표적인 것이 「조그만 일」이다. 먹을 것이 없어서 자살을 기도하는 남녀를 그렸기 때문이다. 「고독」도 생존권을 위협받고 있는 가난한 사람을 다루고 있다. 「밥」에서만은 밥 문제뿐 아니라 먹는 것 이상의 문제도 포함된다. 가족을 부양하지 못해 하숙을 쳐서 연명하면서도 공허한 이념만 내세우고 있는 「주인」과, 남의 밥그릇을 가로채는 그의 친구인 두 사회주의자가 비판의 대상이 되고 있다. 하지만 그 작품도 결론을 유보한 채 끝난다. "이 세상은 엇더케되는 세음인가" 하며 화자가 한숨을 쉬는 데서 끝나고 있기 때문이다. 무해결의 종결법이다.

생존을 위협받는 절대 빈곤의 상태를 다루고 있는 만큼 여기에서는 성
문제는 나오지 않는다. 「고독」의 '문철'의 다음과 같은 말이 그것을 입
증한다.

⑤ 그러나 요사이의문철이는 주인녀편네의 얼굴상고를 할여가도업섯
다. 그계집의얼굴이 얌전하다고 업는 돈 이십원이 한울에서 떠러질리도
업스니 그도그러켓지만, 또 닷새동안은 끌을탕으로지내온 보람도업시 닥
쳐왔다. 『조선문단』 10, 1925. 7, p.191

문철이가 그 여자와 함께 절놀이를 간 것은 그녀가 자신을 돌보아 주
었고 놀이비용도 부담하면서 유혹해서 된 일이지 여자에 대한 관심과는
무관하다. 이 세 소설에서 「고독」에만 남녀관계가 나오는데, 그것이 이
수준에서 끝나고 있다. 가난 때문에 양잿물을 마신 여자가 죽음의 고비
를 넘기는 데서 끝나는 「조그만 일」은 더 말할 필요가 없고, 「밥」에도
성 문제가 나올 여지는 없다. 졸라의 「목로주점」처럼 빈곤이 성적 타락
과 유착되어 있는 예는 염상섭에게서는 찾기 어렵다.
  B)의 경우는 그렇지 않다. 염상섭의 소설에 나오는 부유한 사람들의
문제는 언제나 성과 관련이 있다. 「삼대」가 대표적인 예다. 조씨네 3대
는 모두 성적인 면에 문제가 있다. 1대인 조의관은 아들보다 젊은 수원
댁을 후취로 들여놓았는데, 그녀는 병들고 늙은 남편의 눈을 속이고 은
근짜집에 드나든다. 2대인 상훈은 아들과 동기인 홍경애에게 아이를 낳
게 했을 뿐 아니라 매당집에 드나들며, 신여성인 김의경을 사귀어 살림
을 차려준다. 3대인 덕기의 경우는 아직 문제가 생긴 것은 아니나, 필순
과의 사이가 부친의 전철을 밟을 가능성을 암시하고 있다. 덕기의 어머
니가 필순을 제2의 홍경애라고 부르고 있는 사실이 그것을 입증한다.

하지만 그것은 아직은 가능성에 불과하다. 성적인 면에서 타락한 것은 조부와 부친이지 덕기 자신은 아니다.

이상하게도 염상섭의 부르주아 상속자들은 대체로 건전하다. 덕기나 충서, 종호처럼 개화된 일본 유학생들에게서는 그런 문란상이 나타나지 않는다. 학생신분을 가진 남자는 성적인 타락에서 제외되는 것도 염상섭의 특징 중의 하나라 할 수 있다. 그런 현상은 「난어머니」와 「남충서」에서도 나타난다. 여기서도 성적으로 타락한 것은 당사자가 아니라 부친들이다. 충서와 종호는 둘 다 서자다. 그들의 집에는 자신의 생모 말고 여자가 또 있다. 아버지의 여성관계가 문란하여 그 결과가 다음 세대에 심각한 영향을 미치고 있는 것이다.

그러나 이 세 작품에서는 선대의 성생활이 문란한데도 불구의 아이를 낳는다거나 토손의 「家」에서처럼 정신박약아를 낳는 병적인 현상은 나타나지는 않는다. 성병 같은 문제도 없다. 유전이 문제가 되는 경우가 적은 이유가 거기에 있다. 부유한 남자가 일부다처제의 테두리 안에서 정식으로 첩을 거느리고 본처와 같이 사는 수준에서 문제가 끝나고 있는 것이다. 따라서 그것은 일부다처제가 허용되는 봉건적 인습과 관련이 깊다.

여자들도 아들 세대와 비슷하다. 수원집과 「고독」의 여자, 똥파리의 아내 등이 예외적으로 은근짜집에 드나들고 있기는 하지만, 나머지 작품에서는 첩 중에도 성적으로 타락한 여인은 없다. 본처는 더 말할 필요도 없다. 중년의 부자 남자가 첩을 거느리는 것으로 염상섭의 남자들의 성적 타락은 국한되어 있다. 여자 중에는 초기의 최정인 같은 여성이 없다.

중년 남자들의 성적 타락을 다루는 경우에도 역시 성에 대한 묘사는 간접적으로 표출될 뿐 육체적인 교섭이 표면화되는 일은 거의 없는 것이 염상섭의 특징이다. 서모인 수원집과 상훈이 함께 드나들다 마주치는 매당집 장면도 부딪치는 장소는 문간이다. 마루, 문간 등에서의 남녀의 수작이 그려질 뿐 침실은 기피되고 있는 점에서 「삼대」도 「전화」류의 소설과 비슷하다. 「남충서」나 「난어머니」의 경우는 그나마 그런 장면조차 나오지 않는다. 「남충서」에서는 충서의 이모와 아버지의 관계가 어머니 미좌서의 입을 통해 미심쩍은 것은 것으로 암시되고 있을 뿐이다.

B)에서 성이 간접화되는 이유 중의 하나는 그것이 주인공의 문제가 아니라는 점에도 있다. 아들의 입장에서 보면 아버지의 성생활의 난맥상은 그 결과로 생기는 서자나 유산문제와 관련이 있을 뿐 그 이상의 문제는 없다. 두 남자가 한 여자와 같은 방에서 뒹구는 졸라의 세계와는 너무 먼 거리에 있는 것이다.

대체로 염상섭의 소설에는 성에 대한 묘사가 많지 않다. 아버지의 여자관계가 주축이 되기 때문이다. 「난어머니」에 나오는 서모처럼 여자들은 외모보다는 성격에 비중이 주어지고 있다. 하지만 주동인물과 관련되는 여성관계는 그렇지 않다. 그 경우에는 여자의 육체적 조건이 관심의 대상이 되고 있음을 다음 글을 통하여 확인할 수 있다.

⑥ 그는 첫눈에 벌써 앗갑다는 생각부터 났다. 키는 더 크랴야 더 클 수도 없겠지만 포동포동한두뺨이며 윤광이도는 눈찌라든지 도담스러운 억개 통, 눈에띠이게 불룩한 가슴께가 어대로보든지 작년 봄에 본 E자라고는할 수업다. …인제는 남자를 정말 남자로 정시할만한무슨힘이 있는 것 가 타얏다.　　　　　　　　　　　　　　　　　『개벽』, 1924. 2, p.148

⑦ 그러나저러나 버틔고섯는 몸가지는틔라든지 떡버러진억개쪽지와

평퍼짐한엉덩판으로보와서 벌서어른꼴이박인것은 분명하다고혼자생각하얏다. 『개벽』, 1925. 7, p.3

⑧ 주인녀편네라는것은, 키는 그리큰키가아니지만, 몸집이 간엷히고 감숭감숭한상판이 동긋한데, 입이 유난히 음옷한듯하고 파란눈동자가 대룩거리는것은, 성미가깔금해보이나, 조고만코의 좌우편이 눈으로 치처 올러가면서, 얼굴언저리보아서는좀비인구석이 보이는것이, 그다지쌀쌀하게결곡한사람은아니다. 『조선문단』, 1925. 10, p.191

⑥은 「금반지」, ⑦은 「검사국대합실」, ⑧은 「고독」에서 인용한 것이다. 여기에서는 여자의 신체적 조건이 성적인 면과 관련되어 남자의 관심을 끌고 있음을 알 수 있다. 하지만 이런 관심이 행동과 연결되는 경우는 거의 없다. 전술한 바와 같이 「금반지」의 사랑은 프러포즈도 하기 전에 끝나며, 「검사국」은 한 번 본 것으로 그만이고, 「고독」에서는 여자에게 끌리어 절놀이를 한 번 가는 것이 전부다. 성적인 교섭이 이루어지기 전에 사건이 끝나버려서 성적인 묘사를 할 자료가 없는 셈이다. 아버지들의 경우에는 성적인 방종이 나타나지만 직접적인 묘사는 생략되어 있어, 모든 B)형 소설에서 성에 관한 묘사가 간접화되거나 생략되고 있다는 결론이 나온다.

반면에 돈에 관한 것은 구체성을 띠며, 비중도 무겁다. 이 세 소설은 모두 유산분배에 얽힌 갈등을 취급하고 있기 때문이다. A)의 경우와는 달리 B) 그룹의 돈 문제는 유산분배 문제로 제기되어 가족 간의 갈등의 원인을 형성한다. 그 대표적인 예가 「삼대」다. 이 소설에서 유산분배 문제로 가장 추태를 부리는 인물은 상훈과 수원집이다. 상훈은 아버지의 금고를 건드려 땅문서를 처분하다가 경찰에 구속되며, 수원집은 남편을 독살한다. 하지만 덕기가 그들을 용서함으로써 사건은 조용히 끝난다.

「난어머니」에서는 주동인물이 재산보다 생모문제를 중시하고 있다. 그는 외아들이어서 재산분쟁은 생겨날 여지가 없기 때문이다. 아버지의 숨이 넘어가기도 전에 서모와 사촌형이 종호를 대하는 태도가 변하고, 심지어 누이들까지 변하는 것은 천석의 유산 때문인 만큼 돈은 「난어머니」에서도 절대적인 위력을 발휘한다. 「남충서」도 마찬가지다. 어머니 미좌서와 아버지의 갈등은 사랑싸움이 아니라 돈 싸움이다. 돈은 이와 같이 B) 그룹 소설의 기본축을 형성한다. 돈 계산이 가장 구체적으로 나오는 것은 「삼대」이며, 「남충서」에서도 돈의 액수가 구체화되나, 「난어머니」에서는 구체적인 갈등이 나타나지 않는다.

성의 경우와 마찬가지로 물욕에서 오는 타락적 양상도 역시 부조의 세대로 한정되어 있다. 작가의 동년배의 주동인물들은 물질에 대한 태도가 신사적인 것도 염상섭의 B) 그룹 소설의 공통 특징이다. 하지만 「똥파리와 그의 안해」는 여기에서도 예외적이다. 똥파리는 A)의 인물들처럼 기아선상에 놓여 있지 않다. 그는 막벌이꾼이지만 부지런해서 저축을 하고 있다. 그렇다고 B) 그룹처럼 부자는 아니다. 염상섭의 소설에는 막벌이꾼이 드물다. 「똥파리」와 「밥」의 집주인의 동생 정도인데, 이 두 사람은 모두 긍정적으로 다루어져 있다. 똥파리도 다른 인물들처럼 배금주의자지만 그는 자기가 번 돈을 아끼는 것뿐이다. 이 소설은 모든 면에서 예외적임을 여기에서도 확인하게 된다. 염상섭이 제일 못마땅하게 여기는 인물은 「밥」에 나오는 사상가의 유형이다.

위에서 살펴본 자료에 의하면 비자전적 소설은 자전적 소설보다 돈과 성의 노출도가 현저하게 높다. 1기에 이미 물욕과 성욕을 긍정하는 「제야」가 쓰인 사실이 그것을 입증한다. 2기에 가면 이런 경향은 나날이 강화되어 「삼대」에 가서 절정을 이룬다. 금전을 삶의 기본축으로 인정하는 경향은 2기에 가면 좀더 보편화되고 강화된다. 최정인의 유서에서 시작하는 돈 계산은 조의관의 유서에서 최대치를 나타낸다.

성의 경우도 이와 비슷하다. 최정인에서 시작된 성적 타락은 조상훈에 가서 절정을 이룬다. 하지만 어느 경우에도 성에 관한 직접적인 묘사는 나오지 않는다. 간접화되거나 생략되는 것이다. 뿐 아니다. 작가와 동년배의 남성인물들은 거의 타락상을 나타내지 않는다. 돈의 경우도 마찬가지다. 돈과 성 양면에서 타락하는 것은 아버지 세대가 아니면 신여성으로 국한되는 곳에 염상섭 소설의 특징이 있다. 자전적 소설에서 돈과 성이 미온적으로 나타나는 것과 같은 원리가 여기에도 적용되는 것이라 할 수 있다.

결론적으로 말하자면, 1기의 자전적 소설에서는 제재 자체가 비일상적이며, 주제는 형이상학적이다. 따라서 거기에서는 돈에 대한 관심이 표면화되지 않는다. 「표본실의 청개고리」, 「암야」, 「E선생」 등은 모두 비일상적 제재를 다루고 형이상학적인 문제에 역점을 두고 있다. 이런 경향은 초기에 갈수록 짙어지며, 농도는 배경의 넓이와 비례한다. 이 소설들은 모두 여로와 옥외를 무대로 한 것들이기 때문이다.

2기에 가면 자전적 소설의 감소현상과 조응하여 1인칭 시점이 줄어들면서 자전적 소설에도 돈과 성이 들어온다. 그러면서 배경도 협소해지고 인물은 현실화된다. 하지만 거기 나타나는 양성관계는 모두 짝사랑의 수준을 넘어서지 않기 때문에 성적인 교섭은 없다고 할 수 있다. 「금반지」, 「검사국대합실」 등이 그런 경향을 대표한다.

성에 비하면 돈의 비중은 무거워지고 본격화된다. 자전적 소설에서 돈 문제가 본격적으로 다루어진 것은 「윤전기」와 「숙박기」다. 이 두 소설은 배경의 폭이 좁다. 그 중에서도 「윤전기」는 옥내만을 무대로 하고 있으며, 돈 문제로 시종하고 있다. 옥내라는 배경과 돈의 함수관계를 이로 미루어 알 수 있다. 하지만 그 돈은 사적으로 쓸 돈이 아니다. 신문사의 운영비인 만큼 공적인 성격을 띠는 것이다. 「숙박기」의 경우는 돈만이 문제의 핵심이 아니다. 염상섭의 자전적 소설에서는 개인의 이익을 위해 돈을 집요하게 추구하는 사람은 없다. 비자전적 소설은 그렇지 않다.

비자전적 소설의 남녀관계는 대부분이 부부거나 축첩의 형태를 지니고 있다. 따라서 제재는 일상적인 것이 되고, 주제는 돈과 성의 문제로 귀착되며, 배경은 옥내로 좁혀진다. 그런 유형의 첫 작품이 「제야」다. 「제야」에는 돈을 기본축으로 하여 움직이는 최초의 이코노믹 애니멀이 등장한다. 최정인은 조의관과 더불어 계산을 정확하게 할 줄 아는 인물들을 대표한다. 「전화」가 나오기 3년 전에 출현한 최정인은 염상섭의 세계에 나타난 최초의 자본주의적 인간형이다. 그녀는 물질을 중시하는 것뿐 아니라 자신의 물욕을 긍정하고 있다.

그러나 최정인에게는 타산을 통해서 지키고 싶은 정신적 가치가 있다. 예술이다. 뿐 아니다. 「제야」에는 가계부가 나오지 않는다. 유서의 형식을 통해 「제야」가 나타내고 있는 것은 조의관 식의 유산 명세서가 아니라 한 여인의 내면이다. 그것은 노벨의 기본 요건인 외면화 현상에 저촉된다. 뿐 아니라 돈과 성이 모두 추상적으로 그려져 있다. 토착어의 부재가 그 증거가 된다. 이런 것들이 이 소설이 노벨이 되는 것을 저해하는 것이다.

「묘지」는 1기와 2기의 특성을 공유하면서 그것을 가르는 분수령적 소설이다. 여기에서는 돈 계산이 구체적으로 나타나서 「해바라기」, 「전화」로 이어진다. 처음으로 기혼 남성이 나오는 이 소설은 성적인 면에서도 2기적인 남녀관계의 원형을 보여준다. 그것은 혼외정사다. 하지만 이인화는 아직 학생이다. 따라서 돈 계산 능력에 있어 최정인을 따라갈 수 없다.

염상섭의 세계에서 노벨의 기본 여건을 제대로 갖춘 최초의 소설은 「전화」다. 일상적 세계에서 일상적인 제재를 가지고 보통사람들의 돈과 성을 재현한 소설이기 때문이다. 주판질과 오입에 능한 인간을 있는 그대로 긍정하는 이 소설은 돈과 성의 문제를 본격적으로 다룬 염상섭의 최초의 소설이다. 그 다음에는 룸펜 인텔리들의 궁핍상을 그린 A) 그룹의 소설들이 있다. 「조그만 일」, 「밥」, 「고독」 등이 그것이다. 여기에서는 생존 자체가 위협을 받고 있기 때문에 성 문제는 거의 나오지 않는다.

다른 한편에는 재산문제로 갈등에 휘말리는 사람들을 다룬 소설들이 있다. 여기에서 돈이 비로소 삶의 기본축으로 인식된다. 「삼대」가 그 대표적인 작품이다. 돈에는 언제나 성적인 난맥상이 따른다. 따라서 「남충서」, 「난어머니」, 「삼대」의 세 소설은 돈 계산과 더불어 성적 타락이 나타나는 대표적인 소설들이다. 하지만 물질적 탐욕과 성적인 타락은 부차적 인물인 아버지 세대의 몫일 뿐 주동인물들에게서는 그런 양상이 나타나지 않는다. 아버지의 세대는 최정인과 동류다. 아들의 세대에는 덕기나 충서 같은 긍정적 인물이 있다.

하지만 아버지들의 경우에도 성에 대한 직접적인 묘사는 절제되어 있다. 돈 계산의 구체성에 비하면 성에 대한 묘사는 언제나 추상적으로 나타나는 것이 염상섭의 일관된 특성이다. 성적인 방종이 문제가 되는 소설들은 대부분 부유층을 다룬 것인데, 최정인과 영희도 부유층이니까 성적 방종이 부유층으로 한정되는 점에서는 남녀의 구별이 없음을 알 수 있다. 그들은 대부분이 좋은 학벌을 가진 기혼자들이다. 남자의 수가 많기 때문에 남자의 방종이 수적으로 많이 나오고 있을 뿐이다. 하지만 문제는 수에 있지 않다. 똑 같은 부유층의 혼외정사라도 남자의 것은 용서를 받고 있는데 여자의 경우는 유서를 쓰지 않을 수 없다는 점에 있다. 신여성에 대한 20년대적 편견에서 염상섭도 자유로울 수 없었던 것이다.

그 밖에 주제면에서 기억해야 할 것은 민족주의와 사회주의에 대한 것이다. 전자는 「묘지」, 「숙박기」, 「고독」, 「남충서」 등에서 드러난다. 식민지의 현실이 가장 구체적으로 다루어진 소설은 「묘지」이며 「숙박기」에는 한국인이라는 조건이 지진 후의 동경에서 하숙 구하는 데 방해가 되는 현실이 그려져 있고, 「고독」에는 여관을 옮겨 다닐 때마다 형사가 문안 오는 대목이 나오며, 「남충서」에는 혼혈에서 오는 한·일간의 갈등이 표출되어 있고, 「윤전기」에서는 신문을 지키려는 열정을 통해 민족문화에 대한 사랑이 드러나 있다.

사회주의에 대한 것이 나타나 있는 소설은 「윤전기」, 「남충서」, 「밥」, 「삼대」 등이다. 이 중에서 덕기와 충서는 사회주의에 대한 심퍼타이저로 그려져 있다. 그러나 「윤전기」와 「밥」은 다르다. 「윤전기」의 덕삼이나 「밥」에 나오는 창수는 사회주의자의 부정적인 측면을 대표한다. 염상섭의 평론에서 나타나는 반사회주의적인 자세가 소설과 호응하고 있는 것이다.

비자전적 소설에서는 돈과 성의 비중이 훨씬 무겁게 표출되고 있으면서도 주로 부유한 아버지들과 신여성으로 대상이 한정되어 있고, 작가의 동년배들은 인물들은 예외적으로 다룬 데서 돈에 대한 작가의 이중성이 드러난다.

염상섭은 자신의 2기 이후의 문학을 사실주의라고 주장하고 있는데, 제재와 주제면에서 보면 그 말이 맞다. 자기가 살고 있는 시대의 잘 아는 장소에서 일어나는 일상적 사건을 물질과의 관련하에서 정확하게 재현한 것이기 때문이다. 「전화」는 그 전환의 결정적 계기를 이룬다. 「전화」를 분수령으로 해서 염상섭의 세계는 전후로 나뉜다. 「전화」의 선구를 이루는 것이 「제야」, 「해바라기」 등 1기의 비자전적 소설들이다. 그 뒤를 돈과 성을 주제로 하는 「삼대」, 「남충서」 등이 따르고 있다. 돈과 성에 대한 관심이 시간의 경과와 비례해서 증가하는 것은 염상섭 소설의 사실주의화를 의미한다. 돈과 성의 주제가 본격화될 때 염상섭의 소설은 노벨이 된다. 하지만 돈의 구체성만 나타날 뿐 성적인 면의 간접화되는 현상은 그의 소설이 졸라이즘보다는 일본 자연주의와 근사치를 지님을 의미한다. 자전적 소설에서 돈과 성의 주제가 약화되고, 비자전적 소설에서도 작가와 유사한 여건을 지닌 인물들에서 같은 경향이 나타나는 점 등에서도 역시 일본과의 유사성이 검출된다.

4. 무해결의 종결법

1) 불·일 자연주의의 경우

불란서의 자연주의가 지니는 문체혼합의 마지막 특징은 플롯의 하향성에 있다. 에멜 졸라의 『루공-마카르』 중에서 자연주의를 대표하는 「나나Nana」, 「목로주점L'Assommoir」, 「짐승인간La Bête humaine」 등은 모두 비극적인 종결법을 택하고 있다. 나나는 산 채로 썩어 가다가 비참하게 죽으며, 제르베즈(「목로주점」)는 알코올중독에 걸려 계단 밑 창고 구석에서 죽은 지 사흘 만에 발견되고, 자크 랑티에(「짐승인간」)는 기차에 깔려 목도 없고 발도 없는 시체가 되어 삶을 끝마친다. 자연주의가 비관주의와 연결되는 이유가 비극적 종결법에 있다.

인물의 계층의 낮음, 배경의 일상성, 돈과 성 같은 저급한 주제 등은 모두 낮은 문체low style의 속성이다. 이런 것들이 비극적 종결법과 연결됨으로써 '저속성+진지성'의 자연주의적 문체혼합의 패턴이 생겨난다. 비극적 종말은 고급한 문체high style의 속성이기 때문에 진지성seriousness

을 소유할 수 있다. 비극적 종결법은 졸라이즘의 중요한 요건 중의 하나다.(졸저, 『자연주의 문학론』 1, pp. 200-201 참조)

일본에서도 자연주의 소설에는 죽음으로 끝나는 작품이 많다. 비자전적 소설인 「시골교사」와 자전적 소설인 「생」, 「家」 등이 그렇다. 하지만 자전적 소설에서는 부차적 인물의 죽음이 다루어질 수밖에 없어 비극성이 흐려지는데다가 「생」은 자연사한 할머니의 죽음이라 거의 비극성이 나타나지 않는다. 「시골교사」에서만 주동인물의 죽음이 나온다. 젊어서 병사한 죽음이라는 점에서 나나의 경우와 유사하다. 그러나 나나는 그 형상이 끔찍해서 사람들이 다 버리고 달아나는 데 반해, 전자의 무덤에는 그를 사모하는 여제자가 바치는 꽃이 항상 놓여 있다. 나나의 썩은 내가 나는 죽음의 방과는 대척적인 종결부의 분위기를 통해 그 비극성의 정도를 가늠할 수 있다.

나머지 작품의 끝부분은 거의가 다 이별이지만 「파계」는 신천지를 향해 떠나는 주인공을 환송하는 장면에서 끝이 나고, 「이불」은 중년의 유부남이 떠나버린 여제자의 이불을 안고 우는 장면이어서 희극에 가깝다. 프랑스 자연주의의 대표작들과 비교할 때, 「파계」나 「이불」은 너무나 평화로운 결말을 보여주고 있다.

일본의 자연주의에서 이렇게 비극성이 약화되는 것은 사소설 중심으로 발달한 것과 관계가 깊다. 사소설이 주축이 되기 때문에 인물의 계층이나 유형, 주제의 비속성 등이 약화되어 일본에서는 저속성 자체가 뚜렷한 특징으로 부각되지 않는다. 종결법도 이에 호응한다.

두 번째 요인은 일본 자연주의가 내세운 '무각색', '배허구'의 구호와 관련된다. 일본에서는 사실과 진실을 동일시[60]했기 때문에 자전적이건

---

60 졸저, 『자연주의 문학론』 1, pp. 133-137, 「사실과 진실의 동일시 현상」 참조.

아니건 간에 모델이 없는 소설은 자연주의가 될 수 없었다. 모델은 작가의 가시권 안에서 찾아졌기 때문에 비자전적 소설에서도 인물들은 계층이나 사고방식이 작가와 유사성을 띠게 된다.

그러면서 종결법으로는 '무해결'이 채택된다. 'As it is'의 구호가 종결법과 연결되어 만들어진 것이 무해결의 종결법이다. 일상성을 그대로 재현하는 세계에는 엄청난 비극이 존재할 수 없다는 사실주의적 사고를 반영한 구호다. 결국 일본 자연주의에서는 저속성과 진지성이 모두 약화되어 졸라이즘과는 무관한 또 하나의 자연주의가 생겨나게 된다.

2) 염상섭의 작품에 나타난 진지성의 요인들

염상섭은 이런 일본 자연주의의 문제점을 그대로 답습한 작가다. 그는 장르상으로는 자전적 소설이 아니면 모델소설을 주로 썼고, 현실 재현 방법으로는 '무각색, 배허구'의 원리를 받아들였으며, 종결법에서는 대체로 무해결의 기법을 사용했다.[61] 염상섭의 소설에는 클라이맥스가 없다. 플롯면에서 본 염상섭의 특징은 사건이 없이 진행되다가 무해결로 끝나는 것이다. 김동인은 이것을 '조리적 재능의 결핍'[62]이라는 말로 표현하고 있다. 이런 경향을 실증하기 위해 그의 소설에 나타나는 '진지성'의 요인들을 분석하고, 그 다음에 종결법의 양상을 조사해보기로 한다.

---

61 『염상섭전집』 12, p.220, p.237 등 참조.
62 『김동인전집』 6, 삼중당, p.15.

(1) 죽음과 관련이 있는 작품들

1기 : i)「제야」   ii)「묘지」

         iii)「죽음과 그 그림자」   iv)「해바라기」

2기 : i)「난어머니」   ii)「유서」

         iii)「삼대」

20편 중에서 직접, 간접으로 죽음과 관련이 있는 작품은 위의 7편이니 약 3분의 1 정도가 된다. 시기적으로 보면 1기에는 7분의 4여서 과반수를 차지하나 2기에는 13분의 3이어서 4분의 1에 불과하다. 죽음이 다루어진 소설이 줄어든 것을 알 수 있다. 뿐 아니라 1기에는 주동인물과 관련되는 죽음이 2편이나 되는데 2기에 가면 죽음은 오로지 부차적인 인물하고만 관련된다. 1기에 비하여 죽음의 비중이 현저하게 줄어들고 있는 것이다,

① 주동인물과 관련되는 죽음의 양상

우선「제야」를 들 수 있다. 이 소설은 전편이 유서형식으로 되어 있다. 하지만 유서지 죽음 그 자체는 아니다. 물론 자살을 하려고 유서를 쓴 것이다. 하지만 대부분의 자살기도는 시도에서 끝나는 경우가 많다. 그 증거를 우리는 염상섭의 후기의 소설「유서」를 통해서도 확인할 수 있고, 최정인의 모델인 나혜석이 자살을 하지 않고 살아 있었던 사실[63]을 통해서도 가늠할 수 있다.「유서」의 H가 유서를 써 놓고 나갔다가 멀쩡하게 살아 돌아와 걱정하던 친구를 웃음거리로 만든 것처럼 이 소

---

[63] 이 소설의 모델로 간주되는 나혜석 여사는 해방 후에 작고함.

설의 주동인물도 유서를 쓰는 것으로 죽고 싶은 마음을 카타르시스하고 말지도 모를 일이기 때문에 이 소설에는 죽고 싶은 의도는 나타나 있지만 죽음의 비극성은 나타나 있지 않다.

「제야」에서 비극성이 감소되는 또 하나의 이유는 최정인의 죽음관 thanatopsis에 있다. 그녀는 「표본실의 청개고리」의 청년이 광기를 해탈의 방법으로 생각한 것처럼,[64] 죽음을 영원한 복지로 향하는 낭만적인 여행정도로 생각하는 면을 가지고 있다.

> ① 나의눈물은 나를정케하얏습니다. 나의 눈물은……새생명의샘이엇습니다. 나는 삽니다. 영원히 삽니다. 귀군의품에안기어, 영원히삽니다. 아아!…… 이, 허리에매인 한줄기 치마ㅅ이 나에게 영원한생을 주겟지요. / 아―깃븜니다. 시원합니다. 애비업는자식에게, 어머님이라는소리를 듯지안케 되는것만하야도, 얼마나 죄가가벼워질른지모르겟습니다. 얼마나깃븐지 모르겟습니다…두 생명은 구하야겟습니다.
>
> 『개벽』 24, 1922. 6, p.47, 방점: 원작자

이 글에 나타나 있는 것은 죄책감이나 고뇌가 아니라 환희이며, 감사다. 죽음은 '당신의 품속에서 누리는 영생'을 의미하며 두 생명의 구제를 의미하기 때문이다. 따라서 정말로 죽는다 해도 그것은 하나의 축복이 될 가능성이 있다. 죽음을 유토피아에 이르는 구원의 길이라고 보는 이런 낭만적인 감상이 이 작품을 쓸 당시의 염상섭 자신의 것이었음을 「견우화」(1924)의 서문에 나오는 다음과 같은 말을 통해 확인할 수 있다.

---

64 이 소설에서 작중화자는 김창억을 "기이한 운명의 수난자, ―몽현의 세계에서 상상과 환영의 감주에 취한 성신의 寵臣…… 불타의 성도"(『전집』) 9, p.29) 등으로 간주하고 있어 광기숭배의 징후가 나타난다.

② 자살에의하야 자기의정화와 순일純一과 갱생을어드려는 해방적젊은 녀성의 심적경로를 고백한 것……. 『전집』, 박문서관, 1924. 12, p.422

이재선이 '죽음과의 친화관계'라고 부른[65] 이런 경향은 이 작품뿐 아니라 초기 3작을 쓸 무렵의 염상섭이 가지고 있던 일반적인 경향이었다. 「표본실」, 「저수하에서」 등에 나타나는, 여인의 부드러운 손에 교살당하는 에로틱한 환각,[66] 정사예찬[67] 등을 통해 나타나는 죽음의 영상은 고통이 아니라 일종의 열락이다. 이 무렵의 염상섭에게 있어 죽음은 광기와 마찬가지로 추악하고 번거로운 현실을 벗어날 수 있는 탈출구였다. 그런 탈출구가 있음을 감사하는 상태에 가까웠기 때문에 최정인의 유서쓰기는 작가에게 있어서도 비극으로 생각되지 않았던 것이다. 나나 자크의 죽음과는 너무나 먼 거리에 있는 곳에 「제야」의 죽음이 놓여 있다.

「죽음과 그 그림자」에서도 비극성이 나타나지 않기는 마찬가지이다. 「제야」의 죽음이 유서의 단계에 머물러 있는 것이라면 이 소설의 죽음은 그림자에 불과하다. 하지만 다른 것이 있다. 「제야」의 죽음 근처에 감돌던 감미로운 해탈의 환상 대신에 죽음에 대한 생리적 공포가 나타나기 때문이다. 「제야」는 타인의 자살기도지만 후자는 자신에게 닥쳐오는 현실적 죽음의 공포기 때문에 생리적이고 직접적이다. 하지만 그 공포는 그림자를 보고 느낀 과민반응에 불과하다. 사람이 죽는 이야기를 듣고 들어온 주인공이 밤에 숯냄새를 맡아 일어난 어지럼증을 죽음

---

65 이재선, 『한국현대소설사』, 홍성사, 1979, p.254.
66 「표본실의 청개고리」, 『개벽』 14, p.125; 「저수하에서」, 『전집』 12, p.26 등에서 여자에게 교살당하는 것이 '쾌감'으로 나타나는 장면이 나온다.
67 「저수하에서」(같은 책, p.30)에는 정사예찬도 나온다.

Ⅲ부 문체혼합의 양상   303

으로 착각하고 명정 써 줄 사람까지 물색하면서 수선을 떨지만, 그 사태는 한 보시기의 김칫국물을 마심으로써 간단히 끝난다. 정신이 든 주동인물이 "웃으며 니러나서, 주먹을 힘껏쥐고 두팔을 기운차게 뻐더"보는 데서 이 소설은 끝난다. 비극적이기보다는 희극적이다.

자전적 소설, 비자전적 소설을 막론하고 주동인물과 죽음이 관련되는 소설은 이 두 편밖에 없는데 두 작품이 모두 1기에 속해 있다. 2기에는 그나마도 주동인물과 관련되는 죽음은 없는 만큼 염상섭의 세계에는 비극적인 죽음은 없다고 해도 과언이 아니다. 부차적 인물의 죽음은 비극성이 간접화되기 때문에 진지성이 생겨나지 않기 때문이다.

② 부차적 인물들과 관련되는 죽음의 양상

나머지 5편의 소설들은 부차적 인물의 죽음을 다룬 것이다. 따라서 그 죽음은 주동인물에게 미친 영향의 부피에 따라 비극성 여부가 판가름난다고 할 수 있다.

작품명	주동인물과의 관계	사인	연령
묘지	조혼한 아내	산후의 후더침	20대
해바라기	옛 애인	폐병(3년 전에 사망)	20대
난어머니	아버지	노환	50, 60대
유서	친구	자살미수	20대
삼대	조부	비소중독	60대

이 중에서 가족의 죽음을 다룬 것은 「묘지」와 「난어머니」, 「삼대」의 세 편이다. 그 죽음에 대한 주동인물들의 반응은 비교적 담담하다. 애통해 하는 사람이 거의 없다. 「묘지」에서는 아내의 죽음을 슬퍼하기보다는 해방감을 느낀다고 보는 편이 타당하다. 이인화는 조혼한 아내를

사랑한 일이 없다. 조혼은 그가 대항하여 싸워야 하는 낡은 시대의 나쁜 관습이다. 낡은 것은 곧 악이던 시대니만큼 어른들이 멋대로 정해 준 배우자는 그에게 벗어버리고 싶은 짐 같은 존재일 뿐이다. 조혼한 아내에 대한 이런 비인도적 태도는 1920년대 문인들의 공통되는 특징이다. 조혼한 아내를 박대하는 것이 흉이 되지 않던 시대[68]의 인물인 이인화는 아내의 죽음이 임박한 상황인데도 집에서 보내온 여비에서 목도리를 사서 카페의 여급에게 선물하며, 여자 친구인 을라를 찾아 경도에 들를 마음의 여유를 지니고 있다. 귀국한 후에도 그는 아내의 병실에 들어가는 것을 되도록 피한다. 죽어가는 아내가 자식 걱정을 하는 것을 보면서 그는 "불쌍하기도하고 우습기도"하다고 생각한다. 아내가 죽었을 때도 "파뭇고 드러올 때까지 나는 눈물한방울 흘릴 수가 업섯다."[69]고 말하고 있다. 아내의 죽음에 대한 이인화의 감정은 다음 말에서 단적으로 드러난다.

> ③ 차가 떠나랴할제 김천형님은 승강대에섯는나에게로 갓가히닥아서며, "래년봄에 나오면, 어떠케 다시 성례를해야지안니? 네겐 무슨심산이잇니?"하며 난데업는소리를뭇기에, "겨오무덤속에서 쌔저나가는데요? 쌋듯한봄에나만나서 별장이나한아작만하고 거드럭어릴때가되거든요?……"하며 나는 웃어버렸다.   『전집』 1, p.107

이인화가 아내의 죽음을 해방과 구원으로 받아들이고 있음을 확인할 수 있다. 따라서 이 소설은 해피엔딩에 가까운 구조를 가지고 있다. 그

---

68 이기영의 『고향』에 나오는 안희준 같은 인물이 그 좋은 예가 됨.
69 『염상섭전집』 1, p99.

가 해방되고 싶었던 것은 아내뿐 아니라 무덤 같은 서울 그 자체이기도 하다.[70] 경도행은 이중의 해방을 의미한 것이다.

「난어머니」도 이와 비슷하다. 종호에게도 아버지의 죽음은 새로운 삶의 자유로움을 예시한다. 그 죽음을 통해 아버지가 반대하던 여자와 결혼할 수 있는 자유가 생겼으며, 천석의 재산의 처결권이 그의 것이 된 것이다. 그는 "불시에 눈앞에 딴 세상이 탁 터진 것 같은 시원한 생각이, 놀라움과 함께 가슴속을 뻐근히 쪼개는 것 같아서 마음을 지향할 수 없는"[71] 상태가 된다. 「묘지」의 인물과 비슷하다.

아버지가 위독하다는 전보를 받았을 때 종호는 마음이 급해서 비행기를 타고 귀국한다. 아버지에 대한 사랑 때문이 아니다. 그는 외아들이어서 재산 상속에 대한 염려는 없다. 그를 조바심 나게 한 것은 오직 하나, 자기를 낳은 어머니가 누군지 임종 전에 알아내는 일이다. 아버지의 발상 때 그가 섧게 운 것은 생모를 끝내 알아내지 못한 '자기 설움이 반 넘어 섞여' 있었다. 하지만 목적이 좌절되었는데도 이 소설은 절망 대신 화해의 분위기 속에서 끝이 난다.

> ④ 발상에 종호는 누구보다도 섧게 울었다. 철 난 뒤로부터 어머니를 찾던 설움을 마지막 씻어버리려는 것인지도 모르겠으나, 커다란 감격의 파동이었다. 그와 동시에 부친에 대한 애통과 감사의 눈물이기도 하였고, 모친의 심중을 동정하는 눈물이기도 하였다. 누이들에게도 감사와 새로운 우애를 느꼈다.　　　　　　　　　　　　　　　　　　『전집』 9, p.191

---

70 "겨오무덤속에서빠져나가는데요?"라는 말 속에서 죽은 아내, 서울, 나아가서는 한국 전체가 다 무덤으로 파악되고 있음을 이 소설의 제목이 「묘지」인 데서 추정해 낼 수 있음.

71 『염상섭전집』 9, p.191.

그가 흘린 눈물은 절망의 표시가 아니라 가족에 대한 감사와 동정을 수반하는 '커다란 감격의 파동'을 의미한다. 끝내 생모를 가르쳐 주지 않고 가버린 아버지, 아버지의 사후 자신의 권한이 줄까봐 일일이 쐐기지름을 하는 적모와 이복누이들을 향한 동정과 화해를 느끼는 데서 끝나는 만큼 그 눈물은 종호 자신과 더불어 가족들도 함께 구하는 정화의 의식이라고 할 수 있다. 그래서 이 소설의 종말도 해피엔딩에 가깝다.

「삼대」의 조의관의 장례식도 종호 아버지의 것과 여러 모로 비슷하다. 이 소설에서는 유산문제가 많은 갈등을 빚는다. 조의관의 사인은 명백한 비소중독이다. 범인이 수원집일 가능성이 확실하고, 그녀의 일당이 덕기를 오지 못하게 하려고 갖은 책략을 썼으며, 상훈은 아버지의 유서 내역을 알려고 임종도 하기 전에 유서가 들어 있는 금고를 부수려한다. 상황은 덕기가 "이 열쇠 때문에 내명에 못죽겠다."[72]고 생각할 정도로 심각했다. 그런데도 조의관의 장례식은 조용히 치러진다.

⑤ 그래도 이럭저럭 칠일장으로 발인을 하게 되었다. 누가 보든지 호상이었다. 상제는 후록코트를 입으려나? 하였더니 역시 굴건 제복을 입고 삿갓가마를 탔다. 그 뒤에는 이백여 대의 인력거가 뱀의 꼬리같이 뻗쳤다.

『전집』 4, p.281

"잘 나간다. 팔자 좋다! 세상은 고르지도 못하지." 구경꾼들이 이렇게 부러워하는 성대한 장례식이 된 것이다. 남은 가족의 화목을 위해 덕기는 독살 당한 조부의 범인 찾기를 뇌물을 써 가며 막는다. 덕기에게도 그 죽음은 아픔이 아니다. 이재선이 지적한 "죽음과의 친화현상"이 여

---

72 『염상섭전집』 4, p.269.

기서도 일어나는 것이다. 그들은 죽음을 통해 살아 있는 자들의 친화력을 얻는다. 고인을 독살한 혐의가 짙은 서조모까지 포용하는 덕기의 행위는 여러 모로 종호와 비슷하다. 남충서까지 합해서 염상섭의 부르주아 출신의 젊은 남자들은 모두 비슷하다. 종호, 인화의 경우와 마찬가지로 덕기에게 있어서도 죽음이 새 출발의 계기가 되고 있는 것이다.

할아버지의 죽음을 다룬 「일대의 영결」 다음 장의 제목이 「새출발」이라는 사실은 이런 경향이 이 작가의 사생관에서 빚어지는 것임을 입증해 준다. 이 부류의 남자들에게 가족의 죽음은 언제나 새출발의 계기가 된다. 죽음과의 친화력과 더불어 남은 자들과의 화해도 수반하기 때문에 비극성이 거의 나타나지 않는다. 죽는 사람은 언제나 부차적 인물이고, 그 죽음은 주동인물에게 많은 것을 기여해 주기 때문이다.

「해바라기」와 「유서」는 가족 아닌 사람의 죽음이 다루어져 있는 소설이다. 「유서」는 죽음이 아니라 죽음의 가능성을 다루고 있는 점에서 「제야」와 비슷하다. 하지만 「제야」보다 비극성이 더 희석되는 것은 유서를 쓴 사람이 부차적 인물인데다가 결과가 밝혀진 데서 온다. 유서를 써 놓고 나간 H는 멀쩡하게 살아 돌아오는 것이다. 유서를 쓴 장본인이 씁쓸한 웃음이기는 하지만 어쨌든 웃는 장면에서 소설이 끝나고 있어 역시 비극보다는 희극에 가깝다.

「해바라기」는 연인의 죽음을 못 잊는 여인을 그린 소설이라는 점에서 염상섭의 세계에서는 희소가치를 지닌다. 염상섭에게는 로맨틱 러브가 거의 없다. 대중소설에서조차 염상섭의 사랑은 감미로움보다는 번거로움과 갈등의 양상을 띠는 것이 상례다. 그런 의미에서 영희는 염상섭의 소설에서는 보기 드문 인물이다. 폐병에 걸려 요절한 애인의 무덤에 비석을 세우기 위해 그녀는 새로운 삶 자체를 위험에 빠뜨리는 모험을 하고 있다. 「제야」의 최정인의 타락은 어쩌면 사랑하는 사람을 잃은 영희의 상실감의 부피를 나타내는 건지도 모른다. 이 두 소설은 같은 인물을 모델로 한 것이지만 최정인이 되기 이전의 순정을 지닌 그녀의 전신이 영희다. 하지만 그 사랑이 아무리 영희의 생에서 중요한 의미를 지니는 것이었다 하더라도 죽은 지 이미 3년이 지난 시점에 이 소설은 와 있다. 비극성이 희석되지 않을 수 없는 것이다. 그것은 영희가 다른 사람과 결혼한 사실에서도 입증된다. 그녀는 자신이 원하여 결혼한 것이다. 그러니까 H읍을 향한 여로는 결혼한 영희가 마음을 가볍게 하기 위해 죽은 자와 완전한 결별의 의식을 치르는 것이라고 할 수 있다.

⑥ 영희는 향이타서 올으는 것을잠간보다가 일어섯다. 몸이 부르를떨 렸다. 동시에 눈에는 눈물이 긋득기 고이엇다. ······억개가 쪼한번 흔들렷 다. 그러나그눈물은 수삼이에게대한 애도의 정에서나온것이라 하는것보 다는, 긴장한긔분에 쓸리어서 나온 것이다.　　　　　　『전집』 1, p.177

이 작가의 사랑에 관한 태도가 철저하게 비낭만적인 것임을 이 대목이 입증한다. 따라서 이 소설의 종결법 역시 비극의 수준에는 닿아 있지 않다. 이 사실은 그의 어느 소설도 비극적으로 끝나지 않으리라는 것을 예시한다. 독살 당한 노인의 죽음이 호상으로 처리되는 작가에게 비극은 존재할 수 없다.

끝으로 한 가지 지적해야 할 점은 염상섭의 소설에서는 가족보다는 타인의 죽음이 비중이 더 무겁게 다루어진다는 사실이다. 그것은 마지막 두 작품에서 나타나는 주동인물의 죽음에 대한 반응이 가족의 경우보다 진지하다는 점을 통해 확인할 수 있다. 「유서」의 주동인물이 친구의 유서를 보고 나타내는 반응, 「해바라기」에서 영희가 연인의 죽음에 대해 보여주는 슬픔은 가족의 죽음에서는 나타나지 않는다. 이런 경향은 김창억의 경우에도 해당된다. 이인화가 상처했을 때 보인 반응보다는 「표본실」에 나오는 김창억의 실종이 훨씬 심각하기 때문이다. 유교적 가족주의에 대한 작가의 혐오와 주아주의의 강도가 이런 현상을 통해서 검증된다.

다음으로 지적해야 할 것은 죽음 자체가 2기에 가면 감소되는 현상이다. 1기에는 죽음을 다룬 작품이 두 배나 많고, 주동인물의 죽음을 다룬 것이 두 편이나 있는데, 2기에는 모두 부차적 인물의 죽음이며, 양적으로도 적다. 무해결의 종결법이 그만큼 우세해졌다는 뜻이다.

죽음의 의미가 '진지성'과 연결되는 측면에서 볼 때 염상섭은 역시 졸라와는 멀고, 카다이, 토손과 유사하다. 「난어머니」와 「삼대」는 부차적인 인물이 노환으로 죽는 점, 남은 가족들의 반응 등에서 카다이의 「생」과 유사하고,[73] 「해바라기」는 폐병으로 죽은 청년을 연인이 추모하는 마지막 장면이 「시골교사」와 비슷하며, 폐병에 걸린 인물에 대한 주동인물의 연민의 자세는 「유서」와 「家」를 이어준다.[74]

(2) 기타의 불행을 다룬 작품들

죽음을 다룬 작품에서 비극적 양상이 나타나지 않은 만큼 나머지 작품에서도 비극성을 찾아보기가 어려울 것은 자명한 일이다. 구태여 찾아보자면 「표본실」 나오는 김창억 집의 화재, 「금반지」의 짝사랑의 종말, 「E선생」의 사직 등이다.

---

73 「生」의 마지막 장면도 남은 가족들이 가족사진을 펴보며 화기애애하게 지내는 장면임.
74 「유서」에서 주동인물이 연하의 H를 가슴 아파하듯 「家」의 주동인물도 젊은 나이에 폐병으로 죽은 조카를 가슴 아파하는 데서 이 소설은 끝남.

김창억의 화재는 그의 원두막이 탄 것을 의미한다. 광인이 혼자 지은 새둥지만한 원두막은 보통강가의 집 더미와 별로 다를 것이 없다. 뿐 아니라 김창억에게는 자기 집이 따로 있기 때문에 인명 피해도 내지 않은 화재는 별 의미를 지니지 않으며, 더구나 그는 화재를 즐긴 것으로 그려져 있기 때문에[75] 비극이 될 수 없다. 게다가 그는 주동인물도 아니다.

「금반지」도 이별은 비극이 되기 어렵다. 그 두 남녀는 사랑을 고백한 사이도 아니고, 데이트를 한 일이 있는 사이도 아니다. 그렇다고 남자 가 애타게 짝사랑을 한 것도 역시 아니다. 동생이 입원해 있던 병실의 담당 간호사와 환자의 오빠가 입원기간에 약간의 관심을 가져본 데 지 나지 않는다. 그러다가 6개월 만에 우연히 다시 만나 그녀가 결혼한 사 실을 아는 것이 사건의 전부다. 따라서 그것은 주동인물이 잠시 '서운 한'[76] 마음이 드는 데서 끝난다. 이 이야기는 가벼운 연정을 다룬 점에 서 「검사국대합실」과 유사하다. 그것은 카다이의 「이불」보다도 더 엷 은 남녀관계에 불과하다.

「E선생」의 사직도 역시 비극은 아니다. 그는 자진해서 사표를 냈다. 서울 사람인 염상섭은 시골을 좋아하지 않았으니까[77] 그곳을 떠날 구실 을 얻은 것은 섭섭할 일이 아니다. 자전적 소설인데, 염상섭은 돌아오 자마자 곧 취직이 되기 때문이다.[78] 경제적으로나 신분상으로 거의 변 화가 없으니 하향적 플롯은 될 수 없다. 염상섭의 소설 속의 사건들은

---

75 "아- 그위대한 건물이 홍염의 광란속에서, 구름탄선인가티찬란히떠오를제, 피의환희는 어쩌하얏슬가. 피의입에서는 반듯이'할렐누야'가 연발 하얏슬것이요. 그리고-편의시가 흘러나왓슬것이요."　　　　　　　　　　　　　　　　　　　　『개벽』 122, p.125.

76 염상섭 편, 『한국문학대전집』 3, 태극출판사, 1976, p.481

77 그는 「표본실」에서 오산을 북국의 어떠한 한촌이라 쓰고 있다.

78 김윤식의 연보에 의하면 염상섭은 1921년 7월에 오산중학을 사직하고 상경해서 그 해 9월에는 '동명'에 취직하였다.　　　　　　　　　　　　　　『염상섭연구』, p.902.

진지성을 형성할 요인을 가지고 있지 않다.

3) 종결법의 양상

플롯 면에서 비극과 희극을 가르는 기준은 플롯의 상승과 하향에 있다. 도입부의 상황initial situation보다 종결부의 상황terminal situation이 나아져 있으면 희극이요, 악화되어 있으면 비극이다.[79] 염상섭의 소설에서는 시작과 끝의 관계가 어떻게 나타나는지를 살펴보면 다음과 같다.

> ⅰ) 약간 호전되는 것: ① 「묘지」, ② 「죽음과 그 그림자」,
>   ③ 「난어머니」, ④ 「윤전기」, ⑤ 「유서」,
>   ⑥ 「조그만 일」
> ⅱ) 약간 악화되는 것: ① 「금반지」, ② 「똥파리와 그의 안해」
> ⅲ) 평행선을 이루는 것: ① 「표본실의 청개고리」, ② 「암야」,
>   ③ 「제야」, ④ 「E선생」, ⑤ 「해바라기」,
>   ⑥ 「전화」, ⑦ 「고독」, ⑧ 「검사국대합실」,
>   ⑨ 「남충서」, ⑩ 「밥」, ⑪ 「숙박기」,
>   ⑫ 「삼대」

여기에서 '조곰'이라는 말은 아주 근소한 차이밖에 없는 것을 의미한다. 그 차이의 정도는 ⅰ), ⅱ), ⅲ)을 서로 비교해보면 분명해진다. ⅰ)과 ⅲ)의 경우, (A) 「난어머니」와 「남충서」, (B) 「제야」와 「유서」 사이

---

[79] N. Frye, *Anatomy of Criticism*.

에는 거의 차이가 없다. 화해의 폭에서만 약간의 차이가 날 뿐이다. 가족끼리 화해하는 것은 같으나, 전자에서는 이복누이 등 피를 나누지 않은 가족과의 화해가 이루어지고 있기 때문이다.

「제야」와 「유서」의 경우, 젊은 인텔리들이 유서를 쓰는 데까지는 같고, 후자에서 유서를 쓴 사람이 살아 돌아오는 것만 다르다. ⅰ)의 나머지 작품들의 '호전되는' 정도는 별 것이 아니다. ①에서는 이 인화가 무덤 같은 한국을 떠나는 것, ②에서는 김칫국물 마시고 숯멀미에서 깨어나는 것, ③에서는 윤전기를 며칠 더 돌릴 만한 돈이 융통된 것, ⑤에서는 H가 돌아온 것, ⑥에서는 고료가 나온 것 정도기 때문에 ⅰ)은 ⅲ)과 같은 범주에 넣을 수 있다.

ⅱ)와 ⅲ)의 경우도 마찬가지다. 「금반지」와 「검사국대합실」 사이에는 거의 차이가 없다. 정도가 좀 커서 억지로 ⅱ)에 넣은 것뿐이다. 그러고 보면 「똥파리와 그의 안해」 하나만 '약간 악화되는' 작품인데, 그 하락의 정도가 물지게꾼에서 술집 심부름꾼으로 바뀐 것에 불과해서 큰 변동이 일어나지 않는다. 역시 ⅲ)에 넣어도 무방한 부류다..

수적으로 보면 ⅱ)가 가장 적고 다음이 ⅰ)이다. 변동폭이 좁기는 하지만 염상섭의 종결법에서는 하락하는 쪽보다는 오히려 상승하는 쪽이 우세함을 알 수 있다. 따라서 전혀 비극적이 아니다. 염상섭의 소설에서 하락상이 가장 크게 나타나는 인물은 조상훈과 김창억인데 그들은 모두 부차적 인물이어서 플롯을 주도해 갈 수 없다.

수적으로 가장 우세한 것이 ⅲ)이다. 도입부와 종결부의 관계가 평행선을 긋는 이 유형이 '무해결의 종결법'에 속한다. 앞에서 보아온 바와 같이 ⅰ)과 ⅱ)도 모두 이 범주에 넣을 수 있는 만큼 염상섭의 종결법은 거의 전부 무해결의 종결법에 포괄된다는 결론이 나온다. 그것은 초기 3작부터 시작된 염상섭의 지속적인 종결방법이다. 자가가 그 사실을 부인하고는 있지만 무해결의 종결법을 크게 벗어나는 작품은 그에게는 거의 없다.

염상섭은 일본의 자연주의파의 기관지인 『와세다문학』을 통해 문학 수업을 한 작가다.[80] 무해결의 종결법도 거기에서 배운 것이다. 그는 무해결의 종결법을 자연주의의 본질로 생각했다.[81] 그의 초기 평론에는 '무해결'이라는 말이 자주 나온다. 후기에 가서 그는 자연주의를 부정하고 사실주의 예찬자가 되면서 '무해결의 종결법에 대해 다음과 같은 말을 한다.

⑦ 또 '무해결'이라는 것, 즉 결론을 내리지 않거나 해결을 짓지 않는다는 것은, 과학적이요, 따라서 객관적이어야 할 자연주의 문학의 태도로서는 당연한 것인데, 나는 언제나 '무해결을 노리기보다는, 좁은 주관으로라도 어디까지나 자기류 의 해결을 짓고자 애를 써왔다. 그것은 해박한 지식과 풍부한 경험과 심각한 사색이나 각오도 없이 좁은 자기 주관의 일단을 내세워서 섣불리 어떤 결론을 짓는다는 것보다는 차라리 자유롭게 독자의 판단에 맡긴다는 것이 옳고 너그러운 태도일지 모른다. 순수한 자연주의 작가들도 독단에 흐를까 보아서 '무해결'에 그쳤으나 그 독단이란 비과학적일 것이 두려워서 한 과학만능주의 태도일 따름이요, 내가 무해결도 무방하였다는 말은 순전히 겸허한 도의적 견해다.

「나의 창작여담-사실주의에 대한 일언」, 『염상섭』, 연희, p.316

이 글을 통해 우리는 그가 '무해결의 종결법'을 자연주의의 본질로 보

---

80 「문학소년시대의 회상」, 『전집』 12, p.215.
81 「나의창작여담-사실주의에 대한 일언」, 『염상섭』, 연희, p.316.

고 있다는 사실을 알 수 있다. 그 경우의 자연주의는 졸라이즘이 아니고 일본의 자연주의라는 것을 이 말을 통해 확인할 수 있다. 그 다음에는 그 자신의 종결법에 대한 언급이 있다. 염상섭은 '자기류의 해결'이라는 말을 하고 있는데, 그것 역시 '무해결의 종결법' 안에 포함될 수 있는 것임을 앞에서 본 작품들의 시종관계가 실증해 준다. 그의 소설에는 1기와 2기 사이에 종결법의 변동이 일어난 일이 없다. 그는 평생을 두고 '섣불리 결론을 짓는'일을 기피했다.

서울 4대문 안에 사는 젊은 인텔리 남자들의 일상사를 주로 그린 1, 2기의 소설에는 비극도 희극도 없다. 모두가 '무해결의 종결법' 범위에 든다. 「암야」와 「삼대」를 비교해 보면 알 수 있다.

⑧ 피의눈에는 눈물이 그렁그렁괴이고, 피의심장에는 간절하고 애통한 마음이 미어져서, 전혈관을 압착하는듯하얏다. ……
피는 확실치못한발끗을 조심하며, 무한히 뻐친듯한 넓고 긴 광화문통 태평통을, 뚜벅뚜벅거러나갔다. 『전집』 9, p.58

⑨ 덕기는 병원문 안으로 들어서며, 아까 보낸 부의가 적었다는 생각이 들자 나올 제 돈을 좀 가지고 올 낄! 하는 후회가 났다. 그것은 필순에 대한향의로만이 아니었다.
─구차한 사람, 고생하는 사람은 그 구차, 그 고생만으로도 인생의 큰 노역이니까, 그 노역에 대한 당연한 보수를 받아야할 것이 아닌가? ……
이런 도의적 이념이 머리에 떠오르는 덕기는 필순이 모녀를 자기가 맡는 것이 당연한 의무나 책임이라는 생각도 드는 것이었다.

『전집』 4, pp.417-418

두 작품이 모두 어정쩡한 상태에서 끝나고 있다. 주동인물의 내면풍경의 차이에도 불구하고 종말부위의 처리 방법에는 변동이 없다. 초기에서부터 2기까지 그의 종결법은 극적인 결말과는 무관함을 이를 통해 확인할 수 있다. 따라서 그가 말하는 '자기류의 해결'은 사건에 기복을 두는 것을 의미하기보다는 인물들의 화해로 끝나는 종결법을 의미할 가능성이 많다. 종결법의 측면에서 본 염상섭의 소설은 1기와 2기 사이에 변화가 없는 대신에 자전적 소설과 비자전적 소설 사이에는 차이가 있다. 2기에 인물들이 화해하는 상태에서 끝나는 종결법이 많다는 점이다.

초기의 두 모델소설에서부터 이런 경향은 나타난다. 「제야」에서는 부정하다고 내쫓은 아내를 남편은 이유 없이 용서하며, 남자들의 독선을 비판하던 아내는 '당신의 품속에서의 영생'을 얻기 위해 죽음을 택하려 하고 있어 기묘한 화해가 성립된다. 「해바라기」의 경우도 이와 비슷하다. 구습이라는 이유로 시댁의 차례를 거부한 신부가 죽은 애인의 차례를 지내면서 울고 서 있는 옆에 남편이 불평 없이 서서 그 의식을 함께 치른다.

그 다음에 「난어머니」의 감격적인 화해의 장면(인용문 ④ 참조)이 오고, 그 뒤를 「조그만 일」의 부부가 얼싸안는 신이 따른다. 「남충서」의 마지막 장면 역시 이와 비슷함을 다음 인용문을 통해 확인할 수 있다.

⑩ "듯기시른 소리만 하여서 미안한 대신에 이거나 가티 먹고 가렴으나" 하며 미좌서는 안는다. 충서도 다시 모자를 벗고 안잣다. 삼모자가 오래간만에 마조안자서 차를 마시며 가정다운 육친의 정미를 돋으려고 피차에 힘쓴다. 『전집』 9, p.289

화해의 종결법은 자전적 소설의 경우에도 나타난다. 「윤전기」는 노사가 화해에 이르는 다음과 같은 장면에서 끝이 난다.

> '참 미안합니다. 잘못한것은 용서 해주십소'
>
> 하고 덕삼이의 눈에도 눈물이 글성글성 하여졌다.
>
> '용서 여부가 있겠소. 이렇게 고생을 해가며, 애들을 쓰고 일을 하는 걸
>
> 보니까 하도 반가워서…….' 하며 A는 여전히 눈물을 억제치 못하고 섰
>
> 다.   『조선문단』 10, p.22

남자와 여자, 어머니와 아들, 아내와 남편, 노동자와 간부사원이 제
가끔 갈등을 지닌 채 도달하는 이런 화해의 종결법의 비밀은 인간을 선
악의 복합체인 채로 긍정하는 염상섭의 인간관에 있다. 하지만 그의 1
기의 자전적 소설에 나타나는 인간관은 이런 성격을 띤 것이 아니었다.
「암야」의 주인공은 인간의 탐욕과 위선에 대해 모조리 단장으로 때려
누이고 싶은 분노를 느꼈으며[82] 「E선생」은 학교에서 싸우고 사직서를
써 던진다.

그런데 비자전적 소설에서는 1기에도 이미 인간의 탐욕에 대한 관용이
나타난다. 자전적 소설에서 그런 관용의 태도가 나오는 것은 훨씬 늦다.
「윤전기」에 가서 비로소 타인과 화해를 이루는 인간관이 성립된다.

이것은 염상섭의 자기애의 한 표현이라고 할 수 있다. 남들이 사람의
선과 악을 함께 받아들이는 것은 용납할 수 있지만 자신이 그렇게 하는
것에는 저항을 느끼는 이런 경향은 금전과 성에 대한 태도에서도 같은
양상으로 나타나기 때문이다.(주제'항 참조)

있는 그대로의 인간의 실상에 대한 긍정이 화해의 종결법으로 귀결된

---

82 『개벽』 19, p.59.

것이라면, 무해결의 종결법은 세상사에 대한 염상섭의 견해와 밀착된 것이라 할 수 있다. 그는 죽음도 탄생도 같은 사건으로 취급한다. 그에게 있어서 일상생활 속에서 일어나는 모든 사건은 등가관계를 나타낸다. 그에게는 비극적으로 보이는 사건도 희극적으로 보이는 사건도 없다. 그래서 그는 독살도 비극으로 취급하지 않는다. 그가 죽음이나 이별로 작품을 끝내기를 싫어하는 것도 같은 맥락에서 짚어볼 수 있다.

염상섭의 소설에는 죽음이 종결부에 오는 것이 거의 없다. 「해바라기」는 3년 전에 죽은 사람의 진혼제를 지내는 광경을 그린 것이며, 「묘지」, 「난어머니」 등에서도 죽음은 소설의 중간에 놓여 있다. 그가 다룬 가장 비극적인 죽음인 조의관의 독극물중독사도 「삼대」의 중간에 배치되어 있다. 염상섭의 종결법은 애초부터 죽음과 연결되어 있지 않다. 그의 소설에 비극적인 종결법이 없는 이유가 거기에 있다.

김동인은 반대다. 그는 인물뿐 아니라 사건도 극단적인 것이 아니면 성이 차지 않는 작가다. 그는 소설의 결말부위의 극적 처리를 좋아한다. 그에게는 "주인공을 죽이거나 또는 사건을 숙명적으로 완결해야 한다는 구조적인 종말의식이 작용하고 있는 것"[83]이다. 그래서 비극적 종말이 많다. 자기 자신도 몰락하는 삶을 살았기 때문에 그의 소설의 종결법은 자전적 소설, 비자전적 소설을 막론하고 대체로 비극적으로 처리된다. 「감자」, 「태형」, 「명문」, 「김연실전」, 「붉은 산」, 「광화사」, 「송동이」, 「포플라」, 「유서」 등이 그런 작품이다. 사형, 피살, 발광, 살인 등의 끔찍한 사건으로 소설이 끝나고 있는 것이다. 일반적으로 희극과 친족성을 지니는 것으로 되어 있는 역사소설에서도 김동인은 비극적 종결법을 자주 사용하고 있다.[84]

---

83 이재선, 『한국현대소설사』, p.270.

김동인의 소설이 죽음의식thanatopsis과 관련되어 연구되는 경우가 많은 이유가 거기에 있다.

김동인은 종결법에서 졸라이즘과 유사성을 나타낸다. 더구나 그의 소설의 비극성이 유전이나, 성충동 등의 생리적 결함과 밀착되는 경우가 많기 때문에(졸저, 『자연주의 문학론』 1, pp.411-413, 424-437 참조) 그들 사이의 근사치는 더 두터워진다. 하지만 염상섭에게서는 「감자」나 「붉은 산」 같은 죽음이 거의 나타나지 않을 뿐 아니라 죽음이 비극적 종결법으로 이어지지도 않는다.

염상섭은 사건의 일상성, 무해결의 종결법의 양면에서 일본의 자연주의자들과 유사성을 나타낸다. 이 두 가지를 염상섭은 다야마 카다이나 시마자키 토손과 공유하는 것이다. 그 대신 졸라이즘과는 관계가 거의 없다. 종결법은 염상섭과 일본 자연주의를 연결시키는 중요한 고리라 할 수 있다.

---

84 젊은이들이 절망해서 집단자살하는 「젊은 그들」처럼 그의 역사소설에는 영웅들의 좌절을 그린 작품이 많다.

5. 장르Genre상의 특징

1) 불 · 일 자연주의의 차이

불란서의 자연주의는 시와 연극을 좋아하지 않았다.[85] 에밀 졸라는 시를 "무無 위에 세워진 수사학의 누각"으로 보았고, 연극은 "관습의 마지막 성채"여서 "극장에서 우리는 늘 거짓말만 한다."[86]면서 연극을 기피했다. 졸라는 시와 희곡을 쓴 일이 있지만 그가 가장 사랑한 장르는 소설, 그 중에서도 장편소설이다. 이 장르가 지니는 양식의 자유로움과 제한없는 넓이가 아니고는 결정론적 시각에서 인간과 사회를 재현하는 것이 불가능하다고 생각했기 때문이다.

그래서 졸라는 '제2제정기의 한 가족의 사회적, 자연적 역사'를 20권의 장편소설에 담았다. 그것이 『루공-마카르』 시리즈다. 이 20권의 소

---

85 *R. E.*, p.65.
86 E. Zola, "Le Naturalisme au théâtre", 같은 책, p.162.

설 속에 그는 당대의 프랑스의 사회적 벽화를 그리려 하였다. 중앙시장과 증권거래소, 극장과 경마장, 병영과 파리의 뒷골목, 광산촌과 농촌이 모두 담기기 위해서는 그만한 넓이가 필요했던 것이다. 하지만 주가 되는 공간적 배경은 인구 밀집지역인 도시였다. 그는 도시의 군중을 소설 속에 담는 것을 좋아했다. 그의 소설이 서사시적 특성을 지니는 이유가 거기에 있다.[87] 졸라이즘에 적합한 양식은 도시의 군중을 다룬 장편소설군이다.[88]

일본 자연주의는 중, 장편을 통하여 발전하였다. 카다이의 「생」, 「처」, 「연」처럼 3부작 형태를 취하는 경우도 더러 있다. 그러나 토손과 카다이의 자연주의기의 작품에는 단편소설도 많다. 단편인 경우에도 「이불」처럼 이따금 중편으로 간주될 분량을 지니는 것이 많아서, 작가들이 양적인 부피를 필요로 한 점이 인정되긴 하지만, 그 범위는 최대치가 3부작인 만큼 졸라의 것보다는 스케일이 작다.

일본의 경우는 작품의 무대가 좁다. 옥내로 한정하는 경향이 있었기 때문에[89] 일본에서는 사회의 벽화가 나올 수가 없었다. 사소설이 주축이 되어서 사회성이 약화된 것이다. 개인주의가 확립되지 못한 상황이어서 일본의 자연주의는 개인의 내면을 파헤치는 작업을 하게 되었고, 그 결과로 사소설이 주가 되어 서사시가 될 수 없었던 것이다. 그 대신 일본에서는 졸라에게는 없던 친시성이 나타난다. 서정시와 가까운 것이다. 토손과 카다이는 모두 서정시인 출신이다. 자아의 내면에 대한 서

---

87 P. Cogny는 졸라의 자연주의 소설 전체에 퍼져 있는 서사시적 특징을 지적하고 있으며(*Le Naturalisme*, p.66), *Les Rougon-Macquart* 3의 p.1652에 나오는 비평가들의 합평에서도 같은 점이 지적되고 있다.

88 「나나」, 「목로주점」 등은 모두 도시를 배경으로 해서 군중을 그린 소설이다.

89 吉田精一, 『自然主義の硏究』 하, p.119.

정시적 관심이 소설로 전환된 것이 그들의 고백적 사소설이다.[90]

자연주의파가 시작한 사소설은 3인칭 시점을 쓰는 것이 상례였다. 3인칭 시점을 통해 내면적 고백에 객관성을 부여하려는 노력 속에서 자연주의는 자리를 굳혀 간다. 백화파가 그것을 계승해서 더 내면화했다. '자분소설'이라 불리는 대정기의 사소설은 1인칭을 채택했다. 작가가 주인공이 되는 보다 직접적인 자전소설을 쓰기 위해서였다.[91] 일본의 사회적 여건은 대정시대까지도 루소 예찬의 단계에 머물러 있었기 때문에 인물의 내면을 고백의 형식으로 깊이 있게 표현하는 1인칭 소설이 요구되었던 것이다.

그 다음으로 문제된 것은 모델의 필수성이다. 일본의 자연주의는 '무각색', '배허구'의 원리에 입각해 있었기 때문에 순수소설은 모델소설이어야 한다는 관습이 만들어졌다.[92] 모델이 작가인 경우가 사소설이다. 허구에 대한 이런 착시현상은 일본의 자연주의 소설만이 가진 특성이다. 자연주의의 최대의 공적이 자아의 확립을 위한 싸움이 되는 일본의 특수한 여건이 사소설을 자연주의의 대표적 장르로 고정시켰던 것이다.

최대한 3부작 정도의 양적 부피, 내면존중과 서정적 고백, 도시와 시골의 이중적 배경(졸저, 『자연주의 문학론』 1, pp.190-195 참조), 옥내중심의 인간관계, '배허구'의 구호 등의 특성을 가진 일본의 자연주의는 졸라이즘과의 공통성을 거의 가지고 있지 않다.

---

90 졸저, 『자연주의 문학론』 1, pp.210-218 참조.
91 平岡敏夫, 『日本近代文學史研究』, p.229.
92 加藤周一, 『日本文學史序説』 하, p.38, p.383 참조.

2) 염상섭의 경우

한국의 근대소설은 양적인 면에서 졸라와 다르다. 1960년대까지 우리나라에서는 단편소설이 순수소설의 주축을 이루어 왔기 때문이다. 길어야 중편 정도가 되는 것이 1920, 30년대의 한국의 순수소설이 지녔던 양적인 한계였다. 김동인의 자연주의 소설의 부피도 거기에서 벗어나지 않았다. 「감자」, 「태형」, 「포풀라」 등은 모두 이 범주 안에 든다. 김동인은 단편소설을 주로 쓴 작가였다.

그런데 염상섭만은 장편소설을 주로 썼다.[93] 해방전의 한국 작가로는 특별한 경우에 해당된다. 『동아일보』, 『시대일보』, 『조선일보』, 『매일신보』 등의 신문사와 『동명』 등의 잡지사에 근무한 경력이 있어서 연재소설의 지면을 얻기가 쉬웠던 것이 그가 장편소설을 많이 쓸 수 있은 여건 중의 하나라고 할 수 있다.[94]

두 번째 특징은 작가의 소질과 관련된다. 김동인과 달리[95] 염상섭은 기질적으로 단편소설에 맞지 않는 작가다. 그의 본령이라 할 수 있는 만연체의 문장, 선택권을 배제한 점액질의 긴 묘사 등은 단편소설에 적합하지 않다. 그에게는 김동인이 지녔던 '간결의 미학'[96]이 없다. 동인의

---

93 30권 가까운 장편소설을 썼고, 대표작도 「묘지」, 「삼대」 등의 장편소설이므로 장편작가로 봄이 타당하다.

94 그는 『동아일보』에 「너희들은 무엇을 얻었느냐」, 「진주는 주었으나」, 「사랑과 죄」를 연재했고, 『조선일보』에 「광분」, 「삼대」, 「난류」, 「취우」를 썼으며, 『매일신보』에 「이심」, 「무화과」, 「목란꽃 때」, 「부연속선율」 연재했다. 재직 중에 연재한 것도 많으며, 1920년대에 연재한 것도 5편이나 되어 그가 지면을 얻는 일이 힘들지 않았음을 알 수 있다.

95 졸고, 「김동인과 단편소설」, 『김동인전집』 5, 해설, 삼중당, pp.556-562 참조.

96 김동인은 '리얼의 진수는 간결'이라고(『김동인전집』 6, p.187) 생각한 작가이며, 김윤식은 그의 이런 경향을 '묘사거부'로 보고 있다.　　　　　　　『김동인 연구』, p.258.

지적대로 상섭은 방을 그리려면 그 안에 있는 재떨이의 위치까지[97] 그려야 직성이 풀리는 작가다. 그러니 단편소설과는 궁합이 맞지 않는다. 그의 대표작이 장편소설들이 되는 이유가 거기에 있다.

그가 단편소설을 집필한 것은 자기 세대의 다른 작가들처럼 여건이 허락하지 않아 부득이하게 쓴 것이라 볼 수 있다. 장편소설의 집필이 불가능했던 초기에 쓴 단편들은 중편에 가까운 부피를 지니고 있는데 비해 장편소설을 양산하던 1920년대 후반에 가면 단편의 길이가 짧아지고 있는 사실[98]이 그것을 입증한다. 김윤식은 「표본실의 청개고리」를 중편으로 분류한 일이 있는데[99] 그것이 중편이라면 그보다 긴[100] 「제야」, 「E선생」, 「해바라기」 등의 초기 단편은 모두 중편이라 할 수 있다. 반면에 2기 이후에는 단편소설의 부피가 거의 절반 정도로 줄어들고 있다. 2기 작품 중의 하나인 「남충서」에 붙은 다음과 같은 말은 시사하는 바가 크다.

이것은 장편의 성질을 가진 제재의 일점을 택하여 종단면으로 묘출함임을 주의기픈 독자에게 특히 일언하여 둔다.　　　　　　『전집』 9, p.289

이 말은 춘원이 단편소설 「무정」을 발표할 때에 쓴 말과 비슷하다.

---

97 『김동인전집』, p.15.
98 1기의 단편들은 6편 중에서 4편이 30페이지 이상인데 반하여 2기의 단편들은 30페이지를 넘는 것이 없고 평균 20페이지 이내임.　　　　　　『염상섭전집』 참조.
99 김윤식, 『염상섭연구』, p.139.
100 「표본실의 청개고리」가 38페이지인데, 「E선생」은 42페이지, 「해바라기」는 69페이지여서 6편 중 4편이 「표본실」보다 길다.

차편은 사실을 부연한 것이니 마땅히 장편이 될 재료로되, 학보에 게재
키 위하여 경개만 서한 것이니 독자제씨는 양해하시압[101]

1910년대에 춘원이 게재지의 성격 때문에 장편적 제재를 줄여 단편
을 만들지 않을 수 없었던 여건이 동인과 상섭에게도 그대로 적용되
어[102] 한국의 근대소설이 단편 중심으로 발달하게 된 것을 확인할 수
있다.

하지만 염상섭은 비교적 일찍부터 장편소설을 쓰는 일이 가능했다.
그의 최초의 장편인 「묘지」가 쓰였던 것은 등단한 다음 해인 1922년이다.
그때부터 「삼대」가 쓰인 1931년까지의 사이에 그는 「너희들은 무엇을
얻었느냐」(1923. 8~1924. 2), 「진주는 주엇으나」(1925. 10~1926. 1), 「사랑과」
(1927. 8~1928. 5), 「이심」(1928. 10~1929. 4), 「광분」(1929. 10~1930. 8) 등 5편의
장편소설을 썼다. 염상섭은 도합 27편의 장편을 쓰고 있어 양적인 면에서
는 졸라와 맞먹고 있다.

뿐 아니라 그는 연작형태까지 시도했다. 「삼대」군(「무화과」, 「백구」)과
「취우」군(「난류」, 「새울림」, 「지평선」)이 그것이다. 한국 근대소설가 중에서 본
격적인 장편소설을 가장 많이 쓴 작가가 염상섭이라고 할 수 있다. 그
는 장편소설의 선두주자였던 것이다.

따라서 양적인 면에서는 토손과 카다이를 능가한다.[103] 하지만 그의

---

101 『대한흥학보』, 1910. 4.

102 1) 김윤식은 이 작품이 장편이 되지 못한 이유를 i) 「사랑과 죄」를 연재중이었기 때문에
시간이 없었던 것과, ii) 1926년 11월에는 그 작품이 장편소설이 될 만한 내용을 온전히
갖추지 못한 데 있는 것으로 보고 있다.   『염상섭연구』, pp.412-414 참조.
2) 그러나 김동인은 그의 「그 녀자의 운명」이 잡지의 요구 때문에 짧아져서 제구실을
못했다고 평하고 있다.(『김동인전집』 6, p.189) 필자는 그 두 가지가 모두 이유였다고
생각한다.

연작형태는 3부나 4부를 넘지 못했다는 점에서 20권을 한데 묶었던 졸라보다는 토손과 카다이 쪽과 근사치를 지닌다.

또 한 가지 덧붙일 요건은 그가 역사소설을 쓴 일이 없다는 점이다. 춘원이나 동인과 상섭을 가르는 가장 근본적인 변별 특징이 이것이다. 역사소설이 불가피하게 친로맨스성을 지니는 점을 고려할 때, 염상섭이 here and now의 원리에서 벗어나지 않는 시공간을 지속적으로 배경으로 한 사실은 의미가 깊다. 그것은 그가 한국 최초의 노벨리스트임을 입증하기 때문이다. 장르면에서 볼 때 염상섭은 한국의 자연주의계 작가 중에서 가장 졸라와 가까운 거리에 서 있는 작가다.

하지만 고백소설항에 오면 사정은 달라진다. 염상섭과 졸라의 자연주의를 가르는 가장 큰 차이점은 고백소설에 대한 견해에 있다. 염상섭은 자신의 초기 3작을 자연주의 소설로 간주하고 있는데[104] 그 3편은 모두 고백소설이다. 에밀 졸라도 고백소설을 쓴 일이 있다. 하지만 그는 자신의 「끌로드의 고백La confession de Claude」(1865)을 자연주의 소설에 포함시키지 않는다.

「표본실의 청개고리」를 위시한 이 세 편의 소설은 내면성이 드러나는 것을 특징으로 하고 있기 때문에 리얼리즘의 기본 요건인 외면화 현상이 미흡하다.(2장 참조) 노벨의 성립요건에 저촉되는 것이다. 여로를 배경으로 하고 있으면서도 「표본실」에 이동공간의 바깥풍경이 거의 나타나지 않는 사실이 이것을 증명한다. 이런 현상은 고백체 소설을 쓰는 다른 작가에게서도 나타난다. 김윤식의 말대로 고백체는 노벨도 로맨스

---

103 토손과 카다이 모두 10편 이내의 장편을 썼다.

104 염상섭은 「나와 『폐허』 시대」(『전집』 12, p.210), 「나와 자연주의」(같은 책, p.219), 「횡보 문단회상기」(같은 책, p.230) 등에서 자신의 초기작품들이 자연주의와 관련이 있다고 주장하고 있다.

도 아닌 것이다.[105]

이 시기에 고백체 소설을 쓴 것은 염상섭만이 아니다. 1920년대 초의 한국 작가들은 모두 고백체의 양식에 사로잡혀 있었다. 김동인은 「약한 자의 슬픔」, 「마음이 옅은 자여」를 통해 그것을 시도했고, 전영택은 「운명」, 「생명의 봄」, 「독약을 마시는 여인」의 3부작을 통해 같은 것을 지향했다. 하지만 김윤식의 주장대로 "내적 고백체를 비로소 확립"한 작가[106]는 염상섭이다. 그것은 그가 대정기의 일본문학과 그만큼 밀착되어 있었다는 것을 의미하며, 일본을 통해 근대적인 것과 가장 근접해 있었던 것을 뜻하기도 한다.[107]

문제는 고백체 소설을 쓴 데 있는 것이 아니라 그것을 자연주의 소설이라고 우기는 데 있다. 그와 의견을 같이 하는 문학사가들도 마찬가지다. 김동인의 경우 「감자」 이후의 소설을 리얼리즘으로 보는 점에서는 자타가 공통[108]되고 있는데 반해 염상섭의 경우에는 「표본실의 청개고리」를 작가와 비평가가 함께 자연주의로 규정하고 있다. 이 사실은 그들에게 있어 자연주의는 일본식 자연주의밖에 없었음을 증언해 준다. ('용어'항 참조) 고백체 소설이 자연주의와 연결되는 나라는 일본밖에 없기 때문이다.

고백체 소설로서 염상섭의 초기 소설이 지니는 기법상의 특징은 서간체의 활용이다. 「제야」는 전편이 편지로 되어 있고, 「표본실」은 9장 전체가 편지이며, 「암야」는 편지가 노출되지는 않으나 '─어젯밤 편지를 받고 S. K 씨에게 바치나이다'라는 부제가 그 글의 서간문적 성격을 암

---

105 김윤식, 『염상섭연구』, p.41.
106 김윤식, 『김동인연구』, p.12.
107 김윤식, 『염상섭연구』, p.77; 『김동인연구』, p.12.
108 김동인의 「약한 자의 슬픔」, 「마음이 옅은 자여」를 자연주의 소설로 보는 사람은 없음.

시한다. 편지는 그가 고백체에서 벗어나 객관적 소설을 쓰던 시기에도 여전히 애용된다. 「묘지」에도 편지가 나오며, 「삼대」에서도 편지가 차지하는 비중은 크고, 「이심」에서도 편지가 요긴하게 쓰이고 있다. 염상섭의 관심이 항상 인간의 내면에 집중되어 있었음을 입증하는 대목이다. 1기와 2기 사이에 관심의 방향이 전환된 것은 사실이지만, 인간의 내면에 대한 관심은 일관성을 지닌다. 고백소설의 시기를 지나 사실적 소설로 옮아간 후에도 염상섭은 인물들의 의식 내용에 사로잡혀 있었고, 그것을 분석하는 것을 즐겼다. 심리분석이야말로 그의 소설의 기본적 특성이다.[109]

그래서 염상섭은 졸라와 상사성을 가지기 어렵다. 졸라가 그리려 한 것은 심리가 아니라 생리였기 때문이다. 심리분석의 작가라는 점에서 염상섭은 졸라보다는 그 이전의 작가들과 유사성을 나타낸다. 스탕달과 졸라를 가르는 요건이 심리 대신 생리를 그리는 점이었던 것이다.[110]

그 다음에는 시점에 문제가 있다. 일본의 경우 자연주의파의 고백소설은 3인칭을 쓰는 것이 통례로 되어 있다. 1인칭 고백소설은 백화파의 것이다. 그런데 상섭은 초기부터 이 두 가지를 혼용했다. 그의 자전적 소설의 시점을 조사하면 그 사실을 확인할 수 있다.

- 1인칭을 사용한 것 : 「표본실」, 「묘지」, 「죽음과 그 그림자」, 「검사국 대합실」, 「유서」
- 3인칭을 사용한 것 : 「암야」, 「E 선생」, 「금반지」, 「윤전기」, 「숙박기」

---

109 1) Zola, *Les Rougon-Macquart* 1, Préface(A. Lanoux) 참조.
    2) P. Cognyp, *Le Naturalisme*, p.40 참조.
110 Zola, *R. E.*, p.97.

1기와 2기에 똑같이 1인칭 시점의 소설들이 들어가 있다. 3인칭의 경우도 마찬가지다. 1기에 이미 두 작품에 3인칭 시점이 나타나는 점에서 그가 초기부터 두 가지를 혼용했음을 알 수 있다.

어느 나라의 작가를 막론하고 외국문학의 영향을 받을 때는 당대와 그 전 시대의 것을 혼합하여 받아들이게 된다. 일본의 자연주의가 당대의 불란서문학인 인상주의와 그 전 세대의 문학인 자연주의를 함께 받아들여 인상적 자연주의를 만들어냈던 것[111]처럼 한국의 자연주의는 인본의 명치문학인 자연주의와 대정기의 문학을 혼합하여 받아들였다. 김동인은 대정문학에서 유미주의를 받아들여 졸라적인 자연주의와 유미주의를 공유하고 있는데, 염상섭은 백화파의 주아주의와『와세다문학』을 함께 받아들이고 있는 것이다.

초기에 갈수록 이 두 유파의 혼합 양상이 두드러진다. 1인칭과 3인칭 고백소설의 혼거현상이 그것이다. 염상섭은 자연주의라고 생각하고「표본실」과「암야」를 썼는데, 김윤식은 백화파의 아리시마 다케오의「출생의 고뇌」가 그 작품들의 원천이라고 단언하고 있으며,[112] 유전의 결정성이 부각되는「제야」의 원천 역시 아리시마의「돌에 짓눌린 잡초」라고 주장하고 있다.[113] 결국 염상섭이 자연주의라고 생각한 것은 백화파와 자연주의파가 뒤섞인 일본의 대정시대의 문학이었던 것이다. 그는 명치시대의 일본을 모르기 때문[114]에 2기에 나타나는 사실적 경향

---

111 吉田精一,『自然主義の研究』하, p.366.
112 "첫 단계가 有島武郎의「출생의 고뇌」였다. 그것에 기대어 그는「암야」를 썼다."
『염상섭연구』, p.187.
113 "두 번째가「돌에 짓눌린 잡초」였다. 그것에 기대어 그는「제야」를 썼다."(같은 책, p.187)고 주장하며 김윤식은 "염상섭은 有島武郎의 지평 속에 갇혀 도무지 탈출할 수 없었다."(같은 책, p.174)고 말하고 있다.
114 염상섭이 동경에 유학간 날이 명치천황의 장례식 날이었다.

의 원천도 일본의 프롤레타리아문학이다. 염상섭의 1기 2기를 가르는 작품의 변화가 실은 대정시대의 일본문학의 두 유파의 영향에서 형성되었다는 것은 그와 일본문학과의 밀착도를 가늠하는 좋은 자료가 된다.

다음에 문제가 되는 것은 모델소설이다. 염상섭뿐 아니라 우리나라의 근대소설 작가들은 대부분이 모델소설에 대해 일종의 신앙을 가지고 있었다. 직접적인 모델을 두는 일을 기피한 듯이 보이는 춘원도 자신의 「혁명가의 아내」가 이봉수 씨와 그의 아내를 모델로 한 것임을 밝히고 있으며[115] 「무정」의 신우선도 "M신문 기자로 있던 심천봉군"이 모델이고,[116] 「선도자」는 도산 안창호가 모델이어서 나머지 인물들도 실재한 인물들이라고[117] 모델의 실명까지 밝히고 있다. 그 밖에도 그는 거의 윤색하지 않은 자전적 소설을 많이 썼다.

김동인도 비슷하다. 그는 「김연실전」의 모델이 당대에 이름이 알려진 여류문인 김명순이라는 것을 밝혔을 뿐 아니라 자신이 홀아비였을 때 그녀가 중학동에 있던 자기의 거처에 와서 지분대던 이야기까지 쓰고 있으며,[118] 겉으로는 부인하는 척하면서 「발가락이 닮았다」의 주인공의 모델이 염상섭일 가능성을 시사하고 있고,[119] 「명문」이 자신을 모델로 한 작품이라는 말을 전영택이 직접 말하는 것을 들은 일이 있다.[120] 실지로 일어난 일을 실명까지 살려서 쓴 「여인」은 이런 경향의 절정을 이룬다. 실명을 밝히지 않은 모델소설로는 「마음이 옅은 자여」

---

115 『이광수전집』, 삼중당, p.278.

116 같은 책, p.276.

117 같은 책, p.277.

118 『김동인전집』 6, p.50.

119 같은 책, p.303에서 동인은 "물론 두세 군데 공통되는 점이 없다고는 할 수 없다."고 말하고 있다.

120 필자가 본인에게서 직접 들었음.

가 있고,[121] 그 밖에도 액자소설의 내화들은 위의 경우들로 미루어보아 모델이 실재한다고 보는 것이 가능하다. 그가 액자의 형식을 빌려 현실과의 유사성을 확보하려 한 소설로는 「배따라기」, 「붉은 산」, 「광화사」 등이 있다. 자전적 소설은 더 말할 필요도 없다.

염상섭도 예외가 아니다. 그는 자신의 「표본실의 청개고리」가 실지로 일어난 일을 그대로 쓴 것이기 때문에 일본문학의 모방이 될 수 없다고 말하면서, 그 소설에 나타난 자연주의적인 요소가 한국에서 자생한 것이라고 주장한다.[122] 자전적 소설을 '무각색', '배허구'의 방법으로 쓴 것은 비단 이 소설만이 아니다. 그의 자전적 소설은 거의 모두 그의 개인사와 부합된다.

비자전적 소설의 경우는 나혜석을 모델로 한 소설이 대표적이다. 그는 한때 사랑했던 이 비범한 여인을 모델로 해서 세 편의 소설을 썼을 뿐 아니라, 이 여인을 원형으로 해서 다른 부정적 신여성상을 만들어갔다. 더 흥미로운 것은 그가 본인의 승낙까지 받고 그녀를 모델로 삼았다는 사실이다.[123] 그러면서 실지 이상의 부정적 조건들을 만들어 첨가한 것이다.

남자 주인공들은 대부분이 상사형으로 나타나는데, 모델이 작자나 주변인물일 가능성은 그들의 나이를 보면 알 수 있다. 그의 인물들은 작가와 함께 나이를 먹어 가고 있기 때문이다. 권영민의 말대로 염상섭의 소설은 대부분이 자전적이거나 반자전적 소설이라 할 수 있고,[124] 나머지는 모델이 실재하는 소설이다. 따라서 일본처럼 그에게서도 제가끔

---

121 『창조』 3호 '남은 말', 앞의 책, p.664.
122 『염상섭전집』 12, p.219.
123 같은 책, p.230.
124 권영민의 해설, 『염상섭전집』 10, p.323.

다른 개성을 가진 다양한 인물군은 나오기 어렵다. 졸라와 일본 자연주의를 가르는 요소가 염상섭에게도 그대로 적용된다. 그는 '배허구'의 구호를 일본과 공유하고 있기 때문이다. 체험의 한계성이 이들의 인물의 한계를 이루는 것은 '무각색'의 원리에 기인한다.

그러나 친시성의 항목만은 반대로 나타난다. 김동인과는 달리 염상섭은 시를 쓴 일이 있다. 그러나 그 시는 토손과 카다이의 것처럼 서정성을 지닌 것이 아니며, 수준도 미흡하다. 뿐 아니라 두 편밖에 없다. 그리고 염상섭은 다시 시를 쓰지 않았다. 자신이 서정시인이 될 소질이 없음을 안 것이다. 그는 소설보다 먼저 평론을 썼다. 평론가로서 김동인과 논쟁까지 한 후에 비로소 작가가 된 것이다. 프랑스와 일본에서도 자연주의 작가들은 문학평론가를 겸업했다. 자연주의에 선행한 사실주의 자체가 합리주의, 이성주의의 바탕에서 생겨났기 때문에 평론과 그들의 소설은 같은 기반 위에 세워져 있는 것이다.

염상섭의 평론 쓰기는 그의 기사 쓰기와 같이 논의될 수 있다. 그는 근본적으로 이성인간에 속하는 작가다. 동인과 마찬가지로 그는 서정시보다는 평론에 적합한 문인이다. 그의 초기 3작은 평론과의 미분화상태를 드러낸다. 그것은 문체의 동질성에서 입증된다. 내면을 고백하는 초기의 고백소설들이 감동을 주지 못하는 이유는 평론적 문체 때문이다. 그 소설들은 그 무렵에 쓰인 평론들과 문체가 같다. 「저수하에서」와 「표본실의 청개고리」 사이에는 문장상의 격차가 거의 없다. 「제야」와 「개성과 예술」의 경우도 마찬가지임을 다음 인용문을 통해 확인할 수 있다.

① 歸省한後 七八個朔間의不規則한 生活은 나의全身을 海綿가티 짓두들겨 노핫슬뿐안이라 나의 魂魄까지 蠹食하얏다.

「표본실의 청개고리」, 『개벽』 14, p.118

② S라는 異國靑年을 M君이 自宅으로 招待한 날이엿다. 座談에 疲勞를感한 一同은 散步하랴나섯다. 　　　　　　　　　　「저수하에서」, 『전집』 12, p.29

③ 主觀은絶對다. 自己의主觀만이 唯一의標準이아니냐. 自己의主觀이容許하기만 하면 고만이다. 　　　　　　　　　　「제야」, 『개벽』 20, p.61

④ 大抵 近代文明의 精神的 모든 收穫物中, 가장 本質的이요, 重大한 意義를 가진 것은, 아마 自我의 覺醒, 혹은 그 恢復이라 하겟다.

「개성과 예술」, 『개벽』 2, p.1, 방점: 원작자

①과 ②, ③과 ④ 사이에 문체상의 차이가 없다. 소설에서 이처럼 평론적 문장을 쓴 것은 그의 초기 3작이 추상성을 띠는 원인이 된다. 한자어는 외래의 어휘여서 추상성을 띠게 된다.[125] 생경한 한자어 대신 토착어를 쓰기 시작하는 시기가 그의 소설의 진정한 출발기라 할 수 있다.

소설 문장에 한자어를 쓴 면에서도 염상섭은 일본과 상사성을 지닌다. 일본에서는 지금도 소설에 한자어휘가 그대로 쓰이고 있기 때문이다. 하지만 거기에서는 훈을 가나로 달아서 한문을 토착어로 만든다. 소설의 문체와 평론의 문체가 같은 것은 일본의 대정문학에서도 찾아보기 어렵다. 그러니 이는 습작기의 염상섭의 소설에 대한 개념의 미숙성을 나타내는 것이라고 보는 편이 타당하다.

초기에만 소설에 사용된 평론적 문체는 그의 초기의 고백소설 자체에 파토스적 요인이 결여되어 있었음을 입증한다. 염상섭의 내면 고백에는 서정성이 빠져 있다. 김동인과 마찬가지로 염상섭은 파토스의 섬세함을

---

125 Majorie Boulton, *Anatomy of Prose*, pp.8-19 참조.

예찬한 시기가 없다. 낭만적 사랑에 대한 동경도 없다. 로맨틱 러브의 부재현상을 통해 이 두 작가의 사실적 측면이 드러난다. 염상섭은 합리주의자이며 현실주의자인 것이다. 염상섭과 불·일 자연주의와의 장르상의 상관관계를 도표로 만들면 다음과 같다.

	작가명	에밀졸라	카다이와 토손	염상섭
1	시점	3인칭 객관소설	3인칭 고백소설	1, 3인칭혼용, 고백소설＋사실적 소설
2	외면묘사	＋	±	1기 : － 2기 : ±
3	소설의 길이와 부피	20편의 장편	3부작의 장편 및 중단편. 토탈 장편 10편 정도	3부작의 장편 및 중단편, 장편 : 20편 이상
4	허구성	＋	배허구, 모델소설	배허구, 모델소설
5	고백성	－	＋	1기 : ＋ 2기 : －
6	배경	도시 중심	도시와 시골 (옥내중심)	1기 : 여로 2기 : 도시(옥내중심)

이 표를 통해 볼 때 염상섭과 졸라가 공통되는 점은 장편소설을 많이 쓴 것과 2기 이후에 도시를 주로 그렸다는 점밖에 없다. 염상섭은 카다이나 토손보다 훨씬 많이 도시소설을 쓴 작가다. 그러나 염상섭의 자연주의기는 1기이기 때문에 이것은 졸라이즘과의 공통분모가 될 수 없다. 나머지 5항은 모두 일본 자연주의와 동질성을 띠는 것이다. 그는 양적인 면, 묘사의 대상, 배허구의 창작태도, 고백적 사소설, 모델소설 등 모든 면에서 일본의 자연주의와 부합되는 소설을 썼다. 서정성의 배제만 다를 뿐이다. 거기에 대정문학에서 받아들인 1인칭 사소설, 사실주의적 수법까지 합치면 그의 소설과 일본문학과의 밀착도는 엄청나다. 장르면에서 염상섭은 더 철저하게 일본의 영향을 받은 작가임을 다시

한 번 확인할 수 있다.

김동인과 비교하면 염상섭에게서는 토손, 카다이와의 관계보다 훨씬 더 많은 이질성이 나타난다. 김동인은 단편소설만이 순수소설이라는 고집 때문에 본격적인 장편을 쓰지 못했다. 그의 장편소설은 모두 역사소설이다. 그 점에서 염상섭이 유리한 자리에 선다. 단편소설과 역사소설은 자연주의와 궁합이 맞지 않는 장르이기 때문이다. 사조적인 견지를 떠나 노벨리스트로서만 비교해 보더라도 김동인 쪽이 역시 불리하다. 역사소설은 로맨스적이 되기 쉬운 장르이며, 단편소설 역시 노벨의 본령은 아니기 때문이다. 현실의 모사를 기도하는 노벨은 우선 어느 정도의 부피를 필요로 한다. 염상섭이 최초의 본격적인 노벨의 작가로 간주되는 이유가 거기에 있다.

IV부

물질주의와

결정론

1. 염상섭의 세계에 나타난 물질주의

　프랑스의 자연주의를 특징짓는 근본적 요인 중의 하나가 물질주의적 인간관이다. 자연주의에 선행한 리얼리즘 속에도 같은 경향이 있었다. 문제는 정도의 차이에 있다. 그 차이를 졸라는 다음과 같이 표현한다.

　　① 나는 주의 대신에 법칙法則을 택한 사람이다……. 발자크는 남자와 여자와 사물들을 그리고 싶다고 말하고 있다. 그러나 나는 남자와 여자를 사물에 종속시킨다.　　"différence entre Balzac et moi", R. -M. 5, p.1736

　주의를 법칙으로 바꾸고, 인간과 물질의 공존관계를 물질에 대한 인간의 종속으로 만든 것이 졸라이즘의 몫이라는 주장이다. 거기에서는 미덕이나 악덕이 '황산이나 설탕과 같은 것'이 된다고 그는 주장한다. 따라서 "인간의 두뇌와 돌이 등가관계를 이룬다."는 것이다. 그래서 졸라는 신을 인정하지 않았고, 서정주의에도 반기를 들었으며 도덕도 부정했다. 졸라의 결정론적 사고는 이런 물질주의적 인간관과 밀착되어 있다.

일본의 자연주의는 졸라류의 물질주의와는 거리가 멀다. 유교의 정신주의와 너무 접근해 있었기 때문이다. 명치시대의 일본은 표면적으로는 산업사회의 모습을 갖추어 갔지만 사상적인 면에서는 유교의 영향권에서 벗어나지 못했다. 개인주의, 가족주의, 도덕주의 등이 자연주의와 결부된 것은 그 때문이다. 인간이 사물에 종속될 분위기가 아니었던 것이다. 그래서 토손과 카다이의 자연주의에는 졸라적인 물질주의는 나타나지 않는다. 그들이 몰두한 주제는 유교적인 '家'의 테두리를 벗어나 자아를 확보하는 일이었고, 성이나 금전을 인간의 현실로 긍정하려는 안간힘이었다. 개인존중사상, 독창성의 확보 등의 낭만적 과제를 함유한 채로 전통과의 싸움에 비중이 주어진 것이 일본 자연주의의 특성이다.

② 구질서, 구도덕에 대하여 그 불합리를 적나라하게 지적하려 한 것이 자연주의 문학의 중대한 의의였다.

島村抱月의 말, 吉田, 앞의 책 下, p.23에서 재인용

하지만 전 세대와 비교할 때, 그들이 인간의 형이하학에 대한 관심을 보다 많이 작품에서 표명한 것은 부정하기 어렵다. 성에 대한 관심이 그것이다. 비록 추상적이고 초보적이기는 하지만 성에 대한 금기를 깨뜨린 것은 자연주의의 근대적 측면이라고 할 수 있다. 모든 나라의 근대화는 반형이상학적 경향을 띤다. 문제는 정도의 차이에 있다. 토손과 카다이가 중세적인 anti-physics의 경향을 부정하며, 인간과 사물의 공존을 주장하는 발자크적 단계를 향해 발돋움하고 있었다면, 졸라는 19세기 말의 단계에 와 있었다. 일본의 자연주의 문학에 유전과 환경의 결정성이 표면화되지 않은 이유가 거기에 있다.

김동인은 토손이나 카다이보다는 졸라이즘과 가깝다. 그는 인간의 생리적 측면을 중시했으며, 반유교주의자였고, 무신론자였다. 기질적으로 극단을 좋아한 그는 도덕이나 신과의 싸움도 극단화시켰고, 과학예찬의 경향도 철저했기 때문에 졸라와 유사성을 나타낸다. 그는 대담하게 '성性', '식食'의 문제를 전면에 내세웠다. 「감자」는 음식이 도덕을 잡아먹는 이야기이고, 「태형」은 다리가 머리를 깔아뭉개는 과정을 그린 것이다. (졸저, 『자연주의 문학론』 1, pp.425-428 참조) 하지만 그는 과학주의의 신봉자인 동시에 예술지상주의자였다.

염상섭은 좀 다르다. 그는 극단적인 것을 좋아하지 않는 타고난 중용주의자다. 그래서 철저한 물질주의자도 될 수 없고 철저한 정신주의자도 될 수 없다. 형이상학과 형이하학의 관계에서도 염상섭은 "그 어름에다가 발을 걸치고 있는" 중도적 성격을 나타낸다. 하지만 후자에 역점이 주어진다고 볼 수 있다.

③ 형이상학을 구하는 것은 매우 고상하고 명예로운 줄 알았으며 또한 즐기는 것이었다. 그러나 형이하의 것은 인간생활의 부대조건인 듯이 생각하여 온 것이 당초부터 잘못이었다. …… 우리의 정신문화는 우리가 가지고 있는 것만 계발하여도 그리 조갈증에 걸릴 염려는 없어도 물질문화는 다량을 섭취치 않았다가는 아주 지진두에 올라앉고 말게 되었다는 말이다. …… 우리는 그처럼 물질의 중한 것을 깨달았다……. 사람은 왜 사는가를 생각하는 사람, 또는 가르치는 사람도 없어서는 아니되겠지마는, 사람의 목숨은 어떠한 원소와 원소가 화합한 물질로 부지되어가는 것을 알아내고 가르치는 사람이 우리에게는 더 필요하다.

「6년 후의 동경에 와서」, 『신민』 1926. 5. pp.98-99. 김윤식, 『염상섭연구』, p.390에서 재인용이 글은 형이하학의 필요성에 대한 주장으로 시작된다. 그렇다고 동인처럼 형이상학을 전적으로 부정하자는 것은 아니다. 조선 말에 실학파들이 주장하던 것처럼 주자학의 anti-physics의 경향이 망국의 요인이 된 것을 깨우쳐 주려 하는 것뿐이다. 1926년, 6년 만에 일본에 간 염상섭은 30대에 접어드는 어른의 안목으로 근대적 삶의 원리를 찾다가 anti-physics에서 physics로 가는 방향을 확인한 것이다. 동인처럼 상섭도 과학을 예찬한다. 그는 과학의 발달만이 우리의 살길임을 인식하고 이런 글을 썼다. 유교의 정신주의에 반기를 든 것이다.

그래서 그의 소설에서는 초기부터 돈이 부각된다. 최초의 자본주의적 인간형인 최정인은 "정조를 팔아 쾌락을 무역하는" 현학적인 장사꾼이다. 그녀의 물질주의적 경향은 「해바라기」에 가면 돈 계산으로 표출된다. 그 뒤를 「전화」가 따른다. 주판질을 기반으로 하는 「전화」의 부부관계는, 서로가 상대방의 물욕을 긍정함으로써 화합의 관계를 유지할 정도로 현실감각이 성숙하다. 이런 경향은 「삼대」의 조의관에 가서 평형감각을 얻는다. 그는 돈의 효능만이 아니라 그 병폐까지 안 인물이다. 유산이 잘못 분배되면 후손에게 독이 될 수 있다는 것을 알았기 때문에 그는 돈을 적절하게 분배하려고 애를 쓴다. 돈의 올바른 용법까지 알고 있었던 것이다.

물질에 대한 작중인물의 감각은 작가의 것을 대변한다. 염상섭은 물질의 의미를 정확하게 안 문인이다. 그는 독립운동도 돈의 기반이 있어야 가능하다는 것을 피혁과 장훈(「삼대」)를 통해 명시하고 있고, 문학의 진흥도 "발동기의 회전수와 무산자의 식기에 담기는 밥풀수효"의 비례에 달려 있는 것으로 본다. 그건 근대의 본질에 대한 지각에서 오는 것이다. 그가 물질의 중요성을 통해 터득한 것은 근대와 자본주의와의 함수관계다. "근대적 삶이 자본주의를 떠나서는 성립될 수 없음"을 그는 알았고, 자본주의의 구조적 특성도 꿰뚫어 보았다.

　④ 우리가 전기를 켜면서 석유보다 헐하고 밝다고 기뻐하는 동안에 전기회사 주주는 배당이 늘어간다고 춤추게 하는 것도 현대문명의 쉰 비지를 고가로 사서 먹는 것도…… 모두가 입는 사람 쓰는 사람의 죄도 아니요, 옳은 길을 가르친 선각자의 성력의 부족한 것도 아니다.

「6년 후의 동경에 와서」, 앞의 책, p.390에서 재인용

잘못은 생산기술을 익히기 전에 소비부터 배운 데 있다고 그는 생각했다. 생산을 못 하면서 제품을 소비만 하는 것은 경제적 침략을 자초하는 일이다. 그것을 극복하는 방법은 물질문화의 정체를 터득하는 것임을 알았기 때문에 형이하학 연구에 무게를 두자고 주장하게 된 것이다. 물질의 소중함에 대한 깨우침은 그대로 육체의 긍정으로 이어진다. 인간의 생리적 한계를 인정하는 염상섭의 인간관은 「태형」에 표출된 김동인의 그것과 대동소이하다. 생리적인 결핍이 정신에 끼치는 영향을 그는 '식'의 문제와 관련시켜 검증한다. 「조그만 일」, 「밥」 등 2기의 작품들이 그것을 대표한다. '식' 문제가 부부와 친구를 갈라놓을 수 있는 힘을 지니고 있음을 실증한 것이다. 그 중에서도 왕년의 사상가들이 밥그릇 앞에서 벌이는 추태를 그린 「밥」은 인간이 동물로서 불가피하게 지니게 되는 현실적인 한계를 실감나게 증언한다.

다음은 '성'이 문제다. 「제야」에서부터 제기되는 성 문제도 「삼대」를 향해 가면서 농도가 짙어진다. 염상섭이 자연주의적 인물형으로 간주한 조상훈이 그 정점에 있다. 그의 타락은 시종일관 성과 밀착된다. 물질에 대한 인식이 돈과 성을 통해 심층적으로 탐색되고 있는 점에 염상섭의 근대성의 넓이가 있다. 그것을 통해 그는 한국 최초의 노벨리스트가

되는 것이다.

물질문명의 필요성이 절박하다는 생각 때문에 염상섭은 형이하학에 치중하는 교육을 주장한다. 하지만 거기에는 '당분간'이라는 시한이 제시되어 있다. 그 기간은 형이상학과 형이하학의 균형이 맞추어질 때까지일 것이다. 그런데 그 시한은 그가 눈을 감을 때까지 끝나지 않은 것 같다. 1926년에 이런 제안을 했는데 1955년대의 글에서도 과학 공부에 힘쓰기를 후학들에게 부탁하는 대목이 나오기 때문이다. 김윤식의 말대로 염상섭의 형이하학 필요론은 "그 후 한 번도 변한 적이 없다."(『우리근대소설논집』, p.24) 하지만 염상섭의 형이하학 필요론은 김동인의 경우처럼 형이상학을 부정하는 것을 의미하지는 않는다. 유교의 정신주의적 전통이 지나치게 완강하기 때문에 형이하학 쪽에 역점이 주어진 것뿐이다. 이는 그의 세계에 나타나는 친형이상학적 경향을 통해 쉽게 확인할 수 있다.

첫 번째 항목은 예술론이다. 졸라는 예술을 과학에 종속시켰다. 진실을 미보다 높이 평가한 것이 『실험소설론』의 예술관이다. 일본에서도 비슷한 경향이 검출된다. '무각색', '배기교'의 항목은 진실이 우위임을 의미한다. 한국에서는 '배기교'의 구호가 프롤레타리아 문학의 몫이 된다. 동인과 상섭은 '진'보다는 '미'를 높이 평가한 작가들이기 때문이다. 졸라이즘이나 일본 자연주의와 한국 자연주의의 가장 두드러진 차이는 예술관에 있다. 한국의 자연주의는 대정기에 출현하기 때문에 일본의 예술지상주의가 유입되어 이런 예술관이 형성된다. 동인은 예술지상주의를 표방한 작가니까 말할 필요도 없지만, 염상섭에게도 예술이 절대를 의미하던 시기가 있었다. 「개성과 예술」을 쓸 무렵이다. 2기에 가면 예술지상적 사고는 많이 약화되고 예술론도 재현론으로 바뀌지만, 예술을 최고의 가치로 보는 경향은 변하지 않는다. "인생은 예술 없이 살

수는 없다."는 말이 1928년에도 자주 쓰이고 있는 것이다.

정신적 가치에 대한 믿음은 그 밖에도 여러 군데서 나타난다. 그 중 하나가 돈과 성에 관한 이중적 자세다. 비자전적 소설에서는 「제야」에 서부터 돈과 성에 관한 것이 노출되지만, 자전적 소설에서는 물질주의가 늦게 나타나며, 농도도 엷다. 염상섭이 30대가 되어 물질의 소중함을 깨우친 시기에 쓰인 「윤전기」만이 금전문제를 다룬 자전적 소설인데, 자산의 개인적 이해는 제외되어 있다. 성에 관한 것도 마찬가지다. 돈과 성이 인간의 현실에서 지니는 힘은 인정하지만, 자기까지 그것에 지배될 수는 없다는 생각이 이중적 자세를 만드는 것이다. 동인도 비슷하다. 이 시기의 한국 작가들의 물질주의의 한계가 거기에서 드러난다.

도덕에 관한 자세에서도 같은 이중성이 검출된다. 작자와 동질성을 띠는 인물 중에는 돈이나 성으로 인해 지탄 받을 사람이 거의 없다. 타락하는 것은 정인과 상훈의 동류들이다. 나머지 인물에는 인간의 약함을 정신력으로 극복하는 유형이 많다. 경애는 경찰의 취조를 받으면서 "맞아 죽는 한이 있어도" 동지를 배신하지 않겠다고 결심하며, 병화는 "학비를 얻어 쓰자고 자기를 팔 수는 없다."는 신념을 실천에 옮긴다. 덕기는 필순을 "제2의 홍경애를 만들 수는 없다."고 생각하며, "시험관 하나"를 위해 장훈은 자살한다. 그들은 물질의 중요성은 알고 있지만, 그것이 전부가 아님도 아는 사람들이다. 염상섭도 그들과 같다. 그는 물질문명의 소중함을 역설하면서도 예술의 가치와 도덕성의 소중함도 알고 있다. 그래서 그의 세계에서는 형이하학과 형이상학이 공존할 수 있다. 그의 형이하학 필요론에는 유연성이 있는 것이다.

하지만 전통에 대한 자세에는 유연성이 없다. 그가 평생을 두고 싸운 대상은 전통적 사고다. 졸라의 자연주의는 낭만주의만이 적이다. 대상이 단일하니까 철저할 수 있다. 토손, 카다이, 염상섭 등의 자연주의는 유교를 대상으로 삼고 있다. 그들의 근대주의는 유교의 모든 것과 대척되기 때문에 사조적으로 단일성을 확보하기 어렵다. 그것은 봉건주의와의 싸움이어서 그 속에는 불가피하게 낭만주의적인 것이 섞이게 된다. 일본처럼 개성지상주의, 독창성 존중의 예술관 등이 자연주의와 혼합되는 이유가 거기에 있다. 뿐 아니라 형이하학 필요론에 수반되는 반이상주의, 반상문주의, 반가족주의 등도 포함돼야 하기 때문에 염상섭의 자연주의는 일본처럼 반전통주의적 성격을 띠게 된다. 그는 평생 유교와 전면전을 계속했다. 유교의 이상주의 대신에 염상섭은 현실주의를 선택했고, 형이상학 대신에 형이하학을 내세웠으며, 몰개성주의에는 개성주의를, 예술 경시사상에는 예술 존중사상을 대치시킨다. 그의 유교와의 싸움은 동인의 것보다는 온건했지만 지속적이고 범위가 넓었다. 낭만적인 것과 사실적인 것을 모두 안고 가야 했기 때문이다.

싸움의 항목은 시기에 따라 달랐다. 1기에 염상섭이 내건 것은 개성지상주의였고 대상은 유교의 몰개성주의였다. 「저수하에서」, 「개성과 예술」, 「지상선을 위하여」 등 초기 평론들이 그것을 대표한다. 이 시기의 상섭에게 개성은 '지상선'이었다. 자연주의까지도 자아의 각성과 밀착되는 경향으로 간주될 만큼 모든 것이 개성과 유착되어 있었다.(용어항 참조) 개인주의와 자연주의가 등가관계를 지니는 세계에 호응하는 것이 소설에서는 초기 3작이다. 인간의 내면을 신성시하는 개성주의에 적합한 양식이 고백체소설이었던 것이다. 염상섭은 그것들을 자연주의 소설이라 생각했다. 개성지상주의가 예술론에 반영되면 독창성 예찬이 된다. 그래서 1기의 두 번째 항목은 독창성을 예찬하는 낭만주의적 예술관이다. 이 무렵에 염상섭은 "예술미는 작자의 개성, 다시 말하면 작자의 독이적獨異的 생명을 통하야 투시한 창조적 직관의 세계를 투영한 것"이라고 생각했다. 유교의 이성주의와는 배치되는 예술관이다. 개성지상주의, 내면성존중, 독창성 예찬 등은 모두 낭만주의의 특성이다.

2기에 가면 이런 친낭만주의적 경향은 사라지고 현실적 경향이 나타나며 개성지상주의는 '생활제일의론'에 자리를 양보한다. 1925년부터 계급문학 논쟁이 시작되면서 그의 평론에는 물질존중 경향이 노출된다. 프롤레타리아 문학을 배척하는 과정에서 염상섭은 현실에 대해 눈을 뜨며, 물질과 육체의 중요성을 터득하게 되는 것이다. 이때부터 그의 소설에서는 여로가 사라지고 배경이 옥내로 좁아지면서 돈과 성의 문제가 떠오른다. 물질이 지배하는 현실의 세계로 무대가 바뀌는 것이다. 「전화」, 「조그만 일」, 「윤전기」, 「밥」은 이런 변화에 호응하여 쓰인 작품들이다. 돈과 성의 주제가 자전적 소설에까지 침투하는 것도 이 시기의 특징이다. 유교의 정신주의에 물질주의가 대체되며, 형이상학은 형이하학에 자리를 양보하게 되는 것이다.

거기에 수반되는 변화가 재현론을 주축으로 하는 예술론이다. '창조적 직관'이 있던 자리에 '해부와 관찰'이 대치되면서 사실주의적 예술론이 나타난다. 그와 때를 같이하여 고백소설이 사라지면서 인물들은 기혼자로 바뀌고, 여로 대신에 옥내의 일상성이 조명을 받는다. 그의 견해에 의하면 자연주의에서 벗어나 사실주의로 이행하게 된 것이다. 하지만 그런 변화에도 불구하고 반전통주의는 변하지 않는다. '창조적 직관'과 마찬가지로 '해부와 관찰' 역시 주자학과는 배치되기 때문이다. 예술관이 변화하는데도 예술은 여전히 신성한 것으로 남는 것이다. 염상섭에게 있어 아름다움(예술)은 유교가 숭상하는 선(도덕)보다 훨씬 귀중한 것이다. 개성론의 경우도 비슷하다. 지상의 가치가 미와 개성이라는 주장을 통해 염상섭은 유교의 도덕주의와 몰개성주의에 항의를 하고 있는 것이다.

2기의 또 하나의 특징은 주동인물들이 기혼자로 바뀌면서 염상섭의 개성지상주의가 전통적 가족제도와의 싸움으로 구체화되는 점이다. 몰개성주의와의 싸움의 제2라운드라고 할 수 있다. 여기에서 주축이 되는 것은 조혼제도에 대한 비판이다. 그것은 「묘지」에서부터 본격화된다. 조혼한 아내와 거기에서 낳은 아이에 대해서는 어떤 비인도적인 처사를 해도 양심에 가책을 느끼지 않는 자세를 통해 '구도덕=악'의 등식이 형성된다. 심지어 '가정은 죄악의 소굴'이라는 극단적인 말이 나올 정도로 염상섭의 반가족주의의 양상이 극단화되기도 한다. 반면에 수평적 인간관계는 긴밀해진다. 염상섭의 인물들은 아내보다는 친구와 가깝다. 「묘지」에서의 아내의 죽음보다 김창억(「표본실」)이나 H(「유서」)의 죽음이 주동인물에게 주는 영향이 크다. 이 역시 반전통적이라 할 수 있다. 전통의 두께에 비례하여 반전통의 강도도 세어져 간다.

염상섭은 개성존중사상을 위해 유교의 몰개성주의와 싸우고 있고, 예술론을 통해 유교의 도덕주의에 반기를 들며, 과학주의와 현실주의를 가지고 유교의 상문주의에 도전한다. 그것은 그의 필생의 과업이다. 자연주의처럼 잠정적으로 의탁했던 사조와는 비교가 되지 않을 정도다. 그 점에서 구도덕에 대한 비판 자체가 자연주의의 의의가 되는 일본 자연주의와 동질성을 띤다. 토손과 카다이처럼 상섭과 동인의 경우에도 근대주의는 르네상스적 과제와 실증주의를 공유하고 있기 때문에 반전통적이 된다. 물질에 인간을 종속시키거나 돌과 두뇌의 동질성을 주장하기에는 한·일 두 나라의 자연주의기가 너무나 봉건사회와 근접해 있다. 두 나라의 자연주의가 친형이상학적이 되는 이유가 거기에 있다. 하지만 김동인은 다르다. 그의 형이상학은 예술론에만 국한된다. 염상섭은 그보다 폭이 넓다. 형이하학과 형이상학이 공존하는 균형 속에 염상섭의 근대의 특성이 있다. 그 점에서 염상섭은 동인보다는 토손, 카다이 쪽과 근사치를 지닌다.

형이하학 필요론의 강도에서 보면 염상섭은 토손이나 카다이보다 앞서 있다. 그는 사회주의 리얼리즘과 논쟁한 평론가였던 것이다. 대정기에 작품 활동을 시작한 사실은 그의 문학에 주아주의와 함께 '변증적 사실주의'를 가미시켰다. 염상섭의 사실주의가 일본의 자연주의 문인들보다 앞서 있는 이유가 거기에 있다. 염상섭은 토손이나 카다이보다 더 현실적이며, 합리적이다. 하지만 물질주의의 극단성에서는 김동인보다 뒤떨어진다. 그것은 개성의 차이이기도 하지만 출신 지역과 성장환경의 차이이기도 하다. 동인은 주자학의 원리에서 500년간이나 소외되어 있던 지역에서 성장한데다가 개화된 집안에서 자랐기 때문에 전통의 압력을 거의 받지 않았다. 조혼이나 몰개성주의는 그와 상관없는 일이기 때문에 그는 구도덕과 싸우는 대신 그것을 버린다. 염상섭이나 토손, 카다이는 할 수 없는 일이다. 동인이 졸라와 유사성을 지닐 수 있는 요인이 거기에 있다.

2. 염상섭과 결정론

1) 평론에 나타난 결정론

염상섭의 평론에는 처음부터 결정론적 사고가 드러난다. 「여의 평자적 가치에 답함」(1920)에 나타나는 테느적 결정론이 그것이다. 이 글에서 염상섭은 작가의 전기적 요소가 작품에 반영된다고 역설하고 있다.

> ① 평가가 일개의 작을 평코자 할진대 반듯이 그 작자의 집필하든 당시의 경우, 성격, 취미, 연령, 사상의 경향…… 등 제방면에 면밀한 고찰이 유하여야 완전함을 기할 수 잇으며 또 차등 제조건이 실로 일개인의 인격을 구성는바……   『전집』 12, p.14

이 글은 김동인이 "작품을 비평하려는 눈은 절대로 작자의 인격을 비평하려는 눈으로 삼지 말 것"[1]을 요구한 데 대한 답이다. 김동인의 비평 방법이 형식주의적인 데 반해, 염상섭의 것은 테느가 주장한 전기적 비평방법이다. 작가의 인격을 결정하는 것이 환경이고, 작품을 결정하는 것은 작가의 인격이기 때문에 "꽃이 아니라 그것을 피게 한 토양이 중요하다는" 테느적인 주장이 여기에 나타나 있다.[2] 결정론적 사고는 다음 해에 쓰인 「표본실의 청개고리」와 그 다음 해에 나온 「제야」에도 나와서, 염상섭이 시발점에서부터 결정론에 관심이 있었음을 드러낸다. 1924년에 쓴 『견우화』의 서문에도 다음과 같은 말이 나오기 때문이다.

②「표본실의청개고리」가 나의소위처녀작이니, 정신적 원인을 가즌자가 공상과 오뇌가 극하야 육적근인으로말미암아 발광한후에……

『전집』 9, p.422

그런데 여기에 나오는 결정론은 ①의 것과는 다르다. 성격, 취미, 사상까지 포괄하는 테느적인 결정론이 아니라, 유전적·생리적 요인을 중시하는 졸라적인 결정론이기 때문이다. 이 종류의 결정론은 2기에는 나타나지 않는다. 하지만 초기의 결정론적 사고는 「개성과 예술」, 「지상선을 위하여」에 나오는 개성지상주의, 낭만적 예술관 등과 공존하고 있다. 「표본실」, 「제야」 등에서 그런 현상이 나타난다.

생활이 예술보다 더 중요한 것으로 부각되기 시작하는 2기에 가면, 개성지상의 사고와 낭만적 예술관이 사라지고, 그 자리에 환경결정론과 사실주의적 예술관이 들어선다. 그런 변화는 계급문학 시비론과 밀착되어 있다. 염상섭은 '변증적 사실주의'(염상섭식 표현임)를 통해 환경결정론을 받아들였다고 볼 수 있다. "환경이 의식을 결정한다는 것이 유물론의

---

1 『김동인전집』 6, p.16.
2 W. L. Guerin 외, *A Handbook of Critical Approaches of Literature*, pp.5-8.

골자가 아닌가."(「토구·비판」 3제)라는 말이 그것을 입증한다. '프로레' 작가들과 싸우기 위해 그는 결정론을 연구할 수밖에 없었고, 그 결과로 결정론이 자신의 자연주의, 사실주의와도 유착된 것임을 확인했다고 볼 수 있다. 2기의 평론 중에서 결정론과 결부시킬 수 있는 것은 「민족·사회운동의 유심적 일고찰」(1927)과 「토구·비판」 3제」(1929)다. 전자에서 그는 혈통과 환경에 대해 다음과 같은 말을 하고 있다.

③ 혈통이라는 것이 인류결합의 대본인 결혼에서 출발할 것인 다음에야 이미 사회적 현상임은 물논이요 관념도 또한 심리작용이기 때문이다.

「민족·사회운동의 유심적 일고찰」, 『전집』 12, p.91

여기에서 염상섭은 혈통을 사회적 현상으로 보고 있다. 그러면서 '혈통보존'의 역할은 모성애에 두고 있고, "도덕의 기조는 실로 본능적인 모성애에 그 출발점이 잇는 것"[3]이라 생각한다. 따라서 이 혈통은 생리적인 것이기보다는 사회적인 성격을 가지는 것이라는 뜻이다. 그 다음에는 '지리적 조건'에 대한 언급이 나온다.

④ 어느 생물이든지 환경에 지배 아니되는 것이 업거니와 특히 사람에게 잇서서 지리적 환경은 다만 문화의 질을 결정할 쑨 아니라 그 住着民의 개성을 결정하는 것이다.

같은 책, pp.92-93

이 글에서 염상섭은 지리적 환경이 문화와 주민의 개성까지 결정한다고 말하면서, 소가 없는 곳에서는 '우牛'라는 상형문자가 나올 수 없다는

---

3 같은 책, p.91.

예를 들고 있다. "사람과 '흙'의 교섭은 후천적이나 불가피한 숙명하에 노힌 자연적 약속"[4]이라는 말을 통해 그가 지리적 조건을 혈통보다 더 중시하고 있음을 알 수 있다. 이 글의 제목처럼 여기에서의 결정대상은 개인이 아니라 민족이다.

그러나 「토구·비판' 3제」에 가면 본격적인 유전론이 나온다. 라마크와 깔톤의 '조선祖先유전공헌설'과 획득유전의 이론이 상세하게 소개되고 있다. 하지만 이 글의 유전론 역시 개인과 관계되는 것은 아니다. "「토구·비판' 3제」는 형식과 내용 논쟁인데, '프로레' 작가들이 주장하는 편내용주의의 부당함을 지적하기 위해서 그는 획득유전설을 빌리고 있다. '획득유전=형식'이라는 등식을 만들어 형식이 내용까지 결정한다고 주장하는 것이다. 그에게는 형식의 우위성을 증명하기 위해서만 유전설이 필요하다.(용어항 참조) 이 글에서 그는 유전이나 진화를 환경의 퇴적의 결과로 보고 있기 때문에, 유전론의 독자성이 무시되고. 환경이 우위에 선다.

그 다음에 결정론이라는 말이 나오는 것은 말년에 쓴 「자연주의 자생론」에서다. 여기에서 염상섭은 테느식 'moment'와 'milieu' 등[5]이 문예사조와 밀접한 관계가 있다고 주장한다.

⑤ 우리의 자연주의 문학이나 사실주의 문학이 모방이라거나 수입이 아니요 제 바탕대로 자연 생성한 것이라는 뜻이며 또 하나는 창작(소설)은 다른 예술보다도 시대상과 사회환경을 더욱 반영하는 것이기 때문에 그

---

4 같은 책, p.94.
5 같은 결정론이지만 H. Taine는 환경을 milieu와 moment으로 이분하는데 E. Zola는 이것을 합쳐서 milieu로 간주한다.

시대와 생활환경이 자연주의적 경향을 가진 작가들과 작품을 낳게 한 것이라는 뜻이다. ……무단정치 십년간과 별차이가 없던 그러한 속에서 살던 기예한 청년들은 사면팔방 꼭 갇혀있는 것 같고 질식할 지경이니 그와 같은 환경에서 나오는 문예작품에 명랑하고 경쾌하고 흥에 겨운 것을 바란다는 것은 무리한 노릇이었다.　　　　　　　　「나와 자연주의」, 같은 책, p.219

⑥ 특히 시대상을 나타낸 것으로는 「표본실의 청개고리」와 「삼대」를 일례로 들고 싶다……「표본실의 청개고리」는 삼일운동 직후에…… 추향할바 길이 막히어 방황하던 심적 허탈상태와 정신적 혼미상태, 현기증 같은 것을 단적으로 표현한 것이요, 후자 「삼대」는 신구시대를 조손으로, 그 중간의 신구완충지대적인 시대, 즉 흑백의 중간적이요 흐릿한 회색적 존재로서 부친의 대를 개재시키어 세 시대상의 추이와 그 특징을 밝힌 작품이다.　　　　　　　　「횡보문단회상기」, 같은 책, pp.236-237

그는 여기에서 한국의 자연주의 문학이 시대상과 사회환경으로 인해 발생한 자생적 문학임을 강조하고 있다. 민족 전체의 시대적 사회적 환경의 결정성에 초점이 맞추어져 있는 환경결정론이다. 그에게는 테느적인 것①, 졸라적인 것②, 사회주의 리얼리즘적인 결정론③이 공존하는데, ③이 압도적으로 우세하다. 따라서 유전론이 열세에 놓인다. 유전보다는 환경에 역점이 주어져 있기 때문이다.

두 번째 특징은 결정 대상이 개인보다 집단에 치우쳐 있는 것이다. ①, ②만 제외하면 나머지는 모두 민족 전체를 대상으로 하고 있다. 개인이 소외되고 있는 것이다. 시대와 사회가 민족성에 미치는 영향이 관심의 주된 대상이기 때문이다. 세 번째는 생리학과의 거리다. ①은 작가와 작품과의 인과관계에 대한 것이고, ③, ④는 혈통이나 지리적 환경이 민족문화에 끼치는 영향, ⑤와 ⑥은 문예사조에 대한 시대와 환경의 결정력에 대한 증언이어서 ②만 빼면 나머지는 모두 문학이나 문화와 결정론과의 관계에 초점이 맞추어져 있다. 형이상학만 대상이 되고 있다. 전체적으로 개인보다는 집단에, 유전보다는 환경에, 형이하학보다는 형이상학에 비중이 주어져 있는 것이다.

이론면에서 본 졸라의 결정론은 사회학보다는 생리학이 중시되고, 민족이 아니라 개인이 주축이 되며, 형이상학을 배격하고 형이하학을 존중한다. ②만 제외하면 염상섭의 그것과는 유사성이 없다고 해도 과언이 아니다. 형이하학을 존중하는 점에서 졸라이즘과 사회주의는 공통된다. 하지만 결정론의 항목이 서로 다르다. 『루공-마카르』는 한 가족의 '사회적, 자연적' 역사를 추적하는 것이다. 따라서 두 가지 결정론이 공존한다. 유전과 환경의 결정론이다. 그것들이 인간을 하등동물로 전락시킨 것이 「짐승인간」의 세계다. 그런데 사회주의 리얼리즘에서는 유전의 결정성이 배제된다. 그 대신 환경결정론이 중시되는 것이다. 졸라의 결정론의 특성은 유전론을 포함하는 데 있다. 염상섭의 평론에 나타난 결정론은 유전을 소홀히 취급한다는 점에서 사회주의 리얼리즘과 친족성을 나타낸다.

하지만 결정론을 형이상학하고만 연결시키려 한 점에서 염상섭은 위의 두 사조 모두와 대척된다. 그는 졸라적인 의미에서의 자연주의도 아니고, 사회주의자도 물론 아니다. 그는 주의나 사조의 극단성을 혐오한 사람이다. 그럼에도 불구하고 민족주의 문학파의 입장에서 프로문학과 논쟁을 하지 않을 수 없었고, 앞의 글들은 대부분이 프로문학을 비난하기 위해서 쓰인 것이어서 일면성의 강조 현상이 나타난다. 프로문학의 편내용주의와 싸우기 위해서 그는 형식주의자가 되지 않을 수 없었고, 그들의 계급성을 배격하려는 목적에서 민족주의 편에 서지 않을 수 없었으며, 유물론을 배격하기 위해 형이상학만 내세우지 않을 수 없었던 것이다.

이것은 염상섭의 중용적 성격에도 맞지 않는 일일 뿐 아니라 이 시기의 그 자신의 다른 주장들과도 모순된다. 전술한 바와 같이 이 무렵의 염상섭은 물질문명 예찬자였고, 개성지상주의의 잔재도 가지고 있었으며 다분히 코즈모폴리턴적[6]인 작가였다. 그런데도 불구하고 프로문학에 반대하기 위해 그는 민족주의, 친형이상학의 자세를 극단화시켰다. 그러면서 사회주의를 통해 환경결정론을 확립시켜 간 곳에 시대 풍조가 그에게 끼친 결정성이 드러난다.

2) 작품에 나타난 결정론

소설 속에서는 평론처럼 형이상학과 민족주의 등이 결정론과 연결되는 현상이 나타나지 않는다. 소설은 서사시가 아니기 때문에 개인을 그리지 않을 수 없어서 민족 전체가 대상이 되는 일이 어려우며, 문화론도 들어설 자리가 없다. 따라서 여기에 오면 결정론은 불가피하게 개인 중심의 구체적인 성격을 지니게 된다.

결정론을 소설 속에서 구현하기 위해서는 생리적으로 문제가 있는 인물이 필요하다. 그래서 채택된 것이 졸라의 제르미니형의 인물들이다. 열성유전일수록 결정론을 표출하는 일이 쉽기 때문에 졸라는 보편성을

---

6 이광수의 세대와 달리 김동인, 염상섭 등은 민족의식이 강하지 않은 것이 특징이다. 중학교부터 일본에서 다니면서 대정 데모크라시의 분위기에 영향을 받은 탓이라고 할 수 있다. 그들이 민족주의 진영에 속하게 된 것은 반계급주의자였기 때문이다. '염상섭과 전통문학'항 참조.

존중하는 과학의 속성에 위배되는데도 제르미니형의 인물을 즐겨 그렸던 것이다. 그런데 염상섭의 세계에는 이런 인물형이 많지 않다. 전술한 바와 같이 염상섭의 자전적 소설에는 그런 유형이 거의 없다. 비자전적 소설에서도 남자 주동인물들은 거의 모두 보바리형에 속한다. 제르미니형의 주동인물은 최정인과 똥파리뿐이다. 그러나 후자에서는 결정론과 관계되는 것이 나오지 않는다. 부차적 인물 중에서는 김창억과 조상훈이 여기에 속한다. 이 세 인물을 통해 결정론의 측면만 검증해 보려 한다.

(1)「제야」에 나타난 결정론의 양상

① 최정인과 유전

「제야」는 염상섭의 소설 중에서 유전과 환경의 결정론이 가장 본격적으로 노출되는 소설이다. 최정인의 타락이 유전과 환경의 두 가지 결정요인과 명확하게 결부되는 것으로 그려져 있기 때문이다.

① 입에담기는 브끄러운일이지만 저의 조부님은 말슴할것도업고, 가친家親의절륜한정력은 조부의 친자임을 가장 정확히증명합니다. 육십이가까와오시는 지금도 소실이 둘이나됩니다. 그중에는 자기의손녀라하야도 망발이안될어린여학생퇴물까지잇다합니다.　　　　　　『개벽』20, p.45

② 그러나 우리어머님이란이도, 결코 정숙한부인은아니엇습니다……하여간 나는 그의딸이란 사실을 이즈시면 아니되겠습니다.　　같은 책, p.46

③ 육의반석우에 선 부친과, 파륜적 더구나 성적밀행에 대하야 괴이한

흥미와습성을가진 모친사이에서 비저만든, 불의의상징이엇습니다. 육의
저주바든 인과의자이엇습니다…나는 간부간부姦夫姦婦가 만들어노은 참혹
한고기떵어리……

위와 같음

④ 나는, 오늘날까지 이를갈며 이누명올 버스랴하얏습니다……버스랴
면 버스랴할수록, 나의 길은컴컴하고구중중할뿐이엇습니다. 지긋지긋한
최가崔哥의 피!…아마최씨집의특장이오동시에 결점인 모든것을, 내가 대
표적으로 일신一身에품고 나왓는지도모르겟습니다.

위와 같음

위의 글에서 ①은 부계의 유전을 밝힌 것이다. 그녀의 조부와 부친은
모두 성적으로 타락한 인물이다. 절륜한 정욕은 그들을 동물적으로 만
들고 타락시킨다. ②는 모계의 유전이다. 그녀의 모친은 자기만 방탕한
것이 아니라 다른 여자들이 불륜을 저지르는 장소까지 제공하는 점으로
보아「삼대」의 매당처럼 포주일 가능성도 있다. ③에 보면 그녀는 '성적
밀행'에 대해 "괴이한 흥미와 습성을 가진" 선천적 탕녀로 그려져 있다.
그녀는 가난 때문에 할 수 없이 몸을 파는 소니아가 아니다. 유전이 최
정인의 성적인 방종의 원천이라는 것은 "나는 그의 딸이란 사실을 잊으
면 안된다."는 그녀의 말을 통해 확인할 수 있다.

③은 정인이 받았을 양친의 열성유전의 상승효과와 출생의 불의성을
보여준다. "간부간부가 만들어노은 참혹한 고기덩어리"로서 자신을 의
식하는 최정인은 그 피의 불결성에서 벗어나려고 애를 쓴다. 그러나 그
런 노력은 아무 소용이 없다. ④에서는 유전의 불가항력성이 나타난다.
정인은 자신이 집안의 피의 나쁜 면을 대표하며, 거기에서 벗어날 수
없는 인물이다. 동생인 정의는 그렇지 않다. 그애 하나만이라도 '최가의
피'에서 구제하여 주기를 남편에게 부탁하는 말로 이 소설은 끝나고 있

다. 정인은 최씨네의 더러운 피와 몰염치함이 자신의 타락의 근본적인 원인이라는 것을 역설하고 있는 것이다.

정인의 유전과 나나나 제르베즈의 그것과의 차이점은 첫째로 정인의 건강함에 있다. 그녀에게는 신경증이나 알코올중독의 병적 요인이 없다. 그녀는 성적인 정력과잉만 부모에게서 물려받았다. 그것은 병은 아니다. 그녀에게는 알코올중독에서 오는 무의지성도 없다. 정인은 자유의지 결핍형이 아니다. 그녀는 수동적 인물이 아니라 능동적 인물이다. 뿐 아니다. 그녀의 철저한 자기 분석은 그녀가 이성인간임을 입증해 준다. 성적으로 타락하는 것은 비슷하지만 건강함과 의지력 등을 지닌 점에서 그녀가 나나 모녀와는 다른 인간형임을 알 수 있다.

두 번째 차이점은 그녀의 성욕과잉에 있다.[7] 그녀는 육체적으로 남자가 필요해서 방탕을 한다. 그녀의 방탕은 욕구충족의 수단이라는 점에서 부친의 의도와 동질성을 지닌다. 그것은 대상을 제 손으로 택해서 쾌락을 즐기는 능동적인 방탕이다. 그녀는 쾌락주의자일 뿐이다. 나나는 아니다. 그녀는 불감증이 있다.[8] 남자와의 성적 교섭에서 즐거움을 느끼지 못한다. 나나는 돈 때문에 할 수 없이 몸을 파는 것이다. "자기가 무슨 짓을 했는지도 모르는 천진한 소녀"[9]를 탐한 것은 남자들이기 때문에 나나의 타락은 피동적이다. 그녀는 지성이 결여된 병적인 여자이며 직업적인 창녀다. 주체적으로 쾌락을 탐색하는 정인의 동류가 아니다.

불감증이라는 점에서는 김연실도 나나와 같다. 하지만 그녀는 창녀가

---

7 같은 책, pp.71-72 참조.
8 정음사, 『세계문학전집』 13 '후기', 1963, p.341.
9 같은 책, p.342.

아니다. 연실이 성적으로 방종한 것은 선구녀라는 자각 때문이다. 불감증인 여자의 이성편력이라는 점에서 연실은 나나와 비슷하고, 신념에 의해서 방탕하다는 점에서는 정인과 동질성을 나타낸다. 이 세 여자 중에서 정인만이 "정조를 자본으로 하여 쾌락을 무역하는" 실속 있고 주체적인 쾌락주의자다.

병적인 측면이 결여되어 있다는 점, 의지력이 강하다는 점, 이성적인 지성인이라는 점 등은 최정인을 유전의 희생자로 만들 수 없는 요인을 형성한다. 결정론적 견지에서는 자유의지의 유무가 인물과 결정론을 결부시키는 관건이 된다. 그런데 최정인은 자유의지를 지니고 있다. 그녀는 「태형」의 주동인물보다도 훨씬 더 강한 자제력을 지니고 있다. 죽음까지도 자신의 의사로 결정하려는 것이 최정인이다. 뿐 아니다. 그녀는 죽음을 통해 재생을 시도한다. 「제야」는 "자살에 의해서 자기의 정화와 순일과 소생을 얻으려는 해방적 젊은 여성의 심적 경로를 고백한 것"[10]이라는 작가의 말이 이 소설의 성격을 명시해 준다. 여기에서 죽음은 비극이 아니며, 불가피한 것도 아니다. 자살이기 때문이다.

따라서 최정인의 유전은 자연주의와 결부시키기에는 적합하지 않다. 이 소설에서 유전은 인물과 괴리된 감이 있다. 그녀가 자신의 타락을 유전 탓으로 돌리는 것 역시 타당성이 적다. 설사 그것이 유전 탓이라 하더라도 그녀는 유전의 힘에 밀려 비극적 종말을 고하는 나나의 동류는 아니다. 최정인은 나나보다는 노라에 가까운 인물이다. 노라와 나나가 한 인물 속에 공존하기 때문에 혼선이 생긴다.

---

10 『염상섭전집』 9, p.422.

② 최정인과 환경결정론

「제야」를 결정론과 결부시키게 만드는 자료는, 자신의 타락을 유전뿐 아니라 환경적 요인에 전가시키는 최정인의 다음과 같은 고백에 근거한다.

⑤ 「카라미소프형제」속에잇는, 소위 '카라마소프혼'이라는 것과가튼혼이 우리최씨집에도 대대로유전하야 나려온다는것이 이것입니다.

……나의 생명이, 그발아의초일보를 불륜의결합에서 출발하얏고, 그 생명의유아幼芽를 발육하야줄 영양소가, 육의향과환락의녹주이엇다는것이 의심할 여지업는사실이엇습니다. 같은 책, p.46

⑥ 그러나 그것마는아닙니다. 어려서부터 눈에익은 농후한 색채는 나의 감정을 체질이상으로 조숙케하얏습니다…육칠六七세나손알에인십오륙十五六세된남편을 버리고 나온, 젊은여자를중심으로한가정이 과연어떠하얏슬가 상상하야보시면, 대개는짐작하시겟지요. 우리집은 소위아즈버님일단의 소견터이엇고, 젊은 아저씨의밤출입처이엇습니다. 같은 책, p.46

이 인용문들은 유전적 악조건 위에 덧붙여진 환경적 요인을 명확하게 제시해 준다. 환락의 장소에서 성장한 것이 '체질' 이상으로 그녀의 방탕의 원인이 된다는 주장은 환경 쪽에 비중을 두는 의견이다. 성장환경은 정인에게 자신의 쾌락을 충족시킬 자유를 보장해 주었다. 그녀의 집에서는 "각자의 일종병적환락을 무조건으로 보장"하는 일이 부모와 자식 사이의 묵계가 되어 있다는 것이다. 도덕적인 면에서는 나나와 비슷한 여건이라 할 수 있다. 하지만 나나에게는 가난이라는 치명적인 악조건이 부가되어 있었다. 가난으로 인해 나나는 교육을 받을 수 없었고, 가난으로 인해 그녀는 창녀가 될 수밖에 없었다. 최정인처럼 교육을 받고 고교 교사가 되는 일이 허락되지 않았던 것이다. 유전의 측면에서는 병적인 요인이, 환경에서는 가난이 배제되어 있었던 곳에 정인과 나나의 차이가 있다. 결정론을 합리화시킬 악조건이 결여되어 있기 때문에 결정론의 피해가 약화된다.

문제는 결정론의 대상이 되는 최정인 안에, 결정론과 무관한 또 하나의 최정인이 있는 데서 생겨난다. 염상섭은 이 소설에서 상반되는 두 요소를 한 여인 속에 무리하게 접합시키려 애쓴 흔적이 있다. 피와 환경의 노예로서의 최정인과, 인습을 거부하는 자유의 투사로서의 최정인이 그것이다. 후자의 최정인은 자신의 유서 쓰기를 '카-르맑쓰'의 「자본론」에 견주며, 자신의 피와 카라마조프의 피를 동질의 것으로 볼 만큼 자부심이 강한 인텔리 여성이다. 그녀는 작자보다 학벌이 나은 지식인이다.[11] 그래서 「제야」에는 결정론과 주아주의의 공존현상이 나타난다. 최정인은 그 두 가지 상극하는 요소의 집합체다. 그녀는 나나이면서 동시에 노라다. 노라로서의 최정인은 '주권은 절대'라고 생각하며, 남존여비사상에 과감하게 반기를 든다. 인습의 권위를 무시하고 자유연애사상을 지지하는 것이다. 그녀의 방탕은 그런 생활 철학의 뒷받침을 받고 있다. 그리고 수단과 방법을 가리지 않을 만큼 강렬하게 구라파 유학을 갈망하는 향학열도 가지고 있다. 남자보다는 자신의 지적 성장에 더 많은 비중을 두고 있는 것이다.

최정인 안의 이런 지적인 측면은 「개성과 예술」의 필자인 염상섭과 동질성을 나타내는 부분이다. 그녀는 염상섭과 성은 다르지만 친구이고 동류다. 그녀의 노라적인 측면은 정인의 모델인 나혜석 속에서 염상섭이 흠모했던 부분이라고 할 수 있다. 그녀는 "도처에, 여왕인 자기를 발

---

11 염상섭은 대학 1년 중퇴인데 나혜석은 대학 졸업생이며, 한국 최초의 여류화가였다.

견"하는 지적인 스타였고, 염상섭은 그 여왕을 우러러볼 수밖에 없는 손아래의 숭배자였던 것이다.

신여성의 이런 여왕 의식은 미숙한 모던 보이들이 조장해 준 것이다. 따라서 그것은 시대의 분위기와 밀착되어 있다. 새 것만이 선으로 간주되던 이 시기는 전통이 무너진 자리가 비어 있던 규범부재의 상태여서, 동경유학생들 사이에서는 한 동안 신여성들을 서양의 귀부인처럼 숭배하는 풍조가 유행했던 것이다. 최정인의 터무니없는 오만과 어이없는 전락은 그런 거품 풍조가 없으면 존재할 수 없는 것이기 때문에 시대의 결정력과 직결된다.

이런 시대적 비극은 염상섭의 다른 인물에서도 나타난다. 조상훈도 그런 예 중의 하나다. 따라서 염상섭에게서 제대로 나타나는 결정론은 환경결정론도 아니며, 피의 결정론도 아니다. 그것은 시대의 결정성에 대한 믿음이다. 테느적인 분류법에 의거한 시대의 결정성에 대한 믿음은 그의 평론에 나타나는 「자연주의 자생론」과 동질성을 띤다. 따라서 이것은 평론과 소설에 공통으로 나타나는 염상섭의 일관되는 특징임을 확인할 수 있다.

탕녀로서의 최정인이 허구적 존재[12]라면 지성인으로서의 정인은 모델을 닮은 여인상이다. 이 두 여인 사이에는 넘을 수 없는 간격이 있다. 김윤식은 이 소설의 제일의 모델을 나혜석으로 잡고, 제2의 모델은 「돌에 짓눌린 잡초」의 여주인공으로 보고 있다.[13] 그 말에는 일리가 있다. 이 두 여인 사이에 융합하기 어려운 이질성이 있는 것은 졸라, 테느 등

---

12 최정인이 첩의 자식이며, 임신하고 결혼하는 것, 이혼 당하고 죽으려 하는 것 등은 모델인 나혜석과 다른 점이어서 허구가 가미된 것으로 볼 수 있다. 나혜석은 「제야」가 나온 훨씬 후에 이혼한다.

13 『염상섭연구』, pp.180-183 참조.

과 백화파가 공존하는 시대적 분위기에 기인한다. 이런 혼선이 결정론에 대한 노골적인 서술에도 불구하고 이 소설을 자연주의와 결부시키는 일을 방해한다. 졸라적인 결정론이 겉돌고 있기 때문이다.

끝으로 이 소설이 서간체로 일관되어 있는 점을 간과해서는 안 된다. 편지를 통한 내면성 존중은 반자연주의적인 것일 뿐 아니라 반결정론적이다. 영혼을 부정하고 인간의 두뇌와 돌을 동질시하는 결정론에는 고백체가 들어설 자리가 없다. 최정인은 여러 가지 면에서 유전이나 환경에 지배되는 유형과는 거리가 멀다. 그런 인물에게 결정론을 무리하게 접합시키려고 노력한 점에 「제야」의 소설로서의 문제점이 있다.

(2) 「표본실의 청개고리」와 결정론

① 김창억과 유전

김창억의 발광 원인에 대한 염상섭의 시각은 그를 결정론과 관련지을 수 있게 하는 자료를 제공한다. 1924년에 출판한 『견우화』의 서문에 다음과 같은 말이 나오기 때문이다.

> ㉠ 정신적원인을가즌자가, 공상과 오뇌가극하야 육적근인으로말미암아 발광한 후에…….　　　　　　　　　　　　　　　『전집』 9, p.422

작자는 이 글에서 졸라류의 술어를 사용하고 있다. 발광한 이유를 '원인', '근인' 등의 말로 설명하려 하는 것이다. 하지만 이 말들은 추상적이고 애매하다. '정신적 원인'이나 '육적 근인'의 정체를 밝히지 않았기 때문이다. 뿐 아니라 그 두 가지의 중간에 "공상과 오뇌가 극하야"라는 구절이 들어가 있다. 발광의 원인과 이 대목과의 연결이 애매하다. 공상이나 오뇌 때문에 발광한 것이라면 그것은 '육적 근인'이 될 수 없다.

그 다음에 나오는 "발광한후에, 비로소 몽환의세계에서 자기의미숙한 리상의 일부를 토함을그리었고……"라는 말은 더욱 혼란을 가중시킨다. 몽환의 세계에서 열락을 느끼는 것은 결정론과는 거리가 먼 일이기 때문이다. 「제야」에 나오는 죽음과 마찬가지로 김창억의 발광은 일종의 구원을 의미한다. 전자의 죽음이 재생을 의미한다면 후자의 광기는 해방을 뜻한다. 광기를 통해 '이상의일부를토'할 용기를 얻기 때문이다. 그래서 광인이 된 김창억을 작자는 '한우님의 총아'로 보고 있다.('인물의 유형'항 참조) 따라서 앞의 인용문에는 졸라나 테느적인 것과 루소적인 것이 공존한다. 「제야」의 경우와 마찬가지로 졸라이즘과 루소이즘의 접합현상이 나타나는 것이다.

「제야」와는 달리 「표본실」에는 결정론에 대한 것이 표면화되어 있지 않다. 『견우화』의 서문에만 '정신적 원인', '육적 근인' 등의 용어가 나오고 있을 뿐이다. 따라서 유전과 환경이 김창억의 발광에 미친 영향은 추론적으로 더듬어 갈 수밖에 없다. 결정론이 노출되지 않는 것은 「똥파리와 그의 안해」나 「삼대」도 마찬가지이다. 「제야」는 염상섭의 세계에서 유전과 환경의 결정론이 표면화되는 유일한 소설이다.

위의 인용문에는 김창억의 유전의 '원인'이나 '근인'에 대한 구체적 해명이 나와 있지 않지만 편의상 '정신적'이라는 말을 유전과 연결하면, 문제가 될 조항은 첫째, 부친의 외도와 음주벽, 둘째, 모친의 지병의 두 가지가 된다. 김창억의 부친은 '당시굴지하는객주'로서 "소시부터, 몸에 녹이슨주색잡기를, 숨이 넘어갈때까지, 노치를 못한 서도에 소문난 외도객"이다. '영업과 화류'에만 집착하면서 살다간 유능한 상인인 것이다. 그는 김창억이 한성고등사범 3년 때 장중풍으로 '돈사頓死'한다. 하지만 그는 비정상적인 인물은 아니다. 최정인의 부친처럼 다혈질[14]의 쾌락주의자이고, 조의관처럼 무식한 한 상인이었을 뿐 병적인 면은 없다.

그의 어머니는 아버지보다 네 살 위다. 그녀는 남매를 낳고는 더 이상 아이를 낳지 못한다. "단남매를 생산한후에는, 남에게말못할수심과 지병으로, 일생을 마친박복한 여성"이다. 여기 나오는 '지병'에 대해서도 작자는 명확한 자료를 제공하지 않지만 문맥으로 볼 때 성병일 가능성이 많다. 만약 그녀의 병이 성병이라면, 발병 시기가 문제가 된다. 김창억을 낳기 전이라면 아버지의 외도와 김창억의 광기는 상관이 없다. 김창억이 신동으로 불릴 만큼 영리한 아이였다는 점을 고려하면 그녀의 발병 시기는 그를 낳은 후로 보는 것이 옳다. 그를 낳은 후에는 더 이상 아이를 낳지 못하기 때문이다. 작품 속에서도 그녀의 지병 이야기는 남매를 '생산한 후'로 처리되어 있다. 결국 김창억의 광기와 아버지의 외도는 어머니의 병이 성병이라 해도 직접적인 연관은 없는 셈이다. 그의 발병 시기가 30대로 되어 있기 때문이다. 김창억은 성적이 좋은 학생이었고, 10년간 사고 없이 교직생활을 감당한 교사였다. 30세 무렵까지는 정상인이었던 것이다.

그녀의 지병을 다른 병으로 상정하면 김창억이 '잔열포류潺劣蒲柳의약질'이었음과 누나의 요절, 어머니의 단산 등이 어머니의 약한 체질과 관계된다. 그것은 또 아버지의 방탕의 원인이 될 수도 있다. 하지만 그녀의 병이 정신질환일 가능성을 시사하는 단서는 없다. 김창억의 신경의 예민함과 의지력의 박약함이 정신병을 유발시키는 잠재적 요인을 형성할 수도 있다는 점에서 모친의 체질이 미치는 간접적인 영향을 짐작할 수 있을 뿐이다. 그러니까 김창억의 유전의 마이너스 요인은 아버지 쪽에서는 '술과 유랑벽'[15]밖에 없다고 볼 수 있다. 하지만 그의 음주벽은

---

14 중풍으로 갑자기 사망한 것으로 미루어 고혈압 체질이었을 가능성이 있다.

정신병 유발의 직접적 요인이 될 성질의 것은 아니다. 알코올중독은 아니기 때문이다. 유랑벽도 마찬가지다. 미치기 전에 김창억은 한 번밖에 가출하는 일이 없다. 그리고 보면 그는 아버지에게서는 악성 유전을 받지 않은 셈이다. 그는 아버지의 사업을 물려받을 자질이 없었고, 건강도 나빴으며, 성욕도 아버지처럼 왕성하지 않았다. '영업과 화류'에 모두 소질이 없는 것이다.

어머니에게서 받은 것은 약한 체질이라고 할 수 있다. 그러나 그것이 정신병의 직접적 요인이 된다고 하기는 어렵다. 약한 체질로 인해 현실을 감당하는 일이 남보다 어려울 것은 분명하지만, 그의 어머니가 남편의 계속되는 외도 속에서도 광증을 나타내는 일이 없었던 사실을 감안할 때 김창억의 광증을 모계의 유전 탓으로 돌릴 근거는 거의 없다. 김창억은 현실적이고 건강한 상인인 부친보다는 약질인 모친을 많이 닮은 인물이라고 할 수 있다. 그 약함이 현실을 감당하지 못하고 미치게 되는 기폭제가 되고 있다는 점에서 모계의 체질은 그의 발광의 간접적 요인이라고 할 수 있다.

② 김창억과 환경

환경결정론의 측면에서 그의 발광과 관련시킬 수 있는 첫째 요건은 부모의 죽음이라 할 수 있다. 19세 되던 해에 김창억은 부모를 모두 잃는다. 아버지의 죽음은 경제적인 타격으로 나타난다. 학업을 계속하는 일이 불가능해진 것이다. 하지만 그는 향학열에 불타는 의욕 과잉형의 학생이 아니었고, 아버지는 몇 두락의 전답과 큰 집 한 채를 남겨 놓았

---

15 김창억도 소학교 교사가 되자 술을 마시며, 그러한 자신의 모습에서 부친을 연상한다. 방랑벽은 상처한 후에 시작되고, 광인이 된 후에는 자주 집을 떠나다가 나중에는 아주 나와 살게 되는 데서 나타난다.

기 때문에 당장 의식주가 염려될 지경은 아니어서 별로 큰 타격은 없었다. 어머니의 죽음은 그렇지 않다. 아버지도 형제도 없는 집에서 그는 외아들로 살아 왔기 때문에 병으로 나날이 수척해가는 어머니와의 사이에 애틋한 사랑이 생겨났던 것이다.

⑧ 전생명의중심으로밋고살아가랴던 모친을 일혼 피(彼)에게는, 아즉 어린 생각에도, 자살이외에는, 아모 희망도업섯다.　　　『개벽』 10월 임시호, p.109

⑨ 이세상에는, 자기와가튼 설음을가지고 울어줄사람도 업고나! 이런 생각이 날째마다……누의가 새삼스럽게 간절한동시에, 자기처가 상식때마다, 딸아우는것이 미워서, 혼자 지내겟다고까지한 일이잇섯다. ……독서와 애곡, ―이것이 삼년간의피(彼)의 한결가튼일과이엇다.　　　위와 같음

　어머니의 죽음은 정신병의 전조라 할 수 있는 칩거증을 불러온다. 3년상을 치르는 동안을 그는 집안에 틀어박혀 울면서 세월을 보내기 때문이다.

　두 번째 요인은 부부관계에 있다. 부모가 돌아가셨을 때 김창억은 이미 결혼한 몸이다. 하지만 첫 번째 아내를 사랑하지 않았다. "일년 열두 달 말한마디건네보지안는 가속(家屬)"이라는 말이 그것을 입증한다. 어머니가 돌아가셨을 때 그는 아내가 상식 때 따라 우는 것도 미워할 정도로 그녀를 싫어했다. 어머니를 아내보다 더 사랑한 데 문제가 있었던 것이다. 취직한 후 건강이 좋아지고, 술도 마시게 되자 아내가 좋아졌다는 점에서 아내와의 불화가 그의 정력부족과 관계가 있었을 가능성이 많다. 그녀가 죽은 후에 재취한 아내는 연하의 미인이었다. 그는 두 번째 아내를 사랑했지만 성적인 갈등은 여전히 남아 있었던 것 같다.

⑩ 혈색조흔 큼직하고 둥근상에서 디굴디굴구는 쌍껍흘 눈썹밋의 안광은 고웁고귀여우면서도, 부럽기도하고 미웁기도하며, 무서워서, 정시할수가 업섯다. ……피彼는 될수잇는대로 피하얏다.   같은 책, p.33

　그의 새 아내는 건강하고 아름답다. 그녀는 '강렬한 애愛'를 지닌 육감적인 여인이다. 그는 그것이 두려워 아내를 피하게 되고, 그에게서 만족을 얻지 못한 아내는 그가 감옥에 간 사이에 도망가버린다. 아내의 출분은 그를 미치게 만든 직접적 요인이다. 광인 김창억이 가장 집착을 가진 대상은 '영희오마니'이기 때문이다. 제3의 요인은 감방행이다. 김창억은 '불의의 사건'으로 철창에 갇히는 몸이 된다. 죄목은 밝히지 않았지만 4개월 만에 무죄방면이 되는 것으로 보아 대수로운 일은 아니었던 듯하다. 하지만 그의 죄목은 이 소설에서 별 의미를 지니지 않는다. 문제는 감옥에 간 이유에 있는 것이 아니라 그 결과에 있다. "옥중생활은 잔약한피彼의신경을 바늘 끗가티 예민케하얏다. 그는 피초疲憔한하야케 세인얼굴을들고" 옥문을 나선다. 그리고 곧바로 아내의 출분 소식을 듣게 된다. 감옥생활은 그의 건강을 망가뜨리고, 아내의 출분은 그의 정신을 망가뜨려 그를 미치게 만든다.
　염상섭이 지적한 '원인'을 유전으로 보고, '근인'을 환경으로 보면, 김창억의 발광의 '원인'은 아버지의 방랑벽과 주벽, 그리고 어머니의 병약함이 되고, '근인'은 어머니의 죽음, 아내의 출분, 옥살이의 세 가지가 된다. 후천적인 요인의 비중이 무겁다. 환경 쪽이 우위에 서게 되는 것이다.
　하지만 '원인'=유전, '근인'=환경으로 해석하면 '원인'은 정신적인 것이고, '근인'은 육체적인 것이라는 『견우화』의 서문과 아귀가 맞지 않는다. 이 소설에서의 유전은 정신적인 것이기보다는 생리적, 체질적인 것이고, '근인'이 되는 모친과 아내를 잃은 슬픔에는 정신적인 요인이 섞이고 있기 때문이다. 이 말이 이치에 맞으려면 '원인'은 어머니를 잃은 슬픔이고, '근인'은 아내가 도망간 것이 되어야 한다. 그렇게 되면, 유전은 설자리를 잃게 되고 환경결정론만 남게 된다.

그 다음에 문제가 되는 것은 작가의 말과 작품의 괴리현상이다. 이 소설의 일인칭 화자가 본 김창억과 객관적으로 본 김창억 사이에서 격차가 생겨난다. 김창억은 심리학적 케이스 스터디의 대상은 될 수 있지만 한 시대를 대표하는 성신의 총아는 될 이유가 없다. 그에게는 개별적 특성만 있고 보편적 특성이 없다. '원인'과 '근인'이 모두 개인적인 데서 끝나고 있는 것이다. 그런데도 화자는 그를 "현대의 모든병적 딱, 싸이드를기름가마에, 몰아너코, 전축煎縮하야, 최후에 가마밋헤 졸아부튼, 오뇌의환약이, 바지직 바지직타는것 갓기도"한 인물로 보고 있다. 「제야」의 경우처럼 인물에 대한 착시현상이 나타나고 있다. 그를 성신의 총아로 보며, 시대고를 고민하는 전형적 햄릿으로 간주하는 이런 낭만적 견해 외에, 그를 자연주의적 인물로 보는 또 하나의 관점이 중첩되어 인물의 성격을 교란시키고 있다. 인물의 성격에 통일성이 없는 것은 염상섭의 초기 3작의 공통 특징이다.

김창억은 광인이라는 점에서 제르미니형에 속하지만 성스러운 광인이기 때문에 졸라이즘과는 거리가 멀다. 하지만 그의 발광이 환경과 밀착되어 있다는 점에서 이 소설은 환경결정론과 연결된다. 「제야」가 유전에 더 비중을 둔 것과는 대척적이지만 결정론과 관련되는 점에서는 공통성을 지닌다. 한 인물 속에 낭만적인 것과 결정론적인 것을 혼합한 점도 「제야」와 같다. 이런 경향 역시 염상섭의 초기 소설의 공통 특징이다.

(3) 「삼대」에 나타난 결정론

① 조상훈과 환경

염상섭의 「삼대」에서는 시대적 환경이 중요시되고 있다. 「횡보 문단 회상기」에 나오는 조상훈에 대한 작가의 견해가 그것을 입증한다.

> ⑪ 부친은 '만세'후의 허탈상태에서 자타락自墮落한 생활에 헤매던 무이상·무해결인 자연주의 문학의 본질과 같이, 현실폭로를 상징한 '부정적'인 인물이며……

염상섭은 조상훈을 자연주의 문학의 본질을 지닌 부정적 인물로 보고 있으며, 그의 자타락의 이유가 만세 후의 한국사회 전체의 허탈상태에 기인하는 것으로 보고 있다. 그가 말하는 자연주의가 졸라이즘이 아닌 것은 이미 밝혔으므로 결정론하고만 관련시켜 볼 때, 조상훈을 타락시킨 결정요인은 '시대'로 되어 있다. 그 점에서 자연주의의 자생여건에 대한 작가의 견해와 일치한다. 시대의 영향을 좀더 부연한 것이 다음 글들이다. 여기에서는 타락의 요인이 구체적으로 나온다. 그 첫째 항목이 기독교에 관한 것이다.

> ⑫ 부친에게 잘못이 없다는 것은 아니나 그렇다고 남에 없는 위선자나 악인은 아니다……. 이삼십 년 전 시대의 신청년이 봉건사회를 뒤발길로 차 버리고 나서려고 허비적거릴 때에 누구나 그러하였던 것과 같이 그도 젊은 지사로 나섰던 것이요 또 그러느라면 정치적으로는 길이 막힌 그들이 모여드는 교단 아래 밀려 가서 무릎을 꿇었던 것이 오늘날의 종교 생활에 첫발길이었던 것이다. 그것도 만일 그가…… 어떤 시기에 거기에서 발을

빼냈더라면…… 실생활에 있어서도 자기의 성격대로 순조로운 길을 나아가는 동시에 그러한 위선적 이중생활 속에서 헤매지는 않았을 것이다.[16]

이 글에는 조상훈의 타락과 기독교와의 관계가 나타나 있다. 신앙 때문이 아니라 현실의 막혀 있는 답답함이 교단에 무릎을 꿇은 계기가 된 것은 조상훈 세대의 공통 특징이라고 덕기는 생각한다. 이런 현상은 우리나라뿐 아니라 중국, 일본 등에서도 일어났다. 동양의 근대주의자들은 기독교 자체보다는 기독교에 묻어 들어오는 근대문명에 매혹되어 교회에 접근했다. 교회는 근대를 전파하는 창구역할을 했던 것이다. 그래서 대부분의 근대숭배자들은 기독교에 입교한 후 얼마 안 가서 배교하는 코스를 밟았다. 일본의 근대문학도 이런 배교자의 그룹에 의해 주도되고 있다.[17] 우리나라도 비슷했다.[18] 식민지였기 때문에 교회가 애국지사들의 집결처 역할까지 한 점만 다를 뿐이다.

그러니까 조상훈의 문제는 교회에 너무 오래 머물러 있은 데서 생겨난다. 덕기의 말대로 교회를 떠났더라면 그는 위선적인 이중생활을 할 필요가 없었을 것이다. 당시의 한국에서는 축첩이 죄가 되지 않았기 때문이다. 조의관은 노인인데도 젊은 수원집을 안방에 들여앉히지만, 그것을 비난하는 사람은 없다. 조상훈의 세대인 남성철(「남충서」)이나 종호의 아버지(「난어머니」)의 경우도 마찬가지다. 그런데 상훈은 경애를 임신시킨 일로 인해 지탄을 받는다. 교직자였기 때문이다. 교리에 어긋나는 사랑을 감추기 위해 그는 경애와 아이에게 비인도적인 일을 하게 되고,

---

16 『한국문학대전집』 3, 태극출판사, p.39.

17 『한국문학대전집』 3, 태극출판사, p.39.

18 이광수, 김동인, 염상섭 등 1920년대의 문인들은 대개 교회 문에 들어가 본 사람들이지만 끝까지 교회에 남아 있은 사람은 전영택밖에 없을 정도다.

그것이 가책이 되어 더 깊이 주색에 빠진다. 음주도 마찬가지이다. 기독교인만 아니라면 누구도 어른남자의 음주를 비난할 이유가 없다. 유교적 윤리에서는 죄가 되지 않는 축첩과 음주가 죄가 된 것은 그가 기독교인의 자리를 고수했기 때문이다.

아버지와의 갈등도 마찬가지다. 기독교만 버렸더라면 부자간의 갈등은 없었을 것이다. 갈등의 핵심이 제사 거부였기 때문이다. 제사를 거부했기 때문에 그는 상속권을 잃는다. 사회에서는 경애 문제로, 집에서는 제사 문제로 그는 설자리를 잃기 때문에 기독교와 상훈의 타락은 여러 면에서 유착되어 있다. 그런데도 상훈은 끝까지 기독교를 버리지 않는다. 독실한 신자도 아니면서 종교를 버리지 못하는 데에서 그의 융통성 없는 성격이 드러난다.

두 번째 항목은 봉건주의와의 관계다.

⑬ 어쨌든 부친은 봉건시대에서 지금시대로 건너오는 외나무다리의 중턱에 선 것 같다고 생각하였다. 마침 집안에서도 조부와 덕기 자신의 중간에 끼어서⋯⋯가장 불안정한 번민기에 있는 것이 사실이라고 보고 있다.

앞의 책. p.40

중세적인 사회에서 20세기로 갑자기 건너뛰는 그 중간세대에 속하는 조상훈은, 윤리적으로나 사상적으로 갈등에 휘말리지 않을 수 없는 입장에 있다. 외나무다리의 중간에 매달려 있기 때문에 '불안정과 번민'에 사로잡혀 타락의 길로 들어서게 되는 것이다. 그래서 덕기는 "부친도 가엾다. 때를 못 만났고 이런 시대에 태어났기 때문도 있다."고 생각한다. 규범이 무너지는 시대를 산 세대의 비극이라는 점에서 조상훈의 타락은 최정인의 그것과 동질성을 띤다. 그들의 타락은 웃자란 나무에 생긴 괴자리 같은 것이다. 외나무다리 중간에 매달려 있는 것은 그의 세대 전체이기 때문에 시대의 결정성이 부각된다. 시대는 상훈의 타락을 결정하는 가장 큰 요인이다.

두 번째로 문제가 되는 것은 개인적 환경이다. 고생을 모르고 자란 데서 오는 성격의 방만함이 그의 불행의 씨앗이기 때문이다.

⑭ 상훈이란 사람은 물론 시정의 장사치도 아니요 매사를 계획적으로 앞 길을 보려는 속따짐이 있어서…… 딴 생각을 먹고 이런 일을 할 사람은 아니다. 도리어 나이 사십을 바라보도록 세상고초를 모르느니만큼 느슨하고 호인인 편이요 또 그러니만큼 어려운 사정을 돕는다는 데에 일종의 감격을 가지고 더우기 저편이 엎으러질듯이 감사하여 주는 그 정리에 끌리어 이편도 엎으러졌다 할 것이다.　　　　　　　　　　같은 책, p.65

조상훈은 의지가 약한데다가 편한 환경에서 자라 현실을 보는 눈이 미숙하다. 그는 무계획하고 계산이 느리다. 그의 성격이 이렇게 느슨해진 이유를 작가는 환경에 돌리고 있다. 그 느슨함 때문에 그는 경애 문제를 일으켜 신세를 망치게 된 것이다. 여유있는 환경은 조상훈의 음성을 부드럽게 만든 요인도 된다. 상훈과 조의관은 똑같이 신경질적인 체격을 가지고 있는데 음성은 다르다. 그 이유를 덕기는 "예수교 속에서 얻은 수양인가보다."고 생각한다. 이 경우의 예수교는 교양과 동의어라 할 수 있다. 교양의 차이가 음성의 차이로 나타나는 것이다. 부드러운 음성은 느슨함의 긍정적 측면이다.

다음으로 생각할 수 있는 것은 조의관의 성격이다. 조의관도 아들처럼 융통성이 없는데다가 외곬이어서 아들의 새 종교에 대해 과잉반응을 나타낸다. 아들이 기독교에 집착하는 것처럼 아버지도 철저하게 반기독교적 자세에 고착한다. 타협을 모르는 성격으로 아버지는 아들을 벼랑으로 몰아붙인다. 이는 상훈의 만년이 엉망이 되는 이유 중의 하나다. 그래서 덕기도 아버지의 타락의 원인을 "조부의 성격 때문인지도 모른다."(⑮ 참조)고 생각한다. 하지만 덕기는 그것만이 문제의 전부라고 생각하지 않는다. 아버지의 세대라고 다 타락한 것은 아니기 때문이다. 덕기는 그 책임을 성격 탓으로 돌린다. 그래서 세 번째 요인은 성격이 된다.

> ⑮ 부친—부친도 가엾다. 때를 못 만났고 이런 시대에 태어났기 때문도 있다. 그러나 실상은 자기의 성격 때문이다. 조부의 성격 때문인지도 모른다. 같은 시대, 같은 환경, 같은 생활조건 밑에 있으면서도, 부친의 걸어온 길과, 병화의 부친이 걷는 길, 필순이 부친의 길이 소양지판으로 다른 것은 결국에 성격 나름이다. ······ 사람의 운명이니 숙명이니 팔자니 하는 것은 결국 성격에서 우러나오는 것, 성격 그것을 말하는 것 같다.
>
> 같은 책, p.322

앞에서 작가는 조상훈이 불행해진 이유를 시대와 결부시키고 있다. 하지만 여기에서는 시대적 여건보다도 더 중요한 것을 성격으로 보고 있다. 책임이 시대에서 개인으로 압축되고 있는 것이다. 같은 교직자지만 병화의 아버지는 조상훈처럼 타락하지 않았고, 같은 애국지사지만 필순의 아버지는 그와 다른 삶을 살고 있지 않았기 때문이다. 부잣집 자식이라고 다 조상훈처럼 되는 것은 아니니까 최종 책임은 자신이 져야 한다는 의견이다. 염상섭의 성격론은 그의 세계가 졸라의 것과는 다른 것임을 확인시켜 준다. 성격을 부정하고 체질을 내세운 것이 졸라이즘이기 때문이다. 피와 환경에 의해 결정당한 인간은 자유의지가 없기 때문에 책임도 없다. 성격이 운명이 될 수 없는 것이다. 인간의 자율성

을 졸라는 인정하지 않는 것이다.[19]

② 조상훈과 유전

「삼대」에는 결정론이 명시되어 있지 않다. 유전도 마찬가지다. 따라서 환경의 경우와 같은 방법으로 유전과 관계 되는 항목을 더듬어 갈 수밖에 없다.

> ⑯ 부친은 가냘프고 신경질적인 체격 보아서는 목소리라든지 느리게 하는 어조가 픽 딴판인 인상을 주는 것이었다. 그 부드러운 목소리와 느린 말투는…… 아마 예수교 속에서 얻은 수양인가 보다고 덕기는 늘 생각하는 것이다. 거기다가 비하면 조부의 목소리와 어투는 자기 생긴거와 같이 몹시 신경질이요 강강하였다.　　　　　　　　　같은 책, p.38

조의관 부자의 음성을 나타낸 자료다. 이 부자는 둘 다 체격이 신경질적이다. 그러나 목소리는 다르다. 아버지는 강강한데 아들은 부드럽다. 조상훈은 목소리는 아버지를 닮지 않았다. 성격도 마찬가지다. 아버지가 아들보다 현실적이고 치밀하며 강하다. 그 이유를 작가는 후천적인 것으로 처리하고 있는데(⑯), 환경의 탓으로만 돌릴 수 없는 요인이 있다. 역시 고초를 모르고 자랐는데도 덕기는 그렇지 않기 때문이다. 따라서 그 느슨함 속에는 선천적 요인도 포함된다고 보아야 한다. 그렇다면 그것은 모계의 유전에 기인한다고 볼 수 있다.

그 다음은 외양이다. 상훈은 미남자다.

---

[19] 졸라의 결정론은 인간의 자유의지를 인정하지 않는 것이 특징이다.

⑰ 이태 동안이나 미국 다녀 온 사람 그리고 도도한 웅변으로 설교하는 깨끗한 신사―그 때는 덕기의 부친도 사십이 아직 차지 못한 한창때의 장년이요 호남자이었다.

같은 책, p.70

그는 인텔리이며, 탁월한 웅변가이고 호남아다. 그 잘생긴 용모도 타락과 연결되는 여건 중의 하나다. 경애는 그것에 반해 아이를 임신하게 되기 때문이다. 경애 쪽에서도 시인하고 있는 것[20]처럼 그 정사의 시발점은 사랑이다. 그 무렵의 상훈은 음흉하고 몰염치한 치한이 아니었다. 그가 염치를 잃은 것은 훨씬 후의 일이다. 가냘픈 체질, 느슨한 성격이 호남자다운 외모와 결부되어 타락의 요인을 형성한 것이다.

조상훈의 타락과 연결되는 첫째 조건은 시대다. 만세 후의 허탈상태, 유교적 윤리관에 젖은 상태에서 어설프게 받아들인 기독교, 봉건주의에 대한 대안 없는 반발 등이 조상훈이 처한 부정적 여건이다. 작자의 말대로 시대가 그를 자타락의 길로 끌고 가는 것이다. 두 번째는 환경이다. 사십이 넘도록 부모의 보호를 받는 부잣집 외아들로서의 환경이 타고난 느슨함을 조장시킨다. 거기에 기독교적 정신주의가 가세해서 그를 더 비현실적인 인물로 만들어버린다. 그 다음은 아버지와의 갈등이다. 타협을 모르는 강강한 성격을 가진 아버지가 약한 성격의 아들을 망가뜨리는 역할을 한다. 사실 조상훈은 성격적인 면에 큰 결함을 가진 인물은 아니다. 두뇌가 명석하고 호인인데다가 고지식하다. 비정상적인 인물이 아닌 것이다.

세 번째 여건은 유전이다. 가냘픈 체격, 느슨한 성격에 호남아적인 외모가 화가 된다. 경애와의 관계는 그의 외양에서 발단하여, 뒷처리

---

20 같은 책, p.70.

능력이 없는 의지박약성 때문에 파국으로 몰려간다. 약한 체질이 거기에 가세한다. 하지만 조상훈은 제르미니형은 아니다. 그가 타락한 것은 40대 이후의 일이기 때문이다. 그는 피와 환경에 의해 결정된 나나보다는 나나에 의해 망해가는 뮈파 백작[21]과 닮았다. 그는 타락한 보바리 부인이라고 할 수 있다.

염상섭은 평론과 소설 두 장르에 걸쳐 결정론과 관련되는 글을 쓰고 있다. 그의 세계에 나오는 결정론은 종류가 다양하다. 테느적인 것, 졸라적인 것, 유물론적인 것 등이 있다. 뿐 아니다. 평론에 나오는 결정론과 소설에 나오는 결정론이 또 다르다. 평론에 나오는 결정론은 예술과 관련이 된다. 「여의 평자적 가치에 답함」(1920)에 나오는 결정론은 작가의 성격, 취미, 환경, 연령 등이 작품에 미치는 영향을 역설한 결정론이다. 그러다가 유물론과의 논쟁기인 2기가 되면 내용과 형식의 결정론이 나온다. 획득유전에 관한 칼톤의 설이 소개되지만 목적은 유전의 사회성을 역설하는 데 있다. 형식·내용 논쟁의 자료로서 유전설이 인용되고 있을 뿐이다.

평론에 나타난 결정론은 i) 환경결정론에 치우쳐 있다. 그 경우의 환경은 개인의 것이 아니라 ii) 집단의 환경이다. 민족 같은 거대한 집단이 단위가 된다. 그 다음은 iii) 친형이상학적인 데 있다. 그는 인간이 아니라 문화를 대상으로 해서 결정론을 논한다. 작품에 대한 작가의 결정성, 예술의 형식과 내용 사이의 결정관계, 지리적 환경이 민족성이나 문화에 미치는 결정력 등에 관심이 편중되어 있다. 왜냐하면 그는 이 글들을 유물론적 변증법과 싸우기 위해 쓰고 있기 때문이다. 유물론의 편내용주의, 계급사상, 물질주의 등과 싸우기 위해 염상섭은 부득이하

---

21 나나에게 홀려 신세를 망치는 왕의 시종장의 이름.

게 형식주의자, 민족주의자, 정신주의자가 되지 않을 수 없다. 따라서 생리학은 관심권 밖으로 밀려난다.

소설에 나타나는 결정론은 그렇지 않다. 소설의 성격상 개인이 대상이 되며 구체적인 것이 되지 않을 수 없기 때문에 졸라적인 것에 가까워진다. 하지만 그의 소설에는 결정론이 자주 나오지 않는다. 그의 인물들은 정상인이 압도적으로 많기 때문에 졸라적인 결정론과는 관련이 적다. 졸라의 결정론은 제르미니형의 인물들에게서 검증되는데, 염상섭에게는 선천적으로 결함을 가진 인물이 거의 없다. 도덕적으로 타락하는 최정인이나 조상훈도 병적인 결함을 가지고 태어나지는 않았다. 따라서 피의 결정력이 약화된다. 그의 소설에서 졸라적 결정론과 관련하여 논의될 수 있는 인물은 「제야」의 최정인밖에 없다. 그녀는 부계의 유전인자가 좋지 않다. 조부와 아버지가 모두 탕아다. 모계도 마찬가지다. 그녀의 모친은 음탕한 여인이며, 첩이다. 부계와 모계의 열성인자가 상승하여 그녀를 몰염치한 탕녀로 만든다.

환경도 마찬가지다. 그녀는 '아즈버님일단의 소견터'가 된 집에서 자라며 '각자의 병적 환락을 무조건으로 보장'하는 분방한 분위기 속에서 멋대로 자란다. 그래서 서너 명의 남자와 육체관계를 가지며, 다른 남자의 아이를 임신한 채 결혼식을 올리는 몰염치한 행동을 서슴지 않고 감행하는 것이다. 여기까지의 최정인은 나나와 근사치를 가진다. 하지만 그녀 속에는 전혀 다른 또 하나의 여자가 있다. 그것은 노라다. 최정인은 자아에 각성한 여권론자다. 그녀는 일본에 가서 최고학부를 나온 인텔리 여성으로 도처에서 여왕으로 숭앙받는 여류명사다. 그녀는 봉건적인 여성관에 정면에서 도전한다. 따라서 그녀의 방종은 무의지성의 소산이 아니다. 생활철학의 뒷받침을 받는 의식적인 행동인 것이다. 그 점에서 그녀는 노라보다 앞서 있다. 최정인은 주체성이 확립된 '해방된 처녀'다. 그래서 그녀의 방종을 결정론과 결부시키려는 작가의 의도는 겉돌게 된다. 졸라와 루소가 최정인 속에 공존하기 때문에 모처럼의 유전과 환경의 결정론은 실효를 거두지 못한다. 제르미니형이 되기에는 최정인은 지나치게 건강하고 주체적이기 때문이다. 그녀의 부모는 쾌락주의자이지 병자는 아니어서 그녀에게는 병적인 면은 없다.

　그 다음에 결정론과 결부시킬 수 있는 인물은 「표본실」에 나오는 광인이다. 하지만 최정인처럼 그도 병적 유전인자를 물려받지는 않았다. 그가 부모에게서 받은 열성의 인자는 아버지의 음주벽과 방랑벽, 그리고 어머니의 허약한 체질이다. 하지만 김창억의 경우, 음주나 방랑은 평상인의 수준에서 벗어나지 않기 때문에 그의 발광과는 직접적인 연관이 없다. 남는 것은 어머니의 약한 체질뿐이다. 환경면에서 그의 발광을 유발하는 것은 i) 19세에 어머니가 돌아가신 것, ii) 아내가 도망간 것, iii) 감옥에 가서 건강을 해친 것 등이다. 그의 발광의 요인은 거의 이 세 가지에 있다고 할 수 있다. 감옥에 가기 전까지 김창억은 정상인이었기 때문이다. 어머니의 죽음이 그의 발광의 '원인'이라면 감방행과 동시에 일어난 아내의 출분은 그 '근인'이어서 그의 발광과 유전은 별 관계가 없다. 따라서 그의 경우는 환경결정론하고만 관련이 있다 해도 과언이 아니다. 그런데 그는 도덕적인 면에서는 지탄 받을 자료가 없다.

　조상훈의 경우는 반대로 도덕적인 면에서의 타락만 나타난다. 하지만 그의 부도덕성은 유교적 윤리에서는 문제가 되지 않는다. 죄목이 축첩과 음주뿐이기 때문이다. 그것은 그가 기독교만 떠나면 해소될 성질의 것이다. 뿐 아니라 그는 40대에 비로소 타락한다. 김창억처럼 그 이전에는 문제될 점이 전혀 없다. 그는 병적인 유전인자를 가지고 있지 않다. 뿐 아니라 최정인처럼 그도 최고의 지식수준을 지닌 인텔리이며 명사다. 그는 호남이며, 이해에 연연하지 않는 젠틀맨이다. 그의 타락은 유전과 무관한 대신 시대와 결부되어 있다. 정치적으로는 출구가 막힌 시대, 종교적으로나 윤리적으로는 지나치게 격변하는 시대가 그의 타락의 주인主因을 이룬다. 그 다음에는 40이 되어도 아버지의 피보호자인 환경과, 교리에 어긋나는 사랑이 문제가 된다. 그는 느슨하고 고지식한 성격이었기 때문에 고난을 극복하지 못해 무너져버린 것이다.

염상섭의 20편의 소설에서 결정론과 관계되는 주동인물은 최정인밖에 없다. 김창억과 조상훈은 부차적 인물이다. 결정론과 관계되는 인물이 아주 적다는 것을 알 수 있다. 이 세 사람도 병적인 유전과는 관련이 없어서 환경결정론 쪽에 치우쳐 있다. 평론의 경우와 조응하는 현상이다. 염상섭은 유전보다는 환경 쪽에 비중을 두는 작가임을 알 수 있다.

환경의 여건 중에서 염상섭이 가장 중요시한 것은 시대의 영향이다. 최정인과 조상훈은 시대의 희생양이다. 개인적 환경이 무겁게 다루어져 있는 경우는 김창억밖에 없는데, 미친 후의 김창억은 윌슨이즘과 톨스토이즘에 심취해 있어 시대의 영향을 강하게 나타낸다. 이 점에서도 평론과 소설의 공통성이 드러난다. 개별적인 경우보다는 집단에 미치는 시대적 환경이 중요하게 다루어지고 있기 때문이다. 그래서 염상섭의 결정론은 졸라식 분류법보다는 테느식 분류법에 적합하다. 시대, 환경, 종족의 분류법이 그에게는 어울린다. 그는 개인의 병적 유전에는 무게를 두지 않은 것이다. 김동인이 졸라식 결정론과 근사치를 지니는 것과는 대조적이다. 그 대신 카다이, 토손과는 유사성의 폭이 넓다. 인물의 유형이 같고, 유전을 중요시하지 않은 점도 비슷하며, 환경 쪽에 비중을 주는 경향도 같다. 전반적으로 결정론의 비중이 가벼운 점도 마찬가지다. 염상섭의 「삼대」가 토손의 「家」에서 영향을 받았다는 것은 수긍할 만한 의견이다. 봉건주의적 가족제도는 그들의 공통적인 적이었기 때문에 상대적으로 결정론의 비중이 낮아지는 것이다.

V부

자연주의에

대한

부정론과

긍정론

1. 졸라이즘의 경우

일면성이 극단적으로 강조되는 근대의 문예사조들은 언제나 찬·반양론의 치열한 대립 속에서 생성되고 소멸되어 왔다. 하지만 자연주의의 경우는 좀 예외적이라 할 수 있다. 자연주의는 유파를 형성하지 못한 채 소멸된 문예사조여서 '자연주의=졸라이즘'의 등식이 통용될 정도로 에밀 졸라Émile Zola 한 사람에게 의존하고 있어 지지자의 수가 적다. 따라서 찬성하는 소리보다는 반대하는 소리가 압도적으로 우세했기 때문이다.

다른 나라에서도 마찬가지이다. 졸라이즘을 수입해 간 유럽의 나라들에서도 유사한 현상들이 야기되었다. 그 중에서도 자연주의에 대한 부정론이 가장 극단적인 양상으로 나타난 나라가 영국이다. 영국에서는 자연주의 문학에 대한 문제가 의회에서까지 논의되어 거국적인 캠페인을 몰고 올 정도로 반자연주의의 경향이 격렬했다. '유독성문학有毒性文學 Pernicious Literature' 소동이 그것이다.[1] 그 결과로 불란서 자연주의 작가들의 소설을 번역하여 출판한 출판사 사장 비제텔리Vizetelly는 재판에 회부

되어 3개월의 금고형을 언도받았고, 책들은 모두 판매금지 조치를 받았다.[2]

불란서라고 해서 무사히 넘어간 것은 물론 아니다. 자연주의 계열의 문학이 재판소동까지 몰고 온 일은 불란서에서도 일어났다. 플로베르의 「보바리 부인」은 나오자마자 재판소동이 벌어졌고,[3] 공쿠르형제의 작품도 외설문학으로 간주되어 재판을 받은 일이 있다.[4] 이런 비난은 사실상 1950년대의 샹플뢰리, 뒤랑티의 리얼리즘과 함께 시작되었다. 하지만 막상 정작 졸라의 작품은 재판소동이 벌어지지는 않았다. 그도 선배들처럼 현실의 추악한 면을 그린다는 비난을 받았다. 그들보다 훨씬 더 심하게 받았는데도 무사하게 넘어간 것은, 전 세대들이 봉변을 미리 당하는 동안에 독자들이 면역이 생겨 있었던 데 기인한다. 사실상 졸라는 뒤랑티나 샹플뢰리의 리얼리즘과는 밀착되어 있지 않았다. 그가 영향을 받은 선배는 발자크, 플로베르, 공쿠르 형제 쪽이었기 때문이다. 따라서 뒤랑티나 샹플뢰리의 리얼리즘 운동이 없었더라도 자연주의의 출현에는 지장이 없었을지 모른다. 그러나 그들이 졸라에게 방풍림 역할을[5] 한 것만은 부정하기 어렵다. 그들의 뒤를 다시 플로베르와 공쿠르 형제가

---

1 *Sentinel*지에 "Pernicious Literature"라는 기사가 실리자 1885년 5월 8일 하원에서도 이 문제가 논의되었다.
　　Documents of Modern Literary Realism. 이하 *Documents*로 약칭함. p.355.

2 Vizetelly가 「목로주점」, 「나나」(1885), 「보바리 부인」(1886), 「대지」(1887) 등을 출판하자 National Vigilance Association은 부도덕한 책들에 대한 판매금지 캠페인을 벌였고, 출판사 사장은 3개월간의 금고형을 받았다.　　　　　*Documents*, pp.350-351 참조.

3 1857년 1월 31일에 파리의 세느현의 재판소에서 재판이 열렸으나 무죄판결이 났다.
　　　　　　山川篤, 『ゾラとフランス・レアリスム研究』, p.9 참조.

4 같은 책, pp.13-15 참조.

5 Sans eux, le naturalisme aurait certainement vu le jour, mais il est probable que Zola eût rencontré plus de resistances encore s'ils n'avaient……
　　　　　　　　　　　　　　　　　　　P. Cogny, *Le Naturalisme*, p.26.

맡아 또 한 겹의 바람막이 역할을 해준 것이다.

그런데도 불구하고 졸라의 작업은 용이하지 않았다. 그는 시발점에서 이미 공격의 대상이 되어 있었다. 최초의 장편소설인 「테레즈 라캥 Thérèse Raquin」의 2판의 서문에서 그는 도덕과 황산黃酸의 동질론을 주장했기 때문이다. 이때부터 시작된 비난은 『루공-마카르』를 쓰는 동안 계속 고조되어 15권째의 소설인 「대지La Terre」가 나온 1887년에는 유명한 '5인선언'[6]이 발표되며, 공공연한 반자연주의 운동이 시작되었으며, 『루공-마카르』가 끝나기도 전인 1891년에 위레J. Huret는 「자연주의는 죽었는가」라는 제목으로 앙케트를 냈고,[7] 거기에 대한 대답에서 아나톨 프랑스Anatole France는 자연주의의 죽음을 선언했다.[8] 「목로주점」이 발표된 1877년부터 '5인선언'이 나온 1887년까지 10년간을 자연주의의 전성시대로 간주하는 것이 정설인 만큼 자연주의는 『루공-마카르』가 끝나기 6년 전에 이미 전성기는 끝나버린 셈이다. 이런 단명성의 이유와 그처럼 격렬한 부정적 반응의 출처, 그리고 자연주의 옹호론자들의 거점 등을 통하여 자연주의의 명암을 함께 조명하여 보는 데 있어 가장 유용한 자료는 위스망스J. K. Huysmans의 「밑바닥La Bas」(1891)이라는 작품이다. 이 책의 첫 장에서 작자는 데제르미스Des Hermies와 뒤르탈Durtal이라는 두 인물을 등장시켜 자연주의에 대한 부정론과 긍정론을 토의시키고 있기 때문이다.[9] 이 책에서 그들이 문제삼은 쟁점들을 정리해 보면 대

---

6 Manifeste des Cinq contre La Terre, 1987. 8. 18. *Figaro Documents*, p.344 참조.
7 1891년 5월 3일부터 7월 5일까지 *L'Echo de Paris*지에서 시행되었다.
　　　　　　　　　　　　　　　　　　　　　　　　　같은 책, p.407 참조.
8 같은 책, p.407 참조.
9 I do not reproach naturalism for its prison terms or its vocabulary of the latrine and the doss-house for that would be unjust and absurd; first of all, certain subjects call for such language, ……what hold against naturalism is not the heavy strokes

략 다음과 같은 것이 나온다.

    (A) 부정론

    ⅰ) 물질주의적 인간관   ⅱ) 반형식성

    ⅲ) 이론의 편협성과 피상성   ⅳ) 군중취미   ⅴ) 저속성

    ⅵ) 이론과 실제의 괴리(5인 선언)를 첨가하면 자연주의가 보편적으로 비
        난받는 항목이 거의 다 구비된다.

    (B) 긍정론

    ⅰ) 정직성   ⅱ) 미美보다 진眞의 중요성을 강조

    ⅲ) 미비한 대로 과학적   ⅳ) 관습의 교정

    ⅴ) 현실재현 태도의 진지성   ⅵ) 독자층의 획득

  여기에 ⅶ) 제재의 확대[10]를 추가하면 자연주의의 긍정적 측면이 거
의 망라된다. 그래서 이 자료들을 통하여 자연주의에 대한 긍정론과 부
정론을 점검해 나가기로 한다.

---

of its crude style, but the filthiness of its ideas. What I hold against it is that it
has incarnated materialism in literature and has glorified the democracy of art! "Yes,
say what you will, what an infamous intellectual theory it is, what a shabby and
narrow system!" To desire confinement in the prison of the flesh, to reject the supra
sensible, to deny dreams, not even to understand that the uniqueness of art begins
where the senses are no longer of use!

「Emile Zola and *L'Assommoir*」 by J. K. Huysmans, 같은 책, p.230에서 재인용.

10 「For and against Zola」, 같은 책, pp.251-260 참조.

1) 물질주의적 인간관

데 제르미스가 자연주의를 공격하는 첫째 항목은 물질주의적 인간관이다. 어휘의 비속성이나 스타일의 조잡함은 참아줄 수 있지만 형이상학의 부정만은 용납할 수 없다는 것이 그의 확고한 태도다. 다른 비평가들도 같은 보조를 취하고 있다. 플로베르 같은 예외적인 경우도 있기는 하지만 일반적으로 졸라가 비난받는 가장 큰 쟁점은 역시 그의 물질주의적 인간관이다. 무기물과 인간의 동일시 현상, 수성獸性과 병적인 측면의 노출은 졸라가 비난받는 가장 중요한 항목임을 다음 인용문들을 통하여 확인할 수 있다.

① 자연주의는 모든 것을 식욕과 본능에 귀착시키고 있다. 발정發精과 광기는 자연주의의 유일한 특징이다. 단적으로 말해서 자연주의는 배꼽 밑 세계의 탐사에만 관심이 있다. 배꼽 밑을 지나 성기 근처에 가면 무의미하고 어리석은 주절거림을 남길 뿐이다. ……결국 자연주의는 인간의 수성獸性의 찬미와 금욕의 숭배로 종결되고 만다.[11]

② 「목로주점」 전편에서 풍겨나오는 고약한 악취는 마치 뚜껑 열린 수채의 악취 같고, 제르베즈와 쿠포의 이야기를 끝까지 읽는 것은 11월의 광풍 속에서 운하에 배를 띄우고 있는 것 같은 고역이다.[12]

---

11 It has ascribed everything to appetite and instinct. Rut and mania are its only diagnoses. In short, it has confined its researches below the navel and has babbled stupidly when it came near the genitals. It provides a truss for the feelings, sells bandages for the soul, and that is all! ……and has arrived at a eulogy of brute force and an apotheosis of the strongbox.　　　　　　　　　같은 글, 같은 책, p.231.

12 The book is, perhaps, not pervaded by that ferociously bad smell which through

③ 그들은 생의 암흑면과 음지에만 초점을 맞추고 있으며, 하수도와 오물구덩이를 개발하고, 부패물과 수성을 파헤치며, 음산하고 끔찍한 것들을 노출시키고, 말해서는 안 될 측면에 주의를 집중시키며, 모든 병적인 것과 광증에 대한 장황한 분석을 감행하고, 음습한 소택지沼澤地와 늪으로 걸어 들어가 인광을 발하는 부패물과 썩은 물 위에서 춤추는 도깨비불을 관찰하기를 좋아한다.[13]

위의 인용문들의 쟁점을 요약하면 ⅰ) 수성 찬미, ⅱ) 성의 과잉노출, ⅲ) 병적인 면의 탐색, ⅳ) 추악한 면에 대한 집착 등이 된다. 졸라 문학의 이런 특성이 비평가들에게 준 충격의 크기는 그들이 사용한 언어의 극단성에서 나타난다. 그의 문학을 '춘화pornography', '대변학scatology' 등의 용어로 매도하는 비평가까지 있다는 사실이 그것을 증명한다. 성적인 면, 병적인 면의 노출 외에도 추악한 면의 노출이 문제되고 있는 것이다.

　ⅰ) 나나의 끔찍한 사상死相에 대한 디테일의 정밀한 묘사—「나나」
　ⅱ) 에티엔느의 살인 장면과 갱 속의 시체의 디테일 묘사—「제르미날」
　ⅲ) 카미유의 시체 묘사—「테레즈 라캥」

L'Assommoir like an edanation from an open drain and makes the perusal of the history of Gervaise and Coupeau very much such an ordeal as crossing of the Channel in November gale……　　　　　　　Henry James, *Nana*, 같은 책, pp.238-239.

13 concentrating attention on the shadiness and seaminess of life, exploiting sewers and cesspools, dabbling in beastliness and putrefaction, dragging to light the ghastly and gruesome, poring over the scurvy and unreportable side of things, bending in lingering analysis over every phase of mania and morbidity, going down into the swamps and marshes to watch the phosphorescence of decay and the jack-o'-lanterns that dance on rottenness. R. S Loomis: A Defense of Naturalism, 같은 책, pp.543-544.

iv) 자크와 페퀴의 시체 묘사—「짐승인간La Bête humaine」 등이 그 예
로 지적된다. 무너진 갱 속에서 카트리느가 사발의 피를 물인 줄
알고 마시는 장(「제르미날」)도 이 부류에 속한다.

성적인 면, 병적인 면, 인성의 추악함의 노출 등은 졸라뿐 아니라 리
얼리즘 전체가 짊어지는 비난이라는 사실은, 근세 이전의 문학을 논할
때 성과 본능의 노출이 그 작품을 '리얼리스틱'하다고 판정하는 기준이
되는 데서도 나타난다.[14] 19세기의 경우도 마찬가지다. 앞에서도 언급
한 바와 같이 뒤랑티, 샹플뢰리, 쿠르베 등도 이와 비슷한 비난을 받고
있으며, 졸라가 자연주의의 계보에 포함시킨 발자크와 공쿠르 형제, 플
로베르도 같은 비난을 받고 있다. 하지만 졸라처럼 '대변학'이라는 말까
지 들은 사람은 없다. 현실 반영의 문학이 가지는 암흑면 폭로의 측면
을 졸라는 극단까지 몰고 갔고, 그에 대한 비판도 이에 호응하여 최악
의 용어들로 메꾸어져 있는 것이다.
   이런 가혹한 비난에 대하여 졸라의 옹호자들은 첫째로 졸라의 문학이
현실을 반영하는 '거울'의 문학임을 상기시킨다. 거울에 비친 현실의 모
습이 추악한 것은 거울의 책임이 아니라는 것이 그들의 주장이다. 두
번째로 그들이 주장하는 것은 정직성이다.[15] 추악한 현실을 아름답게
미화하는 것은 허위요 위선이다. 추악한 현실을 직시하는 것은 용감한
자만이 할 수 있는 일이다. 자연주의야말로 그 용기를 가진 문학이다.
자연주의야말로 '남성적 성숙'을 나타내는 어른스런 문학이다라고 그들

---

14 ······the story of Ephesian matron is realistic, because it shows that sexual appetite
   is stronger than wifely sorrow······. Ian Watt, *The Rise of the Novel*, pp.10-11.
15 ······his frank love for human ugliness have coustructed the epic of business and
   money.   H. Taine, "The world of Balzac", *Documents*, p.108.

은 주장한다. 이런 주장은 다음 인용문들에서 확인된다.

④ 리얼리즘은 존재하는 모든 것, 우리가 눈으로 본 것은 다 표현할 권
리가 있다. 추하거나 악한 것이라고 해서 변명하거나 구애받을 필요가 없
다.[16]

⑤ 추醜를 그리건 미美를 그리건 그것은 화가나 시인의 재량권에 속한
다. 그가 결정하고 선택할 문제다. ……나는 회화나 문학이 거울과 같은
권리를 가질 것을 주장한다.[17]

⑥ 진실에 관하여, 성의 진상에 관하여 모든 것을 다 이야기함으로써
자연주의 문학은 여성을 위해 지대한 공헌을 했다.[18]

여기에서는 자연주의가 현실을 있는 그대로telle qu'elle est 재현하는 문
학이라는 사실이 부각되고 있다. 진실을 재현하는 거울의 권리, 추와
악의 표현권 등을 주장하고 있으며, 자연주의의 암흑면 묘사의 책임이
현실에 전가되어 있는데 루미스Loomis는 이를 더 구체화시켜 다음과 같
은 말을 하고 있다.

---

16 Without being an apologist for ugliness and evil, realism has the right to represent
whatever exists and whatever we see. F. Denoyers, "On Realism", 같은 책, p.81.

17 Ugliness or beauty is matter for the painter or poet; it is for him to decide and
choose…I demand for painting and for literature the same rights as mirror have.
같은 책, p.82.

18 For women Naturalistic literature has done the enormous service of telling the truth
and the whole truth about sex.   Loomis, 앞의 글, 같은 책, p.541.

⑦ "자연주의는 금수주의다. 하지만 인간은 짐승이 아니다"라고 사람들은 말한다. 졸라가 수인에 대하여 글을 쓴 것은 사실이다. 그리고 그가 우리 안에 남아 있는 원숭이와 뱀의 혈통에 대하여 강조하고 있는 것도 의심할 여지가 없다. 하지만 누가 감히 자기 안에는 수성獸性이 없다고 장담할 수 있겠는가? ……자신의 내부에 수성이 없다고 장담할 수 있는 사람만이 「짐승인간」에 돌을 던지라.[19]

루미스의 이 말은 "세상에 병적 측면을 안 가진 인간이 어디 있는가, 인간은 모두 수성을 가진 존재다."[20]라는 졸라의 말과 호응하며, 카울리 Cowley도 이와 유사한 발언을 하고 있어[21] 자연주의 옹호자들은 자연주의가 현실의 암흑면을 그리는 이유를 전적으로 현실에 전가시킴을 알 수 있다. 자연주의가 현실 반영의 문학이므로 추한 면을 재현할 수밖에 없는 것이 자연주의의 숙명이라는 주장이다. 그런데 스티븐슨Wallace Stevenson은 "reality=what is"의 등식 자체를 부정(Realism, p.18 참조)하고 있고, 플로베르는 또 "예술은 현실이 아니다."(Documents, p.96)라고 말하고 있다. 그렇게 되면 자연주의의 존립 여건인 "what is=truth"의 기본 자체가 흔들리게 된다. 그러나 이것은 이 항과는 별도로 다루어져야 할 문제이므로 더 이상 논의하지 않기로 한다.

결과적으로 자연주의가 추악하고 병적인 면을 묘사하고 있다는 사실

---

19 "Naturalism is Bestialism. Man is not a beast." To be sure, Zola has much to say of the Bête Humaine, and undoubtedly does stress in us the aps and tiger strains. But will anyone deny that the strains are there?······Let him that is without a streak of the beast in him cast first stone at the Bête Humaine. 같은 글, 같은 책, p.537.
20 Il y a fonds de bête humaine chez tous, comme il y a un fonds de maladie. 「Le Naturalisme au théâtre」, Le Roman expérimental. p.152. 이하 R. E.로 약칭.
21 스테판 콜, 여동균 역, 『리얼리즘의 역사와 이론』, p.143 참조.

만은 양파가 모두 인정하고 있음을 위의 논쟁을 통해서 확인할 수 있다. 문제는 책임의 소재에 있다. 반대파는 그 책임을 전적으로 작가의 저속취미에 돌리고 있는데, 옹호자들은 전적으로 그 책임을 현실에 돌리고 있는 점만이 다를 뿐이다. 하지만 양쪽이 모두 극단성을 띠고 있다는 사실은 주목할 필요가 있다. 전자의 주장은 작품의 미학적인 성과나 작품의 전체적인 면에 대한 고찰이 결여되어 있다는 문제점을 가지고 있다. 작품의 본질적인 면을 소외시키고 도덕적인 측면만 관심의 대상으로 삼는 맹점을 지니고 있는 것이다.

이 점은 테느가 「테레즈 라캥」에 대하여 "대단히 도덕적인 작품이며, 그때까지 졸라가 쓴 가장 좋은 소설"이라고 칭찬(「ゾラとフランス・レアリスム」, p.9 참조)한 거라든지, 자연주의의 반대파인 말라르메S. Mallarme가 「대지」를 격찬한 것(정명환, 앞의 책, p.14 참조), 루미스가 「제르미날」을 최고작으로 간주한 것(Documents, pp.543-548 참조), 아나톨 프랑스가 「목로주점」에 나타난 어휘의 비속성을 칭찬한(R. -M. Ⅱ, p.1564) 것 등을 고려해 보면 알 수 있다. 위의 네 작품들은 모두 암흑면의 묘사, 물질주의적 인간관 등으로 물의를 일으킨, 졸라의 자연주의를 대표하는 작품들이라는 사실을 상기할 때 그것들을 윤리적 측면만 보고 평가절하를 한 도덕비평의 편협성과 맹점을 헤아릴 수 있는 것이다.

이런 편협성은 옹호자의 경우에도 똑같이 나타난다. 모파상Maupassant의 말[22]대로 거울은 모든 현상을 고루 비칠 의무가 있는데도 자연주의의 거울은 그 공정성을 인정받기 어려운 것이 사실이기 때문이다. 설사

---

22 ······all actions and all things are of equal interest to art ; but once this truth was discovered, writers, in a spirit of reaction, stubbornly depicted only what was the opposite of what had been depicted before that time. The Lower Elements.

Documents, p.250.

인간이 그 속에 수성을 간직한 것이 숨길 수 없는 사실이라 하더라도 인간은 여전히 인간이지 짐승은 아니다. 그게 전부는 아니기 때문이다. 위스망스가 「밑바닥」에서 자연주의의 옹호자인 뒤르탈이 졸라를 충실히 따라갈 필요를 느끼면서도, 한편으로는 형이상학적 가치의 필요성도 느껴서 '정신주의적 자연주의spiritualist naturalism'를 만들고 싶다고 생각[23]는 장면은, 이들의 주장의 편협성과 일면성의 극단화가 옹호론자들에게도 불편하게 느껴지는 것을 입증한다. 하지만 옹호자들도 가만히 있지는 않는다.

⑧ 그것은 수천만 개의 어리석음으로 충만해 있던 대기大氣를 정화시켰고, 수사학적 허위의 대열을 분쇄해 버렸다.[24]

⑨ 그들은 비인간적인 낭만주의의 꼭두각시들을 제거해 버렸다.[25]

⑩ 자연주의자들은 어디에 암초가 있는가를 알려주기 위해, 위험을 무릅쓰고 그의 인간방주를 암초에 부딪치는 방법을 택한다. 그들은 암초 옆을 살살 피하여 무사히 항구에 들어가는 짓은 하지 않는다. 정면 대결을 감행함으로써 자연주의자들은 비극작가들만이 하던 일을 계승한다.[26]

---

23 In short, it was necessary to follow the highway so deeply furrowed by Zola, but it would be necessary to trace another route, a parallel road in the air, by which to reach things out beyond in time and space, in fact, to create a spiritualist naturalism. J. K. Huysmans, 앞의 글, 같은 책, p.232.

24 It has cleared the air of a thousand follies, has pricked a whole fleet of oratorical bubbles.   Edmund Gosse, The Limits of Realism in Fiction, 같은 책, p.392.

25 ……ce sont eux qui nous ont debarrasses des inhumains fantoches du romantisme. *Naturalism*, p.171

26 ……the Naturalists, in order to show where rocks lie, have usually represented their

낭만주의의 이상화에서 생겨난 허위와 허황한 백일몽을 소탕하는 일은 리얼리스트들의 과업이다. 그 힘겨운 과업을 계승하여 완성시킨 것이 자연주의자라는 것이 옹호론자들의 주장이다. 암초를 그냥 두고 살살 피하여 안전한 항구로 입항하는 일은 더 많은 피해를 초래한다. 파선 당할 위험을 무릅쓰고 그 암초와 부딪치는 것, 그래서 그 암초의 존재를 드러내는 것이 자연주의의 암흑면 폭로의 의도라고 루미스는 주장하는 것이다. 이 말은 "불합리하고 초자연적인 것에 의존하는 이상주의자보다 우리가 더 힘이 있고, 우리 쪽이 더 도덕적이다."[27]라고 말하는 졸라의 의견과 일치한다. "작품은 그 자체 안에 결론을 지니고 있는 것"[28]이어서 현실의 암흑면이 노출되면, 마치 암초의 경우처럼 우선은 피해가 있어 보이나 장기적 안목으로 보면 그 편이 도덕적이라는 주장이 된다. 실험의사가 열의 정체를 파악하고 킨키나의 효용을 알 때 병이 치료되는 것처럼[29] 위로 남작(「사촌 베트La Cousine Bette」의 인물)의 일을 노출시킴으로써 그런 병폐를 치료할 수 있기 때문에 실험소설가는 실험도덕가가 된다[30]는 것이 졸라의 주장이다. 병폐의 노출=치료의 공식은 지

---

human barks as breaking upon the reefs rather than gliding smoothly into harbor. But in doing so Naturalists have done only what every tragic writers has done.

Loomis, 앞의 글, 같은 책, p.546.

27 ……la besogne des écrivains idéalistes, qui s'appuient sur l'irrationnel et le surnaturel, et dont chaque élan est suivi d'une chute profonde dans le chaos métaphysique. C'est nous qui avons la force, c'est nous qui avons la morale.   *R. E.* p.80.

28 Souvent j'ai dit que nous n'avions pas à tirer une conclusion de nos œuvres, et cela signifie que nos œuvres portent leur conclusion en elles.   같은 책, p.79.

29 Il ne suffira pas au médecin expérimentateur comme au médecin empirique de savoir que le quinquina guérit la fièvre.   같은 책, p.75.

30 ……admettez qu'on puisse guérir Hulot, ou du moins le contenir et le rendre inoffensif, tout de suite le drame n'a plus de raison d'être, on rétablit l'équilibre, ou pour mieux dire la Santé dans le corps social. Donc, les romanciers naturalistes sont bein en effet des moralistes expérimentateurs.   같은 책, p.78.

나치게 단순한 논리기는 하지만 현실의 최저부위까지 파헤치고, 그것을
세밀하게 묘사한 행위가 용기를 필요로 하는 행위인 것만은 부정할 수
없다.

2) 반형식성, 반예술성

자연주의가 공격받는 두 번째 요인은 반형식성, 반예술성에 있다. 졸
라는 미학 대신에 과학을 문학의 목적으로 설정한 작가이다. 그는 현실
과의 유사성vrai-semblance의 획득을 위해 작가의 선택권을 거부했고, 선
택의 거부가 형식면에서 나타날 때, i) 비속한 어휘의 수용, ii) 수사
학의 거부, iii) 디테일의 장황한 묘사 등으로 나타나는데, 그 결과로 자
연주의 문학은 어휘의 비속성, 조잡한 문체, 디테일의 무선택한 묘사에
서 생겨나는 지루함과 단조로움, 불모성 등의 비난을 받게 된다.

⑪ 졸라씨는 아마도 단조롭고 지루한 문장을 자연주의의 특권으로 생
각했거나 의무로 생각하는 모양이다.[31]

⑫ 졸라의 「월요한담月曜閑談」을 읽어 보게. ……문학의 영원한 요소인
시와 문체에 대하어 그는 언급하는 일조차 없다네.[32]

---

[31] M. Zola. …… will probably say that it is a privilege, or even a duty, of naturalism
to be dull. ……   H. James, 「Nana」, *Documents*, p.238.

[32] Lisez ses feuilletons du lundi, ……Quant à la poésie et au style, qui sont les deux
élément eternels, jamais n'en parle.
1876년에 투르게네프에게 보낸 편지, 같은 책, p.94에서 재인용.

이 두 인용문은 리얼리즘계로 간주되는 문인들에 의한 비판이라는 점
에서 주목을 끈다. 그 중에서도 플로베르의 비판은 더 큰 의미를 지닌
다. 졸라는 그를 자연주의 미학의 완성자로 간주[33]하여 자연주의의 핵
심멤버로 취급하고 있기 때문이다. 그런데 플로베르는 자신이 자연주의
자로 간주되는 것에 분개하고 있다. 그 중요한 이유는 자연주의가 문체
의 미학을 경시하는 데 있다. 그는 '진실'보다 '문체'를 우위에 둔다.[34]
그에게 있어 예술미는 종교와 같은 것이다. 형식미의 완성을 위해 그는
한 소설을 수없이 고쳐 쓴 작가이다. 졸라와 플로베르의 가장 큰 차이
는 예술의 형식미에 관한 태도에 있다. 플로베르의 제자인 모파상도 이
점에서 자연주의에 등을 돌리고 있으며,[35] 공쿠르 형제도 그들과 보조
를 맞추고 있다.[36] 위스망스가 문체의 조잡성은 용납하면서 물질주의적
인간관은 용서하지 않은 다음 글과는 대척적이다.

⑬ 나는 자연주의를 그 용어의 폐쇄성이나…… 저속한 어휘 때문에 비
난할 마음은 없다네. 어떤 제재는 그런 류의 어휘를 필요로 하기 때문에
그 점을 비난하는 것은 부조리하고 부당해. ……내가 자연주의에 반대하
는 것은 조잡한 문체 때문이 아니라 사상의 추잡성 때문이야. 내가 반대
하는 것은 문학 속에 끌어들인 물질주의야.(주 9 참조)

---

33 Avec M. Gustave Flaubert, la formule naturaliste passe aux mains d'un artiste parfait.
   Elle se solidifie, prend la dureté et le brillant du marbre.
   　　　　　"Naturalisme au théâtre". 이하 théâtre로 약칭함. R. E. p.148.
34 I value style first and above all, and then Truth.
   　　　　　Louis Bonenfant에게 보낸 편지. 같은 책, p.94.
35 George Moor was no doubt right when he wrote that Maupassant did with Flaubert's
   style what he did with Flaubert's thought, he popularized both.
   　　　　　「The Lower Element」의 해설에 나오는 말, 같은 책, p.248.
36 P. Cogny, Le Naturalisme, p.43.

위스망스의 이 말은 졸라에 대한 비난의 일반적인 성격을 대변한다. 물질주의적 인간관에서 빚어진 성의 노출, 병적인 측면의 표면화, 추잡성, 비속성, 부도덕성 등은 졸라가 비난받는 메인 포인트이기 때문이다. 거기에 비하면 반형식성 쪽은 비중이 아주 가볍다. 그러나 자연주의의 유파 형성의 측면에서 보면 정반대의 현상이 나타난다. 물질주의의 경우에는 이탈자가 위스망스 하나밖에 없다. 그는 자연주의를 떠나 종교적 신비주의로 옮아간다. 그러나 플로베르와 공쿠르는 모두 무신론자들이다. 모파상도 마찬가지다. 플로베르도 위스망스처럼 졸라의 물질주의에 대하여 분격하는 말을 한 일이 있다. 그러면서도 그는 위스망스처럼 사상의 추잡성 때문에 자연주의를 비난하는 것이 아니라 문체의 조잡성 때문에 자연주의를 기피한다. 위스망스가 인정하는 "고증의 성실성과 디테일의 정확성, 대중이 광범위하게 호응하는 언어의 사용"[37]만으로는 그의 심미적 안목에 만족을 줄 수 없었던 것이다. 헨리 제임스Henry James 나 오스카 와일드Oscar Wilde도 플로베르와 의견을 같이한다. "그의 작품은 처음부터 끝까지 완전히 틀려먹었다. 도덕적인 견지에서가 아니라 예술적인 견지에서다."[38]라고 와일드는 졸라를 비난하고 있으며, 제임스도 "다량의 현실과 소량의 예술"[39]이라는 말로 졸라의 비예술적 문학을 비난하고 있다. 예술의 형식성에 대한 견해는 플로베르, 공쿠르, 모파상을 졸라와 나누는 가장 기본적인 척도가 된다. 전자가 심미적 자연주의자라면 후자는 과학적 자연주의자라고 할 수 있다.

---

[37] It was necessary, he told himself, to keep the veracity of the document, the precision of detail the ample responsive language of realism……．

Huysmans, 같은 글, *Documents*, p.232.

[38] But his work is entirely wrong from begining to end, and wrong not on the ground of morals, but on the ground of art. *The Decay of Lying*, p.18.

[39] '……the old burden of the much life and little art'. H. James, *Art of Novel*, p.159.

자연주의의 계보를 시대순으로 분류하면 디드로Diderot, 발자크Balzac, 스탕달Stendhal은 1대가 되고, 졸라, 플로베르, 공쿠르는 2대가 되며, 위스망스, 모파상, 알렉시스 등은 3대가 된다. 1대는 사후에 추존된 작가들이니까 본인들이 가, 부를 결정할 수 없었지만 2대와 3대의 작가들은 졸라 하나만 남겨 놓고 모두 자연주의에서 이탈해버린다. "다만, 한 사람, 그 스승 곁에 마지막까지 충실하게 남아 있는 사람은 문인으로서는 성공하지 못한" 폴 알렉시스Paul Alexis 하나뿐이다.[40] 결국 자연주의는 졸라 혼자의 고독하고 힘겨운 싸움이었고, 전성기도 「목로주점」이 성공을 거둔 1877년부터 '5인선언'이 나온 1887년까지의 10년으로 지극히 단명한 사조이다. 1887년 후에는 졸라 자신도 자연주의에서 서서히 벗어나서 『루공-마카르』가 끝나가는 1990년경부터 사회주의로 전향한다. 위레의 앙케트에서 세아르Céard가 "자연주의는 죽을 수 없다. 왜냐하면 존재한 일이 없으니까."[41]라고 자연주의의 존재 자체를 부정한 것은 자연주의의 이런 단명성, 그룹의 형성이 불가능했던 여건들과 관계가 깊다. 하지만 자연주의는 그런 단명성과 부정론에도 불구하고 엄연히 존재하며, 1세기가 지난 오늘날까지도 모든 나라의 문학에 그 영향력을 행사하고 있다. 자연주의의 전성기에 쓰인 「목로주점」, 「나나」 등은 지금도 모든 나라의 문학전집에 들어가 있다.

---

40 ……seul, près du capitaine, resta fidèle le seul qui n'avait pas reussi…… (Le Naturalisme p.99). 『루공-마카르』의 완간 기념회에 참석한 것도 Alexis 하나밖에 없었다.
Les Rougon-Macquart V. p.1622. 이하 R. -M.로 약칭.
41 Henri Céard said naturalism could not die because it had never existed.
Documents, p.407.

3) 이론의 편협성과 과학지식의 피상성

위스망스가 세 번째로 지적한 자연주의의 결함은 "편협하고 초라한 이론"에 있다. 자연주의의 이론상의 결함은 (1) 이론의 편협성과 모순성, (2) 과학지식의 피상성으로 세분될 수 있다. 졸라의 『실험소설론』에서 첫째로 문제가 되는 것은 이론의 지나친 극단화에 수반되는 편협성과 모순성이다. 그는 여기에서 언제나 최상급의 절대적이며 단정적인 표현을 사용하기를 즐겼다.

> i) 리얼리즘은 현실의 정확하고 완벽하고 진지한 재현再現이다.
>
> ii) 우리는 선택하지 않는다. R. E., p.152
>
> iii) 소설가는 결론을 내리기를 금지당한 서기이다.
>
> iv) 미덕이나 악덕은 설탕이나 황산처럼 하나의 생산품이다.
>
> Realism, p.48
>
> v) 인간의 모든 현상에도 결정론은 절대적으로 작용한다. R. E., p.69
>
> vi) 언어는 논리일 뿐이다.(방점: 필자)

이런 극단적인 표현법은 작가 자신에게도 지나치게 부담을 주어 일종의 "자기채무"(정명환)로 작용하게 되었으며, 그 결과로 이론의 유연성을 상실하게 된다. 졸라는 인간의 주관성을 완전히 부정한 이론가가 아니다. 그는 『실험소설론』에서 작가의 (1) 천재성과 독창성을 인정했으며,[42] 실험관으로서의 작가의 (2) 고증자료에 대한 해석권도 인정하였

---

42 ……au lieu d'enfermer le romancier dans des liens étroits, la méthode expérimentale le laisse à toute son intelligence de penseur et à tout son génie de créateur.
R. E. p.66.

고, (3) 결정론이 숙명론이 아님을 주장하고 있다.[43] 그런데도 불구하고 그는 시점의 객관성을 극단화시켜서 작가는 '서기'에 불과하다는 발언을 하고 있으며, 또 결정론의 절대성을 강조하는 발언을 하고 있는 데서 모순이 생긴다. 결정론이 숙명론과 다르다면 결정론은 '절대성'을 지니지 말아야 하며, 천재성이나 독창성을 조금이라도 인정한다면 작가는 '오직 서기일 뿐'이라는 부분의 표현은 완화시켰어야 한다.

이런 모순은 제재의 편중성에도 해당된다. 선택권의 배제를 주장했으면 제재를 낮은 것으로 제한하는 일은 없어야 하기 때문이다. 뿐 아니다. 그는 예외적인 인물을 채택하여 과학의 보편성 존중에 저촉되는 행위를 감행했으며, 사실과 고증의 절대성을 주장하면서 실제로는 고증을 소홀히 한 경우가 많아[44] 이율배반의 양상을 나타낸다. 이러한 모순은 『실험소설론』과 『실험의학서설』 사이에도 존재한다. 클로드 베르나르 Claude Bernard는 첫째로 실험적인 방법을 유기체에 적용하는 일 자체의 곤란성을 의식하고 있어[45] 졸라의 경우처럼 "돌과 인간의 두뇌를 동질시"하는 일에는 회의를 나타내고 있다. 두 번째로 문제가 되는 것은 천재성에 대한 관념의 상이성이다. 베르나르는 예술가의 개성을 중요시했음을 다음 인용문에서 알 수 있다.

---

43 Il faut préciser: nous ne sommes pas fatalistes, nous sommes déterministes, ……Le fatalisme suppose la manifestation nécessaire d'un phénomène indépendant de ses conditions, tandis que le déterminisme est la condition nécessaire d'un phénomène dont la manifestation n'est pas forcée.　　　　　　　같은 책, p.79.

44 1) 『졸라와 자연주의』, 정명환, p.150.
　2) R. -M. Ⅳ, p.1582.
　3) 같은 책, p.1591 등 참조.

45 D'ailleurs, Claude Bernard confesse combien est difficile l'application de la méthode expérimentale aux êtres vivants.　　　　　　　같은 책, p.73.

⑭ 예술과 문학에서는 작가의 개성이 모든 것을 지배한다.[46]

졸라는『실험소설론』에서 이 말에 이의를 제기하여 예술가와 과학자
의 동질성을 주장한다. 과학자와 마찬가지로 예술가에게 있어서도 개인
적인 감정은 진실에 종속되어야 한다는 것이 졸라의 주장이다.[47] 앞에
서 지적한 대로 졸라도 자료에 대한 작가의 조정권은 인정한다. 그러면
서도 관찰과 분석을 주장하는 이론에서는 작가의 주관의 개입을 용납하
지 않는다.

⑮ 사실상 졸라는 있는 그대로의 진실vérité nue과 예술art 사이에서 심
하게 찢기우고 있다. 그러나 그는 그중 어느 하나를 선택하지 않는다.[48]

게즈A. Guedj는『실험소설론』의 서문에서 이렇게 말하고 있다. 진실과
예술, 객관과 주관, 사실성과 낭만성은 졸라의 작품세계에 공존하는 두
개의 요소이다. 졸라는 그 중 하나를 고르는 대신 그 이원성을 함께 공
유한다. 그러나 전자의 그룹이 우위에 서 있는 것은 부정할 수 없다.
진실, 객관성, 사실성 측면이 이니시어티브를 쥐기 때문에 그는 자연주
의자가 될 수 있는 것이다.『실험소설론』의 또 하나의 모순은 졸라 자

---

46 C'est pourquoi je n'accepte pas les paroles suivantes de Claude Bernard : 「pour
les arts et les lettres, la personalité domine tout」. 같은 책, p.94.

47 Il faut donc ajouter que le sentiment personnel de l'artiste reste soumis au contrôle
de la vérité. Nous arrivons ainsi à l'hypothèse. L'artiste part du même point que
le savant, il se place devant la nature, a une idée a priori et travaille d'après cette
idée. La seulement il se sépare du savant, s'il mène son idée jusqu'au bout, sans
en vérifier l'exactitude par l'observation et l'expérience. 같은 책, p.94.

48 Pris entre la vérité et l'art, Zola est profondément déchiré, mais il se refuse à choisir.
같은 책, p.33.

신이 실험소설을 미래에나 가능한 하나의 꿈으로 명시하고 있다는 데 있다. 게즈는 사물의 '왜pourquoi'의 측면을 거세한 베르나르의 방법 자체의 비실증성을 지적하고 있는 만큼,[49] 실험소설의 과학성에는 의문의 여지가 많다.

졸라도 그 점은 인정하고 있다. 그러나 그는 "과학의 발달의 미비성이 소설이 과학의 분야에 발을 들여놓는 것을 방해하지는 않는다."[50]고 주장하며, "언젠가는 생리학이 인간의 사고와 정열의 메커니즘을 설명할 수 있는 날이 오리라"고 말하고 있다.[51] 르낭Renan도 졸라의 책을 "과학의 미래"[52]라고 말하고 있으며, 폴 알렉시스도 다음과 같은 말을 통하여 실험소설의 미래성을 확인시켜 준다.

⑯ 진짜 자연주의 작가, 순수한 자연주의 작가는 대여섯 명, 혹은 둘 혹은 하나, 아니 솔직히 말하자면 아직은 하나도 없는 셈이다. 그러나 이 다음에는 한 군단쯤 생겨날 것이다.[53]

그리고 보면 '오직 분석가이며 해부가일 뿐'인 자연주의자는 결국 존

---

49 Par exemple Claude Bernard, fidèle plus qu'il ne croit à A. Comte, exclut, avec, le *pourquoi* des choses, toute recherche non *positive*.　　　같은 책, p.23.

50 Si Claude Bernard, confesse que la complexité des phénomènes empêchera longtemps de constituer la médecine à l'état.　　　같은 책, p.72.

51 Un jour, la physiologie nous expliquera sans doute le mécanisme de la pensée et des passions; nous saurons comment fonctionne la machine individuelle de I'homme, comment il pense, comment il aime, comment il va de là raison à la passion et à la folie…….　　　같은 책, p.72.

52 *Realism*, p.35.

53 The true naturalists, the pure ones, are therefore not six, or two or one; properly speaking, there are none in existent yet. But they will be legion. ……
　　　Naturalism Is Not Dead, *Documents*, p.410.

재하지 않았다는 결론이 된다. 그러니까 "그것은 그 시대의 희망과 환상을 말해주는 것일 뿐"[54]이라는 게즈의 의견은 타당성을 지닌다. 문제는 그런데도 불구하고 졸라가 실험소설의 표본으로 1830년대의 작가인 발자크의 소설을 내세운 데 있으며, 그 자신이 실험소설의 실현불가능성을 인정하면서 왜 굳이 '실험소설론'을 주장했으며, 왜 그런 극단적이고 단정적 표현을 했는가 하는 데 있다. 그의 이론이 극단성을 띠어 모순과 자가당착에 빠지게 된 이유를 비평가들은 다음과 같은 데서 찾고 있다.

 i) 명성에 대한 집착 및 자기도취[55]

 ii) 신기성에 대한 집착[56]

 iii) 기질적 특성[57]

 i)은 그가 남들이 자기를 증오하는 것을 즐기는 인물이었으며, 자신의 우월성에 도취된 인물이었다는 사실과 결부시켜 볼 때, 세상을 놀라게 하고 센세이션을 불러일으키기 위한 방편으로 극단적인 주장을 내세

---

54 Il est évident qu'elles expriment les espoirs et les illusions d'une époque.

R. E., p.31.

55 *R. -M.* I, p.28, p.173 참조.

56 *R. -M.* I, p.12에는 그가 발자크와 위고를 능가하기 위해 새것을 찾아야 할 여건이 제시되어 있다.

57 Le second point, c'est mon tempérament lyrique, mon agrandissement de la vérité. Vous savez ça depuis longtemps, vous. Vous n'êtes pas stupéfait, comme les autres, de trouver en moi un poète…… J'agrandis, cela est certain; mais je n'agrandis pas comme Balzac, pas plus que Balzac n'agrandit comme Hugo…… Nous mentons tous plus ou moins, mais quelle est la mécanique et la mentalité de notre Mensonge? …… je m'abuse peut-être je crois encore que je mens pour mon compte dans le sens de la vérité.　　　　　　　　　　　*R. -M.* Ⅲ, p.1867.

윘으리라는 가능성을 고려할 수 있게 한다. ⅱ)는 졸라가 위고와 발자크를 능가하려는 집념 속에서 자신만의 특이성을 새로운 '주의'로 부각하려 했다는 주장이다. 세 번째로 문제가 되는 것은 졸라의 기질이다. "내가 문학이라는 직업을 결정적으로 취하게 된다면 '전부 아니면 무tout ou rien'라는 내 모토를 추구하겠다."(정명환, 앞의 책, p.18)고 졸라는 말한 일이 있다. "전부가 아니면 무"라는 모토는 비자연주의적 성향을 지니는 것이다. 졸라는 자신의 기질이 서정적이며 진실을 과장하는 버릇이 있음을 고백하고 있다.(주 57) 그는 이태리인의 아들이며[58] 프로방스에서 청년기를 보냈고, 신경과민의 홀어머니와 둘이서만 살았다.[59] 유전적으로나 환경적인 면에서 서정적이며 낭만적이 될 여건이 고루 갖추어져 있다. 따라서 자기 안의 서정성과의 싸움은 졸라의 필생의 과제였다고 할 수 있다. 자연주의의 전성기에는 그것이 최고로 억제되어 있었던 것뿐이다. 하지만 『루공-마카르』 이전과 이후의 시기에는 낭만적인 성향이 노출된다. 자연주의기에도 그는 "진실을 위하여서는 거짓말을 하였다."고 고백하고 있다. 그가 진리를 입증하기 위해 비과학적인 방법을 썼음은 인물의 예외성이나 제재의 편중성, 플롯의 하향성 등에서도 나타난다.

한편 자연주의의 편협성에 대한 비난에 대하여 옹호론자들은 다음과 같은 말을 하고 있다.

---

[58] Naturalized as French citizen in 1862. He was the only child of an Italian father and a French mother.　　　　　　　　Encyclopaedia Britanica Vol. 23, p.987.

[59] Zola passa à Aix son enfance et son adolescence, de 1843 à 1858, auprès de sa mère et de ses grandsparents. "Devant leur demeure de l'impasse Sylvacanne, il ya un vaste jardin. Pleine liberté pour le petit de courir dans les allées, de se rouler sur le gazon." …… Paul Alexis, Emile Zola, p.17. R. -M. I, p.1545에서 재인용.

편협하다는 말과는 반대로 자연주의는 모든 종류의 작품을 모두 포용할 만큼 광활하다. 자연주의는 법원의 기록체 같은 스탕달의 어법, 재미없는 뒤랑티의 건조한 문체와 함께, 플로베르의 집약적이며 완벽한 서정성, 공쿠르의 경탄할 만한 섬세함, 졸라의 장엄한 풍요성, 그리고 도데 Daudet의 익살스럽고 유연한 투시력을 모두 포용할 수 있었던 것이다.[60]

알렉시스의 이 주장은 자연주의 유파 안에서의 다양한 갈래를 제시해 주고 있다. 하지만 그것은 '실험소설론'의 이론적 편협성에 대한 변호는 될 수 없다. 자연주의의 편협성은 부정할 수 없는 성질의 것이다. 발자크는 사회 전체를 대상으로 하여 3,000명의 인물을 등장시켰는데, 졸라는 한 가족으로 범위를 좁혔다. 유전과 환경에 대한 정밀한 검증은 광범위한 곳에서는 이루어질 수 없기 때문에 졸라는 한 가족을 통하여 한 시대를 그리는 방법을 택한 것이다. 아우에르바하의 말대로 스탕달이나 발자크와 비교할 때, 플로베르와 공쿠르의 세계는 확실히 좁다.[61] 졸라의 경우도 마찬가지이다. 좁은 세계에서의 철저한 분석과 검증, 그리고 이론의 명시를 위한 극단적 화법은 졸라의 이론의 불가피한 성격적 특성이다. 편협하다는 비난을 받을 소지가 충분히 있다.

다음에 문제가 되는 것은 과학적 지식의 피상적인 수용이다. 이것은 우선 『실험소설론』과 그 이론의 토대가 되는 『실험의학서설』을 비교해

---

60 On the contrary, naturalism is broad enough to include all kinds of 'writing.' The tone of a court-record of Stendhal or the displeasing dryness of Duranty find favor with it to the same degree as the concentrated and impeccable lyricism of Flaubert, the adorable nervosity of Goncourt, the grandiose abundance of Zola, or the sly and tender insight of Daudet.   Naturalism Is Not Dead, *Documents*, p.408.

61 When we compare Stendhal's or even Balzac's world with the world of Flaubert or two Goncourts, the later seems strangely narrow and petty despite its wealth of impressions.   *Mimesis*, p.505.

보면 알 수 있다. 앞에서도 지적한 바와 같이 『실험의학서설』에서 베르나르는 예술에 있어서의 창조자의 중요성을 지적하면서 예술과 과학의 직선적인 접합이 타당하지 못함을 지적했으며, 인간의 환경이 무기물의 환경보다 복합적임을 지적했다.[62] 뿐 아니라 "어느 특정된 현상들을 중심으로 설정되고 증면된 인간관계는 언제라도 재검토되고 수정될 가능성을 내포한다."고 말하여 실험결과의 수정 가능성을 인정하고 있다. 그런데 졸라는 베르나르가 지적한 예술과 과학의 차이, 실험결과의 수정 가능성 등의 여러 측면을 무시하고 "소설가라는 말을 의사라는 말에 대치하면 된다."는 단순성을 노출시키고 있다. 이와 같은 피상성은 '유전론'의 경우에도 해당된다. 뤼카스 박사Dr. Lucas가 설정한 유전의 유형들을 졸라는 인물들에게 임의로 적용시켜, 이론에 인물이 종속되는 결과를 낳았다. 뿐 아니라 졸라는 너무나 다양한 전문 분야의 과학지식에 대한 충분한 연구 과정을 거치지 않고 졸속하게 수용한 경향이 있어 그의 과학지식이 피상성을 띠지 않을 수 없었던 것이다. 베르나르의 의학, 뤼카스의 유전학 외에도 졸라는 레투르노Letourneau의 '정열의 생리학 Physiologie des Passion' 등의 각기 다른 분야의 지식을 닥치는 대로 수용하여 자연주의의 이론을 형성시켰는데, 그러한 과욕과 졸속성은 비평가들이 지적한 졸라의 명예욕, 신기성 탐구, 기질적 특성 등과 관련지어 생각할 수 있다. 그는 당대의 모든 과학 분야의 새 지식을 모두 자신의 소설론에 접합시키려 하였고, 그 결과로 다음과 같은 비난을 받게 된다.

---

62 Bernard had disallowed Zola's straightforward analogy in advance, by pointing out that, in art, personality direct everything. There is a matter of the spontaneous creation of the mind, and that has nothing at all in common with the documentation of natural phenomena……   *Realism*, p.42.

⑰ 그의 유전 이론의 얄팍한 지식, 그 유명한 가계도의 유치한 성격, 그리고 의학과 과학의 지식에 대한 심오한 졸라의 무지여.[63]

　과학을 문학에 도입함에 있어 주저함이 없었다는 점, 극단적인 표현법을 써서 이론의 극단화를 기도한 데서 생긴 자가당착, 과학 지식의 부박성 외에도 졸라가 비난받아야 할 측면은 많다. 그 중의 하나가 작품을 이론에 종속시키려 한 데서 생겨난 무리이다.[64]

　끝으로 지적해야 할 것은 졸라와 베르나르와의 관계이다. 졸라가 『실험의학서설』을 읽은 것은 『실험소설론』이 나오기 2년 전인 1878년이다.[65] 졸라는 그보다 10여 년 전에 테느에게서 실증주의와 결정론을 받아들였으며, 『루공-마카르』 이전에 나온 소설에서도 기질과 유전에 관한 관심을 나타내고 있다. 『루공-마카르』는 1868년에 계획된 것이며, 1878에는 이미 8권이 간행된 후였다. 따라서 『실험의학서설』은 졸라가 이미 가지고 있던 사상적 경향에 대한 "확인이나 고무鼓舞였을 뿐"[66]이

---

63 Puis, les moins perspicaces avaient fini par s'apercevoir du ridicule de cette soi-disant *Histoire Naturelle et Sociale d'une famille sous le Second Empire*, de la fragilité du fil héréditaire, de l'enfantillage du fameux arbre généalogique, de l'ignorance, médicale et scientifique, profonde du Maître. Manifesto de Cinq". *R. -M.* Ⅳ, p.1527-1528.

64 그의 오류는 가설이 잘못되었다는 점에 있기보다는 그것에 대한 전적인 신뢰에 있다. 그는 그 가설이 증명되는 방향으로만 인물을 설정하고 현상의 의미를 수렴하려고 한다.
정명환, 앞의 책, p.61.

65 Claude Bernard's Introduction à l'étude de la médecine expérimentale (1865), which he did not in fact read until 1878. *Encyclopaedia Britannica* Vol. 23, p.987.

66 1) Gardons-nous cependant d'exagérer le rôle de Claude Bernard dans la formation ou même l'expression de la pensée de Zola. Il s'agit moins d'une influence que d'une rencontre. Zola prend son bien théorique où il le trouve, et il ne retient de *l'Introduction* que ce qui, confirmant ses propres démarches, lui permet de les prolonger.
R. E. p.38.

　2) Mais en 1879, il est célèbre il peut parler haut. …… *L'Introduction* lui permet aussi de donner à sa théorie du roman une cohérence qui lui manquait jusque-là. C'est

라는 게즈의 의견에는 타당성이 있다.

결국 졸라의『실험소설론』은 문학을 과학과 접합시킨 시도가 지니는 참신함과, 생리를 통한 인간 연구의 새로움 때문에 각광을 받았고, 그 시도를 강행하는 데서 생겨난 예술성의 저하, 무선택의 원리에 수반되는 지루함, 문학을 과학에 종속시키려 한 데서 발생한 무리함, 형이상학의 배제와 결정론의 절대시 현상 등의 문제로 인하여 장수하지 못했다. 그의『실험소설론』의 공과는 다음 인용문에 비교적 공평하게 평가되어 있다.

> ⑱『실험소설론』은 과학에 대한 피상적 이해의 산물, 자기선전의 수단, 또는 실작과 모순된 공리공론의 전시 등, 부정적 평가에만 한정될 책은 아니다. 그 비교적 짧은 텍스트는 도리어 현실과 상상, 주관성과 객관성, 결정론과 자유 사이의 모순을 그 나름대로 해결하려는 한 고투의 표현이다.
>
> 정명환, 앞의 책, p.233

4) 이론과 실제의 괴리

앞의 항에서 고찰한 바와 같이 자연주의는 이론 그 자체 안에 많은 모순이 함유되어 있다. 뿐 아니라 그 이론을 거역하는 많은 요인들이 그 주장자의 내면에 잠재되어 있었기 때문에, 그 이론을 무리하게 적용하려고 한 작품과 이론 사이에 괴리현상이 일어난다. '5인선언'의 공격

---

le seul élément nouveau que l'on peut déceler dans *Le Roman expérimental*.
같은 책, p.42.

의 주축이 되는 문제가 바로 그것이다.

⑲ 졸라씨는 사실상 자신의 계획에서 이탈하는 경향이 나날이 늘어가고 있다. 남의 손을 거쳐서 간접적으로 얻은 하찮은 자료들을 무기로 삼아 위고식 과장법을 남용하여, 그는 믿을 수 없을 정도로 개인적 실험에 나태해져 있다.[67]

졸라의 이론과 작품, 혹은 소설작법과의 괴리현상을 지적한 이 글에서 위고Hugo와의 유사성이 비판의 대상이 되는 것은 간과할 수 없는 점이다. 빅토르 위고는 자연주의가 적대시한 낭만파의 주장이기 때문이다. '5인선언'이 지적한 사실의 진·부를 판정하기 위하여서는 졸라와 낭만주의와의 거리도 측정해볼 필요가 있다. 배비트I. Babitt에 의하면 낭만주의의 특징은 대략 다음과 같은 것이 된다.

i) 경이적인 것　　　　　ii) 기이한 것

iii) 예상 외의 것　　　　iv) 격렬한 것

v) 최상급의 것　　　　vi) 극단적인 것

vii) 독특한 것 등을 좋아하는 경향[68]

---

67 Zola, en effet, parjurait chaque jour davantage son programme, Incroyablement paresseux à l'expérimentation *personnele*, arme de documents de pacotille, ramassés par des tiers, plein d'une enflure hugolique, d'sautant plus émervante qu'il prêchait àprement la simplicité, croulant dans des rabâchages et des clichés perpetuels, il déconcertait les plus enthousiastes de ses disciples.　　　　　　　*R. -M.* Ⅳ, p.1529.

68 In general a thing is romantic when, as Aristotle would say, it is wonderful rather than probable······A thing is romantic when it is strange, unexpected, intense, superlative, extreme, unique, etc. A thing is classical, on the other hand, when it is not unique, but representative of a class.　　　　　　*Rousseau and Romanticism*, p.18.

배비트가 열거한 낭만주의의 특징을 살펴보면 에밀 졸라의 문학이 빅토르 위고의 그것과 그다지 먼 곳에 있지 않음을 시인할 수 있다. 이론에 나타난 극단적인 표현뿐 아니라 작품에 나타난 과장된 화법 등은 "위고식 과장법을 남용"했다는 비난을 모면하기 어려운 측면이 있다. 적어도 제르미니형의 인물들과 사건 처리 방법에 그 비난은 적용된다. 졸라의 문학이 『실험소설론』의 이론에서 일탈하고 있는 면이 많음은 다음 인용문들에서도 나타난다.

⑳ 졸라는 과학적인 야심을 품고 있기는 했지만, 무엇보다도 먼저 낭만주의자이다. 그는 빅토르 위고를 생각케 한다. 그는 상상력이 지배하고 있는, 범속하고 굳건한 재능을 갖고 있다. 그의 소설들은 시다. 둔중하고 조잡한 시기는 하지만, 어쨌든 시다.　　　　랑송, 『불문학사』 상, p.190

㉑ 그의 소설 중의 몇 편은 상상력을 사로잡는 웅대한 환영이다. 특히 빠리 노동자의 서사시인 「술집」과 북부 프랑스의 광부의 서사시인 「제르미날」이 그렇다. 그 저속한 주제와 그의 야수적인 재능의 다행스러운 일치에 의해서, 졸라는 이 두 편의 소설 속에, 다른 소설보다도 더 많은 진실과 더 치밀하고 정확한 관찰을 담았다.　　　　같은 책, p.191

㉒ 거의 일면적이며, 비非변증법적인 현실의 이론화와 도식화의 기도 자체가 이미 과감하고 엉뚱한 낭만적 경향이다.[69]

---

69 His one-sided, undialectical rationalization and schematization of reality is already boldly and ruthlessly romantic.　　　A. Hauser, *Social History of Art* 4, p.81.

여기에서 랑송과 하우저 등이 지적한 졸라의 특성은 그가 과학의 힘을 과시하기 위하여 낭만적인 수법을 종종 수용하고 있음을 증언해 준다. 졸라 안에는 분명히 극단적인 것, 격렬한 것, 기이한 것, 예상 외의 것 등을 좋아하는 낭만적 취향이 자리잡고 있다. 졸라 자신도 그 점을 인정하여 자신의 기질이 서정적임을 'mon tempérament lyrique'라는 말로 표현하고 있다. 그런 기질로 인하여 자신이 '진리를 과장'한 것도 졸라는 인정한다.(주 57 참조) 졸라는 자신이 진리를 효과적으로 드러내기 위해서 비자연주의적인 과장법을 『실험소설론』에서 사용했고, 보편타당성이 없는 극단적이고 예외적인 인물형을 작품에서 채택함으로써 자연주의를 배신하고 있음을 알고 있었던 것이다.

이태리인의 피를 받고 남불에서 홀어머니와 보낸 유년기, 뮈세Alfred de Musset를 좋아하면서 보낸 청년기, "베를린으로! 베를린으로!"(「나나」의 마지막 장면)라고 외치는 보불전쟁의 소용돌이와, 제2제정의 종말기에 보낸 장년기를 지나 19세기적 세계관이 종말을 고하고 모든 예술이 내면화의 경향으로 일제히 방향을 바꾸던 노년기를 졸라는 보냈다. 테느가 주장한 race, milieu, moment의 세 결정적 요인이 졸라의 경우에는 그가 낭만주의에서 완전히 탈각할 수 없었던 여건 등을 증언한다. 그런 여건 속에서 나온 자연주의의 이론은 하나의 안간힘이었다고 할 수 있다.

㉓ 나는 자료에 묻혀 있다. 나는 그 혼돈으로부터 어떻게 하나의 세계를 추출해 내야 할지 모르겠다.　　　　　정명환, 앞의 책, p.153 재인용

졸라의 이런 탄식은, 자연주의는 그 자신의 피와의 싸움이며, 개인적 시대적 환경과의 싸움이었음을 알려준다. 그 싸움은 그의 지향점이 과학주의인 데서 생겨난다. 졸라는 자기 안에서 자신을 "머리끝까지 사로

잡는 서정성"을 파멸의 요인으로 자각하면서 거기에서 탈피하여 "엄준한 현실"을 있는 그대로 재현하는 쪽으로 의식적인 노력을 경주한 작가이다. 그는 자연주의를 향하여 혼신의 힘을 쥐어짜며 전진한 것이다. 『루공-마카르』는 그 안에 내재해 있던 서정성과 과학주의의 격전장이라고 할 수 있다. 후자를 지키려는 의식적인 노력에도 불구하고 그의 과학주의는 끊임없는 서정성의 침해를 받아왔고, 그 이원성이 자연주의의 몰락과는 무관하게 졸라의 소설들을 장수하게 만드는 요인이 되고 있음은 보리Jean Borie, 헤밍스Hemmings, 프시카리Psichari 등의 다음과 같은 말에서도 입증이 된다.

㉔ 졸라의 독특한 재능은 관찰, 연구, 조사, 탐구에만 한정되어야 할 영역을 꿈이 쉽사리 침범한다는 바로 그 점에 있다.

정명환, 『자연주의』, p.53에서 재인용

㉕ 졸라는 때로는 환각적인 강렬성을 띠기도 하는 비전을 갖춘 박력있는 창조자로 간주되어야 한다. 그러나 그는 자신의 천분의 가치와 성질을 잘못 인식하여, 그 희한한 불길을 담요로 덮어 끄는 일이 종종 있었다. 이것은 케케묵은 '사실'과 먼지투성이의 '문헌조사'로 짜여진 기괴한 담요였다.

같은 책, p.15에서 재인용

㉖ 그는 자기의 작품이 과학적 소설의 전형이 되기를 바랐지만, 여러 사실을 편리한 대로 반죽하기를 계속한다. ……클로드 베르나르의 찬미자인 그는 사회환경의 분석을 정념과 악덕의 해부로 전이轉移시킨다. 다만 그가 잊고 방치해 두는 것이 한 가지 있다. 그것은 그 자신의 기질의 격렬성이며 그의 천분이다. 그는 숫자와 퍼센티지를 염두에 둔다. 자신의

관찰을 중시하여, 니스 칠한 전나무로 짠 노동자의 세간이나 어떤 여자의 머리 색깔이나 거실의 벽지까지도 묘사한다. 그러나 그 과정에서 그의 상상력이 날뛰고, 그는 진화도 다윈주의도 유전도 모두 잊어버린다. 그의 마음에 들었을 역사적 유물론조차도, 거의 그의 관심을 끌지 못한다. 그러나 거대한 작품이 바로 이러한 모순에서 태어난 것이다. 같은 책, p.87에서 재인용

이들뿐 아니라 프루울A. C. Proulx도 "시인 졸라가 자료 위주의 리얼리스트 졸라를 구출해 주는 것"(같은 책, p.62)이라는 견해를 표명하고 있다. 위의 인용문들은 졸라의 세계가 이원적 요소에 의해서 성립되고 있음을 공인하고 있으며, 졸라의 지향점은 과학주의였다는 것, 그러나 그가 버리려고 애를 썼던 시인의 자질이 오히려 자연주의의 활력소로써 작용한다는 사실에 동의하고 있다. 말하자면 서정성과 과학주의는 상호 보완적인 역할을 하며 졸라의 『루공-마카르』의 성공을 확보해 주고 있는 것이다.

그러고 보면 이론과 작품과의 괴리와 그 모순성은 졸라 문학의 부정적인 측면이 아니라 오히려 긍정적인 요인을 형성시키고 있음을 알 수 있다. "그 저속한 주제와 그의 야수적인 재능의 다행스러운 일치"(랑송, 『불문학사』 상, p.190)에서 「목로주점」, 「제르미날」 같은 걸작이 탄생하였고 졸라 연구자들이 이구동성으로 판정을 내리고 있기 때문이다. 졸라의 내면에 공존한 이원성이 작품의 성과에 플러스 요인으로 작용했다는 사실은 그의 충실한 추종자인 폴 알렉시스가 졸라의 자연주의의 측면만을 강조하다가 실패한 사실에서도 입증된다. 졸라의 과학주의가 경직되지 않게 한 윤활유가 그의 안에 내재해 있던 서정성이었고, 그 서정성으로 인하여 이론과 실제의 괴리가 생겨났다면, 그것은 자연주의의 이

론적 측면에서는 비난받을 요인이 분명하지만 소설에서는 활력소로써 작용하는 효과가 나타나는 것이다.

문예사조의 일면성의 강조는 그것 자체가 숙명적으로 모순을 함유한다. 인간의 감성과 이성, 영혼과 육체는 불가분의 총체성을 지니는 것인 만큼 그 중 어느 하나에 역점이 주어지지 않을 수 없는 사조의 일면성은 인간을 재현하는 문학이 감당하기에는 불가능한 요구라고 할 수 있다. 그래서 졸라의 자연주의는 졸라의 지향점에 불과했다는 사실을 간과해서는 안 될 것이다. 뿐 아니라 그것이 그의 전 생애의 지향점은 아니었다는 사실도 잊어서는 안될 요건이다. 『루공-마카르』는 대체로 세 시기로 구분된다. 1기는 1권부터 6권까지, 2기는 7권부터 15권까지이고, 나머지는 3기에 속한다. 졸라의 자연주의를 대표하는 작품들은 대부분이 2기에 속한다.(「짐승인간」만 3기에 속함) 자연주의는 하향적인 플롯을 택한, 마카르계가 주동인물이 되는 일련의 소설들로 한정되는 것이다. 3기에 들어서면 『루공-마카르』는 서서히 자연주의와 실험소설의 테두리에서 이탈하는 경향을 나타내다가 마지막 작품에 가면 페시미즘에서 옵티미즘으로 전환한다. 계층의 하강, 제재의 비속성, 종말의 비극성 등의 자연주의의 특성이 소멸되고 마는 것이다. 이 점은 찬성파나 반대파가 함께 인정하는 것이다.

『루공-마카르』가 끝난 다음에는 「세 도시Trois villes」(1894~1899), 「네 복음Quatre Évangiles」(1899~1903) 등의 자연주의와 무관한 작품들이 발표된다. 그런 현상은 『루공-마카르』 이전에도 해당된다. 초기의 「니농에게 주는 이야기들Contes à Ninon」(1864), 「클로드의 고백La Confession de Claude」(1865) 등도 자연주의와는 무관하다. 그런데도 불구하고 자연주의가 졸라를 대표하는 것으로 간주되는 이유는 자연주의 전성기에 속하는 소설들이 졸라의 대표작으로 평가되기 때문이다. 따라서 졸라이즘에 대한 긍정론과 부정론은 양쪽이 모두 자연주의 전성기였던 2기에 쓰인 평론과 소설만을 대상으로 하고 있다.

5) 군중취미

위스망스의 소설에서 데 제르미스가 자연주의를 비난하는 또 하나의 항목은 군중취미다. 그는 이것을 "구역질나는 군중취미"라고 혹평한다. 졸라의 소설에 많은 인물이 집단적으로 등장하는 것은 부정할 수 없는 사실이다. 졸라의 소설이 집단소설roman collectif, 군중소설roman de la foule 등으로 불리는 이유가 거기에 있으며, 서사시적 성격을 띠는 이유도 같은 곳에 있다. 등장인물의 집단성, 주동인물과 부차적 인물을 묘사하는 비중의 균등성 등은 졸라의 자연주의가 가지는 중요한 특성 중의 하나임은 공인된 사실이다. 그러나 졸라의 군중취미에 대한 평가는 각기 다르다. 역시 부정론과 긍정론이 존재하며, 데 제르미스는 전자를 대표한다.

> ㉗ 졸라는 군중foule을 사랑했다. 이것은 그의 중요한 특징이라 할 수 있다. 그에게는 군중이 등장하지 않는 작품이 없다. ……그의 유일한 직중 인물이 군중인 경우가 많으며, 이는 그가 애용하는 인물의 설정법이기도 하다.[70]

---

70 Le dimanche 5 février 1902, cimetière Montmartre, à l'enterrement d'Emile Zola, Abel Hermant devait dire: "Il a aimé la foule, pareille à un élément. La foule n'est jamais absente de son oeuvre;……La foule fut souvent son personnage unique, toujours son personnage préféré.　　　　　　　　　　　　　　R. -M. I, pp.36-37.

㉘ 그에게는 군중에 대한 광적인 헌신이 있다. 있는 그대로의, 응집된, 무진장한 사실적 현실의 양상을 그는 다수에게서 찾고 있다.[71]

㉗은 졸라의 장례식에서 헤르망Abel Hermant이 한 조사의 일절이며 ㉘은 하우저Hauser의 평이다. 이 두 사람은 졸라의 문학이 군중과 밀착되어 있다는 것을 인정하는 점에서는 데 제르미스와 의견이 같다. 하지만 그들은 졸라의 군중취미를 '구역질나는' 악취미라고 생각하지 않는다. 그들은 졸라의 군중에 대한 사랑과 헌신을 높이 평가하고 있다. 전자와는 달리 긍정적 시각으로 군중취미를 보고 있는 것이다. 라파르그Lafargue는 졸라의 군중취미를 시대적인 필연성으로 받아들이면서, 발자크의 시대와 졸라의 시대의 시대적 차이점을 다음과 같이 지적하고 있다.

발자크의 시대에는 인간의 투쟁은 야수들의 싸움처럼 개인간의 것이었다. 하지만 졸라의 시대에는 인간은 왜소화되고, 그 투쟁은 거대한 경제적 조직체와의 싸움의 양상을 띠게 되었다. 그러한 시세에 따라서 졸라가 큰 데파트나 탄광의 투쟁을 그리는 것은 당연하다.[72]

라파르그의 이런 지적은 졸라의 시대가 프로문학과 인접해 있는 것을 상기시킨다. 개인의 모습이 거인처럼 엄청난 크기를 지닐 수 있다고 생각한 낭만적 환상은 깨어지고, 왜소화된 인간들이 조직사회 속에 군집해 있는 시대, 인간의 평등성에 대한 자각이 서민층에서 강력하게 대두

---

71 He is fanatical devotée of the masses, of numbers, of raw, compact, inexhaustible factual reality.　　　　　　　　　　　　　　　　　　Hauser, 앞의 책, 4. p.82.

72 河内清, 『ゾラとフランス・レアリスム』, p.87.

되던 시기가 졸라의 시대였기 때문에 군중취미는 졸라의 문학이 발자크의 문학보다 새로운 문학임을 입증하는 긍정적 요인이라고 그는 생각한 것이다. 졸라의 군중취미를 시대의 반영으로 보는 또 하나의 인물은 베커G. Becker다. 그는 졸라의 군중취미의 모체를 산업화와 전쟁으로 인한 인간의 비인간화 경향에서 찾고 있다.(Documents, p.30) 두 사람 다 졸라의 문학에 나타난 군중취미를 시대정신의 반영으로 긍정하고 있음을 알 수 있다.

졸라 자신은 군중만 그린다는 비난에 대하여 다음과 같은 항의를 하고 있다.

> 내가 군중만 그리고 개인을 그리지 않는 것을 유감스럽게 생각하는 자네의 의견은 이해할 수가 없네. 내 주제는 개인과 집단의 상호관련성, 개인과 집단의 행동과 반작용의 유기적 관련성에 관한 것이라네. 만약 개인이 존재하지 않는다면 어떻게 개인과 군중의 관련성을 그릴 수 있겠는가?[73]

그의 항의에는 타당성이 있다. 졸라가 그리는 군중은 하나의 단위로 묶여지는 획일적 특성을 가진 집단이 아니다. 그의 군중은 제각기 독특한 개성을 지닌 개개의 인간이 모여서 이루는 것이다. 「나나」의 첫 장면에 나오는 바리에테 극장의 묘사가 그 좋은 예를 제공한다. 그는 다

---

73 Et en ce propos, laissez-moi ajouter que je n'ai pas bien compris votre regret. l'idée que jáurais dû ne pas prendre de personnages distincts et ne peindre, n'employer qu'une foule. La réalisation de cela méchappe. Mon sujet était l'action et la réaction réciproques de l'individu et de la foule, 1'un sur 1'autre. Comment y serais-je arrivé, si je n'avais pas eu l'individu?　H. Céard에게 보낸 편지, R. -M. Ⅲ, p.1868.

만 그 많은 인물들을 균등한 무게로 다루고 있기 때문에 상대적으로 주동인물의 비중이 낮아지고 있는 것뿐이다.

졸라의 집단취미는 개개인의 인간에 모두 대등한 중요성을 부여하는 민주적인 사고방식의 반영이다. 졸라는 자연주의계의 문인들 중에서 유일한 공화주의자였는데 이런 성향은 그의 출신계급과 관련이 깊다. 졸라는 플로베르, 공쿠르 형제, 스탕달, 모파상 등과 비교할 때 출신계층이 아주 낮은 작가다. 평생 빚 속에서 살다간 발자크보다도 졸라의 계층은 더 낮다. 그는 서민peuple 출신 작가이다. 졸라는 서민 출신이기 때문에 서민들을 사랑했고, 서민들과 동질감을 느꼈으며, 서민들 세계의 명암에 대한 이해도가 다른 작가들보다 깊었다. 그것은 그의 문학의 소중한 자산이었다고 할 수 있다. 그가 최저 계층의 인물을 주동인물로 한 소설을 써서 성공할 수 있었던 비결이 거기에 있다. 그의 자연주의를 대표하는 작품들은 거의가 다 노동자 계층과 최저 계급의 인물들을 주동인물로 한 소설들이다. 더 구체적으로 말하자면 최저 계급의 암흑면을 파헤친 소설들이 그의 자연주의를 대표하고 있다. 군중취미와 저속성이 한데 묶여 비난의 대상이 되는 이유가 거기에 있다.

마지막으로 찬·반 논쟁의 대상이 된 것은 독자의 수다. 졸라의 가장 열렬한 지지자였던 알렉시스는 졸라의 책의 판매부수를 가지고 자연주의의 건재함을 입증하려 한 일이 있다. 자연주의의 전성기가 지나 자연주의의 죽음이 공공연하게 논의되던 1891년에 나온 졸라의 「돈L'Argent」이 70판이나 찍혀 나간 사실이 알렉시스에게는 너무나 고무적으로 받아들여졌다.[74] 이 책뿐이 아니다. 『루공-마카르』 중에서 10만 부 이상

---

74 ⋯⋯ it is possible that after Madam Meuriot naturalism was very ill. However, these young people seem to forget one very small detail! The seventy editions of L'Argent! "Naturalism Is Not Dead". Documents, p.410.

팔린 책이 8권이나 된다.(R. -M. I, p.30 참조) 공쿠르 형제의 대표작인 「제르미니 라세르퇴」가 10년 동안에 2판밖에 안 찍힌 것(『ゾラとフランス・レアリスム』, pp.81-82)과 비교하면 졸라의 판매 부수가 얼마나 엄청난 것인지 짐작할 수 있다. 플로베르의 경우도 이와 유사하다. 「보바리 부인」만은 재판소동도 일고하여 상업적인 면에서 성공을 거두었으나, 그가 가장 사랑한 「감정교육」은 대중의 사랑을 받지 못하여 작가를 가슴 아프게 했고, 20년이나 걸려서 쓴 「성 앙트완느의 유혹」은 그보다 더 팔리지 않았던 사실(앞의 책, pp.70-71 참조) 등은 졸라의 판매부수를 상대적으로 돋보이게 한다.

졸라의 책은 영국에서도 엄청나게 팔렸다. '유독성문학' 시비가 요란하여 전국적으로 불매운동이 벌어지고 있을 때, 재판에 회부된 출판인 비제텔리는 졸라의 책이 영국에서 100만 부 이상 팔렸으며, 재판소동까지 벌어진 그 시점에서도 여전히 주당 1,000부씩 팔리고 있다는 사실을 지적하면서 유럽에서 졸라가 얼마나 인기 있는 작가인가를 역설하는 성명서를 발표하고 있다.(Documents, p.353 참조)

졸라의 소설이 이렇게 엄청난 독자를 가지고 있는 현상에 대하여 반대파의 사람들은 양이 아니라 질을 문제삼는 발언을 하고 있다. '5인선언'에서는 그의 책들이 지니고 있는 '춘화적'인 면이 대중의 저급한 구미에 맞는다는 판정을 내리고 있다. "『루공-마카르』를 사는 놈들은 저질 독자들"이라고 그들은 주장한다. 졸라의 자연주의는 이렇게 심지어 독자의 양과 질에 관한 것까지 논쟁의 대상이 된 문예사조다. 문예사조 중에서도 가장 격렬한 논쟁의 대상이 되었던 사조이며 긍정론보다 부정론이 압도적으로 우세했는데도 불구하고 여러 나라에 광범위하게 파급되어간 문예사조이기도 하다.

부정론 중에서 가장 혹독한 공격의 대상이 된 것은 물질주의적 인간관이다. 영국을 대표로 하여 많은 나라들이 자연주의의 수성찬미, 성의 과잉노출, 병리적 측면의 탐색, 현실의 암흑면에 대한 집착 경향 등에 신랄한 공격을 퍼부었다. 자연주의와 사실주의의 가장 큰 차이점이 결정론에 입각한 물질주의적 인간관에 있는 만큼 자연주의가 독자성을 고집하기 위하여 인간의 '배꼽 밑'의 세계에 역점을 두는 경향을 극단화시켜서 이런 비난을 몰고 올 소지를 만든 것이다.

물질주의 다음으로 비판의 대상이 된 항목은 반예술성이다. 하지만 이 두 가지는 비판자 및 비판의 대상이 서로 다르다. 전자의 경우 공격 목표는 작품의 내용과 관계되는 사상적 측면이며, 공격 이유는 반도덕성, 반형이상학 등에 있었다. 따라서 긍정론과 부정론을 가르는 기준은 윤리의식이었고, 영국의 경우처럼 비판자들은 문인들보다는 문학과 무관한 사람들이 많았기 때문에 수적으로는 그 쪽이 압도적으로 다수이다. 후자의 경우 공격 목표는 작품의 내용이 아니라 형식에 있고, 공격 이유는 반예술성이다. 따라서 비판의 기준은 선이 아니라 미가 되기 때문에 비판자들은 대부분이 심미주의적인 예술가들이다. 그래서 수적으로는 전자보다 약세에 놓이지만 공격의 거점이 확고하기 때문에 타협하는 일이 불가능하다. 오스카 와일드나 헨리 제임스의 경우와는 달리 플로베르와 공쿠르 형제는 자연주의자로 간주되는 일이 많은 만큼 그것은 일종의 자중지란의 성격을 띤다. 자연주의가 유파를 형성하지 못한 결정적 요인이 졸라의 반형식성에 있기 때문이다.

이 두 가지 요소는 그러니까 자연주의의 존립여건인 동시에 그 파괴의 요인도 된다. 옹호론자의 경우 물질주의적 인간관과 반형식성의 책임은 현실이 져야 할 문제가 된다. 문학은 거울의 역할만 하는 것이기 때문이다. 인간에게 수성이 잠재해 있고, 현실에 암흑면이 존재하는 한 자연주의는 그것을 숨김없이 정직하고 대담하게 재현할 의무가 있다고 그들은 생각한다. 반형식성의 경우에도 같은 논리가 적용된다. 현실이 세련되지 않고 인간의 일상어가 범속한 이상, 문학이 그것을 그대로 재현하는 일은 당연하다. 자연주의 문학은 모든 것을 다 그리는 문학이며 선택권을 부정하는 문학이기 때문에 인간의 어둡고 추잡한 면도 외면하지 않고 그대로 재현할 수 있는 남성적인 성숙성을 지니는 것이며, 그 결과가 지루함, 저속함 등의 반예술성의 형태로 나타나는 것이라고 그들은 믿고 있다. 문제는 극단성에 있다. 부정하는 측이나 긍정하는 측이나 모두 지나치게 자신의 견해를 극단화하고 있기 때문에 두 주장 사이에 메울 수 없는 거리가 생겨나는 것이다.

2. 일본 자연주의의 경우

　일본의 자연주의와 졸라이즘이 동질성보다는 이질성을 더 많이 가지고 있다는 사실은 이 항목에서도 재확인된다. 일본에서는 용어의 애매성, 주관주의와 객관주의에 관한 주장 등이 큰 쟁점이 되고 있다. 졸라이즘은 지나치게 분명한 개념의 정의가 오히려 부담이 되고 있는데, 일본의 자연주의는 대정시대까지도 용어의 개념이 정립되지 않아서 13가지의 자연주의가 존재하게 된다. 뿐 아니다. 졸라의 경우에는 가장 문제가 없는 항목이었던 객관주의가 일본에서는 끊임없는 논쟁의 대상이 되고 있다.

　반대로 졸라가 가장 혹독하게 비난받은 물질주의적 인간관과 반형식주의는 일본에서는 쟁점에서 벗어나 있다. 그래서 일본 자연주의는 비난을 받는 항목이 적다. 졸라가 비난받은 부분은 수용하지 않고, 칭찬받는 부분만 받아들였기 때문이다. 일본의 자연주의는 현실 재현의 방법만 졸라에게서 배웠다. 그것은 졸라와 그에 선행한 리얼리스트들이 공유하던 부분이다. 그러니까 자연주의만의 특징이 아니다. 그런데 사실주의적 표현법만 받아들였기 때문에 일본의 자연주의는 졸라이즘과 직접적인 관련이 없는 것이 된 것이다.

1) 긍정론

일본의 자연주의가 긍정적으로 받아들여지는 첫 요인은 그것이 근대 문학의 초석을 놓은 데 있다. 자연주의기에 와서 비로소 일본에서는 소설과 희곡, 평론 등의 장르가 기틀이 잡혔다. 그래서 자연주의에 반대하는 사람들까지도 자연주의가 근대문학사상 최고의 문학 운동임을 인정하고 있다.

　① 일본에서는 자연주의가 지니는 비중이 아주 크다. 자연주의는 곧 근대문학의 기본이며, 자연주의에 의해 근대 리얼리즘의 문학, 특히 소설, 희곡, 평론 등의 기초가 세워졌다고 해도 과언이 아니다. 분명하게 기치를 내건 문학운동으로서는 명치39년 전후에서 겨우 10년이 못되지만, 대표작으로 간주될 작품들은 대정초, 중기에서 소화기까지 창작되었고, 그 영향은 아직도 거기에서 벗어났는지 여부가 문제될 정도로 크다.[75]

　② 자연주의 운동은…… 오늘까지의 일본문학 최대의 운동[76]

　③ 자연주의는 명치문학의 하나의 귀결이며, 대정 이후의 문학의 토대

---

75 吉田精一, 『自然主義の研究』 서문, 上권, p.1.
76 相馬庸郎, 『日本自然主義再考』, p.230에서 재인용.

가 되는 것이어서 우리나라 근대소설의 역사에서 가장 소중한 축이라고 생각한다.[77]

④ 자연주의를 가지고 근대주의의 전부를 다 말할 수 없는 것은 물론이다. ……하지만 근대사상, 근대문학 속에서, 자연주의적 요소가 중대한 위치를 점유하고 있는 것을 의심하는 사람은 없을 것이다. 우리에게 있어서 자연주의는 알파요 오메가가 아니다. 그러나 우리들이 앞으로도 자연주의적 사상에서 완전히 탈각할 수 있을지는 의문이다.[78]

⑤ 자연주의의 운동을 명치 일본인이 40년간의 생활에서 짜낸 최초의 철학적 맹아라고 생각한다.[79]

이 중에서 ③과 ④는 반자연주의 편에 서는 평자의 말이라는 점이 주목을 끈다. 일본의 근대문학에서 자연주의가 차지하는 비중이 크기는 반대파도 부정하지 않을 만큼 엄청나다. 자연주의가 일본의 근대사상의 기초가 되며, 근대소설의 역사의 가장 소중한 지반이기도 하기 때문이다.

자연주의가 일본에서 이렇게 중요한 자리를 차지하게 되는 첫 번째 이유는 그것이 근대적 자아를 확립시킨 최초의 문학이라는 점에 있다. 요시다 세이이치吉田精一는 일본 자연주의의 특색 중에서 제일 먼저 들어야 할 항목을 '강렬한 자아의식'으로 보고 있다. 이쿠다 조코生田長江도 자연주의의 본질을 "개인주의적 주아주의적 근대사상"[80]으로 간주하며,

---

77 中村光夫, 『明治文學史』, p.184.
78 安倍能成, 『自然主義主仁於ける主觀の位置』(ホトトギス『近代評論集』 1), 명치 43. 5, p.396.
79 相馬庸郎, 같은 책, p.230에서 재인용.

우오즈미 세츠로魚住折盧도 이에 동조한다.[81] 근대화 과정에서 싹트고 자란 근대적 자아에 처음으로 온전한 형식을 부여한 것이 자연주의라 할 수 있기 때문이다. 그것은 사소설의 산모가 자연주의라는 점에서도 검증된다. 자연주의파의 사소설은 일본에서 보통사람의 내면을 드러내는 일을 시작한 최초의 장르다. 개인주의와 자연주의의 관계를 확인하기 위하여 몇 개의 인용문을 들어보기로 한다.

⑥ 주아주의, 개인주의라는 것은 반드시 자연주의의 독천물獨擅物이 아니다. 자연주의와 대립하는 나츠메 소세키夏目漱石도 일찍이 '사의개인주의私の個人主義'의 주장자였고, 모리 오가이森鷗外도 '이타적利他的개인주의'("靑年" 20)의 소유자였다. 그런데 이 두 사람과는 반대로 자연주의는 사회에서 요주의시要注意視되었다.[82]

⑦ 일본자연주의의 최대의 공적은 근대문학의 본질인 자아를 파악한 데 있다. 문학은 작자를 떠나서도 수예적手藝的으로 제작할 수 있지만, 그리고 자연주의 이전에는 그런 종류의 문학이 상당히 많았지만, 자연주의에 의해 작자의 성실한 생명과 결부된 것은 문학개념의 근본적 변화라고 해야 한다.[83]

⑧ 자연주의의 대가는 인간을 잘 그린다. 슈세이秋聲, 하쿠초白鳥 등은 인간을 그리는 데 있어서는 현대작가 중에서 일월日月이다. 그런데 최근

---

80 吉田精一, 같은 책, p.39에서 재인용.
81 『近代評論集』 1, p.436.
82 吉田精一, 같은 책, 하, p.41.
83 「自然主義の功罪と遺産」, 같은 책, p.57.

에 나온 작가들은 거의 인간을 그리지 못한다. 아크다가와芥川, 구메久米, 기쿠치菊池 등이 그렇다……[84]

자아의 확립은 명치시대뿐 아니라 대정시대에도 일본문학이 짊어졌던 가장 중요한 과제였는데, 마치 그것이 자연주의의 전유물처럼 여겨지게 된 것은, 자연주의가 작가의 생명과 결부된 문학개념으로서는 최초로 개인의 자아를 파악한 문학이라는 데 있음을 ⑦을 통해서 확인할 수 있으며, 그 이전의 세대뿐 아니라 이후의 세대에도 자연주의 작가들처럼 인간을 그려내는 작가가 없었음을 ⑧이 증언해 준다. 근대적 자아의 확립은 당대의 사람들 모두의 문제였기 때문에 자아의 확립에 대한 기여도寄與度가 자연주의에 대한 긍정적 평가의 폭을 넓혀준 것이다.

하지만 그 자아는 정적靜的이고 단수여서 사회에 대한 관심으로 자아를 확산하는 데는 실패했다. 자연주의가 "현실 비판정신을 거부했다."[85]는 비난을 받는 이유가 거기에 있다. 근대화와 군국주의가 유착되었던 명치시대의 폐쇄적 분위기가 모처럼 싹트던 '파계'의 사회에 대한 관심을 위축시키고, 한 사람의 내면만 드러내는 「이불」 계열의 사소설로 자연주의를 몰고 갔던 것이다. 그런데도 불구하고 근대적 자아를 확립한 것은 여전히 자연주의의 공로로 남는다.

두 번째로 자연주의가 기여한 것은 리얼리즘의 확립을 통해 근대소설의 초석을 다진 일이다. 그것은 우선 언문일치의 폭을 넓힌 것을 의미한다. 연우사풍硯友社風의 수식이 많은 아문체雅文體를 거부하고, 현실을 있는 그대로 재현하려는 자연주의파의 '배기교'의 노력은 역시 문학사에

---

84 같은 책, p.58에서 재인용.
85 같은 책, p.32에서 재인용.

대한 자연주의의 기여로 인정받고 있다. 사생문寫生文 운동의 뒤를 이어 자연주의가 근대적 서사문체를 확립했기 때문이다. 그래서 그들의 기교 배격은 프랑스에서처럼 지탄의 대상이 되지 않았다.

다음은 제재의 일상화와 현실화다. 그들은 이상을 배격하고, 낭만파 풍의 공상도 배제하여 '무동정無同情'의 자세로 현실을 있는 그대로 재현 하려고 노력했다. 그들을 통해 소설은 인생의 '진상'과 '무기교'의 산문 으로 이루어지며, '진상'이란 당인의 일상생활의 경험 그대로의 기록을 의미한다는 식의 사고가 사상 처음으로 젊은 작가들 사이에 성립된다. 당대성의 원리와 함께 재현의 문학으로서의 자연주의가 성립되는 것이 다. 그래서 자연주의 소설은 일본에서 근대소설novel의 'curtain raiser'의 자리를 차지한다. 일본의 근대소설사가 이 시기에 본격적으로 시작되는 것이다.

하지만 그 과정에서 하나의 왜곡현상이 일어난다. 진실존중사상을 사 실존중사상으로 잘못 받아들이게 되어 체험주의적 사소설이 소설문학 의 주류를 이루게 된 것이다. 당시로는 불가피한 일이었다 하더라도 결 과적으로는 일본의 소설사의 정상적인 성장을 해치는 마이너스 요인임 은 부정하기 어렵다. 그렇다고 해서 근대소설의 'curtain raiser'로서의 자연주의 소설의 권위가 부정되는 것은 아니다. 일본에서는 자연주의 문학이 아직도 근대문학상 최고의 문학운동으로 평가되고 있다.

자연주의의 세 번째 긍정적인 여건은 local color의 부각이다. 일본의 자연주의는 루소적인 자연애호사상을 자연주의로 착각한 면이 있었기 때문에 로컬 컬러의 부각을 자연주의의 긍정적 조건으로 생각했다. 일본 에서는 자연주의를 향토문학, 지방문학으로 보는 경향이 있다.[86] 실지로

---

86 吉田精一, 같은 책, p.77.

카다이花袋의 소설에서는 자연묘사가 중요한 비중을 차지한다. 항상 '경景이 무겁고 인人이 가볍다'는 것이 그에 대한 요시다 세이이치의 평이다. (『自然主義の硏究』下, p.77) 토손藤村의 경우에도 '경景'의 비중은 상당히 무겁다. 이런 경향은 일본의 자연주의가 낭만주의와 유착되어 있음을 나타내는데 일본에서는 그것이 긍정적으로 받아들여지고 있다.

자연주의에 대한 이런 긍정적인 분위기는 졸라가 혹독하게 비난받던 항목이 일본의 자연주의에는 없었던 것과 관련된다. 그것은 첫째로 물질주의적 인간관이다. 무기물과 인간의 동질성을 주장한 졸라는 ⅰ) 수성찬미, ⅱ) 성의 과잉노출, ⅲ) 병적인 면의 탐색, ⅳ) 추악한 면에 대한 집착 등으로 인해 '춘화pornography', '대변학' 등의 비난을 받았지만, 일본의 자연주의에는 그런 것들이 쟁점에서 제외되어 있다. 그 시기의 일본에는 물질주의적 인간관 자체가 아직 정착하지 못했기 때문이다.

그 이유로는 첫째로 과학 발달의 미비를 들 수 있다. 졸라가 살던 프랑스의 1870년대와 비교할 때 1910년대의 일본은 과학의 발달이 부진한 상태였고, 그래서 결정론적 사고가 자리잡지 못했다. 두 번째는 유교의 정신주의와 가족주의적 전통에 있다고 할 수 있다. 카다이와 토손의 자연주의기는 근대적 자아의 확립기여서, 유교의 물질경시사상이 위세를 떨치던 때이기도 했다. 인간의 하층구조나 돈과 성의 문제가 노골화될 형편이 아니었던 것이다. 인간의 두뇌와 돌멩이의 동질성을 주장하는 실험소설론의 논리가 발 디딜 자리가 없었기 때문에 전기 자연주의가 시도하던 결정론적 경향이 유산된 것이다.

세 번째로 생각할 수 있는 것은 일면성의 강조를 달갑게 여기지 않는 동양적 중용사상의 영향이다. 대부분의 서양의 문예사조들이 동양에 오면 성격이 애매해지는 이유가 거기에 있다. 동양에서는 음과 양은 상호보완적 관계이며, 정신과 육체, 내면과 외면도 서로 보완하면서 공존하는 관계로 파악되기 때문에 이성주의와 감성주의가 유리되지 않는다. 사조의 일면성이 선명하게 부각될 수 없는 정신적 풍토인 것이다. 그래서 일본의 자연주의는 '영육합일', '주객일체' 등의 비자연주의적인 구호를 만들어낸다. 따라서 물질주의적 사고 때문에 비난받을 자료가 자연주의 안에 들어 있지 않다.

네 번째 원인은 장르에서 찾을 수 있다. 일본의 자연주의는 자전적 소설이 주축을 이룬다. 그런데 자연주의계의 작가들은 대부분이 하급일망정 사족土族 출신이 아니면 구가舊家 출신이기 때문에 '춘화'적 내용을 자전소설에 담을 수 없는 계층에 속한다. 졸라의 자연주의를 대표하는 소설의 주동인물들과는 달리 일본의 자연주의의 주동인물들은 대부분이 인텔리층에 속하며, 경제적인 면에서도 최하층이 아니었기 때문에 언어의 비속성도 역시 일본에서는 문제가 되지 않는다. 부정론의 항목 중에서 가장 핵심적인 것들이 배제되는 것이다.

반형식주의적 경향의 경우도 마찬가지다. '미'보다 '진'을 우위에 둔 예술관 때문에 졸라는 사방에서 지탄을 받았지만, 일본에는 졸라만큼 '진'에 몰두한 작가가 없다. '미'와 '진'의 관계에 대한 자연주의파의 어정쩡한 자세를 대표하는 예 중의 하나를 시마무라 호게츠의 평론에서 찾아볼 수 있다. 자연주의의 이론을 가장 실증적으로 정리했다고 평해지는 호게츠는, 자연주의의 목적을 '진'이라고 규정하면서도, 문예의 궁극은 '미'라고 말하고 있다.[87] 그런데 그것을 비난하는 사람이 많지 않다. 대부분의 작가들의 머리 속에서 '진'은 '미'와 분리되어 있지 않기 때문에 '진'이 '미'를 해치는 데서 생겨나는 심각한 논쟁이 유보된다.

뿐 아니다. 일본 자연주의의 리얼리스틱한 문체는 '양장한 원록元祿

문학'이라 비난받던 연우사계硯友社系의 복고풍의 문체를 극복하여 문학의 근대화를 실현한 것으로 받아들여졌기 때문에 역시 점수가 좋았다. 그래서 자연주의의 '배기교'의 구호는 일본에서는 거의 저항을 받지 않고 새 문학의 지표로서 수용되는 행운을 누렸다. 졸라의 형식 경시 사상이 자연주의의 유파 형성을 방해하는 요인이었던 것과는 상반되는 현상이다.

그 밖에 지적되고 있는 긍정적 조건은 v) 육체의 발견,[88] vi) 패배하는 인간에 대한 관심, vii) '家'의 문제와의 대결, viii) 객관적 묘사체의 확립 등이다. 방법면과 결부되는 viii) 항은 프랑스 자연주의가 긍정적으로 평가되던 조건들과 상통한다. 프랑스에서는 현실재현의 방법이 호평을 받았고, 일본에서도 같은 것이 긍정적으로 받아들여졌기 때문에 긍정론에서는 양국 사이에 공통성이 많다. ⅰ) 정직성, ⅱ) '진'을 존중하는 태도, ⅲ) 과학적이려고 하는 자세, ⅳ) 현실재현 태도의 진지성, ⅴ) 제재의 확대 등 졸라가 칭찬받던 항목은 일본에서도 호평을 받는다. 관습의 교정矯正, 독자층의 확대도 마찬가지다. 거기에 근대적 자아의 확립, 리얼리즘의 정착, 로컬 컬러의 부각 등의 요건들이 추가되어 일본의 자연주의를 부정론보다 긍정론이 단연 우세한 예외적인 자연주의로 만들게 되는 것이다.

---

88 호게츠는 「이불」에 나타난 육욕의 고백을 예찬하고 하고 있다.
『近代評論集』1, p.264 참조.

2) 부정론

일본에서의 자연주의 부정론도 윤리적인 것과 형식에 대한 것으로 대분된다. 시기적으로 반대파를 동시대와 다음 세대로 양분하면, 전자의 경우에는 다음의 세 파가 나타난다.

(1) 졸라이즘적인 견지에서 그것을 비방하는 경향-『제국문학』과 『명성明星』파

(2) 비방받은 측에서의 반격-고토 쥬가이後藤宙外가 주재한 『신소설新小說』과 그를 중심으로 한 문예혁신회의 작가들.

(3) 비자연주의파-나츠메 소세키, 다카하마 교시高浜虛子 등 「ホトトギス」파[89]

(1)은 졸라이즘과 일본의 자연주의를 동일시하여 비난하는 경향을 가리킨다. ⅰ) 성욕묘사에 치중한다, ⅱ) 인생을 국부적으로 본다, ⅲ) 반이상주의다, ⅳ) 저급문학이다 등이 그들이 지적한 자연주의파의 결함사항이다. 『제국문학』파의 가타야마 고손片山孤村의 『자연주의탈각론』(명치, 43. 4)이 그것을 대표한다. 『제국문학』파가 이상주의적 견지에서 자연주의를 비난하고 있는데 반하여 『명성』파는 유미주의적 입장에서 자연주의를 반대한다. 명치 42년 12월에 나온 그들의 반자연주의 선언은 다음과 같다.

⑨ 보라, 성욕의 도발과, 값싼 눈물로 유속流俗에 아첨하는, 소위 자연

---

89 吉田精一, 같은 책, 1장, 「非自然主義の諸傾向」 참조.

파의 악문惡文소설이 시정에 가득찼다.

　　그들은 인간으로서는 통일적 자각이 없고, 문인으로서는 천분이 빈약하며, 공상과 정열과 사조詞藻가 결핍되었으며, 고대문예에 대한 수양이 얕고, 사회경쟁의 고투보다 심상心上의 단련을 맛보지 않는 평범의 도徒……. [90]

　　위의 두 파의 의견을 조합하면 ⅰ) 성욕묘사의 과잉, ⅱ) 반이상주의, ⅲ) 문장미학의 결여 ⅳ) 정통문학에 대한 수양 결핍의 네 가지가 된다. 그런데 이 중 ⅰ), ⅱ), ⅲ)은 일본의 자연주의에 해당되지 않는다. 일본에서의 성욕묘사는 비난받기에는 너무나 초보적이고 간접적인 것이어서 과잉이라는 말이 해당되지 않으며, ⅱ)도 정도가 약하고, 리얼리스틱한 문체 확립이 자연주의의 공로로 치부되는 만큼 ⅲ)도 거기에 해당되지 않는다. 그리고 ⅳ)는 졸라와 카다이와 토손이 공유하는 특징이다. (2)는 자연주의파에게서 비난당하여 심기가 상한 30년대의 작가들이 감정적으로 내뱉는 비판을 위한 비판이다. 이 경향을 대표하는 것은 고토츄가이다. 그는 『자연주의비교론』(명치, 41. 4), 『자연주의의 무특색自然主義の無特色』(명치, 41. 7) 등을 통하여 자연주의파에 폭격을 퍼붓고 있지만, 공격을 위한 공격에 그친 감이 있다. 누구나 다 아는 '자연주의의 무특색'을 논리적으로 선언한 것에 지나지 않기 때문이다.

　　(3)을 대표하는 문인은 나츠메 소세키다. 그는 '문학의 철학적 기초'에서 진·선·미를 모두 긍정하는 문예를 주장하면서 자연주의의 선·미에 대한 경시 경향을 비난하고 있으나, 강도가 높지 않아서 자연주의에 반대하는 파라기보다 비자연주의파라 하는 편이 타당하다. 그는 "자

---

90 같은 책, p.466에서 재인용.

아중심의 개인주의에 철저하려는 점에서 자연주의파와 유사"[91]하여 반자연주의 편에는 서지 않는다.

그와 마찬가지로 비자연주의라 할 수 있는 또 하나의 문인인 모리 오가이는 이상의 결여를 자연주의의 결점으로 보고 있지만, (1)그룹이 비난하는 성욕묘사에 대하여는 서양처럼 비난받을 정도가 아니라고 보고 있으며, 자연주의에 대한 비난이 과장되어 있다는 발언도 하고 있다.[92] 자연주의를 긍정하면서 자연주의자는 아닌 점에서 소세키와 같은 경향으로 분류된다. 다음 세대의 문학파 중에서 반자연주의적 자세를 표명한 그룹은 (4) 탐미파와 (5) 백화파다. 하지만 이들도 역시 (3)그룹과 마찬가지로 자연주의파와 공통되는 점이 많다. ⅰ) 주아주의, ⅱ) 구화歐化주의, ⅲ) 미술과 문학의 교향交響[93]의 세 가지 점이 그것이다. 따라서 전면적으로 부정하는 것이 아니라 부분적인 비판에 그치고 있다.

탐미파는 자연주의가 억제한 주관과 감정을 방자하게 방출하는 점에서 자연주의파와 대척된다. 감동과 영탄은 탐미파의 특색이다.[94] 하지만 그들은 "자연주의와 함께 태어난 말하자면 서자적인 존재여서 자연주의에 대체할 모럴을 가지지 못했다."[95] 다니자키 준이치로, 나가이 가후永井荷風 등이 그 경향을 대표한다. 백화파는 그들과는 달리 이상주의적 도덕관 등으로 자연주의파와 대척된다. 하지만 이 두 유파는 모두 상술한 세 조항을 자연주의에서 계승하고 있다.

대정기의 주도적인 이 두 유파와 자연주의와의 차이는 사조적인 것이

---

91 같은 책, p.470 참조.
92 같은 책, p.472 참조.
93 같은 책, pp.499-500 참조.
94 같은 책, p.503.
95 같은 책, p.511.

라기보다는 도시문학과 지방문학의 차이라고 할 수 있다. 이들이 지방 출신인 자연주의파를 '野暮だ(촌스럽다)'라고 평한 데서 그것이 드러난다. 백화파와 탐미파는 자연주의파와는 달리 모두 도시 출신으로 이루어져 있고, 학벌면에서나 문벌면에서 월등하게 높은 계층 출신들이다.[96] 그래서 그들은 전통문학에 대한 조예가 깊고, 세련된 심미안을 가지고 있었기 때문에 자연주의파의 거칠고 세련되지 않은 지방문학을 촌스럽다고 경멸하며, 자연주의파가 배격한 미문체를 부활시키는 것이다.

(6) 마지막 그룹은 프롤레타리아 문학자들이다. 그들은 자연주의파의 사회에 대한 무관심을 지탄하고 개인주의를 비판함으로써 카다이와 토손의 문학에 돌을 던진다. 하지만 그들은 요시다 세이이치의 말대로 "세계관이나 사상에서는, 자연주의 문학사상의 한계를 깨뜨렸지만 그 표현방식은 반드시 자연주의적 수법을 극복한 것은 아니었다."[97] 이와 같이 자연주의는 반대파의 문학에 고루 침투해 있었기 때문에 일본의 자연주의 비판은 그 소리가 약하다.

이상의 부정론 중에서 (1)과 (2)는 일본의 자연주의에는 해당되는 것이 많지 않으므로 (3), (4), (5)만이 자연주의를 비난하는 그룹이 되는데, 그들의 공통점을 요시다는 다음과 같이 정리하고 있다.

문예에서 광의의 윤리를 배제한데 대한 비난과, 배기교, 배공상의 주장에 대한 반대로 요약될 수 있다. 다시 전자를 세분하면 (가) 개인의 내부 생 활에 있어서의 무이상, 배주관에 대한 비난과, (나) 개인과 개인, 혹은

---

96 長井荷風와 백화파 사람들은 모두 명문 출신이고 동경 사람들이며, 최고 학부 출신들이다. 谷崎潤一郎도 다른 여건은 같으나 가난하게 자란 점만 다르다.

97 吉田精一, 같은 책, p.560.

개인과 사회와의 관계에 대한 무반성에 귀착된다.[98]

(가)는 백화파와 탐미파, 모리 오가이 등에 해당되며, (나)는 프롤레타리아파에 해당되고, 형식적인 면의 비난은 낭만파와 탐미파의 몫이다. 하지만 전술한 바와 같이 일본에서는 이 모든 유파가 부분적으로는 자연주의파의 계승자이고, 자연주의 자체가 졸라이즘이 아니기 때문에 비난의 강도는 약화된다. (2)그룹의 맹목적인 비난을 제외하면, 일본의 자연주의에는 부정론보다 긍정론 쪽이 우세하다.

하지만 거기에 해당되지 않는 것이 있다. 용어의 애매성에 관한 것이다. 일본 자연주의의 최대의 부정적 측면은 terminology의 애매성에 있다. 시간이 지남에 따라 사람들은 자기들이 자연주의라고 부른 것이 사실은 졸라이즘과 무관한 것임을 알게 된다. 때로는 낭만주의라 불러야 할 것이 자연주의로 간주되어 왔고, 고작해야 사실주의라고 불러야 할 것이 자연주의라고 불리고 있다는 것을 터득하게 되는 것이다. 일본의 자연주의는 호게츠의 말대로 "머리는 낭만주의에 닿아 있고, 꼬리는 심볼리즘에 대고 있는"[99] 문예사조인데다가 후진성으로 인하여 여러 사조가 한꺼번에 뒤섞이고 있기 때문에, 졸라이즘이 아닌 것을 자연주의라고 부르게 되어 극도의 혼란이 야기되었다. 그 결과로 열 개도 넘는 자연주의가 생겨나게 된 것이다. 그래서 소마 요로相馬庸郎와 시라이 요시미白井吉美의 다음과 같은 혹평을 받게 된다.

⑩ 적어도 일본에서는 아직 자연주의의 정의가 내려져 있지 않다. 따라

---

98 같은 책, p.464.
99 『近代評論集』 1, p.268.

서 우리는 누구나 원하는 때 원하는 자리에서 멋대로 그 용어를 사용해도 아무런 제재를 받을 염려가 없다. ⋯⋯이제 자연주의라는 말은 순간마다 형체도 용모도 변하여 가서 완전히 한 개의 스핑크스가 되어 버렸다.[100]

⑪ 시마무라 호게츠島村抱月를 위시하여 가타카미 덴겐片上天弦이건 소마 교후相馬御風이건 이와노 호메이岩野泡鳴이건 간에 이들 자연주의의 대표적 이론가들의 주장은 절대로 자연주의가 아니며, 다만 낭만주의의 내용을 자연주의 수법으로 전하려고 하는 기괴한 노력과 모색에 불과했다. ⋯⋯자아를 살리려 하는 낭만주의의 내용과 자아를 부정하려고 하는 자연주의의 수법과의 기괴한 결합이 우리나라 자연주의의 특징이다.[101]

후자의 주장대로 낭만적 내용을 사실적으로 표현한 것이 일본의 자연주의여서 그것을 자연주의라고 부르는 일 자체가 모순이 된다. 용어와 실질의 괴리는 일본의 자연주의가 안고 있는 최대의 약점이라 할 수 있다.

---

100 같은 책, 상, p.2.
101 『近代文學評論論爭』, p.87.

3. 한국 자연주의의 경우

　한국의 자연주의는 작가에 따라 부정론과 긍정론의 항목이 달라진다. 김동인과 염상섭의 자연주의가 성격이 서로 다르기 때문이다. 김동인의 자연주의는 졸라의 그것과 공통성을 지니고 있는 데 반하여 염상섭은 일본 자연주의와 유사성을 나타낸다. 졸라이즘의 개념으로 염상섭의 자연주의를 논의하려면 혼란에 빠지는 이유가 거기에 있다.[102] 이런 현상은 한국 자연주의의 원천이 동질성이 희박한 두 개의 다른 자연주의인 데서 생겨난다. 일본의 자연주의는 낭만적인 내용을 사실적 기법으로 표현한 것이어서 졸라이즘과는 거의 관련이 없다. 그런데 한국의 자연주의는 이 두 가지를 함께 받아들였고, 더구나 각자가 사의석으로 받아들였다. 김동인은 졸라의 물질주의적 인간관을 받아들인 대신에 진실 존중의 예술관을 거부했고, 염상섭은 일본 자연주의의 감상성을 제외한

---

102 해방 후에 나온 평론가들이 이구동성으로 「표본실의 청개고리」와 「개성과 예술」에 나타나 있는 것은 자연주의가 아니라고 주장하는 것은 졸라이즘만 자연주의로 보는 데 기인한다.

나머지 것들을 수용했다. 한국 자연주의가 성격적인 통일을 지니기 어려운 것은 이러한 원천의 이중성에 기인한다. 원천의 이중성은 한국과 일본의 자연주의의 첫 번째 차이이다.

두 번째 차이점은 로컬 컬러의 부재에 있다. 김동인과 염상섭은 이점에서는 공통된다. 그들은 모두 도시 출신이며, 합리주의자이고, 문명 예찬자이다. 그래서 저절로 생성된 자연을 문명보다 낮게 평가한다.[103] 동인과 상섭은 루소의 추종자가 아니다. 그래서 그들의 세계에서는 카다이나 토손의 경우처럼 '경景'이 '인人'보다 무거워지지 않는다. 한국의 자연주의는 향토문학이 아니기 때문에 로컬 컬러의 부각이 자연주의의 공로가 될 수 없는 것이다. 그것은 낭만주의의 부재와 상통한다. 일본의 자연주의가 서정시인들에 의해 전개된 데 반해 한국의 자연주의 작가들은 서정성과 무관하다. 그들의 개성주의는 리리시즘을 동반하지 않는다. 그들의 내면성 존중사상은 낭만주의에서 오는 것이 아니라 대정기의 주아주의적 경향에서 영향받은 것이기 때문에 카다이의 경우처럼 감상성의 노출이 자연주의의 결함 사항으로 부각되지 않는다. 낭만성의 부재는 한국과 일본 자연주의를 가르는 중요한 차이점을 형성한다.

세 번째 차이점은 자연주의의 주관, 객관 논쟁이 한국에는 없었다는 데 있다. 김동인과 염상섭은 묘사의 대상에 관하여서는 주객합일주의에 찬성한다.[104] 그들은 자아의식이 보다 강화된 대정기의 분위기 속에서

---

103 염상섭은 「세 가지 자랑」(『별건곤』 3권 5호, 1928. 5)에서 금강산이나 맑은 하늘 같은 것은 저절로 생긴 것이라 의미가 없고, 한글은 사람이 만든 것이라 의의가 있다는 말을 하고 있으며, 김동인도 「사람의 사는 참모양」(『창조』, 1921. 1)에서 자연보다는 사람이 만드는 물건, 특히 예술이 중요하다는 말을 하고 있음.

104 김동인은 처녀작부터 일원묘사를 채택하고, "주관이 없으면 안된다."(「속문단회고」, 『전집』 6, pp.285-286)는 말을 되풀이하고 있으며, 염상섭도 주객합일주의를 지속적으로 주장한다. ('시점'항 참조)

문학에 입문한 작가들이기 때문에 인간의 내면성을 일본의 자연주의보다 더 중시했다. 그래서 망설임 없이 주객합일을 주장하는 것이다. 상섭의 경우, 주관 객관 논쟁의 대상은 프로문학파였다.[105]

네 번째 차이점은 프롤레타리아 문학과의 동시대성에 있다. 한국의 1924~5년은 자연주의의 정착기인 동시에 프롤레타리아 문학의 정착기이기도 하다. 동인과 상섭은 프로문학파와 싸운 기수들이다. 그 싸움의 과정에서 이들은 변증적 시실주의가 지닌 객관주의적 경향에서 영향을 받는다. 그것은 그들이 formal realism을 형성하는 데 기여했다. 한국의 자연주의가 일본보다 묘사방법에서 더 객관적인 이유가 거기에 있다.

1) 긍정론

한국의 자연주의도 일본처럼 근대소설의 기틀을 잡는 데 기여한다. 일본처럼 한국에서도 근대소설의 착근기가 자연주의기와 오버랩되어 있었던 것이다. 그래서 근대소설 작가라는 말은 자연주의자라는 말과 동의어로 사용되기도 한다. 그런 경향을 임화의 다음 말에서 확인할 수 있다.

① 잡지 『창조』와 김동인의 소설에서 비롯하는 자연주의 소설이 비로소 조선 현대소설을 신소설의 영향에서 완전히 분리시켰다. 이것은 자연주의가 조선소설사상에 기여한 지대한 재산이다. 그러한 의미에서 조선 현대 소설은 진정하게는 김동인에서 시작한다고 할 수 있다. ……그러나

---

105 「토구·비판' 3제」, 『염상섭전집』 12, p.157 참조.

기술적인 의미에서 자연주의를 일보 앞서게 한 작가는 동인보다도 빙허 현진건이다. ……그러나 이 두 작가에 비하여 결정적인 특징을 가지고 자연주의시대의 왕도를 수립하고 조선소설사상 찬연한 지위를 점하고 있는 작가는 염상섭이다. ……그야말로 조선 자연주의 소설의 최고의 절정일 뿐 아니라 최종의 모뉴멘트이다. 「소설문학 20년」, 『동아일보』 1940. 4. 12~15

이 글에서 우리는 노벨의 정착에 기여한 동인과 상섭의 공적을 읽을 수 있다. 이 두 작가를 통하여 한국의 로맨스 시대가 끝나고 노벨의 역사가 시작되는 것이다. 그것은 자연주의 시대의 시작이기도 하다. 노벨의 뿌리내림에 기초가 되는 것은 서사문체의 개혁이라고 할 수 있다. 동인과 염상섭은 언문일치의 폭을 증폭시킴으로써 한국 근대소설의 정착에 기여한다. 하지만 방법은 서로 다르다. 동인은 그 작업을 요란스럽게 전개해 갔다. 창조파의 첫 번째 목적을 설명하는 다음 인용문에서 그것이 드러난다.

② 불완전한 구어체에서 철저적 구어체로─동시에 가장 귀하고 우리가 가장 자랑하고 싶은 것은 서사문체에 대한 일대 개혁이었다.

『김동인전집』 6, p.156

③ 독자는 여기서 철저히 "그"라는 대명사로 변한 것을 보는 동시에 또한 재래의 현재사를 쓰던 것이 완전히 과거사過去詞로 변한 것을 발견 할 수 있다. 같은 책, p.157

④ 일원묘사론을 채택했다. 같은 책, p.157

구어체의 철저화, 삼인칭 대명사 '그'의 채택, 현재사 대신 과거사를 쓰는 것, 일원묘사의 시점 등이 김동인이 자랑하는 자신과 창조파의 공적이다. 서사문체의 개혁이 동인의 경우에는 의식적, 자각적 차원에서 진행된 것임을 알 수 있다. 상섭은 같은 일을 소리 없이 보다 철저하게 진척시킨다. 동인의 말을 빌면 '이렇게 걷겠다'는 노력 아래 된 것이 아니고 저절로 여기 도달한 것[106]이어서 자연발생적으로 이루어진 셈이다. 그 비결은 그가 서울 출신이어서 '경아리말'이 그의 생활어였다는 데 있다. 그것은 동인이 가질 수 없는 유리한 조건이다. 그는 근대소설사에 등장하는 최초의 서울 토박이 소설가다. 그래서 초기의 난삽한 한자어 남용기가 지나면, 염상섭은 춘원이나 동인이 흉내를 낼 수 없는 '경아리말'을 자유롭게 구사하여 당대 풍속의 정밀화를 재현해 낸다. 서울의 토착어들을 속속들이 알고 있고, 그것을 적절하게 구사한 것은 염상섭 문학에서 가장 높이 평가되는 항목이다. 그가 노벨의 본격적인 주자로 간주되는 이유 중의 하나도 거기에 있다.

그 다음은 제재의 일상화이다. 이 점에서도 상섭은 동인을 능가한다. 시점의 객관화의 측면도 마찬가지이다. 이론적으로 보면 이 두 작가는 주객합일주의를 지지하는 것으로 되어 있다. 동인은 초기부터 일원묘사론을 주장하고(④ 참조), 염상섭도 객관주의에는 회의적인 태도를 표명하지만('시점'항 참조), 평자들이 그들의 작품 중에서 자연주의를 대표하는 것으로 간주하는 것은 초기 작품들이나 자전적 소설이 아니라 「토지」와 「감자」 이후의 객관적 소설들임을 다음 인용문들에서 확인할 수 있다.

⑤ 「감자」의 드라이 터치는 너무 고압적 완결이어서 한국 소설사는 아

---

106 『김동인전집』 6, p.152.

직도 그 높이에 이르지 못하고 있는 것……

「반역사주의의 과오」, 『문학사상』 2, p.292

⑥ 「만세전」은 근대문학의식의 발달에서 하나의 정점을 이룬다.

김우창, 『염상섭문학연구』, 민음사, p.457

⑦ 이 작품과 비교해 보면 이광수의 민족주의 소설은 공허한 구호가 통속과 결합하고 있을 뿐이라는 치명적인 약점을 드러낼 뿐이다. 문체상으로 보더라도 취미, 호상의 변천이 빠른 우리나라에서 보기 드문 장수성을 가지고 있다. 또한 전형적인 국면과 인물을 비근한 장면에 유기적으로 결합하여 보여주고 있다는 점에서 시정의 뒷골목을 일회적 현장성만으로 그리고 있는 채만식, 박태원 등의 이른바 세태소설을 훨씬 능가하고 있다.

유종호, 「만세전」과 '일대의 유업'을 중심으로」, 『현대한국작가 연구』, p.105

위의 글들은 내용, 형식 양면에서 이들의 대표작이 객관적 소설이라는 데에 의견이 모아져 있다. 본인들의 부정에도 불구하고 시점의 객관성이 인정되고 있는 것이다. 동인은 「감자」 이후에도 액자소설 형태를 사용하지만, 상섭은 그 후에는 객관적 시점이 주도적이며 지속적으로 나타난다. 조연현이 그의 소설을 "객관주의로 일관되어 있다."[107]고 한 것은 과장이 아니다. 그 점이 염상섭의 문학에 대한 긍정론의 또 하나의 항목이 된다.

근대소설의 정착에 대한 이들의 공적은 그들이 리얼리즘의 중요성을 의식하고 있었다는 점에서 자각적인 것이 있음을 "소설을 지향하거든

---

107 조연현, 「염상섭론」, 『새벽』 20, 1957. 6.

사실주의를 연구하고 여기에 철저하라고 권하고 싶다."[108]는 상섭의 말과 이인직의 객관주의를 예찬한 동인의 말[109] 등을 통하여 확인할 수 있다.

언문일치의 강화, 제재의 현실화, 객관적 묘사체의 확립 등을 통하여 이들은 리얼리즘을 확립시킴으로써 한국 소설사에 신기원을 열었다. 임화가 동인과 빙허의 자연주의는 "양식적 질서에까지 도달될 수는 없었다."고 보는 반면에 상섭은 "산문정신에 투철한 유일의 작가"[110]라 하여 그를 한국 자연주의의 절정으로 보는 것은 상섭 쪽의 사실주의가 보다 철저한 데 기인한다.

자연주의의 두 번째 공적으로는 근대적 자아의 탐구를 들 수 있다. 이 두 작가의 초기 소설들은 인물의 내면을 드러내는 내면묘사의 양식을 통하여 근대적 자아의 문제를 제기한다. 그것은 이인직과 춘원의 과제를 계승하여 진일보시킨 것이라고 할 수 있다.

염상섭의 경우 개성 존중의 경향은 가족주의와의 갈등으로 나타나고, 동인의 것은 「광화사」 계열의 유미주의를 표방한 소설들로 발전하지만, 시발점에서 주아주의적 경향과 결부되어 있었던 점은 동일하다. 상섭은 「개성과 예술」, 「지상선을 위하여」 등의 평론들과 초기 3작을 통하여 개성이 지상선임을 역설했고, 동인은 소설론과 일련의 예술가소설들을 통하여 예술가를 신으로 높이는 작업을 지속적으로 펴 나갔다. 그것들을 통하여 이 두 작가는 유교의 몰개성주의와 싸우면서 근대적 자아의

---

108 「나와 자연주의」, 『서울신문』, 1955. 9. 30.
109 "이 냉정한 붓끝이여! 천번의 '아아', 백번의 '오호'와 열 번의 '참혹할 손'이 없이는 재래의
　　작가로서는 도저히 쓰지 못할 장면을 이 작가는 한 마디의 감탄사조차 없이 가려버렸다."
　　　　　　　　　　　　　　　　　　「조선근대소설고」, 이인직 편, 『김동인전집』 6, p.145.
110 임화, 「소설문학 20년」, 『동아일보』, 1940. 4. 14~15 참조.

문제를 표면에 부상시킨 것이다. 염상섭의 초기 평론에서 개인주의와 자연주의가 연계되고 있으며, 김동인의 예술가소설들이 자연주의와 유착되어 논의되는 것[111]은 이 두 가지가 불가분의 연관을 맺고 있던 한국적 상황을 입증해 준다.

하지만 한국의 자연주의는 일본에서처럼 문학사상 최고의 문학운동은 아니었다. 자연주의가 운동으로 구체화되기도 전에 강렬한 프롤레타리아 문학운동이 일어났기 때문이다. 프로문학과 자연주의는 접전을 벌였고, 그 싸움은 이 두 작가를 민족문학의 기수로 변신시켜, 그들의 개성론과 자연주의를 모두 미숙아로 만들어버렸다. 뿐 아니다. 원천이 다른 두 자연주의의 공존현상은 자연주의를 일본처럼 긍정적으로 보게 하는 일을 저해했다. 졸라가 비난받던 항목을 그대로 물려받은 김동인 같은 작가가 있었기 때문에 일본보다는 부정론의 강도가 거세어진 것이다.

2) 부정론

한국에서의 자연주의 부정론은 우선 물질주의적 인간관과 관련된다. 졸라이즘의 특성을 이루는 물질주의적 사고 때문에 자연주의를 비방하는 그룹은 다음의 두 파로 갈라진다.

　ⅰ) 졸라이즘 자체를 비난하는 경향-김억, 이묘묵

　ⅱ) 한국의 자연주의 작가나 작품을 비난하는 경향-김동리, 권도현

---

111 김동리, 「자연주의의 구경」; 권도현, 「자연주의 소설의 모랄의식」 등 참조.

⑧ 병적 기록! 물론 어떤 의미로 보면 인생의 병적 방면, 또는 초오醜汚한 방면 bestial side만을 기록하였다고도 할 수 있겠습니다. ……유물적 견지에는 소위 형이상 영적인 점은 죽음도 업슬것입니다. ……이에니르러, 한우님의 왕국은 수성화되어 소위 The bestialization of the holy kingdom이라 할 만한 새 말이 생기게 되엇습니다. ……한마듸로 말하면 자연파작가들은 미화된 시화된 신성화된 모든 것을 어대까지든지 추화醜化시키며, 산문화시키며, 수성獸性화시키랴고 하엿습니다.

「근대문예」, 『개벽』 1922. 2, pp.10-11

⑨ 어떠케 화학자가 연구실에서 실험하는 그것과, 작가가 제작실에서 인생을 실험하는 것과 가틀 수가 잇겟습니까. …… 같은 책 1, p.29

⑩ 자연주의는 기계적 인생관을 가진다. 우주간의 제현상은 물질과 그 운동에 불과하다. ……인류의 생활도 이와 동양同樣으로 물리적 화학적 물질적 법칙에 의하여 동動하는 일개의 기계에 부과한다가 피등彼等의 생각이엇다. 정신이나 영은 전연히 부인햇다.

이묘묵, 「근대사상의 개관」, 『연희』 1호, 1922. 5, pp.81-22 등 참조

위의 것들을 요약하면 ⅰ) 물질주의적 인간관에서 결과된 수성獸性 찬미, 성의 과잉 묘사, 병적인 면의 탐색, 추악한 면에 대한 집착, ⅱ) 무신론 등 졸라가 비난받던 것과 똑같은 것이 된다. 이들은 졸라이즘을 정확하게 이해하고 있었음을 알 수 있다. 하지만 그것은 한국 작가와 관련된 것이 아니라 서구 사조를 소개하는 글에 불과하다.

ⅱ)는 그렇지 않다. 거기에서는 졸라이즘이 한국 작가에게 미친 영향이 구체적으로 나타난다. 하지만 그 대상은 김동인으로 한정된다. 이

경향을 대표하는 것이 김동리의 「자연주의의 구경究竟」[112]이다. 이 글에서 김동리는 "신과 신의 거주居住인 하늘의 무궁성을 인류에게서 추방하고 난 과학적 실증적 결론에서 양성釀成된 자연주의"의 영향을 "결정적인 시기에" 받은 결과로 김동인의 소설이 졸라적인 결함을 지니게 된 것을 구체적으로 예증하고 있다. 대상 작품은 「김연실전」, 「명문」, 「광화사」, 「광염 소나타」 등이다. 김동리는 1919년에 나온 첫 작품에서 시작하여 1939년에 나온 「김연실전」까지 20년 동안 김동인은 "완전히 자연주의의 범위 안에서 일관"하였다고 보고 있다. 자연주의의 영향이 나타나는 첫째 징후로 김동리가 지적한 것은 '음란과 쌍말'이다.

⑪ 그러나 김동인씨의 본의는 선구자 혹은 선구녀를 그리려는데 있지 않았다. ……당시의 조선 개화꾼 여성들이 일반적으로 그러한 풍조를 띠었던 것이 사실이라 하드라도 그의 본의는 그 시대나 풍조 자체를 그리려는 데 있는 것이 아니라 다만 그 시대와 풍조를 통하여 음란과 쌍말을 그리고 싶었던 것이다.

『문학과 인간』, p.9

이러한 비난의 근거로 김동리는 ⅰ) 그런 대상을 선정한 것, ⅱ) 성적인 면만 조명한 것, ⅲ) 언사의 지나친 야비함 등을 들고 있다.

두 번째 징후로 간주한 것은 「명문」에서 신을 모독하는 언사로 그려진 무신론이다.

⑫ 그에게 있어서의 "자연주의의 세례는 곧 신과의 절연"을 의미하는 것이다. 자연으로서의 인간은 곧 신과 절연된 인간을 의미하는 것이며 신

---

112 『문학과인간』, pp. 5-26.

과 절연된 인간이란 곧 동물로서의 인간이라고 그는 믿었던 것이다. 이에 그의 철두철미 "기계적 물질적 동물적" 인간관에서 볼 때 신은 야유와 한갓 조롱의 대상에 불과했던 것이다.　　　　　　　　　　같은 책, p.13

세 번째는 발광이다. 「광화사」와 「광염 소나타」가 그 예가 된다.

⑬ 천상보다 지상 무궁보다 유한有限 입체보다 평면을 취한 자연주의는 조선에 와서도 김동인씨를 통하여 그 막다른 골목에 이르렀을 뿐이다. 천재화가 '솔거'와 천재음악가 '백성수'들에 의하여 전개된 살인 방화 발광 시간屍姦 등의 정신병 이것이 곧 자연주의의 말로였던 것이다.
　　　　　　　　　　　　　　　　　　　　　　　같은 책, p.20

　김동리는 그의 「감자」, 「태형」, 「붉은 산」, 「운현궁의 봄」 등의 "다소 성질을 달리한 작품"들도 사상적인 면에서는 "자연주의 정신에서 아주 이탈한 것은 없다."고 보고 있다.[113] 그러면서 한국에서는 김동인만이 그런 식의 자연주의를 보여준다는 말을 잊지 않고 있다.
　물질주의적 인간관=자연주의의 견지에서 보면, 그의 비난은 타당성을 지닌다. 김동인은 적어도 물질주의적 인간관에서는 이탈해 본 적이 없는 작가이며, 그 점에서는 그의 모든 작품이 하나로 포괄될 수 있다. 동인처럼 철저하게 지상적이며, 합리주의적이고, 이성적, 감각주의적인 작가가 한국에는 다시없다. 김동인은 한국에서는 거의 유일하게 졸라와 세계관을 함께한 작가라고 할 수 있다. 따라서 그에 대한 비난은 졸라의 것과 공통점을 지닌다. 「자연주의 소설의 모랄의식」[114]을 쓴 권도현도 성의

---

113 같은 책, p.20.

과잉노출, 부도덕성 등의 이유로 김동인을 비난하고 있으며, 그 대표적인 예로 「김연실전」을 들고 있다. 하지만 김동인의 자연주의는 물질주의적 세계관 하나만을 특징으로 하는 것은 아니다. 그는 예술지상주의적 예술관을 지니고 있는데 그 점에서는 졸라와 대척된다. 따라서 그의 전 작품을 자연주의하고만 연결시키는 경향은 재고되어야 한다.

물질주의에서 오는 폐단 면에서는 염상섭은 김동인과 같지 않다. 그는 병적인 면이나 음란, 쌍말 등과 무관하다. 그는 제르미니형이 아니라 보바리형을 주동인물로 하고 있고, 성에 대한 직접 묘사를 기피하고 있기 때문에 이 항목에서는 비난받을 이유가 거의 없다. 성적인 타락은 그의 남자 주인공들과는 관계가 없는 항목이기 때문이다. (주제'항 참조)

한편 졸라이즘과의 공통성의 결여로 인해 염상섭이 비난의 대상이 되는 경우가 있다. 졸라이즘과 유사성이 없는 것을 그가 자연주의라고 부르고 있는 데 대한(용어'항 참조) 비난이 그것이다. 해방 후에 나온 세대들은 백철, 조연현 등에 의해, 그리고 작가 자신에 의해 자연주의라고 규정지어진 「표본실의 청개고리」와 「개성과 예술」을 자연주의라고 인정할 수 없었던 것이다. 이어령은 그의 「오해와 모순의 여울목」[115]에서 「표본실의 청개고리」의 고증의 부실함을 지적하였고, 정명환은 「염상섭과 졸라」에서 그들의 상이점을 열거한다.[116] 그 밖에도 많은 사람들에 의해 「표본실의 청개고리」와 「개성과 예술」은 자연주의(졸라이즘)와 무관하다는 것이 논증되어[117] 백철, 조연현 등이 이 두 글을 자연주의로

---

114 『현대문학』, 1973. 2.

115 『사상계』 54호.

116 『한불연구』, 1974, pp.33-53.

117 해방 후에 문학을 시작한 평자들(이어령, 정명환, 김치수, 김윤식, 김학동, 홍사중, 강인숙 등)은 그 면에서는 의견이 일치된다.

평가한 오류가 지적되고 있다.

부정론의 두 번째 항목은 기법에 대한 것이다. 이 경우 김동인은 지나치게 간결한 문체가 결함사항으로 지적된다. 그것은 자연주의의 무선택의 원리에 위배되기 때문이다. 그와는 정반대의 비난을 받는 것이 염상섭이다. 이런 비난은 김동인이 시작한다.

⑭ 그의 묘사법은 너무 산만적이다. ……한 장면의 대점大點과 주점主點을 파악하여 가지고 불필요한 자는 전부 약하여 버리는 조리적調理的 재능이 그에게는 결핍하다. 뿐만 아니라 작전체作全體로 말할지라도 불필요한 장면이 많다.　　　　　　　　　　　　　　『전집』 6, p.152

김동인의 지적은 타당성을 지닌다. 그의 문체의 특징을 정한모도 "슬로우템포, 만연하는 장문長文, 정공법적, 평면적 묘사"로 보고 있기 때문이다.[118] "졸라 씨는 아마도 단조롭고 지루한 문장을 자연주의의 특권으로 생각했거나 의무로 생각하는 모양"이라는 말이 염상섭에게도 해당될 수 있다. 김동인의 지적대로 그는 방안을 그리려면 재떨이까지 모두 묘사하기 때문에 문장이 지루하고 단조로워진다. 이것은 자연주의가 채택한 무선택의 원리 자체에 대한 비판이어서 동인의 반자연주의적인 예술관이 노출된다. 하지만 그런 비난이 졸라뿐 아니라 카다이에게도 해당되는 것임을 기억할 필요가 있다. 묘사의 산만함 다음으로 김동인이 비난한 기법은 '다원묘사'이다. "상섭의 「해바라기」를 일원묘사의 방식으로 쓰기만 하였으면 좀더 명료한 작품이 되었으리라고 생각한다."는 말을 한 후 김동인은 다원묘사의 단점으로 "주지主旨의 몽롱, 성격의 불명

---

118 H. James, "Nana", *Documents*, p.238.

료" 등을 들고 있다.[119] 그 다음은 미해결의 종결법이 문제된다. 염상섭은 '계속' 혹은 '미완'이라고 써야 할 곳에 '끝'자를 놓는 사람이라는 것이 동인의 의견이다.(종결법항 참조)

표현기법에 대하여 김동인이 지적한 위의 결함들은 아직도 유효하다. 무선택의 원리에서 오는 묘사의 지루함, 현실을 재현하는 데서 오는 일상사의 반복, 해결이 없는 종결법 등은 염상섭이 비난받는 고정된 항목이다. 염상섭이 프로문학파에게서 기교파로 비난받는 것은 하나의 아이러니라고 할 수 있다. 김동리는 동인이 결정적인 시기에 자연주의의 세례를 받아 평생 그 영향권에서 벗어나지 못하였다고 말했는데, 상섭에게도 같은 말을 할 수 있다. 다만 이 경우의 자연주의는 졸라이즘이 아닐 뿐이다.

기교파라는 비난 이외에 프로문학파가 김동인과 염상섭에게 던지는 비난은 계급의식의 결여다. 프로문학파에게서 이런 비난을 받는 것은 모든 나라의 자연주의의 숙명이지만, 우리나라에서는 자연주의와 프로문학이 동시적으로 일어났기 때문에 양상이 좀 다르다. 계급학파와 논쟁하는 입장에 자연주의파가 서게 되었기 때문에 비난의 강도가 증폭된다. 이런 현상은 자연주의 작가들의 계급문학에 대한 태도를 경직시켜, 반프로문학의 논리를 세우기 위한 왜곡현상이 일어나는 부작용을 낳았다. 김동인의 「배회」, 염상섭의 「윤전기」, 「밥」 등은 그런 문맥 하에서 쓰인 소설들이다. 따라서 계급문학파에서 이들의 소설을 비판한 것은 당연한 일이라고 할 수 있다. 그것은 「감자」나 「윤전기」에 대한 작품평에서 노출된다.

---

119 「소설작법」, 『김동인전집』 6, p.222.

⑮ 복녀가 매음을 하고 살인을 하려다가 피살된 근원적 원인은 금일의 사회에 있는 것이 아니고 차라리 복녀의 서방이 게으른 곳에 전 이유가 숨어 있게 만들었다. 여기에 있어서 작자는 결정적으로 소부르의 입각지에 서는 것이다. 그는 사회적 죄악의 근원을 개인의 심성문제로 돌려버리고 말았다. ……작자가 소부르적 개인주의가 아니었다면 이 사회적 죄악을 자본주의 문명의 커다란 '혹'이며 동시에 자본주의 사회가 존속하는 날까지 그것은 불가분의 인과 관계에 있는 것으로 그렸을 것은 두말할 것도 없다. 　　　　　　　　　　김기진, 「변증적 사실주의」, 『동아일보』, 1929. 3. 4.

⑯ 이와같이 무산계급에 대한 하등 이해가 없을 뿐만 아니라 오히려 보수를 받고 즐겨하는 꼴을 일종의 야비스러운 유희로서 향락하려는 그러한 「윤전기」가 즉 조선에 있어서는 얼바람 맞은 부르조아문학인 것을 교시한다. ……군의 눈은 색맹모양으로 사회의 불합리를 보았다는데 불고하고 그 진상을 모른다는 것은 '청맹관'적 사회통찰인가? 군의 본색은 이것으로서 훌륭한 부르조아지인 것이다.

　박영희, 「신흥예술의 이론적 근거를 논하여 염상섭군의 무지를 박함」, 『조선일보』, 1926. 2. 27

⑰ 즉卽작자는 '나'라는인물의신경상태의물질적근거를분석하지못하얏고전편을통通하야 시대적사회적배경을고려하지안코 더구나김창억의발광의원인을 단순한 개인적동기로 귀결시키고마랏스니 선체적으로이러한태도는본래자연주의그것의불철저한철학적결함인 동시에계급적비밀을폭로하는것이라할 것이다. 　　김기진, 「십년간문예운동변천과정」, 『조선일보』, 1929. 1. 9.

⑱ 생산관계의진전이이계단에들어서는째에 관념철학의지식계급은다만 이미무력하게된 자기들의조그만주관으로 그것을 쌀쑥쌀쑥 사방으로긁어

보기만즐기어하는것이니 문학상자연주의는 이계단에 도달한 사회질서중
에서 비로소 발생된 것이다······유물론을파㎩악하는째이면 그는직시자연
주의자가안되엇슬 것이다.   위와 같음, 1월 10일

　여기에서의 비난의 항목은 사회의식이 결여된 부르주아 문학이라는
데로 귀착된다.
　이상의 것을 종합하면 한국에서의 자연주의에 대한 부정론은, i) 물질
주의적 인간관은 주로 김동인에 해당되고, ii) 묘사과다에서 오는 문장
의 지루함과 산만함은 주로 염상섭에 해당된다. 그러나 iii) 계급의식의
결여에 대한 프로파의 비난만은 두 사람에게 공통되게 적용되는 것이
그 특징임을 알 수 있다.

자연주의의

한국적

양상

1. 염상섭과 자연주의

한국 자연주의 연구의 문제점은 그 원천이 두 개라는 데 있다. 졸라이즘(A형)과 일본 자연주의(B형)가 그것이다. 후자는 졸라이즘에서 사실주의적 표현기법만 받아들였기 때문에 그 두 자연주의는 공통점이 적다. 따라서 한국 자연주의의 개념을 정립하려면 A형과 B형의 두 자연주의와의 관계를 규명하는 일이 요구된다. 염상섭과 자연주의의 관계도 마찬가지다. 염상섭은 다른 문인들보다 B형 자연주의와 더 밀착되어 있기 때문에 삼국의 비교연구가 더 필요해진다.

염상섭과 자연주의에 대한 심층적인 고찰이 요구되는 이유는 그가 자타가 공인하는 자연주의 작가라는 데 있다. 뿐만 아니다. 그는 평론과 소설 두 장르에 걸쳐 자연주의를 실현하려 한 거의 유일한 문인이다. 김동인은 자연주의를 소개하는 데서 끝나고 있기 때문에 염상섭처럼 평론과 소설 양면에서 자연주의에 대해 관심을 표명한 문인은 한국에는 다시 없다. 한국 자연주의 연구에서 그가 차지하는 비중이 커지는 이유가 거기에 있다.

1) 용어에 대한 고찰

(1) 명칭의 단일성과 개념의 이중성

염상섭과 자연주의의 관계를 밝히는 데 있어서 가장 기초적인 과제는 그가 사용한 자연주의라는 용어의 개념을 밝히는 것이다. 그것이 A형인가 B형인가 하는 데 따라 한국 자연주의의 성격이 달라지기 때문이다. 김동인에게 있어 자연주의는 루소이즘이었다. 염상섭은 그렇지 않다. 그에게 있어 자연주의는 그냥 자연주의다. 하지만 내역은 시기에 따라 달라진다. 「개성과 예술」에 나타난 초기(1922~3)의 자연주의는 일본적 자연주의(B형)라고 할 수 있으며, 2기의 그것은 졸라식 자연주의(A형)에 가까운 것이다. 그 두 가지의 변별 특징을 확인하기 위해 「개성과 예술」에 나타난 자연주의의 특징을 요약하면 다음과 같다.

  ⅰ) 반이상, 반낭만적 경향
  ⅱ) 과학의 발달과 병행해서 생겨난 문예사조
  ⅲ) 인생의 진상(암흑, 추악한 면)을 여실하게 묘사하는 것
  ⅳ) 자아의 각성으로 인한 환멸의 비애를 수소하는 것
  ⅴ) 개인주의와 자연주의는 동일하거나 유사한 사조

이것들은 일본의 자연주의를 주도하던 하세가와 덴케이의 이론과 그대로 부합된다. 일본의 자연주의는 ⅰ), ⅱ), ⅲ)에 나타나 있는 사실주의적 요소와 ⅳ), ⅴ)의 개인주의적 요소가 합쳐져서 이루어진 것이다. 「개성과 예술」에서는 B형 자연주의의 이론이 반모방론에 입각한 낭만적 예술론과 공존하고 있다. 자신의 초기의 문학만을 자연주의로 보는

염상섭은 낭만적 예술론과 공존하는 덴케이식 자연주의를 받아들였음을 「개성과 예술」을 통해 확인할 수 있다.

2기(1924~1937)의 「토구 · 비판' 3제」(1929)에는 이와는 다른 또 하나의 자연주의가 나온다. '생활 제일의론第—義論'의 바탕 위에서 개인주의 대신 사실주의와 결합된 다른 자연주의가 나타나는 것이다. 「토구 · 비판' 3제」에서 염상섭이 지적한 자연주의와 사실주의의 공통 특징은 다음과 같다.

  i) 자연과학과 실제철학의 결합에서 생겨난 것

  ii) 사물을 있는 그대로 보는 객관적, 현실적 태도

  iii) 미보다 진을 구하는 것이 사실적, 객관적 태도의 정도

  iv) 현대문학 전반에 막강한 영향력을 끼친 사조

이 글에서는 개인주의와 관련되던 「개성과 예술」의 항목들은 자취를 감춘다. 낭만적 예술관도 사라진다. 덴케이와 신낭만주의의 영향권에서 벗어나 모방론, 재현론에 바탕을 둔 현실적 예술관이 나타나는 것이다. 개인주의와 자연주의의 연결고리가 벗겨지면서 비로소 그의 세계에는 사실주의가 나타나며, 그것은 자연주의와 동계의 사조로 인정을 받는다.

사실주의의 출현과 더불어 염상섭은 자연주의=정신현상, 사실주의=표현양식의 공식을 만들어 낸다. 이 공식은 그 후의 그의 문학론의 골자를 이루면서 마지막까지 지속된다. 그가 생각한 사실주의도 광의의 사실주의(A형)와 협의의 사실주의(B형)의 두 가지가 있지만, formal realism적 성격을 지닌 A형이 주도적 성격을 지니게 됨을 사실주의=표현양식의 공식을 통해 확인할 수 있다.

이 시기에 염상섭이 자연주의만의 특징으로 생각한 것은 극단적인 과

학주의, 극단적인 객관주의의 두 가지다. 사실주의와 공유하는 iii)과 iv)까지 합산하면 이것은 어김없이 졸라적인 자연주의다. 그런데 염상섭은 졸라이즘의 특징을 이루는 극단적인 과학주의와 객관주의를 싫어한다. 그래서 그는 자연주의를 버린다. 그는 극단적이 아닌 과학주의만 좋아했고, 객관주의 대신에 주객합일주의를 택하기 때문에 졸라적인 자연주의는 받아들일 수 없는 것이다. 그래서 염상섭은 이 시기의 자신의 문학은 자연주의가 아니라 사실주의라고 분명하게 선언한다.

뿐 아니다. 그는 자기가 자연주의에서 벗어나 사실주의로 간 것을 '진일보' 하였다고 생각한다. 이 시기부터 염상섭은 사실주의를 자연주의보다 우월한 것으로 간주한다. 그는 「나의 창작여담-사실주의와 더불어 40년」(1958)에서 자기는 사실주의와 더불어 40년간 글을 썼다고 고백한다. 그렇다면 평론에 나타난 그의 사실주의기는 그가 프롤레타리아 문인들과 논쟁을 시작한 1925년 이후로 보는 것이 옳다.

염상섭의 2기의 자연주의가 졸라이즘과 유사성을 띠는 세 번째 요인은 결정론이다. 「토구·비판' 3제」에는 획득유전설이 나오는데 이것은 환경이 생식에까지 영향을 미친다고 주장한 것이다. 따라서 졸라의 결정론과 염상섭의 그것은 차이가 있다. 염상섭이 역점을 둔 것은 유전보다는 환경이다. 그는 유전까지도 환경의 영향으로 보는 환경결정론 우위사상을 가지고 있다.

뿐 아니다. 그의 결정론의 대상은 개인이 아니라 집단의 문화적 측면이다. 그는 이 시기에 변증적 사실주의를 통해 결정론의 중요성을 터득했다. 그러면서 변증적 사실주의의 부당성을 지적해야 하니까 물질적 측면을 배제하고 문화적인 면만 부각시키려 한 것이다. 따라서 그의 결정론은 개인을 저해하는 요소로서 유전과 환경의 결정성을 부각시키려 한 졸라의 것과는 격차가 크다. 그런데도 불구하고 사실주의와 결정론은 그의 2기 이후의 문학을 사실적, 현실적으로 만드는 데 기여한다.

3기(해방후)에 가면 염상섭의 세계에는 다시 덴케이식 자연주의가 부활한다.

인생의 암흑추악한 면을 여실하게 그리는 것이 자연주의이며, 환멸의 비애를 수소愁訴하는 것이 자연주의라는 1기의 자연주의관의 부활이다. 「나와 『폐허』 시대」(1954), 「나와 자연주의」(1959), 「횡보 문단회상기」(1962) 등에서 염상섭은 그런 견해를 피력한다. 그는 자연주의가 수입한 것이나 모방한 것이 아니라 한국의 시대상에서 자연발생적으로 생겨난 것이라고 주장하고 있는데, 그러면서 개념 자체는 일본 자연주의를 차용하고 있다. 그의 자연주의 자생론의 근거는 초기 3작이 한국에 실재한 인물들의 이야기라는 데 있는데, 실재한 인물이나 직접체험의 재현＝자연주의라는 사고 자체가 일본 자연주의의 중요한 특징에 속하는 사실이 그것을 입증한다.

그에게 있어 자연주의는 일본 자연주의밖에 없다는 사실을 뒷받침하는 자료는 한국 자연주의의 출현 시기에 대한 그의 견해다. 그는 "자연주의를 들고 나선 것은 필자 자신"이라고 말하고 있는데, 졸라이즘은 백대진(1915), 김한규(1922), Y. A생(1921), 김억(1922) 등에 의해 이미 정확하게 소개된 후였다. 따라서 그가 자신을 최초의 자연주의자로 본다면 그것은 졸라이즘이 아니라 일본 자연주의여야 한다. 일본 자연주의의 경우에는 그에 선행하여 그것에 대해 언급한 문인이 없기 때문이다.

염상섭은 그런 개념으로 파악한 자신의 자연주의계의 소설로 「표본실의 청개고리」와 「삼대」를 들고 있다. 「횡보 문단회상기」에서 '무이상', '무해결', '현실폭로' 등을 자연주의의 본질로 규정한 염상섭은 그 대표적 인물로 「삼대」의 조상훈을 들고 있다. 조상훈이 자연주의적 인물을 대표한다는 그의 말은 사실주의와 더불어 40년을 살아왔다는 자신의 주장과 배치된다. 그의 주장에 의하면 「삼대」가 나오던 시기는 자연주의기여야 하기 때문이다.

그런 혼선에도 불구하고 3기의 자연주의가 B형이라는 사실에는 변화가 없다. 그에 의하면 3기의 자연주의는 1) 부정의 문학, 2) 체험주의, 3) 무해결의 종결법, 4) 근대문학의 분수령을 이루는 중요한 사조, 5) 인상자주의 등의 특징을 가지는 것으로 요약될 수 있는데, 이것은 일본의 자연주의와 동질성을 띠는 것이다. 다른 것이 있다면 여기에는 하세가와 덴케이뿐 아니라 시마무라 호게츠의 이론도 함께 수용되어 있다는 점이다. 이론적인 면에서 볼 때 염상섭의 자연주의는 전적으로 일본 자연주의와 유사성을 띠는 것임을 확인할 수 있다.

(2) 용어의 원천탐색

염상섭의 자연주의가 B형 일변도가 된 이유를 밝히기 위해서는 그와 외국문학과의 관계를 살펴보는 일이 요구된다. 여기에서 주목을 끄는 것은 그와 일본문학과의 밀착성이다. 염상섭은 영어로 독서를 하지 못했기 때문에 문학수업을 일어로만 했다. 부립중학에 다닌 염상섭은 일본문학의 영향권에서 문학을 시작하지 않을 수 없었던 것이다. 「문학소년 시대의 회상」을 중심으로 해서 일본문학에서 염상섭이 받은 영향관계를 추적하여 보면 다음과 같다.

① 자연주의계의 작가들의 영향관계

이론 면에서 염상섭이 영향을 받은 문인은 하세가와 덴케이와 시마무라 호게츠다. 덴케이의 영향은 「개성과 예술」에 나타난다. 이 글의 원천이 덴케이의 「환멸시대의 예술」과 「현실폭로의 비애」다. 「개성과 예술」의 자연주의론은 덴케이 이론에서 차용한 것이다. 호게츠의 영향은 이보다 늦게 나타난다. 염상섭은 그의 자연주의론에서 1) 인상자연주의와 주객합일주의, 2) 사실주의와 자연주의의 개념의 차이 등을 배워서 덴케이 이론의 미비점을 보완한다. 염상섭의 자연주의론은 두 문인의 영향하에서 성립되었다고 할 수 있다.

작풍면에서는 다야마 카다이의 영향을 받았을 가능성이 있다. 염상섭의 2기의 묘사방법은 카다이의 평면묘사의 범위를 벗어나지 않는 것이 많기 때문이다. 그 밖에도 2기 이후의 소설의 인물의 계층, 제재, 주제 등에서 일본과의 많은 유사성이 나타난다. 토손의 경우도 이와 유사하다. 염상섭은 그에게서 기교만을 배웠다고 말하고 있으나(「배울 것은 기교」참조), 토손의 「家」와 「삼대」의 "제재상의 영향은 절대적"이다. 염상섭이 영향을 받았을 가능성이 많은 작품은 「家」 이외에도 「파계」와 카다이의 「시골교사」 등이 있다.(김송현 참조)

이론상으로나 작풍상으로 일본 자연주의와 관계되는 영향관계를 염상섭은 감추고 싶어 하는 경향이 있다. 영향관계가 너무 직접적인 데기인한다고 할 수 있다. 그 중에서도 가장 심한 것이 하세가와 덴케이의 경우다. 그의 이름을 염상섭은 거론조차 하지 않았다. 「개성과 예술」 1장에서 그의 이론을 그대로 옮겨 쓴 데 대해 자격지심 때문일 것이다.

② 반자연주의계 작가의 경우

이 경우에는 반대의 현상이 나타난다. 나츠메 소세키, 다카야마 조규 高山樗牛, 아리시마 다케오 등에 관한 영향관계는 솔직하게 인정하고 있다. 그 중에서도 아리시마 다케오는 염상섭의 작품에 가장 직접적인 영향을 끼친 작가다. 「암야闇夜」에 보면 그의 「출생의 고뇌出生の苦惱」에 대

한 염상섭의 애착이 노출되어 있다. 「제야」의 창작주체가 아리시마의 「돌에 짓밟힌 잡초石にふみにじられた雜草」라는 김윤식의 주장까지 합산하면 아리시마는 염상섭의 초기의 고백체소설 형성에 절대적인 영향을 끼친 작가임을 알 수 있다. 하세가와 덴케이가 자연주의론의 형성에 끼친 것과 같은 영향을 아리시마 다케오는 창작 면에서 끼치고 있다. 그는 염상섭이 작풍의 영향을 받았다고 고백한 유일한 일본작가다.

하지만 영향의 폭은 시마무라 호게츠가 가장 높다. 그는 자연주의론의 영향 외에 태서문학의 소개자 역할까지 맡고 있다. 그는 발신자이면서 동시에 전신자이기도 하다. 염상섭은 그가 주관하는 『와세다문학』을 교과서로 해서 자연주의론을 배웠을 뿐 아니라 태서문학에 관한 모든 자료를 얻었다. 호게츠는 그의 문학입문을 지도한 교사였고, 『와세다문학』은 그의 '강의록'이었다. 이 강의록은 염상섭의 연극에 대한 관심을 계발했으며, 한국문화에 대한 열등감도 키웠다. 호게츠는 다방면에서 염상섭에게 절대적인 영향을 끼친 문인이다.

프랑스의 경우 염상섭이 자주 거론하는 문인은 모파상과 플로베르다. 하지만 일본의 경우처럼 영향의 정도가 심각하지 않다. 졸라에 대한 것은 그보다 더 미미하게 취급되고 있다. 염상섭이 졸라와 무관하다는 것을 이를 통해도 확인할 수 있다.

서구문학에서 염상섭이 가장 많은 영향을 받은 나라는 러시아다. 그에게도 야스나야 폴리야나는 성소였고, 도스토옙스키는 그의 러시아적 '다민성多悶性'의 원조다. 다음은 투르게네프와 고리키다. 염상섭은 도스토옙스키와 고리키를 좋아한다고 말하고 있지만 실질적으로 영향관계가 가장 많이 나타나는 작가는 투르게네프라는 것이 김송현의 증언이다. 하지만 러시아에는 전형적인 자연주의 문학이 거의 존재하지 않는다. 염상섭의 자연주의론의 원천이 일본 자연주의밖에 없는 이유가 거기에 있다.

(3) 전통문학과의 관계

일반적으로 자연주의파의 문인들은 전통문학에 대한 조예가 깊지 않다. 염상섭도 예외가 아니다. 그는 한국의 전통문학에 대해 아는 것이 별로 없다. 중학생 때인 1912년에 도일하여 8년간 일본에 있다가 돌아왔으니 한국문학에 대한 지식은 깊지 않은 것이 당연하다. 그 대신 일본문학은 본격적으로 배우고 왔다. 거기에서 자기 나라 문학에 대한 열등감이 생겨난다.

문학뿐 아니다. 그는 우리나라 사람들의 국민성, 자연, 문화적 수준 등에 엄청난 열등감을 가지고 있었다. 1920년대의 작가 중에서 염상섭은 가장 가혹하게 한국인과 한국문화를 폄하한 작가라고 할 수 있다. 일본의 국수주의자들보다 더 부정적인 한국관을 가지고 있었던 것이다. 이런 열등감의 요인은 첫째로 그가 근대화라는 자만으로 1910년대의 일본과 한국을 측량하려 한 데 있다. 1차 도일시에 그의 눈에 비친 1912년의 일본은 유토피아였다. 거기에서는 근대적 문물이 있었고, 가족에서 해방된 자유로움이 있었으며, 새로운 학문과 문학이 있었다. 그는 일본에 가서 "문학이라는 새계에 눈이 번쩍 뜨게" 되며, "해방된 기쁨과 새로운 지식의 감미에 심신이 한가지 소생된"다.(「문학소년 시대의 회상」) 그에게 일본은 신천지였다. 그 눈으로 한국을 돌아볼 때 "소조蕭條, 삭막索莫하고 살벌한 사회현상"과 "쇄국적, 봉건적 유풍"에 짓눌린 후진적 식민지의 분위기가 열등감을 불러 일으켰던 것이다. 그런 조국에 대한 갈등이 가혹한 한국평으로 표출된다.

두 번째 요인은 그가 일본의 문학적 수준에 자신을 맞추려 한 데 있다. 그가 한국의 고전뿐 아니라 근현대문학에 대해서도 알려는 마음 자체를 가지고 있지 않았던 것은 우리 문학이 일본문학보다 열등하다는 선입견 때문이다. 이인직, 이광수 등 선배문인에 대한 무관심이 그것을 입증한다. 그의 눈에 보이는 선배는 아리시마 다케오 같은 일본작가였다. 그 결과로 그는 "너무나 제나라 것을 경시·멸시"하게 된다.

하지만 한국문화에 대한 염상섭의 열등감의 진짜 원인은 일본인들의 식민사관에 입각한 한국관 때문이다. 일본의 근대화는 '정한론征韓論'과 더불어 시작되고 있어 일본에서는 명치 초기부터 한국문화에 대한 부정적 자세가 두드러지게 나타났고, 그것이 중학과정의 유학생들에게 치명적인 악영향을 미쳤던 것이다.

물론 명치·대정기의 일본 문화인들의 한국관에는 부정적인 것만 있었던 것은 아니다. 다야마 카다이, 다니자키 준이치로 등은 한국의 자연과 풍경의 고전적 아름다움을 예찬했고, 이시카와 다쿠보쿠는 지도 위에서 한국이 사라지는 것을 가슴 아파했으며, 다카야마 교시는 한국에 있는 일본인들의 비열함을 고발하는 글을 썼고, 야나기 무네요시는 한국공예의 우월성을 예찬했다. 하지만 그것들은 양적으로 열세에 놓여 있었고, 그나마도 이면에는 정한론에 동조하는 가락이 숨겨져 있는 경우가 많아서, 한국 유학생들의 열등감을 회복시켜주기에는 미흡했다. 카다이의 말은 아직도 한국은 왕조시대의 수준에 머물러 있다는 뜻으로 들렸고, 민권운동가들의 동정은 같은 운명에 처한 자신들의 처지를 자탄하는 소리로 들렸던 것이다. 다카야마 교시는 일본인의 간교함을 비판했지만, 근본은 총독정치의 예찬자였다. 야나기 무네요시만이 작은 위안이 되어 주었을 뿐이다. 거기에 비하면 부정적 견해는 백퍼센트의 효과를 나타냈다. 가뜩이나 자기 나라의 후진성에 역정이 나 있던 청소년들에게 그것들은 백지에 스며드는 먹물 같은 흡수작용을 일으켰다.

염상섭은 그런 젊은이들을 대표한다.

부정적인 한국관을 통해 염상섭에게 지대한 영향을 미친 대표적인 일본인은 도쿠도미 소호와 시마무라 호게츠다. 전자는 「조선의 인상」에서 한국민족의 열등성을 나열하고 나서 한국 전체가 무덤 같다는 말을 하면서 일본의 한국 침략이 한국인에게는 일종의 구원이라는 주장까지 하고 있는데, 마지막 항목만 뺀 나머지 두 항을 염상섭은 그대로 받아들이고 있다. 「세 가지 자랑」에 나오는 한국인의 열등성에 관한 나열, 「묘지」에서 한국 전체가 무덤 같다고 보는 견해 등은 모두 도쿠도미에게서 나온 것이라 할 수 있다.

호게츠의 경우는 전자보다는 온건하지만 그에 대한 염상섭의 존경심을 가산하면 그의 말의 영향력이 액면보다 컸을 가능성을 상정할 수 있다. 염상섭이 한국을 "소조, 삭막하고 살벌한 사회현상"과 "쇄국적, 봉건적 유풍"의 고장으로 파악한 데는 호게츠의 '고수枯瘦하다, 험가險峿하다'는 말과 '금욕종사람들이 은거하기에 알맞는 나라'라는 말들의 영향이 큰 것으로 볼 수 있다. 하지만 보다 더 결정적인 것은 "조선의 과거에는 문예라고 할 만한 것이 없다."는 그의 말을 염상섭이 전적으로 수용한 것이다. 이 말의 에코는 염상섭뿐 아니라 이광수, 김동인 등 초창기의 작가들 모두에게서 들려온다. 그 한마디가 한국 학생들의 자국문학에 관한 열등감을 심는 데 결정적 역할을 한 것이다. 청년기의 염상섭은 이 말을 액면 그대로 받아들여 하나의 고정관념을 형성해 간다. 한국문화에 대하여 아는 것이 없었고, 일본문화의 맹점을 파악할 만큼 성숙하지 못한 상태에서 받아들인 호게츠의 말들은 해방될 때까지 염상섭의 내면에서 부동의 진리로 자리잡았던 것이다.

염상섭이 한국인의 열등성에 대한 혐오감을 가라앉힐 수 있었던 것은 해방되고도 한참이 지난 1950년대이다. 하지만 그 시기에도 한국의 문화적 유산의 열등성에 대한 평가는 변하지 않는다. 달라진 것은 열등하다고 매도하고 끝나던 상태에서 벗어나, 열등하더라도 자기 나라의 문화적 유산을 사랑해야 하며, 아끼고 키워야 한다는 자세뿐이다.

자연주의의 경우와 마찬가지로 그는 결정적인 시기에 명치 문인들의 한국관의 영향을 받아 평생 그것을 바꿀 수 없었다. 그래서 그는 만년에 "타방他邦문학 속에서 성장하여 가지고 돌아와서 자기문학을 세운다는 것은 불행한 일이요, 불명예하기도 한 일"이라고 말하고 있다. 염상섭 연구에서 일본과의 관계 규명이 큰 비중을 차지하는 이유가 여기에 있다.

2) 현실 재현의 방법

(1) 예술관의 이중성과 주객합일주의

에밀 졸라의 자연주의는 미나 선보다 진실을 우위에 두는 예술관을 가지고 있다. 이런 졸라의 예술관을 염두에 두고 염상섭의 예술관을 고찰해 보면 우선 눈에 띄는 것은 그의 예술관의 이중성이다. 1기와 2기 예술관이 다르다. 「개성과 예술」에 나타난 1기의 예술관에는 졸라이즘뿐 아니라 리얼리즘과도 대척되는 낭만적 예술관이 들어 있다. "독이적 생명을 통하야 투시한 창조적 직관의 세계"가 이 시기의 염상섭이 생각한 예술의 본질이다. 따라서 그것은 "모방을 배排하고 독창을 요구"한다. 그런데 "현실 세계를 현실 그대로 보려고 노력"하는 또 하나의 목소리가 반모방의 예술관 옆에 놓여 있다. 하지만 그 소리는 크지 않다. 「개성과 예술」을 주도하는 것은 반모방의 낭만적 예술관이다. 그러나

2기에 가면 낭만적 예술관은 사라지고 현실적인 것만 남아 모방론을 채택한 예술관으로 변한다. 1926년에 쓴 「계급문학을 논하야 소위 신경향파에 여함」에서는 "예술이란…… '재현'에서부터 출발하는 것"으로 되어 있다. '재현', '반영', '해부', '보고' 등을 예술의 본령으로 보게 된 것이다. 졸라이즘과 유사성을 지니는 예술관이라고 할 수 있다. 하지만 염상섭은 객관주의를 배척하고 주객합일주의를 예찬한다. 그에게 있어 '진'은 '작가의 눈을 통하여 본 진'이다. 뿐 아니다. 그는 '진'을 '미'보다 높이 평가하지 않는다. 1기보다 약화되기는 했지만 그에게 있어 '미'는 2기에도 여전히 '진'과 나란히 놓여 있다. 고증보다 체험을 중요시하는 경향에서도 졸라와는 차이가 나타난다. 그러니까 염상섭의 반영론은 졸라적인 것이 아니라 일본 자연주의가 받아들인 프랑스의 사실주의의 그것을 의미하는 것이다. 염상섭의 주객합일주의, '진', '미'가 공존하는 예술관, 체험주의 등은 일본 자연주의와 유사하다. 염상섭 자신의 2기의 문학을 사실주의로 규정하고 있는데 그것은 일본 자연주의와 많은 공통성을 지니는 것이다. 다른 점이 있다면 하세가와 덴케이의 용어들이 없어진 것 뿐이다.

염상섭은 자신의 1기의 문학을 자연주의라고 주장하고 있다. 그는 자연주의를 사상적인 것으로만 한정하는 만큼 환멸의 비애, 현실폭로 등 부정적 현실을 드러내는 측면에서만 「표본실의 청개고리」는 B형 자연주의와 비슷하다. 기법상으로는 그의 고백체 소설은 일본 자연주의와도 맞지 않는다. 1인칭 시점을 쓰고 있기 때문이다. 오히려 2기의 작품 쪽이 일본 자연주의의 원리에 충실하다. 재현론, 인물의 평범성, 배경의 협소성, 주객합일주의, 체험주의, 무해결의 종결법 등으로 특징지어지는 2기의 작품은 일본 자연주의의 특성에 부합한다. 문제는 염상섭이 2기의 것은 자연주의가 아니라 사실주의라고 주장하는 데 있다.

사상면에서는 1기와 2기 사이에 연관성이 있다는 것은 그 자신이 「표본실」과 「삼대」를 시대상을 반영한 같은 계열의 작품으로 분류(「횡보 문단 회상기」)한 데서 나타난다. 「개성과 예술」 한 구석에 놓여 있던 A형 자연주의와 2기의 염상섭의 '사실주의'는 비슷한 것임을 이를 통해 확인할 수 있다.

(2) 미메시스의 대상

졸라이즘뿐 아니라 리얼리즘 계열의 문학의 기법상의 특징은 외면화 현상에 있다. 내면까지도 가시적으로 그려내려 하는 것이 그들의 목적이기 때문에 외적 시점을 쓰는 것이 원칙이다. 외적 시점은 일본의 경우에도 해당된다. 일본에서도 자연주의자들은 3인칭 시점을 주로 썼다. 같은 사소설인데도 자연주의파와 백화파를 가르는 중요한 차이는 시점의 객관성 여부에 있다. 백화파는 1인칭으로 사소설을 썼던 것이다.

그런데 염상섭은 1인칭 시점을 많이 썼다. 이 논문에서 대상으로 한 20편 중에서 10편이 자전적 소설인데, 그 중 절반이 1인칭 시점을 쓰고 있고, 비자전적 소설에도 「제야」처럼 1인칭 시점을 쓰는 경우가 있다. 시기적으로는 1기에 1인칭이 많다. 하지만 2기에도 2편의 소설이 1인칭으로 되어 있는 것은 일본 자연주의와 다른 점이다. 그것은 백화파의 영향이라고 할 수 있다. 1인칭 시점, 비자전적 소설의 증가 등은 대정기 문학의 영향이다.

염상섭은 자전적 소설도 3인칭으로 쓴 일이 있는데 시점이 객관화되면 묘사도 객관화되는 것을 「표본실의 청개고리」와 「암야」를 대조해서 확인했다. 같은 모델을 두 가지 시점으로 그린 비자전적 소설인 「제야」, 「해바라기」의 경우에도 같은 현상이 나타나 시점의 중요성을 일깨

워준다. 1기에 자전적 소설과 1인칭 시점이 많고, 2기에는 자전적 소설이 줄어들면서 시점의 객관화가 이루어진다. 비자전적 소설에서 3인칭을 쓴 소설은 「해바라기」가 처음인데, 현실의 외관을 심도있게 그린 「묘지」를 지나 「전화」에 이르러 객관적 시점이 정착된다. 내면성의 비중은 시간이 지날수록 약화되는 것이다.

하지만 약화되는 것뿐 사라지지는 않는다. 염상섭은 평생 인간의 심리를 분석하는 작업을 계속한 작가이기 때문이다. 그의 미메시스의 대상은 항상 인간의 내면이었다. 2기에 가면 거기에 외면화 현상이 병치된다. 외면화 폭이 커지는 데 비례하여 내면성의 심도가 낮아지는 것뿐이다.

내면의 객관화 작업에 몰두한 점에서 2기의 염상섭은 토손, 카다이와 비슷하다. 그들은 모두 주객합일주의를 좋아했기 때문이다. 주객합일주의의 선호는 김동인에게서도 나타난다. 하지만 염상섭이 같은 인물의 안과 밖을 함께 그리기를 즐긴 데 비하면 김동인은 주체와 객체가 2분화되는 액자양식을 좋아했다. 액자적 시점 외에 이 두 작가가 나타내는 또 하나의 차이점은 일원묘사체와 다원묘사체다. 김동인이 한 사람의 내면에 조명을 집중시키는 반면에 염상섭은 여러 사람의 내면을 모두 다루는 다원묘사를 즐겼다. 주아주의의 강도에 있어 동인은 상섭을 능가하지만, 객관화, 가치중립성 등에서는 염상섭이 우위에 선다. 그가 한국 최초의 사실주의 작가로 지목되는 이유가 거기에 있다.

(3) 미메시스의 방법

현실재현의 문학은 기본적으로 일상의 언어를 재현하는 언문일치 문장을 요구한다. 그것은 근대와 더불어 태동하여 자연주의기에 절정에

달한 표현양식이다. 일본의 경우도 예외가 아니다. 「부운浮雲」에서 시작된 언문일치운동이 자연주의기에 가서 결실을 맺는다. 언문일치 문장의 확립은 일본 자연주의의 공적이다. 한국도 마찬가지다. 이인직, 이광수, 김동인 등은 처음부터 언문일치를 위해 정력을 기울인 문인들이다. 염상섭은 그렇지 않다. 그의 언문일치는 2기에 가서야 이루어진다. 그의 초기의 문장은 논문보다 더 많은 한자어를 쓴 어려운 문장이다. 난해한 한자어, 무리한 합성어, 일상어화한 단어의 한자표기 등 납득할 수 없는 것이 많았다.

한자어의 남용은 그가 일본의 문장을 잘못 본받은 데서 온 것이라 할 수 있다. 일본에서는 지금도 소설에 한자어를 쓰고 있기 때문이다. 하지만 일본에서는 음독音讀과 훈독訓讀을 함께 하고 있어, 국한문 혼용체가 그대로 일상어를 재현한다. 뿐 아니다. 그들은 어려운 한자어에는 토를 달고 있어 소설문장에 한자어를 쓰는 것이 언문일치에 어긋나지 않는다. 염상섭은 그 점을 몰각하고 일상어가 아닌 한자어와 일상어의 한자표기를 남용했기 때문에 그의 초기 소설의 문장은 추상성을 면하기 어려웠다. 그건 리얼리즘의 'as it is'의 원리에 어긋나는 것이다. 이런 경향은 선배문인들의 언문일치를 위한 노력을 퇴화시킨 것으로 그의 초기 소설의 치명적인 결함이 되고 있다. 그의 초기 소설의 문장은 소설문장이라고 하기 어려운 만큼 이 시기의 그는 소설가라고 하기 어렵다.

하지만 2기에 가면 그의 문장은 180도로 달라진다. 한자어를 버리고 생활어 전용의 문장이 되는 것이다. 바뀌는 시기를 김윤식은 그의 세계에서 3인칭 대명사 '피彼'가 없어지는 1924년경으로 보고 있다. 그것은 그가 일본 문체의 영향에서 벗어나는 것을 의미한다. 「묘지」에서부터 정착하기 시작한 언문일치가 「해바라기」를 거쳐 「전화」에 가서 제대로 자리를 잡는다. 그는 2기에 비로소 노벨리스트가 되는 것이다. 일단 생활어의 재현으로 방향이 바뀌자 그의 문장은 사실주의에 가장 적합한 것이 된다. 다른 작가들이 터득하지 못한 순수한 경아리말이 그의 생활어였기 때문이다. 불·일 자연주의파의 작가들이 모두 시골 출신이고, 이광수, 김동인도 같은 처지에 있었던 만큼 염상섭이 수도의 중산층 출신이라는 사실은 그가 노벨리스트가 되는 데 플러스 요인으로 작용한다. 그래서 그는 선배 문인들을 능가하는 노벨리스트가 되는 것이다.

그 다음에 졸라이즘에서 문제가 된 것은 선택권 배제의 결과로 나타나는 비속어 사용이다. 그런데 일본의 경우처럼 염상섭에게서도 비속어는 사용되지 않았다. 김동인은 그렇지 않다. 그에게는 비속어 사용 경향이 있다. 그는 이 점에서도 졸라와 친족관계를 보여준다. 그러나 염상섭과 김동인의 상이점은 '배기교'의 항에 오면 사라진다. 대정기에 문학수업을 한 두 작가는 일본 자연주의의 '배기교'의 항목을 똑같이 받아들이지 않았던 것이다. 하지만 정도에 차이가 있었다. 그래서 김동인은 염상섭의 2기 이후의 소설을 산만함 때문에 비난한다. 무선택의 원리에서 오는 산만함은 다원묘사의 탓이기도 하다는 것이 김동인의 견해다. 하지만 무선택의 원리와 다원묘사는 사실주의, 자연주의의 원리다. 염상섭이 김동인보다 근대소설 작가로 성공한 이유가 거기에 있다. 김동인의 간결의 미학은 노벨에는 적합하지 않다. 이런 차이에도 불구하고 염상섭도 김동인처럼 일본 자연주의의 '배기교'항은 받아들이지 않았다. 그는 항상 형식을 중시하는 입장에 섰다. 염상섭의 2기 문학은 기법면에서 일본 자연주의의 사실적 측면을 받아들이고 있는데, 김동인은 기법면에서는 졸라이즘, 일본 자연주의 모두와 무관하다. 그는 반모사의 예술관을 가지고 있는 유미주의자였던 것이다.

3) 문체혼합의 양상

(1) 인물의 계층과 유형

① 인물의 계층

프랑스의 자연주의는 인물의 계층이 낮은 것이 특징이다. 제르미니는 하녀이며 『루공-마카르』는 막벌이꾼과 밀렵꾼의 후손들이 채우고 있다. 그런데 염상섭에게서는 인물의 계층의 저급성이 나타나지 않는다. 자전적 소설의 경우에는 작가처럼 중산층 출신의 인텔리들이다. 그들은 교사, 기자, 작가 등이며 이따금 실직도 하지만, 곧 취직해서 최저층에 속하는 인물은 거의 없다. 비자전적 소설의 남자 주인공들도 출신계층과 학력은 이들과 비슷하다. 하지만 경제적인 계층의 격차는 심하다. 작자의 계층보다 낮은 그룹과 높은 그룹이 나오는 반면에 비슷한 계층은 거의 없다. 낮은 그룹을 대표하는 것이 막노동자인 똥파리이다. 그는 학벌, 지능 등 모든 면에서 최저층에 속한다. 그는 염상섭의 인물 중에서 최하층에 속한다.

나머지는 대부분이 유식무산층이다. 「조그만 일」, 「고독」, 「밥」의 룸펜 인텔리겐치아들이 여기에 속한다. 그들은 가난해도 막일은 하지 않기 때문에 경제적으로는 똥파리보다 더 가난하다. 이들은 프롤레타리아에 속하기 때문에 자전적 소설의 인물들보다 계층이 낮다. 반대로 「제야」, 「남충서」, 「난어머니」, 「삼대」 등의 주동인물은 부르주아다. 전자의 문제가 밥의 문제인 데 반하여 이들의 문제는 유산에 얽혀 있다. 염상섭은 '배허구'의 구호 밑에서 글을 쓴 작가이기 때문에 허구의 폭이 좁다. 그래서 비자전적 소설의 인물들도 자전적 소설과 나이, 학벌 등이 비슷하다. 부자인 점만 다를 뿐이다. 예외적인 것은 「전화」다. 이 부부만 중산층에 속한다.

자전적 소설의 인물 계층은 일본 자연주의와 같다. 학력, 재력, 성별, 가정형편 등이 모두 비슷하다. 비자전적 소설의 인물들도 학력, 성별 등은 닮았으나 경제적 측면이 다르다. 일본에서는 비자전적 소설에서도 부자가 나오지 않는다. 프롤레타리아도 마찬가지다. 염상섭의 허구의 폭이 카다이, 토손보다 더 넓다고 할 수 있다. 김동인은 다르다. 그의 자전적 소설은 염상섭보다 경제적 계층이 많이 높다. 작가의 집안이 부자이기 때문이다. 반면에 비자전적 소설은 염상섭보다 계층이 훨씬 낮다. 제르미니의 계층이 많은 것이다.

② 인물의 유형

인물의 유형도 마찬가지다. 염상섭에게는 제르미니적인 병적 유형의 주동인물이 없다. 최정인과 똥파리만이 제르미니형에 가깝다. 최정인은 유전과 환경이 상승작용을 일으켜 도덕적으로 타락하는 유일한 인물이다. 하지만 그녀의 방종은 생리적 결함과는 무관하다. 남녀 평등사상과 성 개방의 철학이 성적 방종의 원인이기 때문에 제르미니와는 격차가 크다. 똥파리도 지능이 모자라는 것뿐 도덕적 타락은 나타나지 않는다. 생리적 결함을 가진 인물은 김창억인데, 작가가 광인숭배자의 입장에서 그를 다루고 있어, 유전과 환경의 마이너스 요인이 오히려 미화되어 있다. 도덕적으로 타락하는 인물은 최정인과 부르주아층의 아버지들이다. 하지만 종호와 충서 아버지의 축첩은 유교사회에서 공인된 것이고, 조상훈의 경우 작자는 시대에 그 책임을 지우고 있다. 그는 선천적으로 신경의 장애가 있는 사람은 아니다. 따라서 병적 결함이 도덕적 타락과 연결되는 제르미니와는 거리가 있다.

염상섭에게는 극단적인 성향을 가진 인물이 없다. 그의 인물들은 평범한 일상인이다. 더구나 부르주아층의 남자 주인공들은 대부분이 긍정적으로 그려져 있다. 그러니 제르미니형의 주동인물은 없다고 해도 과언이 아니다. 염상섭의 인물들은 카다이, 토손과 비슷하다. 김동인은 그렇지 않다. 그의 주동인물 중에는 제르미니형이 많다. 솔거, 백성수, 삵 등은 모두 제르미니형이다. 인물 유형도 졸라와 유사성을 지닌다.

(2) 배경 – '지금-여기'의 크로노토포스chronotopos

① 공간적 배경의 협소화 경향

염상섭 소설의 배경은 '지금-여기'의 범주를 벗어나지 않는다. 공간적 배경에 거의 예외가 없고, 노벨의 원리에 적합하게 당대성의 원리도 잘 지켜지고 있다. 염상섭의 자전적 소설은 거의 1년 안에 일어난 직접체험을 작품화하는 경향을 나타낸다. 비자전적 소설도 비슷했으리라는 것은, 그의 남자 인물들이 작가와 더불어 나이를 먹어가는 것을 보면 알 수 있다. 당대성의 원리의 철저함에 있어 그는 졸라의 『루공-마카르』를 능가한다. 체험주의를 신봉하는 염상섭은 자신이 살고 있는 시대의 잘 아는 곳만 배경으로 삼고 있다. 시공간의 당대성과 근접성에 있어서 염상섭은 불·일 자연주의와 공통된다.

다음에 생각해야 할 것은 허구적 시간의 길이이다. 염상섭의 단편소설들은 대부분이 1주일 안에 일어나는 사건을 다루고 있다. 「묘지」, 「E선생」, 「똥파리와 그의 안해」, 「삼대」만이 이 범주에서 벗어나는데, 그 중 두 편은 장편소설이다. 단편에서는 1년 안에 일어난 일을 1주일 안의 허구적 시간을 통해 그려내는 것이 그의 시간적 패턴의 기본율이라고 할 수 있다.

염상섭 소설의 공간적 배경은 시간이 지남에 따라 차차 좁아져 가는 경향이 있다. 이동공간에서 정착공간으로 차차 오므라드는 것이다. 제일 처음 나타나는 '노상의 chronotopos'의 유형에는 「표본실의 청개고리」, 「해바라기」, 「묘지」가 속한다. 이 중에서 배경의 폭이 가장 넓은 것은 「묘지」다. 동경에서 시모노세키를 경유하여 배를 타고 와서 부산을 통해 서울로 오는 넓은 지역이 무대가 되고 있다. 나머지 두 편은 국내다. 「표본실」은 서울―오산, 「해바라기」는 서울―목포다. 여로를 배경으로 한 소설은 불·일 자연주의 양쪽에 모두 없다. 염상섭의 초기 소설이 자연주의가 되기 어려운 여건 중의 하나가 거기에 있다.

그러나 「묘지」에는 이미 정착공간이 병렬되어 있다. 그것은 앞의 소설에는 없는 요소다. 뿐 아니다. 여로의 중간 도시들의 외부적 현실이 구체적으로 그려져 있다. 시대적, 사회적 배경에 대한 묘사가 이 작품만 나온다. 「표본실」에는 그것이 없다. 그래서 현존하는 도시를 여행하는데도 허공에 떠 있는 것처럼 현실과 유리되어 있다. 인물이 외부 현실을 도외시하기 때문에 배경이 진공지대처럼 느껴지는 것이다. 배경 면에서도 「묘지」가 2기로 넘어가는 분수령을 이루는 이유가 거기에 있다. 이 작품을 정점으로 하여 그의 소설에서는 여로의 광역성이 사라진다.

다음에는 '옥내와 옥외가 공존하는 chronotopos'가 나온다. 1기에는 「암야」, 「죽음과 그 그림자」, 「금반지」 등이, 2기에서는 「유서」, 「숙박기」, 「삼대」가 여기 속한다. 여로와 옥내의 중간지대에 속하는 이 소설들은 지리적 배경이 도시의 한 구역으로 좁혀져 있다. 「삼대」 같은 장편소설의 경우에도 배경이 종로구와 중구로 한정된다. 기혼자인 경우에는 옥내의 비중이 무겁고, 미혼일 때는 옥외가 무겁다. 하지만 기혼자가 나오는 것은 「삼대」뿐이니까 옥외주도형에서 옥내로 이동하고 있음을 알 수 있다. 지지地誌적인 면에서 보면 「암야」, 「묘지」, 「삼대」가 가장 구체성을 띠고 있다. 나머지 소설들은 지명이 가려져 있어 현실감이 줄어든다.

배경의 협소화 경향은 옥내형에 이르면 꼭짓점에 다다른다. 20편 중 9편이 여기에 속한다. 「제야」와 「E선생」을 빼면 나머지는 모두 2기에 속한다. 시간이 지날수록 옥내형이 많아지고 있다. 옥내를 다룬 소설은 직장의 실내를 다룬 3편(「E선생」, 「검사국대합실」, 「윤전기」)을 빼면 모두 살림집의 내부공간이 무대다. 「삼대」도 여기에 속한다. 장편소설인 만큼 외부공간도 많이 나타나지만 주거공간 주도형임을 감안할 때 염상섭의 2기의 소설의 주무대는 살림집의 내부공간임을 알 수 있다. 인물들이 기혼자이기 때문이다. 2기 이후의 소설들이 염상섭 문학의 본령을 이루는 만큼 그의 공간적 배경은 옥내주도형이라고 할 수 있다.

옥내주도형의 배경이 주축을 이루는 점에서 염상섭은 카다이, 토손과 같다. 토손의 「家」는 의식적으로 옥내만 무대로 한 장편소설이며, 카다이의 「생」, 「아내」 등도 옥내주도형에 속한다. 일본의 자연주의가 졸라이즘과 특히 거리가 먼 것은 공간적 배경이다. 사회의 벽화 대신 옥내의 풍경만 그렸기 때문이다. 염상섭도 그들과 같다.

② 배경의 도시성

다음에 지적할 것은 공간적 배경의 도시성이다. 20편의 소설 중에서 16편이 서울 4대문 안을 배경으로 하고 있다. 여로를 다룬 3편의 소설도 정착지는 역시 서울의 중심부다. 거기에다 동경을 배경으로 한 소설 2편과 서울의 변두리를 배경으로 한 「똥파리」를 합하면 19편이 도시를 배경으로 하고 있는 것이다. 시골을 배경으로 한 것은 「E선생」 한 편밖에 없다. 동경을 다룬 소설들은 사소설이다. 「E선생」도 마찬가지다. 그리고 서울의 4대문 안은 염상섭 자신의 주거지역이다. 그가 얼마나 철저하게 체험을 중시했는가를 공간적 배경을 통해서도 검증할 수 있다.

프랑스의 자연주의 문학은 언제나 인구밀집 지역을 배경으로 했다. 자연주의만이 아니다. 노벨 자체의 특성이 인구밀집 지역을 배경으로 하는 데 있다. 따라서 대부분의 노벨은 도시소설적인 성격을 지니고 있다. 그 점에서만 염상섭은 서구의 자연주의계 문학과 동질성을 띤다. 일본은 그렇지 않다. 「家」의 무대는 대부분이 시골이며, 「파계」와 「시골교사」도 시골이다. 거기에서는 시골의 자연풍경이 큰 비중을 차지한다. 일본의 자연주의는 로컬 컬러와 밀착되어 있다. 「이불」, 「생」 등은 동경이 배경으로 되어 있으나 이 소설들에는 도시성이 나타나 있지 않다. 인물들이 시골출신인데다가 옥내만 그려져 있기 때문이다. 이것은 염상섭과 일본 자연주의의 가장 큰 차이다. 그 원인은 작가의 출신지에 있다.

배경면에서 1기와 2기의 차이를 점검해 보면, 2기에는 여로의 소멸, 외부 현실에 대한 관심의 증대, 배경의 일상화, 정착 공간의 비중 증대 등의 경향이 나타난다. 2기는 배경면에서도 사실주의적이다. 그 시기의 염상섭의 chronotopos의 패턴은 "서울 4대문 안의 1주일간의 이야기"가 주종을 이룬다. '지금-여기'의 원리가 체험주의와 밀착되어 갈수록 그 범위를 좁혀 가는 것이다.

김동인은 그렇지 않다. 그에게는 서울 4대문 안을 무대로 한 소설이 거의 없다. 뿐 아니다. 그의 공간적 배경은 「감자」, 「태형」의 세계에서 점점 넓어져 가며, 시간적으로도 과거로 소급해 간다. 그러다가 결국 역사소설과 야담의 세계에 주저앉게 된다. 염상섭은 1920년대 초의 문인 중에서 '지금-여기'의 chronotopos에 가장 충실했던 작가다.

(3) 주제에 나타난 돈과 성의 양상

물질주의적 인간관이 주제에 나타나면 돈과 성의 문제가 부각된다. 하지만 돈에 관한 탐욕은 사실주의에도 있었기 때문에 졸라이즘의 특성은 성에 대한 노출에 집중된다. 이 점에서는 일본도 유사하다. 그러나 사소설이 주축이 되고, 유교적 윤리관이 남아 있는 사회여서 성에 관한 관심표명은 소극적이고 간접적이 된다. 그것이 자연주의기의 반유교주의의 한계다.

한국에서는 유교의 anti-physics 경향에 정면에서 도전한 최초의 문인이 김동인이다. '음란과 쌍말'(김동리)의 미학이 그것이다. 동인은 성에 접근하는 자세가 적극적이어서 일본 자연주의보다는 졸라에 가깝다. 하지만 그의 '음란과 쌍말'은 소리나 대사로 처리되어 간접화된다. 그것이 김동인의 물질주의의 한계라 할 수 있다.

염상섭의 경우 이런 간접화의 양상은 더 철저하다. 그에게는 침실 묘사가 없다. 비자전적 소설에서만 주로 성에 관한 것이 나타나는데, 그것을 대표하는 최정인류의 신여성들과 조상훈류인 '타락한 아버지들'의 경우에도 성적 타락의 현장은 언제나 간접적으로 그려지거나 생략된다. 남자 주동인물에게서는 성적인 타락이 나타나지 않는 것이 염상섭의 특징이다. 초기의 자전적 소설에서는 그런 경향이 더 강화되며, 2기에도 육체에 대한 관심은 「금반지」의 경우처럼 관심 자체에서 끝날 뿐 더 이상 진전되지 않는다. 자전적 소설에서는 비자전적 소설보다 성에 관한 관심도가 약화된다.

돈에 대한 것도 비슷하다. 자전적 소설의 경우 초기에는 돈에 대한 관심이 거의 나타나지 않는다. 인물의 관심이 형이상학적인 데 집중되어 있기 때문이다. 2기는 다르다. 그들도 나이에 따라 현실적이 된다.

'생활 제일의'적 사고가 생겨나는 것이다. 하지만 자전적 소설에서 돈 문제가 표면에 나오는 것은 「윤전기」뿐이다. 그나마도 공적인 경우다. 「유서」나 「숙박기」는 돈 이야기가 주제가 아니다. 자전적 소설에는 개인의 이익을 위해 재물을 탐하는 인물이 없다.

비자전적 소설에는 돈에 대한 것이 초기부터 구체적으로 나온다. 「제야」가 그것을 대표한다. 경제인간으로서의 최정인이 부각되는 것이다. 이런 경향은 「전화」를 거쳐 부르주아가 나오는 소설의 유산싸움에서 절정을 이룬다. 조의관의 유산명세서는 한국의 근대소설에 나타나는 가장 구체적인 돈에 관한 문서다. 조의관의 금고를 건드리는 조상훈, 남편을 독살한 수원집 등이 돈에 얽힌 타락의 꼭짓점에 서 있지만 덕기가 그것을 덮어주어서 싸움은 진정된다. 주동인물의 관대한 물질관이 돈을 분쟁의 대상이 되지 못하게 만드는 것이다.

「묘지」는 이 경우에도 분수령적 성격을 드러낸다. 이인화는 그의 소설에 나오는 최초의 기혼남자다. 그는 돈과 성에 관심이 많다. 그러나 모처럼 형에게서 받은 학비를 잠시 사귀던 일본 여자에게 송금하는 식의 방만한 경제의식을 보여준다. 덕기도 인화의 연장선상에 있다. 인화보다 좀더 현실적인 것뿐이다. 다른 덕기형 인물들도 자전적 소설의 인물들보다는 훨씬 현실적이다. 이와 같이 자전적 소설과 비자전적 소설 사이에는 돈과 성 양면에서 격차가 나타난다. 물질에 대한 염상섭의 이중적 사고의 발현이라고 볼 수 있다. 시기적으로 볼 때 돈과 성에 대한 관심은 시간이 지날수록 강화되며, 기혼자가 주동인물이 되는 소설에서 심화된다. 남자 인물보다는 여자 주인공이 더 물질적인 것은 염상섭 소설의 특징의 하나이다.

김동인이 성적인 면에 치중한 데 반해 염상섭은 성보다는 돈에 비중을 두었다. 돈 계산은 노출되는데 성관계는 간접화되는 것이다. 그 점에서 염상섭은 졸라와 구별되고 토손이나 카다이와 상동성이 나타난다. 그렇지만 돈 계산은 염상섭 쪽이 구체적이다. 그는 토손이나 카다이보다 더 현실적인 작가다.

(4) 종결법

졸라의 종결법은 비극적인 것이 많다. 일상적 제재와 비극적 종결법은 졸라이즘적 문체혼합의 두 기둥이다. 일본의 경우는 이와 다르다. 대체로 무해결의 종결법을 택하고 있기 때문이다. 염상섭도 일본과 유사하다. 플롯의 하강성을 기준으로 염상섭의 종결법을 살펴보면 다음과 같다.

> ⅰ) 처음보다 끝이 약간 호전되는 것   —6편
> ⅱ) 약간 악화되는 것   —2편
> ⅲ) 평행선을 이루는 것   —12편

비극이 될 수 있는 소지를 지닌 작품은 20편 중에서 2편밖에 없다. 그 중 「금반지」는 사랑을 고백하지도 않은 여자의 혼인을 다룬 것이고, 「똥파리」는 남편이 돈을 훔쳐간 아내 밑에서 고용살이를 하는 것인 만큼 비극이라고 할 수 있으나, 본인이 비극으로 느끼지 않아서 비극성이 약화된다. 1)에도 '약간'이라는 수식어가 필요하다. 비극성도 희극성도 모두 정도가 미약하기 때문에 모두 무해결의 종결법에 귀속시켜도 무방하다. 수적으로 가장 많은 3)은 더 말할 필요가 없다. 염상섭이 평생 애용한 것이 무해결의 종결법임을 확인할 수 있다. 무해결의 종결법은 그가 의식적으로 사용한 종결법이다. 그는 평론에서 '무해결'에 대해 '자

기류의 해결'을 시도한 것이라고 말하고 있으나, 실질적으로는 무해결의 종결법의 범주를 벗어나지 않는 것을 플롯의 시종관계가 입증한다. 김동인은 이와 반대이다. 그는 비극적 종결법을 애용했다.

(5) 장르

졸라는 20권의 연작소설로 자연주의를 구현한다. 졸라는 제2제정기 전체를 재현하려 했기 때문에 이만한 분량이 필요했다. 일본 자연주의의 경우는 중·장편이 주축이 된다. 단편인 경우도 「이불」처럼 중편에 가까운 부피를 지닌다. 단편소설을 주로 쓴 슈세이는 자연주의의 주류에서 벗어나 있다. 일본 자연주의의 장르는 중·장편이라 할 수 있다.

염상섭도 양적인 면에서는 일본과 비슷하다. 그는 장편소설을 주로 쓴 작가다. 3부작도 두 개나 있다. 토손이나 카다이보다 더 많은 장편을 썼기 때문에 전체적으로 보면 졸라와 가까운 분량이 된다. 하지만 같은 테마로는 3부작이나 4부작의 범위를 넘지 않기 때문에 역시 일본 작가들과 동질성을 지닌다. 초기 단편들이 중편에 가까운 부피를 지니는 것도 비슷하다. 김동인은 단편을 주로 썼다. 그의 장편소설은 모두 역사소설이다. 춘원을 제외하면 염상섭만큼 많은 장편을 쓴 작가는 찾아보기 어렵다. 이 점에서 그는 현실모사의 문학에 적합한 작가라고 할 수 있다.

하지만 모사의 대상은 졸라와 다르다. 염상섭의 초기소설은 고백소설이다. 더구나 그 중에는 1인칭 사소설이 많다. 2기에 가면 1인칭 시점과 고백소설은 줄어들지만 인간의 내면에 대한 관심은 없어지지 않는다. 그는 졸라의 객관주의 대신에 주객합일주의를 택했으며, '생리' 대신에 '심리'에 골몰한다. 일본 자연주의자들처럼 한 것이다. 하지만 1인칭 시점은 토손이나 카다이에게서는 나타나지 않는다. 그것은 백화파의 것이다. 1인칭 시점만 빼면 염상섭의 소설은 토손, 카다이와 유사하다. 내면중시경향, 주객합일주의, 허구배격 등이 그것이다. '무각색', '배허구'의 구호 때문에 자전적 소설이나 모델소설만 쓴 점도 일본과 같다. 다른 점은 자연에 대한 무관심과 일본에는 있던 친시성親詩性이 없는 것뿐이다. 염상섭은 평론가를 겸업한 작가다. 이 점에서는 불·일·한 3국의 자연주의가 공통된다. 자연주의는 이성을 존중하는 합리주의를 바탕으로 하기 때문에 자연주의 작가들은 평론에 적성이 맞는다.

3장 전체로 볼 때 염상섭은 인물의 계층과 유형, 시공간의 양상, 주제, 종결법, 장르 등 모든 면에서 일본 자연주의와 유사성을 나타내기 때문에 졸라처럼 낮은 양식과 높은 양식의 혼합현상이 나타나지 않는다. 높은 양식의 요인인 비극성이 검출되지 않기 때문이다.

4) 물질주의와 결정론

물질주의적 인간관은 졸라이즘의 기본적 특색 중의 하나다. 일본의 자연주의는 그렇지 않다. 유교와 맞붙어 있는 명치시대가 배경인 만큼 "돌과 인간의 두뇌가 동등하게 취급되는" 경지와는 거리가 있다. 그래서 개성주의, 가족주의와 유착된다. 성과 돈에 대한 관심이 전 세대보다 강화되는 정도에서 끝나고 있는 이유가 거기에 있다.

염상섭도 이들과 같다. 그는 과학 예찬자였고, 돈과 성의 중요성을 인식하고 있었지만 물질주의적으로만 인간을 보지는 않았다. 그는 진보다는 미를 존중하는 예술관을 버리지 못했고, 자신이 물질의 노예가 되는 것을 견디지 못했으며, 필순, 장훈(「삼대」) 같은 인물들을 좋아했다. 그는 두 가지를 모두 인정하는 중용주의자였던 것이다.

하지만 그가 용납할 수 없는 것이 있다. 유교적 가치관이다. 유교의 몰개성주의와 대가족주의, 이상주의, 정신주의가 그의 최대의 적이다. 1기에는 개성지상주의와 반가족주의로, 2기에는 물질긍정사상과 현실주의로 그는 유교와 맞선다. 그의 미 존중사상의 밑바닥에도 미를 무시하고 선만 중시하던 유교에 대한 반감이 깔려 있다고 할 수 있다. 토손과 카다이도 염상섭과 같다. 그들의 최대의 적도 유교다. 그들도 르네상스적인 과제와 과학주의를 동시에 받아들였기 때문에 전통에 대한 저항이 오래 지속되었다.

김동인은 그렇지 않다. 그는 유교적 전통과 거리가 멀던 서북지방의 개화된 집안에서 자라났다. 그래서 몰개성주의, 대가족주의의 피해를 받지 않았다. 그건 토손, 카다이, 염상섭에게는 없는 조건이다. 졸라적인 물질주의를 선뜻 받아들일 소지는, 원하는 것은 마음대로 할 수 있었던 성장환경에 있었다.

졸라이즘의 또 하나의 특성을 이루는 결정론은 염상섭에게서는 평론과 소설 두 장르에서 검출된다. 평론의 경우 결정론이 나타난 시기는 아주 빠르다. 1920년에 쓴 「여의 평자적 가치에 답함」에 이미 테느적인 결정론이 비평방법으로 선을 보이기 때문이다. 그 후 『견우화』의 서문(1924)에 졸라적인 결정론이 잠깐 나온다. 김창억의 발광요인으로 유전과 환경의 영향이 제시되는 것이다. 하지만 본격적으로 결정론이 나오는 시기는 변증적 사실주의와의 논쟁기이다. 「토구·비판」 3제에 가면 '조선祖先유전공헌설', '획득유전설' 등이 나온다. 거기서는 유전까지도 환경의 영향으로 간주되니까 환경결정론에 역점이 주어진다. 사회주의 리얼리즘과 유사한 결정론이 되는 것이다. 평론에 나오는 염상섭의 결정론의 첫 번째 특징은 형이상학적이라는 데 있다. 작가와 작품과의 인과관계, 혈통이나 지리적 환경의 문화결정성, 문예사조에 대한 환경결정론 등이 그것이다. 『견우화』의 서문에 잠깐 나오는 것만 빼면 모두 형이상학과 관련되는 것뿐이다.

두 번째 특징은 유전항이 도외시되는 것이다. 『견우화』의 서문에 두 줄 나오는 것만 빼면 유전의 문제가 나오지 않는다. 그는 유전까지도 환경의 영향으로 간주하고 있기 때문이다. 생리인간을 그리기 위해 5대에 걸친 가계도를 만들어 놓고 글을 쓰기 시작한 졸라와는 거리가 먼 결정론이다. 그 이유는 그의 결정론이 유물론을 배격하는 무기였던 데 있다. 유물론을 공격하기 위해 유심론에 기울었고, 환경결정론에 역점이 주어졌다. 그래서 졸라의 그것과는 거리가 있는 결정론이 된 것이다.

소설에 나오는 결정론은 졸라이즘과 유사성이 있다. 출현 시기는 역시 초기다. 작가가 김창억을 결정론과 결부시키고 있기 때문이다. 하지만 염상섭에게는 결정론과 관련시킬 인물이 최정인 하나밖에 없다고 해도 과언이 아니다. 그녀에게는 부계의 음탕한 피에 모계의 수상한 피가 섞여 있다. 거기에 '아즈버님들일단의 소견터'에서 자란 환경의 영향이 덧붙여진다. 그녀가 딴 남자의 아이를 임신한 몸으로 결혼할 만큼 몰염치해진 원인을 작자는 결정론에서 찾고 싶어 한다. 그런데 소설 속의 최정인은 작가의 의도와는 달리 병적인 면이 없다. 그녀는 최고학부를 나온 인텔리이며, 장문의 유서를 논리적으로 쓸 지적 능력을 가지고 있다. 정인은 나나가 아니라 노라라고 할 수 있다. 테느가 제시한 결정론의 3요소 중에서 그녀와 관련시킬 수 있는 것은 'moment'밖에 없다고 해도 과언이 아니다.

「표본실」의 김창억의 경우도 이와 유사하다. 작가는 그의 발광의 원인을 '정신적 원인', '육적 근인' 등으로 분류하고 있으나 그에게서는 그런 것을 찾기 어렵다. 그의 아버지는 '영업과 화류'에 소질이 있고, 모친은 병약하지만 발광의 원인이 될 여건은 불분명하다. 어머니의 죽음, 결혼의 실패, 감옥행 등 후천적 불행을 심약한 사람이 감당하지 못한 데 발광의 원인이 있다고 보는 편이 타당하니까 환경 쪽에 결정요인이 많은 셈이다. 뿐 아니라 그의 광기는 예찬의 대상이 되고 있다. 결정론적 인간관과는 거리가 멀다.

「삼대」의 조상훈의 경우에도 유전은 문제가 될 것이 없다. 최정인처럼 시대적 여건이 정신적 타락의 요인으로 제시되고 있을 뿐이다. 그의 비극은 만세 후의 허탈상태, 유교와 기독교의 갈등, 곱게 자란 데서 오는 현실감각의 결여 등에서 생겨난다. 따라서 염상섭의 결정론은 졸라보다는 테느적인 것에 가깝다.

시대의 영향이 크게 부각된다는 점에서는 평론과 소설의 결정론은 공통성을 지닌다. 소설에서는 개인 중심의 결정론을 다루는 점이 다르며, 이따금 졸라적인 유전과 환경의 영향을 표출시키려 하는 점이 다르지만, 염상섭에게는 자유의지가 없는 인간이 많지 않다.

결정론의 비중이 가벼운 것, 유전보다는 환경을 중시한 것, 제르미니형의 인물이 적은 것 등에서 염상섭의 결정론은 토손이나 카다이의 것과 유사하다. 김동인의 결정론이 졸라의 것과 유사성을 지니는 것과는 대조적이다.

2. 자연주의의 한국적 양상

불·일·한 3국의 자연주의의 특성은 그들이 비난받는 항목의 차이에서도 나타난다. 프랑스의 경우 자연주의는 긍정론보다 부정론이 우세하다. 부정적인 평가를 받는 자연주의의 특성은 1) 물질주의적 인간관, 2) 반형식성, 3) 이론의 편협함과 피상성, 4) 군중취미 등이다. 그 중에서도 가장 많이 비난받는 항목은 물질주의적 인간관이다. 물질주의적 인간관에서 오는 수성찬미, 성의 과잉노출, 병적인 면의 탐색 등으로 인해 졸라는 '대변학', '뚜껑 열린 시궁창' 등의 비난을 받는다. 도덕적인 측면에서의 공격이다.

하지만 2)는 미학적인 비난이다. 비난하는 사람들은 공쿠르 형제, 플로베르, 모파상 등 자연주의계의 작가들이다. 그들이 졸라와 함께 자연주의파를 만들지 않은 것은 그의 반수사학적 예술관 때문이다. '진'을 '미'보다 높이 평가하는 졸라를 그들은 용납할 수 없었던 것이다. 그 다음이 '실험소설론'의 편협함과 피상성, 군중취미 등에 대한 비난이다.

긍정론자들은 같은 항목을 다른 입장에서 보고 있다. 그들은 추악한 면의 묘사는 책임이 작가에게 있는 것이 아니라 현실에 있다고 생각한다. 리얼리즘은 거울의 문학이기 때문이다. 따라서 긍정론의 첫째 항목은 정직성이 된다. 다음은 현실재현 의도의 진지성과 과학성, 관습의 교정, 독자층의 호응도 등이다. 하지만 부정하는 소리가 워낙 커서 긍정론은 맥을 못 추었다.

일본에서는 반대로 부정론보다 긍정론이 우세하다. 일본의 자연주의는 졸라가 심하게 비난받은 두 항목을 수용하지 않았고, 칭찬받은 부분만 계승했기 때문이다. 일본의 자연주의는 표현방법의 정직성, 진지성 등을 받아들여 소설의 근대화에 기여했고, 과학성은 일본문학의 근대화에 필요한 자양분이었다. 관습의 교정, 독자층의 확대까지 합해서 일본에서는 그 모든 것을 자연주의 문학이 문학사에 이바지한 부분으로 본 것이다. 1) 근대적 자아의 확립, 2) 사실주의적 기법의 정착, 3) 제재의 현실화, 4) local color의 부각 등이 긍정론에 포함되는 조항들이다.

부정론은 졸라이즘과 일본 자연주의를 동질시한 데서 생겨난다 하지만 후기 자연주의에 속하는 토손이나 카다이에게는 그 비난이 해당되지 않는다. 그들의 자연주의는 졸라처럼 금수주의가 아니었으며, 비속하지도 않기 때문이다. 하지만 반대파는 있었고, 그들은 각기 다른 반대이유를 가지고 있었다. 예술론 때문에 자연주의를 비난한 것은 탐미파이고, 이상주의적 도덕관의 부재 때문에 비난한 것은 백화파이며, 계급의식의 결여 때문에 비난한 것은 프로문학파이다.

하지만 다음 세대에 속하는 이 세 유파는 모두 자연주의의 계승자들이다. 탐미파와 백화파는 주아주의와 구화주의를 자연주의에서 계승했고, 프로문학은 그들의 '배기교'의 표현방식을 계승했다. 따라서 자연주의와 공통성이 많았다. 일본 자연주의 자체가 졸라이즘이 아니기 때문에 비난의 강도가 약했다. 일본의 자연주의는 '머리는 낭만주의에 닿아 있고, 꼬리는 상징주의에 닿아 있는' 것이어서 주정성이 강하다. 그래서 명칭과 개념의 애매성이 쟁점이 되고 있다. 친낭만적 내용을 사실주의적으로 표현한 것이 일본 자연주의의 특징이라고 할 수 있다.

한국의 자연주의는 작가에 따라 달랐고, 같은 작가라도 시기에 따라 부정론과 긍정론의 항목이 달라진다. 김동인은 사상적인 면에서 졸라이즘과 유사성이 나타나기 때문에 물질주의적 인간관으로 인해 졸라가 비난받은 것과 같은 비난을 받는다. 성의 과잉노출, 병적인 면의 탐색, 비속성 등이 그것이다. 하지만 예술관은 졸라와 판이하기 때문에 표현기법면의 비난은 그에게는 해당되지 않는다.

반대로 염상섭은 물질주의적 인간관 항에는 해당사항이 적다. 극단화되지 않았기 때문이다. 그 대신 무선택의 원리에서 오는 묘사의 지루함과 플롯의 산만함, 주제의 빈곤 등이 비난의 대상이 된다. 김동인처럼 도덕적인 면이 아니라 미학적인 면이 대상이 되는 것이다. 그는 용어의 개념의 애매성 때문에도 많은 비판을 받았다. 평자들이 졸라이즘의 자로 그의 문학을 잰 데 기인한다. 그의 자연주의는 일본 자연주의를 원조로 하는 것이기 때문에 비난 받을 자료가 많다. 염상섭이 김동인과 같이 비난받은 항목은 계급의식의 결여다. 이 두 작가는 프로문학파의 적수였기 때문이다.

긍정론의 경우 공통되는 항목은 노벨novel의 기틀을 잡은 공적이다. 한국에서도 자연주의는 근대소설의 커튼 레이서였던 것이다. 일본처럼 한국에서도 이 두 작가는 근대적 자아의 확립, 객관적 묘사체의 정착, 제재의 현실화 등이 칭찬의 대상이 된다. 자연주의의 한국적 양상을 추출하기 위해 졸라이즘과 일본 자연주의를 김동인과 염상섭의 자연주의와 대비하면 다음과 같다.

	졸라이즘	김동인	일본자연주의	염상섭 1기	염상섭 2기
1	용어	자연과학 +인성	(루소이즘) 과학+인성	개인주의 +자연주의	개인주의 +자연주의	시실주의 +자연주의
2	재현방법	진실존중 객관주의	진실존중 주객합일	진실=사실 체험주의 주객합일	진실=사실 체험주의 주객합일	진실=사실 체험주의 주객합일
3	고증	고증중시	...	...	고증보다 체험 중시	...
4	선택권배제	+	−	±	−	+
5	기교	반기교주의	기교주의	배기교	기교중시	...
6	어휘의 비속 성	+	+	−	−	−
7	플롯	허구성긍정	허구+사소설	무각색, 배허구	...	...
8	묘사의 대상	객체 : 객관적 소설	주체+객체 액연소설 많음	주체의 객관화 3인칭 사소설	1, 3인칭 고백소설	객체의 내면과 외면을 그림(1, 3인칭 혼용)
9	인물의 계층	최하층의 인물	1: 사소설-유 식유산층 2: 허구소설- 무식무산층	중산층의 지식 인	...	...
10	인물유형	제르미니형	제르미니형	보바리형	보바리형	보바리형
11	시간적 배경	동시대	+	+	+	+
12	공간적 배경	사회전체	자연주의 옥내 탐미주의 옥외	옥내주도형	여로	옥내주도형
13	주제	성의 노출	성의 추상성	성의 노출 (간접묘사)	−	성의 간접묘사
14	종결법	비극적 종결법	...	무해결의 종결 법	...	...
15	장르	20편의 장편	단편중심	중·장편 (3부작이 한계)	중·단편	단편, 중·장편 (3부작이 한계)
16	문체 혼합	비속성 +진격성	...	−	−	−
17	물질주의	반형이상학	...	±	−	±
18	유전	병적유전중시	+	...	±	−
19	환경	환경결정론 중시	+	±	±	±

위의 비교를 통하여 김동인의 자연주의와 졸라이즘의 관계를 점검해 보면 1) 형식존중의 예술관, 2) 사소설, 3) 주객합일주의, 4) 작가의 계층, 5) 단편소설 중심, 6) 작가의 선택권 주장 등 6항목만 빼면 나머지 13항목에서 졸라이즘과의 유사성이 나타난다.

졸라이즘과 비슷하지 않은 항목 중에서 1)과 6)은 예술지상주의와 관련되고, 2)와 3)은 일본 자연주의와 유사하다. 1인칭 사소설을 쓴 것, 예술지상주의 등은 대정문학의 영향이니까 이 네 항목은 일본문학에서 영향 받은 것의 총화라 할 수 있다. 4)는 작가의 계층이다. 동인은 졸라나 일본작가들보다 출신계층이 높다. 5)는 장르다. 그가 단편소설을 주로 쓴 것은 초창기의 발표지면의 부족과도 관련되는 사항이지만, 동인의 적성과도 연관된다. 그는 신문소설을 순수문학으로 인정하지 않았기 때문에 장편소설을 쓸 지면이 없기도 했지만, 기질적으로 단편소설이 적성에 맞는다. 그의 '간결의 미학'이 단편소설에 맞는 것이다. 김동인의 자연주의계의 문학은 일본 자연주의보다는 졸라이즘과 동질성을 많이 가지고 있다. 사상적으로 물질주의적 인간관에 동조하고 있었기 때문이다. 하지만 표현기법은 전혀 다르다. 그는 반모사의 예술론을 가진 예술지상주의자였다. 인공적인 것에 대한 예찬의 차원에서 그는 예술과 과학을 공유하려 했다. 그 둘은 모두 인간이 만든 것이기 때문이다. 하지만 상극하는 자연주의와 유미주의의 공유는 그의 자연주의를 해치는 요인이라 할 수 있다.

염상섭의 경우는 이와 반대다. 그에게서는 졸라적인 과학관, 예술관, 인간관이 나타나지 않는다. 그와 졸라이즘의 관계는 일본 자연주의와 졸라이즘의 관계와 비슷하다. 불·일 자연주의는 현실재현의 방법에서만 유사성이 나타난다. 일본 자연주의는 졸라에게서 사실주의의 측면만 받아들인 것이다. 염상섭도 마찬가지다.

염상섭과 일본 자연주의는 모든 면에서 비슷하다. 2기의 염상섭은 19 항목 중에서 17항을 일본 자연주의와 공유한다. 미를 존중하는 예술관, 1인칭 사소설의 두 항목만 다를 뿐이다. 그것은 염상섭이 대정기의 문학에서 영향 받은 것이다. 거기에 도시적 배경이 첨가된다. 자연주의는 군중취미를 가지고 있어 인구 밀집 지역인 도시를 배경으로 하는 것이 많은데 일본 자연주의는 '로컬 컬러'를 살린 것을 공적으로 인정받고 있다. 그래서 염상섭과 다르다.

하지만 2기의 염상섭은 모사론을 긍정하는 예술관으로 글을 썼기 때문에 일본 자연주의의 예술관과 거리가 그다지 멀지 않았고, 2기에는 1인칭 사소설도 줄어드는 현상이 나타나는 만큼 그의 2기 이후의 소설은 토손과 카다이의 그것과 기본항이 같다고 해도 과언이 아니다.

1기는 그렇지 않다. 1기에는 1) 반모사의 예술관, 2) 개성지상주의, 3) 1인칭 시점, 4) 인물의 과민성, 5) 고백소설, 6) 배경의 광역성 등에서 일본 자연주의와 차이가 드러난다. 2기와는 다른 세계인 것이다. 결과적으로 작가 자신이 사실주의라고 부른 2기의 문학이 작가가 자연주의라고 이름 붙인 1기의 문학보다 일본 자연주의와 더 많은 유사성을 지닌다는 것은 염상섭 문학의 아이러니다.

끝으로 점검해야 할 것은 자연주의의 한국적 양상이다. 위의 표에서 김동인과 염상섭이 공유하는 요소를 점검해 보면 그 첫 항목은 예술관이다. 이들은 둘 다 '미'를 우위에 두는 예술관을 가지고 있었다. 그 다음은 주아주의와 이어지는 1인칭 사소설이다. 하지만 이 두 가지는 어느 나라에서도 자연주의가 될 수 없다. 그것은 대정시대의 유미주의와 주아주의의 영향을 받은 것이기 때문이다.

그들이 자연주의 작가로 불릴 수 있는 요소들은 다른 데 있다. 그것은 우선 언문일치 문장의 확립에서 시작된다. 그 다음은 여실한 묘사를 향한 노력이다. 제각기 방법은 다르지만 이 두 작가는 모두 현실을 되도록 정확하게 재현하려 했다. 현실과의 유사성vraisemblance의 획득을 통하여 formal realism을 확립한 것이 그들의 공로다. 세 번째는 제재의 현실화다. 낭만주의와 이상주의의 폐단을 씻고 육체를 가진 인간의 한계를 정직하게 인정하려는 노력 속에서 그들의 리얼리즘은 성립된다. 그들은 철저한 반낭만주의자였다. 다섯 번째는 객관적 시점을 통하여 생성된 사실성의 확보다. 그러한 요건들의 종합 속에서 이들은 노벨을 정착시킨다.

자연주의가 노벨의 정착에 기여한 점에서 이들의 문학사적 위치는 일본에서의 토손이나 카다이의 그것과 비슷하다. 하지만 대정기의 사회주의 리얼리즘의 영향은 동인과 상섭의 문학을 토손이나 카다이의 그것보다 더 사실적이게 만들었다. 동인과 상섭은 일본작가들의 감상성, 친낭만주의적 경향 등을 탈피하여 보다 합리적이고 현실적인 자연주의를 만들어낸 것이다. 그러면서 주아주의적 색채도 짙었던 곳에 자연주의의 한국적 모순이 있다. 춘원의 과제이기도 한 개인존중사상은 이들에게 와서 주아주의로 심화된다. 대정기의 주아주의를 통하여 이들은 봉건적 몰개성주의를 힘들게 탈피하는 것이다.

비록 김동인은 시상적 측면에서 졸라적인 성격이 노출되고, 2기의 염상섭은 형식적인 면에 치중하여 일본 자연주의를 받아들이고 있기는 하지만, 근대적 자아의 확립, 물질긍정, 합리주의, formal realism의 확립, 현실주의적 세계관 등에서 이 두 작가는 '어른 남자의 문학'인 노벨에 다다른다. 그들의 이런 공통분모 속에 자연주의의 한국적 양상이 있다.

부록

1. 염상섭과 불·일·한 작가 연보 대조표

(5인 대비표는 「김동인과 자연주의」에 있어서 여기서는 염상섭에서 시작함)

	염상섭	김동인	시대적 배경	졸라	花袋	藤村
1897	•8월 30일 종로구 필운동 야조현 교하나무골에서 탄생(음력: 8월 3일), 8남매의 넷째, 부친: 圭桓, 모친은 경주김씨 •본명 想涉, 호: 霽月, 橫步		•국호를 대한제국으로 고침	•드레퓌스사건에 대한 논설을 쓰기 시작	•토슨을 만나고 시를 발표	•시집 『若菜集』 간행
1898				•『세 도시』 간행		
1900		•10월 2일 평양에서 김 대윤의 2남으로 출생	•경인철도 개통	•사회주의로 전향		
1902				•『4복음』 2권까지 발표 •가스중독으로 사망	•『重右衛門의 최후』	•『旧주인』 『짚신』
1904	•조부에게서 한문수학		•경부철도 완공	•1903년 『4복음』 3	•『노골한 묘사』(「태양」) 발표. 자연주의 선언. 종군기자로	•『수채화가』 『토손시집』
1906			•『혈의 루』(이인직)			•『파계』
1907	•官立사범보통학교 입학	•평양 승덕소학교 입학			•「이불(蒲團)」	

연도						
1908			• 『소년』잡지 창간	• 유해가 평톄용에 안 치됨	• 「생」, 「妻」 • '배허구, 배주관' 평면묘사 주장(「생」에 관한 시도」, 『와세다문학』9)	• 『봄春』(소설집)
1909					• 「시골교사」「잉크병」	• 『토슨집』(단편집)
1910			• 한일합방		• 「緣」	• 『家』
1911	• 보성중학 입학				• 「髪」	
1912	• 2학년 1학기를 마치고 9월 12일 일본유학. 형 창섭, 명섭이 일본에 유학. 창섭은 일본 육군사관학교 학생	• 숭덕소학교 졸업(13세) • 숭실중학 입학	• 대정시대 시작			• 『千曲川 스케치』
1913	• 麻布中學 2학년에 편입, 한 학년 위에 김인수가 있음	• 숭실중학 자퇴 • 일본유학	• 흥사단 조직(안창호)			• 조기와의 스케엘물 불란서에 도피
1914	• 聖學院에 편입 침례교 세례받고 외국소녀 작사랑	• 명치학원에 주요한과 같이 다님				
1915	• 형이 졸업하자 같이 교토행. 부립 중학 편입 • 「우리집 정월」 씀					
1917	• 나혜석 만남	• 명치학원 중학부 졸업	• 『무정』(춘원)		• 「동정 30년」	• 「귀국해서」(1916)

연도					殘雪
1918	• 케이오대 문과 입학 • 쯔루가에서 기자(3개월)	• 川端畫藝 입학 • 김해인과 결혼			• 『殘雪』
1919	• 오사가에서 시위채회 중 체포 3월간 형을 삼. • 11월 요코하마 인쇄소에서 직공(3개월간)	• 「청조」 창간. 귀국. 3개월간 열을 삼이 • 「억한자의 슬픔」 • 「마음이 옅은 자여」	• 3·1운동		• 「떼지기가 이을 무렵」
1920	• 「동아일보」 취직 • 일본의 雛宗悅, 志賀直哉 등과 교류 • 「폐허」 창간	• 「자기의 창조한 세계」	• 「조선일보」 • 「동아일보」 창간 • 「개벽」 창간		
1921	• 표본실의 청개고리, • 7월 오신하교 사직 • 9월 「東明」에 감	• 「묵숨」, 「배따라기」, • 「전제자」 • 방탕 시작 • 「청조」 9호 내고 폐간			• 「嵐·어느 여자의 일생」
1922	• 4월: 「개성과예술」, 「개벽」 • 7월: 「지상선을 위하여」 • 7월~9월 「묘지」(만세전)	• 「태형」	• 「백조」 창간		• 전집 중간(12권)
1923	• 해바라기	• 「눈을 겨우 뜰 때」, 「이 진을」	• 행평사 창립	• 전집 발행	
1924	• 「폐허이후」 간행 • 「시대일보」사회부장(나도향과 같이 일함)	• 「묵숨(첫 작품집) • 「영대」 창간 • 「거치른 티」	• 경성제대 예과 개교	• 『源義朝』(역사소설)	

연도	생애·저작	작품·사건	문단·사회	작품	작품집
	• 「만세전」 • 『견우화』, 첫 작품집			• 「소설작법」	
1925	• 「전주는 주었으나」 • 「윤전기」 • 「계급문학 시비론」 • <u>프로문학과 논쟁시작</u>	• 「감자」 • 「시골 황서방」 • 「소설작법」 • 2차 방향			
1926	• 1월 「신흥문학을 논하여 박영희 군의 소론을 박함」 • 1월 19일 제도임. 일본문단 진출을 피하면서 창작에 전념. • 동경 日暮里에서 나도향, 이은상과 합숙. 5월 「지는 꽃잎을 밟으며」(『하지광』) 발표 • 「6년 후의 동경에 와서」	• 「일보부치」 파산. 27세	• 5월 주요한 『동광』 창간		
1927	• 「남충서」 연재 • 동경에 1년 남짓 잇다 귀국 • 6월 「배울 것은 기교」 • 나도향 8월에 요절 • 「사랑과 죄」(『동아일보』)	• 「명화 리디아」 • 딸이 열을 이으려 • 수리사업 실패, 아내 따남	• 신간회 창립. • 9월 KAPF 1차 방향 전환	• 「百夜」	• 『嵐』(단편집)
1928	• 1월 「二心」을 『매일신보』에 연재 • 2월 귀국	• 영화 사업에 간여하다 실패	• 1월 제 1차 공산당 사건		
1929	• 5월 2일 결혼(김자혜의 자녀 숙명 여고 출신 김영애에) 옥정 3정목	• 「K박사의 연구」,「송동이」,「젊은 그들」,	• 11월 3일 광주 학생 운동		

	359에서 구씨으로 함(1922년의 파주엽서 세보에는 이미 金州李氏와 결혼한 것으로 되어 있음) 조선일보사 학예 부장 •『조선일보』에 「명문」 연재			
1930	•『조선일보』에 「창작단평」 연재	•「근대소설고」 •「데 평행」(연재하다 중단) •재혼하려고 역사소설 쓰기 시작 •「이러사 버들」, 「구두」, 「명암 소나타」, 「베끼운 貸金업자」, 「신앙으로」	•5월 『시문학』 창간	•후두암으로 사망 (6세)
1931	•1월부터 『조선일보』에 「삽대」 연재 •6월 『조선일보』 사직 •11월 『매일신보』에 「무화과」 연재 •장남 출생	•재혼(김경애 11세 연하) •서울로 이사 •「女人」, 「해는 지평선에」, 「때수양」, 「박첨지의 죽음」 등 •불면증	•5월 신간회 해체 •(6월 1차 카프 검거 사건 •7월 만보산 사건	
1932	•2월 '김동인의 발가락이 닮았다'에 대해 「소위 모델문제」를 발표	•「발가락이 닮았다」로 염상섭과 모델 시비 •「붉은 山」	•4월 29일 윤봉길의 사거 •최서해 사망	•「夜明け前」 시작
1933	•「배구」	•「운현궁의 봄」	•11월 한글맞춤법 맞춤법 통일안 발표	
1934	•2월 「모란꽃 필 때」(『매일신보』)	•「인두표」	•11월 부산, 長春간	

연도				
	• 11월 「무현금」을 『개벽』에 연재	• 「춘원연구」 • 「몽상록」 모집 사망	작품 열차 개통	• 「夜明け前」 완간 • 일본펜 조대회장
1935	• 『매일신보』에 입사, 양백화, 김팔봉 등과 함께 근무 • 6월 「청춘항로」 발표	• 「아비」, 직영하며 「명화사」 등 발표	• 5월 28일 • KAPF 해체	
1936	• 「만선일보」 편집국장으로 만주에 10년 있음 • 해방될 때까지 창작중단		• 사상범 보호관찰령	
1938		• 「가신 어머니」 • 5일간 작란음 • 한매대에 수감		
1939		• 「연연실진」 • 복지방문 후 작란(반년간)		• 1940년 예술원 회원
1943				• 「東方の門」 집필 중 사망(71세)
1951		• 1월 5일 사망, 52세		
1963	• 3월 14일 작장으로 별세. 3월 18일 방동 천주교회에서 문단장. 방하동 천주교묘지에 안장됨(67세)		• 제3공화국 발족	

(염상섭 연보는 『염상섭 연구』(김윤식)의 자료에 의존했음)

2. 염상섭 작품연보

1) 장편소설 (1936년분까지)

「묘지」	『신생활』	1922.7-9
	『시대일보』	1924.4.6.-7.6 연재
	(『만세전』으로 제목 바꿔 출판)	
	고려공사	1924
「너희들은 무엇을 어덧느냐」	『동아일보』	1923.8.27.-1924.2.5(129회)
「진주는 주엇으나」	『동아일보』	1925.10.17-1926.1.13
「사랑과 죄」	『동아일보』	1927.8.15.-1928.5.4(257회)
「이심」	『매일신보』	1928.10.22-1929.4.24(172회)
	단행본: 박문서관	1941
「狂奔」	『조선일보』	1929.10.3.-1930.8.2(231회)
「삼대」	『조선일보』	1931.1.1.-9.17(215회)
	단행본: 을유문화사 상 : 1947.하 : 1948)	
「무화과」	『매일신보』	1951.11.13.~1932.11.12.(329회)
	「삼대」의 속편	
「백구 」	『중앙일보』	1932.11.1-1933.3.31 (137회)
「모란꽃 필 때」	『매일신보』	1934.2.1.-7.8(153회)
	단행본: 한성도서	1954
「무현금」	『개벽』(신간 1권1호)	1934.11-1935.3(4회)
「그 여자의 운명」	『중앙』(제3권2호)	1935.2(1회).
「청춘항로」	『중앙』(제4권6호)	1936.6-9(4회)
「불연속선」	『매일신보』	1936.5.18.-12.30(196회)
「開東」	『만선일보』	게재년도미상

2) 단편소설

| 「표본실의 청개고리」 | 『개벽』 14호 | 1921.8-10(3회) | 1921 |

「암야」	『개벽』 19호	1922.1	1919.10.26.일 작
「제야」	『개벽』 20호	1922.2-6(5회)	
「E 선생」	『동명』	1922.9.17.-12.10(15회)	
「죽음과그그림자」	『동명』	1923.1.14	
「해바라기」	『동아일보』	1923.7.18.-8.26(40회) 후에 「신혼기」로 개제	
「잊을 수 없는 사람들」	『폐허이후』 1호	1924.2	
「금반지」	『개벽』 44호	1924.2	
「전화」	『조선문단』 5호	1925.2(1924.12 작	
「난어머니」	단편집『해방의 이들』에 수록1949	1925.2작	
「고독」	『조선문단』 10호	1925.7	
「검사국대합실」	『개벽』 61호	1925.7	
「윤전기」	『조선문단』 12호	1925.10	
「유서」	『신민』 12호	1926.4	
「조그만 일」	『문예시대』 창간호	1926.11(1938년 삼천리 10월호의 「자살미수」와 같은 작품.)	
「남충서」	『동광』 9-10호	1927.1~2(2회)	
「미해결」	『신민』 19~23호	1926.11.12, 1927.2-3(4회)	
「밥」	『조선문단』 19호	1927.2(1926.12.5.작)	
「두 출발」	『현대평론』 4~7호	1927.4-7(4회)	
「숙박기」	『신민』 33호	1928.1(1927.3.16작)	
「똥파리와 그의 안해」	『신민』 53호	1929.11 문학사상 1973.9 전재	

3) 평론

「백악씨의 「자연의 자각을 보고서」	『현대』 2호	1920.2
「자기학대에서 자기해방에」	『동아일보』	1920.4.6.
「폐허에 서서」	『폐허』 창간호 창간사	1920.7
「余의 평자적 가치를 논함에 답함」	『동아일보』	1920.5.31.
「김군께 한 말」	『동아일보』	1920.6.14.
「저수하에서」	『폐허』 2호	1921.1

「월평」	『폐허』 2호	1921.1
「개성과 예술」	『개벽』 22호	1922.4
「올해의 소설계」	『개벽』 42호	1923.12
「2년후」와 「거치른 터」	『개벽』 45호	1924.3
「계급문학시비론」	『개벽』 56호	1925.2
「2月창작평」	『조선문단』 6호	1925.3, 합평회
「조선문단 및 합평회와 나」	『조선문단』 10호	1925.7
「소위 신경향파에 여한다」	『조선일보』	1926.1.1.
「프롤레타리아문학에 대한 P氏의 言」	『조선문단』 16호	1926.5
「시조에 대해서」	『조선일보』	1925.6.12.
「시조에 대해서」	『조선일보』	1926.10.6.
「문단침체의 원인과 대책」	『조선문단』	18호 1927.1
「민족사화운동의 유심적 일고찰」	『조선일보』	7.1.1~15(7회)
「조선문단의 현재와 미래」	『신민』 21호	1927
「문단시평」	『신민』 22호	1927.2
「문예와 생활」	『조선문단』 19호	1927.2
「2월시평」	『조선문단』 20호	1927.3
「나에 대한 반박에 답함」	『조선지광』 65호	1927
「시조는 부흥할 것인가」	『신민』 23호	1927.3
「시조와 민요」	『동아일보』	1927.4.30
「3월문단시평」	『조선문단』 21호	1927.4
「문단만담」	『동아일보』	1927.4.16
「작금의 무산문학」	『동아일보』	1927.5.6
「배홀 것은 기교」	『동아일보』	1927.6.7~13(6회)
「소설과 민중」	『조선지광』 75호	1928.1
「조선과 문예·문예와 조선」	『동아일보』	1928.4.10~18(8회)
「소설과 민중」	『동아일보』	1928.5.28.
「문예가와 사회성」	『如是』 창간호	1928.6, 전문삭제됨
「무어나 때가 있다」	『별건곤』 4권 1호	1929 1
「팡'과 나-씨사쓰」	『동아일보』	1929.2.13
「작품의 明暗」	『동아일보』	1929.2.17.-25(8회)
「토구 비판3제」	『동아일보』	1929.5.4.

「문예상의 집단의식과 개인의식」	『문예공론』 창간호	1929.3.
「소설작법강화」	『문예공론』 2호	1929.6.
「쏘니아예찬」	『조선일보』	1929.10.1.~3(3회).
「사월의 창작평」	『조선일보』	1930.4.14.-18 (21회)
「오월창작단평」	『조선일보』	1930.5.21.~30,
		6..1~25
「근작단평」	『조선일보』	1930.7.15.~19(5회)
「작가가 본 평론가」	『삼천리』 2권 3호	1930.7
「기자생활과 문예가」	『철필』 4호	1931.1
「현대인과 문학」	『동아일보』	1931.11.17.~19(3회
「1932년문단타진」	『동아일보』	1932.1.1.~2(2회)
「소위 모델문제」	『조선일보』	1932.2.21.~27(7회)
「문예 年頭語」	『매일신보』	1934.1.3~12(회)
「역사소설시대」	『매일신보』	1934.12.2
「소설과 역사」	『매일신보』	1934.12.23.
「조선문학을 위하여」	『매일신보』	19331.1~5(3회)
「공상과 과장」	『매일신보』	1935.5.7.~10(43회)
「문단생활 15년」	『삼천리』 7권 5호	1935.6.
「조선의 작가와 톨스토이」	『매일신보』	1935.11.20
「조선문학의 정의」	『삼천리』 8권 7호	19J6.8
「문단십년」	『學海』 1호	1937.12
「나의 소설과 문학관」	『백민』 I6호	1948.10
「해방후의 창작계」	『자유신문』	1948.12.20.
「나와소설」	『신인』 8호	1949.8.
「만세전후의 우리문단」	『조선일보』	1954.3.1.
「나와 폐허시대」	『신천지』 9권 2호	1954.2.
「나의 초기작품시대」	『평화신문』	1954.5.24.
「소설과현실」	『한국일보』	1954.6.14.
「나와 자연주의」	『서울신문』	1955.9.30.
「우리문학의 당면과제」	『현대문학』	1957.9.
「사실주의와 더불어 40년」	『서울신문』	1958.2.2.
「나의 창작여담」	『동아일보』	1961.4.26.-27(2회)

| 「횡보문단회상기」 | 『사상계』 | 1962.11. |
| 「문단30년회고록」 | | 1953.5. |

4) 에세이

「法衣」(시)	『폐허』 창간호	1920.7
「지상선을 위하여」	『新生活』	1922.7
「육당인상기」	『조선문단』 6호	1925.3
「처녀작 발표 당시의 감상」	『조선문단』 6호	1925.3
「6년 후의 동경에 와서」	『신민』 13호	1926.5
「문예만인萬引」	『동아일보』	27.5.9.
「세 가지 자랑」	『별건곤』 3권 5호	1928.5.
「4일간」(가신 작 번역)	『개벽』	1922.7 번역소설
「견우화自序」	『박문관』	1923
「폐허이후」	『폐허이후』 1호	1924.2
「춘원·동인인상기」	『개벽』 44호	1924.2
「내게도 간신히 하나 있다」	『별건곤』 제19호	1928.2
「내가맞은 8.15」	『동아일보』	1962.8.15
「어머님회상」	『여원』	1958.2

5) 추도문

「남궁벽의 死를 앞에 놓고」	『개벽』 1호	1921.12
「병중의 도향」	『현대평론』 8호	1927.8
「哭최서해」	『삼천리』 29호	1932.8
「도향의 묘비」	『매일신보』	1953.8.16.
「思 고우 남궁벽군」	『신천지』 9권 9호	1954.9
「悼 인간 최남선」	『평화신문』	1957.10.14.
「수주회상」	『민국일보』	1961.3.17.

3. 참고문헌

1) 기본자료

• 염상섭

『폐허』복각본, 한국서지동인회, 1969.

『創造』복각본, 元文社, 1976.

『개벽』복각본, 개벽사, 1920.

『조광』복각본, 조광사, 1935.

『삼천리』복각본, 삼천리사, 1929.

『현대문학』, 현대문학사, 1955-1990.

『문학사상』, 문학사상사, 1972-1990.

『염상섭 전집』12권, 민음사, 1987.

『염상섭』, 한국문학연구소편, 연희, 1980.

『김동인전집』7권, 삼중당, 1976.

• Emile Zola

Les Rougon-Macquart 5 vols., Bibliothèque de la Pleiade, Gallimard 1961.

Le Roman Expérimental Garnier-Flammarion, 1971.

　　'Le Roman Expérimental', pp.1-97.

　　'Lettre à la jeunesse', pp.101-135.

　　'Le Naturalisme au théâtre', pp, 139-173.

　　'L'Argent dans la littérature', pp.178-209.

　　'Du Roman', pp.211-275.

　　'De La Critique', pp.279-338.

　　'La République Et La Littérature', pp.339-367.

Nana, Folio classique, Gallimard, 1977.

L'Assommoir, Folio classique, Gallimard, 1978.

「나나」, 「실험소설론」, 송면 역, 『세계문학전집』35, 삼성출판사, 1975.

「나나」, 「테레즈의 비극」, 정명환, 박이문 역, 『세계문학전집』13, 정음사, 1963.

「살람보」,『세계의 문학』 26, 동화출판공사, 1972.

『ゾラコレクション 8―文學論集』, 일본: 藤原書店, 2007.

G. 랑송, p. 뤼프로,『랑송불문학사』上, 정기수 역, 을유문화사, 1963.

• 田山花袋

「蒲團」,「重右衛門の最後」,『新潮文庫』, 新潮社, 1952.

『田山花袋集』(日本近代文學大系19), 角川書店, 1972.

『田山花袋集』(日本文學全集 7), 集英社, 1972.

『田山花袋, 岩野泡鳴, 近松秋江』(日本の文學 8), 中央公論社, 1974.

『藤村 花袋』(國語國文學研究史大成13), 三省堂, 소화 53.

『小說作法』, 博文館藏版, 대정 15.

• 島崎藤村

『島崎藤村』(新潮日本文學 2), 新潮社, 1970.

『島崎藤村Ⅱ』(日本文學全集10), 集英社, 1972.

『嵐,ある女の生涯』(新潮文庫), 新潮社, 1969.

『夜明け前』 4권, 岩波文庫, 1969.

「島崎藤村讀本」,『文藝』 臨時增刊, 河出書房, 1954.

「透谷と藤村」,『國文學』 9권 6호, 學燈社, 소화 39.

「島崎藤村硏究圖書館」,『國文學』 31권 11호, 至文堂, 소화 41.

2) 염상섭 연구자료 (가나다순)

강수길, 「염상섭의 '삼대'연구」, 경희대학교 박사학위논문, 1990. 2.

강순욱, 「기독교문학을 통한 선교의 모색-염상섭의 '삼대'를 사례로」, 감리교신학대
　　　선사학위논문, 1997. 2.

강인수, 「삼대의 등장인물고」,『한국문학논총』 4집, 한국문학회, 1981. 12.

＿＿＿,『한국 사실주의 문학고』 부산대학교 석사학위논문, 1974. 2.

강인숙, 「자연주의의 한국적 양상」,『현대문학』, 1964. 9.

＿＿＿, 「한·일 자연주의의 비교연구(1)」,『인문과학논총』 15, 건국대, 1983.

＿＿＿, 「불·일 자연주의의 비교연구」,『인문과학논총』 17, 건국대, 1984.

＿＿＿, 「염상섭의 자연주의론의 원천탐색」,『국어국문학』 4집, 건국대, 1987.

_____, 「염상섭과 전통문학」, 『어문학』 11. 12합병호, 건국대, 1987. 4.

_____, 「염상섭과 자연주의(2)」, 『학술지』 33집, 건국대, 1989. 5.

_____, 「염상섭의 소설에 나타난 時空間의 양상」, 『인문과학논총』, 건국대, 1989. 9.

_____, 「염상섭의 작중인물연구」, 『학술지』 35집, 건국대, 1991. 5.

_____, 『자연주의 문학론 1-불 · 일 · 한 삼국의 대비연구』, 고려원, 1987.

_____, 『자연주의 문학론 2-염상섭과 자연주의』, 고려원, 1991.

강진호, 「민족문학과 염상섭 문학의 근대성」, 『염상섭소설연구』(김종균 편), 국학자료원, 1999. 1.

강흥식, 「'만세전' 연구-시간과 공간을 중심으로」, 충남대 교육대학원 석사학위논문, 1987. 2.

곽원석, 「'만세전'의 대화적 구성」, 『숭실어문』 16집, 숭실대, 2000. 6.

_____, 「현실모순의 소설화와 그 세 가지 차원-'만세전'을 중심으로」, 『현대소설연구』 16, 한국소설학회, 2002. 6.

곽종원, 「주조의 상실과 사상성의 빈곤-상반기 창작계 총평」, 『조선일보』, 1956. 7.

구인환, 「염상섭의 소설고」, 『先青語文』, 서울사대 국어교육과, 1976. 8.

_____, 「'만세전'의 소설미학」, 『서울사대논총 18집』, 서울사대, 1978. 12.

구중서, 『한국 리얼리즘 문학의 형성』, 창작과 비평호, 1970 여름.

권병규, 「염상섭의 '삼대' 연구-돈의 역할과 인간관계를 중심으로」, 홍대 교육대학원 석사학위논문, 1992. 8.

권영민, 「염상섭의 문학론에 대한 검토-1920년대의 비평활동을 중심으로」, 『동양학』 10집, 단국대 동양학연구소, 1980. 10.

_____, 「자연주의인가 리얼리즘인가-염상섭의 소설과 그 성격」, 『소설문학』 8권8호, 1982. 8.

_____, 「염상섭의 문학론과 리얼리즘의 인식」, 『염상섭연구』(김열규, 신동욱편), 새문사, 1982. 10.

_____, 「한국근대소설론 연구」, 서울대 박사학위논문, 1984. 2.

_____, 「염상섭의 민족문학론」, 『한국문화』 7집, 서울대 한국문화연구소, 1986. 12.

김경수, 「염상섭의 독서체험과 초기소설의 구조」, 『한국문학이론과 비평』 1호, 한국문학비평학회, 1997. 8.

＿＿＿, 「횡보의 再渡日期작품」, 『한국문학이론과 비평』 10집, 같은 책, 2001. 3.

김구중, 「김동인, 염상섭, 현진건 일인칭소설의 서술상황연구」, 한남대학교 박사학위논문, 1996. 2.

김근수, 「횡보 초기작품의 개제改題와 개작改作」, 『문학사상』, 1976. 10.

김기진, 「내가 본 염상섭」, 『생장生長』 2호, 생장사, 1925. 2.

＿＿＿, 「문예시평」, 『조선지광』 65호, 1927. 3.

＿＿＿, 「10년간 조선문예운동 변천과정」, 『조선일보』, 1929. 1. 1.

김동리, 「변증적 사실주의-양식의 문제에 대한 초고」, 『동아일보』, 1929. 2. 25.

＿＿＿, 『문학과 인간』, 백민문화사, 1948.

김동리, 「횡보선생의 일면」, 『현대문학』 512호, 1963. 5.

김동인, 「제월霽月씨에게 답함」, 『동아일보』, 1920. 6. 12~13.

＿＿＿, 「제월(霽月)씨의 평자적 가치-'자연의 지각'에 대한 평을 보고」, 『창조』 6호, 1920. 6.

＿＿＿, 「비평에 대하여, 『창조』 9호, 1921. 6.

＿＿＿, 「소설작법」, 『조선문단』 7호~10호, 1925. 4~7.

＿＿＿, 「조선근대소설고」, 『조선일보』, 1929. 7. 28~8. 16.

＿＿＿, 「나의 변명」, 『조선일보』, 1932. 2. 6.~10.

＿＿＿, 「작가4인-춘원, 상섭, 빙허, 서해: 그들에게 대한 단평」, 『매일신보』, 1931. 1. 1~8.

＿＿＿, 「2월창작평-三嘆할 수법(4) 염상섭 작 '그 여자의 운명'」, 『매일신보』, 1935. 2. 14.

김동환, 「'삼대', '태평천하'의 환멸구조」, 관악어문연구』 16집, 1991. 12.

＿＿＿, 「'삼대'와 낭만적 이로니」, 『염상섭소설연구』(김종균 편), 국학자료원, 1999. 1.

김명희, 「상섭문학에 나타난 갈등구조와 문학관-'삼대'를 중심으로」, 『전농어문연구』 1집, 서울시립대 국문과, 1988. 12.

김문집, 「신간평-염상섭 저 '二心'」, 『문장』 1권 6집, 문장사, 1939. 7.

김병익, 「갈등의 사회학-염상섭의 '삼대'」, 『한국현대문학의 이론』(김병익, 김주연 외편), 민음사, 1972. 3.

＿＿＿, 「리얼리즘의 기법과 정신」, 『문학사상』 창간호, 1972. 10.

＿＿＿, 『한국문단사』, 일지사, 1973.

김병걸, 「20년대의 리얼리즘문학 비판-서구의 리얼리즘과 김동인 염상섭의 초기작
　　　들」, 『창작과 비평』, 1974. 6.

김상욱, 「한·일 근대사실주의 소설의 비교연구-二葉亭四迷의 '浮雲'과 염상섭의
　　　'삼대'를 중심으로」, 청주대학교 석사논문, 1989. 2.

김상태, 「Challenge to confusian values in modern novels: *The Heartless*(무정)
　　　and *The Three Generations*(삼대)」, 『비교문학』 12집 비교문학회 1987.
　　　12.

김선묵, 「염상섭 초기 소설의 자연주의적 특성에 관한 연구-E. 졸라 소설과 비교를
　　　중심으로」, 전남대 교육대학원 석사논문, 2000. 2.

김성옥, 「염상섭의 '삼대'와 巴金의 '家'에 대한 비교연구」, 고려대 석사학위논문,
　　　2001. 2.

김송현, 「삼대에 끼친 외국문학의 영향」, 『현대문학』, 1963. 1.

_____, 「초기소설의 원천탐색」, 『현대문학』, 1964. 9.

_____, 「천치냐 천재냐의 원천탐색」, 『현대문학』, 1964. 4.

김안서, 「근대문예·자연주의·신낭만주의·표상파시가와 시언」, 『개벽』, 1921.
　　　12.

김용직, 『영미소설론』, 신구문화사, 1960.

_____, 『문예사조』 김용직 외(편), 문학과지성사, 1977.

_____, 『문화·예술사』, 『한국현대문화사계』, 고대민족문화출판부, 1981.

_____, 『프랑스 근대소설의 이해』(이환 외 2인편), 민음사, 1984.

김우종, 「범속의 리얼리즘」, 『한국 현대소설사』, 선명문화사, 1968. 9.

김우창, 「리얼리즘에의 길-염상섭의 초기단편」, 『예술과 비평』, 1984. 겨울.

김윤식, 「한국자연주의문학론」, 『근대한국문학연구』, 일지사, 1973. 2.

_____, 「한국자연주의 문학논고에 대한 비판-한국문예비평사 연구3」, 『국어국문
　　　학』 29호; 『한국근대비평사연구』, 한얼문고, 1973.

_____, 『한국현대문학사』(김현과 공저), 민음사, 1973.

_____, 『염상섭』, 문학과 지성사, 1977.

_____, 『한국근대문학약식논고』, 아세아문화사, 1980.

_____, 「고백체소설 형식의 기원-염상섭의 경우」, 『현대문학』, 1983. 10~11.

_____, 「고백체에서 관찰기록에 이르는 길-염상섭문학의 한 모습」, 『세계의 문학』,
　　　1986. 12.

_____, 『한국근대소설사연구』, 을유문화사, 1986.

_____, 『김동인연구』, 민음사, 1987.

_____, 『염상섭연구』, 서울대출판부, 1987.

_____, 「염상섭의 '삼대'에 대하여」, 『90년대 한국소설의 표정』, 서울대 출판부 1994. 4.

_____, 「두개의 표본실과 근대문학 탐구자와 연구자」, 『문학동네』 11호, 1997. 5.

_____, 「염상섭연구-그가 서 있는 자리」, 『한국문학』, 1997. 8.

김은전, 「한·일 양국의 서구문학수용에 관한 비교문학적 연구」, 『어문학』 3집, 1971.

김종균, 「염상섭소설의 연대적 고찰」, 『국어국문학』 36, 1967. 5.

_____, 『염상섭연구』, 고대출판부, 1974. 4.

_____, 「염상섭소설의 배경과 그 특성」, 『시문학』 79호, 1978. 2.

_____, 「염상섭의 1930년대 단편소설」, 『국어국문학』 77, 1978. 6.

_____, 「염상섭의 1920년대 장편소설연구」, 『청주사대논문집』 1집, 1980. 6.

_____, 『염상섭의 생애와 문학』, 박영문고, 1981.

_____, 「염상섭의 '만세전'고」, 『어문연구』 31, 32 합병호.

_____, 「도시의 야인 염상섭」, 『문학사상』 63, 1986. 5.

_____, 「자전적성찰의 양상-염상섭의 '만세전'」, 『독서광장』 28호, 천재교육사, 1994. 12.

김치수, 「염상섭재고(再考)」, 『중앙일보』, 1966. 1. 5.

김학동, 「자연주의 소설론」, 『한국근대문학연구』, 서강대, 1969.

_____, 『한국문학의 비교문학적 연구』, 일조각, 1982.

_____, 「한국에 있어서의 프랑스의 자연주의」, 『한국문학의 비교문학적 연구』.

_____, 「러시아 근대문학의 영향」, 『한국문학의 비교문학적 연구』.

_____, 「일본에 있어 서구 자연주의의 운명」, 『한국문학의 비교문학적 연구』.

김 현, 「식민지 시대의 문학-염상섭과 채만식」, 『문학과 지성』 5호, 1971 가을.

_____, 「염상섭과 발자크」, 『염상섭』(김윤식 편), 문학과지성사, 1984.

_____, 「작가와 의미 만들기-김동인의 시간성과 염상섭의 공간성」, 『문학과 비평』, 1989 여름.

박영희, 「현대 한국문학사」 4, 『사상계』, 1958. 10.

白川豊, 「일본에서 발굴된 초창기 한국문인들의 유학시절자료」, 『월간문학』, 1981. 5.

백 철, 「자연주의와 상섭작품」, 『자유세계』, 1953. 5.

_____, 「상반기의 신구문학」, 『사상계』, 1957. 7.

_____, 「염상섭의 문학사적 위치」, 『현대문학』 101호(상섭특집), 1963. 5.

_____, 『조선신문학사조사』 상·하, 신구문화사, 1969.

_____, 『국문학전서』(이병기와 공저), 신구문화사.

송하춘, 『1920년대 한국소설연구』, 고대민족 문화연구소, 1985.

신동욱, 「염상섭고」, 『현대문학』 179호, 1969. 11.

S. E Solberg, 「초창기의 세 소설」, 『현대문학』, 1963. 3.

김춘수, 「S. E Solberg 교수의 소론에 대한 의문점-소설 '감자'를 대상으로」, 『경북어
    문논총』 2, 1964. 7.

염무웅, 「식민지시대 문학의 인식」, 『신동아』   , 1974. 9.

윤홍로, 『한국문학의 해석학적 연구』, 일지사, 1976.

_____, 「1920년대 한국소설 연구」, 서울대 박사논문, 1980. 2.

_____, 『한국근대소설연구』, 일조각, 1980.

_____, 『한국문학의 비교문학적 연구』, 일조각, 1982.

이어령, 「1956년의 작가상황」, 『문학예술』, 1956. 12.

_____, 「1967년의 작가들」, 『사상계』 54호, 1958. 1.

_____, 「한국소설의 맹점」, 『사상계』 101호, 1961. 11.

_____, 『한국작가전기연구』 상, 동화출판사(이어령 편), 1975.

이인모, 『문체론』, 동화문화사, 1960.

이인복, 『한국문학에 나타난 죽음의식의 사적 연구』, 소화당, 1979.

이재선, 『한국현대소설사』, 홍성사, 1981.

이재호, 『한국현대소설사』, 홍성사, 1979.

임종국, 『친일문학론』, 평화출판사, 1966.

임헌영, 『한국근대소설의 탐구』, 범우사, 1974.

임 화, 『조선신문학사론 서설』, 조선중앙일보사, 1935. 10.

장백일, 「한국적 사실주의의 비교문학적 검토」, 『비교문학』, 1977. 10.

장사선, 「염상섭 절충론의 무절충설」, 『염상섭연구』 별권.
    『염상섭문학연구』(권영민 편), 민음사, 1987. 7.

정명환, 『졸라와 자연주의』, 민음사, 1982.

정한모, 「리얼리즘문학의한국적 양상」, 『사조』, 1958. 10.

_____, 『현대작가연구』, 범조사, 1960. 3.

정한숙, 『현대학구소설론』, 고대출판부, 1976.

조남현, 「한국 현대소설에 나타난 지식인상 연구」, 서울대 박사논문, 1983. 2.

_____, 「'삼대'의 재해석」, 『한국문학』 161, 1987. 3.

조연현, 「문학세의 1년」, 『신천지』, 1950. 1.

_____, 「염상섭론」, 『새벽』, 1957. 12.

_____, 『한국현대문학사』, 인간사, 1968.

채 훈, 「한·일 자연주의 소설의 발전과정에 관한 대비연구」, 『논문집』 33, 숙명여대, 1982.

최성민, 「한국현대문학에 미친 프랑스 자연주의 문학의 영향」, 『한국문화연구워논총』 5, 이화여대, 1965.

한 효, 「진보적 리얼리즘에의 길-새로운 창작노선」, 『신문학』, 1946. 1.

홍사중, 「염상섭론」, 『현대문학』 105~8, 1963. 9~12.

홍일식, 『한국개화기의 문학사상연구』, 열화당, 1971.

3) 외국논저

Andre Lagarde, Laurent Michard, *Les Grands Auteurs Français* 5, Paris, Bordas, 1956.

Arnold Hauser, *The Social History of Art* 4, Routledge & Kegan Paul, 1962.

Bornecque & Cogny, *Réalisme et Naturalisme*, Hachette, 1958.

Charles, C. Walcutt, *Seven Novelists In The American Naturalist Tradition*, Minneapolis: Unive. of Minnesota Press.

Damian, Grant, *Realism*, London: Methuen, 1970.

E. Auerbach, *Mimesis*, Princeton Univ. Press, 1974.

E. M. Forster, *Aspects of the Novel*, Penguin Books, 1977.

Frank O'Connor, *The Mirror in the Roadway*, London, Hamish Hamilton, 1957.

George Lukacs, *The Theory of The Novel*, Cambridge: The M. I. T. Press, Mass. 1971.

George, J. Becker, *Documents of Modern Literary Realism*, Princeton Univ. Press, 1963.

Gustave Flaubert, *Oeuvres II. Bibliothèque De La Pleiade*, Gallimard, 1952.

Harold Bloom, ed., *Romantism and Consciousness*, W. W. Norton & Co. 1970.

Horst Ruthrof, *The Reader's Construction of Narrative*, Routledge & Kegan Paul.

1981.

Irving Babitt, *Rousseau and Romanticism*, Meredian Books, 1959.

Jaffe and Scott, *Studies in the Short Story*, N. Y. Holt, Rinehart and Winston,
 1962.

J. J. Rousseau, *Les Confessions*, Paris: Bordas, 1970.

Joseph T. Shipley, *Dictionary of World Literature*, Littlefield, Adama & Co., 1960.

Lawrence Sargent Hall, *A Grammar of Literary Criticism*, The Macmillan Co.,
 1969.

Monroe. C. Beardsley, *Aesthetics*, Unive. of Alabama Press, 1977.

Monroe Spears, *Dionysus and the City*, Oxford Univ. Press, 1970.

M. H. Abrams, *The Mirror and the Lamp*, Oxford Univ. Press, 1971.

P. Cogny, *Naturalisme*, Press Universitaire de France, 1976.

Rene Lalou, *Contemporary French Literature*, Alfred A. Knopf. MGM, 1924.

Rene Wellek and Austin Warren, *Theory of Literature*, Penguin Books, 1970.

Robert L. Caserio, *Plot, Story, and the Novel*, Princeton Univ. Press, 1979.

Ruth L. Saw, *Aesthetics*, Anchor Books, Doubleday & Company, Inc. 1971.

R. S. Crane, ed., *Critics and Criticism Ancient and Modern*, Univ. of Chicago
 Press, 1952.

S. H. Butcher, *Aristotle's Theory of Poetry and Fine Art.* N. Y. Dover Publications,
 Inc, 1951.

Stevick Philip, ed., *The Theory of the Novel*, N. Y. The Free Press, 1967.

S. S. Prawer, *Comparative Literary Studies.* Haper & Row Publisher's Inc.

Uirich Weisstein, *Comparative Literature and Literary Theory, Survey and
 Introduction*, Indiana Univ. Press, 1973.

Wayne C. Booth, *The Rhetoric of Fiction*, Chicago: The Univ. of Chicago Press,
 1961.

William Wimsatt Jr. & Cleanth Brooks, *Literary Criticism*, Routledge& Kegan
 PaulLTD, 1957.

Oscar Wilde, *The Decay of Lying.* 研究社 대역본, 소화 43.

Van Tighem, *Les Grandes Doctrines Litteraires en France.* 불문학사조 12장, 민희식
 역, 문학사상사, 1981.

『石川啄木全集』 4권, 筑摩書房, 1980.

『小林秀雄全集』 3권, 私小說論, 新潮社, 1968.

『私小說と自傳小說』, 國文學, 至文堂, 27권 14호, 소화 11.

『Symposium 英美文學』 6, ノヴェルとロマンス, 學生社, 1955.

『Symposium 日本文學』 12, 近代文學の 成立期, 1958.

『新潮日本文學 1-9』(자연주의기 작가들 작품집).

加藤周一, 『日本文學史序說』 下, 筑摩書房, 소화 56.

臼井吉見, 『近代文學論爭』 4, 筑摩書房, 1981.

吉田精一, 『自然主義の硏究』 上, 東京堂出版, 1976.

_____, 『自然主義の硏究』 下, 東京堂出版, 1976.

_____, 『現代日本文學の世界』, 小峯書店, 1968.

大久保典夫, 「自然主然と私小說」, 『國文學』 11권 3호, 소화 41.

相馬庸郎, 『現代日本文學 論爭史』 上, 未來社, 1956. 7.

_____, 『日本自然主義再考』, 八木書店, 소화 56.

瀨沼茂樹, 「私小說と 心境小說」, 『國文學』, 소화 41. 11.

麻生磯次 「日本文學史」, 至文堂, 1960.

芳賀徹 外編, 『日本文學に於ける近代』, 東京大出版局, 1973.

_____ 編, 『比較文學の理論』, 東京大出版部, 1976.

勝山功, 『大正私小說硏究』, 明治書院, 소화 55.

伊東一夫 編, 『島崎藤村』, 明治書院, 소화 54.

磯貝英夫, 『文學論と 文體論』, 明治書院, 소화 55.

中川久定, 『自傳の文學』, 岩波新書 71, 1979.

淺見淵, 「私小說, 解釋の變遷」, 『國文學』 2권, 學燈社, 소화 41.

_____, 『小林秀雄全集』 3, 筑摩書房, 소화 43.

_____, 『有島武郎全集』 3권, 筑摩書房, 소화 55.

_____, 『自然主義文學』, 日本文學研究資料叢書, 有精堂, 소화 56.

_____, 『石川啄木全集 4 評論, 感想』, 筑摩書房, 소화 60.

白川豊, 『朝鮮近代の知日派作家, 苦鬪の軌跡-廉想涉, 張赫宙とその文学』, 勉誠
       出版, 2008.

川富國基 注釋, 『日本近代文學大系57-近代評論集』, 角川書店, 소화 47.

平岡敏夫, 『日本近代文學史研究』, 有精堂, 소화44.

片岡良一, 『日本浪漫主義文學研究』, 法政大出版局, 1958.

坪內逍遙, 『小說神髓』, 岩波書店, 소화13.

紅野敏郞, 『日本近代文學史』, 日本近代文學會編, 소화 41.

_____ 外 編, 『大正の文學』, 有斐閣選書, 소화 47.

_____ 外 編, 『大正の文學』, 日本文學硏究資料叢書, 有精堂, 소화 56.

和田謹吾, 增補 『自然主義文學』, 文泉堂, 소화 58.

中村光夫, 『明治文學史』, 筑摩書房, 소화 39.

三好行雄, 「近代文學における私」, 『國文學』, 소화 44.

_____, 淺井淸 編, 『近代日本文學小辭典』, 有斐閣.

朴春日, 『近代日本文學における朝鮮人像』, 未來社, 1969.

高埼隆治, 『文學の中の朝鮮人像』, 靑弓社, 1982.

柳宗悅, 『朝鮮とその藝術』, 春秋社 1975.

山川篤, 『フランス‧レアリスム 硏究』, 駿河台出版社, 1977.

河內淸, 『ゾラとフランス‧レアリスム』, 東京大出版會, 1975.

4. 강인숙 연보

1) 약력

원 적   함경남도 이원군 동면 관동리 112
본 적   서울시 용산구 한강로 2가 100
생년월일   1933년 10월 15일(음력 윤 5월 16일)
                   강재호, 김연순의 1남 5녀 중 3녀로 함경남도 갑산에서 출생
                   * 1945년 11월에 가족과 함께 월남하여 서울에 거주
                     아호: 소정(小汀)

2) 학력

1946. 6~1952. 3   경기여자중·고등학교
1952. 4~1956. 3   서울대 문리대 국어국문학과(학사)
1961. 9~1964. 2   숙명여대 대학원 국문과 석사과정(문학석사)
1980. 3~1985. 8   숙명여대 대학원 박사과정(문학박사)

3) 경력

1958. 4~1965. 2   신광여자고등학교 교사
1967. 3~1977. 5   건국대학교 시간강사
1970. 9~1977. 2   숙명여대 국문과 시간강사
1971. 3~1972. 2   서울대 교양학부 시간강사
1975. 9~1977. 8   국민대학교 국문과 시간강사
1977. 3~1999. 2   건국대학교 교수
1992. 8~1992. 12   동경대학 비교문화과 객원연구원
현재   건국대 명예교수
                 재단법인 영인문학관 관장(2001년~)

4) 기타 경력

5) 평론, 논문

(1) 평론

「모리악의 '떼레즈 데께이루'」 『문학사상』 1978. 5

「게오르규의 어록」 번역 『문학사상』 1978. 7

「황순원의 '어둠 속에 찍힌 판화'」 『문학사상』 1978. 9

「문학 속의 건국영웅-비르길리우스의 '에네이드'」 『문학사상』 1979. 2

「언어와 창조」(외대여학생회간) 『엔담』 1979. 3

「하늘과 전장의 두 세계-톨스토이의 '전쟁과 평화'」 『문학사상』 1979. 6

(2) 논문

「에밀 졸라의 이론으로 조명해 본 김동인의 자연주의」,

건국대『학술지』28, 1982. 5, pp.57-82

「한·일 자연주의의 비교연구(1)-자연주의 일본적 양상 2」,

건국대『인문과학논총』15, 1983, pp.27-46

「박완서의 소설에 나타난 도시의 양상(1)-'엄마의 말뚝(1)'의 공간구조」,

숙대『청파문학』14, 1984. 2, pp.69-89

「박완서의 소설에 나타난 도시의 양상(2)-'목마른 계절', '나목'을 통해 본 동란기의 서울」

건국대국문과『文理』7, 1984, pp.56-74

「박완서의 소설에 나타난 도시의 양상(3)-'도시의 흉년'에 나타난 70년대의 서울」,

건국대『인문과학논총』16, 1988. 8, pp.51-76

「박완서론(4)-'울음소리'와 '닮은 방들', '포말의 집'의 비교연구」,

건국대『인문과학논총』26, 1994.

「자연주의연구-불, 일, 한 삼국 대비론」, 숙대 박사학위논문, 1985. 8

「여성과 문학(1)-문학작품에 나타난 남성상」, 아산재단간행, 1986, pp.514-518

「고등교육을 받은 한국여성의 2000년대에서의 역할-문학계」,

여학사협회『여학사』3, 1986, pp.69-74

「한·일 자연주의 비교연구(2)-스타일 혼합의 양상-염상섭론」,

건국대『인문과학논총』17, 1985.10, pp. 7-34

「한·일 자연주의 비교연구(3-1)-염상섭의 자연주의론의 원천탐색」,

건국대『국어국문학』4, 1987, pp.1-15

「한·일 자연주의 비교연구(3-2)-염상섭과 전통문학」,

『건국어문학』11, 12 통합호, 1987, pp.655-679

「자연주의에 대한 부정론과 긍정론(1)-졸라이즘의 경우」,

건국대『인문과학논총』20, 1988. 8, pp.39-64

「염상섭과 자연주의(2)-'토구·비판 삼제'에 나타난 또 하나의 자연주의」,

　　　　　　　　　건국대『학술지』33, 1989. 5, pp.59-88

「염상섭의 소설에 나타난 시공간(chronotopos)의 양상」,

　　　　　　　　　건국대『인문과학논총』21, 1989. 9, pp.7-30

「염상섭의 소설에 나타난 돈과 성의 양상」,

　　　　　　　　　건국대『인문과학논총』22, 1990, pp.31-54

「염상섭의 작중인물 연구」, 건국대『학술지』35, 1991, pp.61-80

「명치·대정기의 일본문인들의 한국관」,『건대신문』, 1989. 6. 5

「한·일 모더니즘 소설의 비교연구(1)-신감각파와 요코미쓰 리이치」,

　　　　　　　　　건국대『학술지』39, 1995, pp.27-52

「한·일 모더니즘 소설의 비교연구」연재,『문학사상』, 1998. 3월~12월

「한·일 모더니즘 소설의 비교연구(2)-신흥예술파와 류단지 유의 소설」

　　　　　　　　　건국대『인문과학논총』29, 1997. 8, pp.5-33

「한·일 모더니즘 소설의 비교연구」연재,『문학사상』, 1998. 3월~12월

「한국 근대소설 정착과정 연구」,『박이정』의 동명의 논문집에 실림. 1999

「신소설에 나타난 novel의 징후-'치악산'과 '장화홍련전'의 비교연구」,

　　　　　　　　　건국대『학술지』40, 1996, pp.9-29

「박연암의 소설에 나타난 novel을 징후-〈허생전〉을 중심으로」,

　　　　　　　　　건국대『겨레어문학』25, 2000, pp.309-337

(3) 단행본(연대순)

『한국현대작가론』	(평론집)	동화출판사	1971
『언어로 그린 연륜』	(에세이)	동화출판공사	1976
『생을 만나는 저녁과 아침』	(에세이)	갑인출판사	1986
『자연주의 문학론』1	(논문집)	고려원	1987
『자연주의 문학론』2	(논문집)	고려원	1991
『김동인-작가와 생애와 문학』(문고판)	(평론집)	건대출판부	1994
『박완서 소설에 나타난 도시와 모성』	(논문집)	둥지	1997
『네 자매의 스페인 여행』	(에세이)	삶과 꿈	2002
『아버지와의 만남』	(에세이)	생각의나무	2004
『일본 모더니즘 소설 연구』	(논문집)	생각의나무	2006
『어느 고양이의 꿈』	(에세이)	생각의나무	2008

『내 안의 이집트』	(에세이)	마음의 숲	2012
『셋째딸 이야기』	(에세이)	웅진문학임프린트곰	2014
『민아 이야기』	(에세이)	노아의 방주	2016
『서울 해방공간의 풍물지』	(에세이)	박하	2016
『어느 인문학자의 6·25』	(에세이)	에피파니	2017
『시칠리아에서 본 그리스』	(에세이)	에피파니	2018

(4) 편저

『한국근대소설 정착과정연구』	(논문집)	박이정	1999
『편지로 읽는 슬픔과 기쁨』(문인 편지+해설)		마음산책	2011
『머리말로 엮은 연대기』	(서문집)	홍성사	2020

(5) 번역

『25시』(V. 게오르규 원작, 세계문학전집23)	삼성출판사	1971
『키라레싸의 학살』(V. 게오르규 원작)	문학사상사	1975
『가면의 생』(E. 아자르 원작)	문학사상사	1979

(6) 일역판

『韓國の自然主義文學-韓日佛の比較研究から』	小山內園子譯	2017